KB180434

탈식민의 시각으로 보는

한국현대문학사

이 저서는 2012년도 전북대학교 저술장려연구비 지원에 의하여 연구되었음.

탈식민의 시각으로 보는

한국현대문학사

임 명 진

역락

머리말

01 한국 현대문학사에 조금 관심 있는 사람이라면, 남·북한에서 따로 기술되어 있는 그 반쪽짜리 문학사들을 어떻게 통합시킬 것인가 하는 문제에 부딪히곤 한다. 이른바 '통합문학사' 수립이 그것. 이 문제는 1980년대에 대두된 '민족문학사' 정립의 차원을 넘어서는 보다 현실적인 (정치적인) 문제이기도 하다. 전자는 후자에 의해 촉발되기는 하였으되, 이제는 이념이나 추상을 넘어 현실적 차원에서 문제를 압박받고 있다.

지금 한국 현대문학사를 정리하는 데 걸리는 문제는 이 '통합'만 있는 게 아니다. 거기에는 고전문학과의 연계 문제, 신문학의 이식성 문제, 식민지 근대성 문제, 해외 디아스포라 작품의 포섭 문제, 광복 후 분단모순의 문제 등이 산재해 있다. 그리고 이런 문제들은 그 각각이 매우 중요하고도 심각한 것이기도 하다.

그러나 필자는 그 문제들이 아무리 중요하다고 한들 문학사의 통합만큼 중차대하다고 보지 않는다. 그 문제들 중 어떤 것은 '통합'을 통해 자연스럽게 해결될 수 있는 것도 있고, 또 어떤 것은 '통합'과는 무관하게 늘 있을 수 있는 문제이기도 하다는 판단 때문이다. 오히려 그런 문제들에 과도하게 치중하는 것은 그 더 중요한 문제의 심각성을 희석시킬 수도 있음을 경계할 일이다.

'통합문학사' 수립이라 하면 남·북한 정부 수립 후 제각각 전개되어온 남북의 문학 현상들을 한데 모으는 일을 먼저 생각할 것이다. 이 작업도 물론 필요하지만, 그보다 우선되는 게 있다. 분단 이전의 문학 현상들에 대한 서술의 통일이 그것. 지금 남·북한의 현대문학사에는 공통의 유산인 광복 이전의 문학 자료들에 대해서도 상당히 다른 시각에서 접근해 온 것이 저간의 실정이다. 동일 자료에 대한 이질적인 접근의 문제, 이게 선결되지 않고서는 통합문학사 수립은 무망하다.

통일문학사 수립의 가장 큰 장애물은 남·북한의 정치적 이념 차라고 할 수 있다. 이런 차이가 문학관의 차이가 낳고 문학관의 차이가 매우 다른 연구방법을 강제하기 때문이다. 하지만 통일문학사 수립이 요원하다고 해서, 이를 외면해서도 안 된다. 남·북한 문학의 이질성이 더욱 커지고 고착될 것이기 때문이다. 이 지점에서 문학사 서술자에게 탈냉전의 시각이 요구된다. 이는 단순히 지금이 세계사적으로 탈냉전의 시대에 진입해 있기 때문만은 아니다. 남·북한 어느 쪽이든 냉전 논리로 상대를 객관적으로 인식하지 못하였다면, 앞으로는 탈냉전 시각으로 상대방을 제대로 보는 일을 시작해야 한다.

탈냉전의 시각을 견지하기 위해서는 한국 현대사 전개에 있어 '분단모순'의 문제를 정확하게 인식하는 일이 선행되어야 한다. 분단이 한국 정치·사회·경제·문화 전반에 어떤 문제가 야기되어 왔는지, 그리고 그것이 사회 밑바탕에 어떻게 모순적 구조로 자리 잡고 있는지 정확하게 인식해야 한다.

여기서 빠트릴 수 없는 것은 '분단 모순'과 '식민지 모순'의 관계이다. 한국의 근·현대사는 근대계몽기·일제강점기·해방기·전쟁기·분단기로 이어진 게 분명하고, 그래서 그 시대마다 역사적 화두가 있었던 것도 분명하다. 그렇다면 자강自強·보국輔國·광복·자주·분단극복 등의 역사적 화두들은 서로 연쇄적인 고리로 이어진 것도 분명하다. 이렇듯 한국의 분단은 식민지 잔재가 제대로 청산되지 못한 데서 야기된 점을 부인할 없다면, 분단 모순의 바탕과 뿌리에는 식민지 모순이 강고하게 자리 잡고 있다는 지적에 귀 기울일 필요가 있다.

02 식민지 모순과 분단 모순을 동일한 지평 위에 놓고 접근하는 시각으로는 포스트 식민주의(post-colonialism)를 꼽고 싶다.

포스트 식민주의는 그 입론立論의 뿌리도 단순치 않고 그 진행 방향도 다양하게 분기되어 왔지만,[1] '후기식민성'의 정치·문화적 헤게모니에 대한 대항과 비판 사이에서 전개되고 있는 것만은 분명하다. 포스트 식민주의 담론은, 제국주의의 그것과는 달리, 식민과 피식민이라는 다분히 이분법적인 논의로 국한될 수 없다. 제3세계의 정치적 독립 이후, 식민과 피식민의 현상은 상호침투적이고 상호 전염적이어

---

[1] 포스트 식민주의의 이론적 근거·계보·방향·분기 양상을 정리한 것으로 다음 저술이 주목할만하다.
이경원, 『검은 역사 하얀 이론』, 한길사, 2011.
Moore-Gilbert, B., *Postcolonial Theory : Contexts Practices, Politics*, Verso, 1977.

서 이분법적 도식으로 명료하게 구분되지 않으며, 또 제3세계의 일부는 새로운 형식의 식민자로 부각되고 있기도 하고, 특정 지역이나 국가 내에서도 새로운 식민과 피식민의 현상이 나타나고 있기 때문이다. 즉 식민과 피식민의 결절과 변성이 범지구적으로 또는 특정 지역 내에서 다양하게 나타나고 있기 때문이다.

그럼에도 불구하고 필자는 포스트 식민주의가 제3세계의 현실에서 실천적인 대항담론으로 정착하여야 그 논리적 정당성이 확보된다고 보아, 그것의 대항적 성격에 방점을 찍는다. 특히 한국과 같이 광복 후 새로운 사회 모순으로 분단 모순이 야기된 특수한 상황에서는 더욱 그러해야 한다고 본다. 분단 모순이 그 이전의 식민지 모순의 유산이라는 점에서는 더더욱 그러하다. 이에 따라 식민화에 대항하거나 그것으로부터 벗어나려는 실천으로서의 '탈식민화(decolonization)'를 포스트 식민주의의 가장 중요한 지향으로 본다.

'탈식민화'란 용어는 사이드(E. D. Said)의 주저 『문화와 제국주의』(Culture and Imperialism)에서 주제어로 사용된 바 있다. 이 용어는 이 책의 한국어 역본에서는 '반反식민지' 또는 '반식민화'로 옮겨졌는데, 우리 학계에서 'post-colonialism'을, '탈식민주의'로 부르는 등 '탈식민'이란 용어가 혼용되고 있는 점을 감안하여 그것들과 변별하기 위한 것으로 추정된다. 그럼에도 필자가 보기에 '반식민지'는 이 말의 원어가 함축하는 대항성을 상당히 약화시킨다는 판단이 들어, 이 책에서는 사이드의 'decolonization'를 '탈식민화'로 옮겨 사용할 것이다.

03 필자는 지난 스무 해 넘게 대학 강단에서 '한국현대문학사'를 강의해오고 있고, 또 어줍지만 문학평론가로 문단의 말석을 지키고 있다. 예나 지금이나 강단과 문단의 거리는 만만찮게 멀다. 강단에서는 젊은 학생들과 (주로 이미 작고한) 작가들의 과거 이야기를 나누고, 문단에서는 (아직 살아 있는) 작가들과 지금 돌아가는 세상 이야기를 나눈다. 즉 대화의 상대가 다르고, 또 그 대상도 같지 않다. 또 그 방법에는 더욱 큰 차이가 있다. 강단담론에서는 좀 더 조리 있게 정리된 말들을 하지만, 문단담론에서는 오히려 그 반대의 경우가 비일비재하다. 하지만 조금만 더 생각해보면, 그런 차이와 거리에도 불구하고 공통점이 없는 게 아니다. 과거 작가들에 관한 이야기든 지금 작가들과의 이야기든, 그게 조리가 있든 말든, 모두 우리가 살아왔던

세상과 우리가 살아가는 세상에 관한 이야기라는 것은 분명하다. 그래서 거기에는 곧 세상 이야기라는 공통점이 있다.

문학사도 결국은 작가들이 살았던 세상 이야기를 벗어나지 못할 것이다. 문학사의 연구는 문학비평의 궁극적인 귀착점에 해당된다고도 하고,[2] 그래서 문학사는 "인접 분야의 담론과 변천사를 포함해서 수많은 작가론이나 작품론 내지 개화기 문학론과 문단 논쟁사, 문예사조사 내용까지 아우르고 있는 과목"[3]이라는 좀 더 그 내용을 구체적으로 지적한 경우도 있지만, 그렇기는 하더라도 문학사는 과거를 살았거나 현재를 살아가고 있는 작가들의 세상이야기를 벗어나지 않는다. 요컨대, 한국 근·현대문학사는 근·현대사를 살았거나 살아온 작가들의 세상 이야기를 그 대상으로 한다고 해도 과언이 아니다.

그런데 예의 역사적 화두들은 우리 한국인들의 자기인식 과정에서 필연적으로 대두되는 것들이다. "한국인의 자기 인식에 있어 한국문학사만큼 좋은 거울도 없을 것이다"[4]라는 언명은, 이런 역사적 화두들이 작가들의 세상 이야기를 넘어서서 더 중요한 지점에 다다르고 있음을 시사한다.

그렇다면, 우리가 작가들의 세상 이야기를 하는 것은 우리 자신이 한국인으로서 자기인식에 이르는 것이기도 하다. 즉 작가들의 세상 이야기는 우리 자신의 자기인식의 거울이 되어야 한다. 다시 말해 오늘 이 자리에 있는 우리를 규명하기 위하여 우리는 과거와 현대의 우리 문학사를 점검해야 한다. 문학사는 단순히 학문적 정리 작업을 넘어 우리 자신의 정체성에 연결되는 문제이기도 하다.

04 이 책의 제목은 '한국현대문학사'이지만 여기에서는 1894~1950년 사이의 문학사를 주로 다루고자 한다. 다음 제Ⅰ장에서 서술하겠지만, 한국현대문학사의 시대적 범주는 1894년에서 지금까지에 해당하고, 그 대상은 이 시기에 한반도에서 생겨난 문학적 현상 모두를 포괄한다. 그렇다면 당연히 1950년 이후 북한의 문학 현상도 여기에 포섭되어야 한다. 그러나 전술한 바대로 현실적으로 이 일은 불가능하

---

2) 권영민, 『한국현대문학사』, 민음사, 1993, 3쪽.
3) 이명재, 『한국 현대 민족문학사론』, 한국문화사, 2003, 5쪽.
4) 김열규, 『韓國文學史』, 탐구당, 1983, 1쪽.

다. 1950년 이후 현재까지 남·북한에서 산출된 문학 현상과 자료들을 한데 모으는 일마저도 어렵고, 그것을 일정한 시각으로 정리하는 것은 더더구나 가능하지 않다. 작금에 나온 해방 후의 문학사 저술들은 이런 제약적인 상황 하에서 남쪽만이거나 북쪽만의 것을 대상으로 하고 있다.

이런 반쪽짜리 문학사들을 '통합'하는 전 단계로서 해방기 이전을 동일한 시각에서 재정리하는 작업이 선행되어야 한다고 보고, 이 책은 이런 '작업'의 일환으로 집필되었다는 점을 다시금 밝힌다. 이에 따라 이 책에서 다루는 대상은 분단 이전에 해당하는 1950년 이전의 문학현상들이다.

그럼에도 불구하고 '근대문학사'라 하지 않고 '현대문학사'라 한 것은, 다음 장에서도 설명하겠지만, 후자의 개념이 전자를 충분히 포괄한다고 보기 때문이다. 또한 '근대문학사'와 '현대문학사'를 따로 분리하는 것은, 우리의 현대사를 그렇게 분리하여 인식하는 데로 오도할 수도 있다는 우려 때문이기도 하다. 해방 후의 분단 모순이 그 이전의 식민지 모순과 무관하지 않다면, 해방기를 전후로 우리 역사를 분리하여 인식하는 자세는 마땅히 척결되어야 할 것이다.

05 이상의 소략한 설명으로 이 책의 집필 목적과 접근 시각과 그 대상을 대신한 셈인데, 실제로 이 책의 본문에서 그 목적이 제대로 실현되었는지 또 그 시각이 제대로 구현되었는지는 모르겠다. 행여 애초의 목적과 방법에서 벗어난 부분이 있다면 그것은 전적으로 필자의 불찰이나 과문 탓일 것이다. 그 점에 대해서는 동학 제현의 질정을 바란다.

끝으로 한 마디 첨언한다. 식민지 모순과 분단 모순으로 한반도 전체가 고무풍선처럼 팽창해 있던 시절, 엄혹한 탄압에도 굴복하지 않고 작품을 쓰고 발표한 작가들이 없었다면 이 책은 쓰일 필요조차 없었다. '자기 인식의 거울'에 비친 우리를 비굴하지 않도록 해준 그 작가들께 새삼 감사를 드린다.

임 명 진

• 머리말

• <u>9</u>

I

한국현대문학사
서술의 기초

01 문학사 서술에 방법이 필요한가? • 15

02 '한국문학'의 개념 설정 • 18

03 문학사 서술의 자세 • 20

　1) 역사가로서의 문학사가 • 20

　2) 문학 연구자로서의 문학사가 • 22

04 시대 구분의 문제 • 23

05 한국문학사의 주요 쟁점 • 26

　1) '이식' 인가? '전통 연계'인가? • 26

　2) 해방 후 문학사의 분단 문제 • 32

II

민족의 발견과 외세의 침입

―근대계몽기(1894~1910년)의
문학사

01 배경 • 37

    1) 제국의 식민지배 강화 • 37

    2) 국내의 정치·사회적 배경 • 38

    3) 사상적 배경 • 39

    4) 문화적 배경 • 41

02 비평 • 43

    1) 전통적인 문학론의 폭넓은 전개 • 43

    2) 국문문학론의 대두 • 44

    3) 새로운 문학론의 유입과 수용 • 47

    4) 소설에 대한 관심 제고提高 • 49

03 시가 • 50

    1) 전통 시가의 위력 • 50

    2) '애국가 유형'의 혼성성 • 55

    3) 창가와 신체시의 등장 • 56

    4) 국문풍월의 한계 • 61

    5) 시사적 정리 • 62

04 소설 • 63

    1) 구소설의 잔존과 쇠퇴 • 63

    2) 시사토론체 소설의 등장 • 67

    3) 역사·전기 소설에 반영된 시대 인식 • 68

    4) 신소설의 등장과 번성 • 69

    5) 신소설의 문학사적 의의 • 74

05 구비문학과 희곡 • 75

    1) 판소리의 융성 • 75

    2) 민요의 변화 • 77

    3) 민속극의 발전과 변모 • 79

    4) 창극의 성행 • 80

Ⅲ
식민지 근대의
모순적 전개
－1910~1931년의 문학사

• <u>11</u>

01 배경 • 83

  1) 정치·사회적 배경 • 83

  2) 사상·이념적 배경 • 85

  3) 경제적 배경 • 86

  4) 문화적 배경 • 87

02 비평 • 91

  1) 전통단절론과 계승론의 태동 • 91

  2) 서양 문학론과 문예사조의 유입 • 92

  3) 형식주의적 문학론의 전개 • 95

  4) 비평의 논쟁화 • 97

  5) 문학론의 다양화 • 99

  6) 창작방법론의 쟁점화 • 102

  7) 총정리 • 107

03 시 • 108

  1) 신체시에서 자유시로의 이행 • 108

  2) 상징주의적 자유시 형식의 정착 • 111

  3) 낭만주의 시의 성행과 다양화 • 113

  4) 민족 현실에 대한 시적 인식의 확대 • 115

  5) 카프의 조직 강화와 프로시의 성장 • 125

  6) '국민문학파'의 전통 모색 • 129

04 소설 • 131

  1) 근대 소설의 확립 • 131

  2) 개인과 사회의 길항拮抗 • 136

  3) 하층민의 삶에 대한 계급적 인식 • 140

  4) 동반자 작가군의 형성 • 147

05 희곡 • 150

  1) 민속극의 쇠퇴 • 150

  2) 신파극의 등장과 변질 • 151

  3) 창작 희곡의 등장과 근대극의 출발 • 153

IV

**식민지 모순의
심화 및
개인의 발견**

−1931∼45년의 문학사

01 배경 • 157

　　1) 정치적 배경 • 157

　　2) 사회적 배경 • 158

　　3) 항일 민족 운동의 구체화 • 159

　　4) 경제적 배경 • 159

　　5) 문화적 배경 • 160

02 비평 • 164

　　1) 창작방법론의 다양화 • 164

　　2) 비평방법론의 확산 • 169

　　3) 논쟁의 심화와 확대 • 173

03 시 • 181

　　1) '시문학파'의 형식 중심의 예술성 • 181

　　2) 프로 시의 변모 • 185

　　3) 모더니즘 시의 주지성과 전위성 • 188

　　4) 생명파의 인간주의적 편향 • 191

　　5) 리얼리즘 시의 새로운 경지 개척 • 193

　　6) 시조의 변신과 부흥 • 201

　　7) 암흑기의 민족시 • 205

04 소설 • 211

　　1) 리얼리즘 장편소설의 성장 • 211

　　2) 농민소설의 다양화 • 223

　　3) 프로소설의 변모 • 231

　　4) 역사소설의 성행 • 235

　　5) 순수·본격소설의 다양한 면모 • 246

　　6) 세태·풍속소설의 대두 • 251

　　7) 모더니즘 소설의 등장 • 257

　　8) 총정리 • 259

05 희곡 • 260

　　1) 신파적인 대중극 잔존 • 260

　　2) 리얼리즘 극의 발전 • 260

V

민족문학 건설의
모색과 좌절

－해방기(1945~1950년)의
문학사

• 13

01 배경 • 265

　1) 국내외 정치·사회적 배경 • 265

　2) 경제적 배경 • 272

　3) 문화적 배경 • 273

02 비평 • 282

　1) 민족문학 논쟁 • 282

　2) 이북 평단의 새로운 창작방법론 모색 • 293

03 시 • 295

　1) 해방을 보는 좌·우익의 차이 • 295

　2) 좌익시의 계급성 강화 • 299

　3) 우익시의 순수성 강조 • 304

　4) 백석과 신석정의 성취 • 307

04 소설 • 310

　1) 해방 현실에 대한 성찰 • 311

　2) 친일 행각의 변명과 속죄 • 313

　3) 해방 후 혼란상 풍자 • 316

　4) 계급의식의 고취 • 317

　5) 순수성과 예술성 추구 • 321

　6) 탈식민적 시각의 확대 • 323

05 희곡과 연극 • 327

　1) 좌익 연극의 시대 반영과 혁신성 • 328

　2) 우익 연극의 탈역사성 • 329

　3) 대중극의 문제점 • 330

• 참고문헌 _ 332

• 찾아보기 1 _ 337

• 찾아보기 2(부록) _ 348

I 한국현대문학사 서술의 기초

1. 문학사 서술에 방법이 필요한가?

일찍이 문학사 서술에 '방법'이 필요하다고 주장하고 그것을 실제로 적용하고자
한 사람은 임화林和이다. 그는 일찍이 「조선문학 연구의 한 과제―신문학사의 방법」
에서 '대상·토대·환경·전통·양식·정신'을 '신문학사의 방법'에 포함시킨 바 있
다.[1] 그러나 그가 말한 '방법'은 문학사 서술의 방법이 아니라 내용이나 범주에 가
깝다. 역사주의적 연구의 궁극의 목표가 문학사 정리이고, 그 연구의 내용에 시대·
환경·양식·영향·정신사·관습·전기 등이 포함된다는 점에서 그러하다. 그런 점
에서 임화는 문학사 기술의 방법을 언급했다기보다는 문학사의 범주와 내용에 관
한 것을 열거했다고 보는 게 온당하다. 그러나 임화의 본 논문 안에는 방법에 관한
부분도 상당히 포함되어 있다. 그리고 보면 그는 문학사 기술의 내용을 통해서 그
방법을 찾아보려고 했던 것 같다.

---

1) 임화, 「조선문학 연구의 한 과제―신문학사의 방법론」, 동아일보, 1940.1.13.~20.

📖 임화林和

1908~1953년. 시인·평론가·예술운동가. 본명은 인식仁植. 서울 출생. 필명으로 성아星兒·임화·쌍수대인雙樹臺人·청로靑爐 등을 썼다. 1921년 보성중학에 입학하였다가 1925년에 중퇴하였고, 1926년부터 시와 평론을 발표하기 시작하였으며 영화와 연극운동에도 관심이 많았다. 1928년에 박영희·윤기정과 가까이하면서 카프에 가담하였다. 1929년에는 「우리 옵바와 화로」·「네거리의 순이順伊」·「어머니」·「병감病監에서 죽은 녀석」·「우산받은 '요꼬하마'의 부두」 등의 시로써 일약 프로 시인의 자리를 굳혔다. 1930년 일본으로 가서 이북만李北滿 중심의 '무산자' 그룹에서 활동하였고, 이듬해 귀국하여 1932년에 카프 서기장이 되면서 카프 제2세대의 주축이 되었다. 1935년에 카프 해산논쟁 시 '해산파'를 주도하였으며, 이후 임화는 폐결핵 치료, 시집 『현해탄玄海灘』·『조선신문학사』 간행, 출판사 '학예사' 운영, 일제 신체제문화운동에 대한 협조 등으로 일제강점기를 보냈다.

해방이 되자마자 '조선문학건설본부'를 조직하고 좌파 문인들을 규합하였다. 1946년 2월에는 '조선문학가동맹' 주최의 제1차 전국문학자대회를 개최하였고. 1947년 11월에 월북하기 전까지는 박헌영·이강국 노선의 민전의 기획차장으로 활동하였으며, 월북 후에는 6·25까지 조·소문화협회 중앙위 부위원장으로 일하였다. 6·25 전쟁 때는 낙동강 전선에 종군하기도 하였으나, 휴전 직후 남로당 중심 인물들과 함께 북한정권의 최고재판소 군사재판부에서 '미제간첩' 혐의로 사형을 선고받고 처형당하였다.

그는 1920년대부터 1940년대까지 진보적 문학운동의 중심에 서 있었던 만큼 근대문학사에서 중요한 위치를 차지하고 있다. 우선 시와 비평, 그리고 문학사 서술에서 그는 당대의 가장 문제적인 성과를 남겼다. 그가 남긴 시집으로는 『현해탄』(1938)·『찬가讚歌』(1947)·『회상시집回想詩集』(1947)·『너 어느 곳에 있느냐』(1951) 등이 있고, 평론집으로는 『문학文學의 논리論理』(1940)가 있으며, 편저로는 『현대조선시인선집』(1939)이 있다. 비록 미완으로 그쳤지만 조선신문학사 서술 작업도 시도한 바 있다.

참고 : 『한국민족문화대백과사전』, 『한국현대문학사전』[2]

문학사 기술의 방법이든 내용이든 그것을 굳이 임화의 주장대로 '대상·토대·환경·전통·양식·정신'에만 국한시킬 것인가 하는 문제는 그다지 중요하지 않다. 그것들을 모두 포함시켜야 하는가 하는 문제도 마찬가지로 중요하지 않다고 본다. 임화의 주장에는 문학사 기술을 아무렇게 하지 말고 일정한 준거를 토대로 하자는

---

2) 앞으로 이 책의 부록에서 '참고' 서지는 책 이름만 밝힌다. 자세한 서지사항은 이 책의 말미 '참고문헌'에 정리되어 있음. (아래 332~336쪽 참조).

데 핵심이 있었고, 그는 그 방법 모색에 대한 절실함을 그렇게 표현한 것이리라. 그 후에 나온 여러 종의 문학사 책들은 거의 앞머리에서 '방법'에 관한 내용을 소략하게나마 다루고 있는바, 이로써 임화의 '절실함'이 상당한 공감을 불러일으킨 것은 아닌가 생각된다.

그러나 문학사 서술에 있어 방법이 필요치 않다는 주장도 만만치 않다.

> 문학사 서술의 작업을 실제로 하기 전에 이론이나 방법을 미리 확립하는 것이 온당한 순서라는 주장은 학문 발전을 가로막는 억지이다. 대표작을 선정해서 해석과 평가를 분명하게 해야 한다는 요구도 받아들일 수 없다. 계속 발견되는 새로운 자료에 주목하고, 문제점에 관한 논란이 갈리게 마련이라는 것을 인정하고, 가능하고 타당한 추론을 조심스럽게 축적하면서, 문학사의 전개를 거시적으로 파악하는 이론을 도출하고, 논의의 범위를 확대해서 검증하지 않고는 해결책이 없다.[3]

현재 대표적인 문학사가의 한 사람인 조동일의 이런 주장에는 새겨들을 바가 많다. 우선 작품의 해석과 평가보다는 자료에 주목하자는 주장은 문학사의 실천적인 연구를 강조한 것으로 이해된다. 문학사 기술이 일정한 이론을 앞세워 그 대상과 내용이 일정한 도식으로 흐른 경우도 상당히 있었거니와, 또한 미리 전제한 방법론에 갇혀 다양한 양상들을 제대로 정리하지 못한 경우도 있었던 것을 우리는 알고 있다. 그래서 조동일의 이런 주장은 문학사 기술의 방법론이 필요 없다는 것으로 이해되기보다는, '자료 정리 → 추론 축적 → (문학사 기술을 위한) 다양한 이론들의 자연스런 도출 → 타당한 이론 검증'이라는 귀납적인 과정을 강조한 것으로 해석된다. 실제로 그의 방대한 저술인 『한국문학통사』가 이런 과정을 제대로 거쳤다고 보기는 어려울 것이다. 그러나 그의 문학사가 이론이나 비평보다는 실천과 연구로 일관되었다는 점은 부인할 수 없을 것이다.

이상의 논의를 토대로, 문학사 서술에 있어 '방법' 또는 '방법론'의 필요성은 그다지 중요치 않다는 결론에 근접하게 된다. 그러나 문학사에 어떤 내용을 담을 것

---

3) 조동일, 『한국문학통사 1(제3판)』, 지식산업사, 1994, 5쪽.

인가, 시대구분을 어떻게 할 것인가, 전체적으로 어떤 시각에서 기술할 것인가 하는 문제는 여전히 남는다. 명확한 이론을 끌어들이지 않더라도 적어도 이런 문제에 대한 언급은 필요하다고 본다. 이것은 방법이나 방법론에 관한 문제가 아니고, 내용·범주·시각에 관한 문제이다.

본 장의 다음 절부터는 이 문제에 관해서 이 책의 기술에 필요한 최소한의 준거들을 점검하고자 한다.

2. '한국문학'의 개념 설정

한국문학사 서술에 앞서 반드시 짚고 넘어가야 할 사항은 어떤 문학이 '한국문학'인가의 문제이다. 즉, '한국 문학의 범주 설정'이다. 최근 세계화의 흐름에 따라 국제교류가 다양해지고, 이에 발맞춰 문화적 교섭이 갈수록 활발해지면서 이는 더욱 중요한 문제로 부각되고 있다.

한국문학의 범주 설정에 있어 일반적으로 적용되는 기준으로 ①속인屬人주의, ②속지屬地주의, 그리고 ③속문屬文주의[4] 이 셋을 꼽을 수 있다. 첫째, 속인주의는 작품의 저자가 한국인에 속하느냐의 여부이다. 즉 한국 국적을 가진 작가가 쓴 작품이라면 속인주의를 충족하는 셈이다. 둘째, 속지주의는 작품이 산출된 곳이 한국이냐의 여부이다. 작품이 씌어지고 출판된 곳이 한국이라면 속지주의에 잘 부합한다. 셋째, 속문주의는 어떤 문자/언어로 표현되었느냐의 문제이다. 한글/한국어로 표현된 작품이라면 속문주의를 충족한다. 따라서 이 세 가지 조건을 모두 갖춘 작품이라면, 즉 한국인인 작가가 한국어로 한국에서 산출해낸 작품이라면 별다른 문제없이 한국문학이라 할 수 있다.

---

4) 속문屬文주의는 '속언屬言주의'로 표현하는 게 더 정확할 것이다. 문학의 표현 수단으로서 문자보다는 언어가 더 엄밀하게 정합하기 때문이다. 그러나 근대 이후 문학의 매체로서 문자의 위력이 커짐으로써 '속문주의'라는 용어가 일반적으로 많이 사용되고 있고, 특히 현대문학 작품이 거의 대부분 문자를 표현 매체로 한다는 점에서 이 책에서는 '속문주의'를 사용한다. 하지만 이 용어 안에는 '속언주의'의 의미가 함축되어 있음은 물론이다.

그런데 여러 사정으로 이 중에 한두 가지가 맞지 않은 경우가 있다. 조선 시대 이전 한자漢字로 표기된 작품은 속문주의에 위배되고, 일제강점기 중국(만주 포함)이나 일본에서 산출된 작품은 속지주의에 어긋나며, 해방 이후 재일 한국인이 일본어로 발표한 작품은 속문·속지주의에 저촉되고, 또 중국 국적의 재중 동포가 한국어로 쓴 작품은 속인주의와 속지주의에 정합하지 않는다. 세계 곳곳에 약 600만 명의 한인 디아스포라가 산포되어 있고, 또 국내에 체류하는 외국인이 170만 명에 이르며,[5] 문화 전반에 걸쳐 **탈영토화** 및 **재영토화** 현상이 확산되면서, 한국문화의 국적이나 정체성을 점검하는데 있어서도 이런 세 가지 기준을 절대적인 원칙으로 적용하는데 무리라는 지적이 커지고 있다. 이런 사정으로 이제 '한국문학 범주 설정'에 있어 이 기준들을 모두 충족하는 엄격성에서 어느 정도는 벗어날 필요가 있다.

┃탈영토화(deterritorialization)와 재영토화(reterritorialization)

이 두 용어는 서로 쌍을 이루는 개념으로, 탈영토화는 하나의 구조나 체계를 벗어나는 것을 뜻하고, 재영토화는 그 벗어남이 새로운 구조나 체계로 다시 형성되어가는 것을 의미한다. 영토는 가치의 생산이나 이념의 형성이 이루어지는 환경을 말한다. 인간의 욕망은 끊임없이 새로운 환경을 향해 이동하는데, 이런 과정에서 주어진 영토의 경계를 벗어나려는 운동이 탈영토화이며, 그 후에 다시 새로운 영토가 형성되는 과정의 운동이 재영토화이다.

이 용어는 들뢰즈(Gilles Deleuze)와 가타리(Fe'lix Guattari)의 공저『안티 오이디푸스』와 『천 개의 고원』에서 처음 사용되었고, 그후 문학용어로 정착되었다. 이 책들은 정신분석학의 핵심 개념들인 결여로서의 욕망과 오이디푸스 삼각형을 비판하고, 그 대안 논리로 자본주의의 착취에 대항하는 마르크시즘 투쟁에 새로운 이론적 기반을 제공하려는 의도에서 씌었다. 들뢰즈와 가타리는 욕망이란 늘 오이디푸스 삼각형 속에서만 결여로서 작동한다는 구도를 붕괴시키고, '욕망하는 기계'라는 새 개념을 도입한다. 욕망은 무의식적 결여에 의해서가 아니라 생산 구조와 환경 의해서 그 본질이 규정된다. '욕망하는 기계'들의 욕망은 다른 욕망의 흐름들과 연결되면서 무한한 분열증식으로 새로운 욕망의 흐름과 그 대상을 생성해나가는 역동적인 힘이다. 이 힘이 고착화된 영토를 분열시키는 방향으로 탈주하는데, 그런 탈주의 통로를 거쳐 억압과 통제를 벗어나는 탈영토화가 가능하다. 이러한 탈주의 흐름을 포획하여 다시 억압하고 통제하는 매커니즘을 재영토화라 한다.

들뢰즈와 가타리는 탈주선을 타고 언제라도 욕망을 향해 나아가는 유랑민을 노마드(nomade)라 부르며, 마조크·프루스트·카프카 등을 노마드 족에 포함되는 작가로 평가한 바 있다.

참고 : 『문학비평용어사전』

---

5) 법무부 2014년 6월 통계자료 참조.

이런 저간의 형편을 감안하여 위 세 가지 기준을 보완할만한 다른 기준들이 필요하다. 이 '새로운 기준 설정'에 우선적으로 검토될 것이 곧 작품의 내용과 독자이다.[6] 먼저 작품의 내용이 한국(한국문화)적인 것인가 아닌가 하는 문제(이를 편의상 '속내용주의'라 하자)가 보완 기준으로 고려될 필요가 있고, 다음으로 그 주 독자가 한국인인가 아닌가의 문제(이른 '속독자주의'라 하자)도 보완 기준으로 검토될 필요가 있다. 사실 고전 시대 한자로 표기된 작품은 속문주의에 위배되고, 일제강점기 중국(만주 포함)이나 일본에서 산출된 작품은 속지주의에 어긋나지만, 우리 학계에서 별 이의 없이 한국문학으로 포섭하는 데에는 이 '속내용주의'와 '속독자주의'가 적극 작용한 결과이기도 하다. 앞으로 한인 디아스포라나 국내 거주 외국인의 소작所作 중 이런 문제에 결부되는 경우가 빈번해질 터인데, 그 때마다 애초의 세 가지 기준을 엄격하게 적용하는 것은 바람직하지 않다. 강조컨대, 그 세 원칙 중 한두 가지에 위배되더라도 뒤의 두 가지 보완 기준을 더욱 적극적으로 적용하여 그 중의 하나만이라도 충족된다면 한국문학의 범주에 넣을 것을 이제 우리는 적극 검토할 단계에 서 있다.

이 책에서는 한국문학의 범주 설정에 있어 이런 유연한 입장을 취하고자 한다.

3. 문학사 서술의 자세

1) 역사가로서의 문학사가

문학사란 단순히 정의하면 '문학의 역사'이다. 그래서 문학사의 연구 대상과 내용은 문학적 현상들이지만 그것에 임하는 자세에 있어서는 역사학적인 측면을 무시해서는 안 된다. 문학사란 문학적인 내용을 역사적 시각으로 정리하는 분야이기 때문이다. 여기에서 '역사적 시각'으로서의 역사학적 방법이 검토될 필요가 있다.

---

6) 문학적 요소라 할 수 있는 것 중에서 '작가', '작품의 형식(언어)', '세계(사회·문화적 환경)'는 이미 예의 세 기준에 고려되었지만, '독자'와 '작품의 내용'이 충분히 고려되지 않았기 때문이다.

역사학적 방법이란 것도 단순치 않지만, 이 책에서는 '과거와 현재의 대화로서의 역사'를 강조한 카(E. H. Carr)의 입론에 주목한다.

근대 역사학의 수립자 랑케(L., von Ranke)는, 역사가란 자기 자신을 내세우지 말고 과거의 사실들의 본래 모습을 밝히는 것을 그 지상과제로 삼아야 하며 오직 사실만을 이야기해야 한다고 언급함으로써, 역사적 사실들 그 자체를 규명하는 데 큰 비중을 두었다. 그러나 이와는 반대되는 역사학적 방법이 20세기에 이르러 크로체(B. Croce)나 콜링우드(R. G. Collingwood)에 의해 피력되었다. 그들은, 모든 역사적 판단의 바탕에는 현재의 실천적 요구가 자리 잡고 있기 때문에 모든 역사 연구에는 현재의 인식과 가치가 중요할 수밖에 없다고 보아, 모든 역사는 현대의 역사(contemporary history)라는 전제를 내세웠다. 즉, 서술되는 사건이 아무리 먼 시대의 것이라고 할지라도 역사가 실제로 반영하는 것은 현재의 요구 및 현재의 상황이며, 역사적 사건은 다만 그 속에서 메아리 칠 따름이라고 주장하였다.

그런데 카(E. H. Carr)는 이 두 개의 상반된 역사관을 절충·보완하는 입장을 취하였다. 즉, 역사가와 역사적 사실들과는 평등의 관계에 있는 것이어서 역사가는 역사적 사실의 천한 노예도 아니오, 또 억압적인 주인도 아니라고 하였다. 역사가란 역사적 사실에 맞추어서 자신의 해석을 형성하지만 또 자기의 해석에 맞추어서 역사적 사실을 형성하는 끊임없는 과정에 종사하고 있다고 보았다. 요컨대 역사적 사실을 소홀히 하는 역사가는 뿌리 없는 무능한 존재이지만, 역사가가 없는 사실이란 생명 없는 무의미한 존재라는 것이다. 역사란 결국 역사가와 역사적 사실 사이의 부단한 상호 작용의 과정이며 그래서 현재와 과거와의 사이의 끊임없는 대화인 셈이다.

이에 따라 필자는 문학적 실체들(작품, 작가, 문학적 사건, 문학적 현상 등)을 역사적 사실들로 존중하면서 그것을 오늘의 입장에서 해석하는 '절충과 대화'의 입장에서 이 책을 기술할 것이다. 즉 필자는 역사가의 입장에 서서 한국 현대문학의 현상과 사건들을 역사적 사실로 기술할 것이다. 여기에는 역사가가 단순한 개인이 아니라 사회 속에 편입된 개인이라는 시각이 내포되어 있다.

무릇 사회와 개인은 대립관계에 있는 것이 아니라 상호 보충관계에 있다. 역사가도 하나의 개인이기는 하지만, 그 역시 다른 개인들과 마찬가지로 자기가 속해 있는 사회의 산물인 동시에 의식적이건 무의식적이건 그 사회의 편입된 개인이다. 그래서 그의 말은 그 사회의 한 개인으로서의 말이고 그래서 그는 어느 정도 그가 속한 사회의 대변인이 된다. 바로 이러한 자격으로 역사가는 역사적 과거의 사실에 접근하는 것이다. 그러므로 역사가는 추상적인 고립된 개인이 아니라 현재 속해 있는 사회의 일원으로서 역사적 사실과 대화를 한다. 그래서 '대화'로서의 역사 기술은 역사가가 속한 오늘의 사회적 문제와 역사적 사실들 속의 문제들 간의 상호작용인 셈이다. 과거(역사적 사실)는 현재의 안목(현재 사회에 편입된 역사가의 시각)에 비쳐졌을 때에만 비로소 이해될 수 있는 것이며 또한 현재도 과거의 조명 속에서만 충분히 이해될 수 있는 것이기 때문이다.

2) 문학 연구자로서의 문학사가

문학사가가 역사가의 자세를 견지해야 한다고 해서 그가 온전히 역사가가 되는 것은 아니다. 그는 다루는 대상이 문학적 현상들이기 때문에 그는 기본적으로 문학 연구자이어야 한다. 그렇다면 문학사가는 원칙적으로는 문학 연구자이지만, 그 연구 대상인 문학 현상들을 역사적 시각에서 바라보는 사람이라고 할 수 있겠다.

'문학 현상들을 역사적 시각에서 바라보는' 일도 역사가의 입장과 문학사가의 입장에서 다를 수밖에 없다. 역사가는 문학적 현상을 역사의 일부로 간주할 것이고, 문학사가는 문학 현상의 역사에 주목할 것이다. 이 양자 사이에는 무시할 수 없는 간극이 있다. 전자의 경우는 기존의 역사물에서 문학 현상을 당대 역사 전개의 일부로 취급한 데에서 찾을 수 있다. 그러나 문학사가는 문학 현상이 역사의 일부로 편입되는 것을 동의하지 않는다. 그는 '문학 현상들의 역사'로서의 문학사에 치중한다.

'문학 현상들의 역사'는 문학 현상들의 시간적 나열은 아니다. 일부 문학사 관련 저술에서 당대 역사적 배경을 경시한 채 문학 현상들의 시간적 나열에 치중한 경우를 발견할 수 있다. 이것은 문학사가가 역사가의 자세를 버리고 문학 연구자의 입장만을 강조한 결과라 할 수 있다. 그렇다면 '문학 현상들의 역사로서의 문학사'는 적어도 '문학적 현상들의 역사적 정리'이어야 하고, 그러기 위해서는 '문학적 현상들과 역사적 배경과의 관련'이 비중 있게 다루어져야 한다.

> (문학사는) 당연히 정신사, 표현형식의 발달사, 사회사, 문학 분포의 역사, 문학 수용의 역사 등등을 포함시켜야 하며, (…중략…) 인간 정신 및 인간 의식에 관한 역사적 발전 상황, 문학의 장르와 언어 표현 형식의 발전의 역사, 문학이 그 영향을 끼치는 정치적·사회적·문학적 제 조건, 그리고 문학을 수용하여 비판하는 독자 층의 역사(를 포함해야 한다.)[7]
>
> * 인용문의 괄호 속 내용은 인용자가 추가한 것임

위 주장에 따르면 문학사에는 사회사·문화사는 물론이고 정치·경제적 배경과 긴밀한 관련성을 포함해야 한다. 그렇다고 해서 문학사가 관련사가 되는 것은 아니다. 그런 여러 관련 사항들이 문학적 현상들을 중심 줄기로 삼아 재편성되었을 때 바람직한 문학사 기술이 될 것이다.

• 23

이에 이 책에서는 당대 역사적 배경을 정치·사회·경제·문화적 배경으로 나누어 간략하게 정리하고, 이와 문학적 현상과의 관련 상황을 주목할 것이다. 그런데 이 양자의 관련 상황이 가장 긴밀하게 드러나는 장르가 비평 분야라 판단되어, 이 책에서는 타 장르보다 비평을 먼저 다루고자 한다.

4. 시대 구분의 문제

문학사 기술에 있어 시대를 나타내는 말에는 고대·근세·근대·현대가 있다. 흔히 현대라고 하면 우리가 살고 있는 '이 시대'를 말한다. 여기서 이 시대는 그 공

---

7) Fritz Martini, 황현수 역, 『독일문학사』, 을유문화사, 1989, 14쪽.

동체를 주로 이루고 있는 사람들이 생각하는 이 시대를 말한다. 현재를 살아가고 있는 사람들의 시대란, 더 정확하게는, 그들의 가정·사회·국가·민족 공동체 안에서 같은 경험을 나누는 시간적 범위를 가리킨다. 그런데 나이에 따라 그런 공동경험의 진폭에 차이가 있을 수 있으니, 보통은 지금부터 한 두 세대의 과거 시간까지를 현대라 한다. 이런 시대 구분에 따르면 한국의 경우 20세기 후반 이후가 현대에 해당될 것이다. 그러면 일반적으로 '근대'는 '현대' 직전의 현대이므로 '현대' 보다는 적어도 한 두 세대 이전의 시대를 가리킨다.

그러나 문학사 시대 구분에서 '현대'의 개념 안에는 '근대'가 포함되어 있다. 문학사 구분을 크게 고전문학 시대와 현대문학 시대로 양분하는 게 국문학계의 통설이고, 이에 따르면 '한국고전문학'은 '고대'와 '근세'를 포섭하고, '한국현대문학'은 '근대'와 '현대'를 함축한다. 즉 '현대문학'의 '현대'는 '근대'를 포함한 광의의 현대이다. 그래서 현대문학사에는 '근대문학사'도 내포한다.

'근대'는 '현대'의 직전 시대이긴 하지만 전前근대와는 확연하게 구분되는 세 가지 특징을 지니고 있다.[8] 당대인의 사고방식, 경제 조직, 정치체계에 있어 전근대와 다른 특징을 나타낸다. 첫째, 과학적이고 합리적인 사고방식이 일반화되는 시대가 근대이다. 서양의 경우 이러한 사고방식이 보편화된 것은 르네상스 이후이지만, 한국의 경우 실학實學이 보편화되고 서양문물이 소개된 19세기 말로 추정하고 있다. 정치체계로는 시민·인민에게 정치적 주권이 부여되는 때가 근대이다. 우리나라는 1894년 신분 제도가 철폐된 이후부터 서민·평민에게 정치적 권리가 부여되기 시작하였다. 마지막으로 경제조직의 측면에서 봉건 경제 체제가 무너지고, 시장 경제 체제가 자리잡아 갈 때를 근대로 본다. 우리나라의 경우 18세기 보부상의 활약으로 시장 경제 체제가 생겨나기 시작하였고 20세기 초에 소비재를 대량으로 생산하는 제조회사가 설립되기 시작하고 그것의 유통과정에 시장 경제 체제가 수립되었다고 본다. 이를 종합하면 우리나라는 1894년 갑오경장 이후 근대화가 일어났다고 본다.

---

8) 이런 특징은 '현대'에도 이어지고 있는 것이어서 근대가 광의의 현대에 내포되는 근거가 되기고 한다.

따라서 현대문학사는 1894년 이후 약 120년간의 문학사인 셈인데, 또 그 기간을 시간적으로 구분하려면 일정한 기준이 필요하다. 문학사 기술의 편의상 보통 10년 단위로 구분하기도 하지만, 논자에 따라서는 큰 정치·사회적 사건을 분기점으로 삼아 나누기도 하고, 문화사적 변천을 기준으로 나누기도 하며, 이 세 가지 방식을 섞어서 구분하기도 한다.

그러나 문학사는 어디까지나 역사학적 방법으로 기술된다는 전제를 존중한다면, 정치·사회사적 사건과 문화사적 흐름을 함께 고려하여 사대구분을 하는 게 바람직하고 본다. 큰 정치·사회적인 사건은 전 분야에 큰 영향을 끼치기 마련이고 문화사적 변천은 국민들의 생각과 정서 형성에 귀결되기 때문이다. 이런 입장에서 현대문학사를 구분하면 ①1894~1910년, ②1910~1931년, ③1931~1945년, ④1945~1953년, 그리고 ⑤1953년 이후로 대별할 수 있다. ①의 시기는 서양문물의 유입과 더불어 보국안민輔國安民의 문제가 시대적 과제로 부각된 때였고, ②와 ③의 시기는 공히 독립 국가를 수립하는 게 시대적 과제였지만, 1931년 소위 '만주사변滿洲事變'을 분기점으로 일제 식민지배 양상도 크게 달라지면서 독립운동의 전개 방식과 국민들의 인식과 정서에도 큰 변화가 생겨났으므로 두 시기로 분리하는 게 바람직하다. 또 ④의 시기는 해방 후 친일잔재 청산과 자주국가 수립이라는 지상명제가 대두된 때이면서 한반도가 분단으로 이어지는 시기이고, ⑤는 분단모순이 한반도에 깊이 내면화되는 시기이다. 즉 ⑤의 시기는 그 전체가 분단극복을 가장 큰 과제라 할 수 있지만, 이 과제 역시 남·북한에서 다른 성격으로 받아들여졌던 것을 부인할 수 없고, 또 남한 만하더라도 시기별로 그 성격이 변화되어 왔기 때문에 일률적으로 설명할 수 없다. 다만 남한의 경우 1988년 서울올림픽을 기점으로 크게 달라진 점을 고려하여, 위 ⑤의 시기를 다시 둘로 나누어 ⑤-1냉전시기와 ⑤-2탈냉전시기로 나누는 것이 바람직하다고 본다.

따라서 한국현대문학사는 ①애국계몽기, ②일제강점기 전기, ③일제강점기 후기, ④해방기 및 전쟁기, ⑤냉전기, ⑥탈냉전기로 시대구분을 할 수 있다. 그렇다면, 한국현대문학사는 ①에서 ⑥에 이르는 시기의 문학현상들을 모두 포괄해야 할 것이다. 그러나 이 책에서는 ⑤와 ⑥은 제외하기로 한다. 그 이유는 그 시기가 분단 이후에 해당되어서, 앞 '머리말'에서 밝힌 바처럼, 남북의 통합문학사 기술 차원에서 여러 해결되지 못한 문제가 남아있기 때문이다.

5. 한국문학사의 주요 쟁점

1) '이식'인가? '전통 연계'인가?

한국문학사 서술에 앞서 가장 먼저 봉착하는 쟁점은 근대문학이 고전문학사적 전통을 이어받았는가, 아니면 고전문학과는 다른 뿌리에 바탕을 둔, 즉 서양문학의 이식으로 생겨난 것인가 하는 문제이다. 안확의 『조선문학사朝鮮文學史』(1922) 이래 한국문학사 기술이 시작된 지 90여 년이 흘렀지만, 이 문제는 아직도 국문학계에서 주요한 쟁점으로 남아 있다. 또한 해방 이후 국문학사가 학문적 체계를 갖추기 시작하여 반세기가 지났지만, 이 쟁점은 아직도 해결되지 않았고, 오히려 '식민지 모순'[9] 문제가 제기된 이래 이 쟁점은 더욱 복잡한 양상을 띠어가고 있다. 더구나 해방 후 한국의 국어국문학이 고전문학 전공, 현대문학 전공, 그리고 국어학 전공으로 크게 세 분야로 나뉘면서 고전문학과 현대문학의 학문적 거리는 더욱 멀어지게 되었고, 이에 따라 이 쟁점에 대한 양 전공자들의 시각차도 갈수록 커지고 있는 게 저간의 실정이다. 아무튼 이런 저런 문제로 해서 이 쟁점에 대해 접근하는 게 단순치 않다. 그렇지만 한국문학사 기술에서 이를 외면하는 것은 문학사가의 당연한 임무를 회피하는 일이다.

---

9) '식민지 모순'은 한국의 근·현대사를 검토하는 과정에서 1970년대에 제기된 용어로, 한국의 현대 사회가 지니고 있는 모순의 근거가 궁극적으로 식민지 문제에 있다는 것을 총체적으로 압축한 개념으로 사용해 오고 있다. 논자에 따라서는 이를 '민족 모순'으로 표현하기도 한다.

1886~1946년. 서울 출생. 국학자·독립운동가. 호는 자산自山. 필명 운문생雲門生·팔대수八大搜. 1895년 서울 수하소학교를 마친 뒤 유길준의 『서유견문西遊見聞』과 청국 량치챠오梁啓超의 『음빙실문집飮氷室文集』을 통해 서구 문물과 서양의 정치사상을 받아들였다. 1900년대에는 서북 지방의 교육활동에 참여하였고, 1910년 경술국치 이후 마산에 있는 창신학교 교사로 있으면서 학생들에게 독립정신을 고취시켰다. 1914년경 일본에 유학, 니혼대학에서 정치학을 수학하였다.

그 뒤 1916년 마산으로 돌아와 윤상로·이시영 등이 결성한 독립운동 단체인 조선국권회복단에 참가, 마산지부장을 맡았다. 3·1운동 때 마산 지역 만세운동을 조직·주도하였다. 3·1운동 이후 서울에 올라와 본격적인 저술활동을 시작, 『조선문학사』와 『조선문명사―조선정치사』로 대표되는 국어·국문학·국사 등 국학에 대한 글들을 발표하였다. 또 1928년부터는 이왕직李王職 아악부에 근무하면서 4년 동안 아악에 대한 기본적인 정리와 연구를 하였고, 이를 토대로 한국음악에 관해서도 업적을 쌓았다. 1930년대 무단통치로 바뀌자 국내를 벗어나 중국 대륙, 노령의 연해주 지역과 하와이를 유랑하였다. 7년 간의 유랑을 마치고 귀국, 국어학·시조·향가·미술사 등에 관한 글을 발표하였다. 1940년 이후에는 절필한 채 정인보 등 비타협적인 민족주의자들과 교유하며 지냈다. 광복이 되던 해에 자신의 정치이념을 실현하기 위해 친우들과 정당 결성을 시도했지만 끝내 뜻을 이루지 못하고 1946년 11월 급환으로 사망하였다.

그는 『조선문명사』·『조선문학사』·『조선문법』·『조선무사영웅전』·『시조시학』 등의 저서와 「조선의 미술」·「조선철학사상개관」·「조선의 음악」·「조선상업사소고朝鮮商業史小考」 등 140여 편의 국학 관계 논문·논설을 남겼다.

그는 국권피탈 후 지식인들이 서구문명 우월주의에 빠져 드는 것을 경계하여 민족문화의 장점 발견이 곧 독립의 길이라는 신념으로 국학 연구에 몰두하였는데, 이런 연구 자세가 후에 '전통연계론'의 실천으로 평가받았다. 1944년에 권오성·이태진·최원식 등이 그의 저술들을 모아 『자산안확선생저작전집自山安廓先生著作全集』을 냈다.

참고 : 『한국민족문화대백과사전』

한국의 근대적 성격을 두고 크게 두 가지 학설이 대립되어 있다. 즉, '내재적 발전론'이 그 하나요, '식민지 근대화론'이 나머지 하나이다. 전자는 19세기 말~20세기 초 한국의 근대가 조선 후기 전개되어 온 실학사상을 기반 삼아 자생적으로 발전되어 왔고 그런 자생적 근대화에 발맞추어 서양식 근대가 일본을 경유하여 유입되었지만, 당시 근대화의 가장 핵심적인 동력은 내재적인 전통에 있다고 본다. 반면, 후자는 한국의 근대화는 19세기 말 이래 일제의 식민지화 과정에서 생성된 것으로 본다. '식민지 근대성'이란 제국의 식민지 정책에 의해 피식민지의 근대화가 이루어진 것을 지칭한다. 한국의 경우 일제 강점기 식민지 근대성의 성격이 어떤 것인가를 놓고 역사학계와 사회과학자들의 논란이 그치지 않고 있다. 먼저 근대성 개념의 기준 설정에 합의가 이루어져야 하고, 식민지 이전과 이후의 역사적 전개의 맥락에서 식민지 시대의 성격을 규명하는 문제가 해결되어야 이 '근대성' 개념도 수립될 수 있다. 현재 한국에서는 신자유주의적 관점에서는 식민지 근대성을 인정하고 있으며, 탈식민주의나 민족주의 관점에서는 비판되거나 부정되고 있다.

▮ 식민지 근대화론

일제의 한국 식민 지배가 결과적으로 한국의 산업화와 근대화에 기여했다는 학설이다. 이 학설은 피폐해진 조선을 일본이 합병함으로써 한국의 산업화와 근대화에 기여했다고 주장한다. 이 이론은 일제강점기에 일본 학자들에 의해 정체성론의 일환으로 주장되기 시작했다. 해방 후 일소되었으나 일본 우익 정치인들에 의해 일제의 한국 식민 지배를 정당화하기 위한 수단으로 간헐적으로 주장되었고, 80년대 이후 한국에서도 뉴라이트 계열의 역사학자들에 의해 부활되었다. 1960~70년대의 생산 요소, 1980년대의 내재적 기술 발전에 따른 경제 성장 모델이 한국에 들어맞지 않자 결국 개발경제학자들이 제도로써 이를 설명하려고 하였는데, 그에 따라 근대적 사유재산 제도, 회사법, 행정·사법 분리 등의 제도가 잘 갖추어져 경제 성장이 이루어졌으며, 이 제도들이 시기상 일제강점기에 기원한다는 주장이 힘을 얻어 식민지 근대화론이 학설로 대두되었다.

이와 관련해서 '자본주의 맹아론'을 두고 한국에서 논쟁이 일어나기도 하였다. 알려졌다시피 모리스 돕은 '경영형 부농의 등장'을, 폴 스위지는 '시장 관계로의 편입'을 중세봉건에서 자본주의로 넘어가는 체제 이행의 원인으로 꼽았다. 흔히 전자는 내부 동력을 원인으로 본다는 점에서 내인론, 후자는 외부로부터의 충격을 강조했다는 점에서 외인론으로 불린다. 이런 점에서 한국의 자본주의 과정은 '폴 스위지 논리'에 따른 외인론에 해당한다는 점에서 식민지근대화론의 논거를 강화하기도 하였다.

그러나 자본주의 맹아론 가운데 내재적 발전론을 뒷받침하는 것으로서, 조선이 개화기 때 외세와의 불평등 조약에 의해 세계자본주의 체제로 편입되기 전에 이미 숙종 때부터 상평통보가 점차 보편화되며 상품화폐경제가 발달해감에 따라 자본주의가 스스로 형성되어 가고 있었다는 이론이다.

한편 식민지 근대화론과 내재적 발전론은 동시성을 가졌다는 주장도 있다. 1950년 대한민국 경제의 발전 경로가 지금보다 훨씬 다양하게 열려 있었을 뿐 아니라 1960~70년대 고도 성장을 이룬 기본 조건이 형성된 시기라는 주장도 있다.

참고 : 『선사인 논술사전』, 『조선후기 상업자본의 발달』

이런 두 학설은 한국 근대문학사의 성격을 규명하는 데에도 절대적으로 작용한다. 그래서 한국의 근대문학은 일본을 경유한 서양의 이식문학에 불과하다는, 소위 '이식移植문화론'이 일제강점기 이후 지금까지 피력되는가 하면,[10] 이에 못지않게 한국의 근대문학은 고전문학의 전통을 이어받고 있다는, 소위 '전통 연계론'도 일제강점기 이후 면면한 주장으로 이어지고 있다.[11] 한국문학의 근대성에 대한 이런 두 학설의 대립은 아직도 여전하다. 이런 대립의 결정적 이유는 한국의 근대를 서양의 '이식'으로 보느냐 '전통 연계'로 보느냐의 시각의 거리 때문이다.

그러나 개항開港 후 130여 년이 지났고, 근대화의 시발점을 언제로 보든지 간에 적어도 100년 이상의 세월이 흘러 이제 이른바 '탈근대'를 넘어서고 있는 마당에, 예의 '이식'이나 '전통 연계'란 개념은 오늘의 관점에서는 적합한 준거準據가 될 수 없다. 또한 그런 경직된 개념으로는 예의 시각차를 좁힐 수 없을 것으로 판단된다. 이에 필자는 최근에 포스트 식민주의(post-colonialism)의 핵심어로 대두된 '전유專有(appropriation)'와 '혼성混成(hybridity)' 개념을 조심스럽게 내세우고자 한다. 한국의 고전시대 중국에서 한자漢字가 유입되고 또 불교 및 유학사상이 전래되어 왔지만, 이제 와서 그것에 대해 우리는 '이식'이라 해석하지는 않는다. 그 이유는 그것의 원천지가 중국이나 인도이지만 한국에 전파되어 수백 년 또는 천년 이상을 거쳐 정착되면서 그것이 한국적으로 전유되어왔기 때문이다. 그래서 '한국 한자', '한국 불교'. '한국식 유교'란 말을 쓰기도 하거니와, 이는 그것들이 이제 한국의 중요한 전통으로 굳어져 있다는 증좌이기도 하다.

10) '이식문화론'은 임화林和의 『개설 신문학사』(조선일보, 1939.09.02~10.31)에 의해 본격적으로 거론되었지만, 그 이전 1920년대에 이광수나 최남선 등에 의해 간헐적으로 제기되어 왔으며, 광복 후에는 백철의 『조선신문학사조사朝鮮新文學思潮史』(수선사, 1948)와 조연현의 『한국현대문학사韓國現代文學史』(성문각, 1975)로 이어져 왔다.
11) '전통 연계론'은 안확의 『조선문학사朝鮮文學史』(한일서점, 1922)에서 피력된 이래, 안함광의 『조선문학사』(연변교육출판사, 1956) 및 김현·김윤식의 『한국문학사韓國文學史』(민음사, 1973)를 거쳐 전개되어 왔다.

▌전유(appropriation)와 재전유(re-appropriation)

통상적으로 '전유'는 자기 혼자만 사용하거나, 흔히 허가 없이 무언가를 차지하는 일을 가리킨다. 문화연구에서 '전유'는 어떤 다른 문화를 수용하여 자신의 방식으로 그 정체성을 변형시키는 것을 가리킨다. 서양의 오리엔탈리즘은 대표적인 '전유'라 할 수 있다.

'재전유'는 '전유'에서 파생된 말로, '전유된 기호가 차지하는 문맥 또는 맥락을 변경하여 특정한 기호를 다른 기호로 작용하게 만들거나 다른 의미를 갖도록 만드는 행위'를 가리킨다. 한국의 불교나 유교는 원래 인도나 중국에서 유래하였지만, 이제는 '한국불교'와 '한국유교'로서 정체성을 형성하고 있으므로 대표적인 재전유라 할 수 있다.

문화연구에서 '재전유'는 의미를 다시 규정한다는 의미에서 '재의미작용(resignification)', '브리콜라주(bricolage)'와 함께 사용되고 있다. 이것은 한 기호가 놓여 있는 맥락을 변경함으로써 그 기호를 다른 기호로 작용하게 하거나 혹은 다른 의미를 갖게 하는 행위를 수반한다.

재전유, 재의미작용, 브리콜라주 등의 개념은 억압적인 지배문화에 대한 도전과 위반을 특징으로 하는 하위문화의 독특한 존재방식에 대한 문학 및 문화연구, 탈식민주의 이론에서 활용되기도 한다. 이 개념은 서양이 동양을 전유하는 오리엔탈리즘이나 동양이 서양을 전유하는 옥시덴탈리즘, 서구중심주의, 가부장제에 길들여진 남성지배문화 등에 맞서서 반자본주의적인 저항문화나 탈중심적인 하위문화가 보여주는 제한된 변형행위의 문화적 정치적 의미를 분석하는 일련의 과정에 활용된다.

참고 : 『문학비평용어사전』

▌혼성混成 또는 혼종화混種化(Hybridization)

범박하게는 여러 문화가 섞이는 것을 가리킨다. 이 용어는 원래 화학과 어학 분야에서 사용되다 바흐친의 개념화를 거쳐 이제 문화론에서 폭넓게 차용하고 있다.

바흐친(M. Bakhtin)은 모든 언어는 '혼종화'를 통해 진화한다고 보고, 언어의 보편적 성질에 의해 혼합하는 '비의도적·무의식적 혼종화'와 이와 대조적으로 구체적인 언어 상황에서 어떤 특정한 목적을 위해 의식적으로 혼합하여 사용하는 '의도적·의식적 혼종화'로 나누었다. 그에 의하면 '의도적 혼종화'는 하나의 언어와 다른 언어 사이의 저항과 갈등을 표출한다고 보고, 이런 혼종성을 문학 작품 속의 패러디와 아이러닉한 문장들의 분석을 통해 예증한다.

한편 혼종성에 대한 보편적인 개념 정의는 포스트 식민주의 비평 속에서 전개된다. 호미 바바(H. Bhabha)는 혼종성을 양가성(ambivalence)과 밀접한 개념으로 설명한다. 바바는, 지배자의 허용과 금지라는 이중의 정책이라는 양가적 요구에 피식민자는 지배자를 부분으로 닮을 수밖에 없으며, 피식민자는 '부분적 모방'인 '흉내내기(mimicry)'를 통해 '혼종화' 된다고 말한다. 그러나 바바는 '흉내내기'는 지배자를 따르는 '모방(mimesis)'인 듯하지만 동시에 이를 우습게 만드는 '엉터리 흉내'가 되는 전복의 전술로 이용될 수 있다고 말한다. 또한 그는 이런 전복을 거쳐 재의미작용이 이루어지면 새로운 제3의 위치에 재전유된 문화가 형성된다고 주장한다.

참고 : 『문학비평용어사전』

물론 고전문학과 근대계몽기 문학은 여러 면에서 큰 차이가 있을 것이지만, 그렇다고 해서 당시 한국의 근대문학이 일본문학이나 서양문학이 아닌 것도 분명하다. 일단 그 표현 매체가 한국어였던 게 분명하고, 또 그 독자가 한국인이었던 것도 엄연하다. 즉, 속지屬地주의와 속인屬人주의를 충족시키는 것은 물론이고 속문屬文주의와 '속독자屬讀者주의'에도 충분하게 정합한다. 당시까지의 한국의 전통을 지극한 순혈주의적 시각에서 고수하려는 시각이나, 아니면 그 반대로 과거의 전통을 과감히 버리고 새로운 것으로 새 전통을 만들겠다는 입장이 아니라면 '이식'은 적합치 않다고 본다. 당시 한국 근대문학에서 내용상 서양 문화적 요소가 다소 가미되기도 하고, 형식상 일부(리듬·문체·구성 등)에서 서양식 방법이 차용된 것은 부인할 수 없지만, 반면에 전술한 대로 언어와 독자 측면에서 여전히 한국적 전통에서 벗어나지 않았기 때문에, 적어도 '혼성'의 개념으로 파악하는 게 온당하다고 본다. 또한 작품에 따라서는 고전문학적 요소[12]를 잘 이어받은 작품도 적잖고, 또 서양문학적 요소가 유입된 작품 안에도 고전문학적 요소가 어느 정도는 자리 잡고 있는 게 부지기수이다. 그래서 이 양자의 혼성의 정도도 작품별로 천태만상이라고 해야 옳다.

결국 근대계몽기 문학은 고전 문학의 전통적 요소와 서양문학의 근대적 요소가 여러 방식과 양상과 정도로 '혼성'된 문학이라고 볼 수밖에 없다. 다만 그런 혼성의 성질이 근대계몽기 초기에는 상당히 이질적인 속성으로 섞여 있었다면, 후대로 올수록 그런 이질성이 줄어들었다고 할 수 있다. 적어도 1930년대에 이르면 그런 이질성은 대폭 줄었고, 1960년대 이후에는 아예 그 이질성이 거의 느껴지지 않을 정도가 되었다고 할 수 있다.

그렇다고 우리는 1930년대 이후 한국문학을 서양문학으로 보지는 않는다. 그 이유는 그런 '혼성'이 불가피하게 유발하는 이질성이 수십 년 사이에 우리 독자들에게 이질적으로 느껴지지 않을 정도로 익숙해졌기 때문이다. 이는 두 요소(전통문학 요

---

12) 고전문학적 전통 역시 단적으로 지적하기 어렵지만, 우선 고전시가의 주제나 수사법, 고전 소설의 문체나 구성 방식, 고전 산문의 교술성 등을 꼽을 수 있을 것이고, 근·현대 작품에서 이런 전통을 잘 이어받은 작품은 다수 내세울 수 있다.

소와 서양문학적 요소)가 만나는 접점이 처음에는 좁지만 예민하게 작용하였고, 갈수록 그곳이 넓지만 둔화되어 왔고, 결국은 그런 두 요소가 처음에는 충돌되었으나 갈수록 밀착되어 종내에는 융합된 것이라 할 수 있다.[13] 그리고 보면 한국근대문학은 초기에는 두 문화적 요소가 '이식'이든 '전통 연계'든 혼성화되어 있었지만, 1930년대 이후 '한국문학적으로 전유화'되는 과정을 거쳐 오늘에 이르고 있다고 보는 게 온당할 듯싶다.

2) 해방 후 문학사의 분단 문제

한반도의 분단 상황은 문학사에 있어서도 예외가 아니다. 1945~1950년 사이에 좌익 계열의 문인들이 대거 월북하여 북한의 문단을 형성하였고, 그 후 남·북한의 문학사는 별개로 전개되어 왔다. 그래서 해방 후 문학사는 남한이든 북한이든 결국 반쪽 문학사일 수밖에 없다. 결국 이 문제는 남·북한의 문학사를 통합시켜 이른바

---

13) 이 점은 '문화의 재결합과 재생산'에 관한 터너(V. Turner)와 바바(H. K. Bhabha)의 입론에 의해 그 논지를 보강할 수 있다.

　　일찍이 터너는, 제의祭儀라는 리미널리티(liminality)를 거쳐 한 개인이나 공동체의 지위가 변화되어가는 방식에 착안하여, 연극이 그런 제의적 리미널리티로서의 속성을 이어받고 있음을 주장하고 있다. 그가 제의/연극의 리미널리티에를 주목한 것은, 그가 보기에 "리미널리티의 본질은 문화를 여러 요인들로 분석하고 그 요인들을 모든 가능한 패턴으로 자유롭게 혹은 '놀이적으로 재결합하는데 있다고 여기"었기 때문이다. 터너의 '리미널리티론'에 따르면 두 문화의 충돌은 곧 리미널(liminal)한 상태에 놓여 있는 문지방(threshold)에 해당한다. 그 문지방은 그저 넘어가는 것이 아니라 지위의 변화와 문화적 재결합이 생성되는 과정으로 늘 변화가능한 생성적 특성을 지닌다. 이런 생성과정으로서의 변형은 인식과 감성의 변화를 전제로 한다. 즉 문화적 혼성은 그 진행과정에서 사고와 감성의 변형을 수반하는 적극적인 문화적 실천의 속성을 지니고 있다고 할 수 있다. 이 속성으로 말미암아 이 문지방에서는 원천문화나 목표문화와는 다른 제3의 문화가 형성될 수 있다.

　　이런 논리는 포스트 식민주의자 바바에 의해 더욱 선명하게 입론화되었다. 그는 원천문화와 목표문화 사이에 간극과 이질성이 생겨나지만, 그 '틈새'에 두 문화의 혼성으로써 '새로움 (newness)'이 생성되는데, 이 새로움은 기존 문화 사이에서 일종의 '혼종화'로 생겨난 것으로서의 새로움이지만, 문화적 경계가 끊임없이 타협·교섭하는 공간으로서의 새로움이라고 주장한다. 그는 나아가 이런 '새로움'이 어느 정도 시간이 흐르고 문화적 실천을 거쳐 다소 익숙한 상태가 되면 그 '틈새'는 이제 '제3의 위치'가 되고 여기에서 제3의 문화가 형성된다고 보았으며, 이런 제3의 문화가 그 원천문화였던 식민문화에 '저항'하는 탈식민문화의 요체라 역설한다.

　다음 두 책 참조

　Turner, V., 이기우·김익두 역, 『제의에서 연극으로』, 현대미학사, 1996.

　Bhabha, H. K., *The Location of Culture*, Routledge, 1994.

'통일문학사'를 수립하게 된다면 해결될 수 있을 터이다. 그러나 현재로는 통일문학사 수립으로 가는 길은 험난해 보인다.

통일문학사 수립의 가장 큰 장애물은 남·북한의 정치적 이념 차라고 할 수 있다. 이런 차이가 문학관의 차이가 낳고 문학관의 차이가 매우 다른 창작방법론을 강제하기 때문이다. 해방 후 남한에서는 구미의 문학이론을 발 빠르게 받아들여 다양한 성격의 작품들이 백가쟁명식으로 산출되었으나, 북한은 **사회주의 리얼리즘**에 이어 주체문예론14)이 유일무이한 창작방법론으로 작용하고 있다. 이런 성격이 매우 다른 작품들을 일정한 체계와 시각으로 정리하는 것을 쉽지 않다. 더구나 문학사가는 불가피하게 남·북한 어느 한쪽 체제에 속할 수밖에 없는데, 그런 그가 객관적이고 제3자적인 입장에서 양쪽 문학사를 통합적으로 기술하는 것은 불가능하다. 이 문제는 남·북한의 통일이 이루어지고, 또 일정한 시간이 경과된 후에나 가능할 것이다. 통일문학사 수립이 불가능하고 또 요원하다고 해서, 이를 외면해서도 안 된다. 남·북한 문학의 이질성이 더욱 커지고 고착될 것이기 때문이다. 결국 통일 이전에 이런 문제를 최대한으로 줄이는 방안을 강구해야 한다.

---

14) 북한의 '주체사상'에 입각한 문예창작방법론을 가리킨다.

　　주체사상이란 북한에서 1967년 이래 김일성의 통치담론으로 구체화된 사상이론체계를 가리킨다. 김일성에 의해 창시되어 그의 혁명사상으로 작용해왔다는 것이 북한의 공식적 입장이다. '주체'라는 말이 처음으로 쓰인 것은 1955년 12월 김일성이 한 연설 「형식주의와 교조주의를 퇴치하고 주체를 확립할 데 대하여」에서다. 대외적으로 스탈린 사후 소련에서는 집단지도체제의 부활이 논의되고 개인숭배가 비판되는 등 변화의 조짐이 일었고, 그 여파로 김일성의 지도력 또한 도전을 받게 되었으며, 대내적으로는 1950년대 말 천리마 대고조기의 도래로 새로운 지도 이념이 필요해지게 되었다. 이에 북한은 사상에서의 주체, 정치에서의 자주, 경제에서의 자립, 국방에서의 자위를 국가적 모토로 내세우면서, 국제적으로 사회주의 국가들과의 연대보다 민족주의적 자주성을 강화하기에 이른다.

　　주체사상 내용을 일목요연하게 정리한 김정일의 「주체사상에 대하여」(1982)에 의하면, 사람은 모든 예속에 반대하는 자주성과 낡은 것을 변혁하려는 창조성, 목적의식적 개조에 나서는 의식성을 사회적 속성으로 갖는 존재이고, 인민대중은 사람의 집단적 형태로서 모든 사회운동과 역사의 주체가 된다는 것이다. 이렇게 볼 때 주체사상은 물질적 토대에 대한 인간 의식의 상대적 독립성과 능동성을 강조한 것으로 기왕의 유물론을 주의주의(主意主義)적 관념론으로 개조한 철학사상이라는 지적 또한 가능하다.

　　그러나 주체사상의 핵심은 철학적 규정이 아니라 수령영도론에 있다고 보아야 한다. 수령영도론은 수령을 개조의 주체로 하는 것이었다. 결과적으로 주체사상은 수령을 정점으로 하는 지배체제를 정당화하는 정치적 이념의 성격을 갖는다고 말할 수 있다. 이후 통치담론으로 정착되어 적어도 1967년 이후 북한사회를 지배하고 만든다.　　　　참고 : 『문학비평용어사전』

사회주의 이념의 실현을 창작 정신의 근간으로 하는 사실주의적 방법을 일컫는 용어이다. 사회주의 리얼리즘은 러시아 혁명 이후 러시아에서 발전되고 계승된 문예·미술 전반의 기본적 창작방법이다. 1932년 소련작가동맹결성준비위원회에서 키르포친(V.Y.Kirpotin)이 「신단계에 서 있는 소련 문학」이라는 제목으로 행한 조직위원회 총회 보고에서 처음으로 그 미학적 개념이 규정되었고, 1934년 제1회 소비에트 작가회의에서 공식화된 용어로 채택되어 이후 예술전반의 창작방법으로 받아들여졌다.

사회주의 리얼리즘은 단순한 현실의 재현을 지향하는 것이 아니라, 사회적 운동 전체에 대한 통찰을 바탕으로 사회주의적 전망을 불러일으키는 현실의 실천적인 반영을 목표로 한다. 소련 아카데미가 편찬한 『마르크스-레닌주의의 미학의 기초이론』은 사회주의적 사실주의 방법의 두 가지 기본 특징으로 사실주의와 사회주의적 당파성을 들고 있다. 이 둘의 결합에 의해 공산주의적 사상성·인민성·계급성·당파성·전형성이라는 다섯 가지 범주가 사회주의 리얼리즘의 구성요소를 이루게 된다.

그러므로 사회주의 리얼리즘은 마르크스주의 세계관의 토대 위에서 미래를 결정짓는 요소들을 현재 속에서 발견하고 이를 선택하여 예술적으로 형상화해야 한다. 물론 여기에서 형상화는 당연히 역사 발전의 전망을 전형화된 방법으로 안내해야 한다. 현재 속에서 보는 전망은 살아 움직이는 미래를 가장 잘 보여줄 수 있는 성과와 경향을 의미하며, 전형화의 방법은 언제나 가장 구체적이고도 개체화된 모습으로 보편적인 역사 발전의 법칙을 제시하는 것이기 때문에 객관적 진리를 목표로 하는 예술적 일반화의 방식과도 통하는 것이다.

사회주의 리얼리즘 창작방법의 효시로 막심 고리키(Maksim Gorkii)의 소설 『어머니』를 꼽을 수 있다. 한국에서는 1934~35년의 카프 해산을 전후해 사회주의 리얼리즘이 본격적으로 논의되기 시작했다. 사회주의 리얼리즘 문학 창작은 카프가 주도적 역할을 했고, 산문에 있어 여러 작품을 남겼는데 송영의 희곡 「아편쟁이」 등이 이에 포함되고, 소설에서는 이기영의 「고향」, 최서해의 「탈출기」, 강경애의 『인간문제』 등을 이 계보에 넣기도 한다.

참고 : 『문학비평용어사전』

이 지점에서 문학사가의 탈냉전의 시각이 요구된다. 이는 단순히 지금이 세계사적으로 탈냉전의 시대를 지나고 있기 때문에 그러는 게 아니다. 남·북한 어느 쪽이든 냉전 논리로 상대를 객관적으로 인식하지 못하였는데 이런 폐단은 탈냉전 시각이 아니면 해결되지 않기 때문이다. 문학사가가 탈냉전의 시각을 견지하기 위해서는 한국 현대사 전개에 있어 '분단모순'의 문제를 정확하게 인식하는 일이 선행되어야 한다. 분단이 한국 정치·사회·경제·문화 전반에 어떤 문제를 야기해왔고, 그것이 사회 전반에 모순적 구조로 자리 잡고 있는 실상을 정확하게 인식해야 한다.

　'분단 모순'을 직접적이고 표면적인 주제로 삼고 있는 작품이 '분단문학'이다.[15] 분단문학이라는 용어는 문학론에서 일반적으로 사용하는 보편어는 아니며 한반도를 비롯한 몇몇 특수한 지역의 분단 역사와 그 시대상을 문학으로 반영하고 있는 특수한 문화현상이라고 할 수 있다. 한국의 문학사가는 한국적 특수상황(분단된 상황에서 분단 극복을 시대적 과제로 삼고 있는) 하에서 문학사를 기술하는 사람이므로, 곧 분

---

15) 통상적으로 분단문학은 분단으로 빚어진 민족의 모든 갈등과 모순을 파헤치면서 이를 극복하고자 하는 민중들의 사상과 정서를 담은 작품이나 그와 관련된 모든 문학 활동을 말한다. 그러나더욱 구체적으로는 민족의 분단 현실을 인식하고 그 모순을 극복하여 통일의 터전으로 끌어올리는데 유익한 내면적 가치와 힘을 내포하고 있는 문학이라고 할 수 있다.
　분단문학이라는 용어가 본격적으로 다루어지기 시작한 것은 1980년대로, 학자에 따라 범위나시기 등의 규정이 약간씩 다르기는 하지만, 남북 분단 상황을 다루고 있다는 공통점을 지닌다.광의의 분단문학은 분단시대의 모든 문학을 의미하는 것으로, 1945년 8월 15일 이후부터 장래의 우리 민족이 통일을 이루는 시점까지의 남북한 모든 문학이 분단문학에 포함된다. 즉 분단시대 문학의 준말에 해당하는 셈이다. 그러나 단순한 시대구분에 의해 포괄적으로 분단문학을정의하는 것에는 허점이 있을 수밖에 없다.　　　　　　　　　　참고 : 『문학비평용어사전』

단모순을 다룬 분단문학을 더욱 주목할 필요가 있다.

여기서 짚고 넘어가야할 것은 '분단모순'과 '식민지 모순'의 관계이다. 한국의 분단은 식민지의 잘못 상속된 유산인 점을 부인할 없다면, 후자는 전자의 동인이 된다. 그래서 분단 모순의 바탕과 뿌리에는 식민지 모순이 강고하게 자리 잡고 있다는 지적에 귀 기울일 필요가 있다. 따라서 1945년을 기점으로 두 모순을 변별적으로 대입할 것이 아니라 그 이전의 문학현상 속에서도 분단모순을 살펴야 할 것이고, 그 후의 문학현상 속에서도 식민지 모순의 편린들을 검토해야 할 것이다.

Ⅱ 민족의 발견과 외세의 침입
─근대계몽기(1894~1910년)의 문학사

1. 배경

1) 제국의 식민지배 강화

19세기 들어 서세동점西勢東占이 가속화되어가는 가운데 제국의 식민지 지배가 최고조에 이르렀다. 영국·스페인·프랑스 등의 선진 제국들은 아프리카·아메리카를 식민지화한 것에 만족하지 않고 19세기 들어 아시아의 여기저기를 식민지 건설의 교두보로 확보하기 시작하였고, 여기에 미국·러시아·네델란드·포르투칼 등이 가담하여 19세기 후반 들면 아시아 각국은 서구 제국의 식민지 각축장으로 변하였다. 그 결과로 홍콩·마카오·베트남·필리핀·싱가포르 등이 식민지로 전락하였다. 한편 일제는 청일전쟁(1894), 러일전쟁(1904)에서 승리하자 곧장 후발 제국으로 가담하였고, 1895년 대만을 식민화한데 이어, 1910년에는 한반도 전역도 식민지로 만들기에 이른다.

2) 국내의 정치·사회적 배경

근대계몽기 조선의 정치·사회적 환경은 갑신정변(1884), 갑오경장(1894), 을미사변(1895), 을사조약(1905), 경술국치(1910)를 지나면서 한마디로 일제 강점이 점증되고 구체화된 것으로 요약된다. 청일전쟁과 러일전쟁 이후 조선에서의 청국과 러시아의 정치적 영향력은 급속하게 약화되고, 이어 영일동맹(1902)과 '테프트-가쓰라 밀약'(1905)에 따라 일제는 한반도에서의 '종주권'을 영국과 미국으로부터 인정받으면서 조선의 식민 지배를 구체화해 나갔다. 이런 일제의 식민화에 저항하여 1894년 전봉준·손화중·김개남 등의 동학 지도자들 중심으로 동학농민운동이 일어났으나 우금치 전투에서 관군과 일군의 연합군에게 패함으로써 이 운동은 미완의 혁명에 그치고 말았다. 그 후 십여 년 간 전국 각지에서 의병 봉기가 잇따랐으나 조직력과 화력의 한계로 일군日軍에 의해 진압됨으로써 반외세 저항운동은 성공하지 못하였다.

▌테프트-가쓰라 밀약

1905년 7월, 미국 육군성(국무성의 전신) 장관인 윌리엄 테프트(William.H.Taft)와 일본의 내각총리대신 겸 외상 가쓰라 다로桂太郎가 극비리에 만나 맺은 밀약을 가리킨다.

일본은 청일전쟁과 러일전쟁의 승리를 교두보 삼아 본격적으로 조선의 식민지화에 나섰다. 대륙세력을 제압한 일본은 미국과 영국을 제압하거나 양해만 받으면 조선의 식민지화에는 문제될 것이 없다고 생각하였다. 아시아에 이미 많은 식민지를 확보한 영국은 조선에 큰 관심이 없었고, 이에 제1·2차 영일동맹으로 일본의 요구를 인정해주었다. 또한 필리핀과의 긴 전쟁으로 국력을 소모한 미국은, 러시아 세력의 남하와 일본의 필리핀 침탈을 봉쇄하기 위해서 조선을 일본에 양보하는 대신 필리핀을 독점적으로 지배할 필요가 있었다. 이에 당시 미 대통령인 루스벨트는 1905년 윌리엄 테프트(William.H.Taft)를 일본으로 보냈고, 그는 7월 29일 일본의 가쓰라 다로桂太郎와 만나 극비리에 밀약을 맺었다. 이 밀약은 조약의 형식을 취하지 않고 '합의 각서'(Agreed Memorandum)의 형식이지만 실질적으로는 협정이었다.

이 합의 각서의 요지는 다음과 같다.

① 일본은 필리핀에 대해 하등의 침략적 의도를 갖지 않으며, 미국의 지배를 확인한다.

② 극동의 평화를 유지하기 위해 미·영·일 3국은 실질적인 동맹관계를 확인한다.

③ 일본의 대한제국에 대한 종주권을 인정한다.

테프트-가쓰라 밀약은 그 뒤에 『이승만 전기』를 쓴 로버트 올리버(Robert.T.Oliver)에 의해 "한국의 사망증서에 날인"하는 행위로 평가되었다. 이 내용을 보고 받은 루스벨트는 즉시 테프트에게 전문을 보내어 "당신이 가쓰라 백작과 나눈 대화는 모든 면에서 절대적으로 타당

한편, 1894년 갑오경장을 통해 반상의 구별이 형식적으로나마 무너지고 과거제
도 철폐, 단발령 포고 등으로 사회적으로 큰 변화가 나타나기 시작하였고, 일본과
서구를 통해 자본주의적 경제체제가 도입되기 시작하였다.

3) 사상적 배경

이 시기 들어 과거 조선 500년의 지배 이념이었던 유학은 그 영향력이 약화되기
는 하였으나 소위 개신유학改新儒學이라는 기치 아래 전통 유학의 가치를 계승하면
서 민족의 자주를 도모하는 방향을 모색하였다. 황현·장지연·신채호 등의 개신유
학자들은 당시 국내외 정세를 민감하게 파악하면서 국가와 민족의 자주가 중요하
다는 점을 간파하고, 이어 유학은 학문이나 사상으로서가 아니라 사회운동의 지도
이념이 되어야 할 것을 주장하였다. 그런데 당시 사회운동의 가장 큰 문제가 민족
의 자주였기 때문에, 결국 이들의 유학은 '민족'의 중요성을 자각하고 발견하는 동
인이 되었다.

• 39

📖 장지연張志淵

1864~1921년. 언론인, 계몽운동가. 자는 화명和明·순소舜
詔, 호는 위암韋庵·숭양산인嵩陽山人. 경북 상주 출신. 아버지는
장용상張龍相이다. 1894년 진사시에 합격.
1895년 8월 명성황후 피살 후 의병의 궐기를 호소하는 격문
을 지어 각처에 발송하였다. 1896년 아관파천이 일어나자 고종
의 환궁을 요청하는 만인소萬人疏를 기초하였다. 같은 해 7월
독립협회에 가입해 활동하였으며, 1898년 9월 『황성신문皇城新
聞』이 창간되자 기자로 활약하였다. 같은 해 11월 만민공동회
萬民共同會의 간부로 맹활약하다가 그 해말 독립협회·만민

공동회가 해산당할 때 체포·투옥되었다.

1901년 황성신문사의 사장에 취임해 민중 계몽에 진력하였다. 1905년 11월 17일 을사조약이 강제로 체결되자 『황성신문』 1905년 11월 20일자에 「시일야 방성대곡是日也放聲大哭」이라는 제목으로 일제의 침략과 을사5적을 규탄하고 국권침탈을 폭로하면서, 국민의 총궐기를 호소하는 논설을 발표하였다. 이 논설은 일제의 사전검열을 거치지 않고 전국에 배포되었고, 이 일로 체포되어 65일간 투옥되기도 하였다. 이 때 『황성신문』도 압수 및 정간 처분되었다.

1907년 신문과 잡지 등에 다수의 논설을 게재해 전 국민이 국채보상운동에 참여할 것을 호소하였다. 같은 해 7월 일제가 헤이그특사 사건을 구실로 고종을 강제 퇴위시키고, 애국계몽운동에 대한 탄압법들을 잇달아 제정하자, 대한자강회 회원들과 함께 격렬한 반대 시위운동을 전개하였다. 이 일로 8월 19일 대한자강회는 강제 해산되었다. 1908년 2월 일제의 탄압을 피해 블라디보스토크로 망명, 정순만 등이 간행하고 있던 『해조신문海潮新聞』의 주필에 취임하였다. 재정난으로 『해조신문』이 폐간되자, 상하이와 난징南京 등 중국 각지를 유랑하다가 양쯔강의 배 안에서 괴한의 습격을 받고 부상당해 8월에 귀국하였다.

1910년 8월 경술국치에 항의하는 선비들이 잇달아 자결하자, 황현의 「절명시絶命詩」를 『경남일보』에 게재해 일제를 규탄하였다. 이로 인해 『경남일보』가 폐간되었다. 1911년 이후 향리에 칩거하면서 나라를 빼앗긴 울분을 통탄하다가 1921년 마산에서 사망하였다. 묘지는 창원군 구산면 현동리 독마산犢馬山에 있다. 1962년 건국훈장 국민장이 추서되었다.

그가 남긴 저술로는 『증보대한강역고增補大韓疆域考』, 『유교연원儒敎淵源』, 『위암문고韋庵文稿』, 『대한최근사大韓最近史』, 『동국역사東國歷史』, 『대동문수大東文粹』, 『대한신지지大韓新地志』, 『대한기년大韓紀年』, 『일사유사逸士遺事』, 『농정전서農政全書』, 『만국사물기원역사萬國事物紀原歷史』, 『소채재배전서蔬菜栽培全書』, 『화원지花園志』, 『숭산기嵩山記』, 『남귀기행南歸紀行』, 『대동시선大東詩選』 등이 있다.

참고 : 『한국민족문화대백과사전』

이렇듯 당시 진보적인 지식인들에 의한 민족의 발견은 곧 서구 사상계에서 논의되던 민족주의를 자연스럽게 도입하도록 하는 원동력이 되었다. 그러나 당시 조선의 민족주의는 '자강적 민족주의'와 '개량적 민족주의'로 양분되어 그 목표와 지향성은 크게 달랐다. 즉 전자는 개신改新유학자와 구지식인 중심으로 정치적 독립과 실질적 근대 모색을 목표로 삼았지만, 후자는 개화지식인 중심으로 문명개화론과 식민지 근대성을 지향하였으므로 그 방향을 매우 이질적이었다.

한편 서구 문물의 도입과 더불어 서양의 계몽주의 정신과 기독교 사상이 전래되어 보급되었고 이에 힘입어 실용주의를 앞세운 진보적 개화지식인이 늘어났으며, 그 결과로 사회 전반에 근대정신이 널리 퍼지기 시작하였지만, 이는 훗날 일제의 식민지 근대화에 이끌리는 오도誤導된 길을 걸었다.

4) 문화적 배경

1894년 갑오경장은 여러 방면에서 큰 변화를 초래하였는데, 문화적 차원에서는 한글 사용을 공식화함으로써 언문일치의 초석이 마련되었다는 점을 우선적으로 꼽을 수 있다. 또한 서구식 교육제도의 도입으로 문자해독층이 늘어나고 일본 유학생 급증함으로써 문학 담당층(작가 · 독자 등)이 크게 확대되었다. 또한 『독립신문』(1898), 『황성신문皇城新聞』(1898), 『대한매일신보大韓每日申報』(1905), 『뎨국신문』(1898) 등의 저널리즘이 속출되어 새로운 매체로서의 위상을 확보하기 시작하였으며; 『학지광學之光』, 『청춘靑春』, 『소년少年』, 『태서문예신보泰西文藝新報』, 『대한흥학보大韓興學報』 등의 잡지가 출판되어 새로운 문학 생산자가 늘어나게 되었다.

📖 **독립신문**

1896년 4월 7일에 창간된 우리나라 최초의 민간신문으로 미국에서 귀국한 서재필이 대한제국 정부로부터 지원을 받아 창간한 순한글 신문. 초기에는 가로 22cm, 세로 33cm, 주 3회간, 4면 발행이었다. 1면에 논설, 2면에 관보 · 외국통신 · 잡보, 3면에 잡보 · 선박출항표 · 우체시간표 · 광고를 실었고, 4면은 영문 「The Independent」라는 제목 아래 영문판으로 편집했다. 그러다가 1897년 1월 5일자부터 국문판과 영문판을 분리하여 두 가지 신문을 발행하였다.

이 신문은 여러 가지로 한국 신문사상 획기적인 위치를 차지할 뿐만 아니라, 19세기 말 한국사회의 발전과 민중의 계몽을 위하여 지대한 역할을 수행한 신문으로 평가받는다. 이 신문은 자유 · 민권의 확립과 민중계몽에 앞장서 일반대중으로부터는 큰 환영을 받았지만, 정부에 대한 비판이 강해 친정부 보수파의 탄압을 받았다.

1898년 서재필이 보수파에 밀려 미국으로 돌아간 후, 윤치호가 운영권을 맡아 1898년 7월 1일부터 일간으로 확대시켰다. 1899년 1월 윤치호가 사퇴하자, 아펜젤러가 한동안 주필이 되어 영문기사만으로 발행되었다. 그러던 중 정부가 이 신문을 사들였고 1899년 12월 4일자로 폐간되었다.

참고 : 『한국현대사사전』, 『두산세계대백과99』

📖 황성신문皇城新聞

남궁억南宮檍과 나수연羅壽淵 등이 합세하여 1898년 창간되어 국한문혼용으로 나온 민간신문이다. 그러나 대부분 한자를 많이 쓰고 한글로 토를 단 정도의 한문위주의 문장으로 제작되어 한학 식자층 독자들의 환영을 받았다.

지면의 기사 배치는 대한제국시대의 다른 신문들과 거의 마찬가지로 논설·별보別報·관보·잡보雜報·외보·광고 등으로 구성하였다. 지면 크기는 초기에는 소형(23×31cm)이었으나, 1899년 11월 13일자부터는 지면 크기를 확대하여 34.5×25.2cm의 4면 4단제를 채용하고, 기서寄書·고사사조故事詞藻·습유란(拾遺欄 : 빠진 글을 뒤에 보충함) 등을 신설하였다. 1900년 1월 5일부터는 '전보' 기사란에 '한성 루터 전특체電特遞'라는 부제를 달고 로이터 통신사를 통해 외신을 공급받아 싣기도 했다. 이 신문의 초기 주필로는 유근柳瑾·박은식朴殷植 등이 활약하였으며 얼마 뒤 장지연張志淵도 합류하였다. 창간 때부터 1902년 8월까지 만 4년간 사장직을 맡은 남궁억은 재임 중 두 번이나 구속되었다. 1902년 8월 31일에는 2대 사장으로 장지연이 선출되었다.

이 신문은 일제의 부당한 황무지 개척권 주장을 폭로하고, 구국민중대회인 보안회의 활동을 적극 지지하였으며, 1905년 11월20일자에는 장지연의 「시일야방성대곡是日也放聲大哭」 논설을 싣는 등, 일제 침략에 저항하는 기사와 논설을 자주 실어 일제의 탄압을 받으면서 경영난에 처하게 되었지만, 정간과 속간을 계속하면서 경술국치 이후까지 간행되었다.

한 때는 경영난을 타개하기 위하여 독자의 후원을 받고 광고 지면을 늘리기도 하여 1900년 이후부터는 전체 지면의 절반을 차지하는 경우가 많았다. 상품광고로는 약품과 서적이 가장 많았으며, 비 상품 광고로는 사회의 어지러움을 반영하는 분실·개명·사기·경고 등의 광고건수가 많았다. 이렇듯 심한 경영난을 겪는 가운데다 1910년 8월 29일 '한일합방'이 강행되었고, 이 신문은 강제로 『한성신문漢城新聞』으로 제호를 바꾸게 되었으며, 이 제호로 8월 30일자~9월 14일까지 발행되다가 결국 문을 닫았다.

참고 : 『한국민족문화대백과사전』, 『두산세계대백과99』

42 ●

이 신문과 잡지들은 공통적으로는 민중에 대한 계몽의식을 표방하였다. 즉 근대 계몽기의 시대적 특성을 가장 강하게 드러내는 언론매체의 역할을 하였다고 할 수 있다. 그러나 그 계몽의 성격과 대상은 잡지와 신문에 따라 상당히 달랐고, 그런 점이 당시 분열된 시대인식의 지평을 보여준다고 하겠다.

그러나 결과적으로 문학활동의 매체 역할을 톡톡히 하였고, 사회적으로는 서구식 문화 현상을 급속하게 유입시키는 통로가 되기도 하였다.

2. 비평

1) 전통적인 문학론의 폭넓은 전개

이른바 관도론貫道論과 재도론載道論이 폭넓게 계승되었다. 관도론이란 문文은 도를 꿰는 도구라는 말이고, 재도론이란 문은 도를 싣는 수단이라는 뜻으로, 즉 문 안에 도道가 들어있어야 한다는 점을 강조하는 유학에 바탕을 둔 문학관을 대변한다. 문학에서 도를 중요시한다는 것은 곧 문학의 교훈적 기능을 강조한 것으로 일찍이 중국에서부터 오랫동안 이어져 내려온 동양의 전통적인 문학관이다. 관도론과 재도론은 김윤식·강위·황현·김택영·이건창·최영년 등의 '위정척사론衛正斥邪論'자들을 중심으로 계승되었다. 이들은 전통 유학을 '정正'으로 규정하는 대신 서양 사상과 문화를 '사邪'로 간주하고, '정'을 옹위하고 '사'를 배척할 것을 주장하면서, 문학관도 전통적인 '관도론'을 강조한 것이다.[1]

한편 이들은 전통적인 정신적 가치 유지의 방편으로 한문학을 중시하였고, 나아가 한문학을 정치의 근본 도리로 내세우기도 하였다. 그러나 이런 주장은 당대 '위정척사파'의 논리적 거점을 마련해 주기는 하였으나, 반대급부적으로는 한문학 습

---

1) 위정척사론 : 올바른 것은 지키고 거짓된 것은 배척한다는 유교의 '벽이론闢異論'에 바탕을 둔 사상이다. 이론적으로는 주리적 이기론의 관점에 의한 화이론華夷論, 명분론 등이 그 바탕을 이룬다. 이에 따르면 정통 유학을 유일한 정학으로 보고 양명학陽明學을 비롯한 불교·도교·서학西學 등은 이단적인 사학邪學이라 규정하였다.

　이것이 근대계몽기에 이르면 화이론에 연유한 반외세운동론으로 나타났다. 즉 성리학의 가치관에 의거하여 서양의 문화를 사邪로 규정하고 배척함으로써 국권을 수호하고 민족 자존의 의식을 고양한다는 논리이다. 위정척사론자들은 당시를 서양 오랑캐들이 창궐하여 조선을 침탈하는 국가위기 시기라고 규정하고 이런 위기상황을 극복하기 위해서는 공맹의 가르침에 따르는 현자에게 정치를 맡겨야 한다고 주장하였다. 따라서 서양과의 교역은 우리의 전통과 가치를 훼손할 수 있으므로 반대하였다. 특히 천주교는 충효를 최고의 도덕으로 평가하는 전통적인 예교질서를 부정·파괴하는 교리이기 때문에, 당연히 이단으로 배척되었다. 나아가 천주교를 신봉하는 자는 사람이 아닌 금수로 규정되어 이른바 인수대별적人獸大別的 화이의식이 발생하였다.

　위정척사론의 바탕에는 주자학적 화이의식이 작용하고 있으나, 근대계몽기 때 보수적 화이사상을 애국우국의식으로 발현시켜 민족주의사상으로 승화되기도 하였다. 당시 위정척사론을 민족주의사상으로 발전시킨 사상가는 이항로(李恒老)와 기정진(奇正鎭)이다. 특히 기정진은 병인양요 때 올린 상소에서 인수대별적 의식을 이론화하여 서양인을 금수로 규정하고 배양背洋의식을 현실적 역사의식으로 구체화하였다. 또, 그는 천주교를 물리치기 위하여는 우선 국력을 함양해야 한다는 내수외양론(內修外壤論)을 역설하기도 하였다.　　참고 :『한국민족문화대백과사전』,『시사상식사전』

득이 더욱 어려워지고 있음을 반증하는 것이기도 하여 일반 대중에 파급하는 효과
는 크지 않았다.

2) 국문문학론의 대두

국문문학론은 국문(한글)으로 문학 행위를 하자는 것을 강조한 문학론이다. 조선
시대에도 한글로 쓰인 문학작품도 있었지만 대다수의 고전은 한문으로 쓰인 작품
들이었다. 조선 말기 1860년대에 동학 경전인 『용담유사龍潭遺詞』가 국문으로 나오
고, 1882년에 기독교 경전이 국문으로 번역되는 등 민중 차원에서 국문 사용이 늘
어나고 있었고, 1894년 국문이 공식문자로서의 지위를 확보하면서 국문의 사용이
날로 늘어났고, 이에 따라 국문문학론도 대두되었다.

당시 국문문학론은 우선 한문학의 폐단을 먼저 지적하는 데서 출발되었다. 장지
연은 「문약지폐文弱之弊」라는 글에서 한문학을 진실성 없는 허문虛文, 말만 아름답게
꾸미는 위문僞文, 실상과 어긋난 부문浮文, 거짓되게 쓴 가문假文, 수다스럽기만 한 번
문繁文이라고 하여 그 대안으로 국문 사용을 강조하였다. 또한 신채호申采浩는 「국한
문國漢文의 경중輕重」(1908)에서 삼국 시대 한문의 유입 이래 한문에 의해 한국인의
사상과 문화가 '사대事大'로 고착되어 온 폐단을 지적하고, 자국어로서의 국문 사용
을 강조하였다. 또한 그는 「천희당시화天喜堂詩話」(1909)에서 국어를 '동국어東國語', 국
문을 '동국문東國文'라 부르고, 동국어와 동국문으로 시를 쓸 것을 주장하였다.[2]

> 自國의 言語로 自國의 文字를 編成하고 自國의 文字로 自國의 歷史地誌를 纂輯하여 全
> 國 人民이 奉讀傳誦하여야 其 固有한 國精을 保持하며 純美한 愛國心을 鼓發할지어늘,
>
> 신채호의 「국한문國漢文의 경중輕重」(『대한매일신보』, 1908.03) 중에서

44 •

---

[2] 「천희당시화天喜堂詩話」의 저자가 신채호인가 윤상현인가 하는 논란은 1980년 이래 줄곧 이어져
왔었고, 한때 '天喜堂'이 윤상현의 당호堂號라는 주장에 힘입어 '윤상현 설'이 유력해지기도 했다.
그러나 최근 김주현이 방대한 자료를 토대로 그 문체 특성과 다른 글들과의 상호텍스트성을 내
세워 '신채호 설'을 다시금 부각하였다. 여기에서는 김주현의 주장에 좌단한다.
김주현, 『신채호문학연구초』, 소명출판사, 2012, 469-513쪽 참조.

1880~1936년. 역사학자·언론인·독립운동가. 호는 단재丹齋, 일편단생一片丹生·단생丹生. 필명은 금협산인錦頰山人·무애생無涯生·열혈생熱血生·한놈·검심劍心·적심赤心·연시몽인燕市夢人 등이다. 충남 대덕군 산내에서 출생하여 충북 청원에서 성장하였다. 신숙주申叔舟의 후예로 아버지는 광식光植이다.

문과에 급제해 정언正言을 지낸 할아버지 성우星雨로부터 한학교육을 받았다. 18세 때 전 학부대신 신기선의 사저에 드나들며 동·서양 고전을 섭렵했고, 그의 천거로 성균관에 입학, 성균관 교수 이남규의 문하에서 수학하였다. 이 무렵 그는 독립협회 운동에 참여해 소장파로 활약하였다. 1905년 2월 성균관 박사가 되었으나, 관직에 나아갈 뜻을 버리고 장지연의 초청으로 『황성신문』의 기자가 되어 논설을 쓰며 언론인으로 활약하였다. 이듬해 양기탁의 천거로 『대한매일신보』 주필로 초빙되었다. 1907년, 양기탁·이동녕·이회영·이동휘·안창호·전덕기·이갑·이승훈 등과 더불어 항일비밀결사인 신민회 조직에 참여하였고 국채보상운동에도 앞장섰다. 1910년 망명할 때까지 「독사신론讀史新論」·「동국고대선교고東國古代仙敎考」 등의 역사관계 논문을 발표하고, 역술서 『이태리건국삼걸전伊太利建國三傑傳』과 역사소설 『을지문덕전乙支文德傳』·『수군 제일위인 이순신전』·『동국거걸최도통전東國巨傑崔都統傳』을 국한문판으로 발행하기도 하였다.

경술국치 후 러시아령 블라디보스토크로 가서 윤세복·이동휘·이갑 등과 광복회를 조직하고 부회장으로 활약하였다. 1910년 12월 창설된 권업회勸業會에서 기관지 『권업신문勸業新聞』을 창간하자 주필로 활약하였다. 1913년 북만주 밀산을 거쳐 상해로 가서, 동제사同濟社에 참여·활동하는 한편, 문일평·박은식·정인보·조소앙 등과 박달학원博達學院을 세워 교육에도 힘썼다. 이듬해 윤세용·윤세복 형제의 초청을 받아 만주 봉천성에 있는 동창학교 교사로 재직하면서 『조선사』를 집필하였다. 그리고 백두산 등산, 광개토대왕릉 답사 등 고구려와 발해의 고적지를 답사하여 부여·고구려·발해 중심의 한국고대사를 체계화하는 데 많은 자료를 확보하기도 하였다. 다시 베이징으로 돌아가 한국사의 새로운 체계화를 구상하면서 중편소설 「꿈하늘」을 집필했는데, 이는 일종의 환상적인 사상소설로서 그의 애국적 항일투쟁의식을 그린 것이다. 1918년경부터 북경의 보타암에 우거하면서 국사연구를 계속하는 한편, 『北京日報』 등에 논설을 기고하기도 하였다. 1919년 북경에서 대한독립청년단을 조직, 단장이 되었다.

1919년 4월 상해임시정부 수립에 참여, 임시의정원 의원이 되었으며, 한성정부漢城政府에서는 평정관에 선임되기도 하였다. 그 해 7월 전원위원회全院委員會 위원장 겸 의정원 의원에 선출되었으나, 이승만의 노선에 반대하여 이를 사임하였다. 1922년 의열단장 김원봉의 초청을 받아 상해에 가서, 이듬해 초에 조선혁명선언으로 불리는 「의열단 선언」을 집필·발표하였다. 이 선언에서 그는 폭력에 의한 민중의 직접 혁명을 주장하였다. 1922년 1월 초 상해에서 개최된 국민대표회의에서 창조파創造派의 맹장으로 활약하였다. 그러나 개조파改造派와의 대립으로 5월 회의가 결렬되자, 베이징으로 돌아와 석등암石燈庵에 우거하면서 한국고대사연구에 전념하였다. 이 무렵 북경대학 도서관에 출입하면서 이석증·이대교와 교유하게 되었다. 1924년경부터 그가 쓴 평론과 논문들이 『동아일보』·『조선일보』 등에 발표되었다. 이것이 후에 『조선상고사』·『조선상고문화사』·『조선사연구초朝鮮史研究草』 등으로 묶여졌다. 1925년에 민족독립운동의 방편으로 대만인 임병문의 소개로 무정부주의동방연맹에 가입하였다. 1928년 4월 무정부주의동방연맹대회에 참석해 활동하는 등 점점 과격한 행동 투쟁에 나섰던 그는, 5월 대만에서 외국위체위조사건의 연루자로 체포되어 대련大連으로 이송, 1930년 5월 대련지방법원에서 10년형을 선고받고 뤼순감옥旅順監獄으로 이감, 복역하던 중 뇌일혈로 순국하였다. 그는 북경 체류 기간에 장편소설 『용과 용의 대격전』을 써서 1928년 간행했는데, 이는 우화寓話 형식에 아나키즘 사상을 담고 있는 것으로 평가된다. 1962년 건국훈장 대통령장이 추서되었다.

참고 : 『한국민족문화대백과사전』

「東國詩가 何오?」 하면 「東國語·東國文·東國音으로 製한 者가 是오.」

「東國詩 革命家가 誰오?」 하면, 「東國詩 中에 新手眼을 放하는 者가 是라.」

할지어늘 수에 吾子가 漢字詩를 作하고 貿然히 自信하여 曰

「我가 東國詩界 革命家라.」 하니 抑亦 愚悖함이 아닌가?

신채호의 「천희당시화天喜堂詩話」(『대한매일신보』, 1909.11~12) 중에서

특히 신채호는, 이 평문에서 국어의 표음문자로서의 특징이 한국시의 중요한 특징이라는 점을 시조 작품을 예로 설명함으로써 논지의 설득력을 확보하였다.

한편 이런 주장들은 당시 이봉운·유길준·지석영·주시경·최재학 등의 국어 연구와 강전·이능화·여규형 등의 국문 운동과 발을 맞추어 전개되면서 당시 국민들의 문자·문학 활동에 큰 파급을 주었다.

📖 주시경周時經

1876~1914년. 국어학자. 황해도 봉산 출생. 일명 한힌샘, 백천白泉. 아버지는 면석冕錫이다. 어려서 숙부 면진冕鎭에게 입양되었고 1887년 6월에 상경하였다.

서당에서 한문을 배우다가 신학문에 눈뜨자 1894년 9월 배재학당에 입학하였다. 1896년 서재필에게 발탁되어 독립신문사 회계사무 겸 교보원校補員이 되었다. 신문 제작에 종사하면서 한글의 표기 통일을 해결하기 위한 국문동식회國文同式會를 조직하여 그 연구에 진력하였다. 동시에 서재필이 주도하는 배재학당 협성회, 독립협회에 참여하였다가 그의 추방과 함께 물러났다.

한때 영국 선교사 스크랜턴(Scranton, W. B.)의 한어교사, 상동청년학원尙洞靑年學院 강사를 지내기도 했다. 1900년 6월에 배재학당 보통과를 졸업한 후 흥화학교 양지과量地科를 마치고, 정리사精理舍에서는 수물학을 3년간 34세가 되도록 공부하였다.

그의 국어운동은 상동사립학숙 국어문법과 병설, 상동청년학원 교사 및 국어야학과 설치, 국어강습소 및 조선어강습원 개설 등의 활동으로 실현되었다. 경술국치 후 숙명여자고보 등 9개교에서 국어를 가르치는 한편, 일요일에는 조선어강습원에서 수많은 후진을 깨우치기 위해 책보를 들고 다녀 '주보따리'라는 별명이 붙을 만큼 동분서주하였다. 그는 줄곧 국문동식회를 비롯한 국어연구회 연구원 및 제술원, 학부 국문연구소 주임위원, 국어강습소 졸업생과 설립한 국문연구회, 조선광무회 사전편찬 등의 활동을 이어가면서 국어연구에 정성을 쏟았다. 그는 자신의 국어연구 업적이 망라하여 1911년 『조선어문법朝鮮語文法』을 발간하였다.

참고 : 『한국민족문화대백과사전』, 『국어국문학자료사전』

3) 새로운 문학론의 유입과 수용

한편 서양의 문학이론이 우리나라에 소개되기 시작했다. 이광수李光洙는 「문학文學의 가치價値」(1910)에서 최초로 현대적 개념으로 '문학'을 정의하고자 하였다.

> '文學'이라는 字의 由來는 甚히 遼遠하여 確實히 其 出處와 時代는 巧키 難하나, 何如튼 其 意義는 本來 '一般學問'이러니 人智가 漸進하여 學問이 漸漸 複雜히 됨에 '文學'도 次次 獨立이 되야 其 意義가 明瞭히 되야 <u>詩歌, 小說 等의 情의 分子를 包含한 文章을 文學</u>이라 稱하게 至하였으며(以上은 東洋), 英語에 (Literature) 文學이라는 字도 또한 前者와 略同한 歷史를 有한 者라.[3]
>
> 이광수의 「문학文學의 가치價値」(「대한흥학보」 11호, 1910)[4]

이 글의 목적은 문학의 교훈적 기능을 강조하여 당시 국민의 이상과 사상이 강해지기 위해서는 문학이 강해져야 한다는 주장을 담고 있지만, 그 중간에 문학을 '일반학문'에서 '情의 分子를 包含한 文章'으로 더욱 한정된 개념으로 정의한 것이

---

3) 인용문의 밑줄은 인용자가 그 내용을 강조하기 위하여 친 것임. 앞으로 인용문의 모든 밑줄은 같은 방식임.
4) 이 인용문은 원문을 현대국어 표기법과 띄어쓰기에 맞춘 것임. 앞으로 특별한 경우가 아닌 한 모든 인용문은 이런 방식으로 표기함.

주목된다. 즉 과거에 모든 학문의 종합체로서의 '문학'이 아니라 인간의 감정을 내
포한 언어예술이나 학문만을 지칭하는 것을 문학으로 개념화하기 시작한 것이다.

📖 박은식朴殷植

1859~1925년. 근대계몽기의 학자·언론인·독립운동가. 황
해도 황주 출생. 자는 성칠成仁, 호는 겸곡謙谷·백암白巖. 농촌
서당훈장 용호用浩의 아들이다.

10세부터 17세까지 아버지의 서당에서 정통파 성리학을 공
부했고, 이후 1885년 경기도 광주 두릉에 사는 정약용의 제자
인 신기영과 정관섭을 찾아가서 정약용이 저술한 정법상政法上
의 학문을 섭렵하고 실사구시의 학풍을 갖게 되었다. 1885년
어머니의 요구에 따라 향시에 응해 특선으로 뽑히었고, 그 뒤
6년간 능참봉을 한 것이 그의 관직생활의 전부였다. 1898년 독
립협회의 사상과 운동의 영향을 받아 그 회원이 되었으며, 위
정척사론으로부터 전환하여 개화사상을 갖게 되었다. 1898년 『황성신문』의 주필이 되었다.
독립협회가 강제해산당한 후 1900년부터 경학원經學院 강사와 한성사범학교의 교수를 역임
하였다. 1904년 양기탁·베텔(Bethell, E.T., 裵說) 등에 의하여 『대한매일신보』가 창간되자, 양
기탁의 추천으로 이 신문의 주필을 지냈다.

1906년 대한자강회가 창립되자 이에 가입하여 적극 활동했으며, 1906년 10월에는 동지들
과 함께 서우학회를 조직했고, 그 기관지인 『서우西友』의 주필을 맡아서 국민을 계몽하였다.
1907년 4월 양기탁·안창호·전덕기·이동녕·이동휘·이회영·이갑·유동열 등이 국권회
복을 위한 비밀결사로서 신민회가 창립하자, 이에 가입하여 원로회원으로서 교육과 출판 부
문에서 적극 활동하였다. 이 무렵 장지연·이범규·원영의·조완구 등과 함께 대동교大同敎
를 창립하였다. 이때 유교개혁운동의 일환으로 저술한 것이 『왕양명실기王陽明實記』이다.

1910년 박은식이 저술한 모든 저서들은 '금서'로 지정되었다. 이에 박은식은 압록강을 건
너 만주에 있는 윤세복 집에 1년간 머물면서 정력적으로 저술에 집중하여 『동명성왕실기東
明聖王實記』·『발해태조건국지渤海太祖建國誌』·『몽배금태조夢拜今太祖』·『명림답부전明臨答夫傳』·
『천개소문전泉蓋蘇文傳』·『대동고대사론大東古代史論』 등을 저술하였다. 그는 또한 이때 윤세
복의 영향을 받아 대종교 신도가 되었다. 1914년 이후 홍콩과 상하이 등을 돌며 캉유웨이康
有爲·량치챠오梁啓超·탕사오이唐紹儀 등 중국혁명동지회 계통 인물들과 깊은 친교를 맺었다.
또 이 무렵에 『안중근전安重根傳』를 저술하고, 망명 후 꾸준히 집필하던 『한국통사韓國通史』를
완성하여 중국인 출판사에서 간행하였다. 『한국통사』는 3편 114장으로 구성된 대작으로서,
1864년부터 1911년까지의 한국근대사를 ① 일반근대사, ② 일제침략사, ③ 독립운동사의 3면
에서 일제침략을 중심으로 하여 하나의 체계로 서술한 것이었다.

1910년대 말 중국의 한인촌의 여러 학교를 순회하면서 한국역사에 대한 강연을 하여 독
립사상을 고취했으며, 『발해사渤海史』와 『금사金史』를 한글로 역술하고, 『이준전李儁傳』을 저

술하였다. 3·1운동 후 상하이로 가서 대한민국임시정부의 수립을 지원하였다. 동시에 상해에서 『한국독립운동지혈사韓國獨立運動之血史』의 집필을 시작하여 1920년 12월 이를 간행하였다. 뒤이어 임시정부 의정원에 의해 1924년 6월 임시정부 국무총리 겸 대통령 대리로 추대되었고, 1925년 3월에는 제2대 대통령으로 선출되었다. 그는 취임하자마자 헌법개정안을 의정원에 제출하였다. 개헌의 초점은 대통령제를 폐지하고 국무령제國務領制라는 내각책임제로 바꾸는 것이었다. 박은식은 신헌법에 의거해서 서로군정서西路軍政署 총재였던 이상룡을 국무령으로 추천하여 선출되자 스스로 대통령을 사임하였다. 그해 가을 그는 임종이 가까워오자 동포들에게 독립 쟁취의 최후 목적 달성을 위하여 반드시 통일·단결하라는 간곡한 유지를 남기고 일생을 마쳤다. 1962년 대통령장이 추서되었다.

참고 : 『한국민족문화대백과사전』

4) 소설에 대한 관심 제고提高

이 시기에 소설 장르에 대한 관심이 높아졌다. 소설은 이 시기부터 문학의 한 장르로 대우받기 시작했다. 조선시대에는 소설은 아녀자들이나 읽는 것이고 사대부나 대장부는 소설을 읽어서는 안 된다는 인식이 강했기 때문이다. 소설의 사회적 의의가 자각되다보니 점점 소설에 대한 긍정적인 인식이 확대되었다. 박은식은 "夫小說者는 感人이 最易하고 入人이 最深하야 風俗階級과 敎化程度에 關係가 甚鉅한지라"(「서사건국지」 서문)라 그만큼 소설 장르의 중요성을 부각하였다.

社會의 大趨向은 國文小說의 定하는 바이라

신채호의 「근금近今 국문소설國文小說 저자著者의 주의注意」(1908) 중에서

小說은 國民의 羅針盤이다. 其 說이 俚하고 其 筆이 巧하여 目不識丁의 勞動者라도 小說을 能讀치 못할 者가 無하며 又 嗜讀치 아니할 者 無하므로, 小說이 國民을 强한 데로 導하면 國民이 强하며, 國民을 弱한 데로 導하면 國民이 弱하며, 正한 데로 導하면 正하며, 邪한 대로 導하면 邪하나니, 小說家된 者 마땅히 自愼할 바이어늘…

신채호의 「소설가小說家의 추세趨勢」(1909) 중에서

신채호申采浩에 의하면 소설가는 의당 국민을 계도하는 입장에 서야 한다. 그리고

소설은 국민이 나아갈 방향을 제시하는 나침반으로서 그 가치는 자체 내에서 찾아지는 게 아니며, 사회 발전을 주도하고 국민을 올바르게 이끌어가는 적극적인 효용을 가져야 한다는 주장이다. 이러한 신채호의 소설론은, 소설이 국가의 자강을 위한 도구로 기능해야 한다는 관점에서 극단적인 효용론에 치우쳐 있음을 알 수 있다. 그러나 당시 국권이 식민세력에 침탈당하는 시대적 상황을 고려하면, 이런 극단적 효용론은 시대문제를 해결하고자 하는 탈식민의 위지로 해석될 수 있다.

한편 소설의 본질에 대한 인식이 커졌다. 이해조는 "소설이라 하는 것은 매양 빙공착영憑空捉影으로 인정에 맞도록 편즙하야 풍속을 교정하고 샤회를 경성警醒하는 것이 예일 목적"(「花의 血」 후기)라 하여 소설의 본질에 대한 견해를 피력하였다. 즉 '빙공착영'은 소설의 특성인 허구성과 진실성의 관계를 잘 설명하는 말이다.5) 그리고 소설의 허구성과 진실성, 소설의 기능인 쾌락성과 교훈성에 주목하여 구소설을 비판하기도 하였다.

3. 시가

근대계몽기 이전의 고전시가에는 시조·가사·민요·한시·고려가요·향가·잡가·무가 등이 있다. 그중 일부는 서사장르에 가까운 것도 있는데 무가의 경우 노래라는 측면에서는 시가에 가깝지만 그 안에 이야기가 있어서 그러한 측면에서는 서사장르에 가깝다. 그래서 고전시대로 거슬러 올라가면 서정 장르와 서사 장르의 구분이 불확실한 경우가 꽤 있었다. 근대에 오면 구분이 운문과 산문의 장르 개념이 상대적으로 명확해지고 이에 따라 다양한 시가 장르들이 나타났다.

---

5) '빙공착영'은 원래 중국 후한後漢의 역사가 반고班固가 지은 『한서漢書』에 나오는 '포풍착영捕風捉影'의 고사에서 유래한 것이다. 바람을 잡고 그림자를 붙든다는 뜻으로, 허망한 언행이나 이루어질 가능성이 없는 것을 말한다. 이해조는 소설을 '허공에 의지해 그림자를 잡는 허구적인 것'이면서도 '사실에 기초한 거울과도 같은 것'으로 비유하기 위해 이 고사를 변형하였다.

1) 전통 시가의 위력

① 가사歌辭

당시 시가 중 가장 주목해야할 것이 가사이다. 분량 상으로 가장 많기도 하거니와 내용과 형식 측면에서 문학사적 검토의 대상이 될 만한 작품들도 많기 때문이다. 당시 가사는 전통적인 가사의 4·4조 율격을 충실하게 이어받고 있었지만 내용은 크게 두 유형으로 양분된다. 그 하나는 전통 가사의 내용을 계승한 것이고, 나머지 하나는 당시 시대상을 앞세워 개화를 강조하는 내용을 담은 작품이다. 원래 조선 시대 가사는 자연을 노래하거나 임금에 대한 충성심을 표현하거나 규방에서의 아녀자들의 애환을 담은 것들이 대다수였는데, 당시에는 주로 삼남 지방의 규방가사가 그 전통의 맥을 이었다.

> 토목금수 아니어든 자애지정 없을소냐 어찌 차마 당할 배라 한편에 믿는 마음 천운이 희한하면 자유권리 되오리라 이렇게 생각하면 설마 쉬이 보지마는 아프고 박힌 마음 오장이 다 녹는다.
>
> 의성김씨의 「조손별서」(1910) 중에서

그밖에 「용담유사」(1863) 이후 쏟아져 나온 각종 종교가사, 이태식의 「유일록」(1902) 등의 기행가사 등이 가사의 전통적인 모습을 이어받고 있다고 할 수 있다. 그러나 1900년 이후 새로운 매체로 대두된 신문 잡지에 실린 가사는 그 형식과 내용에서 크게 달라지기 시작했다.

> 경부철도 빠른 륜거 나오나니 일병이오
> 이 골 저 골 곳곳마다 일어난 게 의병일세
> 울리나니 총 소리오 들리나니 울음이라
> 일병 짐을 져다 주나 유죄 무죄 죽어오네
> 기가 막혀 말이 없고 말하자니 답답하에

못 보겠네 못 듣겠네 처량하다 저런 울음
백발 청년 어린 아이 부모 불러 자식 찾아
동주서분 서산동산 토지 없는 인민 되어
전인 도망 후인 보고 후인 도망 멋 모르고
이리 저리 닫다 보니 가련함도 끝이 없지

「우생가愚生歌」(1907)

우선 행의 구분이 이루어지기 시작하고, 대구의 형식이 강화되고, 전체적으로 길이가 짧아진 것 등이 눈에 띄고, 또 내용상 시대상이 강하게 반영된 것도 주목된다. 이런 형식상의 변화는 작품의 유통과정과 게재 매체의 차이와도 상관성이 있어 보인다. 즉 전통적인 가사는 주로 필사의 방식으로 유통된 데 비해 개화 내용을 담은 가사는 신문이나 잡지에 인쇄되어 유통되었는데 이런 매체의 차이가 장단과 시행의 구분에 영향을 끼쳤을 것이기 때문이다.

일부 논자들은 이런 조금 달라진 가사를 '개화가사'라 지칭하여 당시 새로운 시가 장르의 하나로 간주하기도 한다. 그러나 당시 개화기 때의 민요나 시조를 따로 '개화민요'나 '개화시조'로 지칭하지 않을 뿐만 아니라, 어떤 특정 시대를 장르 앞에 붙여 고유화하는 방식(예컨대, '조선가사', '일제가사')도 아직 보편화되지 않았고, 또 '개화'라는 용어도 1980년대 이후 제한적으로 사용되고 있다는 점에서, '개화가사'라는 지칭하는 것은 부적절하다고 본다.

당시 조금 달라진 가사들의 내용은 정치 사회의 현실을 고발하거나 개화의 필요성을 역설하거나 민족주체성이나 정체성을 강조하는 것들이 많았다. 이 가사들을 일명 '한말우국경시가韓末憂國警時歌'라고 불리었다. 구한말 나라를 걱정하고 때를 경계하는 노래라는 뜻이다. 우국경시憂國警時의 구체적인 내용은 민족주체성, 자주독립, 개화촉진 등이다. 또한 '사회등가사社會燈歌辭'란 말도 사용되는데, 이는 '사회등社會燈'이라는 『대한매일신보大韓每日申報』의 고정란에 당시 이런 가사가 많이 게재되었기 때문이다. 작자는 주로 잘 알려지지 않은 지식인들이었지만, 주로 유학을 혁신시켜야 한다는 생각을 가진 진보적인 성향의 개신유학자들이었다.

📖 대한매일신보大韓每日申報

1904년 영국인 배설裴說(Ernest Thomas Bethell)이 양기탁 등의 도움을 받아 7월 18일에 창간하였다. 당시 러일전쟁의 승기를 잡은 일본 측이 조선에 대한 식민 지배를 노골적으로 가시화하면서 조선 언론에 대해 검열을 실시하고 직접적인 탄압을 가하기 시작한 때였다. 그러나 이 신문은 발행인이 영국인이었기 때문에 일제 통감부의 검열을 받지 않고 발행할 수 있었다. 그래서 당시 다른 신문보다 보도 내용에 신뢰에 깊었고, 이에 따라 독자수도 늘어나면서, 대한제국 시절 가장 영향력 있는 언론기관이 되었다.

창간 당시에는 타블로이드판 6페이지 중 2페이지는 한글판, 나머지 4페이지는 영문판이었으나 1905년 8월 11일부터는 영문판과 국한문판을 따로 분리하여 두 종류로 발간하였고, 한글전용판을 1907년 5월에 간행하면서, 이때부터 이 신문은 국한문·한글·영문판 3종으로 발행되었다. 발행부수도 세 신문을 합쳐 1만 부를 넘어 당시로서는 최대의 신문이 되었다. 논설진으로는 양기탁 외에 박은식·신채호 등이 있었다.

이 신문이 일제의 한국침략정책을 정면으로 반박하고 나서자 일제는 여러 가지 탄압을 가하게 되었다. 일본 측은 외교 경로를 통해 소송을 제기하여 발행인 배설은 1907년과 1908년 2차례에 걸쳐 재판에 회부되었고, 양기탁도 국채보상의연금을 횡령했다는 혐의로 체포되어 재판에 회부되었으나 무죄로 석방되었다. 1908년 5월 배설이 한국을 떠나면서 발행인 명의를 비서인 영국인 만함萬咸(Alfred Marnham)에게 넘겼으나, 1910년 6월 만함이 이장훈에게 운영권을 넘기고 한국을 떠났고, 이때부터 통감부 검열을 받다가 동년 8월 경술국치 이후『매일신보』로 제호를 바꾸면서 조선총독부의 기관지로 전락했다.

참고 : 『한국민족문화대백과사전』, 『두산세계대백과99』

② 시조時調

시조는 우리 문학사에서 언제 생겨났을까? 고려 말에 이미 시조가 있었던 것이 확인된 것으로 보아 고려 중엽에 생겨난 것이 아닌가 하는 추정을 한다. 시조는 한국에만 있는 문학 장르이다. 시조는 3장 6구의 정형화된 틀로 짜여져 있다. 초장·중장·종장이라는 세 개의 장이 각각 전·후 구로 되어 있어 총 3장6구가 된다.

그런데 당시 시조에는 대체로 종장의 종결어미인 '이노라', '하노라' 등이 생략된 것으로 표기되어 있는데, 그 이유는 전통적인 시조창에서 이 부분을 생략했던 점이 표기상에도 영향을 끼친 것으로 해석된다. 시조는 원래 문학보다는 음악적인 성향이 강한 장르임이 분명하므로 당시 시조는 이런 시조의 전통적 속성을 잘 계승한 것이라 할 수 있다.

> 영웅이 흘린 피가 점점이 썩지 않고
> 황금산의 비가 되며 백두산의 구름 되어
> 원한을 쾌히 씻을 때까지 오락가락

「영웅혈英雄血」(1910)

한편 고시조를 패러디 한 경우도 주목된다. 패러디는 가사歌詞의 일부분을 바꾸어서 새로운 주제 효과를 내는 것인데 종장을 새로운 내용으로 당시 사회상에 맞게 바꾼 경우가 많았다. 보통 고시조는 사랑을 노래하거나 음풍농월을 다루었는데, 당시의 시조는 개화의 필요성이나 독립의 자주성을 다루는 내용이 삽입되었다.

> 北天이 막다커늘 雨裝 없이 길을 가니
> 山村에 눈이 오고 들에는 비가 온다.
> 아마도 準備 곳 없으면 處處逢敗

「산설야우山雪夜雨」(1910)

이 작품은 조선 시대 임제林悌의 시조 중 종장만을 바꾸어 당시의 시대상을 강조한 내용을 담고 있다. 이런 패러디 방식은 작자의 의도를 노골적으로 드러내어 당시의 시대 문제를 부각하는 면에서는 효과가 있었지만, 작품 내의 의미 전개가 부자연스러워진 측면에서, 또한 시조의 본령이라 할 수 있는 우아한 향취를 거세한다는 측면에서는 바람직한 현상으로 볼 수 없다. 이런 시조 개작운동이 얼마 못가 실패한 이유도 여기에 있을 것이다.

게재지는 주로 『대한매일신보』의 '사림詞林', '사조詞藻'란이었고 주로 보수적인 유학자들이 작자로 활동하였다.

2) '애국가 유형'의 혼성성

애국가 유형은 가사와 창가의 중간 형식의 사가이다. 그래서 가사의 변형 형태로 간주할 수도 있고 창가의 모태로 볼 수도 있다. 4·4조의 가사 형식을 이어받았지만, 그 규모가 전체 10행 이내로 매우 짧고 그 내용도 전통가사와는 매우 다른 애국적인 내용을 직접적으로 표현하고 있다. 내용은 자주독립, 애국사상, 문명개화, 부국강병을 다루고 있다.

> 대죠선국 건양원년
> 자쥬독닙 깃버하세
>
> 텬디 간에 사람되야
> 진충보국 데일이니
>
> 님군쯰 츙성하고
> 정뷰를 보호하세

최돈성, 「애국가」(1896) 중에서

애국가 유형은 크게 보면 가사에 포함시킬 수도 있으나, '2행련 대구' 형식이라는 독특한 특성과 그 내용이 당시의 가장 큰 시대적 과제인 보국안민輔國安民을 강조하고 있다는 점에서 이를 가사와 따로 구분하는 것이 타당할 것이다. 특히 당시의 외세 침입에 대항적인 내용을 강하게 담고 있다는 점에서 우리 문학사에서 소중하게 취급할 필요가 있다고 본다.

게재지는 『독립신문』, 『대한매일신보』, 『뎨국신문』, 『황성신문』 등이 있다. 주로 작자들은 개신유학파 지식인이다.

3) 창가와 신체시의 등장

① 창가唱歌

창가는 이 당시에 나타난 새로운 형식의 시가이다. 창가의 기본형식은 7·5조인데 이것은 이때 새로 나타난 음수율이다. 어떤 이들은 7·5조가 전통적인 음수율이라고 주장하면서 그 뿌리를 향가·민요에서 찾거나 근대 시기의 김소월의 시에서 찾기도 한다. 하지만 일본의 전통적인 정형시인 와카나 렌가나 하이쿠6)의 음수율에

---

6) 하이쿠俳句 : 일본의 시가 형식의 하나. 8세기 경에 유행한 와카和歌와 15~16세기에 유행한 렌가連歌의 형식이 점점 줄어들어 근세에 5·7·5음으로 정착된 단형시가이다. 근세에 발전한 시가인 하이카이렌가, 줄여서 하이카이에서 태어난 근대시가이다. 두 사람이 주거니 받거니 부르는 렌가連歌의 첫 구(발구=發句)를 따로 떼어낸 것이다. 대체로 5·7·5의 열일곱 자로 메기면 7·7의 열네 자로 받으면서 계속 이어지는 렌가의 앞 부분 5·7·5만을 떼어내 17세기 경 하나의 시가양식으로 정착시켰다.

7·5조가 들어 있다는 점에 기초한 창가의 일본유래설도 고려해야 한다. 당시 일제의 반¥식민지 하에서 그 영향을 받을 수 있음을 부정할 수 없기 때문이다.

생존 경쟁 당차 시대에
국가 흥망 내게 달렸네
열강의 대우를 생각할수록
노예 희생의 치욕뿐일세
이천만 동포 우리 형제야
차시가 하시며 차일이 하일코
육대주 대륙의 형편 살피니
약육강식과 우승열패라

「학도가學徒歌」(1906) 중에서

이 작품은 4·4조도 들어 있고, 1구 6음절 형태도 보이지만 전체적으로는 1구 5음절이 가장 많다. 이전의 '애국가 유형'의 정형율을 벗어나 있지만 아직 7·5조로 정착되지는 않아 '애국가 유형'과 창가의 중간 형태의 시가라 할 수 있다.

우렁차게 토하난 기적 소리에
남대문을 등지고 떠나나가서
빨리부는 바람의 형세 같으니
날개 가진 새라도 못 따르겠네
늙은이와 젊은이 섞여 앉았고
우리네와 외국인 같이 탔으나
내외 친소 다같이 익히 지내니
조그마한 딴 세상 별로 일웠네

최남선의 「경부 도가」(1908)

이 작품에는 7·5조를 맞추기 위한 노력이 곳곳에 남아 있다. 이는 당시 7·5조가 새로운 시의 율격으로서의 상당히 형식화되어가고 있음을 반영한다. 이후 창가

하이쿠는 세계에서 가장 짧은 정형시로 알려져 있고, 지금도 일본에서는 광범하게 읽히고 창작되는 대표적인 서정장르이다.

는 더러 6·5조, 8·5조 등의 변조가 있기는 해도 곧 7·5조로 정형화되어갔다.

내용 면에서는 창가는 낙관적인 전망 속에 개화의 필요성을 강조하였지만, 여러 작품들의 주제가 대동소이하여 창가 고유의 특성을 드러내지 못하였다. 즉 창가의 형식은 타 장르에서 볼 수 없는 새로움이 있었지만 거기에 걸맞는 참신한 주제를 담지 못하였던 것이다. 또한 창가의 낙관적인 계몽의식은 다소 관념으로 흐르기도 하여 당시 시대 현실의 문제를 구체적으로 인식하는 데에는 일정한 한계를 지니고 있었다. 이런 한계로 해서 창가는 일제강점기에 접어들면서 쉽게 식민지 근대성의 시각에 편입되어버리고 그 결과로 유행창가라는 대중예술로 변질되어버린다.

② 신체시

신체시도 이 당시 새로 생겨난 장르인데 이름 그대로 '지금까지 없었던 새로운 형식의 시'라는 의미이다. '새로운 형식'이란 정형률을 타파한다는 뜻이다. 이런 '형식 실험'에 가장 앞장 선 사람은 **최남선**崔南善이다. 그는 기존 시의 정형률을 벗어나는 시도로 창가의 7·5조를 변형시켜 6·4조, 5·5·5조, 7·7조 등을 구사하여 「모르네 나는」, 「나는 가오」, 「막은 물」(이상 1908) 등 '변형 창가'를 발표하였고, 급기야는 어떠한 율격에도 얽매이지 않는 새로운 형식의 시를 선보였는데, 그 작품이 우리 문학사에서 '최초의 신체시'라 일컫는 「해海에게서 소년少年에게」이다.

> 1
> 처........르썩, 처........르썩, 척, 쏴..........아.
> 때린다, 부순다, 무너버린다.
> 태산 같은 높은 뫼. 집채 같은 바윗돌이나.
> 요것이 무어야, 요게 무어야.
> 나의 큰 힘 아느냐, 모르느냐, 호통까지 하면서
> 때린다, 부순다, 무너버린다.
> 처........르썩, 처........르썩, 척, 튜르릉, 꽉.

2

처........르썩, 처.........르썩, 척, 쏴............아.

내게는, 아무 것도, 두려움 없어,

육상에서 아무런, 힘과 권을 부리던 자라도,

내 앞에 와서는 꼼짝 못하고,

아무리 큰 물건도 내게는 행세하지 못하네.

내게는 내게는 나의 앞에는

처........르썩, 처........르썩, 척, 튜르릉, 꽉.

3

처.......르썩, 처.........르썩, 척,쏴......... 아.

나에게 절하지, 아니한 자가,

지금까지 있거던 통기하고 나서 보아라.

진시황, 나팔륜, 너희들이냐.

누구 누구 누구냐 너희 역시 내게는 굽히도다.

나하구 겨룰 이 있건 오나라.

처.........르썩, 처........르썩, 척, 튜르릉, 꽉.

최남선의 「해海에게서 소년少年에게」(1908) 중에서

　　이 시에서는 어떤 고정된 율격을 찾기가 쉽지 않다. 어절 상 리듬이 있어야 시라고 보았던 전통적인 생각을 깨뜨렸다. 그러나 조금만 자세히 보면 각 연의 첫째 행은 첫째 행끼리, 둘째 행은 둘째 행끼리, 셋째 행은 셋째 행끼리, 근사하게 음절수가 지켜지고 있음을 발견할 수 있다. 이로 보아 이 시는 비록 창가의 고정 율격을 벗어나기는 했지만, 각 연들 사이에서 새로운 율격을 생성하고 있어서, 완전한 자유시는 아님을 알 수 있다.

1890년 ~1957년. 계몽운동가·작가·사학자. 서울 출신. 아명은 창흥昌興. 자는 공륙公六. 호는 육당六堂·한샘·남악주인南嶽主人·육당학인六堂學人·대몽大夢·백운향도白雲香徒.

아버지는 중인계층 출신인 헌규獻圭이며, 어머니는 강씨姜氏이다. 1895년부터 글방에 다니기 시작하였으며, 1902년 경성학당에 입학하였고, 1904년 10월 황실 유학생으로 뽑혀 일본에 건너가 동경부립제일중학교에 입학하였으나 석 달 만에 자퇴하였다. 1906년 3월 자비로 다시 일본 와세다대학早稻田大學 고등사범부 지리역사과에 입학하였으나, 같은 해 6월 이 학교에서 개최된 모의국회에서 경술국치 문제를 의제로 내걸자 격분한 한국인 유학생들과 함께 이 학교를 자퇴하고 귀국하였다.

1907년 18세의 나이로 출판기관인 신문관新文館을 창설하고 민중을 계몽·교도하는 내용의 책을 출판하기 시작하였다. 1908년 『소년少年』을 창간하고, 창간호에 「해海에게서 소년少年에게」를 실어 한국 근대시사에서 최초로 신체시를 선보였고, 1919년 3·1만세운동 때는 독립선언문을 작성하기도 하였다. 그 후 문학과 문화·언론·역사학계 등 다방면에 걸쳐 왕성한 활동을 하였는데 그 업적은 ① 한국사에 대한 연구, ② 문화유산의 발굴·정리, ③ 국토산하 순례 및 예찬, ④ 시조부흥운동 전개, 그리고 ⑤ 민속학에 대한 연구로 나눌 수 있다.

그러나 식민 정책의 일환으로 만들어진 한국사 연구기구인 조선사편수회의 중심 역할을 하였고, 이어 만주국 건국대학에서 교편을 잡았으며, 더구나 일제 말기에는 침략전쟁을 미화·선전하는 언론 활동도 하였다. 그리하여 광복 후에는 민족정기를 강조하는 사람들에 의하여 비난과 공격의 과녁이 되었다.

총체적으로 보면 성실한 계몽운동자였으나, 우리 민족의 근대화 과정을 일본과 서양에 추수적으로 따르는 이식문화론에 경도된 점은 뒤에 논란의 대상이 되기도 하였다. 1975년 15권에 달하는 방대한 양의 『육당최남선전집』이 간행되었다. 주요 저서로는 역사 방면에 『역사일감歷史日鑑』과 『고사통故事通』, 기행집으로 『심춘순례尋春巡禮』·『백두산근참기白頭山勤參記』, 창작 시조집으로 『백팔번뇌百八煩惱』 등이 있고, 「삼국유사해제三國遺事解題」 등의 고전 번역에도 공을 남겼다.

참고 : 『한국민족문학대백과사전』, 『국어국문학자료사전』

내용은 문명개화론, 청소년의 진취적 기상 등을 다루었다. 당시 최남선은 많은 신체시를 썼지만, 그 내용들이 낙관적인 전망이어서 역시 현실인식의 한계가 느껴진다. 우리의 정통성을 가지고 개화를 해야 하는데 일본식을 따라가는 식의 개화의식을 가지고 있었다는 점에서, 새로 생겨난 시들을 쓴 사람들이 개화지식인이었음에도 불구하고 당시대에 대한 문제의식은 너무 낙관적이었다는 지적을 피할 수 없다.

창가는 두 가지 갈래로 나뉜 것으로 보이는데 음악적으로는 점점 대중가요로 나타나고 문학적으로는 신체시·자유시·근대시로 변화되었다. 그리고 신체시는 노랫말로서의 시가보다는 읽히는 시의 성격으로 강화되었다. 정형률에서 벗어났기 때문에 음악성이 줄어들 수밖에 없었고 읽히는 시가 된 것이다.

신체시가 이렇듯이 형식적으로 매우 유동적인 시였지만, 이것이 한국의 근대시 출현의 태동 역할을 했다는 점은 부인할 수 없다. 그래서 신체시는 더욱 문제적인 시가가 될 수밖에 없다.

4) 국문풍월의 한계

국문풍월은 한시漢詩의 형태로 국문시가를 쓰는 방식을 취한 것으로, 조선 말부터 시도되어온 것이 이때 잠깐 유행한 시가이다. 한시는 보통 오언절구·오언율시·칠언절구·칠언율시라는 정형화된 틀을 가지고 있었고, 각 구절의 끝 자를 사성을 가지고 있는 운자를 썼다. 당시 국문시가를 한시처럼 지어보자는 발상으로 국문풍월(또는 '언문풍월')이라는 이름으로 오언이나 칠언의 형식을 갖추어 신문 잡지에 게재하였다.

영특남아여보시
독립젼쟁내하지
디구열강일등국
태국국긔참됴치
개선가를부르고
승젼고를울리니
아하참말어렵다
분운텬지이시비

동초의 「국문풍월삼수」(1908) 중에서

7음절로 한행을 짜고, 짝수 행의 끝 음절에 운자를 붙이는 등, 한시의 칠언율시 형식을 모방하고 있음이 바로 확인된다. 이렇듯 한시의 형식을 차용하여 국문시가를 창안하려는 노력은 당시에 상당한 관심을 끌기는 하였으나 끝내 성공하지는 못하였다. 한자는 표의문자이기 때문에 5~7개의 글자로도 많은 뜻을 담을 수 있었지만 한국어는 표음문자여서 뜻을 많이 담을 수 없었고 또 사성四聲이 없어서 운자의 의미도 없었기 때문이다. 그래서 이러한 시도는 1910년대까지 잠깐 유행하다가 시대적 변천을 감당하기 못하고 쇠퇴하였다.

5) 시사적 정리

형식상 전통 형식, 즉 한시·민요·가사·시조·잡가 등이 이 시기에도 있었고 새로운 형식인 애국가유형·언문풍월·창가·신체시가 공존했다. 그러나 후기로 갈수록 새로운 형식이 늘어났다. 특히 신체시가 점점 근대시의 형태로 세력을 형성해 갔다. 내용상 음풍농월 같은 고전의 전통보다는 개화 문제나 국가와 민족의 문제를 다루는 즉 새로운 시대인식을 주로 다루는 작품이 많아졌다. 시대 인식이 강한 작품은 전통 형식에 담아졌다. 우국충절·자주독립 등을 다룬 작품들은 한시나 가사 등 전통적인 작품들에 많았다.

그러나 시대인식이 약한 작품들은 새로운 형식이 담기는 경우가 많았다. 오히려 시대인식에 투철한 작품이 새로운 형식을 가지고 있다면 바람직했을 텐데 그 점이 가장 큰 문제점이자 모순이었다. 예를 들면 새로운 형식으로 언문풍월이나 애국가유형이 있었고 도 새로운 문학운동으로는 민요 개작운동 등이 있었는데 그것들은 모두 실패하고 말았다. 그러나 신체시는 갈수록 번성하였다. 또 작가 층이 민중화되고 대중화되었다. 그러나 창가나 신체시 등의 새로운 형식의 시가들은 대체로 식민지 근대성의 문제에 긍정적인 내용을 담고 있어서, 당시 외세의 침입에 의해 차츰 민족과 국가의 자주가 위협받는 상황을 제대로 인식하지 못하였다는 지적을 면키 어렵다.

고전 시대에 시를 쓴 사람들은 양반 계층에 국한되어 있었다. 당시 한시나 시조가 양반들의 전유물이었기 때문이다. 그러나 이 무렵에는 일반 민중들도 시가 창작에 참여하기 시작했다. 그 이전까지 시가는 문학보다는 음악에 가까운 장르였는데 이 시기에는 문학성이 강조되기 시작하였고, 그런 흐름의 주도적 역할을 신체시가 하였다.

1900년대까지만 해도 육당·춘원 두 사람이 중심이었는데, 1910년을 넘어가면서 최승구·현상윤 등 전문시인들이 등장하면서 전문시인의 시대로 변화하였다.

4. 소설

1) 구소설의 잔존과 쇠퇴

옛날부터 있어왔던 소설들을 겉잡아 구소설이라고 한다. 구소설은 크게 국문소설과 한문소설로 나눌 수 있는데 이때까지도 한문소설이 남아 있었다. 당시 한글이 상당히 보급되기는 했지만 문학 활동은 한자로 해야 한다는 편견 때문에 소설도 한문으로 쓰는 전통이 이어졌다. 이런 전통 하에서 「관정제호록灌頂醍醐錄」(1904), 「일념홍一捻紅」, 「용함옥龍含玉」, 「신단공안神斷公案」, 「잠상태岑上苔」(이상 1906) 등의 한문소설이 산출되었다. 그러나 당시 한문소설은 더 이상 늘어나지 못하였다. 한문으로 소설적 재미를 충분히 표현하기 어려웠고, 갈수록 한문 해독자가 줄어들고 있어서 1910년대 이후에는 새로운 한문소설을 찾기가 어렵다. 이 작품들의 내용은 파한적破閑的 오락성 위주였지만 일부 작품에서 개화사상을 반영하기도 하였다. 이 작품들은 1906년 이후 국한문혼용체 소설로 변화되어 나중에는 신소설로 편입된 것으로 이해된다.

그리고 당시 구소설 잔존 차원에서 주목할만한 것은 몽유록계 소설이 계승되었다는 점이다.[7] 몽유록계 소설은 조선시대 소설의 중요한 유형이라는 점에서 당시 안국선安國善의 「금수회의록禽獸會議錄」(1908), 유원표의 「몽견제갈량夢見諸葛亮」(1908) 등의 '꿈'을 소재로 한 소설은 서사전통 차원에서 주목할 가치가 충분하다.

📖 안국선安國善

1878~1926년. 소설가. 경기도 안성시 출생. 호는 천강天江. 1895년 관비유학생으로 일본으로 건너가 게이오기주쿠대학慶應義塾大學을 거쳐 도쿄전문학교(지금의 와세다대학)에서 정치학을 공부하고 1899년 7월에 졸업하였다.

귀국 후 독립협회에 가담하여 국민계몽운동에 나섰다가 박영효와 관련된 역모사건에 연루되어 체포되었다. 1904년 3월 재판에서 태형 100대에 종신유형을 선고받고 진도로 유배되었다가 1907년 유배에서 풀려났다. 1907년부터 강단에서 정치·경제 등을 강의하기 시작하였는데, 그 교재로『외교통의外交通義』·『정치원론政治原論』·『연설법방演說法方』등을 저술하였다.

뿐만 아니라『야뢰夜雷』·『대한협회보』·『기호흥학회월보』등에 정치·경제·사회 분야의 시사적인 논설도 발표하였으며, 대한협회 평의원을 역임하였다. 1908년 탁지부度支部 서기관에 임명되면서 관계에 나아갔고 1911년부터 약 2년간 청도군수를 역임하기도 하였다. 관직에서 물러난 뒤 금광·개간·미두·주권 등에 손을 대었으나 실패하였고, 그 후 병을 얻어 1926년 사망하였다. 아들로는 해방기 때 월북한 소설가 안회남이 있다.

안국선의 소설로는 「금수회의록禽獸會議錄」·「공진회共進會」 등이 있으며,『공진회』에 수록된 3편의 단편소설 중, 「인력거꾼」의 경우는 당시의 총독정치를 찬양하는 발언으로까지 나아감으로써 작가의 현실비판 의식이 소멸되고 세계관이 바뀌었음을 드러내고 있다. 1916년부터 1920년 사이에 향리인 안성시 고삼면 월향리에 낙향하여 필사본 「발섭기」 상하 2권과 「도염전」 등을 지었다고 하나 전하지 않는다.

참고 :『한국민족문화대백과사전』,『한국현대문학대사전』

'나'는 흰 구름 아래의 더없이 부드러운 바람결에 잠깐 잠이 들어, 짚신을 신고 대지팡이를 흔들며 유유히 봄길을 나서는데, 발길이 가 닿은 곳은 '금수 회의장'이라는 곳의 현판 앞이다. 그곳에서 '하늘과 땅 사이에 있는 무슨 물건이든지 의견이

---

7) 몽유록夢遊錄 : 조선시대 중엽에 크게 유행한 산문의 한 형식이다. 대부분 한문으로 씌었고 작자도 식자층이다. 주로 현실·꿈·현실로 진행되는 액자 구성을 취하며, 작자가 꾼 꿈이 주 내용을 이룬다. 현실세계의 주인공이 꿈을 통해서 다른 세계로 들어가 여러 경험을 한 후에, 꿈에서 깨어나 다시 현실세계로 되돌아온다는 것이 주된 줄거리이다. 대표적인 작품으로『금오신화金鰲新話』,『원생몽유록元生夢遊錄』이 있으며, 후에는『운영전雲英傳』처럼 소설에 가까워진 경우도 있다.

있으면 누구든 서슴지 말고 말하고, 듣고 싶으면 회의 내용도 각자 자유롭게 방청하라'는 알림판을 보고 있는데, 길짐승·날짐승·벌레·물고기·풀·나무·돌 등의 행렬에 의해 엉겁결에 밀려들어가 그 회의를 모두 보게 된다.

이들은 저마다 인간 사회의 갖은 부도덕과 비합리, 모순들을 낱낱이 드러내어 비판하고 인간을 동물의 밑으로 깎아 내린다. 개회사에서 회장은,

첫째, 사람된 자의 책임을 의논하여 분명히 할 일,

둘째, 사람의 행위를 들어서 옳고 그름을 의논할 일,

셋째, 요즘 세상 사람들 중에서 인간의 자격이 있는 자와 없는 자를 조사할 일,

이라는 세 가지 문제를 토의하여 자신들과 사람과의 관계를 분명히 하고, 사람들이 여전히 악한 행위를 일삼으며 반성하지 않으면 '사람'이라는 이름을 빼앗고, '이등 마귀'라는 이름을 갖게 할 것을 하늘에 아뢰겠다고 강조한다.

이어 금수들이 하나씩 등장하여 제각기 인간을 비판하고 조소하는 연설을 한다.

① 연미복을 입은 까마귀는 연단으로 맨 먼저 나와, 얼마만큼 자란 까마귀는 제 어미에게 먹이를 갖다준다는 '반포지효反哺之孝'를 강조한다.

② 여우는 남의 권세를 빌어 위세를 부리는 여우를 내세워 인간의 간교함을 꼬집는 '호가호위狐假虎威'를 비판한다.

③ 개구리는 견문이 좁고 세상 형편에 어두운 소견 좁은 인간을 풍자한 '정와어해井蛙魚蟹'를 강조한다.

④ 벌은 겉으로는 친절한 척하나 속으로는 남을 해친다는 인간의 양면성을 비판하는 '구밀복검口蜜腹劍'을 강조한다.

⑤ 게는 인간이 갖은 짓을 다하여 나약하고 창자 없는 사람과 같이 행동하는 것을 비난하며, 사람을 '무장공자無腸公子'라고 불러야 한다고 역설함.

⑥ 파리는 조강지처도 버리고 유지나 지사를 고발하여 감옥에 넣는, 이른 바 목적을 위하여 수단을 가리지 않는 소인배들을 비난하는 '영영지극'을 강조함.

⑦ 호랑이는 옛말에 '호랑이를 기르면 후환이 없다'는 얘기가 있지만 사실 인간의 가혹한 정치와 권력의 남용이 산 속의 호랑이보다 더 포악하고 무섭다는 말로 '가정맹어호苛政猛於虎'를 주장함.

⑧ 원앙새는 어디를 가거나 올 때에도 항상 같이 다닌다는 '쌍거상래雙去雙來'를 통해 화목한 부부의 의를 말한다.

회의가 끝나 모두 나간 뒤에 '나'는, 모든 금수에게 이렇게 비판과 비난을 받는 처참한 사람을 어떻게 구할 방법이 없는가를 생각한다. 그러다가 하늘은 아직도 사람을 사랑한다 하니 구원의 길이 있다는 것을 말하며, 인간을 구제할 가느다란 지평

을 보여준다.

안국선의 「금수회의록禽獸會議錄」(1908) 줄거리

각종 동물들을 등장시켜 「인간 사회와 인간」이란 논제를 통해 인간 사회의 부조리와 현실을 비판·풍자하는 우화소설이라 할 수 있다.

이 소설이 다른 신소설과 다른 점은 '나'라는 1인칭 관찰자의 시점을 통하여 인간 현실을 비판하고 있다는 사실이다. 그리고 관찰자인 '나'가 꿈속에서 인간의 비리와 인간의 부조리한 현실 사회를 성토하는 동물들의 회의장에 들어가 동물들의 회의 내용을 기록하여 전달하는 방식을 취하고 있다는 점이다. 이로써 액자소설의[8] 형태와 몽유록계 고대소설의 성격을 함께 보여 준다. 즉, 꿈속에서 현실을 비판한 후 꿈을 깬다는 식의 서사적 구조를 보이고 있는데 이는 고대소설 「구운몽九雲夢」의 이중 구조 형식을 이어받은 것으로도 해석할 수 있다.

또한 이 작품들은 조선시대 몽유록 계열과는 달리 당시 세태를 풍자하는 내용이 강하고 자주정신과 진보적 세계관을 피력하고 있어서 상당한 시대성을 함축하고 있기도 한다. 특히 「금수회의록」은 짐승들이 인간을 풍자하는 내용을 담고 있는데, 이로써 당시 세태를 고발하고 있다. 기득권 세력들을 민중이 비판하는 내용을 담고 있다고 해석되어 그 무렵에 우리나라 최초의 금서로 지정되기도 하였다.

---

8) 소설 구성 상 이야기 속에 또 다른 이야기가 들어 있는 형식의 소설을 가리킨다. 하나의 이야기 속에 다른 이야기들이 액자 속의 사진처럼 끼워져 있다. 그래서 바깥 이야기를 외화外話라 하고 안의 이야기를 내화內話라 하는데, 보통 내화가 외화에 종속되어 있다. 그러나 중요한 사건은 내화에서 전개되는 경우가 많다. 이러한 소설형식은 이야기 밖에 또 다른 서술자의 시점을 배치함으로써, 하나의 시점에서 벗어나 다양한 방식으로 이야기를 전개해 나갈 수 있는 이점이 있다.
　액자소설은 소설과 일화를 연결하는 교량적 양식이기도 한데, 김승옥의 「환상수첩」은 그 대표적인 예가 된다. 「환상수첩」은 '정우'라는 인물의 습작 수첩을 소개하는 형식으로 구성되고 있는 액자소설이다. 그밖에 우리나라 액자소설로는 김만중의 「구운몽」과 김동인의 「광화사」, 「배따라기」, 김동리의 「무녀도」, 「등신불」 등을 들 수 있다.
　한편 서구의 경우 프로스페르 메리메(Prosper Merimee)의 소설 『카르멘』(1845)을 본격적인 액자소설로 본다. 그러나 그 이전에도 아랍의 설화집 『천일야화千一夜話』나 보카치오의 『데카메론』 등도 액자소설의 범주에 포함될 수 있다. 예컨대 『천일야화』는 '세헤라자데'가 생명을 연장하기 위하여 천 일 동안 왕에게 이야기를 해주는 형식으로 액자 속에 수많은 일화를 담아내고 있다. 여기에서 액자 형식은 서사문학의 오래된 양식임을 시사받을 수 있다. 참고 : 『문학비평용어사전』

2) 시사토론체 소설의 등장

시사토론체 소설은 시사의 문제를 토론 형식으로 전개한 소설이다. 토론의 주제는 당시 세태에 관련된 시사적인 문제들이 많았고 그것에 대해 갑론을박하는 식으로 전개되었다. 시사토론체 소설은 다시 대화체와 연설체로 나뉘는데, 대화체는 두 사람이 대화를 나누며 토론하는 방식으로 전개되고, 연설체는 주인공이 계속 연설하는 방식으로 전개된다.

대화체 소설로는 「소경과 앉은뱅이 문답」(1905)이 주목된다. 이 작품은 당시 혁신적으로 공포된 단발령과 미신타파 정책 때문에 점 치고 망건 파는 생업에 위협을 느낀 소경과 앉은뱅이가 자신들의 불우한 여건에 대한 푸념과 함께 참된 개화의지를 풍자와 기지로써 펼치는 작품이다. 그들이 비판하고 있는 것은 화폐개혁에서 오는 전황錢荒(돈이 잘 융통되지 아니하여 매우 귀해지는 현상), 관료의 부패와 매관매직, 의타적인 외교정책 등으로 을사늑약에 의한 일본의 침투를 경계하고 무력한 정부와 국민의 새로운 각성을 촉구하고 있다. 특히, 결말에 불구인 자신들이 앞 못 보고 걷지 못하는 결점을 서로 일심단결하면 온전한 한 사람이 될 수 있다고 함으로써, 기울어가는 국권을 회복하기 위하여 국민들이 가져야 할 올바른 자세가 무엇인가 암시하고 있다. 이 작품의 주인공인 장님과 앉은뱅이는 시대적 조류에 휩쓸려 변모해가는 자신들의 불우한 여건에 불만을 품으면서도, 개화의 물결에 따른 사회의 변천상에 긍정적인 시각의 일면도 보여주기도 한다.

이 작품은 「거부오해車夫誤解」와 더불어 대화체로 된 근대계몽기의 독특한 '단형서사양식短形敍事樣式'으로서, 소설적 형상화는 흡족하지 않으나 장편 신소설들과는 달리 권선징악적 유형성이 없고, 풍자적인 대화로써 당시의 현실적인 문제들을 날카롭게 지적, 민족의식을 고취하려 하였다는 점에서 그 의의를 지닌다.

연설체 소설로는 안국선의 「금수회의록」(1908), 이해조의 「자유종自由鍾」(1910) 등이 있는데, 당시의 시사적인 문제를 토론과 연설 형식에 담아 세태를 풍자하고 진보적 개화사상을 피력하였다.

3) 역사·전기 소설에 반영된 시대 인식

이 무렵에 나온 소설 중에 주목할 만한 것으로 역사소설과 전기소설이 있다. 조선 시대 대부분의 소설 제목에는 '전傳'이 붙어있었다. 이는 조선 시대에는 전기와 소설의 구분이 잘 되지 않았음을 반증한다. 현대적 관념으로 구분하자면 전기는 실존 인물의 일대기를 기록한 것이고, 소설은 가공의 인물에 관해서 기술한 것이다. 그런데 조선 시대에 나온 소설 중 일부는 실존 인물을 대상으로 한 것이 있다. 원래 전기는 실제 인물을 많이 다루었던 것인데, 조선 후기 들어 독자들의 흥미를 유발하기 위해 가상 인물로 소설을 쓰는 경우가 늘어났고, 이로써 전기 형식의 소설이 생성되었던 것이다.

당시 역사·전기 소설은 창작된 것과 변역(번안)된 것으로 나눌 수 있다. 전자보다는 후자가 양적으로 월등하게 우세하다.

「라란부인전羅蘭夫人傳」, 「비사맥전比斯麥傳」, 「피득대제彼得大帝」, 「이태리건국삼걸전伊太利建國三傑傳」 등이 대표적인 번역·전기소설인데, 이 작품들은 「태서신사泰西新史」, 「미국독립사美國獨立史」, 「법국혁신전사法國革新戰史」, 「월남망국사越南亡國史」, 「서사건국지瑞士建國誌」 등의 번역 역사서와 어깨를 나란히 하여 나타났다. 이런 소설과 역사서가 함께 번역된 것은, 그만큼 우리나라가 역사적인 위기에 빠진 상태였고 영웅을 기다리는 영웅대망英雄待望의식이 고조되어가고 있었음을 반영한 것으로 보인다.

하지만 이런 역사·전기 소설은 우리나라 작가가 쓴 것이 아니라 서양에서 쓰인 것을 일본에서 번역했고, 다시 이것을 우리나라에 들여와 재번역하는 방식, 즉 이중 번역한 것이 많았다. 당시 우리나라 지식인들은 서양을 배우기 위해 노력하기는 했지만 재빠르게 직접 서양의 문물을 들여오지 못해서 일본을 통해 근대를 받아들였기 때문에 이런 역사·전기 소설들을 중역하게 된 것이다. 이런 중역 과정에서 번역이 제대로 되지 않을 수도 있고, 또 일본인이 번역한 것을 들여왔기 때문에 거기에는 일본식으로 번역된 일본식 문화가 가미되어 있음을 부인할 수 없다.

한편 우리나라에서 직접 쓰인 역사·전기 소설도 있었다. 신채호의 「을지문덕전

乙支文德傳」(1908), 「퇴도통전崔都統傳」, 「이순신전李舜臣傳」(이상 1909), 유기선의 「강감찬전」 등이 그것인데, 특히 신채호는 한국 역사상 국난의 시기에 나라를 건진 영웅들을 주인공으로 하는 전기소설을 써냄으로써 우국충절의식과 영웅대망의식을 강조하였다.

「최도통전崔都統傳」은 1909년 12월 5일부터 1910년 5월 27일까지『대한매일신보』에 상편만이 연재된 미완의 작품으로, '동국거걸東國巨傑'이라는 관제冠題가 붙어 있다. 이 작품은 고려 말기의 무신인 최영崔瑩의 역사적인 행적을 다룬 것으로 모두 8장으로 구성되어 있다. 크게 보아 서론부와 최영의 영웅적 활약을 소개한 부분, 그리고 당시 국내외의 형세와 구국항쟁에 관한 부분 등으로 나눌 수 있다. 전체적인 시각은 최영의 영웅적 풍모를 선명하게 부각시키는 데 집중되어 있고, 그 가운데서도 특히 최영이 우왕과 함께 원명교체기元明交替期의 국제질서 변화에 적극적인 자세로 대응하여 북벌계획을 수립하고, 구국적인 뛰어난 지도력을 발휘한 점을 강조하였다. 이 작품은 역사적 사실을 토대로 한 전기적인 기술로서 근대적인 역사소설의 이행과정의 의미를 지니고 있다. 그러나 이 작품은 민족수난기라는 시대적 상황 아래에서 애국심을 강조하다보니 사실史實을 지나치게 윤색하였다는 비판을 받기도 하였다. 그럼에도 불구하고 당시의 독자들에게 한국 역사상 영웅을 부각한 점은 긍정적으로 평가할만하다. 종합적으로 당시의 역사·전기소설은 독서 대중으로 하여금 '민족'을 발견하여 당시 시대 상황을 깊이 인식하도록 하는데 크게 기여하였고, 그 결과로 민족의식을 고취하였다고 평가할 수 있다.

4) 신소설의 등장과 번성

근대계몽기 후기로 오면서 신소설이 등장하고 번성하기 시작했다. 1906년『만세보萬歲報』에 이인직李人稙이 「혈血의 루淚」를 연재할 때 '신소설'이란 용어를 처음 사용하였는데, 당시로는 '구소설과는 다른 새로운 형식의 소설'의 의미로 쓰였다.

일청전쟁의 총소리는, 평양 일경이 떠나가는 듯하니, 그 총소리가 그치매 사람의 자취는 끊어지고 산과 들에 비린 띠끌뿐이라. 평양성 외 모란봉에 떨어지는 저녁볕은 뉘엿뉘엿 넘어가는데, 저 햇빛을 붙들어 매고 싶은 마음에 붙들어 매지는 못하고 숨이 턱에 닿은 듯이 갈팡질팡하는 부인이 나이 삼십이 될락말락하고, 얼굴은 분을 따고 넣은 듯이 흰 얼굴이나 인정없이 뜨겁게 내리 쬐이는 가을볕에 얼굴이 익어서 선앵두빛이 되고, 걸음걸이는 허둥지둥하는데 옷은 흘러서 젖가슴이 다 드러나고 치맛자락은 땅에 질질 끌려서 걸음을 걷는 대로 치마가 밟히니

(이하 줄거리 요약)

이 여인은 어둠 속에서 길을 잃고 헤매다가, 아내를 잃고 찾아 헤매던 어느 외간 남자와 부딪혀 봉변을 당하기도 한다. 이 부인과 남편 김관일金冠一과 딸 옥련玉蓮, 세 식구는 난리통에 서로 헤어진다. 그리하여 최씨 부인은 남편을 기다리다가 끝내 돌아오지 않자 자살을 결심하고 대동강 물에 뛰어 드나 뱃사공에게 구출되어 평양에 그대로 머무른다. 김관일은 나라의 큰일을 해야겠다고 결단을 내려 미국 유학길

에 오른다.

　옥련은 피란길에 폭탄의 파편을 맞아 부상당하나 일본군 군의관 이노우에井上의 후의로 그의 양녀가 되어 일본으로 건너간다. 그녀는 원래 총명하고 예쁜 탓으로 이노우에 군의 부인으로부터 사랑을 받는다. 옥련은 그 후 이노우에 군의가 전사하자, 부인으로부터 냉대를 받게 되고 갑자기 갈 곳이 없는 신세가 되어 방황하다가, 구완서라는 청년과 알게 되어 함께 미국으로 건너간다. 구완서는 부국강병의 뜻을 품고 조선을 독일의 바이마르 공화국처럼 만들어야 한다고 생각하고 유학길에 오르던 중이었다. 옥련은 그곳에서 고등학교를 우등으로 마치고 이미 미국에서 살고 있는 아버지 김관일과 10년만에 만나게 된다. 옥련이 우등으로 졸업하자 그곳 신문에 옥련에 관한 기사가 나고 이것을 옥련의 아버지인 김관일이 본 것이었다. 이런 가운데 옥련과 구완서는 일생의 반려가 되기로 기약하며 약혼한다. 그리고 어머니가 아직 평양에 살아 있음을 확인한 옥련은 매우 기뻐하며, 그리움 속에 어머니에게 우선 편지를 띄운다. 구완서는 우리나라를 문명한 강대국으로 만들어야겠다고 다짐하고, 또 옥련은 우리나라 여자들의 지식을 넓혀서 남자에게 눌리지 않고 동등한 권리를 누릴 수 있게 하며, 또한 여자들도 사회에 유익하고 명예있는 백성이 되도록 교육할 것을 마음먹는다.

이인직의 「혈血의 누淚」 줄거리

　이 작품은 10년의 시간 속에서 한국·일본·미국을 무대로 한 여주인공 옥련의 기구한 운명과 거기에 얽힌 근대계몽기의 시대상을 그린 것으로서 자주 독립, 신교육, 신결혼관 등이 그 주제로 되어 있다. 등장 인물들은 다소 친일적이고 역사 인식이 부족한 인물들이며, 그 당시 대다수의 지식인들과 부합하는 사실적인 인물로 그려져 있다. 이 작품의 신소설적 성격을 간단히 살피면, 첫째 언문 일치에 거의 근접해 있으며, 둘째 표현에서 묘사체 문장이 시도되고 있고, 셋째 개화 사상이 곳곳에 스며들어 있으며, 넷째 그 소재들이 대체로 우리 주변에서 일상 일어나는 일들로 택해져 있다는 점을 들 수 있다. 특히 위 인용문의 서두에서 보듯 상황과 인물의 외양 묘사가 매우 생동감 있고 사실적으로 그려져 있어 그 이전 소설과는 문체 차원에서도 진일보하였다고 할 수 있다.

　한편 이 무렵에 활약한 신소설 작가로는 이인직·이해조·최찬식 등이 있는데, 이들 '신소설 3대작가'의 작품 경향을 간추리면 다음과 같다.

이인직은 신소설 창작에 앞장 선 사람이다. 최초의 신소설인 「혈血의 루淚」를 1906년에 발표하여 '신소설의 개척자'란 평가를 받기도 한다. 그러나 그는 개량적 민족주의에 입각한 개화론자였고 반봉건의식과 친일의식을 가지고 있었으며, 작품에 민족허무주의가 투영되어 있다는 지적을 받기도 한다.

이해조李海朝는 당시 가장 많은 신소설을 썼고 가장 많은 독자층을 확보하고 있었다. 그의 작품들에는 남녀 연애사와 당시의 풍속 묘사가 많아서 많은 독자들의 관심을 받았다. 소설사적으로는 신소설의 대중화에 기여했다. 또한 소설의 대중성과 독자의 역할을 인식하고 작품을 창작했다. 「자유종自由鍾」의 서문에서 그런 문학관을 피력하기도 하였다.

📖 이해조李海朝

1869~1927년. 신소설 작가. 호는 동농東濃·열재悅齋. 경기도 포천 출생. 인조의 셋째 아들 인평대군麟坪大君의 10대 손이다.

1906년 11월부터 잡지 『소년한반도少年韓半島』에 소설 「잠상태岑上苔」를 연재하면서 본격적인 문학 활동을 시작하였다. 대한협회와 기호흥학회 등의 사회단체에 가담하여 신학문의 소개와 계몽운동에 나서기도 하였고, 한때 『매일신보』 등의 언론기관에도 관계하면서 30여 편 이상의 작품을 발표하였다. 그의 문학적 업적은 크게 작품을 통하여 이룩한 소설적 성과와 번안·번역을 통한 외국작품의 소개, 그리고 단편적으로 드러난 근대적인 문학관의 측면으로 나누어 살펴볼 수 있다.

그의 신소설로는 「구마검驅魔劍」(1908)·「빈상설鬢上雪」(1908)·「자유종自由鍾」(1910)·「홍도화紅桃花」(1910)·「모란병牡丹屛」(1911)·「춘외춘春外春」(1912)·「구의산九疑山」(1912)·「소학령巢鶴嶺」(1913)·「비파성琵琶聲」(신구서림, 1913)·「봉선화鳳仙花」(1913) 등의 많은 작품이 있다. 소설사적인 측면에서 볼 때, 그의 작품 경향은 초기의 정치소설적 형태로부터 후기로 올수록 점차 대중적인 흥미를 강조하는 쪽으로 변하고 있으며, 특히 당대의 풍속에 대한 폭넓은 관심을 보여주고 있다.

그 밖에 베르느(Verne.J.)의 「철세계鐵世界」(1908) 및 「화성돈전華盛頓傳」(1908) 등의 번안 소개, 그리고 「춘향전」·「심청전」·「흥부전」·「별주부전」 등의 판소리계 소설을 각각 「옥중화獄中花」(1912)·「강상련江上蓮」(1912)·「연燕의 각脚」(1913)·「토兎의 간肝」 등으로 개작한 것도 그의 문학적 공로이다.

참고 : 『한국민족문화대백과사전』, 『한국현대문학대사전』

최찬식崔瓚植은 「추월색」·「금강문」·「안의성」·「능라도」 등의 신소설로 당시 이 해조와 더불어 독자의 관심을 많이 받은 작가 중의 하나인데 주로 애정문제를 많이 다루었다. 세 작가 중 가장 통속적인 소설들을 써서 독자층을 확보하였다.

1910년 이전에 쓰인 다른 작가들의 신소설이 다분히 정치적·사회적인 성격을 지니고 있는 반면, 주로 1910년 이후에 발표된 최찬식의 작품들은 청춘남녀의 애정문제 및 그와 관련되는 윤리 도덕문제를 다루고 있어 당시의 많은 독자들에게 인기가 있었던 것으로 알려져 있다. 특히 그의 소설에 나타나는 신결혼관과 신교육관은 전통적 유교윤리에 눌려 있던 인간의 개성을 옹호하는 자유 평등사상에 기반했다는 점에서 근대지향성으로 주목되기도 하였다. 그러나 최근에는 그의 작품들에서 주장된 신사상이 외면적이고 피상적인 데 그쳐 근대성에 미달했다는 비판과 더불어, 식민지 초기의 물리적이고 억압적인 통치 질서가 파생시킨 왜곡된 사회구조 속에서 개인의 행복만을 추구하는 폐쇄적 욕망구조를 표현한 데 불과하다는 평가가 지배적이다.

• 73

📖 **최찬식崔瓚植**

1881~1951년. 신소설작가. 호는 해동초인海東樵人, 동초東樵, 경기도 광주 출생.

유년시절 광주 사숙에서 한학을 수학하고, 부친 최영년이 설립한 시흥학교에서 신학문을 공부하였으며, 후에 서울로 올라와 한성중학교를 졸업하였다. 독실한 불교신도였고, 잡지 『신문계』, 『반도시론』의 기자였다. 「종소리」라는 단편과 「부랑자 경고가」라는 장시를 썼고, 수필과 논설을 발표하기도 했으며, 중국의 단편 「백장홍百丈紅」을 소개한 바 있다. 말년에 최익현의 실기實記를 집필 중 한국전쟁을 만나 고초를 겪다가 1951년 1월 10일 사망하였다.

1910년대에 신소설 창작에 전념하여 대표작 「추월색秋月色」(1912)을 비롯해 「해안海岸」(1914)·「금강문金剛門」(1914)·「안雁의 성聲」(1914)·「도화원桃花園」(1916)·「삼강문三綱門」(1918)·「능라도綾羅島」(1918)·「춘몽春夢」(1924) 등을 발표하였다.

그의 작가의식은 민족계몽이나 자주독립 등의 정치적인 면보다 애정문제, 풍속적 윤리·도덕 문제에 치중해 있었다. 따라서 최찬식의 소설은 당대 신소설의 한계 및 통속화 현상을 대표한다고 할 수 있다.

참고 : 『한국민족문화대백과사전』

그밖에 반외세, 반봉건 의식을 드러낸 신소설들이 있다. 백학산인의 「만인산」 (1909), 일우생의 「오경월」(1909), 빙허의 「소금강」(1910), 육정수의 「송뢰금」(1908), 반야의 「몽조」(1907) 등의 소설을 신소설로 분류할 수 있는데, 육정수의 「송뢰금」 외에는 대부분 필명을 써서 그 작가를 파악하기 어렵고, 또 작품 수준이 앞의 세 사람보다는 낮은 것으로 평가받는다.

5) 신소설의 문학사적 의의

　　신소설의 문학사적 의의를 정리하자면, 일상어와 국어에 대한 인식이 확대되었다는 점을 먼저 꼽을 수 있다. 즉 신소설을 통해서 일상어가 문학어로 등장한 것이다. 그전까지는 일상에서 쓰는 말은 문학어가 될 수 없다는 생각이 지배적이었다. 문학에서 사용하는 용어는 따로 있다는 관념이 있었기 때문이다. 그리고 문학의 중심 장르를 시로 간주하여 시에서 사용하는 언어와 일상에서 사용하는 말이 크게 다르다고 생각했었는데, 이때부터 일상어가 소설의 용어로 활용되기 시작하면서 문학어와 일상어의 거리가 좁혀지게 되었다.

　　그리고 문장 기술에서 있어 평이한 서술을 또 하나의 특징으로 들 수 있다. 이 점은 과거 몽유록계 소설이나 한문소설, 전기소설에 난삽한 표현들이 많았던 점과는 대비된다. 그리고 또다른 특징으로는 묘사방식이 사실적이라는 점을 들 수 있다. 허무맹랑한 이야기보다는 실제 벌어지는 이야기들을 주로 다루었기 때문이다. 소재와 주제에서도 근대성이 강화되었다. 우리 일상에서 벌어지는 일을 소재로 삼았던 것이다.

　　그러나 일부 작품에서 권선징악 등 고소설에서 사용했던 주제가 사용되기도 하였다. 근대소설처럼 성격창조와 심리묘사가 확립되지 못하고 상투적이었다. 악한 사람은 줄곧 악하고 착한 사람은 끝내 착하다는 전형적 인물을 앞세워 성격묘사를 했고, 사건 구성도 선악을 이분법적으로 대립하는 방식을 채택하여 단조로웠다. 사실 인간은 악한 면이 있으면서도 착한 면이 있고 착한 것 같으면서도 악한 면이 있을 수 있는데 그런 것을 고려하지 못하였던 것이다. 또 심리묘사도 너무 상투적이라는 지적을 피할 수 없다. 사건 구성에 있어서도 우연성을 남발하였다. 이런 문제가 해결된 것은 근대소설에 와서이다.

일제강점기에 이르러 신소설은 더욱 통속화되어갔다. 그렇게 시간이 흐를수록 통속화되다 보니 1920년대 이후 통속소설로 전락하고 말았다.

그러나 당시 대부분의 신소설 작가들은 식민지 근대성의 문제에 대해 긍정적이어서, 당대의 가장 중요한 역사적 과제인 '외세 침략에 대한 민족·국가의 자주 확립'에 관해서는 소홀하였다고 할 수밖에 없다.

5. 구비문학과 희곡

1) 판소리의 융성

19세기 말은 판소리 역사상 후기 팔명창 시대에 해당한다. 이 시기는 조선 정조·순조·헌종 제위 기간인 초기 팔명창 시대를 거쳐 철종과 고종 제위 기간에 해당한다. 이 시기 후기 8명창으로는 박만순·송우룡·김세종·정춘풍·장자백·이날치·정창업·김정근 등을 꼽을 수 있다. 이 시기에는 대원군의 후원에 힘입어 판소리가 크게 성행하였는데 그 단적인 예로 전주 대사습대회가 해마다 열려 판소리의 대중화가 이루어졌고, 또 '단가'라는 짧은 판소리가 생겨나 유행하기도 하였다. 특히 신재효申在孝는 판소리 사설을 정리하고 소리 연습생들을 후원하면서 창작 판소리를 만드는 등 당시 판소리 발전에 지대한 영향을 끼쳤다.

20세기 들어서면서 이른바 '오명창 시대'를 맞아 김창환·송만갑·이동백·정정렬·김창룡 등이 활약하였다. 이 시기에 전통 판소리는 여섯 바탕으로 정착되었다. 한편 서양식 연극의 영향으로 판소리를 연극화한 창극唱劇이 발생하여 협률사 중심으로 공연되었고, 가야금을 연주하면서 판소리를 하는 가야금 병창이 창안되는 등

판소리의 공연 형식이 다양해졌다.

📖 신재효申在孝

1812~1884년. 조선 후기의 판소리 이론가·개작자·후원자.
자는 백원百源, 호는 동리桐里. 전라북도 고창 출생. 아버지 광
흡光洽은 경기도 고양 사람으로 한성부에서 직장直長을 지내다
가 고창현의 경주인京主人을 하던 선대의 인연으로 고창에 내
려와 관약방官藥房을 하여 재산을 모았다.

그는 아버지가 마련한 기반을 바탕으로 35세 이후에 이방·
호장戸長 등 서리직에 종사했으나 말년에 한재민旱災民을 구제
한 공으로 정3품 통정대부가 되고, 이어 가선대부에 승품陞品되
기도 하였다.

그는 평소에 판소리를 즐기는 동시에 자신의 넉넉한 재력을
바탕으로 판소리 광대를 모아 숙식을 제공하면서 판소리를 가르치기도 하였다. 동편제와 서
편제의 장점을 조화시키면서, 판소리의 '듣는 측면'에 덧붙여, '보는 측면'을 강조하여 판소
리를 예술로 정착시켜나가는데 앞장섰다. 또한 진채선을 광대를 길러 내어 여자도 판소리
를 할 수 있는 길을 열었으며, 「춘향가」를 남창과 동창으로 구분하여 어린 광대가 수련할
수 있는 대본을 마련하기도 하여, 판소리의 다양화를 시도하였다. 「광대가」를 지어서 판소
리의 이론을 수립하였는데, 인물·사설·득음得音·너름새라는 4대 법례를 마련하였다. 만
년에는 「춘향가」·「심청가」·「박타령」·「토별가」·「적벽가」·「변강쇠가」의 판소리 여섯마
당을 골라서 그 사설을 개작하였다.

판소리 사설 외에도 30여 편의 단가 혹은 '허두가虛頭歌'라고 하는 노래를 지었다. 자신의
경험에서 우러난 재산을 모으는 방법을 다룬 「치산가治産歌」, 서양의 침입이라는 시대적 시
련을 걱정하는 「십보가十步歌」·「괘씸한 서양西洋되놈」, 경복궁 낙성 공연을 위해 마련한 「방
아타령」, 그 밖에 「오섬가烏蟾歌」·「도리화가桃梨花歌」·「허두가」 등이 대표적이다.

참고 : 『한국민족문화대백과사전』

한편 이 시기에 이해조는 명창들의 구술에 힘입어, 『심청가』를 『강상련』으로,
『흥부가』를 『연의각』으로, 『춘향가』을 『옥중화』로, 그리고 『수궁가』를 『토의간』으
로 개작하여 판소리 사설이 소설 형식으로 독자에게 읽히도록 하였다. 이 작업은,
조선 말기에 『춘향가』가 『열여춘향슈절가』라는 이름의 완판 방각본으로9) 개작된

---

9) 완판 방각본完板坊刻本 : 일찍이 17세기 전라도 태인 지방에서 손기조·전이채·박치유 등 아전

전통을 이은 것으로 볼 수도 있으나, 판소리계 소설의 특장이 잘 발견되지 않고 기존의 인기에 편승하여 대중성을 강화한 데 그치고 말았다.

2) 민요의 변화

보통 우리나라 민요에는 3·4조, 4·4조 율격이 가장 많다. 이 점은 가사의 경우도 마찬가지이다. 3·4조, 4·4조가 발달한 이유는, 한국어의 어휘는 두 음절로 된 것이 가장 많은데 여기에 한 두 음절의 조사나 어미를 붙이면 3·4조, 4·4조가 되고 이것이 표현하기에 가장 편리하기 때문이다. 그리고 3·4조, 4·4조가 두 번 반복되는 것이 가장 자연스러운데, 이런 반복은 리듬을 자연스럽게 생성할 뿐만 아니라, 가사 암송에도 유리하기 때문이다.

조선 말기에 오면 유랑민과 놀이패가 늘어나면서 '유행민요'가 성행하였다. 당시 대중적으로 많이 불린 유행민요는 「아리랑」·「노랫가락」·「청춘가」·「수심가」·「신고산타령」·「사발가」·「육자배기」 등이다. 또한, 「천안삼거리」·「도라지」·「한강수타령」 등의 신민요가 등장하여 변화되는 세태를 만영하기도 하였다. 그리고 형식상 창가와 넘나들었고 교환창이 많아졌다. 교환창이 많아진 것은 음악적 중요성

출신들이 책을 간행하였고 이것이 완판 방각본의 원류가 되었다. 18세기에 들어 그 주류가 전주 지방으로 옮겨가 완판 방각본이 형성되었고, 그 담당층도 서리 중인층으로부터 상공인으로 바뀌어 갔다.

그 배경에는 전주 주변의 지리적 환경이 매우 중요한 역할을 하였다. 전주 지역은 일찍부터 상업이 발달하고, 물자가 풍성하던 호남평야를 배경으로 경제적 풍요가 넘쳤고, 이에 따라 점차로 여유 있는 서민층이 폭넓게 형성되면서 이들 가운데서 교양을 높이고, 또 오락도 되는 독서에 대한 욕구가 높아져 갔다. 이런 서민들의 요구에 적절히 부응하면서, 영리를 추구하는 상업적인 출간물이 나타나기 시작하였다. 또한 전주는 동편에 호남정맥과 금남정맥의 산맥을 배경으로 끼고 있어서 출판에 필요한 판재板材·한지韓紙 등이 원재료가 충분했으므로, 출판을 위한 좋은 조건을 구비하고 있었다. 그리고, 전주 지방은 한지의 생산지로, 수공업자 집단이 형성되어 있어 각수를 구하기에 별 어려움이 없었다. 이와 같은 배경을 갖고 전주 지방에서 출판된 것이 완판 방각본, 곧 완판본이다.

완판본은 한문 「구운몽」이 출판된 1803년부터 '양책방'이 아동 교육용 도서를 출판한 1937년까지 약 140년 동안 간행되었으며, 활기를 띠고 간행된 시기는 1850년(철종 1)에서 1910년에 이르는 약 60년 동안이었다. 현재 조사된 바로는 99종의 완판본이 간행되었는데, 비소설 52종, 국문 소설 46종, 한문 소설 1종이다. 　　　　　　　　　　　　　　참고 : 『한국민족문화대백과사전』

이 줄어들었음을 알 수 있다.

'유행민요'에 대응하는 용어로는 '고정민요'가 있다. 후자가 어느 지역에 고정되어 전승된 민요를 지칭한다면, 전자는 우리나라 여러 지역에 두루 전승된 민요를 가리킨다. 또한 전자는 조선 말기 새로 생겨난 '신민요'가 교통의 발달로 여러 지역에 전파되어 크게 유행한 민요라는 뜻도 지니고 있다.

민요는 그 창법唱法에 따라 교환창과 선후창으로 대별하는데, 전자는 두 사람 이상의 창자가 비슷한 길이의 사설을 유사한 가락에 실어 서로 교환하며 부르는 방식을 가리키고, 후자는 어느 전문적인 창자가 앞소리를 부르고 나머지 다수가 일정한 후렴을 합창하는 형식을 이어가는 방식을 지칭한다. 대체로 교환창보다 선후창이 음악적으로 세련의 정도가 크다.

한편 고전 민요에는 음풍농월, 음담패설, 수동적이고 낙천적인 기질을 노래한 것들이 많은데 이때에는 새로운 계몽사상, 근검절약, 적극적인 의지 등을 다룬 내용으로 민요를 개작하자는 주장들이 나타났다. 당시 시대가 그런 것들을 요구했기 때문이다.

> 석탄 백탄 타는 데는
> 연기도 풀썩 나지마는
> 국가사를 생각하고 주야로 우는
> 이내 가슴 타는 데는
> 연기도 김도 아니 난다.

「사발가」를 개작한 예(1909)

이렇듯 전통 민요의 일부를 당시 시대상에 어울리는 내용으로 개작한 경우가 가장 많았다. 한편 전통 민요를 '구조'라 하고 개작된 민요를 '신조'라 하여 당시 민요를 '신조로 부르자는 주장도 있었다.

〈구조〉
저 건너 갈메봉 안개 구름 속에 비 묻어 온다
우장을 허리에다 두르고 기심 매러 갈거나
〈신조〉
저 건너 태백산 안개 구름 속에 백만 용병 숨어 있다.
독립기를 들고 대환포를 싣고 적진 치러 갈거나

전래의 민요가 너무 낙천적이다 보니 시대에 뒤떨어져서 나라가 어려워진 것이라고 생각하여 민요를 진취적인 내용으로 바꾸면 백성의 기질과 나라의 기상도 진취적으로 바뀔 것이라고 주장했다. 하지만 민요는 자연적으로 만들어진 민중 정서를 반영해야하는데, 이런 개작운동을 거친 민요는 원래의 성격에서 크게 벗어나다 보니 이 운동의 취지의 진취성에도 불구하고 성공적인 결과를 얻을 수 없었다. 개작된 민요에는 민중 정서가 위축되고, 자연스런 창법의 특성이 약화되었기 때문에 그런 실패는 어쩔 수 없는 귀결이라 할 수 있다.

3) 민속극의 발전과 변모

조선 말기 민속극은 소규모로 농촌 지역을 순회하는 유랑연예인들에 의해 지속되어 왔다. 이들은 농촌 지역의 장터를 중심으로 순회하면서 탈춤, 꼭두각시 놀음, 무당굿놀이, 판소리, 사당패 놀이 등을 소규모로 공연하였는데, 19세기 말에 이르러 그 연극적 짜임새를 갖추면서 그 규모가 커지게 되었고, 그 흥행의 수지를 맞추기 위하여 상업도시로 이동하기 시작하였다. 이와 더불어 민속극은 차츰 세련되고 분화되어가기 시작하였다.

그 가운데 연극적 요소를 가장 강하게 부각시킨 것은 탈춤이었다. 19세기 말에 이르러 전통적인 떠돌이 탈춤이 도시 탈춤으로 정착되어 갔고, 그 결과로 수영·동래 들놀음, 통영·김해 오광대, 봉산 탈춤, 양주 별산대놀이가 생겨났다. 이 탈춤들은 세밀하게 분석하면 연극적 요소가 상당히 다르기는 하지만, 양반 지주 등의 지배계층을 강하게 풍자한다는 점에서는 공통점을 지녔다. 또한 그 성행 지역이 당시 새로이 대두된 신흥 도시로서 상업적 교역이 활발하였다는 공통점도 있다.

탈춤이 신흥 상업도시 중심으로 정착되어 간 데 비해 사당패놀이는 각 지역별로 분할되어 그 안에서 일정한 세력을 형성하여 그 지역 안을 순회하는 방식으로 변화하였다. 경기도의 김암덕패, 황해도의 오명선패, 충청·전라도의 심선옥패 등이 그것이다. 그러나 사당패 놀이는 다양한 레퍼토리를 공연하면서 해당 권역을 순회하였기 때문에 1930년대까지 민속극적 성격을 가장 강하게 지니고 있었다고 할 수 있다.

4) 창극唱劇의 성행

19세기 말 팔명창 시대를 맞아 판소리는 크게 성행하였으나, 청일전쟁 이후 새로운 전기를 맞게 되었다. 즉 대원군이 실각하여 그 후원이 끊기고, 또 청일전쟁 후 중국과 서양에서 유입된 동·서양 연극의 도전에 직면하게 된 것이다. 이에 판소리는 두 방향으로 변화하는데, 그 하나는 양반 취향에 맞추어 고급 예술로 세련화되는 것이고, 나머지 하나는 대중 취향에 맞추어 흥미로운 흥행거리로 변모하는 것이었다. 창극唱劇은 후자의 요구에 맞추어 20세기 초에 새로이 등장한 장르이다. 기존 판소리에 배역·연기·분장·무대장치 등의 연극적 요소를 크게 가미하여 중국연극과 서양연극의 요소들을 혼합하면서도 판소리의 정체를 잃지 않는 방식을 취하였다.

또한 당시 조정에서 협률사(1902)를 결성하여 창극 발생에 간접적으로 지원하기도 하였다. 협률사에서는 판소리·잡가 등의 명창들을 모아 공연을 시키고 그들에게 보수를 지급함으로써 경제적 지원을 하였고, 이에 명창들은 창극을 공연하여 관중을 끌어 모아 흥행을 유지하였다. 이에 기존 전통 판소리가 창극 형식에 맞게 부분적으로 개작되기도 하였고, 새로운 창작 창극으로 「최병도 타령」(1908) 등이 등장하기도 하였다. 또한 사설 극장으로 원각사가 세워져(1908), 상업적 흥행을 목적으로 다양한 연극을 공연하였는데, 창극은 그 중에서 주요한 위치를 점유할 정도로 대중의 인기를 얻기도 하였다.

그러나 원각사의 공연물들은 전체적으로 친일적 요소들을 담고 있어서 당시 애국계몽에 뜻을 둔 신채호 등의 자강적 민족주의자들에게 비판의 대상이 되기도 하였다. 그래도 창극은 당시 오명창의 한 사람인 김창환 등의 활약에 힘입어 꾸준히 성장하였다. 한편 일부 명창들은 창극이 전통 판소리를 변질시킨다 하여 비판하기도 하였으나, 당시 대부분의 민중들은 판소리와 창극의 차이를 크게 의식하지 않았다.

III 식민지 근대의 모순적 전개
−1910∼1931년의 문학사

1. 배경

1) 정치·사회적 배경

• <u>83</u>

경술국치(1910) 이후 일제는 한반도를 급격하게 식민지 체제로 재편하여 갔다. '한일합방' 이전의 통감부가 총독부로 바뀌고, 일제는 헌병과 경찰력을 늘려 전국 방방곡곡에 헌병과 순사를 배치하여 이른바 '무단통치'를 강화해나갔다. 그러나 1919년 거족적인 3·1운동이 일어나자 조선총독부는 '문화정치'로 식민정책을 바꾸었다. 문화정치는 온건한 민족주의를 용인하면서 제한적으로 언론·집회·출판의 자유를 허용하고 형식적이나마 지방자치제를 실행하는 등 겉으로는 유화정책을 내세웠으나, 실질적으로는 민족운동전선을 분열·약화시키려는 목적을 감추고 있었다.

또한 전국 곳곳에 많은 소학교를 세워서 조선 사람들의 교육 받을 기회를 높였다. 하지만 그 내용이 일제의 국민을 양성하려는 방향으로 치우쳐 결과적으로는 우민화愚民化 교육으로 기울어져 갔다.

한편, 3·1운동 후 항일운동이 체계화되기 시작하였다. 1910년대까지만 해도 항일운동은 조직화되지 못해 3·1운동도 여러 지역에서 산발적으로 전개되었던 것인

| 제3장 식민지 근대의 모순적 전개 |

데, 이에 대한 반성으로 1920년대 들어 항일운동은 '조직'과 '이념'을 강화하기 시작하였다. 즉, 무장과 독립 노선을 분명하게 강화시키는 실질적인 조직화와 이념적 체계화로 전개되었다. 그 결과로 대한민국 임시정부가 1919년 4월 상하이에서 수립되었다. 또 1919년 상하이에서는 무장단체인 '의열단'이, 만주·연해주에는 '대한독립군단'이 조직되어 일제 군대와 비정기적인 전투를 벌였다. 국내에서는 좌우 연합 단체로서 신간회가 전국적 규모로 발족하여(1927) 한반도의 최대 독립운동단체의 면모를 갖추었다.

📖 **신간회新幹會**

　1920~30년대 민족해방운동은 운동의 이념, 방법, 주도세력 등에 따라 여러 갈래로 나뉘어져 있어서 운동역량이 분산되어 있었다. 이러한 상황을 극복하고자 1927년 2월 안재홍·이상재·백관수·신채호·신석우·유억겸·권동진 등 민족주의 좌파와 사회주의자들 34명이 발기하여, '민족 유일당 민족협동전선'이라는 표어 아래 창립한 독립운동단체가 신간회다.

　초대 정·부회장에 이상재와 권동진이 각각 추대되었으며, 3대 정강정책으로 '① 조선민족의 정치적·경제적 해방의 실현, ② 전민족의 현실적 공동이익을 위하여 투쟁함, ③ 모든 기회주의 부인'을 채택하고, 35명의 간사와 하부조직으로 총무·재무·출판·정치문화·조사연구·조직·선전 등 7개 부서를 두었다. 서울에 본부를 두고 전국적으로 120~150여 개의 지회를 가지고 있었으며 2만~4만 명에 이른 일제하 가장 규모가 컸던 반일민족해방운동단체로 세력을 확장해 나갔다.

　1929년 11월 광주학생운동이 일어나자 그 진상을 규명하기 위해 조사단을 파견함과 동시에 학생운동의 탄압을 엄중 항의하였으나 일제의 반응은 냉담하였다. 이에 이 운동을 전국적인 항쟁으로 확대, 파급시키기 위해, 김병로의 건의에 따라 서울에서 민중대회를 열고 그 부당성을 규탄하기로 결의하였다. 1929년 12월 13일을 개최일로 잡고, 권동진·한용운·조병옥·송진우·홍명희·이관용·김항규 등 관계자가 이관용의 집에 모여 민중선언서를 발표하고 대회를 개최하기로 합의하였다. 그러나 일본 경찰은 민중대회를 불법화하고 조병옥·김무삼·권동진 등 44명과 근우회간부 등 40명을 연행·구속하였다. 그 가운데 조병옥 등 6명은 실형 선고를 받고 복역하였다. 표면적으로 좌우익 세력이 합작하여 만든 단체였지만, 민족주의 진영에게 주도권을 빼앗긴 데 대해 사회주의 진영의 불만이 갈수록 높아졌고, 이들은 신간회의 주요 간부들이 투옥된 사이를 이용하여 해산운동을 벌였으며, 1931년 5월 조선중앙기독교청년회에서 대의원 77명이 참석한 가운데 해소를 결의함으로써 발족한 지 4 년 만에 해산되었다.

참고 : 『한국민족문화대백과사전』, 『두산세계대백과99』

2) 사상·이념적 배경

1910년대부터 지배적인 사상이라 할 수 있는 민족주의가 20년대 들어 크게 변화되기 시작했다. 즉 자강적 민족주의자들 대부분이 사회주의나 아나키즘으로 사상적 전환을 거치면서 결과적으로 민족주의는 개량적 민족주의가 그 명맥을 유지하게 되었다. 그래서 민족주의에 의한 민족운동은 그 세력이 대폭 위축되기에 이르렀다.

1920년대 초에 새로운 사상으로 아나키즘과 사회주의가 대두되었다. 일본 유학생들 중 아나키스트들의 조직인 '흑우회'(1922년 박열 등이 조직)가, 사회주의자들의 조직인 '고학생 동우회'(1922)가 꾸려져 새로운 사상의 남상 역할을 하였다. 이를 바탕으로 이석증과 신채호 등 중국 망명객 중심의 '재중국 조선 무정부주의자 연맹'이 조직되었고, 국내에는 '신사상연구회'(1923), '화요회'(1924) 같은 사회주의 단체가 만들어졌으며, 이를 바탕으로 1925년에는 조선공산당이 창립되었다. 대체로 이런 새로운 사상운동은 과거 자강적 민족주의자들에 의해 주도되었기 때문에 그 바탕에 강한 민족주의적 색채를 띠고 있었다.

▮조선공산당

1925~8년 사이 한국에서 네 차례에 걸쳐 조직된 공산당.

1922~4년 사이에 무산자동맹회, 북풍회, 화요회, 조선노동당, 서울청년회 등의 사회주의 단체가 속출하고, 국외에서는 이르쿠츠크파, 상해파라는 두 파가 조직되어 국내외에서 사회주의 운동이 활발하게 전개되었다. 그러나 이 단체들의 활동은 개별적이어서 전체적으로 운동의 역량을 규합할 필요가 갈수록 커지게 되었고, 이에 통일된 당조직을 건설하기 위해 25년 4월 17일 화요회·북풍회·무산자동맹회 등에 소속된 약 17명이 비밀리에 조선공산당을 결성했다. 비서에 김재봉, 조직 조동우, 선전 김찬, 인사 김약수 등을 선임하였다. 이 당은 '제1차당' 또는 화요회가 주도했다 하여 '화요회당'이라고도 한다.

이때부터 국내 공산주의운동은 코민테른의 지도하에 들어갔다. 1925년 11월 김재봉과 박헌영이 조직 확대를 목적으로 청년회원을 모스크바에 파견하는 훈련을 진행하다 일제에 의해 체포됨으로써 조직이 무너졌다. 이것을 제1차 공산당사건이라 한다. 그러나 당시 체포되지 않은 당 책임비서 김재봉이 당원 강달영과 함께 1926년 6월 서울에서 제2차 조선공산당을 조직하였다. 당 책임비서에 강달영, 고려공산청년회의 책임비서에는 권오설이 선출되었다. 이들의 정치목표는 민족진영과 연합하여 범국민적 당을 만들어 공산당이 실권을 장악하도록 하는 것이었다. 그러나 6·10만세운동을 통해 3·1운동을 재현하려던 계획이 탄로나 대부분의 당원이 체포되면서 해체되고 말았다. 이것이 제2차 조선공산당사건이다.

1927년 일월회—月會 간부였던 안광천·하필원 등이 제2차 사건 때 체포되지 않은 김철수와 손잡고 북풍회 계통의 ML파와 합세하여 제3차 조선공산당을 조직하였다. 이들은 투쟁 방식을 정치투쟁으로 전환해야 할 것을 목표로 단일 민족혁명전선 조직방침에 관한 11개 지령을 만들었다. 그러다 1928년 2월 당내의 내분으로 조직이 탄로 나서 36명이 종로서에 검거되었다. 이것이 제3차 사건이다. 제3차사건 때 검거되지 않은 당 간부 안광천·한위건 등이 서울 시내에 숨어 있다가 1928년 3월 제4차 조선공산당을 조직하고 고려공산청년회를 재건하였다. 차금봉이 당 책임비서, 고광수가 고려공산청년회 책임비서로 선임되었다. 고려공산청년회는 서울 시내 각 중학교 학생들을 규합하여 동맹휴학·시위행진 등을 지도해냈다. 그러나 제4차 조선공산당도 그해 7월 당 간부들이 거의 체포됨으로써 해체되고 말았다. 그 뒤 대부분의 조선공산당 재건운동이 실패하여 그 조직이 와해되었으나, 박헌영의 서울콤그룹만이 지하에 숨어 있다가 1945년 8·15광복을 맞아, 8월 20일 박헌영·여운형·허헌·김원봉·한빈·이주하 중심으로 조선공산당이 재건되었다.

참고 :『한국민족문화대백과사전』

그러나 1925~28년 4차에 공산당원 검거로 국내의 사회주의 조직이 대폭 위축되었고, 또 20년대 후반에 이르면 그 바탕의 민족주의적 색채도 희석되기에 이른다.

3) 경제적 배경

경제적 측면에서는 민족자본이 급격히 위축되었다. 일제의 자본이 한반도로 물밀듯이 들어왔고 한국의 미약한 민족자본을 잠식해갔다. 또한 '합방' 직후부터 시행되어온 '토지조사 사업'이 1918년에 완성되면서 그 이전의 궁장토·역둔토·목장토 등이 총독부 소유로 변했고, 그 밖에 신고를 하지 않은 많은 토지가 국유화되었다. 또 토지의 사유권을 앞세워 일본인의 토지 소유를 법적으로 뒷받침하고, 또 토지 거래 가격을 실거래가 이상으로 조장함으로써 일본 자본에 의한 토지 점유율이 가파르게 상승하여 1920년대 중반 이후부터는 일본인 소유 토지가 더 많아지기에 이르렀다. 그 결과로 한국농민 대다수가 소작농으로 전락되었다. 이렇듯 일제는 경제적으로 한국의 민족자본을 잠식시켜가면서 정치적 예속을 가속화해 나갔다.

또한 1920년대 이후 일제는 산미증산 계획을 수립하고 전개하였다. 이 때 여러 가지 농업 기술이 발전하였고, 항구·도로 등의 식민지 수탈의 인프라가 확대되었다. 또한 공업 부문에서는 경공업 위주의 공장 시설이 확충되었다. 그 결과로 고무신·성냥 등 소비재 중심의 공산품을 만드는 공장이 많이 생겨났다. 그러나 일제는 이런 생필품을 처음엔 적정가격에 팔다가 나중에는 비싸게 팔아서 식민지 소비 시장을 장악해나갔다.

4) 문화적 배경

① 다양한 잡지와 동인지 출간

1910년대에 이미 『학지광學之光』, 『청춘靑春』, 『소년少年』, 『태서문예신보泰西文藝新報』, 『대한흥학보大韓興學報』 등의 잡지가 간행되어 신지식인의 문화 활동의 무대 역할을 하였지만, 신문은 오직 총독부의 기관지 성격의 『매일신보每日新報』만 간행되었다. 그러나 1920년대 들어 '문화정치'의 영향으로 새로운 신문 창간이 허용되어 『동아일보東亞日報』, 『조선일보朝鮮日報』가 발행되었다. 이 두 신문은 기존 『매일신보』에 비해 민족주의적 성격이 강했고 그래서 많은 독자를 확보해 나가면서 문화계에 영향을 끼치기 시작했다. 그리고 『창조創造』(1919), 『폐허廢墟』(1920), 『장미촌薔薇村』(1921), 『백조白潮』(1922), 『금성金星』(1923), 『영대靈臺』(1924) 등의 동인지와 『개벽開闢』(1920), 『조선문단朝鮮文壇』(1924), 『해외문학海外文學』(1927), 『삼천리문학三千里文學』(1929), 『문예공론文藝公論』(1929) 등의 잡지가 속속 발간되면서 신인 등단의 기회가 확대되었고 경향들이 다양화되었다. 이런 것들을 바탕으로 비로소 문단이 제 모습을 갖추기 시작하고 사실주의·상징주의 등의 사조思潮가 형성되기에 이르렀다.

📖 개벽開闢

1920년 6월 창간되고 1926년 폐간된 월간 종합잡지. 매호 국판 160면 내외에 국한문혼용체로 발간되었다. 천도교단天道敎團에서 민족문화실현운동으로 세운 개벽사開闢社에서 출간하였다. 사장 최종정崔宗禎, 편집인 이돈화李敦化, 발행인 이두성李斗星, 인쇄인 민영순閔泳純 등이었다. 천도교를 배경으로 한 잡지였으므로, 필연적으로 일제에 대한 항쟁을 그 기본노선으로 삼았고, 그러한 투쟁을 효과적으로 수행하기 위하여 평등주의에 입각한 사회개조와 민족문화의 창달을 표방하였다.

전체 지면의 약 3분의 1을 문학과 예술면으로 할애하여 소설·시조·희곡·수필·소설이론·그림 등을 게재하였고, 1920년대 초기 계급주의적 경향문학을 지향하던 신경향파 초기의 작가들을 많이 배출하여, 문예면에 그들의 작품을 게재하였다. 김기진·박영희 등의 평론가, 조명희·현진건·이상화·염상섭·최서해·박종화·주요섭 등의 문인들이 주로 이 잡지를 무대로 작품 활동을 하였다.

발행기간 중 발매금지(압수) 34회, 정간 1회, 벌금 1회의 수난을 당하고, 1926년 8월 1일에 발행된 72호를 끝으로 강제 폐간되었다.

참고 : 『국어국문학자료사전』, 『두산세계대백과99』

📖 조선문단朝鮮文壇

방인근方仁根이 설립한 조선문단사朝鮮文壇社 발행한 순문예지이다. 1924년 10월 창간되어 1936년 6월 통권 26호로 종간되었다. 1~4호까지는 이광수 주재로, 5~18호까지는 방인근에 의하여 편집 겸 발행되다가 휴간되었다. 1927년 1월 19호부터 남진우南進祐에 의하여 속간되었으나 다시 휴간되었고, 1935년 2월 통권 21호가 속간 1호로 다시 발간되어 26호까지 발행되었다. 자연주의 문학을 성장시켰으며, 당시 한국문단을 휩쓸던 계급주의적 경향문학을 배격하였다.

이 잡지는 1930년 전후 한국문단에서 가장 영향력이 컸으며, 특히 원로작가의 추천으로 신인을 등단시키는 추천제를 문단에 정착시켰다. 이 잡지를 등단한 작가로는 최학송崔鶴松·채만식蔡萬植·한병도韓秉道·박화성朴花城·유도순劉道順·이은상李殷相·임영빈任英彬·송순일宋順鎰 등이고, 이 잡지에 투고를 많이 한 작가는 이광수·방인근·염상섭·김억·주요한·김동인·전영택·현진건·박종화·나도향·이상화·김소월·김동환·양주동·이은상·노자영·양건식·조운·이일·김여수 등이다.

참고 : 『한국민족문화대백과사전』

② 카프의 조직과 문단의 이원화

한편, 1925년 카프(KAPF : Korea Proleta Artista Federatio)가 결성되면서 사회주의 문학운동이 본격화되기 시작하였다. 카프의 결성에는 김기진金基鎭의 역할이 가장 크다고 할 만하다. 그는 1920년대 초에 일본에 유학하던 중 프랑스의 '클라르테(clarté)' 운동을 접하면서[1] 한국에서 그런 식의 사회주의 문학운동을 전개해야겠다는 생각을 하게 되었고 1923년 귀국 후 곧장 『백조白潮』 후기 동인으로 가담한 후 '파스큘라'라는 사회주의 문학 동인을 조직하였고(1923), 급기야는 1925년 기존 사회주의 단체인 '염군사'와 통합하여 카프를 결성하기에 이른다.

📖 김기진金基鎭

1903~1985년. 문학평론가·소설가. 충북 청원 출생. 필명은 팔봉八峰. 여덟뫼·팔봉산인·동초 등의 호를 사용하였다.

1919년 배재고보를 졸업하고, 1920년 일본 릿쿄대학 영문학부 예과를 거쳐 본과 1년을 중퇴하였다. 1922년 일본 유학 당시 박승희·이서구 등과 함께 신극운동에도 참여하였으며, 김복진·안석영·이익상·박영희·이상화와 함께 '파스큘라'라는 문예단체를 조직, 사회주의적 경향의 문예운동을 전개하였다.

1923년 『개벽』에 실린 「클라르테운동의 세계화」, 「금일수日의 문학文學·명일明日의 문학」(1924) 등으로 프롤레타리아 문학이론을 폈다. 1925년 카프를 주도적으로 결성하면서 프로문

89

---

1) 클라르테Clarté 운동 : 1920년대에 프랑스에서 일어난 사회주의 문학운동으로, 프랑스의 작가 앙리 바르뷔스H. Barbusse에 의해 전개되었다. 「클라르테Clarté」란 원래 그의 소설의 제목인데, 이 작품의 주제를 운동의 차원으로 확산하였고, 이어 『Clarté』라는 제호로 잡지를 내면서 이 운동을 적극적으로 전개하였다. 그는 '무자비한 자본가들의 허위에 가득 찬 기독교주의와 온갖 불합리한 현상에 항거'하는 것을 이 운동의 방향으로 설정하였다.

이 운동은 바르뷔스와 로맹롤랑의 논쟁을 통해서 세계적으로 유명해졌는데, 당시 프랑스에 유학하고 귀국한 일본인 코모쿠小牧近江가 『씨뿌리는 사람種蒔の人』이라는 잡지를 통해 두 사람의 논쟁을 번역하면서 일본에도 소개되었다. 당시 일본에서 유학중이던 김기진은 이 잡지로 클라르테 운동을 알게 되고, 후에 한국문단에 상기 논쟁을 『크라르테 운동의 세계화』(1923), 『빠르뷰스 대 로맨로란 간의 논쟁』, 『또다시 크라르테에 대하여』라는 평문으로 소개하였다. 김기진은 롤랑의 견해를 '현실 회피의 고독적 자유의 정신'이라 비판하고, 바르뷔스의 견해를 옹호, "혁명은 신질서를 의미한다. 그리고 그것은 바르뷔스다. 벌써 Clarté도 프랑스의 것이 아니라 우리 만민의 것"이라 주장했다.

학운동을 본격화하였다. 「붉은 쥐」(1924)・「젊은 이상주의자의 사死」(1925) 등의 소설은 신경향파에서 프로문학으로 발전시킨 대표적인 작품이다. 1927년 박영희와 내용・형식 논쟁을 벌인 이후 카프 운동전선의 제1선에서 한 발 물러나게 되었다. 그러다가 1930년대 초 카프의 제1・2차 검거사건을 계기로 그는 김남천・임화와의 합의 하에 카프를 해체하는데 앞장섰다.

1938년 7월 3일 '보국연맹'의 결성위원으로 참가하면서부터 친일노선으로 옮겨갔다. 『매일신보』에 「문예시감文藝時感」(1940.2.)・「국민문학國民文學의 출발出發」(1942) 등의 평론을 발표하여 황도정신을 문예생활의 지표로 삼을 것을 주장하였고, 징병 및 학도병의 출진을 권유하는 시와 시조를 발표하여 친일적 태도를 분명하게 표방하였다. 1944년 중국 난징南京에서 열린 제3회 대동아문학자대회에 이광수와 함께 조선 대표로 참석하기도 하였다. 해방 후에는 1960년 경향신문 주필을, 1969~1972년 사이에는 재건국민운동중앙회 고문, 세계복지연맹 한국본부 이사를 거쳐 1972년에는 한국펜클럽과 한국문인협회의 고문을 각각 역임하였다.

그는 80편 가량의 비평문 외에도 「본능의 복수」(1926)・「장덕대」(1934) 등 다수의 단편소설과 「약혼」(1926)・「해조음」(1930)・「심야의 태양」(1934) 등의 장편소설을 발표하였다.

참고 : 『한국민족문화대백과사전』

문단은 카프가 생겨난 이후부터 이원화되었다. 하나는 김기진・박영희 중심의 사회주의 문학단체인 카프 계열이고 다른 하나는 반反 카프의 노선을 표방한 '민족주의' 계열이다. 그러나 당시 민족주의 계열은 개량적 민족주의로 기울어진 상태였고, 또 민족주의자가 아니어도 카프의 이념운동을 반대하는 사람들은 이 계열에 느슨하게 합류하기도 하였다.

카프는 사회주의 문학 단체이기는 하나 당시 비슷한 시기에 출현한 러시아 사회주의 단체인 라프(RAPF)나 일본의 사회주의 단체인 나프(NAPF)와는 다른 특성을 지니고 있었다. 즉 식민 지배 상태인 우리나라의 특수성이 반영된 것이다. 조선의 민중은 그 대부분이 프롤레타리아 계급에 속했고 프롤레타리아의 혁명은 조선의 자주해방과 관련이 있었기 때문이다. 그래서 한국의 카프는 라프나 나프와는 다르게 민족주의적 색채가 강했다. 그러나 1927년에 내용・형식 논쟁이 일어나면서 1차 방향전환이 있었고 1930년에 2차 방향전환이 있었는데, 이런 두 번의 방향전환을 겪으면서 민족주의 색채는 줄어들었고 사회주의 색채는 강해졌다. 카프는 1931년부터 일제 탄압에 의해 거의 활동하지 못하다가 1935년 '카프 해소논쟁'을 거쳐 해산되었다.

2. 비평

1) 전통단절론과 계승론의 태동

이광수李光洙는 「문학文學이란 하何오」(1916)에서 "요컨대 朝鮮文學은 오직 將來가 有할 뿐이요 過去는 無하다 함이 合當하니. 從此로 幾多한 天才가 輩出하여 人跡不到한 朝鮮의 文學野를 開拓할지라"라 하여 당시 신문학 개척의 대표자다운 포부를 피력하였다. 이런 주장은 '새 시대'에 걸맞는 새로운 문학의 등장을 기대한다는 차원에서는 어느 정도 설득력을 확보하였으나, 고전의 전통 계승을 경시하는 것이어서, 후에 그의 '전통단절론'의 토대가 되었다. 그는 이후 비평문을 넘어 논설문 「자녀중심론」(1918)과 「민족개조론」(1921)에서 극단적인 전통단절론을 개진하는데, 그 도화선은 이미 이 평문에서부터 당겨진 것으로 해석된다.

이런 '전통단절론'은 당시 급진적인 개화지식인들의 평문이나 논설에서 광범위하게 발견되는 것이기도 한데, 이것이 30년대 이후 새로운 시대의 희망적인 전망을 강화하기보다는 조선의 무기력과 패배주의를 인정하는 방향으로 흐르게 된 것은 비판의 대상이 될 만하다.

📖 이광수李光洙

1892~1950년. 소설가·평론가·언론인. 호 춘원春園. 평안북도 정주 출생. 소작농 가정에 태어나 1902년 고아가 된 후 동학에 들어가 서기가 되었다. 1905년 친일단체 일진회 장학생으로 일본으로 유학을 떠났다. 대성중학을 다니며 만난 홍명희·문일평과 함께 소년회를 조직하고 회람지 『소년』을 발행하는 한편 시와 평론 등을 발표하기 시작했다.

1910년 메이지학원을 졸업하고 일시 귀국하여 오산학교에서 교편을 잡았다. 이해 7월 중매로 백혜순을 만나 혼인하였다. 1915년 일본으로 건너가 와세다대학 철학과에 입학하였다.

1918년 7월에 결핵으로 졸업을 포기하고 귀국하였고 여의사 허영숙의 도움으로 건강을 회복하였다.

그는 1910년대 초부터 소설·희곡·논설 등을 여러 잡지와 신문에 발표하여 이름을 알렸고, 1917년 1월 1일부터 한국 최초의 근대 장편소설『무정無情』을『매일신보』에 연재하였다. 1918년 허영숙과 베이징을 여행하고 돌아와 백혜순과 이혼하였다. 1919년 도쿄 유학생의 2·8독립선언서를 작성한 후 이를 전달하기 위해 상하이上海로 건너갔으며 도산 안창호를 만나 민족독립운동에 공감하고 여운형이 조직한 신한청년당에 가담하였다. 또한 임시정부의 일원으로 활동하며 임시정부에 기관지인『독립신문사』사장을 맡기도 하였다.

그러나 허영숙이 상하이로 찾아와 귀국을 종용하자 1921년 3월 귀국하여 허영숙과 결혼하였다. 1922년 5월『개벽開闢』지에『민족개조론』을 발표하여 우리민족이 쇠퇴한 것은 도덕적 타락 때문이라고 주장했다. 1923년『동아일보』편집국장을 지내고, 1933년『조선일보』부사장을 거치는 등 언론계에서 활약하면서『재생再生』·『마의태자麻衣太子』·『단종애사端宗哀史』·『흙』등 많은 작품을 썼다. 1937년 수양동우회 사건으로 투옥되었다가 반 년 만에 병보석되었는데, 이때부터 본격적인 친일 행위로 기울어져 1939년에는 친일어용단체인 조선문인협회朝鮮文人協會 회장이 되었으며 가야마 미쓰로香山光郎라고 창씨개명을 하였다.

8·15광복 후 반민법으로 구속되었다가 병보석으로 출감했으나 6·25전쟁 때 납북되었다. 그간 생사불명이다가 1950년 만포에서 병사한 것으로 확인되었다. 그의 무덤은 북한 평양 외곽 신미리에 소재한 '애국열사릉'에 있는 것으로 확인되었다.

참고 :『한국민족문화대백과사전』,『국어국문학자료사전』

한편, 안확은『조선문학사』(1922) 정리를 통해 이런 '전통단절론'을 극복하고자 하였다. 그는 서구추수적인 풍조를 비판적으로 극복할 수 있는 길은 국학 연구에 있다고 보고, 그 일환으로 조선문학사 정리에 앞장 섰다. 그는 이 책에서 조선문학의 기원, 발전 과정, 한문학의 전개 등을 정리하고, 당시에 외래사조에 압도되어 자아 상실의 위기가 조성되고 있다고 지적하면서, 고전문학과 현대문학의 계승을 주장하여, 이른바 '전통계승론'의 발판을 마련하였다.

당시의 이런 상반된 주장은 그 후 우리 문학사에서 '이식문학론'과 '전통계승론'으로 발전하였다.

2) 서양 문학론과 문예사조의 유입

1910년대 문학 비평에서 가장 두드러진 현상은 서양문학론이 활발하게 소개되었다는 점이다. 여기에는 최남선·이광수 등의 계몽적 민족주의자들과 현상윤·김억·백대진·황석우 등의 서양식 개화문명에 추수적인 지식인들이 앞장섰다.

📖 김억金億

1896~미상. 시인·평론가. 아명은 희권熙權. 뒤에 억億으로 개명하였으며, 필명은 안서·안서생岸曙生 등이다. 평북 정주 출신. 아버지는 기범基範이다.

오산학교를 거쳐 1913년 일본 게이오의숙慶應義塾 영문과에 진학하였다가, 아버지의 사망으로 학업을 중단하고 귀국하였다. 그 뒤 오산학교 등에서 교편을 잡았고, 동아일보·매일신보사 기자, 1934년 중앙방송국에 입사하여 부국장까지 지냈고, 광복 후 육군사관학교와 항공사관학교에 출강한 적도 있었다. 6·25 전쟁 때 납북되었고 그 뒤의 행적은 확실하지 않다.

1914~15년 『학지광』에 시 「이별離別」·「야반夜半」 등을 발표하면서 문단활동을 시작하였고, 1918년 『태서문예신보』에 프랑스 상징주의 시를 번역·소개하면서 창작시도 발표하였다. 그 뒤 여러 잡지와 신문에 에 시·역시·평론·수필 등 많은 작품을 발표하였다. 1921년 최초의 역시집 『오뇌懊惱의 무도舞蹈』를 내어 『폐허』·『백조』 동인들에게 영향을 끼쳤다. 시집 『해파리의 노래』(1923)는 한국 최초의 근대시집으로, 상징주의의 영향관계를 보여주었다. 또한, 김소월金素月의 스승으로서 그를 민요시인으로 길러냈다.

저서로는, 시집 『불의 노래』(1925)·『안서시집』(1929)·『먼동이 틀제』(1947)·『안서민요시집』(1948) 등이 있고, 역시집으로 『기탄자리』(1923)·『신월新月』(1924)·『원정園丁』(1924)·『잃어진 진주』(1924)가 있다. 한시 역시집으로 『망우초忘憂草』(1934)·『동심초同心草』(1943)·『지나명시선支那名詩選』(1944)·『옥잠화玉簪花』(1949) 등이 있고, 편저로 『소월시초』(1939)·『소월민요집』(1948)이 있다.

참고 : 『한국민족문화대백과사전』,

백대진白大鎭은 문학의 '쾌락적 기능'을 강조함으로써 은연 중 '문학'의 개념을 현대적으로 개념화하는 데 앞장섰다.

文學에 對한 快樂은 光汎한 意味를 持한 者라 (…중략…)
要컨대 文學은 吾人에게, 娛樂的 快樂을 供하는 동시에, 其 廣汎한 意味를 合한 바
一般의 情意의 感情을 興하는 者이니 (…중략…) 文學의 快樂說은 (…중략…) 觀生

的・觀照的 快樂이니 一言으로 陳할진대 人生을 참으로 感得할 時에 起하는 바 一種의 心的 衝動이라.

백대진의 「문학文學에 대對한 신연구新研究」(1916) 중에서

백대진은 이 글에서 문학의 가치를 '지식적 실용'과 '오락적 쾌락'으로 나누고 그 후자를 인용문과 같이 설명하였다. 이 설명에 의하면 문학에 있어 쾌락은 광범한 의미를 지니는 바, 인생의 문제를 참으로 '감득感得할 때 일어나는 관생적觀生的, 관조적觀照的 쾌락快樂'이라 하였다. 이러한 그의 견해는 신소설 작가들의 '재미'의 개념과는 다소 다른 것으로 파악된다. 즉 신소설 작가들의 '재미론'은 소설의 쾌락적 기능을 단순한 오락성과 통속성으로 파악한 데 비하여, 백대진은 이를 오락적 쾌락뿐만 아니라 '관조적 쾌락'으로까지 확대 해석한 점에서 그러하다.

📖 **백대진白大鎭**

호는 설원雪園. 생몰년도, 출생지, 학력, 경력 미상. 신문학 초기에 시·수필·평론 등에 걸쳐 적지 않은 활동을 했으나, 그의 생애에 대해서는 알려진 바가 많지 않다.

1915년 12월 『신문계』에 「현대 조선에 자연주의 문학을 제창함」을 발표하여 평단에 등장한 이후, 「신년 벽두에 인생주의과 문학자의 배출을 기대함」(1916)을 통해 건실한 사상과 시대안時代眼에 철저한 인생을 위한 예술을 주장했다. 또한 「문학에 대한 신연구」(1916)에서 문학을 정의情意를 포함하는 모든 것으로 간주하고, 문학의 효용을 쾌락과 실용으로 분석하기도 했다. 뿐만 아니라 「이십세기 초두 구주歐洲 제대문학가諸大文學家를 추억함」(1916), 「최근의 태서문단」(1918) 등을 통하여 최초로 프랑스 상징주의 시인과 시론을 소개하기도 했다.

그는 프랑스 상징주의에 대한 정확한 이해를 바탕으로 상징주의를 소개하였고, 특히 말라르메 계열의 지적 상징주의 소개에 주력하고 있다는 점 등은 당시 김억이 베를레느 중심으로 상징주의를 소개한 것과는 비교할 만하다. 또한 그는 시 「뉘우침」(1918), 「어진 아내」(1918) 등과 수필 「생의 진실」(1918)·「인간 단편」(1926) 등을 발표하기도 했다. 1920년을 전후해서는 문학보다 언론 분야에 주로 종사했던 것으로 보인다.

참고 : 『한국현대문학대사전』

한편 현상윤은 「문단文壇의 혁명아革命兒야」(1917)라는 비평문에서 문학은 천부적인의 개성이 발휘되는 것이라고 하였다. 즉 개인의 개성을 강조하는 개성론에 일찌

감치 주목한 것이다. 또한 김억은 「시형의 음률과 호흡」(1919)에서, 황석우는 「시화詩話」(1919)와 「조선시단의 발족점과 자유시」(1919)에서 서양의 상징주의를 소개하고 자유시 형식에 대한 최초의 이론적 접근을 모색하였다.

3) 형식주의적 문학론의 전개

최남선은 「예술藝術과 근면勤勉」(1917)이라는 평문에서 문학에 있어서 기교의 역할을 강조하면서 "예술이란 것은 형태와 색채와 聲響의 界劃의 工匠으로써 造化의 微妙를 취하는 것"이라 하여 일면 형식주의적 관점을 피력하기도 하였다.

김동인金東仁은 「소설에 대한 조선 사람의 사상을」(1919)이라는 글에서 예술의 독자성이나 순수 예술로서의 문학을 강조하였다. 이런 문학관은 다음 해 이른바 '인형조종설人形操縱說'[2])이란 용어로 압축되는 다음 평문에서 더욱 구체화되었다.

> 어떠한 要求로 말미암아 藝術이 생겨났느냐. 한 마디로 대답하려면, 이것이다. 하느님의 지은 世界에 滿足치 아니하고, 어떤 不完全한 世界든 自己의 精力과 힘으로써 지어놓은 뒤에야 처음으로 滿足하는, 人生의 偉大한 創造性에서 말미암아 생겨났다. 藝術의 참뜻이 여기 있고, 藝術의 貴함이 여기 있다. 어떻게 自然이 훌륭하고 아름다우되, 사람은 마침내 自然에 滿足치 아니하고 自己의 머리로써 「自己가 支配할 自己의 世界」를 創造하였다.
>
> 김동인의 「자기의 창조創造한 세계世界」(1920) 중에서

조물주가 사람을 만들어 놓고 조종하듯이 소설가도 인물을 만들어 놓고 인물을 조종한다고 하면서 소설가는 제2의 창조자라고 말했다. 그러면서 그는 시어·시행·리듬·연이나 문장·문체·구성 등 외적으로 나타나는 문학 형식을 강조하여 형식주의적 예술관을 드러내 보이기도 하였다.

---

2) 이 말은 김윤식金允植이 『한국 근대문학의 이해』(1974)에서 처음 사용한 이후 김동인의 예술관을 말할 때 자주 언급되는 용어이다.

이상의 김동인의 논의에서 간추릴 수 있는 것은 다음과 같다.

📖 김동인金東仁

1900~1951년. 소설가. 호 금동琴童·춘사春士. 창씨명創氏名 곤토 후미히토金東文仁. 평양 출생. 도쿄 메이지학원 중학부 졸업, 가와바타미술학교川端畵學校를 중퇴하였다. 1919년 동인지 『창조創造』를 발간하는 한편 처녀작 「약한 자의 슬픔」을 발표하고 귀국하였다. 그후 『목숨』(1921)·「배따라기」(1921)·「감자」(1925)·「광염狂炎 소나타」(1929) 등의 단편소설을 통하여 간결하고 현대적인 문체를 선보였다.

이광수李光洙의 계몽주의적 경향에 맞서 자연주의적 사실주의 수법을 사용하였으며, 1925년 전후 유행하던 신경향파 및 프로문학에 맞서 예술지상주의를 표방하고 순수문학 운동을 벌였다. 1924년 첫 창작집 「목숨」을 출판하였고, 1930년 장편소설 『젊은 그들』을 『동아일보』에 연재하였고, 1933년에는 『조선일보』에 「운현궁의 봄」을 연재하였다.

1935년부터 월간지 『야담野談』을 발간하는 등 대중문학으로 극심한 생활고를 해결하려 하였으나 여의치 않았고, 차츰 몸이 쇠약해진 후에 마침내 마약 중독에 걸렸다. 1930년대 말부터는 본격적으로 친일의 길로 들어서 1939년 '성전종군작가'로 황군 위문에 나섰고, 1943년 조선문인보국회 간사를 지냈으며, 1944년 친일소설 「성암聖岩의 길」을 발표하였고, 그밖에 학병 출정과 징병을 찬양하는 글을 기고하였다. 해방 후에는 1948년 장편 역사소설 「을지문덕乙支文德」과 단편 「망국인기亡國人記」의 집필에 착수하였으나 생활고로 중단하고 6·25전쟁 중에 숙환으로 서울에서 사망하였다. 소설 외에 평론에도 일가견을 가졌는데 특히 「춘원연구春園研究」는 역작으로 평가받는다.

참고 : 『국어국문학자료사전』, 『두산세계대백과99』

96 •

첫째, 소설의 예술성을 강조한 점이다. 그는 이 점을 강조하다 못해 소설가를 신적 존재로 끌어올려 소설가의 창작을 신의 자연창조에 비견하기까지 하였다. 이처럼 소설가의 지위를 신적 존재로까지 고양시킨 데에는 당시 신채호·이광수 등에 의해 효용론적이고 교훈적인 소설관이 압도적으로 피력되고 있었던 것에 대한 반발도 작용한 적으로 판단된다.

둘째, 그는 소설이 소설가에 예속된다고 간주함으로써 작가의 지위를 고양시킨 반면, 소설의 자율성을 부정하는 모순을 낳았다. 그가 「예술가藝術家 자신自身의 막지 못할 예술욕藝術慾에서」(1925)에서 "藝術은 人生을 위하여서도 아니고 藝術을 위하여서도 아니고 다만 藝術家 자신의 막지 못할 藝術欲 때문의 藝術이다"고 선언한 데에서 이러한 모순은 더욱 분명해진다. 이렇듯 그가 소설을 사회적 연관으로부터도, 예술적 자율성으로부터도 완전히 격리시켜 소설가의 에고이즘에 귀속시키고자 한 것은 예술지상주의를 잘못 이해한 데서 기인했다고 볼 수 있다. 따라서 그의 소설론이 '문학을 위한 문학'이라는 문학의 자율성에 근거한다는 견해들은 재고를 요한다. 결국 그의 순문학 의식은 소설의 교훈성과 효용성의 배척 등을 통해 얻어진 결과로 해석하는 것이 온당하다.

4) 비평의 논쟁화

김동인과 염상섭廉想涉은 둘 다 소설가로 많이 알려져 있지만, 1910년대에는 비평가로도 큰 활약을 하였다. 김동인은 개인의 사비로 1919년 『창조創造』라는 동인을 조직하였다. 그 무렵 동인들 중의 한 사람인 김환이 「자연의 자각」이라는 소설을 발표하자 염상섭이 그 작품의 수준을 논하면서 작가의 의식을 비판하였다. 이에 대해 김동인金東仁이 「제월씨霽月氏의 평자적評者的 가치價値」(1920)에서 염상섭의 비평 태도를 비판하자 곧 바로 염상섭이 「여余의 평자적評者的 가치價値를 논론함에 답答함」(1920)을 통해 반박하면서 논쟁으로 비화되었다. 이에 김동인이 「제월씨霽月氏에게 대답함」(1920)으로 재반박하였고, 염상섭이 「김군君께 한 말」(1920)로 수그러듦으로써 이 논쟁을 일단락되었다.

이 논쟁의 내용은 소설가의 지위와 비평가의 태도에 관한 것이라 할 수 있다. 김동인은 비평가는 작품을 판단하지 말고 충실하게 설명을 하는 데에서 그쳐야 한다고 주장하였다. 작가의 창작성에 대해 비평가가 어떤 비판도 하지 말아야 한다는 의미이다. 그러나 염상섭은 비평은 작품의 잘잘못을 따져 판단까지 해도 된다고 하여 비평의 적극적인 기능을 강조하였다. 나아가 김동인은 비평가는 변사辯士의 역할만 해야지 판사判士의 역할을 하면 안 된다고 역설하였다. 후에 연구자들은 김동인의 이런 주장을 '변사론'으로, 염상섭의 주장을 '판사론'이란 말로 압축하였다.

📖 **염상섭廉想涉**

1897~1963년. 소설가. 평론가. 본명은 상섭尙燮. 호는 횡보橫步 또는 제월霽月. 서울 출생. 대한제국 중추원 참의 인식仁湜의 손자이며, 가평 군수 규환圭桓의 8남매 중 셋째 아들이다.

조부로부터 한문을 배우다가 1907년 관립사범부속보통학교에 입학하였으나 반일 학생으로 지목되어 중퇴하였다. 1912년 보성소·중학교를 거쳐 도일하여 교토京都 부립제2중학을 졸업하고 1918년 게이오대학慶應大學 예과에 입학했다. 재학 중 오사카에서 자신이 쓴 「조선독립선언문」과 격문을 살포하고 시위를 주동하다 체포되어 금고형을 받고 학교를 중퇴한 채 『동아일보』 창간과 더불어 정치부기자가 되어 1920년 귀국하였다.

귀국 후에는 주로 신문·잡지 편집인으로 생활하면서 소설·평론에 전념하였다. 『폐허』의 동인 활동을 계기로 습작기를 청산하고 출세작 「표본실의 청개구리」(1921)를 발표하고 이어 중편소설 「만세전」(1922)을 집필·연재함으로써 사실주의 작가로 입지를 굳혀나갔다. 그 이후 그는 뛰어난 현실 인식을 바탕으로 식민지 현실을 비판하는 저항적 반일감정을 리얼리즘의 수법으로 펼쳐나가기 시작하였다.

1936~1945년 동안 만주에 살면서 『만선일보』 편집국장, 회사 홍보담당관 일을 하면서 절필하였고, 광복과 더불어 귀국하여 다시 『경향신문』 초대 편집국장을 지내기도 하였다. 6·25 전쟁 중에는 해군 소령으로 입대하여 휴전이 되는 해까지 정훈장교로 복무하였다. 제대 후 한때 서라벌예술대학장으로 있기도 하였지만, 창작에 정진하여 병중에도 많은 작품을 집필하였다.

1963년 3월 직장암으로 작고할 때까지 완성된 본격 장편 20여 편, 단편 150편, 평론 100여 편 이외에 기타 수필 등 잡문 200여 편의 글을 남기었다. 그 삶과 문학의 특징은 민족적이었고 전통적이었으며 야인적이었다. 식민지 사회를 투철히 인식하면서 당대 사회의 진실을 묘사하였다. 그는 대표작 『삼대三代』를 비롯하여 『무화과無花果』·『백구白鳩』 등과 『사랑과 죄』·『이심二心』·『모란꽃 필 때』·『효풍曉風』·『취우驟雨』 등 우수한 장편을 남겼다.

1953년 예술원 회원에 추대되었으며, 수상으로는 1953년에 서울시 문화상과 아시아자유문학상, 1956년 대한민국 예술원상, 1962년에 3·1문화상三一文化賞, 1971년 문화훈장 은관 등을 받았다.

자료 : 『국어국문학자료사전』, 『두산세계대백과99』

이 논쟁이 전개될 당시 염상섭은 '제월霽月'이라는 호를 쓰면서 비평가로 활동하

고 있었고, 김동인은 이미 활발하게 소설을 발표하고 있었으므로, 이 논쟁은 표면적
으로는 비평가와 소설가의 힘겨루기처럼 비쳐지기도 하였다. 그러나 내면적으로는
비평의 역할과 기능을 본격적으로 논하는 계기가 되었고, 이로써 비평 장르의 위상
이 한층 커지게 되었다. 또한 이 논쟁은 한국근대문학사상 최초의 본격적인 논쟁으
로서의 의미를 갖는다. 이후 한국근대비평사 전개 과정에서 이런저런 논쟁들이 이
어졌는데, 그래서 어떤 측면에서 한국의 근대비평사는 논쟁의 역사라는 지적도 가
능하다면, 이런 논쟁사의 서막이 이때 열렸다고 할 수 있다.

5) 문학론의 다양화

① 효용론의 계승

효용론은 문학의 기능·구실에 우선적인 관심을 두고 문학의 본질을 그 효용적
가치(교훈과 쾌락) 차원에서 이해하고자 하는 이론이다.

1920년 전후 효용론을 주장한 사람은 신채호와 이광수가 대표적이다. 이광수는
비평 형식의 글인 「문사文士와 수양修養」(1921)과 「예술藝術과 인생人生」(1922)에서 "문
예는 신문화운동의 선구요 모체다", 그리고 "문사는 사상가요 사회의 지도자요 사
회개량가요 청년의 모범이 돼야 한다"고 주장하여, 문학을 효용을 가르침으로 해석
하였다. 그는 이런 주장의 뒷받침하기 위하여 톨스토이의 '예술감염론'을 끌어오기
도 하지만, 예술이 은연중 독자들을 감염시킨다는 톨스토이의 논지를 넘어 이광수
는 예술의 직접적인 가르침을 강조한 점에서 그의 논지는 매우 경직된 효용론이라
하겠다.

신채호도 문학의 교훈성을 강조한 점에서는 이광수와 같은 입장을 취하였다. 그
는 「조선혁명선언朝鮮革命宣言」(1923)에서 1920년대 초의 '문화운동'은 그릇된 낡은 질
서를 온존화하는 것일 뿐만아니라 나아가 일제정책에 순응하는 노예적 문화사상이
라고 힐난하면서 이를 파괴할 것을 강조하였다.

학생들이 신문예의 마취제를 먹은 후로 혁명의 칼을 던지고 문예의 붓을 잡으며 희생유혈의 관념을 버리고 新詩 新小說의 저작에 고심하여 문예의 桃園으로 安樂國을 삼는 까닭이다.

신채호의 「낭객浪客의 신년만필新年漫筆」(1925) 중에서

당시 만주 지역에서 아나키즘 운동에 몰입하고 있었던 신채호의 입장에서 조선의 '문화정치' 하에서 문학 활동은 모두 일본식 신문학이라는 마취제에 마취되어 있는 것으로 간주되었고, 이를 각성시키기 위해서는 강건한 교훈을 담은 문예가 부활되어야 한다고 강조하였다.

요컨대, 이광수와 신채호는 사상적으로 큰 거리가 있지만, 문학의 교훈의 수단으로 간주한 점에서는 서로 일치하였다.

② 표현론의 본격화

표현론은 작품에 표현된 작가의 개성과 창조성을 중요시 여기고, 나아가 이 양자가 작품의 예술성을 좌우한다는 이론이다.

우리나라의 비평 역사에서 표현론은 상대적으로 미약하다. 전통적으로 동양 예술론은 반영론이나 효용론이 절대적으로 우위에 있었기 때문이다. 서양의 경우도 표현론이 이론적으로 정립된 때는 낭만주의 시기 이후이다. 작가의 창조성이나 개성을 매우 중요시여기고 그것이 예술성을 결정한다는 생각이 낭만주의 시기에 보편화되었고 우리나라에서도 그것의 영향을 받은 일부 비평가나 작가들이 이러한 주장을 했다.

우리나라에서는 김동인이나 **김유방**金惟邦의 주장이 비교적 표현주의에 가까웠다. 김동인은 「자긔의 창조한 세계世界」(1920)에서 "예술이란 무엇이냐? (…중략…) 하느님의 지은 세계에 족치 아니하고 엇던 불완전한 세계던 자기의 정력과 힘으로써 지어 노흔 뒤에야 처음으로 만족하는 인생의 위대한 창조성에서 말믜암아 생겨났다."고 주장하고, 김유방은 「우연한 도정에서」(1921)에서 "광인의 부르지즘가튼 단어를

종합한 것이 최근에 움직이지 못하는 시로서만히 발생된 것을 들엇습니다."라고 강조하여 작가의 창조성과 개성을 중시하였다.

📖 **김유방金惟邦**

　생몰년도 미상. 본명은 찬영瓚永. 『창조』의 동인으로 이 동인지에 희곡과 평론을 발표함. 1920년대 초기에 있었던 비평의 본질에 관한 논쟁에서 제3자적 입장을 견지하였다. 현철玄哲과 황석우黃錫禹의 논쟁과 관련하여서는 「'비평을 알고 비평을 하라'를 읽고」(1921)를, 김동인과 염상섭의 논쟁과 관련하여서는 「작품에 대한 평자적 가치」(1921)를 발표하였다.

　그는 대체로 주관비평에 기울어져 있었고, 이에 따라 예술작품의 본질은 작가 개인의 주관적 정조의 표현이어서 비평이 그 정조만을 시비의 대상으로 한다는 것은 하나의 공론에 불과하다는 주장을 폈다. 희곡으로는 「배교자」(1923)·「삼천오백량」(1924) 등이 있다.

참고 : 『한국현대문학대사전』

---

③ 구조론의 대두

　구조론은 작품 자체가 가지고 있는 구조적인 통일성에 의해서 예술성이 생겨난다는 문학론이다. 그래서 같은 작가가 작품을 여러 개 만들어도 작품의 구조적인 통일성은 각각 다르기 때문에 각기 다른 예술성을 지니고 있다고 볼 수 있다. 또 구조론자들은 예술성을 작품 안에서만 찾으려고 한다. 구조론도 표현론과 더불어 상대적으로 미약하였다. 김동인이나 현철 등의 평문에서 구조론의 흔적을 찾을 수 있을 정도이다.

　김동인은 「소설작법」(1925)에서 '문체'라는 용어로 소설의 시점을 분류하였는 바 1인칭 시점을 '일원묘사체'로, 전지적 작가 시점을 '다원묘사체'로, 그리고 작가관찰자 시점을 '순객관적묘사체'로 명명하였다. 또한 소설의 플롯에 관해서도 언급하여 "플롯트에 가장 귀한 것은 단순화와 통일과 연락이다."고도 하였다. 또한 현철玄哲은 「소설개요」(1920)에서 소설의 5요소로 "사건·인간·배경·문체·작가의 인생관"을 들고, 또 '마련'이란 용어로 '구성'을 논하면서 사건의 인과관계와 구성의 통일성 강조하였다.

이런 논의들은 다분히 문학원론에 가까운 것이기는 해도 작품을 구조적인 차원에서 이해하는 것이라는 점에서 구조론에 가깝다고 할 수 있다.

📖 현철玄哲

1891~1965년. 본명은 현희운玄僖雲, 필명은 현철, 효종曉鍾. 1911년 보성중학교를 졸업하고 일본에 건너가 메이지대학(明治大學) 법과에 진학하였으나, 도중에 진로를 바꾸어 1913년 시마무라 호게쓰(島村抱月)의 예술좌 부속의 배우학교에 입학하면서 연극운동에 투신하였다. 1919년 귀국하여 이듬해 2월 예술학원과 1923년 10월 동국문화협회를 설립하고, 1925년 1월에 조선배우학교를 설립하여 배우 양성에 앞장섰다. 그러나 별다른 성과를 거두지 못한 채 결국 연극운동을 포기하고 말았다. 문필활동에도 힘을 쏟아, 1920년『개벽』의 창간과 함께 문예부장으로 취임하면서 「희곡의 개요」(1920)·「문화사업의 급선무로 민중극을 제창하노라」(1921)·「현당극담」(1921)·「예술협회 극단의 제1회 시연을 보고」(1921) 등을 발표하여 연극비평의 정착에 기여했다.

이중 본격적인 연극론인 「현당극담」을 통하여 기성의 신파극계를 싸잡아 비난하여 이기세와의 소위 '신파극 논쟁'의 실마리를 제공하기도 하였다. 이밖에도 외국 작품 소개에도 관심을 가져 1920년에는 투르게네프의 소설을 각색한 대본 「격야隔夜」를 『개벽』에 연재하였고, 셰익스피어의 「햄릿」을 번역하기도 하였다. 현철은 일본의 '예술좌'를 통해 배운 자연주의적 연극관에 근거하여 희곡과 무대·의상·조명·배우 등 제반 요소를 종합한 것만을 연극으로 간주하였다. 그리하여 우리의 전통극이나 신파극은 연극이 아니라는 이식문화론적·서양중심적 연극관을 강조하였다.

참고 : 『한국현대문학대사전』

6) 창작방법론의 쟁점화

1910년대 비평이 상대적으로 서양문학론의 수용문제나 문학원론의 문제에 치중하여 왔다면, 1920년대 비평은 창작방법에 대한 논의에 경도되었다고 할 수 있다. 1920년대 들어 다양한 동인지가 등장하고 창작 경향도 다변화되면서 시나 소설의 창작방법을 두고 비평 활동이 활발하게 전개되었던 것이다.

① 프로문학론의 내용·형식 논쟁

　　1925년 카프가 조직된 직후, 그 중심 역할은 자연스럽게 그 조직에 앞장선 김기진에 의해 주도되었다. 한편 박영희朴英熙는 김기진과의 여러 가지 인연으로 카프의

맹원이 되었고, 그런 다음에는 시보다는 소설에 주력하여 1925~26년 사이에 단편 「지옥순례地獄巡禮」와 「철야徹夜」를 발표하였다. 이 작품은 사회주의 이념에는 매우 충실하였으나 소설의 예술성은 매우 미흡한 작품이었는데, 이를 읽게 된 김기진은 「문예시평文藝時評」(1926)에서 "기둥도 없이 서까레도 없이 붉은 지붕만 입혀놓은 건축"이라 신랄한 비판을 가했다. 그러자 박영희는 곧 「투쟁기鬪爭期에 잇는 문예비평가의 태도態度」(1927)라는 글에서 "군의 말과 갓치 소설로써 완전한 건물을 만들 시기는 아즉은 프로문예에서는 시기가 상조한 공론이다."라 하여 반박하였다. 그러자 김기진은 곧바로 「무산문예작품과 무산문예비평」(1927)이라는 평론에서 "개념의 추상적 설명만으로 시종하는 것은 소설이 아니다. 뿌르조아문학에서도 그러하엿슴과 가티 푸로레타리아 문학에 잇서서도 그러하다."하여 재반박하였다. 박영희도 이에 질세라 「문학비평의 형식파形式派와 맑스주의」(1927)에서 "맑스즈의적 반박은 예술의 사회과정의 공리적 임무를 논하야 계급예술의 현실적 집단적 민중적 가치를 역설하며 경제적 원인에 변천하는 정신적 소산의 예술은 인종적 특징의 독립성을 부인하게 된 것을 우리는 알엇슬 것이다."라 하여 자신의 창작방법의 정당성을 강변하였다.

박영희가 '내용'으로서의 이념을 강조한 반면, 김기진은 소설의 일반적인 '형식'을 소홀히 해서는 안 된다는 주장을 피력한 점에서, 김기진의 주장에 설득력이 있지만, 당시 카프 내외의 직·간접적인 압박에 의해 김기진이 자설自說을 취소하는 방식으로 이 논쟁은 일단락되었다. 그러나 이 논쟁은 소설의 '내용'과 '형식' 중 우선순위를 어디에 두는가 하는 문제를 다루었다고 보아 훗날 '내용·형식 논쟁'으로 명명되었고, 또 김기진의 '형식론'은 '소설건축론'으로 불리기도 하였다.

이 논쟁의 결과로 카프의 창작방법은 '내용'으로 경도되어 더욱 사회주의 이념에 치중하는 쪽으로 방향전환을 하게 되었고 그 이후 카프의 창작 방법은 더욱 생경화되었다.

104 •

② 목적의식론 및 대중화론

'내용·형식 논쟁'을 거치고 나서 박영희는 실질적으로 카프의 창작방법을 주도하기 시작하였다. 그는 바로 「신경향파문학과 무산파無産派의 문학」(1927)라는 평론을 써서 카프의 창작방향을 선명하게 할 것을 주장하였다. "조선의 사회적 현실에 당면한 문예운동은 자연 생장에서 목적의식으로 전환되지 않으면 아니 된다."고 하여 목적의식을 분명히 한 작품 창작을 역설하였다.

이런 주장은 일본 프로 비평가들과 러시아 비평가 루나찰스키(A.V.Lunacarski)의 영향으로 볼 수도 있지만, 당시 카프의 지도노선이 사회주의의 근본 이념에 접근해가는 경향을 대변한 것이기도 하다. 이에 따라 그 이전의 신경향파 문학에 잠재되어 있던 민족주의적 색채나 아마추어리즘적 성향이 비판되기에 이르렀다. 그리고 카프의 창작방향은 선명한 목적의식을 드러내는 쪽으로 '제1차 방향전환'을 하기에 이른다.

김기진은 이러한 박영희의 '목적의식론'에 의한 창작물은 독서 대중으로부터 외면받을 것으로 보고, 그 대안으로 '통속소설'이나 '대중소설'을 창작할 것을 권유하였다. 그는 「통속소설소고通俗小說小考」(1928)에서 "주어진 조건 하에서 대중을 향한 당면행동을 하는 하나의 방편"으로 대중의 취향에 맞는 소설 창작을 주장하였고, 더 나아가 「대중소설론大衆小說論」(1929)에서는 더욱 구체적으로 노동자·농민의 일상 견문, 생활의 불공평과 제도의 불합리, 미신 및 숙명론적 노예적 사상타파, 신구도덕관의 갈등, 빈부의 갈등, 남녀 애정문제 등에서 제재를 선택하여 독서 대중의 관심을 끌어야 한다고 역설하였다.

이런 김기진의 '대중소설론'은 앞서 전개된 내용·형식논쟁에서 자신이 주장이 그르지 않았음을 우회적으로 다시 한 번 강조한 것이기도 하지만 당시의 카프 맹원들에게 수용되지 않았고, 오히려 임화林和 등의 소장파들로부터 신랄한 비판을 받는 빌미가 되기도 하였다. 그러나 경직화된 카프 창작방향을 독서 대중에 근접하는 방식으로 해결하자는 그의 논지는 당시로서는 참신한 주장이었고 또 구체적인 대안이었다고 할 수 있다.

③ '국민문학론' 및 절충론

위의 창작방법론이 카프 내에서 전개되었던데 비해, 그 밖에서 카프와 대립적인 노선을 내세운 논자들과 다른 차원에서 창작방법이 개진되었다.

1926년에 최남선은 「조선朝鮮 국민문학國民文學으로의 시조時調」에서 "시조는 조선인의 손으로 인류의 음률계에 제출된 일시형이다. 조선의 국토와 조선인의 성정이 음조를 빌어 그 운동의 일 형식을 구현한 것이다."라 하여 시조를 부활시켜 '국민문학'을 전개해 나가자고 주장하였고, 이광수는 「중용中庸과 철저徹底」(1926)에서 '상적常的' 문학과 '정적正的' 문학 강조했는데, 이는 카프식의 격렬한 혁명가적 입장을 거부하고, 보편성과 항구성을 지닌 문학을 앞장 세웠다. 즉 '상적' 문학과 '정적' 문학은 이런 보편성과 항구성이 확보된 작품을 가리키는 바, 이런 창작의 '중용'을 지킬 것을 강조하면서, 한편으로 사회주의 이념에 '철저'한 문학을 비판하였다. 하지만 당시 조선은 일제 지배하에 핍박을 받는 상황이기 때문에 경우에 따라 특수성을 가진 문학을 해야 할 경우도 있다는 점은 간과되었다.

106 •

이에 **양주동**梁柱東은 「철저徹底와 중용中庸」(1926)에서 중용의 '상적'문학과 '철저'한 문학의 절충성 주장하였고, 이어 「문단전망文壇展望」(1927)에서는 '국민문학' 건설이라는 이상을 실현키 위하여 프로문학의 역할도 필요하다고 하여 이광수의 주장을 반박하였다. 이로써 양주동의 문학론은 '절충론'이라는 이름을 얻게 되었다.

이런 '절충론'은 염상섭의 글에서도 찾을 수 있다. 그는 「민족 사회운동의 유심적唯心的 일고찰」(1927)에서 '민족성'과 '계급성' 양자를 받아들이자고 주장하였다. 그가 말한 '민족성'은 '국민문학파'가 주장하는 '상적 문학'이고, '계급성'은 카프의 프로문학인 것은 물론이다. 당시 절충파의 주장은 양쪽에서 다 비판받았는데 결국 양주동은 '국민문학파'로 이동하였으며, 염상섭은 별다른 유파에 속하지 않고 독자적인 노선을 걸었다.

1903~1977년. 시인·국문학자·영문학자. 호는 무애无涯. 경기도 개성에서 출생하였으나 어린 시절을 황해도 장연에서 보냈다. 일본 와세다대학早稻田大學 영문과를 졸업하였다. 1928년 평양 숭실전문학교 교수로 부임하여 10년 넘게 영문학을 가르치다 이 학교가 폐쇄되자 1940년부터 경신학교 교사로 재직하고 있다가 광복을 맞았다. 해방기에 동국대 교수로 부임하여 (1947), 중간에 3년간 연세대로 옮겨 있었던 것(1958~1961)을 빼고는 종신토록 동국대에 봉직하였다. 그러나 이 대학 외 다른 대학들에도 출강하였기 때문에 그로부터 직·간접의 영향을 입은 후학들이 많았다. 1957년 연세대학교에서 명예문학박사 학위를 받았으며, 1954년부터 사망 때까지 학술원 회원으로 있었다.

젊었을 때에는 영문학을 강의하면서 한편으로는『금성金星』동인으로 민족주의적 성향의 시를 쓰고 문학평론도 발표하였다. 그의 대표시집은『조선의 맥박脈搏』(1930)으로 그의 민족주의적 성격을 잘 보여준다. 또한 1925년 프로계열과 '민족' 계열 사이에서 전개된 계급문학 논쟁에서 절충론을 피력하여 좌·우의 문학론을 통합하려한 것은 한국비평사에서 주목할 만한 활동으로 평가된다.

그러나 그의 가장 큰 업적은 고시가에 대한 해독 및 주석에 대한 연구이다. 일제강점기 때 한국 학자로서 향가 25수 전편을 완독한 것은 그가 처음이었고, 이로써 민족적 기개를 세우기도 하였다. 이 연구결과는 1942년『조선고가연구朝鮮古歌硏究』간행으로 결실되었다 이 책은 해방 후『고가연구』라는 제목으로 바뀌었다.

참고 :『국어국문학자료사전』

이런 논쟁의 결과로 문단의 큰 갈래는 카프라는 프로문학 계열과 육당과 춘원을 중심으로 하는 '국민문학파' 계열, 그리고 염상섭을 필두로 한 '절충파' 계열로 삼분되어갔다. 그러나 30년대 초까지 문단의 큰 흐름은 프로문학 계열이 주도하였다. 프로문학계열이 상대적으로 숫자가 많았고 단체의 결속력도 강했으며, 방향성이 뚜렷했기 때문이다.

7) 총정리

첫째, 비평의 정론政論성 커졌다. 특히 카프의 창작방법론에서 문학의 정치적·이념적 성향이 강화되면서 그 정론성이 확대되었다.

둘째, 논쟁식 비평이 본격화되었다. 하지만 이 논쟁은 건설적으로 승화되지 못하고 서로 비난하는 방향으로 전개되었고, 의미 있는 절충적인 입장이 있었음에도 불구하고 받아들여지지 않았다.

셋째, 비평의 계도성啓導性이 강화되었다. 비평과 창작과의 관계는 서로 영향을 미치고 영향을 받는 관계이다. 그러나 당시에는 비평이 창작보다 승勝해서 창작을 이끌어가는 시기였다. 이로써 비평 장르의 중요성이 커지게 되었다.

넷째, 평단評壇이 이원화되었다. 결국 절충적인 평단이 세력을 형성하지 못하였고, '국민문학' 계열과 프로문학 계열로 이원화되었고, 이는 해방 후에도 계속 대립 양상으로 이어지는 단초가 되었다.

3. 시

1) 신체시에서 자유시로의 이행

최초의 신체시는 육당의 「해海에게서 소년少年에게」(1908)이지만, 신체시가 근대시·자유시로 변화해 가는 과정에 일정한 역할을 한 인물은 춘원春園 이광수, 소성小星 현상윤, 소월素月 최승구 등이 있다. 이광수는 초기에는 신체시 창작에 관심이 많아 1910년대에 「곰」·「우리 영웅」·「님 나신 날」 등의 시편을 통하여 다양한 형식을 채택해서 자유시로의 변화를 모색했다. 하지만 주제 상으로는 최남선과 비슷했고 계몽주의적·개량주의적 민족주의의 정서로 흘러갔다.

또한 이 두 사람 외에 일별할만한 시인으로는 현상윤이 있다. 그의 「새벽」·「실낙원失樂園」 등의 작품에는 당시로서는 신선한 시적 이미지가 사용돼 있어서 주목할 만하지만, 그것이 당시 현실로부터는 괴리된 것이고 주관적인 감상에서 벗어나지 못했다는 평을 받고 있다.

1893~1950년(?). 교육자·문인. 호는 소성小星. 평북 정주 출생. 평양 대성학교를 거쳐 보성중학을 수료하고 와세다대학(早稲田大學) 사학과를 졸업했다. 1919년 3·1운동 때 민족대표 33인에는 참여하지 않았으나 운동을 계획하고 추진하는 데 중요한 구실을 하면서 차후 단계에서 그 운동을 지도하기 위하여 서명에서 고의로 빠진 인사들이 15인이 있었는데, 현상윤은 그 중에 한사람이다. 3·1운동 후 붙잡혀 2년간 복역하였다. 출옥되자 중앙고보 교장에 취임하였으며, 1922년 이상재를 대표로 하는 조선민립대학기성회 결성에 참여하였다.

일제강점기 말기에는 태평양 전쟁 지원을 위한 친일 글을 다수 남긴 것으로 알려져 있으나, 창씨개명 권고에는 응하지 않았다고 한다. 광복 후 교육에 투신하여 보성전문학교 교장(1946년)을 맡았다가 이 학교가 승격되면서 고려대학교 초대 총장(1947년)에 취임하였다. 1948년 3월 미 군정청 군정장관 딘 소장으로부터 5·10 총선거를 관리하려는 중앙선거위원회 위원에 임명되기도 하였다. 고려대 총장 재임 중 한국 전쟁이 발발하면서 납북되었지만, 이후 북한에서의 공식 활동 기록은 없고 1950년 9월 황해도에서 미군 폭격으로 사망한 것으로 전해진다. 저서로는 유작으로『조선유학사朝鮮儒學史』가 있다.

그는 1910년대『학지광』과『청춘』에 시·소설·수필·평문을 다수 발표하였다.「친구야 아느냐」등의 그의 초기시는 4·4조의 음수율을 기조로 하는 개화가사형의 작품들이다.

참고 :『한국민족문화대백과사전』,『한국현대문학대사전』

최승구의 시는 이 무렵에 나온 시 중에서 어떤 측면에서는 약점이 있고 다른 측면에서는 강점이 있는데, 약점은 형식이 단조롭고 세련미가 부족하다는 점이다. 시는 산문과 달라서 압축과 생략이라는 특성이 있어야 하고 이를 바탕으로 세련미가 있어야 하는데 그런 점이 부족하였다. 그러나「뺄지엄의 용사勇士」같은 작품에서는 내용상으로 민족 현실에 대한 비극적 인식을 찾을 수 있는데, 이는 당시에 나온 시들은 대부분 당시 상황에 대해서 정확한 인식을 하지 못한 점에 견주면 주목할 만하다. 또한 그는 자유시 형식 실험에 앞장서기도 하였다.

📖 최승구崔承九

1892~1917년. 시인. 경기도 시흥 출생. 호는 소월素月. 아버지는 최대현崔大鉉이다. 보성전문을 거쳐 1910년 도일하여 게이오대학慶應大學 예과과정을 수료하였다. 사학을 전공하려 했으나 건강악화로 학업을 중단하고 귀국, 당시 전남 고흥군수로 있던 형 최승칠의 집에서 요양하다가 26세에 요절하였다.

최승구는 시작뿐만 아니라 연극에도 뛰어난 재능을 보여 직접 극본을 써서 연출·연기를 맡기도 하였다. 최승구의 문단 활동은 일본 유학 당시 『학지광學之光』의 편집에 참가하면서부터 시작되었다. 「벨지엄의 용사」를 1915년 『학지광』 제4호에 발표하는 한편, 「정감적情感的 생활生活의 요구」·「남조선의 신부新婦」 등의 수필과 평문류를 역시 『학지광』에 발표하기도 하였다. 그밖에 유고시로 「종鐘」·「사랑의 보금자리」·「박사왕인博士王仁의 무덤」·「나의 고리故里」·「불여귀不如歸」 등 25편을 남겼다. 이들 시편들은 그 이전의 근대계몽기 시가들에서 보이는 집단적이고 민중적인 발상법과는 달리 주정적이고 개인 자아의 서정성을 바탕으로 하고 있다.

유작으로는 1982년에 간행된 『최소월작품집崔素月作品集』이 있다. 최승구는 최남선의 「해에게서 소년에게」로부터 주요한의 「불놀이」에 이르는 중간적 위치를 차지하면서 시적 전환을 보여주고 있는 시인이다. 최승구가 담당한 과도기의 교량적 구실은 우리의 근대시사에서 매우 중요한 것으로 평가된다.

참고 : 『한국민족문화대백과사전』, 『한국현대문학대사전』

110 •

南國의 바다 가을은
아직도 따뜻한 볕을 沙汀에 흘리도다.
젖었다 말랐다 하는 물입술의 자취에
나풀나풀 아득이는 흰 나비
봄 아지랭이에 게으른 꿈을 보는 듯.
黃金公子 꾀꼬리 노래에
梨花紛紛這의 춤을 자랑하던
三春의 行樂이 잊히지 못하여
묵은 꿈을 이어보려
깊은 수풀 너른 들로 헤매다가,
지난 밤 一陣의 모진 바람과
맵고 찬 쓰린 이슬에 거치러진
옛 봄의 머물렀던 터만 記憶하고

이 바다로 내림이라.

(이하 생략)

「조潮에접蝶」 일부

　「조에접」 같은 작품은 거의 자유시의 형태를 취하면서 내용상으로는 유미주의唯美主義적 지향을 보이고 있어서 당시의 육당이나 춘원의 시가 지니는 계몽적 성격을 크게 벗어난 것이라 할 수 있다. 이 시기의 자유시 운동은 형식적 측면에서 뿐만 아니라 내용적 측면에서도 전개되었는데, 즉 시 세계가 다양해진 것이 그 대표적인 현상이라 할 수 있다.

2) 상징주의적 자유시 형식의 정착

　한국문학사상 자유시의 완성된 형태로 나타난 작품은 주요한朱耀翰의 「불노리」(1919)이다.

　　아아, 날이 저문다. 西便하늘에, 외로운 강물 위에, 스러져 가는 분홍빛 놀……. 아아, 해가 저물면, 해가 저물면, 날마다 살구나무 그늘에 혼자 우는 밤이 또 오건마는, 오늘은 4월이라 파일날, 큰 길을 물밀어가는 사람 소리는 듣기만 하여도 흥성스러운 것을,　왜 나만 혼자 가슴에 눈물을 참을 수 없는고?

　　아아, 춤을 춘다, 춤을 춘다. 싯벌건 불덩이가 춤을 춘다. 잠잠한 城門 우에서 나려다 보니, 물 냄새, 모래 냄새, 밤을 깨물고 하늘을 깨무는 횃불이 그래도 무엇이 부족하야 제 몸까지 물고 뜯을 때, 혼자서 어두운 가슴 품은 젊은 사람은 過去의 퍼런 꿈을 찬 강물 우에 내여던지나 無情한 물결이 그 그림자를 멈출 리가 있으랴?

　　(…중략…)

　　아아, 강물이 웃는다, 웃는다, 괴상한 웃음이다. 차디찬 강물이 껌껌한 하늘을 보고 웃는 웃음이다. 아아, 배가 올라온다, 배가 오른다, 바람이 불 적마다 슬프게 슬프게 삐걱거리는 배가 오른다…….

　　저어라, 배를 멀리서 잠자는 능라도까지, 물살 빠른 대동강을 저어 오르라. 거기 너의 愛人이 맨발로 서서 기다리는 언덕으로 곧추 너의 뱃머리를 돌리라. 물결 끝에서 일어나는 추운 바람도 무엇이리오. 怪異한 웃음 소리도 무엇이리오, 사랑 잃은 청년의 어두운 가슴 속도 너에게는 무엇이리오, 그림자 없이는 '밝음'도 있을 수 없는 것을……

오오, 다만 네 확실한 오늘을 놓치지 말라. 오오, 사로라, 사로라! 오늘 밤! 너의 발간 햇불을, 발간 입술을, 눈동자를, 또한 너의 발간 눈물을……

「불노리」(1919) 일부

📖 **주요한朱耀翰**

1900~1979년. 시인·언론인·정치가. 호는 송아頌兒. 필명은 벌꽃·낙양落陽 등. 평양 출신. 목사 공삼孔三의 장남이며, 소설가 요섭耀燮의 형이다. 1912년 평양숭덕소학교, 1918년 일본 메이지학원明治學院 중등부, 1919년 동경의 제1고등학교를 거쳐, 1925년 상하이 후장대학滬江大學을 졸업하였다. 대학 재학 중에 상해임시정부 기관지인 독립신문 기자로 활동하기도 하였다. 귀국 후 동아일보·조선일보 편집국장 및 논설위원을 지냈고, 일제 말기에는 화신상회의 중역으로 있었다.

1937년 수양동우회사건 이후 친일로 전향하여 조선문인협회·조선문인보국회·조선임전보국단·조선언론보국회 등 친일 단체의 간부를 맡아 학병권유 연설에 가담하기도 하였다. 광복 후에는 흥사단에 관계하는 한편, 대한상공회의소 특별위원, 대한무역협회 회장, 국제문제연구소장, 민주당 민의원 초선 및 재선, 4·19 당시는 부흥부·상공부 장관을 역임하였고, 5·16 후에는 경제과학심의회 위원, 대한일보사 사장, 대한해운공사 대표이사 등을 지냈다.

1917년 11월호 『청춘』지에 소설 「마을집」을 투고하면서부터 문단 활동을 시작하였고, 1919년 1월에 간행된 『학우』 창간호에 창작시 「시내」·「봄」·「눈」·「이야기」·「기억」의 5편을 발표하면서, 그리고 같은 해에 김동인 등과 더불어 『창조』 동인에 가담하면서부터 본격화하였다. 대표작으로 「불노리」(1919)와 「빗소리」 등이 있다.

한편 평론 「노래를 지으시려는 이에게」에서 민족정서와 사상을 표현하고, 국어의 미와 생명력을 창조할 것을 강조하여 본격적인 시론을 개진하기도 했다. 주요한은 김억과 마찬가지로 한국 초기시단의 개척자로서, 서구 모방의 시풍에서 다시 전통지향의 시풍으로 회귀하는 과정을 보여주기도 하였다. 일제 말기에는 제5회 조선예술상문학상 수상시집인 『손에 손을手に 手を』(박문서관, 1943)을 비롯한 다수의 친일 작품과 많은 시국 논설을 통하여 이른바 내선일체의 완성, 황국신민으로서의 임무 완수, 자발적인 성전 참여를 독려하기도 하였다.

시집으로는 『아름다운 새벽』(1924) 외에, 『3인시가집』(1929)·『봉사꽃』(1930) 등이 있고, 일반 논저로는 『자유의 구름다리』(1959)·『부흥논의』(1963)·『안도산전서』(1963) 등이 있다.

참고: 『한국민족문화대백과사전』, 『한국현대문학대사전』

주요한의 시적 경향은 한 마디로 요약하기 어렵지만, 초기(1910년대)에는 당대의 시풍에 따라 상징주의적 색채가 강하고 감상적 요소가 짙으면서 형식상으로는 가장 자유시다운 형식인 산문시 형태를 취하였다. 「불노리」는 이런 초기시의 특징을 전형적으로 보여준다. 이런 특징은 그의 첫 시 『아름다운 새벽』(1924)에까지 이어져 이 시집에는 다소 위악적인 상징주의적 색채를 보이기도 했다. 그러나 그는 1920년대 후반 이후에는 '국민문학파' 일원으로서 민요적 정서와 민족주의적 관념을 시적 지향으로 삼았다.

안서 김억金億은 역시집 『오뇌懊惱의 무도舞蹈』(1921)를 통해 프랑스 시를 우리나라에 소개하고 번역했다. 특히 상징주의라는 문예사조를 소개하기도 하였다. 또한 그는 창작시집 『해파리의 노래』, 『봄의 노래』로써 상징주의적 색채를 분명하게 드러내기도 하였다. 그러나 그는 1920년대 후반 이후에는 우리나라 전통시에 관심을 표명하고 민요시를 개척하는 데 앞장서기도 했다.

3) 낭만주의 시의 성행과 다양화

1920년대 초의 한국 시는 사조思潮적으로 상징주의의 영향을 받고, 역사적으로는 3·1운동 후의 민족적 허무감의 영향을 받았다. 그러다보니 전체적으로 과도한 개인적 감정을 분출하는 작품이 다수 산출되었는데 이런 경향은 『백조白潮』 동인들을 통해 가장 집약적으로 나타났다. 이 동인지는 1922년 1월 창간되어 1923년 3호로 폐간되었으나 당시 한국문단에 끼친 영향을 적지 않았다. 또한 『백조』 동인들은 전체적으로 낭만주의 색채가 강한 작품을 발표하였지만, 세부적으로는 상당한 차이를 보이기도 하였다.

박영희의 초기시 「월광月光으로 짠 병실病室」, 「꿈의 나라로」, 박종화의 시집 『흑방비곡黑房秘曲』(1924), 「사死의 예찬禮讚」 등이 이에 속한다. 3·1운동 직후의 절망적인 사회 분위기가 가장 강하게 반영된 작품들이기도 하다.

홍사용의 「나는 왕이로소이다」, 「봄은 가더이다」, 「붉은 시름」, 그리고 변영로의

『조선朝鮮의 마음』(1924), 「논개論介」 등은 민족주의적 비애를 바탕에 깔았지만 염세적 경향을 벗어난 작품들로 다소 관념적이기는 하나 민족적 기개와 전통적인 율격을 지향하였다.

이상화李相和의 「나의 침실寢室로」, 「말세末世의 희탄欷嘆」 등은 다소 영탄적인 어조와 퇴폐적인 이미지를 직설적으로 표현하기는 하였으나, 낭만주의 사조의 특성을 농후하게 드러낸 시로 평가할만하다.

> ― 가장 아름답고 오랜 것은 오직 꿈 속에만 있어라
> '마돈나' 지금은 밤도 모든 목거지에 다니노라, 피곤하여 돌아가련도다.
> 아, 너도 먼동이 트기 전으로 수밀도의 네 가슴에 이슬이 맺도록 달려오너라.
> '마돈나' 오려무나, 네 집에서 눈으로 遺傳하던 진주는 다 두고 몸만 오너라.
> 빨리 가자, 우리는 밝음이 오면 어딘지 모르게 숨는 두 별이어라.
> '마돈나' 구석지고도 어둔 마음의 거리에서 나는 두려워 떨며 기다리노라.
> 아, 어느덧 첫닭이 울고―뭇 개가 짖도다. 나의 아씨여, 너도 듣느냐.
> 마돈나' 지난 밤이 새도록 내 손수 닦아 둔 침실로 가자, 침실로―
> 낡은 달은 빠지려는데, 내 귀가 듣는 발자욱―오, 너의 것이냐?
> 　(…중략…)
> '마돈나' 언젠들 안 갈 수 있으랴. 갈 테면 우리가 가자, 끄을려가지 말고!
> 너는 내 말을 믿는 '마리아'―내 침실이 부활의 동굴임을 네야 알련만……
> '마돈나' 밤이 주는 꿈, 우리가 엮는 꿈, 사람이 안고 뒹구는 목숨의 꿈이 다르지 않으니.
> 아, 어린애 가슴처럼 세월 모르는 나의 침실로 가자, 아름답고 오랜 거기로.
> '마돈나' 별들의 웃음도 흐려지려 하고 어둔 밤 물결도 잦아지려는도다.
> 아, 안개가 사라지기 전으로 네가 와야지. 나의 아씨여, 너를 부른다.

「나의 침실寢室로」(1923) 일부

114 ●

이 시의 '어두운 밤 물결', '밀실' 등은 폐쇄적인 이미지를 환기하면서, '마돈나'라는 성적인 대상을 반복적으로 호명하면서 그 대상에 관능적인 몰입을 강화한다. 즉 관능과 성애에의 해방을 통한 심리적 갈망을 노골적으로 형상화하고 있는데, 이런 직설적이고 감정적인 표현 방식은 당대 『백조白潮』 동인들의 일반적인 경향이었다.

4) 민족 현실에 대한 시적 인식의 확대

① 낭만주의 시에 대한 반성

1922년까지 풍미했던 『백조』 동인들의 낭만주의적 경향은 다음 해 들어 대내외적인 반성을 불러일으켰다. 동인의 한 사람이었던 박종화朴鍾和는

📖 박종화朴鍾和

1901~1981년. 호는 월탄月灘. 서울 출생. 소년 시절 사숙私塾에서 12년간 한학을 수업한 뒤 1920년 휘문의숙을 졸업하였다. 초기에는 『백조』 동인으로 감상적인 낭만주의 시를 썼으나, 20년대 후반부터 소설가로 활약하였다. 일제강점기 때 프로문학운동을 반대하였다. 1947년 성균관대학교 교수와 서울시예술위원회 위원장을 역임하고 우익 진영의 대표자로서 1949년 발족한 한국문학가협회(韓國文學家協會)의 초대 회장이 되었다. 그후 서울신문사 사장, 서울시문화위원회 위원장 등을 거쳐 1954년 예술원 회원이 되었고, 1955년 예술원 회장에 취임, 제1회 예술원상을 수상하였다. 1966년 제1회 5·16민족상을 수상한 상금으로 '월탄문학상'을 창설하였다.

그는 1921년 『장미촌』 창간호에 시 「오뇌의 청춘」·「우유빛 거리」 등을 발표하면서 본격적인 작품활동을 시작하였다. 1922년 『백조』 창간호에 시 「밀실로 돌아가다」·「만가」를 발표하고, 그 후 단편 「목매이는 여자」(1923), 시 「흑방비곡黑房悲曲」(1922)·「사死의 예찬禮讚」(1923) 등을 발표함으로써 낭만주의 작가로서의 위치를 굳혔다. 1924년 처녀시집 『흑방비곡』을 출간하였다.

단편 「아버지와 아들」(1924)·「여명」(1925)·「부세浮世」(1925) 등으로 소설가로서의 전신을 굳혔다. 간혹 문단시평이나 문단회고담을 발표하기도 하였으나 당시 평단의 논쟁에는 크게 관여하지 않았다. 「금삼의 피」(1936)·「대춘부」(1937) ·「아랑의 정조」(1940)·「전야」(1940)·「다정불심」(1940)을 잇달아 발표하여 역사소설 작가로서의 역량을 보였다. 광복 후 발표한 「민족」(1945)은 앞서 나온 「여명」·「전야」와 함께 삼부작에 해당한다. 「홍경래」(1946)와 「청춘승리」(1947) 및 단편 「논개」(1946), 두 번째 시집인 『청자부』 등은 민족주의적 작가의식을 강하게 표출한 것으로 평가할만하다. 이후에도 「임진왜란」(1954)·「벼슬길」(1958)·「여인천하」(1959)·「자고 가는 저 구름아」(1962)·「월탄 삼국지」(1964)·「아름다운 이 조국」(1965), 「양녕대군」(1966) 등을 연재하였다.

참고: 『한국민족문화대백과사전』, 『한국현대문학대사전』

압흐로 우리가 가져야할 藝術은 「力의 藝術」이다. 가장 强하고 뜨거웁고 매운 힘 있는藝術이라야 할 것이다. 歇價의 戀愛文學 微溫的인 寫實文學 그것만으로는 우리의 懊惱를 건질 수 업스며 時代的 不安을 慰勞할 수 업다.

박종화, 「문단文壇의 일년一年을 추억追憶하야」(1923)

고 강조하여 이른바 '역力의 예술론'을 역설하였다. 이런 주장은 당시 일본에 유학 중이던 김기진의 찬동을 얻으면서 문단 전체에 적잖은 반향을 불러 일으켰고, 이후 한국 시는 보다 건강하고 다양한 방향으로 발전해나가게 된다. 또한 이런 주장은 1923년 이후 『백조』의 후기동인들이 염세적 낭만주의 기질을 버리고 현실에 착목하도록 하였다.

② 김소월 : 비극적 현실 인식의 시적 표현

1920년대 활동한 시인으로 먼저 주목할 사람 사람은 김소월金素月이다. 그는 「진달래꽃」·「산유화山有花」·「초혼招魂」 등의 시편을 통해 극도의 상실감과 비애를 전통적인 민중정서인 한恨으로 순화시켜 비극적 현실을 예술적으로 감성화하는 데 성공하였다.

📖 **김소월金素月**

1902~1934년. 시인. 본명은 정식廷湜. 평북 구성에서 출생하고 평북 곽산군에서 성장함. 2세 때 아버지 성도性燾가 경의선 철도를 부설하던 일본인들에게 폭행을 당하여 정신병을 앓게 되자 어머니 장경숙張景淑이 아버지의 역할을 맡게 되고, 소월은 숙모 계희영을 어머니처럼 따랐다고 한다.

오산학교 중학부에 다니던 중 3·1운동 직후 한때 폐교되자 배재고등보통학교에 편입·졸업하였다. 1923년 일본 동경상과 대학 전문부에 입학하였으나 9월 관동대지진으로 중퇴하고 귀국하였다. 오산학교 시절 교장 조만식과 스승 김억의 영향을 받았다. 특히, 그의 시재詩才를 발견한 김억을 만난 것이 그에게 절대적 영향을 끼치게 되었다. 문단의 유일한 벗으로 나도향이 있다. 일본에서 귀국한 뒤 고향에서 할아버지가 경영하는 광산 일을 도왔으나 광산업의 실패로 가세가 크게 기울어져 처가가 있는 구성군으로 이사하였다. 그곳에서 동아일보지국을 개설·경영하였으나 이 사업도 실패한 뒤 심한 우울증에 빠졌다. 1930년대에 들어서 작품 활동은 더욱 저조해졌고 게다가 생활고가 겹쳐서 더욱 생에 대한 의욕을 잃게 되었고, 급기야 1934년에 고향 곽산에 돌아가 치사량 이상의 아편을 먹고 사망하였다.

1920년 『창조』에 시 「낭인浪人의 봄」·「야夜의 우적雨滴」·「오과午過의 읍泣」·「그리워」·「춘강春崗」 등을 발표하면서 시작활동을 시작하였다. 1922년부터 주로 『개벽』을 무대로 활약하였다. 이 무렵 발표한 대표적 작품들로는, 「금잔디」·「첫치마」·「엄마야 누나야」·「진달래꽃」·「개여울」·「제비」·「강촌江村」·「예전엔 미처 몰랐어요」·「삭주구성朔州龜城」·「가는 길」·「산山」, 「접동」, 「왕십리往十里」 등이 있다. 소월의 시작활동은 1925년 시집 『진달래꽃』을 내고 1925년 5월 『개벽』에 시론 「시혼詩魂」을 발표함으로써 절정에 이르렀다. 이 시집에는 그동안 창작한 전 작품 126편이 수록되었다. 이 시집은 그의 전반기의 작품경향을 드러내고 있으며, 당시 시단의 수준을 한층 향상시킨 작품집으로서 한국시단의 이정표 구실을 한다. 민요시인으로 등단한 소월은 전통적인 한恨의 정서를 여성적 정조로써 민요적 율조와 민중적 정감을 표출하였다는 점에서 특히 주목되고 있다.

1981년 예술분야에서 대한민국 최고인 금관문화훈장이 추서되었다. 시비가 서울 남산에 세워져 있다. 1987년 문학사상사에서 소월시문학상을 제정하였다.

저서로 생전에 출간한 『진달래꽃』 외에 사후에 김억이 엮은 『소월시초素月詩抄』(1939), 하동호·백순재 공편의 『못잊을 그사람』(1966)이 있다. 1987년 문학사상사에서 소월시문학상을 제정하였다.

참고 : 『한국민족문화대백과사전』, 『한국현대문학대사전』

산산이 부서진 이름이여!
허공 중에 헤어진 이름이여!
불러도 주인 없는 이름이여!
부르다가 내가 죽을 이름이여!

심중에 남아 있는 말 한마디는
끝끝내 마저 하지 못하였구나.
사랑하던 그 사람이여!
사랑하던 그 사람이여!

붉은 해는 서산 마루에 걸리었다.
사슴이의 무리도 슬피 운다.
떨어져 나가 앉은 산 위에서

나는 그대의 이름을 부르노라.

설움에 겹도록 부르노라.
설움에 겹도록 부르노라.
부르는 소리는 비껴 가지만
하늘과 땅 사이가 너무 넓구나.

선 채로 이 자리에 돌이 되어도
부르다가 내가 죽을 이름이여!
사랑하던 그 사람이여!
사랑하던 그 사람이여!

「초혼招魂」(1925) 전문

이 시에서 시적 주체는 삶과 죽음이라는 절대적인 거리를 사이에 두고 처절한
절규를 토하고 있으나 시적 대상은 냉혹한 객관의 세계에 갇혀있을 뿐이다. 이런
주체와 대상간의 처절함과 냉혹함은 일면 당대 현실에 대한 비극적 인식의 결과로
이해할만하다.

또한 그는 「접동새」 등의 시편을 통해 민요적 율격과 민담적 소재를 동원하여
내용과 형식이 부합하는 시적 경지를 개척하기도 하고, 한편으로는 「바라건대는 우
리에게 우리의 보습대일 땅이 있다면」·「나무리벌 노래」 등의 작품을 통해 일면 당
대 현실에 대한 리얼리즘적 자세를 보이기도 한다. 그러나 이 작품들에도 시인의
주관적인 감성과 고조된 정서가 강하게 표현됨으로써 시적 주체의 현실 대응이 객
관화되지는 못하였다.

그럼에도 불구하고 그의 '시적 감성화'가 한국 근대시를 서정시로 발전시킨 데에
긍정적인 영향을 끼쳤다는 점은 부인할 수 없다.

③ 한용운 : 절망 너머의 이상화된 상징

한용운韓龍雲의 시는 형식적으로는 산문체가 많아 쉽게 읽히지만 그 내용은 다소

관념적이라 할 수 있는데, 그 관념은 절망적인 현실 너머에 있는 진리의 세계, 정일靜逸하고 온전한 세계를 지향함으로써 심도 깊은 주제를 함축하고 있다.

📖 **한용운韓龍雲**

1879~1944년. 승려·시인·독립운동가. 본명은 정옥貞玉, 아명은 유천裕天. 법명은 용운, 법호는 만해萬海, 卍海. 충남 홍성 출신. 아버지는 응준應俊이다. 1896년 출가하여 설악산 백담사 오세암에 머무르면서 불교의 기초지식을 섭렵하면서 선禪을 닦았다. 이후 다른 세계와 서양문물에 대한 관심이 깊은 나머지 블라디보스톡 등 연해주와 만주 등을 여행하고 1901년 돌아왔다. 그 뒤 처가에서 약 2년간 은신한 후 다시 집을 나와 방황하다 1905년 강원도 백담사에서 수계를 받고 스님이 되었다.

1908년 일본에 건너가 도쿄·교토 등지의 사찰을 순례하고 조동종대학림에서 6개월간 불교와 동양철학을 연구했다. 1911년 만주를 여행하다가 교포로부터 밀정으로 의심을 받아 총격을 당하기도 했다. 이 무렵 친일승려 이회광 일파가 일본 조동종과 연합맹약을 체결하자, 이에 분개하여 박한영 등과 승려대회를 개최, 친일불교의 획책을 폭로하여 그 흉계를 분쇄하는 데 성공했다. 한편 그는 당시 조선불교의 침체와 낙후성과 은둔주의를 대담하고 통렬하게 분석·비판한 논설『조선불교유신론』(1913)을 발표하여 불교계 뿐만아니라 조선 지성인들에게 큰 충격을 주었다.

1918년 청년계몽운동지『유심』지를 창간 주재했다. 불교의 홍포弘布와 민족정신의 고취를 목적으로 간행된 이 잡지는 뒷날 그가 관계한『불교佛教』잡지와 함께 가장 괄목할 만한 문화사업의 하나로 평가할 만하다. 1919년 3·1운동 때는 독립선언 준비과정에서 최린과 더불어 가장 핵심적인 역할을 담당하였으며, 백용성白龍城과 함께 불교계를 대표하여 참여하였고, 이로써 3년간 옥고를 치렀다. 당시 검사의 취조에 대한 답변서로서 그 유명한「조선독립이유서」를 집필, 그의 독립사상을 집약적으로 표현했다. 출옥 후에도 일본 경찰의 감시 아래에서 강연을 강행하는 등 여러 방법으로 조국독립의 정당성을 설파하였다. 1925년 오세암에서 선서禪書『십현담주해十玄談註解』를 탈고하였다.

1926년 한국 근대시의 기념비적 작품으로 인정받는 대표적 시집『님의 침묵沈默』을 발간하였다. 이곳에 수록된 88편의 시는 대체로 민족의 독립에 대한 신념과 소망을 희구한 작품으로 평가할 수 있다. 후일에도『흑풍』(1935)·『후회』(1936)·『박명』(1938) 등 장편소설과 상당수의 한시·시조를 남겼으나, 그의 문학사적 위치는『님의 침묵』한 권으로 결정적인 중요성을 갖게 되었다.

1927년 일제에 대항하는 단체였던 신간회新幹會를 결성하는 주도적 소임을 맡았다. 그는 중앙집행위원과 경성지회장京城支會長의 자리를 겸직하였다. 1931년에는『불교』지를 인수·간행하여 불교의 대중화 운동을 벌였다. 이후 일제 말기에 많은 지사와 지도자가 변절했을 때에도 끝까지 민족의 지조를 지켜 서릿발 같은 절개와 칼날 같은 의기를 말해 주는 수많은 일화를 남겼다. 1944년 5월 9일 중풍으로 사망했다. 1962년 대한민국건국공로훈장 중장이 수여되었고, 1967년 파고다공원에 비가 건립되었으며, 1973년 신구문화사에서 『한용운 전집』(전6권)이 간행되었고, 1991년 '만해학회'가 설립되었다.

참고 : 『한국민족문화대백과사전』, 『한국현대문학대사전』

님은 갔습니다. 아아, 사랑하는 나의 님은 갔습니다.

푸른 산빛을 깨치고 단풍나무 숲을 향하여 난 작은 길을 걸어서, 차마 떨치고 갔습니다.

黃金의 꽃같이 굳고 빛나든 옛 盟誓는 차디찬 티끌이 되어서 한숨의 微風에 날아갔습니다.

날카로운 첫 키스의 追憶은 나의 運命의 指針을 돌려 놓고, 뒷걸음쳐서 사라졌습니다.

나는 향기로운 님의 말소리에 귀먹고, 꽃다운 님의 얼굴에 눈 멀었습니다.

사랑도 사람의 일이라, 만날 때에 미리 떠날 것을 염려하고 경계하지 아니한 것은 아니지만, 이별은 뜻밖의 일이 되고, 놀란 가슴은 새로운 슬픔에 터집니다.

그러나 이별을 쓸데없는 눈물의 源泉을 만들고 마는 것은 스스로 사랑을 깨치는 것인 줄 아는 까닭에, 걷잡을 수 없는 슬픔의 힘을 옮겨서 새 希望의 정수박이에 들어부었습니다.

우리는 만날 때에 떠날 것을 염려하는 것과 같이, 떠날 때에 다시 만날 것을 믿습니다.

아아, 님은 갔지마는 나는 님을 보내지 아니하였습니다.

제 곡조를 못 이기는 사랑의 노래는 님의 沈默을 휩싸고 돕니다.

「님의 침묵沈默」(1925) 전문

그의 대표작 「님의 침묵沈默」에서 '님'은 민족적 염원, 초월적인 존재, 관능의 대상, 또는 본원적인 생명력 등의 다층적인 의미를 함축하고 있어서 소월의 '님'보다는 그 해석의 폭이 훨씬 넓다. 또한 한용운의 '님'은 언젠가는 시적 주체와 깊은 정신의 심연 속에서 합일을 가능하게 하는 그런 존재여서 항상 '나'를 버리고 떠나버리는 소월의 '님'과는 성격을 달리한다. 그런데 한용운의 '님'은 시적 주체의 끝없는 구도의 마지막에서 조우할 수 있는 그런 심연 속의 상징 같은 것이어서 늘 시적화자는 경건한 자세를 흩트리지 않는다. 그의 시가 대부분 경어체 문장을 사용하고 있는 것도 이와 상통한다고 할 수 있다.

그의 문단사적 특징은 그가 문단 권외圈外에 있었다는 사실, 동인지의 구성원이 되지 않았던 사실, 외래 문예사조에 편향되지 않았던 사실, 즉 문단적 시인이 아니라는 점에서 그는 당시의 문단 테두리 안에서는 결코 가능하지 못했던 문학적 깊이와 폭을 달성할 수 있었던 것이다.

④ 이상화 : 식민지 현실에 대한 고통스런 인식

📖 **이상화李相和**

1901~1943년. 호는 상화尙火, 想華·백아白啞. 대구 출신. 7세 때 아버지 시우時雨가 사망하여, 14세까지 가정 사숙에서 백부 일우一雨의 훈도를 받았다. 1918년 경성중앙학교 3년을 수료하고 금강산 일대를 방랑하였다. 1922년 파리 유학을 목적으로 일본 동경의 아테네프랑세에서 2년간 프랑스어와 프랑스 문학을 공부하다가 동경대지진으로 귀국하였다.

1919년 3·1운동 때에는 백기만 등과 함께 대구 학생봉기를 주도하였다가 사전에 발각되어 실패하였다. 또한, 김기진 등과 1925년 파스큘라를 조직하였으며, 동년 8월에는 카프 창립회원으로 참여하였다. 1927년에는 의열단 사건에 연루되어 구금되기도 하였다. 1937년 중국 국민군 고위장교인 형 이상정을 만나러 중국에 갔다 와서 4개월간 옥고를 치렀다. 그후 3년간 대구 교남학교에서 교편을 잡으면서 권투부를 창설하기도 하였다. 1940년 학교를 그만두고 독서와 연구에 몰두하여 「춘향전」을 영역하고, 「국문학사」·「불란서시정석」 등을 시도하였으나 완성을 보지 못하고 43세에 위암으로 사망하였다.

문단 데뷔는 『백조』 동인으로서 그 창간호에 발표한 「말세의 희탄欷嘆」(1922)·「단조單調」(1922)를 비롯하여 「가을의 풍경」(1922)·「이중二重의 사망」(1923)·「나의 침실로」(1923)로써 이름을 떨쳤다. 이와는 달리 경향파적 양상을 드러내는 작품들로는 「가상」·「구루마꾼」·「엿장사」·「거러지」(1925)가 있다. 한편 「빼앗긴 들에도 봄은 오는가」(1926)는 사회참여적인 색조을 띤 작품으로서 『개벽』지 폐간의 계기가 되기도 하였다. 그의 후기 작품 경향은 철저한 회의와 좌절의 경향을 보여주는데 그 대표적 작품으로는 「역천逆天」(1935)·「서러운 해조」(1941) 등이 있다. 발굴된 작품으로는 『상화와 고월』에 수록된 16편을 비롯하여 58편이다.

초기에는 퇴폐와 감상이 농후한 관능적인 시 세계를 보이고, 또 한 때 경향파문학의 풍조에 따르기도 했지만, 그의 시적 본령은 어디까지나 민족주의적 저항을 서정적 정조로 잘 가다듬어 발표한 「빼앗긴 들에도 봄은 오는가」같은 작품이라 할 수 있다.

참고 : 『한국민족문화백과서전』, 『한국현대문학대사전』

이상화李相和는 1923년 파스큘라의 일원으로, 1925년 카프의 맹원으로 가담하는 등 당시 진보적인 문학운동에 참여하면서 식민지 민족현실에 대한 인식을 구체화하고 그 결과로 시적 경향도 크게 달라진다.

지금은 남의 땅—빼앗긴 들에도 봄은 오는가?

나는 온몸에 햇살을 받고
푸른 하늘 푸른 들이 맞붙은 곳으로
가르마 같은 논길을 따라 꿈 속을 가듯 걸어만 간다.

입술을 다문 하늘아 들아
내 맘에는 나 혼자 온 것 같지를 않구나
네가 끄을었느냐 누가 부르더냐
답답워라 말을 해 다오.

바람은 내 귀에 속삭이며
한 자욱도 섰지 마라 옷자락을 흔들고
종다리는 울타리 너머 아가씨같이 구름 뒤에서 반갑다 웃네.

고맙게 잘 자란 보리밭아
간밤 자정이 넘어 내리던 고운 비로
너는 삼단 같은 머리를 감았구나 내 머리조차 가뿐하다.

혼자라도 가쁘게나 가자
마른 논을 안고 도는 착한 도랑이
젖먹이 달래는 노래를 하고 제 혼자 어깨춤만 추고 가네.

나비 제비야 깝치지 마라
맨드라미 들마꽃에도 인사를 해야지
아주까리 기름을 바른 이가 지심매던 그들이라 다 보고 싶다.

내 손에 호미를 쥐어 다오
살찐 젖가슴 같은 부드러운 이 흙을
팔목이 시도록 매고 좋은 땀조차 흘리고 싶다.

강가에 나온 아이와 같이
짬도 모르고 끝도 없이 닫는 내 혼아
무엇을 찾느냐 어디로 가느냐 우스웁다 답을 하려무나.

나는 온몸에 풋내를 띠고
푸른 웃음 푸른 설움이 어우러진 사이로
다리를 절며 하루를 걷는다.
아마도 봄 신령이 잡혔나 보다.

그러나 지금은—들을 빼앗겨 봄조차 빼앗기겠네.

「빼앗긴 들에도 봄은 오는가」(1926) 전문

1926년에 이 시를 발표함으로써 이상화는 시 세계의 변화를 확실하게 보여준다. 또한 이 작품은 약동하는 봄의 희망적 이미지와 삶의 터전을 송두리째 빼앗긴 피식민자의 절망적 이미지를 민감하게 상호 충돌시켜 시적 긴장감을 강하게 유지하고 있고, 이런 긴장감으로 해서 당시 피식민자의 절망과 비애를 더욱 강렬하게 부각하고 있다. 이런 특징은 이 시의 장점이 되기도 하지만, 당시 일제에 대한 저항의식을 드러낸 작품들이 대체로 예술적 성취도가 상대적으로 낮았다는 점을 감안하면, 이 시의 이런 시적 성취는 우리 근대 시사에서 매우 중요하다고 할 수 있다.

⑤ 김동환 : 서사시를 통한 민족 현실의 거시적 조망

민족 현실에 대한 조망을 좀더 거시적으로 시도한 시인은 김동환金東煥이다. 그는 20년대 들어 이광수·주요한과 더불어 『삼인시가집三人詩歌集』(1929)를 내어 민요시인의 면모를 보이기도 했지만, 그의 가장 두드러진 성과는 한국 근대시사에 있어 최초의 장편서사시집인『국경國境의 밤』(1925)를 상재한 것이다. 이 시집에서 그는, 두만강 일대의 겨울밤을 배경 삼아 밀수꾼으로 위장하고 떠난 남편을 기다리는 아내의 불안한 마음을 통하여 망국민의 민족적 비애를 표상하였다. 이어서 같은 해에 또 다른 장편서사시집인『승천昇天하는 청춘靑春』을 발간해서 서사시적 전통이 미약한 우리 근대시문학에 호흡이 긴 서사시의 바탕을 마련했고 이로써 당시 문단의 큰 주목을 받았다.

📖 김동환金東煥

1901~미상. 아명은 삼룡三龍. 호는 파인巴人. 함북 경성 출생. 중동중학교를 마친 후 일본 도요대학東洋大學 영문과에 진학했으나 관동대지진으로 자퇴하였다. 귀국 후 함북 나남의『북선일일보北鮮日日報』·『동아일보』·『조선일보』등의 기자로 활동하는 한편, 1924년『금성』에 시「적성赤星을 손가락질 하며」를 발표하면서 문단 활동을 시작했다. 이어서「북청물장수」등을 발표하고, 1925년 장편서사시「국경의 밤」으로 당시 문단의 주목을 받았다. 이어 같은 해 또 다른 장편서사시집인『승천하는 청춘』을 발간해서 한국 시단에 호흡이 긴 서사시의 바탕을 마련했다. 1929년에는 이광수·주요한과 함께 합동시집인『3인 시가집』을 냈고, 1942년에는 시집『해당화』를 펴냈다. 한편 1929년 종합월간지『삼천리』와 문학잡지『삼천리문학』을 창간해서 운영하기도 했다.

일제 말기 친일문학단체인 '조선문인협회'를 조직하는데 주요한 역할을 한 것으로 알려졌고, 광복 직후에는 이런 친일 경력이 문제가 되어 이광수·최남선 등과 함께 '반민특위'에 회부되기도 했다. 한국전쟁 당시 납북되었고, 그 이후의 행적은 미상이다.

작품으로 미완성작인 장편서사시「남한산성」과 장편소설「전쟁과 연애」(1928)와 희곡「불복귀不復歸」(1926) 등이 있다. 부인 최정희崔貞熙가 초기 대표작과 후기작들을 묶어 1962년 시집『돌아온 날개』를 펴낸 바 있다.

『국경의 밤』은 대표작으로서, 두만강 일대의 겨울밤을 배경으로 하여 밀수꾼으로 위장하고 떠난 남편을 기다리는 아내의 불안한 마음을 통하여 망국민의 민족적 비애를 노래하고 있다. 그리고 향토색 짙은 낭만성에 민요적 시풍을 강하게 표상한 일련의 민요시들이 그의 시의 또 다른 맥을 형성하는데, 그 대표작으로는「산山너머 남촌南村에는」등이 있다.

참고 :『한국민족문화백과서전』,『한국현대문학대사전』

| 탈식민의 시각으로 보는 한국현대문학사 |

5) 카프의 조직 강화와 프로시의 성장

① 카프 조직 전후의 '신경향파 문학'

카프가 조직된 것은 1925년이지만 그 한두 해 전부터 사회주의적 경향을 지닌 작품이 산출되었는데, 이를 한 데 묶어 '신경향파 문학'이라 한다. 시에서는 조명희의 첫시집 『봄 잔디밭 위에서』(1924)를 비롯하여 김형원의 「무산자無産者의 절규絶叫」(1921)와 「햇빛 못보는 사람들」(1922), 그리고 김기진의 「한개의 불빛」(1923)과 「백수白首의 탄식歎息」(1924) 등이 이에 속한다. 이 시편들은 『백조』 계열과는 분명하게 다른 경향을 보이면서 당시 태동하는 사회주의 이념을 바탕에 깔고 있었다. 그러나 이 작품들은 이데올로기의 정론政論성을 앞세우기보다는 문학의 공리성에 방점을 찍고 있는 것으로 평가하는 게 온당할 것이다.

이런 경향은 카프 조직 후에도 당분간 유지되었으나 1927년 이후 이른바 '제1·2차방향전환'을 거치면서 사회주의 이념에 치중하는 '목적의식론'에 매몰되고 만다.

② '뼈다귀시' 속출 : 김창술, 유적구, 권환 등

카프가 조직된 후 프로계열의 시는 과거 '신경향파'적 성격에서 차츰 이념성을 강화하는 방향으로 변모해갔다. 여기에는 1927년 전후에 전개된 김기진과 박영희 사이의 '내용·형식 논쟁'의 결과로 대두된 '목적의식론'이 결정적인 영향을 끼쳤다. 이런 카프 내의 변화에 추수하여 정론성이 강하게 표방한 작품으로는 김창술의 「여명黎明」(1925), 「전개展開」(1927) 등과 유적구의 「민중民衆의 행렬行列」(1927), 「오직 전진하라」(1927) 등과 권환의 「가려거든 가거라」(1930), 「정지停止한 기계機械」(1930)를 꼽을 수 있다. 이 작품들은 시의 예술적 향취가 거세되고 이념의 선동성이 강하다보니 조금의 살점도 없는 뼈다귀에 비유하여 '뼈다귀시'라는 지적을 당시에 받기도 하였다.[3]

---

3) 카프 1차 방향 전환(1927년) 이후 카프의 이념에 충실한 시가 속출하였으나, 갈수록 더욱 그 이

📖 김창술金昌述

1906~1950년. 시인. 호는 야인野人. 1903년 전북 전주 출생. 전주에서 보통학교를 졸업한 후 포목점 점원으로 일하면서 독학으로 문학을 공부했다. 1924년 시 「여명의 설움」・「허무」 등을 『조선일보』에 발표하고, 1925년 『동아일보』 제1회 신춘문예의 신시 부문에 「봄」이 당선되면서 문단에 나왔다. 1925년 카프가 결성되자 계급문학운동에 동조하면서 계급시 운동의 선봉에 나섰다. 그 후 1930년대 초반까지 「전선으로」・「지형을 뜨는 무리」・「무덤을 파는 무리」・「끓는 유황」・「우리는 어찌해 졌는가」 등의 계급・목적의식이 강한 시를 썼으며, 카프 제1차 검거사건 이후 임화・안막 등과 접촉하면서 후반기 계급문학운동의 조직에 참여하여 카프 맹원이 되었다. 1931년 카프 서기국에서 펴낸 『카프시인집』에 임화・박세영・권환・안막 등과 함께 작품을 실었고, 1938년 동향인 김해강과 공동으로 시집 『기관차』를 펴냈으나 일제의 출판금지 조치로 발간되지 못하였다.

그는 일제강점기에 실존한 노동자 시인이라 할 수 있고, 이 사실로 그의 문학은 북한문학사에서 대표적인 프롤레타리아 시인으로 언급하는 등 비중있게 다뤄지고 있다. 남한에서는 1920~30년대 경향시의 변모과정과 일치하는 시인으로 평가하며 또한 계급의식을 적극적으로 담아낸 정치시를 쓴 시인으로 평가해왔다.

참고 : 『한국민족문화백과서전』, 『한국현대문학대사전』

③ 계급성과 서정성의 조화 : 박세영과 박팔양

일부 프로 시인들이 이른바 '뼈다귀시'를 산출하는 중에도 박세영과 박팔양은 서정성과 계급성을 적절하게 조화시킴으로써 당시 프로 시인으로서는 상당한 시적 성취를 보여주었다.

> 네그로를 흉보던 이들이
> 어느 사이 그들과 같이 되어서
> 지금은 들, 이삭이 곤두선 들에서
> 훌륭한 인간의 야외극을 보여주는구나
>
> 절름발이의 걸음과 같은 이 가을은

념의 생경화가 커져 예술적 향취가 전혀 없는 정치적 구호와 개념적 서술로 일관한 작품들이 이호・김창술・적구・김해강・적포탄・권환 등에 의해 산출되었는데, 당시 이런 작품들을 비하적으로 일컬어 '뼈다귀시'라 불렀다.

그래도 곡식을 여물리고 있는가
울타리의 지붕엔 파란 박이 구를듯이 놓였더니만
굴러갔는가 터져서 X가 됐는가
지금은 지붕조차 빨간 물이 들었네.
 (…후략…)

박세영의 「타적」(1928)

📖 **박세영朴世永**

1902~1989년. 시인. 경기도 고양 출생. 1922년 배재고보를 졸업한 후, 중국으로 유학하여 1924년까지 상해 혜령영문전문학교에서 수학하였다. 귀국 후 송영宋影 등과 염군사의 동인으로 활동하였고, 1925년 카프 맹원으로 가입했다. 1931년에는 『카프시인집』에 단편서사시 계열의 「누나」를 발표하기도 하였으며, 1938년 첫시집 『산제비』를 간행하였다. 이 시집에 실린 작품들은 그의 초기시의 특징을 잘 보여주는데, 서술적 어투와 일상적인 현실 감각 안에서 투쟁의 의지를 결합하여 시적 형상성을 살려내고 있다.

해방 후 조선프롤레타리아예술동맹과 조선문학가동맹에 참여하였다. 조선프로예맹의 시인들이 주로 참여한 광복기념시집 『횃불』(1946)에 「위원회에 가는 길」·「날러나 붉은 기」 등 의식의 선명성을 강조하는 시들을 수록하였다. 1946년 월북하여 북조선문예총동맹에 가입하고 북조선문예총 출판국의 책임자로 일했다. 해방기에는 인민정권을 찬양한 「애국가」·「해 하나, 별 스물」·「빛나는 조국」 등의 서정시를 발표했다.

한국전쟁 때 안룡만·김우철·조기천 등과 함께 인민군 종군작가로 활약했으며, 휴전 후 다시 시 창작 활동을 지속하면서 시집 『박세영시선』(1956)을 내놓았다. 그 후 김일성의 영도력을 찬양하고 전후복구운동에 참여하고 있는 인민들의 투쟁을 선동하는 작품들을 다수 발표했다. 이 시기의 대표작인 서사시 『밀림의 력사』(1962)는 간삼봉 전투에서 항일무장투쟁을 승리로 이끈 김일성의 혁명 투쟁과 인품을 찬양한 작품이다. 북한에서 최고인민회의 대의원, 작가동맹 중앙위원, 조국평화통일위원회 중앙위원 등으로 일하면서 1959년 '공훈작가' 칭호와 함께 '국가훈장제2급'을 수여받았다.

참고 : 『한국현대문학대사전』, 『북한문학사전』

날더러 진달래꽃을 노래하라 하십니까
이 가난한 시인더러 그 적막하고도 가냘픈 꽃을
이른 봄 산골짜기에 소문도 없이 피었다가
하루 아침 비바람에 속절없이 떨어지는 그 꽃을

무슨 말로 노래하라 하십니까

(…중략…)

그러나 진달래꽃은 오려는 봄의 모양을 그 머리 속에 그리면서

찬 바람 오고가는 산허리에서 오히려 웃으며 말할 것이외다

'오래 피는 것이 꽃이 아니라

봄철을 먼저 아는 것이 정말 꽃이라고'

박팔양의 「너무도 슬픈 사실」(1930)

📖 **박팔양朴八陽**

　　1905~1988년. 호는 여수麗水・김여수金麗水・여수산인麗水山人. 1905년 8월 2일 경기도 수원 출생. 1920년 배재고보를 졸업했고, 1923년 경성법전을 졸업했다. 1923년 『동아일보』 신춘문예에 시 「신의 주酒」가 당선되어 등단했다. 1925년 서울청년회 일원으로 카프에 가담해서 활동했고, 1934년에는 구인회에 가담하기도 했다. 『중외일보』・『만선일보』 기자를 역임했고, 1940년 시집 『여수시초』를 간행했다. 광복 후 조선문학가동맹에 가담, 1946년 월북 후 『박팔양 시선집』(1946)과 서사시 『황해의 노래』(1958), 『눈보라 만리』(1961) 등을 간행하였다.

　　박팔양의 시는 짙은 서정성으로 일관되어 있어 당시 프롤레타리아 시의 방향과는 다소 차이가 있다. 광복 전 그의 시는 두 가지 방향으로 나누어진다. 초기시는 조선의 식민현실을 비판적으로 진단하는 경향시 계열이다. 1927년 카프를 자진 탈퇴한 후 박팔양은 도시문명에 대한 관심을 보여 모더니즘에 다소 기울면서 한편으로는 도시의 병리적 현상에 대한 대척적인 삶을 자연 속에서 구하여 전원을 예찬하는 시를 쓰기도 했다.

　　월북 후에 박팔양은 문예총중앙위원과 작가동맹 부위원장직을 거쳐서 최고인민회의 대의원도 지낸 바 있다. 또 한때는 평양문학대학의 교수로 강단에서 일한 바 있다. 북한에서의 작품들로는 「눈보라 만리」・「위대한 그분」・「밀림의 력사」・「승리의 기빨」・「건설의 노래」 등 수십 편에 이른다. 하지만 거의가 김일성을 우상화하는 송가류에 속한 것이라서 해방 이전의 초기시 세계와는 크게 다르다.

　　1966년 한동안 사상 검토의 대상 작가로 분류되어 곤욕을 치렀으나, 「너무도 슬픈 사실」(1930)이 재평가되고 평소의 김일성 찬양시 내용을 참고하여 구제되었다. 그 뒤 북한 문단에서의 활동상황은 미약했으며, 1988년 사망한 것으로 알려졌다.

참고 : 『한국현대문학대사전』, 『북한문학사전』

---

128 ●

　　이 두 시인은 그 시작詩作의 경로가 좀 다르기는 하지만, '뼈다귀시'의 생경함을 벗어났다는 점에서는 맥을 같이 한다. 박세영의 시는 상대적으로 계급성이 짙기는 하지만, 그의 시에는 일정한 시적 형상화 과정을 거쳐 농민과 노동자의 참상을 반

영함으로써 당시 프로시의 한 전범을 보였다고 할만하다. 또한 박팔양은 다양한 시적 경향을 거치면서 차츰 리얼리즘적 경향을 강화하는 방향으로 자신의 시세계를 수렴시켜 나갔다.

④ 초기 '단편서사시'의 감상성 극복 : 임화

임화林和는 문학평론가로서의 활약이 두드러지지만, 시인으로서의 업적도 만만치 않다. 그는 「네 거리의 순이」, 「우리 오빠와 화로」(1929)를 발표하여 시인으로서의 성가를 발휘했다. 그는 1926년 데뷔 직후에는 다다이즘적인 색채가 강한 시를 발표하였으나 1929년 이후 프로 시인으로서의 위상을 확립하였다. 또한 당시 '목적의식론'에 의해 침체 상태에 있었던 프로 문단에 활력을 불러일으키면서 시작 활동과 문학운동을 병행해서 전개해 나갔다.

6) '국민문학파'의 전통 모색

1920년대 초 경향파 문학의 등장과 1925년 카프 조직에 이어 프로문단의 활성화에 자극받은 일부 보수 문인들은 이른바 '국민문학'을 내세워 전통적 입지를 강화하고자 하였다. 1910년대 이전에 등단한 문인들 중 최남선·이광수·김동인·주요한·김억 등이 이런 움직임을 주도하였고, 이에 염상섭과 양주동이 동조하였으며, 20년 전후에 등단한 일군의 시인 중 김소월과 김동환이 이를 추수하였다.

이런 움직임은 크게 민요시 운동과 시조부흥운동으로 양분되었다.

① 민요시 운동

'민요시'란 1920년대 민요의 정서와 운율을 계승하고자 했던 근대시의 한 경향을 일컫는다. 한국 근대 문학사에서 '민요시'라는 용어가 처음 사용된 것은 김소월의 「진달래꽃」이 『개벽』 25호(1922)에 발표될 때 누군가에 의해 '민요시'라는 부제를 붙이면서부터이다. 그가 잡지 편집자인지 작자인 김소월인지 확인되지 않지만 그 직후 김억의 평문에서 사용되면서 보편화되어갔다.

> 소월군의 시 「삭주구성」(개벽10월호) 외 삼 편 시는 군의 민요시인의 지위를 올리는 동시에 군은 민요시에 특출한 재능이 있음을 긍정시킵니다. (…중략… : 「삭주구성」, 「가는 길」 일부 인용) 우리의 재래 민요조 그것을 가지고 어떻게도 아름답게 길이로 짜고 가로 역시 곱은 조화를 보여주었습니까! 나는 작자에게 민요시의 길잡이를 간절히 바라는 바입니다. (…중략…)
> 로작군의 시 「흐르는 물을 붙들고서」(백조제3호)는 늦은 봄 3월에도 저무는 밤에 하소연하게도 떠도는 곱고도 설은 정조를 잡아서 아릿아릿한 민요체의 고운 리듬으로 얽어맨 시작입니다. 참기 어려운 그야말로 안타까운 듯한 순감의 황홀입니다.
>
> 김억의 「시단일년詩壇一年」(1923)에서

이상에서 김억은 김소월과 홍사용의 시를 통하여 '민요시'의 개념을 전통적인 민요조에 기반을 둔, 곱고도 설은 정조를, 아름답게 짜고 엮어서 만든 고운 조화를 이룬 시라고 설명하고 있다. 이런 특질은 민요조라는 특성과 더불어 서정시라는 특징을 공유하는 것이다. 이런 맥락에서 이들의 근대시는 '민요시'라기보다는 민요조 서정시의 개념에 가깝다고 할 수 있지만, 그 뒤에 민요시라는 용어는 보편화되어 주요한도 「가신 누님」(1924)을 목차에서 동요라고 표기하고 있으며, 시론詩論 「노래를 지으시려는 이에게」(1924)에서도 민요·동요를 지을 것을 강조하였다. 김기진도 김억·김소월·홍사용·주요한 등을 '민요시인' 또는 '민요적 시인'이라고 지칭하였다. 이와 같은 김억과 주요한의 민요시 운동보다 좀 늦게 김동환도 「동정녀童貞女」(1927) 등 6편의 시를 민요·동요라는 부제로 발표하면서, 민요의 중요성을 강조하였다.

이처럼 1920년대 민요를 지향하는 근대시는 김억·김소월·김동환 등에 의해서 서구의 근대시를 넘어서 한국 근대 문학의 전통을 세우는 성과를 보여주었다. 이처럼 1920년대 민요·동요의 중요성을 강조한 민요조 서정시 운동은 시문학사의 중요한 움직임이었으며, 「진달래꽃」에서 시작되는 민요조 서정시의 창작은 근대시 발전에 긍정적인 역할을 하였다.

130 •

② 시조부흥 운동 전개

계급문학에 대항하여 최남선·이광수 등이 중심이 되어 시조부흥 운동을 일으켰다. 이미 『백팔번뇌百八煩惱』(1926)를 상재하여 현대 시조의 길을 개척한 최남선은 「조선국민문학朝鮮國民文學으로서의 시조時調」(1926)라는 논문에서 "시조가 조선국토, 조선인, 조선심, 조선어, 조선운율을 통하여 표현된 필연적 양식"을 통하여 국민문학의 정신을 표현해야 한다고 역설하였다. 그 뒤를 이어 이병기李秉岐의 「시조時調에 관하여」(1926), 「시조時調와 민요民謠」(1927), 조운曹雲의 「병인년丙寅年과 시조時調」(1927) 등이 잇달아 발표되어 시조의 의의가 재평가되고 재강조되었다. 이들의 공통적인 주장은 과거와 같이 악곡樂曲의 창사唱詞로서의 시조가 아니라 한국어의 리듬·특성과 민족적 정조情調가 응결된 단시短詩 형식으로서 시조가 가지는 중요성과 부활의 당위성을 강조한 것이다. 또한, 그 구체적인 실천 방안으로서 연시조連時調나 양장兩章시조, 사장四章시조와 같은 새로운 시조를 선보이기도 하였다.

최남선·이광수·정인보 등에 의하여 주도되던 초기의 시조부흥운동이은 고시조의 연장 내지 재현이라는 차원을 크게 넘어서지 못하였는데, 이병기·조운 등에 의해 이런 한계를 넘어섰다고 할 수 있다.

4. 소설

1) 근대 소설의 확립

① 이광수 『무정無情』의 공과功過

1910년대는 신소설에서 근대소설로 넘어오는 과도기라 할 수 있다. 그리고 이런 과도기에서 가장 활발한 활동을 한 작가는 이광수이다. 그는 단편 「무정無情」(1910)을 발표한 이후 「소년少年의 비애悲哀」(1917)·「어린 벗에게」(1917)·「윤광호」(1918) 등의 단편을 발표하여 근대소설의 기틀을 닦았다. 이 작품들은 조혼의 폐해를 주제로 담고 있다. 이광수는 실제로 일찍 결혼을 하였고 후에 그것에 대해 후회하였으며 그것을 초기 단편소설에 반영하였다. 또 구식 여성의 비극적 삶, 자유연애 사상 등 반봉건 의식, 정情의 결핍을 주제로 내세우기도 하였다. 또한 그는 조실부모해서 어렸을 적부터 불우했는데, 그것도 소설에 그대로 반영되었다. 특히 그의 부父의 상실은 그의 작품 전체에서 국가 상실 의식과 상통하는 것으로 해석되기도 하였다.

하지만 이 작품들은 근대소설의 모습을 갖추지는 못하였다. 인물과 환경의 갈등이 매우 추상적이었고 반봉건의식도 관념적으로 드러났기 때문이다. 이런 문제가 해결된 것은 장편 『무정無情』(1917)에 이르러서였다. 당시 유일한 신문이었던 『매일신보』에 연재된 이 작품은 당대에도 많은 대중적 인기를 얻으면서 이광수를 일약 한국의 대표작가 위상으로 끌어올렸다.

형식은 어려서 부모를 여의고 의지할 곳 없어서 떠돌아다니다가 상해에서 신사조를 가지고 들어와서 청년운동을 하던 우국지사 박진사의 신세를 지고 그의 딸 영채와 약혼한다. 그 후 형식은 경성학교 영어 교사가 된다. 영채는 아버지 옥바라지를 위해 기생이 되지만 약혼자 형식만 생각한다. 형식은 미국에 유학할 김 장로의 딸 선형에게 영어를 가르치면서 선형의 미모와 집안분위기에 매력을 느끼지만 영채와의 약속으로 고민하게 된다.

한편, 경성학교 배 학감은 주색잡기에 빠져 기생 월향과 염문을 일으키고 이로써 학생들로부터 규탄을 받는다. 형식은 배 학감의 비리를 알면서도 월향을 구하지 못해 안타까워하고, 심리적으로 선형과 영채 사이에서 큰 갈등을 겪는다. 어느 날 심리적 갈등을 견디지 못해 영채를 찾아가게 되었는데, 영채가 배 학감과 나가서 돌아오지 않는다는 말을 듣고 불길한 생각이 들어 청량리 암자에 이르며 여기에서 배 학감에게 강간을 당하기 직전의 영채를 본다. 형식이 이튿날 영채의 집을 찾았을 때 보수적인 영채는 배 학감에게 유린당한 부끄러움에 자살을 결심하고 아버지의 넋을 찾아 평양으로 간다는 유서를 남기고 떠난다.

형식은 영채집의 노파와 함께 평양까지 갔다가 기생 월향의 인도로 칠성문으로 나가 박진사와 두 아들의 무덤만을 보고 돌아온다. 수일간의 결근 뒤에 학교에 출근하자 학생들은 기생 월향을 따라 평양에 갔다 온 더러운 선생이라 야유한다. 이에 형식은 미련 없이 사표를 제출하고 학교를 떠난다. 형식이 영채의 일로 고민을 하고 있던 차에 김 장로 집에서 청혼을 하고, 이에 형식은 이를 받아들여 그들은 약혼을 하고 미국으로 유학을 떠나기 위해서 경부선 열차를 탄다.

한편 자살하기 위해 평양행 열차를 탄 영채는 동경 유학생 병욱을 만나 자살을 단념하고 병욱의 고향 황주에 갔다가 일본으로 유학을 떠난다. 그들은 황주에서 경부선 열차를 타고 부산으로 향하다가 열차 안에서 형식과 선형을 만나 서로 인사하며 삼량진에 이르러 수해를 만나 기차는 정차한다. 그들은 수재민을 돕기 위해 자선 음악회를 열며 수재민을 가난에서 구할 방도를 토론한다. 형식과 선형은 미국에서, 또 영채와 병욱은 동경에서 신학문을 배우고 모두 성공하여 귀국할 것을 약속하고, 또 귀국 후에 무정한 조선을 유정有情한 조선으로 만들 것을 서로 다짐한다.

『무정無情』 줄거리

이상의 줄거리를 통해서 알 수 있듯, 전체적으로는 애정의 삼각관계가 구성의 근간이 된다. 전체 내용은 삼각관계에 있는 주인공들의 자유연애를 골자로 하고 있는데 이런 구성과 내용은 요즘의 관점에서는 식상한 것이지만 당시로는 굉장히 획기적이었다. 또한 이 소설은 심리묘사의 상투성을 극복한 점이 장점으로 꼽히는데 이 점이 근대소설의 면모를 분명하게 드러내는 부분이다. 그러나 개량적 민족주의를 앞세워 피상적인 문명개화를 내세운 것은 그 뒤에 이 작품을 비판하는 빌미로 작용하였다.

이광수는 이후에도 30년 이상 문학 활동을 하여 우리 근대문학사상 늘 문단의 일인자 역할을 해왔지만 이런 계몽의식은 늘 작가의식으로 일관되었다. 그는 약 40년에 이르는 작가 활동 동안 수백편의 작품을 남겼지만, 그 작품들의 주제는 크게 세 가지로 요약되는데, 민족·종교·사랑이 그것이다. 민족의 차원에서는 당초에는 개량적 민족주의를 강조하다 민족허무주의를 거쳐 친일로 마무리된다. 종교 차원에서는 기독교적 가치관을 가지고 있다가 나중에는 불교적 세계관으로 기울어진다. 그리고 사랑 차원에서는 초기에 자유연애를 강조하다가 1930년대 이후에는 순수한 사랑 쪽으로 기울어진다. 『재생再生』(1925) 같은 작품은 이런 변화과정을 잘 보여주는 작품이다. 자유연애에서 순수사랑으로 변모해가는 과정에 자유연애의 타락상으로 불륜의 문제가 제시되는데, 이런 내용이 그의 작품 세계의 변화상을 가장 선명하게 드러낸다.

② 현상윤·나혜석·양건식의 경우

한편 1910년대 활동한 작가로 현상윤을 놓칠 수 없다. 당시 발표된 그의 작품은 주로 단편소설로 「박명」·「한의 일생」·「재봉춘」·「청류벽」·「광야」·「핍박」 등이 있다. 현상윤의 작품은 자연주의적 성향이 강하다.

📖 나혜석羅惠錫

1896~1948년. 호는 정월晶月 경기도 수원 출생. 진명여자고보 재학 시에는 이름이 명순明順이었으나, 졸업 무렵에는 혜석으로 바꾸었다. 1914년 진명여학교를 최우등생으로 졸업하였고, 1918년 일본 도쿄여자미술학교 유화과를 수료하였다. 1920년에 김우영과 결혼했다.

도쿄에서 유학 중이던 1915년에 잡지 『여자지계』의 발간에 앞장섰으며, 여기에 단편소설 「경희」·「정순」 등을 발표하였다. 1920년 『폐허』의 창간호에 참여하였고, 『폐허』 2호에 시 「냇물」과 「시砂」를 발표했다. 이후 몇 편의 시와 「규원閨怨」(1921) 등의 단편소설과 여러 편의 수필을 발표했는데, 주로 여인들의 고통스러운 삶을 그렸다. 1921년 3월 경성일보사 건물 안의 '내청각'에서 한국 여성화가로서는 처음으로 개인전을 열었다. 1922년부터 5년간 '조선미술전람회'에 입·특선하였다. 1927년부터 2년간 일본 정부 외교관 신분이던 남편 김우영(金雨英)과 함께 세계 일주 여행을 하였고, 귀국 도중 파리에서 그린 「정원화庭園畵」가 도쿄의 '이과전二科展'에 입선되었다.

김우영과 이혼한 후, 1934년 「이혼고백서」 등을 발표하고 당시 명사인 최린에게 정조유린에 대한 위자료를 청구하는 소송을 제기하여 큰 파문을 일으켰다. 나혜석의 화가로서의 활동은 1935년 중단되었는데 그 원인은 정신장애가 시작되었기 때문이었다. 1936년에 소설 「현숙」을, 1937년에는 소설 「어머니와 딸」을 발표하면서 소설가로 재기하는 듯하였으나, 1937년 무렵부터 방랑생활에 빠져들었고 1948년 반신불수의 비극 속에서 생애를 마쳤다.

참고 : 『한국현대문학대사전』, 『문화원형백과』

당시 여류작가로 나혜석을 주목할 만하다. 그녀는 소설가이자 화가 그리고 여성운동가였다. 당시 일본에 유학을 다녀온 신여성을 대표하는 인물이었다. 당시 가부장주의가 일제강점기에 이르러 식민정책의 결과로 왜곡된 남성중심주의에 편승하여 더욱 강해졌는데, 나혜석은 이러한 왜곡된 가부장제를 비판하는 내용을 자신의 소설과 수필에 담아서 당대 사회에 큰 반향을 불러일으켰다. 「경희」·「희생한 손녀에게」와 같은 작품들이 그러하다. 여성의 자의식을 통하여 가부장제가 여성에게 가하는 편견을 폭로하였고 여성 인물의 심리 묘사를 두드러지게 표현하여 그런 주제 구현을 뒷받침하였다.

📖 양건식梁建植

　1889~1944년. 소설가, 번역가. 경기도 양주 출생. 호는 백화白樺, 국여菊如. 관립한성외국어학교를 졸업하고, 1910년부터 10여 년간 중국 북경평민대학에서 유학했다. 불교진흥회의 전임서기와 불교진흥회 기관지인 『불교진흥회월보』·『조선불교계』·『조선불교총보』의 기자·편집자로 일했다. 1930년대 후반부터 정신질환을 앓다가 1944년 2월 7일 사망하였다.

　『불교진흥회월보』에 불교적 색채가 짙은 소설 「석사자상石獅子像」(1915)을 발표하며 등단하였다. 그 뒤에 「귀거래歸去來」(1915)·「슬픈 모순」(1918) 등의 단편을 발표하면서 평론 활동도 병행하였다. 평론 중에서는 문학의 미적 가치를 중시하면서도 효용적 가치의 인정을 주장한 「춘원春園의 소설을 환영하노라」(1916)와 「지나支那의 소설小說과 희곡戱曲에 대하여」(1917)가 주목할만하고, 특히 뒤의 평론에서는 우리나라에서 처음으로 희곡이란 용어를 사용한 것으로 알려져 있다. 소설집으로 『빨래하는 처녀』(1927)가 있다.

　한편 그는 1930년대 들어 중국의 시·소설·희곡을 우리나라에 번역 소개하여, 이광수로부터 "조선 유일의 중화극 연구자요 번역가"로 평가받기도 하였다. 그는, 「홍루몽紅樓夢」·「비파기琵琶記」 등 일제강점기 한국에 소개된 중국 희곡 중 3분의 1 정도를 번역하였다고 한다. 그의 번역과 연구는 당시 일본·서양 문학에 치중된 한국문단에 새로운 시사점을 제공하였다.

참고 :『한국민족문화대백과사전』

　한편 양건식梁建植은 『불교진흥회월보』의 편집 책임을 맡으면서 여기에 불교적 색채가 짙은 소설 「석사자상石獅子像」(1915)을 발표하며 등단하여 1910년대 후반에 세 편의 단편소설을 선보였다. 「석사자상」에서는 비참함 민중의 삶에 대한 애정과 지식인의 허위의식을 비판하였으며, 「귀거래歸去來」(1915)에서는 소설가 자신이 작품을 써서 출간하기까지의 과정을 다룬 이색적인 소재를 다루었고, 「슬픈 모순」(1918)

에서는 현실에 대한 비판적 인식을 드러내기도 하였다. 그러나 그는 1920년대 이후 더 이상 소설을 발표하지 않고 중국소설이나 희곡 번역에 주력하여 1930년대에는 번역가로 더 이름을 날렸다.

이상 현상윤·나혜석·양건식의 활동은 우리 소설사상 1910년대에 양적인 소루함을 어느 정도 메우고, 또 당시의 소설이 근대소설로 정착하는 데 일정한 기여를 한 것으로 평가받을 수 있다.

2) 개인과 사회의 길항拮抗

1910년대 후반 이광수에 의해 근대소설이 확립되었고 1920년을 전후하여 김동인·염상섭·현진건·나도향 등에 의해 자연주의적·사실주의적 성격을 띠게 되었다.

① 염상섭 : 식민지적 근대화에 대한 지각

김동인은 「배따라기」(1921)·「감자」(1925) 등의 단편을 통하여 자연주의적 수법으로 한 인간의 성격과 운명을 강렬하게 부각하였으나 식민지 현실에 대해서는 큰 관심을 표명하지 않았다. 또한 염상섭은 「표본실標本室의 청개구리」(1921)·「암야暗夜」·「제야除夜」(1922) 등의 작품에서 지식인의 자기모멸감을 부각하였고, 그후 「만세전萬歲前」(1924)·『삼대三代』(1931) 등의 대표작을 통하여 식민지적 근대화의 본질을 전면적인 주제로 내세웠다. 그의 초기 대표작인 「만세전」은 여러모로 주목할 가치가 있다.

> 조선에 '만세'가 일어나던 전해 겨울, 동경 W대학 문과에 재학 중인 '나'는 기말시험 중도에 아내가 위독하다는 급전을 받고 급작스레 귀국하게 된다. 동경을 떠나면서 재킷이며 선물도 사고, 이발도 하고, 바에 들러 여급들과 수작도 하고 술을 마시기도 한다. 동경 역에서는 여급 정자와 이별을 하고 고베에서는 을라라는 여자 친구를 방문하기도 하였다.

그러나 그 다음날 부산으로 가는 배를 타게 되면서부터 검색을 당하고 감시를 받게 되는 수모를 겪으면서 사회적인 의식이 싹트기 시작한다. 스물 두셋의 책상도련 님인 나 이인화李寅華는 탁상공론이 아닌 실인생·실사회의 이면에 눈을 뜨게 되는 것이다.

나는 형사의 심문에 시달리며 부산에 내리고, 서울로 출발하는 차 시간까지 기다리는 동안에 조선거리 구경을 나서는데, 거기에서 나는 식민지 도시의 일제에 의한 경제적 침탈과 조선인의 몰락과 이주를 목격한다. 이러한 상황은 김천의 보통학교 훈도인 형님과 주변 인물들의 몰락을 통하여, 서울까지 가는 기차와 대전역에서 만난 군상들의 찌든 모습 속에서, 서울에서는 정치열과 명예욕에 들뜬 아버지와 이를 부추기는 김의관, 종손으로 무위도식하는 종형 등을 통하여 차례로 발견된다.

나는 이 모든 것을 '무덤'으로 인식한다. 드디어 아내는 죽고 냉연한 자신을 가책하며 초상을 치르고, 아들 중기는 형님에게 맡긴 뒤 정자에게는 마음을 정리하는 편지를 보내고 학업을 위하여 동경으로 떠난다.

염상섭의 「만세전萬歲前」(1924) 줄거리

이 작품은, 원래 '묘지墓地'라는 제목으로 1922년 『신생활新生活』에 연재되던 중 잡지의 폐간과 함께 중단되었다가 1924년 4월 『시대일보時代日報』가 창간되면서 제목을 '만세전'으로 바꾸어 개재하여 동 6월에 완결되었다. 원제인 '묘지'가 암울한 당대의 상황을 은유하듯이 3·1운동 이전의 사회 현실을 실감 있게 그려내었고, 또 도쿄-고베-시모노세키-부산-김천-대전-서울로 이어지는 기행적 구조 안에 식민지 사회의 관찰을 노정에 따라 진행시킴으로써 소설적 긴장을 획득하였다. 또 가족제도로 대표되는 봉건적 윤리 의식, 권력에 대한 열망과 굴종으로 나타나는 관료전제적 사고가 식민지 사회의 병폐라고 인식하면서 이를 식민지 지배국의 상황과 대비시키고 있는 점은, 1920년대 낭만주의 경향이 지배적이었던 한국 상황에서는, 사회진단의 의미로 확대될 수 있다. 그러나 '묘지'로부터 탈출하려는 지향의 공간이 일본이라거나, 진상을 목격하면서도 이면과 원인에 대한 성찰이 깊이 있게 이루어지지 않았으며, 추구하는 자유가 개인적인 것에 한정된다는 등의 한계를 지적하지 않을 수 없다.

그럼에도 불구하고 이 작품은 식민지의 병폐를 식민자와 피식민자의 이중의 시선으로 바라보는 점에서 매우 시사적이라 할 수 있다. 즉 주인공 이인화의 시선은 식민자를 흉내내는 것이면서 동시에 피식민자의 강렬한 응시凝視가 섞여 있는 혼성화(hybridization)된 것이어서, 당대 어느 작품보다 탈식민적 지평에 근접해 있다고 할 수 있다. 이런 지평이 후에 『삼대三代』(1931)나 『효풍曉風』(1948) 같은 탈식민적 작품을 산출할 수 있게 된 징검다리가 되었다면, 이 작품은 1920년대 초의 가장 문제적인 소설이라 평가할 수 있을 것이다.

② 현진건 : 단편소설 양식의 완성

한편 현진건玄鎭健은 「빈처貧妻」·「술 권하는 사회社會」(1921) 등의 작품을 통해 소시민 지식인의 절망적 상황을 형상화하였고, 「운수運數 좋은 날」(1924)·「고향故鄕」(1926)·「정조貞操와 약가藥價」(1929) 등에서 당대 현실의 모순을 비판적으로 그려내었다. 이 소설들은 단편소설로서의 형식미를 갖추고 있어서, 현진건은 당대 작가로서는 가장 완성도 높은 단편소설을 창작한 작가로 꼽을만하다.

'나'는 서울행 기찻간에서 기이한 얼굴의 '그'와 자리를 이웃해서 앉게 된다. 이 좌석에는 각기 국적이 다른 사람들이 앉아 있다. '엄지와 검지 손가락으로 짜르게 끊은 꼿꼿한 윗수염을 비비면서' 마지못해 고개를 까딱거리는 일본인과 '기름진 뚜우한 얼굴에 수수께끼 같은 웃음을 띠운' 중국인 사이에 한국인 '그'와 '나'가 합석하고 있다. 즉, 세 나라 사람이 모이게 된 것이다.

'그'라는 사나이에 대하여 '나'는 처음에 남다른 흥미를 느끼고 바라보다가 이내 싫증을 느껴 애써 그를 외면하려 하였지만, 그의 딱한 신세 타령을 듣게 되자 차차 연민의 정을 느끼게 된다. 마침내 술까지 함께 마시게 되고, '나'는 '그'의 얼굴에서 '조선의 얼굴'을 발견한다. '그'는 정처 없이 유랑하는 실향민이었으며 '나'는 '그'의 유랑의 동기와 내력을 듣는다.

대구 근교의 평화로운 농촌의 농민이었던 '그'는 동양척식주식회사에 의하여 농토를 빼앗겼다. 떠돌이가 되어 간도로 떠났으나 거기서 부모는 굶어 죽고, 구주 탄광을 거쳐 다시 폐허의 고향에 돌아왔다. 그러나 무덤과 해골을 연상하게 하는 고향에서 '그'는 이십 원에 유곽에 팔려갔다가 질병과 부채만을 안고 돌아온 옛 연인과

해후했다. 그는 괴로운 심정으로 일자리를 찾아 지금 경성으로 올라가는 중이다. 그
는 취흥에 겨워서 어릴 때 부르던 아픔의 노래를 읊조린다.

벗섬이나 나는 전토는 신작로가 되고요-.
말 마디나 하는 친구는 감옥소로 가고요-
담뱃대나 떠는 노인은 공동묘지 가고요-
인물이나 좋은 계집은 유곽으로 가고요-

현진건의 「고향故鄕」(1926) 줄거리

📖 **현진건玄鎭健**

1900~1943년. 소설가·언론인. 호는 빙허憑虛. 대구 출생.
대구 우체국장이었던 경운炅運의 4남이다. 1915년 도일하여
동경 세이조중학成城中學 4학년을 중퇴하고 상해로 건너가 후
장대학滬江大學에서 수학하였다. 1920년 『개벽』에 「희생화犧牲
花」를 발표하여 문필 활동을 시작하고 「빈처」(1921)로 문명을
얻었다. 홍사용·이상화·나도향·박종화 등과 함께 『백조』
창간동인으로 참여하였다. 1922년에는 동명사에 입사, 1925
년 동아일보사로 옮기는 등 언론인으로 활동하였다. 1932년
상해에서 활약하던 공산주의자인 셋째 형 정건鼎健의 체포와
죽음으로 깊은 충격을 받았으며, 그 자신도 1936년 동아일보
사 사회부장 당시 일장기말살사건으로 인하여 구속되기도 하
였다. 1937년 동아일보사를 사직하고 소설 창작에 전념하였으며, 빈궁 속에서도 친일문학에
가담하지 않은 채 지내다가 1943년 장결핵으로 사망하였다.

장·단편 20여 편과 7편의 번역소설, 그리고 여러 편의 수필과 비평문 등을 남겼다. 그의
작품 경향은 다음과 같이 세 부류로 나눌 수 있다.

첫째, 초기의 자전적 소설인 「빈처」·「술 권하는 사회」(1921)·「타락자」(1922) 등에서는
식민지 지식인의 구체적인 생활상과 여러 가지 좌절의 경험을 기록함으로써 양심적인 지식
청년의 고민을 반영하였다.

둘째, 창작집 『조선의 얼굴』(1926)이 발간된 중기에는 자전적 세계를 벗어나 식민지의 민
족적 현실 및 고통 받는 식민지 민중의 문제를 부각하였다. 도시하층민의 비극적 운명을 추
적한 「운수 좋은 날」(1924), 노역으로 고통받는 농촌 여성을 그린 「불」(1925), 땅을 잃고 뜨내
기 노동자로 전전하는 이농민을 탁월하게 형상화한 「고향」(1926) 등이 이 시기 대표작이다.

셋째, 장편소설 「적도赤道」(1933~1934)에서는 삼각관계의 연애소설 구조 속에서, 그리고
「무영탑」(1938~1939)·「흑치상지黑齒常之」(1939~1940, 미완)·「선화공주善花公主」(1941, 미완)
등에서는 과거의 역사를 통하여, 민족해방에 대한 강렬한 동경을 보여주었다.

참고 : 『한국민족문화대백과사전』

이 작품은 짧은 단편이지만 당시 일제 식민지 수탈의 실상을 압축적으로 보여준다. 또한 한·중·일 삼국의 인물을 대비하여 단편적이나마 당시 동아시아의 국제적 역학관계를 보여줌으로써 작가의 시대인식의 깊이를 나타내고 있다. 게다가 '나'와 '그'의 외양과 대화 속에 당시 절망적인 식민모순의 실상이 실감나게 반영되고 있다.

또한 나도향은 「벙어리 삼룡이」·「물레방아」(1925) 등의 단편에 소외 계층의 학대 받는 삶을 담아내고, 「지형근」(1926)에서 식민지 자본주의 모순적 현실을 비판적으로 그려내어 문단의 주목을 받았으나, 일찍 요절함으로써 그 이상의 진전된 문학세계를 보여주지는 못하였다.

📖 **나도향羅稻香**

1902~1926년. 본명은 경손慶孫, 필명은 빈彬. '도향'이 호이다. 서울 출생. 배재고보를 졸업 후 경성의전에 입학했으나 중퇴하고, 문학 수업을 위하여 일본 도쿄로 건너갔다 그러나 조부가 학비를 보내지 않자, 되돌아와 1919년 안동에서 1년간 보통학교 교사 생활을 했다.

1921년 『배재학보』에 「출향」을 발표하고, 뒤이어 『신민공론』에 단편 「추억」을 발표하면서 문필 활동을 시작했다. 1922년에는 『백조』 동인으로 참가하여, 창간호에 「젊은이의 시절」을, 제2호에 「별을 안거든 울지나 말걸」을 발표하고, 『동아일보』에 장편소설 「환희幻戲」를 연재하여 문단에 등단하였다. 초기에는 「녯날의 꿈은 창백하더이다」(1922) 등 감상적인 작품을 발표하다가, 「여이발사」·「행랑자식」 등을 발표하면서 사실주의적 경향으로 전환하였고, 1924년에 「자기를 찾기 전에」, 1925년에 「물레방아」·「뽕」·「벙어리 삼룡」 등 작품으로 을 발표하여 주목을 받았다. 1926년에 학업의 뜻을 품고 일본에 건너갔으나 뜻을 이루지 못하고 귀국한 후 폐병을 앓으면서 단편 「피 묻은 몇 장의 편지」·「지형근」·「화염에 싸인 원한」 등을 발표하고, 지병인 폐결핵으로 8월 26일 사망했다. 사후에 장편 「어머니」(1939)가 출간되었다.

참고 : 『한국현대문학대사전』

3) 하층민의 삶에 대한 계급적 인식

이 무렵에 '신경향문학'이라는 말이 생겨났다. '신경향'이란 어떤 새로운 추세로 기울어져 간다는 뜻인데 여기서 '새로운 추세'란 구체적으로 사회주의적 경향을 말한다. 1923년 이후부터 사회주의자들 중심으로 과거 낭만주의 문학과 계몽적 민족주의 문학에 대한 반성이 강하게 일어나고, 그 반성의 결과로 프롤레타리아 계급의 문제에 대한 각성이 생겨나면서, 이를 작품에 반영하는 움직임이 크게 형성되었는데, 당시부터 이런 흐름을 겉잡아 '신경향문학'이라 일컬었다. 이런 흐름은 1925년 카프의 조직 이후에 프로문학으로 발전적으로 이어졌다.

① 최학송 · 이익상 : 초기 신경향소설의 방향 정립

📖 **최학송崔鶴松**

1901~1932년. 소설가. 학송鶴松이 본명이고, 호는 서해曙海 · 설봉雪峰 또는 풍년豊年 등이다. 함북 성진 출생.

소작농의 아들로 출생하여 어려서부터 가난을 겪었다. 소년 시절 한문을 배우고 성진보통학교에 3년 정도 재학한 것 외에 이렇다 할 학교교육은 받지 못하였다. 그러나 소년 시절부터 『청춘』 · 『학지광』 등을 사다가 읽으면서 독학으로 문학공부를 하였다. 1918년 고향을 떠나 간도로 건너가 행상과 노동을 하면서 문학 공부를 계속하였다. 1924년 이광수를 찾아 상경하여 그의 주선으로 조선문단사에 입사하였다. 1927년 현대평론사의 기자로 일하기도 하였고, 기생들의 잡지인 『장한長恨』을 편집하기도 하였으며, 1929년 중외일보 기자, 매일신보 학예부장으로 일하다 1931년 지병인 위염으로 사망하였다.

1924년 1월 『동아일보』에 단편소설 「토혈吐血」을 발표한 일이 있으나 같은 해 10월 『조선문단』에 「고국故國」이 추천되어 작품 활동을 시작하였다. 이때부터 대략 장편 1편, 단편 35편 내외를 발표하였다. 1925년 박영희의 권유로 카프에 가담하여 경향문학을 주도하였으나 1929년 조선총독부 기관지인 『매일신보 학예부장이 되면서 탈퇴하였다.

그의 소설들은 빈궁을 소재로 하여 가난 속에 허덕이는 사람들의 이야기가 주로 다루어 당대에도 '빈궁작가'라 불리었다고 한다. 이러한 빈궁상의 제시는 사회의식의 소산에서 나온 것이 아니라, 그의 개인적인 체험에서 나온 것이어서 '체험의 작품화'로 해석된다.

참고 : 『한국민족문화대백과사전』

최학송崔鶴松은 당시 가장 권위 있는 종합잡지인 『조선문단朝鮮文壇』의 편집 고문으로 활동했던 이광수의 추천으로 소설가로 등단했지만, 그 창작 경향은 이광수와 매우 달랐다. 그는 등단 이전에 만주 지역을 방랑하면서 매우 가난한 삶을 살았고.

그런 가난의 체험을 소설로 쓰기도 했다. 그래서 최학송의 소설 대부분은 가난을 소재로 하고 있고, 이런 체험을 바탕으로 한 그의 소설은 당시 독자들에게도 상당한 반향을 불러일으켰다.

나는 5년 전 고향을 떠나 어머니와 아내를 데리고 절박한 생활에서 벗어나 새 힘을 얻으려는 희망에 부풀어 부의 천국인 간도로 간다. 나의 꿈은 농사를 지어 배불리 먹고 깨끗한 초가나 지어 글도 읽고 무지한 농민들을 가르쳐서 이상촌을 만들려는 것이다. 그러나 간도에 들어가서 한 달이 못되어 나는 자신의 이상이 물거품이었음을 알게 된다. 간도의 H라는 시골에서 셋방살이를 시작하게 된 나는 농사를 지으려고 밭을 구한다. 그러나 빈 땅이 없다. 돈이 떨어지고 일자리를 얻지 못한 나는 가난 속에서도 어떻게든지 살려고 버둥거린다. 나는 닥치는 대로 아무 일이나 한다. 한 번도 해본 적이 없는 구들을 고쳐주고 가마도 붙여준다. 그러나 일이 항상 있는 것이 아니어서 여름 불볕에 삯김도 매고 꼴도 베어 판다. 어머니와 아내는 삯방아를 찧고 강가에 나가서 나뭇개비를 주어서 연명한다. 나는 사랑하는 늙은 어머니와 아내가 배를 주리고 남의 멸시를 받는 것에 견딜 수 없게 된다. 나는 삯김, 삯 심부름, 삯 나무 무엇이나 가리지 않고 한다. 아내는 배가 고파도 참고 순종한다.

한번은 일거리를 찾아서 헤매다가 집에 돌아와서 임신한 아내가 부엌 앞에서 무엇인가를 먹고 있는 장면을 목격한다. 나는 어머니보다는 자신을 먼저 생각하는 아내의 행위에 일종의 배신감을 느낀다. 아내를 원망하면서 나는 아내가 뛰쳐나간 뒤 아궁이를 뒤져 보다가 귤껍질을 발견하고 부끄럽고 안쓰러운 생각을 한다. 나는 눈물을 흘리면서 임신한 아내를 측은하게 생각하고 아내와 함께 운다.

가을이 되자 나는 대구어 장사를 하여 바꾸어 온 콩 열 말로 두부를 만든다. 산후의 몸조리를 해야 할 아내는 힘든 맷돌질을 한다. 서투른 일이라 만들어 놓은 두부가 곧잘 쉰다. 그렇게 되면 집안은 온통 비참한 분위기가 되고 집안 식구들은 쉰 두부와 썩은 두부로 연명한다. 아내와 나는 두부를 만들기 위해 밤에 산 임자 몰래 산으로 올라가서 땔나무를 하다가 경찰서에 도벌 혐의로 잡혀간 적이 한두 번이 아니다. 나는 나무분실 사건이 터지면 항상 경찰의 의심을 받는다. 겨울이 깊어지고 일자리가 없어진다. 그래도 성실하게 살려고 노력하는 자신을 받아 주지 않는 현실을 비관하면서 나는 궁핍한 현실을 타파하려는 사상이 싹트기 시작하여 XX단에 가입한다. 김 군은 집으로 돌아와서 어머니와 처자를 구하라고 내게 편지를 수삼 차에 걸쳐 한다. 나는 탈가하여 어떤 단체에 가입하게 된 경위를 밝히는 편지를 김 군에게 한다.

「탈출기脫出記」(1925) 줄거리

「탈출기脫出記」는 최학송의 대표작이면서 당대 신경향파 소설의 전범이라 할 만하다. 이 작품의 '나'는 가난을 사회의 구조적 문제로 인식하고, 이를 해결하기 위하여 '××단'에 가입하게 되는데, 이런 인물의 행동과 사건을 통해 작가의 계급인식 과정이 매우 선명하게 드러나 있음을 알 수 있다. 그는 카프가 조직된 이후에는 「박돌朴乭의 죽음」, 「기아飢餓와 살육殺戮」(1925), 「홍염紅焰」(1927) 같은 본격적인 프로소설을 발표하는데, 이 작품에는 계급 모순에 대한 극한적 저항으로 살인·방화·자살 등 극한적인 행동을 부각하여 당시 프로소설의 한 전형을 이루었다.

📖 이익상李益相

1895~1935년. 본명은 이윤상李允相. 소설가·언론인. 호는 성해星海. 전북 전주 출생. 보성고보와 니혼대학日本大學 신문과 졸업. 일본 유학 전에 잠시 부안보통학교에서 교사로 근무할 당시 시인 신석정의 사촌 누이와 결혼하였으며, 이로써 신석정에게 문학적 영향을 끼쳤다.

1920년에 호남신문 사회부장을 지내며 언론인으로서의 활동을 시작했다. 1924년 조선일보 학예부장, 1928년에는 동아일보 학예부장을 거쳤고, 1930~1935년 조선총독부 기관지인 매일신보 편집국장 대리로 재직했다. 1935년 지병인 동맥경화와 고혈압으로 사망하였다. 매일신보에 근무한 이력 때문에 해방 후 민족문제연구소의 친일인명사전 수록자 명단의 언론·출판 부문, 친일반민족행위진상규명위원회가 발표한 친일반민족행위 704인 명단에 포함되기도 하였다.

1923년 『백조』의 동인이었던 김기진·박영희 등과 '힘의 문학'을 주장하면서 파스큘라라는 문학단체를 만들었으며, 이를 바탕으로 현실에 대한 적극적인 관심과 저항 의식을 내세우는 신경향파 문학의 중심인물이 되었다. 1925년에 파스큘라 동인들과 함께 카프의 발기인이 되어 계급문학 운동에 참여하기도 하였다. 그의 작품은 대부분 잡지 『생장』·『조선문단』·『개벽』 등에 발표되었는데, 「어촌」·「젊은 교사」·「흙의 세례」·「길 잃은 범선帆船」·「짓밟힌 진주」·「쫓기어가는 사람들」·「광란」 등의 단편소설이 대표적인 것들이다.

1926년에 단편집 『흙의 세례』(문예운동사)를 간행하였으며, 1927년 카프 제1차방향전환 이후에는 조직에서 이탈하였다.

참고 : 『한국민족문화대백과사전』

프로 계열에 속하지만 최학송의 작품과는 상당한 거리가 있는 작품을 쓴 작가로

143

이익상李益相을 들 수 있다. 그의 주요 작품으로는 회사원이 부패한 현실을 한탄하며 그에 대한 반항으로 회사의 돈을 훔쳐내 마음껏 놀아 보려는 반항적 심리를 그린 「광란」(1925), 도시생활을 청산하고 농촌에 낙향해 피곤한 일에 시달리면서도 흙 냄새에 기뻐하는 주인공의 모습을 그린 「흙의 세례」(1925), 생활의 터전을 얻기 위해 전전하며 갖은 고생과 천역을 해야 하는 주인공이 아내와 함께 술집을 하다가 아내를 농락하려 드는 부잣집 아들에게 반항하는 모습을 그린 「쫓기어 가는 이들」(1926) 등이 있다.

② 이기영 : 프로 농민소설의 전형 이룩

📖 이기영李箕永

1895~1984년. 소설가. 호는 민촌民村. 충남 아산 출신. 천안 상리학교를 졸업하였다. 1918년에는 논산 영화여학교에서 교원 생활도 하고, 약 3년간 호서은행 천안지점에 근무하기도 하였다. 1922년 일본으로 건너가 동경 세이소쿠영어학교를 고학으로 다녔다. 1923년 관동대지진으로 귀국한 뒤 창작에 몰두, 1924년 『개벽』 창간4주년기념 현상작품모집에 단편소설 「옵바의 비밀편지」가 당선되었다. 1925년에 조명희의 알선으로 조선지광사에 취직하는 한편 카프에 입맹하였다. 1931년에는 카프에 대한 제1차 검거로 구속되었다가 집행유예로 석방되었다.

해방 후 조선프롤레타리아예술연맹의 창립에 주도적 역할을 하였으며, 1946년 월북 후 북한 문단에서 중심 역할을 하였으며, 1972년에는 북한 최고인민회의 대의원으로 선출되기도 하였다. 1984년 8월 9일 병으로 북한에서 사망하였다.

월북 전에 단편소설 90여 편, 단행본 14권, 희곡 3편, 평론 40여 편 등 매우 활발한 문필 활동을 하였다. 대표작으로는 1933년 『조선일보』에 연재한 「고향故鄉」이 있다. 이 작품은 조선 농민 생활에 대한 대서사적 작품으로 사회주의 리얼리즘에 입각한 농민소설의 정점으로 평가되고 있다. 이기영은 일제강점기 식민지 조선 농촌 현실을 무대로 식민지 모순의 극복을 창작의 지향으로 삼았는데, 이는 작가가 농촌에서 나서 그곳에서 자라면서 모순의 본질을 이해하고 그를 해결하려는 적극적인 대응 방식 창출에 노력한 결과라 할 수 있다.

북한에서 발표한 장편소설로는 「땅」 제1부 '개간편'(1948)과 「땅」 제2부 '수확편'(1949), 『두만강』 제1부(1954)・제2부(1957)・제3부(1961)와 「조국」(1967), 「역사의 새벽길」 상(1972) 등이 있다. 이 가운데 『두만강』은 북한 문학사에서 기념비적 작품으로 평가받는다.

참고 : 『한국민족문화대백과사전』, 『북한문학사전』

또한 당시 프로 작가로서 가장 주목할만한 소설가로는 이기영李箕永이다. 그는 등단작 「옵바의 비밀편지」(1924)에서 지식인의 위선적 태도를 비판적으로 형상화할 때만 해도 당시 신경향파작가들과는 일정한 거리를 두었지만, 다음 해 「가난한 사람들」(1925)을 발표하면서 계급모순에 대한 인식을 분명히 하면서 프로 작가의 대열에 합류한다. 이후 「농부 정도룡」, 「민촌民村」(이상 1926), 「홍수洪水」(1930) 등을 발표하여 '프로 농민소설'의 한 전형을 이루었다. 특히 「홍수」는 일본에서 노동운동을 하다 귀향한 주인공 박건성을 중심으로 K강 유역 T촌 주민들이 단결하여 홍수로 인한 재해를 극복하고 소작쟁의를 일으켜 조직화된다는 줄거리 속에 전위적 인물의 지도를 통해 농민들의 공동체적 생활과정이 농민운동으로 변모하는 모습이 그려져 있어 이기영의 프로 작가로서의 변모를 선명하게 드러낸 작품이라 할 수 있다.

③ 조명희 : 초기 경향소설의 한계 극복

한편 프로 계열 중에 다양한 작품세계를 보여준 작가로 포석抱石 조명희를 꼽을 수 있다. 그는 20년대 초에는 「김영일의 사死」(1921), 「파사婆娑」(1923) 등의 희곡 작품과 서정시집 『봄 잔디밭 위에서』(1924) 등으로 다양한 작품 활동을 하다가 1925년 카프에 가담하고 1927년 대표작 「낙동강洛東江」을 발표하면서 프로 작가의 면모를 보인다.

📖 조명희趙明熙

1894~1938년. 시인·소설가·극작가. 호는 포석抱石. 어려서 한학을 수학하였으며, 진천 사립문명학교를 졸업하고 중앙고보에 다니다가 1914년 중퇴했다. 1919년 3·1운동에도 참가하여 몇 달 동안 구금되기도 하였다. 1919년 겨울 도요대학東洋大學 철학과에 입학했다. 유학시절에는 잠시 무정부주의 계열의 흑도회라는 사상단체에 가입하여 활동한 것으로 알려져 있다. 1920년 김우진과 함께 극예술협회를 조직하는 한편으로, 도쿄 유학생들과 노동자들의 회관 건립 기금 마련을 위한 공연을 목적으로 희곡 「김영일의 사死」를 썼으며, 1921년에 조선 순회 공연을 하기도 했다. 1923년 희곡 「파사」를 발표하고, 1924년에는

145

| 제3장 식민지 근대의 모순적 전개 |

시집 『봄 잔디밭 위에』를 간행하였다. 이 시기의 희곡이나 시는 종교적 신비주의·낭만주의의 색채가 짙었던 것으로 평가된다.

1925년 8월 카프가 결성되자 그 창립 위원으로 참가하여 3년 동안 단편소설을 왕성하게 발표하였다. 이 시기 대표작은 1927년에 발표한 「낙동강」이라 할 수 있다. 이 소설에서 그는, 농촌 현장에서의 삶의 변혁을 모색하는 인물을 서정성 짙은 묘사력으로 부조해 내는 성과를 거두기도 했다. 1928년 7월 연해주로 망명하여 조선인 학교에서 교포 학생들을 가르쳤으며, 그 해에 산문시 「짓밟힌 고려」 등을 발표했다. 그 외 장편 소설 「붉은 깃발 아래에서」와 「만주 빨치산」 등을 집필했다고 하나 전해지지 않는다. 소련작가동맹 창건(1934) 때에는 맹원으로 활동하다가 1936년부터 하바로프스크 시에서 작가동맹 원동 지부의 일을 보는 한편, 잡지 『노력자의 조국』 책임 편집위원을 지냈다. 그러다 1937년 스탈린의 지시에 의해 중앙 아시아 지방으로 강제 이주를 당했으며, 일제의 간첩이란 죄목으로 1938년 4월 15일에 총살된 것으로 전해진다. 조명희가 지닌 강렬한 민족주의 의식이 당시 스탈린의 외교정책노선과 배치되었던 것이 그 원인이라 할 수 있다. 스탈린 사후, 흐루시초프의 스탈린 격하 운동과 결부된 해빙 정책에 따라 1956년에 복권되었다.

참고 : 『한국민족문화대백과사전』, 『한국현대문학대사전』

성운의 조상은 대대로 낙동강에 살던 어촌 사람이다. 성운의 아버지는 무식의 한을 풀기 위해 자식을 공부시킨다. 그러나 식민지 수탈정책으로 낙동강을 젖줄 삼아 살던 사람들이 하나 둘 서간도로 이주해 간다. 성운은 기미년에 독립운동에 나섰다가 일 년 반 동안 옥살이를 한다. 그는 출옥 후 부친과 함께 서간도를 유랑하다가 부친을 여의고, 홀로 만주·노령·북경·상해 등지에서 오년간 독립 운동을 한다. 그러나 그는 낙동강을 잊지 못한다.

그는 귀국하여 혁명 운동 단체에서 일을 하지만 파벌 싸움에 염증을 느끼고 낙동강 마을로 내려와 브나로드 운동에 전념하기로 작정한다. 그러나 고향 마을은 이미 황폐화되고 마을 사람들은 뿔뿔이 흩어진 뒤이다. 그는 동양척식주식회사의 건물이 위용을 떨치고 있는 것을 보고 서글픔을 느낀다. 그는 굳은 의지로 무장을 한 뒤에 먼저 농촌 야학을 실시하여 소작 조합을 결성하나, 동척의 탄압으로 이 일은 실패한다. 마을 앞 낙동강 기슭의 만여 평의 갈대밭이 일본인에게 불하되자 그는 그 땅을 되돌려 받기 위해 일하다가 붙들려 간다. 그는 일제의 지독한 고문을 당하고 검사국으로 넘어갔다가 병이 위중하여 보석으로 출감한다.

어느 날 장거리 사람들이 몽둥이를 들고 형평사원 촌락을 습격한다는 말을 듣고 성운이 응원을 간다. 여기에서 백정이며 형평사원의 딸인 로사를 만난다. 그녀는 부모의 교육열에 힘입어 서울에서 여고보를 졸업하고, 함경도에서 여교사로 재직하다가 방학을 이용하여 고향인 낙동강에 와 있는 중이었다. 그녀의 아버지는 딸 덕에 백정 생활을 청산하려다가 그 딸이 여자 청년회와 동맹을 드나드는 것을 알고 화를 낸다. 성운과 가까워진 로사는 성운의 사랑과 사상의 힘으로 나날이 변한다. 성운은 그녀의 혁명 운동에 소중한 동반자가 되기로 작정을 한다. 미결수로 있다가 병보석으로 풀려난 성운은 배를 타고 고향으로 내려간다. 인력거에서 내려 배에 오른 그는 반려자인 로사에게 자신이 지은 경상도의 독특한 지방색을 띤 민요를 불러 달랜다. 노래 삼절을 마칠 때에 박성운은 몹시 히스테리칼한 모양으로 핏대를 올려가면서 합창을 하며 노래가 끝나자 미친 사람 모양 낙동강 물을 만지며 날뛴다.

병든 성운을 데리고 일행들이 낙동강을 건너간 며칠 뒤, 갈 때보다 몇 배나 많은 행렬이 '박성운 동무 의령구'라고 쓴 기폭을 들고 마을 어귀에서 강 언덕을 향해 나온다. 그와 함께 활동을 했던 수많은 사람이 수많은 만장을 들고 박성운의 운구를 뒤따른다. 이해 첫눈이 날리던 어느 늦은 아침 성운이 말한 대로 혁명의 기수가 되겠다고 생각한 로사는 구포역에서 차를 타고 북 대륙을 향해 떠난다.

「낙동강」(1927) 줄거리

이 작품에는 초기 프로 소설에서 보이는 절망적 분노나 살인 · 방화 등의 패턴화된 구성 방식을 벗어나 있고, 또 넘실거리는 낙동강의 물결로 표상되는 역동적인 이미지와 경상도 민중들의 민요와 낙동강 연변의 풍경을 낭만적으로 묘사해냄으로써 여느 프로소설과는 매우 다른 문학적 향취를 담고 있다. 이 작품의 낭만성은 곧 서정적 묘사에 힘입고 있는데, 이는 그 이전에 서정시를 썼던 작가 이력과 관련된 것으로 볼 수 있다.

그 밖에 프로 계열에 속하는 작가로 김기진 · 박영희 · 주요섭 · 최승일 등을 찾을 수 있지만, 이들의 소설은 작품의 성취도가 상대적으로 낮아 당시 프로 문단에서 차지하는 비중이 크지는 않았다.

• **147**

4) 동반자 작가군의 형성

'동반자 작가'는 원래는 1917년 러시아 볼셰비키 혁명이 일어났을 때 혁명을 반대하지도 않고, 적극적으로 지지 · 선동하지도 않았던 러시아 작가들을 가리키는 말이다. 이 용어가 가장 처음 등장한 것은 페딘(Fedin, K. A.)이 그의 소설 「도시와 세월」 (1924)에 사용하면서부터이고, 트로츠키(Trotskii, L)가 「문학과 혁명」(1925)에서 '프롤레타리아 혁명적 예술가가 아닌 혁명의 예술적 동반자'라는 뜻으로 그 개념을 명확하게 하였다. 한국에서는 '카프에 가입은 하지 않았으나 작품 활동에 있어 카프가 주창하는 이데올로기에 동조하고 있는 작가'를 동반자 작가로 보았고 오늘날에도 그렇게 인식되고 있다. 그러나 소련의 경우와 비슷하게 동반자작가를 종파적인 시각으로 받아들여 문예통일을 위한 바른 해결을 찾지 못했다. 이 점은 뒤에 창작방법 논쟁에서 엄하게 비판되었다. 카프는 이효석·유진오를 동반자작가로 보았으나 그 범위를 넓히지는 않았다. 반면 김기진은 유진오·장혁주·이효석·이무영·채만식·조벽암·유치진·안함광·안덕근·엄흥섭·홍효민·박화성·한인택·최정희·이흡·조용만 등을 들었고, 그밖에 장혁주·조벽암·최정희·김해강·함대훈·김영팔을 덧붙이기도 했다. 이를 볼 때 김기진은 동반자작가를 카프에 가맹하지는 않았지만 카프의 이념에는 동조한 작가로 규정지으려 한 박영희나 백철의 견해와는 다른 견해를 가졌다고 할 수 있다. 즉, 김팔봉은 동반자작가를 카프의 존재와 관계없이 생각하여 작품의 색채를 고려한 끝에 1930년대에 활동한 진보적인 작가들까지도 동반자적 작가의 범주에 넣으려고 하였던 것이다.

1920년대 후반 발표된 소설을 보면 당시의 그게 성행했던 사회주의 사상이 많은 작가들에게 적잖은 영향을 끼쳤음을 알 수 있다. 동반자작가로서의 이효석의 단면을 실증해주는 소설로 「도시都市와 유령幽靈」, 「행진곡行進曲」, 「기우奇遇」, 「추억追憶」 (이상 1929), 「북국사신北國私信」(1930) 등이 있고, 유진오를 동반자작가로 부를 수 있는 근거를 제시해주는 작품으로는 「스리」, 「파악把握」(이상 1927), 「넥타이의 침전沈澱」 (1928), 「5월의 구직자求職者」(1929), 「여직공女職工」(1931) 등이 있다. 특히 이효석은 「도시와 유령」에서, 유진오는 「스리」와 「여직공」에서 당시의 소외 계층에 대한 연민의 감정을 드러내어 일면 사회주의적 색채를 보여 주었다.

한편, 채만식蔡萬植은 공식적으로는 「세 길로」(1924)로 데뷔하였으나, 「산적山賊」 (1929), 「그 뒤로」, 「병조와 영복이」, 「앙탈」, 「산동이」(이상 1930), 「창백한 얼굴들」(1931)

등의 이른바 동반자 작가의 경향을 나타내는 작품을 발표하면서부터 작가로서 이
름을 얻기 시작하였다. 이 시기는 그의 창작 기간 중 초기에 해당되는데, 이 시기

소설은 그 후의 작품에 비해서 미학적 성취도가 높다고 할 수는 없지만, 그의 작가적 태도를 보다 분명하게 다져나가는 바탕을 마련한 시기로 판단된다. 즉, 동반자 계열의 소설을 비롯한 대부분의 작품에서 다루어지고 있는 지식인의 방황과 이중성, 농촌의 몰락과 공동체의 해체, 그리고 계급 모순이 야기하는 사회적 문제 등을 작가 정신으로 공고히 한 시기로 요약된다.

그러나 1931년 이후 동반자 작가들의 작품 경향이 사회주의적 색채에서 완전하게 벗어나게 되는데, 여기에는 두 가지 원인이 작용한 것으로 풀이된다. 그 하나는 1931년 카프 맹원 제1차 검거 사건 이후 사회주의 문학 운동이 급격하게 위축되어 간 당시 문단의 전체적인 흐름이 작용했던 것이고, 나머지 하나는 동반자 작가의 일원인 채만식과 함일돈·신고송·이갑기 등의 카프 신진 비평가들 사이에 전개된 이른바 '동반자 작가 논쟁'을 거치는 동안 동반자 작가에 대한 카프 측의 배타적인 비판이 노골화되자 많은 동반자 작가들이 카프의 문학운동과 결별하고 새로운 문학적 자세를 갖게 된 것이다.

5. 희곡

1) 민속극의 쇠퇴

일제가 한반도를 강점하자 일부 민속극 단체는 자율적으로 공연을 포기하였다. 망국 상황에서 놀이를 할 수 없다는 뜻에서 진주에서는 오광대 탈을 스스로 불살라 버리기도 했다. 한편 일제는 곧 무단정치를 감행하면서 조선 민중이 많이 모이는 민속놀이를 간섭하기 시작하였다. 민중적 호응도가 높은 기층문화를 억압하기 시작했고 종내는 극단 해체를 종용하였다. 이에 탈춤·두레·창극·판소리·꼭두각시놀이 등이 차츰 쇠퇴의 길로 접어들었다. 한편 일제는 미신 타파라는 미명으로 무당 굿놀이도 규제하기 시작하여 민속극 전체가 침체의 길로 들어서게 되었다.

또한 여기에는 구한말 민속극 성행의 경제적 토양이 되었던 신흥상업도시의 경제적 위상이 일제 강점 이후 급격히 추락한 것도 그 한 원인으로 작용하였다. 즉 구한말 신흥 상업도시는 보부상 등 토착적인 상·공업을 기반으로 성장하였는데, 일제 강점 이후 이런 민족 자본이 크게 위축되고 일제에서 이식된 자본주의가 대도시 위주로 재편되면서 민속극의 토대가 허약해진 것이다. 이에 민속극의 전승이 끊어지기 시작하고, 그 일부는 몇몇 기능보유자에 의해 명맥을 유지하게 되었다.

2) 신파극의 등장과 변질

'신파극新派劇'이란 일본의 구식 연극인 가부끼歌舞伎에[4] 대응하여 19세기에 일본에서 새로 생겨난 연극을 가리킨다. 서양 근대극의 영향을 받았으면서도 그 정조와 성격이 일본 특유의 성향을 나타내는 독특한 형식으로 발전한 연극인데, 이것이 1910년 이후 한국에도 유입되어 전파되기 시작하였다. 일본 신파의 유입에 가장 적극적인 사람은 임성구로, 그는 1912년에 극단 「혁신단」을 만들고 신파극 「불효천죄」를 공연하여 상당한 반향을 불러일으켰다. 그 뒤에 조중환·윤백남·이기세 등이 경쟁적으로 극단을 조직하여 신파극을 공연하였다. 조중환은 「장한몽長恨夢」(1913)을, 이상협은 「눈물」(1914)을, 그리고 윤백남은 「불여귀不如歸」(1914)를 무대에 올려 신파극 중흥기를 맞게 되었다.

---

4) 가부키歌舞伎 : 에도시대江戸時代 서민의 예능으로 시작하여 현대까지 약 400년 전통을 이어오고 있는 일본의 전통연극. 애초에 가부키는 '노래하고 춤추는 예기藝妓'라는 뜻에서 '歌舞妓', 또는 '기악伎樂·기예伎藝'를 뜻하는 기伎 자를 써 '歌舞伎'라고 표기하였는데, 메이지 시대에 '歌舞伎'로 표기가 통일되었다.
　에도 시대에는 용감한 무사의 활동을 그리는 황사예荒事藝와 남녀의 애정 등을 섬세하게 표현하는 화사예和事藝가 유행하였고, 이러한 전통은 오늘날까지 이어져 도쿄는 황사예, 교토와 오사카에서는 화사예가 강하다. 메이지 시대에 이르러 가부키의 형식을 개량하려는 움직임이 나타났고, '신파'라 불리는 새로운 연극이 그런 움직임을 표방하였으나 전통적인 가부키 애호가들에게 그다지 큰 호응을 얻지 못했다.
　태평양전쟁 이후에는 극장이 폐쇄되거나 상연 작품에 제한을 받는 등의 각종 규제로 가부키 공연이 크게 위축되었다. 1950년대 이후에는 텔레비전이나 영화가 발달하면서 가부키에도 큰 변화가 나타났지만, 전통 문화로서 가부키 본래의 양식을 지켜가는 것이 중요하다는 각성이 일어나면서 1965년 중요무형문화재로 지정되었다. 또한 가부키 전용 국립극장이 개장되었고, 해외공연도 활발히 추진되었다.　　　　　　　　　　　　　　참고 : 『두산세계대백과99』

📖 윤백남尹白南

1888~1954년. 극작가, 소설가, 영화감독. 본명은 교중敎重. 충남 공주 출생. 경성학당 중학부를 마치고 도일하여 후쿠시마 현 반성盤城중학교 3학년에 편입하였고, 그 이듬해에는 와세다 대학早稻田大學 고등예과를 거쳐 정경과로 진학하였다. 그는 이때 조선황실의 관비유학생으로 선발되었으나 정경과생에게는 지원이 중단되는 통감부의 조치 때문에 도쿄고등상업학교로 전학하여 졸업하였다.

귀국 후 조일재趙一齋와 함께 문수성文秀星을 창단하여 1912년 3월 원각사에서 「불여귀」를 공연하면서 연극 활동을 시작하였다. 이후 「문수성」에서 「송죽절」·「청춘」·「단장록」 등 일본식의 신파극을 상영하였다. 1916년 3월에는 이기세와 함께 예성좌를 조직하여 「코르시카의 형제」를 창립공연으로 무대에 올려 호평을 받았으며, 계속하여 「쌍옥루」·「카츄사」 등을 공연하여 이전과는 변모된 신파극을 선보였다. 1920년에는 우리나라 최초의 본격적인 연극론인 「연극과 사회」를 『동아일보』에 연재하여 신파극에서 벗어난 근대극의 필요성을 강조하였으며, 이러한 연극관에 근거하여 1921년 새로운 근대극 단체인 예술협회의 제1회 공연으로 자신의 희곡 「운명」을 올렸고, 1922년에는 민중극단을 조직하여 자신의 희곡 「등대지기」·「기연」·「제야의 종소리」 등을 상연하였다. 1931년에는 극예술연구회에 홍해성과 함께 연극계선배의 자격으로 참여하기도 하였다. 한편 1923년 최초의 극영화로 알려져 있는 「월하의 맹서」를 감독하였고, 이어 1924년 조선키네마사에 입사하여 「운영전」감독을 맡았으며, 1925년에는 백남프로덕션을 창립하여 「심청전」을 제작하는 등 영화 사업에도 많은 관심을 쏟았다.

소설 창작에도 관심을 가져 단편소설 「몽금」(1919)을 발표하고 「수호지」(1928)를 번역하기도 하였으며 1930년에는 『동아일보』에 대중소설 「대도전大盜傳」을 연재하였다. 이밖에도 「백련유전기」(1931)·「해조곡」(1932)·「봉화」(1933)·「흑두건」(1934) 등 소설을 발표하여 대중작가 한 사람으로 알려지기도 하였다. 또한 1934년에는 『월간야담』을 발간하여 이 잡지에 「보은단의 유래」, 「순정의 호동왕자」, 「우연의 비극」 등 많은 야담을 발표하였으며, 1929년 이후에는 경성방송국에서 야담 방송을 맡기도 하였다.

1937년 만주로 이주하여 간간이 국내에 작품을 발표하면서 지내다가 광복을 맞아 귀국하여 장편소설 「벌통」을 발표하였다. 1950년 「태풍」을 연재하다가 한국전쟁의 발발로 중단한 후 해군 장교로 복무하다가 서라벌예대 초대 학장으로 취임하였다. 1954년 대한민국예술원 초대회장을 역임하면서 「흥선대원군」 등 다수의 작품을 집필하다가 지병으로 사망하였다. 저서로 희곡집 『운명』(1924)과 야담집 『조선야담전집』(전5권, 1934), 소설집으로 『대도전』(1931)·『봉화』(1936)·『흑두건』(1948)·『낙조의 노래』(1953)·『해조곡』(1949) 등이 있다.

참고 : 『한국현대문학대사전』

152

　　그러나 이 작품들은 모두 일본 신파극의 번안물이어서 친일적 요소가 농후하였고, 또 전체적으로 감상성이 짙은 데다 과장된 즉흥 연기가 남발되어 연극적 세련도가 떨어져 쉽게 통속극으로 전락하였다. 이에 대한 반성으로 1917년에 이르러 한국의 전통 서사를 신파극으로 개작한 「장화홍련전」·「사씨남정기」 등이 출현하였으나, 기존 신파극의 한계를 극복하지는 못하였다.

3) 창작 희곡의 등장과 근대극의 출발

　　1910년대에 「혁신단」(1911)·「예성좌」(1916) 등의 신흥 극단 결성이 결성되어 연극 공연이 활성화되고, 또 신파극에 대한 반성이 일어나면서 1910년대 후반부터 근대극에 대한 관심이 커지게 되었다. 그 이전에 조중환은 한국 최초의 창작 희곡이라 할 수 있는 「병자病者 삼인三人」(1913)을 발표하여 극계와 문단에 상당한 반향을 불러일으켰다.

　　이 작품에는 세 쌍의 부부가 등장하는데, 세 여주인공들이 남편들보다 사회적으로 우월한 위치에 있어서 세 남성들은 아내들을 굴복시키기 위해 위장극을 연출한다는 내용을 담고 있다. 당시 시대적인 관심사인 여권신장 의식과 이에 대응하는 전통적인 남존여비 사상 간의 갈등 문제를 다루고 있다고 할 수 있겠으나, 연극적 구성과 갈등 구조가 엉성하여 기존 신파극의 성격을 완전히 탈피하지 못하였고 그러다보니 근대 희곡의 수준에는 미달한다고 할 수밖에 없다. 그러나 신파극의 과장된 감상성은 상당히 불식되었고, 최초로 희곡 형식으로 활자화되었다는 점에서 그 후에 본격적인 근대 희곡이 출현하는데 징검다리 역할을 하였다고 할 수 있다. 이후 1910년대 후반 이후 약 10년 사이에 다양한 창작 희곡이 발표되었는바, 그 주요 작품을 간추리면 다음과 같다.

춘원 이광수는 「규한閨恨」(1917)과 「순교자」(1920)에서 관념적 계몽주의를 강하게 피력하였는데, 작품의 주제는 당시 그의 다른 문학 장르에서도 고르게 나타나는 것이어서 새로울 것이 없으나, 그의 유려한 문장력 덕분에 희곡의 문학성이 강화되었다는 점은 놓칠 수 없다. 윤백남은 「운명運命」(1918)과 「암귀」(1928) 등에서 비극적 시대상을 예민하게 부각하여 희곡작가로서의 위상을 굳건히 하였다. 또한 김정진은 「사인의 심리」(1920) 이후 「십오분간」(1924), 「폐허 이후」(1925), 「잔설」(1927), 그리고 「그사람들」(1927)을 발표하여 사실주의 극의 방향성을 구축하였다.

한편 1920년대 연극계의 풍운아라고 할 수 있는 김우진金祐鎭은 데뷔작 「이영녀」(1925) 외에 「난파難破」, 「산돼지」(이상 1926) 등에서 지식인의 자의식을 표현주의적 수법으로 표현하여 당대 희곡문학의 정점을 찍었다고 할만하다. 특히 「산돼지」는 봉건적인 여인과 현대적인 신여성 사이에서 일어나는 주인공의 심리적 분열을 예리하게 표상하고 있어서, 30세의 젊은 나이에 윤심덕과 함께 현해탄에 몸을 던진 그 자신의 자전적인 요소를 강하게 내포하고 있는 것으로 해석된다.

1920년대 희곡 작가로서 빠트릴 수 없는 사람은 포석 조명희다. 그는 1923년에 「파사婆娑」(1923)를 발표하고 같은 해 창작 희곡집 『김영일의 사死』를 상재하여 극계와 문단의 주목을 받았다. 특히 「파사」에서는 중국 고대국가 은나라의 백성들이 광포한 폭군의 압제 밑에서 신음하는 형상을 부각하여 은근하게 계급의식을 반영하였는데, 이는 향후 그의 작품 세계 구축의 방향타 역할을 하였다고 할만하다.

📖 김우진金祐鎭

1897~1926년. 극작가, 연극이론가. 호는 초성焦星 또는 수산水山. 장성군수 성규星圭의 아들이다. 1913년 목포공립심상고등소학교 고등과를 수료한 후 1915년 도일하여 구마모도농업학교(熊本農業學校)에 입학, 1918년 졸업하였다. 1919년에는 와세다대학(早稻田大學) 예과에 입학하였고, 1920년에는 같은 대학의 영문과에 진학하여 극문학을 전공하였다. 대학 졸업 후 목포로 귀향하여 상성합명회사 사장에 취임하였다.

1920년 조명희·홍해성·고한승·조춘광 등과 함께 연극연구단체인 극예술협회를 조직하였다. 1921년에는 동우회순회연극단을 조직하여 국내순회공연을 했는데, 이 때 공연비 일체와 연출을 담당했고, 상연 극본인 아일랜드의 극작가인 던세니의 「찬란한 문」을 번역하기도 하였다. 대학 졸업 후 시·희곡·평론에 몰두해 48편의 시와 5편의 희곡, 20여 편의 평론을 썼다. 그러나 가정·사회·애정문제로 번민하다가 1926년에 출분出奔하여 동경으로 갔고, 그해 8월 소프라노 가수 윤심덕과 현해탄에 투신하여 정사했다.

그는 보수적인 유교적 가정에서 성장했지만, 서구 근대사상에 탐닉하여, 니체·마르크스 같은 철학자는 물론 러시아혁명 이후의 사회주의에도 깊이 빠져 있었다. 시 「죽엄」·「사와 생의 이론」·「죽엄의 이론」 등에서 잘 나타나는 것처럼 그의 시 세계는 염세적이고 개혁적이라고 할 수 있다.

그의 희곡은 주로 가정과 사회의 인습에 의해 불행한 결말을 맞는 여성 혹은 예술가의 삶에 초점이 맞춰져 있으며, 표현주의극의 요소를 도입하여 새로운 극 형식의 창출에 기여한 것으로 평가된다. 그의 대표작의 하나인 「난파難波」는 상극적인 부자관계를 통해 전통 인습과 근대의식의 갈등을 가장 첨예하게 형상화한 작품이며, 「이영녀」는 자연주의의 영향을 받은 작품으로 그 선구성이 높이 평가된다. 또한 「산돼지」는 동학농민운동을 소재로 하고 있으면서도 사랑을 복선으로 깔고 작가 자신의 고백을 담아 표현주의적인 형식과 주제를 잘 구현한 것으로 평가되고 있다. 특히 「두더기 시인의 환멸」에서는 현대 여성의 비극을 표현하고 있어 표현주의의 영향을 다양하게 받았음을 알 수 있다.

그는 이러한 희곡 창작 외에도 당대의 문학·연극운동에 많은 관심을 기울였다. 「창작을 권합네다」(1925)·「이광수류의 문학을 매장하라」(1926) 등에서는 이광수류의 계몽문학을 비판하고 보다 적극적인 자유의지의 문학 창작을 주장하는 한편, 「소위 근대극에 대하여」(1921)·「자유극장 이야기」(1926)·「우리 신극운동의 첫길」(1926) 등의 연극 비평을 통해서는, 서구의 연극운동 특히 소극장운동을 소개하고 이를 우리 현실에 적용하기 위한 실천적 방법을 모색하였다. 이 밖에도 「구미현대극작가론」(1926)을 통해 당대 서양의 현대극작가들에 대한 깊이 있는 논지를 펼치고 있어, 그의 연극 활동이 매우 탄탄한 이론적 기반 위에서 전개되었음을 알 수 있다.

김우진의 작품은 대부분 유고로 전해지다가 『김우진 전집』(전2권, 1983)이 간행되었다.

참고 : 『한국현대문학대사전』

155

IV 식민지 모순의 심화 및 개인의 발견
-1931~1945년의 문학사

1. 배경

1) 정치적 배경

 1930년대 들어 세계정세는 극심한 변화를 맞게 된다. 유럽과 미국에 경제공황이 도래하고, 이를 타개하기 위하여 열강들은 세계 곳곳에 식민지 건설에 혈안이 되어 갔다. 이미 식민지를 확보한 기존 제국과 새로이 식민지를 차지하려는 신흥제국 사이에 첨예한 대립이 생기고, 이로써 열강들은 너나없이 군국주의적 성격을 띠기 시작하였다. 일제도 이런 정세에 편승하여 1931년 만주 지역을 침략·점령한 후 곧 괴뢰국 '만주국'을 세웠다. 일제는 넓어진 영토를 관할하기 위해서 군인을 중심으로 한 국가 통치 체제인 '군국주의軍國主義'를 표방하였다. 일제의 식민지 건설은 만주 지역에 그치지 않고 중국 중원과 태평양으로 확산되어 중일전쟁(1937), 태평양 전쟁(1941)이 일어났다.

 대내적으로는 치안유지법이 생기고 신체제론이 강화되었다. 신체제론이란 국가 체제를 새로운 체제로 바꾸자는 것인데, 여기에서 새로운 체제란 일왕을 정점으로 한 일사불란한 군국주의 체제를 가리킨다. 또한 일제는 아시아를 하나의 영토권으로 묶어 서양의 세력이 동양을 점령해오는 이른바 서세동점(西勢東占)에 대항하자는 이른바 '대동아공영권'을 내세워 중국과 동남아시아를 침략하는 명분으로 삼고자 하였다.

이에 따라 30년대 말 이후부터 '치안유지법'이 제정되고, '사상보국연맹'이 조직되고, 국가총동원법(1938) 제정되는 등 파쇼 체제가 차츰 강화되어 갔다.

2) 사회적 배경

1931년 만주 사변 이후 사회적으로 큰 변화들이 나타나기 시작하였다. 우선 모든 이념 운동이 불법화되고 심지어는 탄압을 받기 시작하였다. 국내 독립운동의 중추 역할을 했던 민족주의 단체인 신간회가 강제로 해산되고(1931), 카프 맹원들도 두 차례에 걸쳐 검거되어(1931~34), 1930년대 중반에 이르면 어떠한 이념운동도 불가능하게 되었다. 또한 그간 국외 독립운동의 중심지였던 만주 지역이 일제 식민지로 변하면서, 국내외 항일 투쟁은 새로운 전기를 맞게 된다.

그러나 간접적인 저항 운동으로 노동·농민 운동은 20년대보다 활발하게 전개되어 도시 지역에서는 공장 노동자 중심으로 노동 운동이, 농촌에서는 소작쟁의가 빈번하게 일어났다. 특히 노동운동은 30년대 중반에 이르면 중국과 일본의 그것과 연대하는 정치성을 띠면서 더욱 조직화되고 나중에는 적색운동의 성격을 띠면서 불법화되기 시작하였다.

갈수록 사회 불안이 커지고, 또 조선 민중의 삶이 더욱 피폐해지면서 만주와 연해주로의 이민자가 늘어나기 시작하였다. 하지만 당시 만주 이민은 일제의 정책과도 상응하는 면도 있었다. 일제는 만주사변 후 만주국의 중간층으로서 조선인이 필요했고 그래서 조선 농민의 만주 이민을 권유하기도 했던 것이다. 그러나 만주에서의 조선인은 식민자도 아니고 피식민자도 아닌 혼종화된 피식민자로서 그 정체성이 더욱 애매해지게 되었다.[1]

1937년 중일전쟁 발발 이후 민족 말살정책이 시작되었다. 일제는 1938년부터는 이른바 '내선일체內鮮一體'를 강조하면서 조선 백성들을 '황민皇民화'시키기 위하여 조선어 교육을 폐지(1938)하고 그 대신 일본어를 상용어로 사용할 것과 성과 이름을 일본식으로 바꾸도록 이른바 '창씨개명'을 강요하였다. 한편으로는 '국민징용령'을 실시하여(1939), 조선의 젊은 남성들을 학병·지원병·근로보국대원으로 징용하고, 조선의 10대 소녀들을 '정신대'로 징발하는 등 인력의 강제 수탈과 인권 침해가 극심해졌다.

3) 항일 민족 운동의 구체화

1931년 이후 일제의 식민지 정책이 파쇼 체제로 변하면서 항일운동에 대한 탄압도 더욱 강화되지만, 그에 대응하는 독립운동 조직도 더욱 구체화되기 시작하였다. 1930년대 초까지만 해도 각기 분산적으로 활동하였던 중국과 미국의 독립운동 단체들이 1935년 들어 '민족혁명당'을 결성함으로써 민족 연합운동이 가시화되고, 이어 '조선민족전선연맹'(1938), '한국광복운동단체연합회'(1937), '전국연합전선협회'(1939) 등이 조직되어 항일운동은 갈수록 구체화·국제화되기에 이르렀다. 또한 무장 운동도 더욱 조직화되어 '조선의용대'가 발족하고, 임시정부 산하에 '대한광복군'이 조직되었으며(1940), 화북·연안 지방에 '조선의용군'도 조직(1942)되어 일제에 무력으로 맞서기도 하였다.

4) 경제적 배경

1930년대 들어 모든 산업에서 생산성이 크게 증가하기 시작하였다. 농업기술 개발·간척지 확대 등으로 농산물의 산출이 늘었고, 특히 광·수산업에서의 생산성

---

1) 식민자와 피식민자 : 식민주의(colonialism)는 어떤 민족이나 국가가 다른 민족이나 국가를 지배하는 정책이나 방식을 뜻한다. 식민주의의 주체, 즉 식민지를 건설하여 지배하는 사람은 '식민자'이고; 식민주의의 객체(타자), 즉 식민 지배를 받는 사람은 '피식민자'이다. 만주국 건설 이후 만주에서의 조선인은 겉으로는 식민자와 피식민자가 혼성된 이중적 입장에 처해 있었다.

증가는 비약적이었다. 그러나 이렇게 증가된 생산물은 거의 일본 본토로 넘어가거나 군수물자로 충당됨으로써 실제 조선의 노동자나 농민들의 생활은 개선되지 않았다. 1920년대에는 조선에서 산출된 미곡의 일본 수출 비율이 20%선이었는데 30년대 말에 이르면 40% 선으로 급상승하고, 40년대에 이르면 식량의 공출비율이 생산량의 45~60%로 가파르게 상승하여 농민의 빈궁화는 더욱 가속화되어갔다.

또한 일제는 도시 근교에 생활 필수품을 생산하는 경공업 공장을 세워 일부 조선 노동자들에게 일자리를 제공하기는 하였으나, 노동자들의 처우가 매우 열악하여 노사분쟁이 끊이지 않았고, 이런 분쟁은 30년대 후반에 들어 정치적인 노동운동으로 비화하기도 하였다. 게다가 일제는 30년대 중반 이후 성냥·고무신·비누·왜광목 등의 생필품의 값을 올리고 곡물가를 조작적으로 내림으로써 조선 민중의 생활 수준은 더욱 어려워지게 되었다.

또한 일제는 금융 및 무역시장을 독점하고 조선인들에게 저축을 강제하여 조선인들 사이의 자연스런 자본 유통을 방해할 뿐만 아니라 조선인의 민족자본을 더욱 위축시켜나갔다. 그리고 토지 가격을 실거래가보다 부풀려 조선인들끼리 거래되는 것을 방해하여 은연중 일본인 지주에게 토지 소유가 집중되도록 하는 등 조선의 민족자본을 치밀하게 수탈하였다.

5) 문화적 배경

① 카프의 2차 방향전환과 해산

1930년대 들어 문화적 차원에서 가장 큰 사건은 카프의 해산(1935)이다. 카프가 해산에 이르기까지에는 일련의 사건들이 그 도화선 역할을 하였다. 1930년 들어 카프 내에서는 임화·권한·백철 등의 신진비평가 중심으로 예술대중화나 농민문학론을 둘러싼 논쟁이 벌어지고 프롤레타리아 리얼리즘론과 유물변증법적 창작방법론이 제기되었다. 송영·이북명·김창술·이적구·권환 등이 정치적 색채가 강한 작품들을 창작하여 이른바 '뼈다귀시'가 속출하였다. 그러면서 카프의 창작방법은 더욱 이념적으로 도식화되어 이른바 '볼셰비키 문학론'으로 제2차 방향전환(1930~31)을 하기에 이르렀다. 1927년의 1차 방향전환에 이은 두 번의 방향전환으로 카프는 문학운동보다는 정치운동으로 더욱 기울어져 갔다. 그럴 즈음 1931년 8~10월에는 조선공산당협의회 사건과 연루된 세칭 '카프 1차사건'을 겪었다. 도쿄에서 발행된 카프 동경지부 기관지인 『무산자無産者』의 국내 배포와 영화 「지하촌地下村」 상영 문제로 김남천 등 11명의 맹원이 체포된 사건으로 이로써 카프의 조직 활동이 상당히 위축되었다.

📖 **백철白鐵**

1908~1985년. 문학평론가. 본명 세철世哲. 평북 의주 출생. 아버지는 소지주로 무근茂根이다. 1927년 신의주고등보통학교를 졸업하고, 1931년에 동경고등사범학교 문과를 졸업하였다. 1930년에는 일본 나프NAPF의 맹원이 되었다. 1932년 귀국, 『개벽開闢』 편집부장으로 있으면서 카프 중앙위원으로 활동, 해외 문학파와 논쟁하는 데에 참여하였다.

1934년 제2차 카프검거사건에 연좌, 전주형무소에 수감되었는데, 이 사건은 그의 문학 활동에 전향의 계기가 되었다. 1939년에 『매일신보』 문화부장으로 취임했으며, 이후 친일 단체인 조선문인협회 간사가 되어 시라야세이데쓰白矢世哲로 개명, 기관지 『매일신보』·『국민문학』 등을 통해 친일 문필 활동을 하였다.

1945년 광복이 되자, 서울여자사범대학 교수로 취임하였고, 그후 서울대·중앙대·동국대 등에서 현대문학을 강의하는 한편 다시 비평활동을 시작하였다. 1963년에는 국제펜클럽 한국본부 위원장에 피임, 이후 여러 차례 재임하는 동안 수차에 걸쳐 해외 작가대회에 참가하였다. 1966년 예술원회원에 피선되었다.

격동의 프로문학기를 거쳐 광복을 맞고 국제펜클럽한국본부 위원장을 맡기까지 그의 비평적 편력은 당대 가장 크게 부각하는 이슈나 영향력 있는 문학론에 발 빠르게 적응하는 것이었다. 프로비평가일 때는 당시 논의되는 농민문학론이나 사회주의 리얼리즘론을 앞장서서 언급하였고, 전형기에는 그 나름의 전향의 논리를 분명하게 피력하였으며, 해방 후에는 미국의 신비평 이론 유입의 선도적 역할을 하였다. 또한 해방 후에는 한국근대문학사 정리에도 관심을 표명하여 이른바 이식문학론을 구체화한 『조선신문학사조사』를 저술하기도 하였다.

참고 : 『한국현대문학대사전』, 『한국민족문화대백과사전』

카프 1차 검거사건으로 조직 활동이 정체되어 있던 차 1934년 '전주사건'으로 이기영·한설야·윤기정·송영·김남천 등 카프의 주요 맹원들이 체포되는 2차 검거사건을 겪으면서 카프의 활동은 급속도로 위축되기 시작하였다. 결국 "다만 얻은 것은 이데올로기요, 상실한 것은 예술이다"는 유명한 전향문을 쓴 박영희와 백철 등이 조직에서 이탈하면서 극심한 혼란에 빠지게 되었다. 더구나 일제로부터 직접적으로 해산 압력까지 받은 지도부는 1935년 5월 카프 해산계를 제출함으로써 공식적으로 해체하였다.

▌전주 사건

1934년 카프 산하의 연극 단체인 '신건설사'가 당시 전북 금산의 한 극장에서 지방 공연 중일 때, 전북경찰서 고등계가 중심이 되어 신건설사 회원들을 대거 체포함으로써 야기된 사건이다. 처음에는 금산에서 한 학생이 가지고 있던 신건설사의 선전 전단이 빌미가 되었고, 전북 지역을 시작으로 차츰 확대되어 경성부와 평안북도, 평양, 경기도 등지에서 남녀 약 80여 명이 체포되어 전주형무소에 수감되었다. 체포된 이들은 주로 학생·교사·기자·배우 등 지식인들이었다. 1935년 체포 당시에는 카프맹원들이 거의 망라되었는데, 이 가운데 핵심 인물인 23명이 추려져 1935년 10월에 기소되었다가 두 달 후 모두 불기소 집행유예로 풀려났다. 1935년 공판에 회부된 사람들 중 카프맹원인 사람은 박영희·이기영·한설야·송영·이갑기·윤기정·권환·백철·이동규·최정희·추적양 등이다. 일명 '신건설사 사건'이라고도 한다.

참고 : 『국어국문학자료사전』

---

② 조선어학회의 조직과 활동

1931년 '조선어학회' 공식 출범하고 1933년에 '한글 맞춤법 통일안'을 제정한 것은 한국근대문학사상 매우 획기적인 일이었다. 그 이전까지는 맞춤법과 띄어쓰기가 통일되지 않아 출판사나 신문사마다, 심지어는 작가 개개인마다 한글 표기를 달리하였는데, '통일안'이 나옴으로써 비로소 한글의 표기체계가 통일된 것이다. 그리고 이 '통일안'이 오늘날까지도 한글 맞춤법의 근간이 되고 있다는 점에서, 이는 문학 작품의 표기 체계 확립을 넘어 국어학 발전의 토대가 되기도 하였다.

1921년 12월 3일, 우리말과 글의 연구를 목적으로 휘문의숙에서 '조선어연구회'라는 최초의 민간 학술 단체를 결성했다. 조선어연구회는 장지영·김윤경·이윤재·이극로·최현배·이병기 등을 중심 회원으로 하여 연구발표회와 강연회를 갖고 한글의 우수성을 선전하는 한편, 27년 2월부터 기관지 「한글」을 발간했고, 29년에는 '조선어사전' 편찬사업에 착수했으나 일제의 탄압으로 출판하지 못했다. 31년 학회 이름을 '조선어학회'로 바꾸고, 33년에 '한글 맞춤법 통일안'을 제정·발표했다. 이는 오늘날까지도 국어맞춤법의 기준이 되고 있다. 1936년부터 이극로·최현배·이희승·정인승·정태진 등을 주축으로 '조선어 큰사전' 편찬 사업을 본격화하였다. 1942년 10월 이른바 '조선어학회 사건'으로 회원 33명이 일제에 의해 피검되거나 투옥되었고, 이 가운데 1944년 4월 안재홍이 불기소로, 안호상 등 4명은 기소중지로 석방되었으며, 같은 해 9월 장지영·정열모는 면소 처분되었고, 김윤경·이병기·이은상 등 12명이 기소유예 처분으로 출옥하였다. 이윤재·한징은 1943년 겨울에 옥사하였고, 1944년 1월 이우식 등 7명은 징역 2년에 집행유예 3년을 선고받고 출옥하였고, 이극로·최현배·이희승·정인승·정태진 5인은 2~6년의 실형을 언도받아 해방 때까지 복역하였다.

해방 후 49년 한글학회로 다시 개칭하여 현재에 이르고 있다. 한글학회는 1957년 『우리말 큰 사전』을 완간했다.

참고 : 『한국근현대사사전』

③ 일제의 민족사 왜곡

1930년대 말부터 일제는 본격적으로 한국의 민족사를 왜곡하기 시작했다. 한국의 고대사에서 한민족의 주체적 활동 부분을 절멸하였고, 나아가 고대에 한반도의 역사를 왜곡하기도 하였다. 그 예가 '임나일본부설任那日本府說'인데, 이는 삼국시대 이전에 한반도 남쪽에 '임나일본부'라는 일본의 식민국가가 있었다는 주장이 그것이다. 이로써 당시 일제의 조선 지배의 정통성을 주장하려고 하였던 것이다.

한편 '만선사관滿鮮史觀'을 강요하였다. 이는 만주와 조선이 역사적 뿌리를 공유하고 있다는 역사관인 바, 그 자체로는 큰 오류가 없지만, 당시 만주 이민 정책에 이용한 것은 비판의 소지가 많다. 또한 전국적으로 '신사神祀'를 만들어 전 국민으로 하여금 참배하도록 강요하고, '황국신민' 교육을 강화함으로써 조선의 민족사를 왜곡해나갔다.

④ 친일 문학단체 조직

1937년 이광수·최남선이 중심이 되어 친일 성향의 '조선문예회'가 조직되었고, 이태 후 '조선문인협회'가 발족하여 본격적으로 친일문인단체로서 활동하기 시작하였다.[2] 그러나 일본인들이 조선문인협회의 간사로 참여함으로써 실질적인 역할을 하였다. 또한 1941년에 친일문예지 「국민문학國民文學」이 창간되었다. 이 잡지는 일본어로 발행되어 여기에 실린 조선 작가의 작품은, 그 내용의 친일 여부를 넘어 한국문학의 범주 설정 차원에서 심각한 논란거리를 남겨놓았다. 그리고 1940년에 조선·동아일보가 정간되고 41년에『인문평론人文評論』,『문장文章』지가 폐간되어 국문으로 작품 활동할만한 공간이 모두 사라졌다. 또한 1942년부터는 일상에서 한국어 사용도 금지되었다. 그러다보니 일부 친일 작가들만이 일본어로 작품을 썼고, 나머지는 절필하거나 작품을 썼을지라도 발표하지 않고 보관만 하였다. 그래서 1941~45년에는 문학 활동이 거의 정지된 상태였다. 1943년 이후에는 다만 조선문인협회를 이어받은 '조선문인보국회'만이 단체의 이름으로 징병 권유, 사상 강연 등의 친일 활동을 전개하였다.

2. 비평

1) 창작방법론의 다양화

1930년대는 그 이전과는 여러모로 큰 변화가 있었던 시기였다. 우선 이념을 앞

---

2) 조선문인협회 : 일제 말기의 친일문학단체. 약칭 문협 또는 문인협회, 1939년 10월 29일 국민문학의 건설, 내선 일체의 구현, 총력전 수행에의 적극적 협력 등을 목적으로 부민관에서 창립되었다. 발기인은 김기림·김기진·김동인·김동환·김문집·김상용·김소운·김억·김용제·김형원·박영희·박태원·방인근·백철·유진오·이광수·이극로·이기영·이태준·이하윤·임학수·임화·전영택·정인섭·정지용·조용만·최재서·함대훈 등이다. 이 단체가 결성됨으로써 조직적인 친일 문학활동이 전개되었다. 결성 당시의 임원진은 회장 이광수, 한국인 간사 김동환·정인섭·주요한·이기영·박영희·김문집 등 6명, 일본인 간사 카라시마辛島驍, 쓰다津田剛 등 4명으로 구성되었다. 문필보국기서식, 전조선 순회강연 협의 등 많은 친일 행사를 한 후, 1943년 '조선문인보국회'라는 더욱 친일의 색채가 강한 이름으로 바꾸었다.   참고 :『한국현대문학대사전』

세운 문학운동이 모두 불법화되었으니, 그 결과로 카프가 강제 해산되기에 이르렀고, 그러다보니 많은 사회주의자들이 전향하거나 절필하거나 친일행위를 하게 되었으며, 또 동반자 작가들도 순수문학이나 대중·풍자·세태·풍속문학으로 자신의 문학세계를 변화시켜 나갔다. 이로써 한때 문단은 다양한 경향들이 동시다발적으로 전개되는 듯했으나, 이내 30년대 말에는 일제의 군국주의가 기승을 부리는 가운데 매우 엄혹한 상황으로 치닫게 되었다.

이런 30년대의 일련의 변화 양상을 두루 겉잡아 일컬어 '전형기轉形期'라 하거니와,[3] 그래서 당시의 평단에는 이런 다양한 경향들과 길항하거나 그것들을 뒷받침하는 여러 갈래의 비평 활동이 전개되었다. 여기에서는 이를 크게 '창작방법론'과 '비평방법론' 두 갈래로 나누어 검토하겠다. 물론 전자는 창작방법을 본격적으로 거론한 비평 활동이고, 후자는 비평의 자기 점검으로서 비평 자체에 대한 담론인 것은 물론이다.

① 리얼리즘론의 확산

1920년대 중반까지만 해도 리얼리즘론은 자연주의적 리얼리즘론에 국한되었었는데, 카프 제1·2차 방향전환을 거치면서 카프의 이념성이 강화되어 가는 과정에서 자연스레 더욱 강경한 리얼리즘론이 개진되기 시작하였다. 20년대 말부터 카프 내부에서는 소위 '유물변증법적 리얼리즘', '프롤레타리아 리얼리즘' 등의 용어를 사용해가며 매우 강경한 방향으로 그 나름의 창작방법론을 개발해나갔다. 그러던 중 1930년대 초 소련에서 사회주의 리얼리즘이 창작방법론으로 채택되자 이를 수용하는 문제로 카프 내부에서 논쟁이 벌어지기도 하였다.[4]

그럼에도 불구하고, 결과적으로 사회주의 리얼리즘론은 수용되었고, 이에 따라서 이기영의 『고향故鄕』(1934)과 강경애의 『인간문제人間問題』(1934) 같은 장편의 사회주의

---

3) 김윤식은 일찍이 이런 30년대의 특성을 일컬어 '전형기'라 하였는데, 이 책에서도 이 용어를 이런 뜻으로 사용하고자 한다. 김윤식, 『한국근대문예비평사 연구』, 일지사, 1976, 202~212쪽 참조.
4) 이 논쟁이 관해서는 아래 '논쟁의 심화와 확대' 절에서 다시 언급할 것이다.

리얼리즘 소설이 창작되기에 이른다. 그래서 그 이전보다 리얼리즘론의 영역이 넓어지기는 하였으나, 한편으로는 카프의 지도노선이 그 이전보다 유연해지는 것을 논리적으로 인정하게 됨으로써 그 자체로 전향의 빌미가 마련되기도 하였다.

한편, 최재서는 「리아리즘의 확대擴大와 심화深化」(1936)를 통해 박태원의 『천변풍경川邊風景』(1936)을 리얼리즘을 확대한 것이라고 하였고, 이상의 「날개」(1936)는 리얼리즘을 심화한 것이라고 하였는데, 이런 세태소설이나 모더니즘 소설을 리얼리즘으로 유형화한 것은 한국적 비평의 전통에서는 부적합한 일이지만, 당시 한국 평단의 전형기적 특성을 감안하면 리얼리즘의 개념을 최대로 방대하게 적용한 경우로서 이해할 수 있을 것이다.

📖 **최재서崔載瑞**

1908~1964년. 문학평론가·영문학자. 황해도 해주 출신. 호는 석경우石耕牛. 1931년 경성제국대학 영문과를 거쳐, 1933년 동 대학원을 졸업하였다. 그 뒤 모교 강사 및 보성전문·법학전문학교 교수를 거쳐 광복 이후 연세대(1949~1960), 동국대 대학원장(1960~1961), 한양대 교수 등을 역임하였다.

비평가로서 그의 문단 활동은 『조선일보』에 「구미현문단총관」(1933)·「현대 주지주의문학이론의 건설」(1934)·「비평과 과학」(1934) 등을 발표함으로써 본격화되었다. 이 일련의 평문을 통하여 흄(Hulme,T.E.)·엘리어트(Eliot,T.S.)·리드(Read,H.)·리처즈(Richards,I.A.) 등의 이론을 소개하였다. 그는 영문학적 지식을 바탕으로 학술적인 비평을 개척하였고, 이로써 강단비평의 길을 열었다. 한편, 김환태·김문집·이헌구와 더불어 프로비평의 방법론을 극복하려는 뜻으로 「비평의 형태와 기능」(1935)·「취미론」(1938) 등을 발표하면서, 지성·풍자·모럴·취미의 문제를 논한 평문도 남겼다. 그는 이런 원론비평 외에도 당시의 한국 작가와 작품에 대한 평가와 해석 작업도 병행하였다. 1938년에는 이 글들을 모아 『문학과 지성』이라는 평론집을 펴내기도 하였다.

또한 친일문학단체인 조선문인협회의 조직에 적극적으로 가담하였다. 그리고 1941년 친일문학지 『국민문학』의 주간을 맡았으며, 또 일본어로 친일적인 평론을 다수 발표하기도 하였다. 1943년에는 조선문인보국회에 가담하여 황도문학의 길을 걸었다.

저서로는 『문학과 지성』 외에, 『전환기의 조선문학』(1943)·『문학원론』(1960)·『최재서평론집』(1961)·『영시개설』(1971) 등이 있고, 번역서로는 『햄릿』·『아메리카의 비극』·『주홍글씨』·『포우 단편집』 등이 있다.

참고 : 『한국민족문화대백과사전』

② 농민문학론의 결실

당시 여러 창작방법론 중에서 가장 큰 활기를 띠고 전개된 것은 농민문학론이었다. 그 이유는 당시 한국의 여러 문제 중에서 농민의 문제가 가장 심각한 것으로 평단에 인식되었기 때문일 것이다. 즉, 농민은 전 인구의 90%에 이르는 절대다수였으므로, 농민은 계몽의 대상이든, 프로 운동의 주역이든, 식민의 객체이든 당시 한국의 사회문제의 중심에 놓여 있었기 때문이다. 그러다보니 농민문학론은 어느 창작방법론보다도 매우 큰 거리의 배경을 갖고 다양하게 전개되었는데, 이를 간추리면 다음과 같다.

* 이성환, 김도현의 계몽적 농민문학론 : 이성환·김도현은 농민문학을 계몽문학으로 만들어야 한다고 주장했다. 농민을 계몽의 대상으로 삼았고 개량적 민족주의적 계몽사상에 입각해있었다. 이런 입장에 맞추어 나온 농민문학으로는 이광수의『흙』, 심훈의『상록수常綠樹』같은 작품들이 있다.

📖 **권환權煥**

　1903~1954년. 시인, 평론가. 본명 경완權景完. 경남 창원 태생. 일본 야마가타고교山形高校를 졸업하고, 1927년 교토제대京都帝大 독문학과를 졸업했다. 귀국 후『중외일보』기자로 활동하였고, 1930년 7월에는 카프 중앙집행위원으로 선출되었다. 그는 1929년부터 예술 대중화 논쟁에 참여하면서 문학활동을 시작하는데, 1930년에 이르러 시·평론을 다수 발표하면서 문단의 주목을 끌었다. 1931년 카프 제1차 사건과 1934년 제2차 사건으로 피검되기도 하였다. 1946년 조선문학가동맹 전국문학자대회 전국문학자대회에서 서기장으로 선출되었다. 그러나 그 후 좌익 작가들이 대거 월북할 때도 편승하지 않았고 6·25 직전까지 마산에서 교편을 잡았다. 1954년 7월 마산에서 지병으로 사망했다.

　그의 초기 시는 예술로서 충분히 승화되지 못한 관념적이고 경직된 모습을 벗어나지 못하였으나, 1940년대 중반 이후에는 순수서정시로 전환하여 감각적·회화적 형상화에 성공한 시편을 남기기도 하였다. 평론은 주로 카프맹원으로 활동하던 시기에 발표되었다. 주요 평론으로「무산예술운동의 별고와 장래의 전개책」(1930)·「실천적 객관주의 문학으로」(1930)·「조선예술운동의 당면한 구체적 과정」(1930)·「농민문학의 제문제」(1940)·「문화단체도 급속 통일하자」(1946) 등이 있다. 시집으로『자화상』(1934)·『윤리』(1944)·『동결』(1946)을 남겼다.

참고 :『한국현대문학대사전』

1910~1982년. 비평가. 본명 안종언安鐘彦. 황해도 신천 출생. 해주고보를 졸업하고 1929년 카프 해주지부 일원으로 활동하였다. 「농민문학문제에 대한 일고찰」(1931), 등을 발표하여 백철과 농민문학논쟁을 벌이면서 문단의 주목을 받았다. 「동반자작가 문제를 청산함」(1933)을 발표하여 동반자 작가 논쟁에 참여하였고, 「창작방법문제-신이론의 음미」(1934)·「창작방법문제의 재검토를 위하여」(1935)·「창작방법 논의의 발전과정과 그 전망」(1936) 등을 통해 유물변증법적 창작이론을 주장하였다. 전형기 들어 발표한 평문으로는 「문학에 있어서 자유주의적 경향」(1937)·「문학에 있어서 개성과 보편성」(1939)·「로만논의의 제문제와 '고향'의 현대적 의의」(1940) 등이 있다. 한편 일제 말기에는 「국민문학의 성격」(1942)·「국민문학의 문제」(1943) 등의 친일적 성향의 평문을 쓰기도 하였다.

해방 직후 고향인 황해도에 머물면서 황해도 내무부장, 황해도 인민위원회 초대문화과장을 역임한 후 황해도문예총위원회 위원장을 지냈다. 이무렵 조기천의 장편서사시 「백두산」을 비판한 것이 반쏘적·반당적이라 하여 문제가 되어 여러 자리를 사임하게 되었다. 그 뒤 이기영과 한설야의 도움으로 문학동맹 위원장으로 복귀되어 문예기관지인 『문학예술』을 편집하였다. 1950년 전쟁 중에는 인민군에 종군하였고, 종전 후에는 북조선문예총 제1서기장을 지내면서 김일성대학의 문학부 교수가 되었다.

해방기·전쟁기에 발표한 평론으로는 「예술과 정치」(1946)·「북조선 민주문학운동의 발전과정과 전망」(1947)을 비롯 「문학의 일보 전진을 위하여 무엇이 요구되는가」(1948)·「예술의 계급성」(1949)·「전시의 싸우는 조선의 시문학이 제기하는 몇가지 문제」(1951) 등이 있고, 1952년 한효 등과 공저 출판한 『청년들을 위한 문학론』과 저서 『최서해론』(1956)이 있다. 그 후에도 당의 문예 노선과 정책을 옹호하는데 이바지하는 많은 평론들을 집필하였다. 「천리마현실의 반영과 전형화의 특성」(1961)·「혁명적대작에서의 서사시적화폭」(1965) 등이 이에 해당한다. 1966년 『문학의 탐구』라는 평론집을 조선문학예술총동맹 출판사에서 출판했다. 안함광의 저작 가운데 대학에서의 문학교육용으로 펴낸 『조선문학사』(1956)는 해방 후에 북한에서 나온 최초의 현대문학사이다.

1967년 주체사상 체계화에 반발하다가 박금철 등과 함께 수정주의자 반당반혁명분자로 분류되어 모든 중요 직책을 내려놓고 한직으로 물러나있다 1982년 사망한 것으로 밝혀졌다.

참고 : 『한국민족문화대백과사전』, 『북한문학사전』

* 권환, 백철, 안함광의 프로문학적 농민문학론 : 한편 권환·백철·안함광 등 카프에 가담해 있던 비평가들은 농민문학을 프로문학의 동맹문학이 되도록 해야 한다고 주장했다. 그리고 이런 주장은 1920년대 말 김기진에 제기된 대중화론의 구체

적인 실천 방법으로 제시된 것으로도 이해할 수 있다. 이런 문학론과 결부되어서 나온 작품들에는 이기영의 「서화鼠火」, 『고향故鄕』 및 권환의 「목화와 콩」 등으로, 이 작품들은 농민문학의 내용을 담아 프로문학론의 생경성을 극복하기도 하였다.

　* **임화·권환의 생산문학론적 농민문학론** : 또한 1937년 이후 일제는 전쟁물자 충 당을 목적으로 모든 예술 활동을 산업의 생산성을 북돋우는 목적으로 이용하기 시 작하였는데, 당시 한반도에도 일제의 이런 정책에 의해 이른바 '생산문학'이 강조되 었고, 1940년경부터 일부 친일성향의 비평가들에 의해 「생산소설론」(1940), 「생산문 학의 전망」(1940)이 발표되기도 하였다.

　③ 장편소설론의 심화

　1930년대 비평계의 하나의 뚜렷한 경향 하나로 장편소설에 관한 평문이 다수 등 장한 점이다. 이는 당대의 주요 소설은 대부분 장편이었다는 점과 맥락을 함께한다. 백철은 세태소설과 통속소설의 폐단을 극복하기 위해서는 '종합문학'이 나와야 한 다고 주장하고 이는 장편의 형식이어야 가능하다고 주장하였다.

　또한 임화는 당대 작단에 소극적·퇴영적 트리비얼리즘이 만연하고 있다고 지적 하고, 이 문제를 해결하기 위해서는 '성격과 환경의 조화'를 갖춘 '본격소설'로서 장편소설이 출현해야 한다고 강조하였다.

　한편, 김남천은 관찰문학을 통한 장편소설로의 복귀를 강조하고, 이로써 자신의 '로만개조론'을 더욱 확장해 나갔다. 그리고 최재서는 「장편소설과 단편소설」(1939) 에서 서사론에 입각하여 장편의 특성을 강조하였다.

　2) 비평방법론의 확산

　1930년대 들어 비평방법론이 다양하게 전개되기 시작하였다. 비평이 문단에서 차지하는 위상이 커짐으로써 비평 스스로 자기점검이 요구되었다는 점이 가장 큰 이유가 되기도 하지만, 이에 못지않게, 다양한 경향의 작품 산출로 그에 부합하는 비평계의 대응 필요성이 증가한 것도 주요한 배경이 된다. 또한 카프 맹원의 검거 (1931~34)와 해산(1935) 등으로 이념을 앞세운 정론政論적 비평이 불가능해짐에 따라 비평 스스로 위기의식을 느낄 수밖에 없었고, 그 결과로 새로운 방향모색을 하는 과정에서 이전과는 다른 비평방법론이 제기될 수 있었던 것이다.

① 백철의 감상비평론

백철은 카프에 속한 비평가 중에 일찌감치 전향을 단행하였는데, 「기준비평과 감상비평의 종합문제」(1933)는 자신의 전향선언이자 새로운 비평관을 제시한 평문으로 주목할 만하다. 여기에서 그는 '기준비평'이란 용어를 내세워 카프의 재단비평적 폐단을 지적하면서 그것을 극복하는 방법으로 '감상비평'과의 종합을 강조하였다. 또한 개인의 개성과 감성을 내세움으로써 결과적으로는 1930년대 초 순수문학 운동의 논리적 거점을 나름대로 보강해주기도 하였다.

그러나 '감상비평'의 준거가 뚜렷하지 않고, 또 '기준비평'과 '감상비평'을 종합하는 방식을 분명하게 제시하지 않아, 이 평문은 전체적으로 자신의 전향 논리를 피력하는 차원을 넘어서지 못한 것으로 볼 수밖에 없다. 그 점은 그 이후에 '감상비평' 방법을 더 이상 천착하지 않고 평단의 흐름에 따라 다른 비평방법을 제시한 데서 더욱 분명해진다.

② 김환태의 인상비평론

김환태金煥泰는 이 무렵 활동한 비평가 중에서 비평방법론에 가장 치중한 사람이다. 그는 「문예비평가의 태도에 관하여」(1934)에서 순수문학의 필요성을 이론적으로 강조하였고, 또 「구인회」의 동인으로 활동하면서 자신의 그런 주장을 실천해 나갔다. 그리고 문학비평은 어떤 기준을 앞세우기 보다는 작품에서 받는 '인상'을 중시해야 한다는 '인상비평론'을 피력하면서, 한편으로 비평가가 작가를 계도하는 입장을 벗어날 것도 주장하였다. 그러면서 정지용·김상용 등의 시 작품을 그런 자신의 방법론과 비평적 태도에 비평하기도 하였다. 특히 비평가의 권위를 내세우지 않는 그의 비평적 태도는 당시로서는 상당히 색다른 것이어서 금세 문단의 주목을 받기도 하였고, 당시 순수문학운동의 대표적인 동인인 「구인회」의 성격에 가장 부합하는 비평방법론을 피력한 점은 나름대로 비평사적 의의를 획득하였다.

그러나 그가 활동을 시작한 시기는 이미 순수문학 운동이 이미 활발하게 일어나고 있었다는 점에서, 그의 비평은 당시 문단의 흐름에 추수적으로 부응한 것으로 간주할 수도 있다. 또한, 전형기 비평의 공통적인 특징인 '평단의 위기의식 반영'을 그의 비평에서 찾기 어렵다는 점은 양면적 해석의 근거가 되기도 한다.

📖 김환태金煥泰

1909~1944년. 문학평론가. 호는 눌인訥人. 전북 무주 출신. 무주에서 보통학교 4년을 마치고 1922년 전주고등보통학교에 입학하여 이듬해 서울 보성고등보통학교로 전입, 1927년에 졸업하였다. 그 뒤 1928년 일본 교토의 도시샤대학同志社大學 예과에 입학하여 1931년 수료하였으며, 1934년 큐슈대학九州大學 영문학과를 졸업하였다. 도시샤대학 재학 시절 정지용과 친교를 맺었으며, 큐슈대학 졸업논문은 아놀드(Arnold, M.)에 관한 것이다.

귀국 후 1934년 4월에 조선일보에 「문예비평가의 태도에 대하야」라는 최초의 평론을 발표하면서 본격적인 비평 활동을 전개하였다. 1936년에 '구인회'의 후기 동인, 『시문학』·『시원』의 동인으로 활약하였으며, 박용철의 누이 박봉자와 결혼하였고, 이 무렵 도산 안창호와 관련된 사건으로 한 달 간 수감되기도 하였다. 1930년대 말 서양의 대중적인 추리소설을 번역하기도 하였다. 1943년 건강이 악화되어 무학여고 교사직을 사임하고 낙향하였으며 다음 해 지병으로 사망하였다.

주요 평론으로 「문예시평文藝時評—나의 비평태도」(1934)·「예술의 순수성」(1934)·「비평태도에 대한 변석辯釋」(1936)·「정지용론鄭芝溶論」(1938)·「순수시비純粹是非」(1939)·「문학의 성격과 시대」(1940) 등이 있다. 1972년 문학사상사에서 『김환태전집』이 출판되었다.

참고 : 『한국민족문화대백과사전』

③ 김문집의 창조비평론

김문집은 「비평예술론」(1937)에서 비평 장르의 예술성을 강조하였다. 그가 말한 '비평의 예술성'이란 시나 소설과 같은 다른 문학 장르와 마찬가지로 비평도 예술 장르로서 창조성을 확보해야 한다는 내용을 골자로 하였다. 그래서 비평을 작품을 소재로 한 제2의 창작이라고 하면서, 비평이 창조성을 확보하기 위한 방편으로, 비평의 '기교'로서 수사와 비유의 중요성을 강조하였다. 또한 비평의 자기만족과 탐미성 확보를 통해 그 예술적 창조성이 발휘된다고도 하였다. 그리고 그 자신의 실천비평에서 자신의 그런 주장에 맞추어 매우 강렬한 비유 한 마디로 작가의 특징을 표현해내어, 이른바 '촌철비평'을 개척해나갔다.

📖 **김문집**金文輯

1907~미상. 평론가. 필명은 화돈花豚. 대구 출신. 일본 와세다중학早稻田中學과 마쓰야마고등학교松山高等學校를 거쳐 동경제국대학 문과를 중퇴하였다. 1939년에는 조선문인협회 간사를 지냈으며, 1941년에 일본으로 건너가 일본인으로 귀화하였다.

그의 비평활동은 1936년 『동아일보』에 「전통傳統과 기교문제技巧問題」, 같은 해 『조선문학』에 「문학비예술론자의 독백」 등을 발표하면서 본격적으로 전개되었다. 그의 비평관은 「비평예술론」(1937)에서 구체화되었는데, 여기에서 비평의 창조성을 강조했다. 따라서 비평의 영역을 독립시켜 문학의 한 장르라고 인식했고, 이것을 '재주'라는 말로 표현함으로써 과학적 비평을 주장했던 최재서와 대립하였다. 비평집으로 『비평문학批評文學』(1938), 창작집으로 『아리랑 고개』(1938) 등이 있다.

참고 : 『한국현대문학대사전』

김문집의 '창조비평론'은 당시 주로 『동아일보』를 중심으로 전개되었는데, 당시 이 신문사와 길항관계에 있었던 『조선일보』를 주무대로 활동하였던 최재서의 비평과 여러 면에서 이질적이었다. 즉 최재서의 평론이 비교적 길고, 현학적이고, 논리적인데 비해 김문집의 그것은 짧고, 탐미적이고 비유적이라는 점에서 그러하다. 그래서 김문집의 비평은 당시 전형기 평단의 위기 의식을 문체나 형식 차원에서 타개해보고자 한 시도의 하나로 해석할 수 있다. 그러나 이런 시도는 당시 평단에 정착되지 못하였다. 그 이유는 그의 자기만족적 비평행위가 30년대 평단의 엄혹한 상황과 어울리지 않기도 하였지만, 전체적으로 그의 비평행위가 아마추어리즘의 수준을 극복하지 못한 데도 원인이 있을 것이다.

3) 논쟁의 심화와 확대

1930년대 평단의 가장 두드러진 현상은 다양한 논쟁이 전개되었다는 것이다. 이 논쟁들은 그 다양한 갈래에도 불구하고, 크게는 카프 내부의 논쟁과 카프 대 카프 외부의 논쟁으로 요약할 수 있어서, 30년대 후반에 이르기까지 카프는 어떤 식으로든지 평단의 중심에 서 있었음을 반영한다 하겠다. 또한 전형기 평단의 탈이념적 흐름이 이런 논쟁을 거쳐 논리적 거점을 찾아간 것으로 간주할 수도 있다.

① 해외문학파 논쟁

원래 『해외문학海外文學』은 1927년에 일본유학생인 정인섭·이헌구·김진섭 등이 중심이 되어 동경에서 총 2회 발간된 동인지였으나, 그 동인들이 1930년 전후 귀국하여 1931년에 그 후신으로 『문예월간文藝月刊』을 발간하고 또 「극예술연구회」를 조직하면서 당시 문단에서 상당한 세력을 확보하였으므로 이른바 '해외문학파'의 중심활동 시기는 1930년대 초라 할 수 있다. '해외문학파'는 1920년대 말 이후 순수문학의 흐름을 대표해왔는데, 1930년 전후 카프의 이념성이 더욱 강화되는 과정에서 프로계열의 임화·송영 등이 '해외문학파'의 순수문학 운동을 비판하고 나서자, 이헌구·이하윤 등이 이에 반발하면서 논쟁이 벌어졌다. 이 결과로 프로파의 볼세비키화가 강화되고 계급적 선명성이 더욱 부각되었으며, 프로 계열과 순수 계열의 거리는 더욱 멀어지게 되었다.

② 동반자 작가 논쟁

'동반자 작가'란 원래는 1917년 러시아 볼셰비키 혁명이 일어났을 때 혁명을 반대하지도 않고, 직극직으로 지지·신동하지도 않았던 러시아 작가들을 가리키는 밀이었는데 당시 한반도에 유입되어 '카프에 가입은 하지 않았으나 작품 활동에 있어 카프가 주창하는 이데올로기에 동조하고 있는 작가'로 사용되었다. 그러나 1920~30년대 소련의 경우와 비슷하게 동반자작가를 종파적인 시각으로 받아들여 문예통일을 위한 바른 해결을 찾지 못했다. 이 점은 뒤에 창작방법논쟁에서 엄하게 비판되었다. 초기에는 카프 측에서 이효석·유진오를 동반자작가로 보았으며 그 범위를 넓히지는 않았는데, 김기진이 이무영·채만식·박화성·엄흥섭을 동반자작가로 간주하면서 그 범위가 넓어졌다. 그밖에 일각에서는 장혁주·조벽암·최정희·김해강·함대훈·김영팔을 덧붙이기도 했다. 이런 범주 설정을 카프의 이데올로기를 따르는 것과는 무관하게 작품의 성격에 따라 나눈 것이다. 1933~34년에 카프 내에서 전향문제 등으로 상황이 악화되자 동반자작가들은 마르크스주의 세계관과 관계를 끊고 새로운 문학적 자세를 갖게 되었다.

1931년에서 1934년에 걸쳐서 동반자작가 쪽에서는 채만식이 대표로 나서고 카프 쪽에서는 이갑기·신고송 등 신진비평가들이 나서 이 양자 사이에 논쟁이 벌여졌다. 먼저 카프 쪽에서 동반자작가들의 창작 자세에 대해서 비판을 가하면서 이 논쟁은 촉발되었다. 거기에 대해서 채만식이 바로 반박하였다. 작품을 어떤 경향으로 쓰든지, 또 어떤 단체에 가입하든지 그것은 작가의 자유라고 반론을 제기하였다. 이에 카프 비평가들이 동반자작가를 갈수록 더 비난하는 식으로 논쟁이 비화되었다가 1934년 카프 맹원 2차 검거 사건이 계기가 되어 진화되었다. 이 논쟁을 기점으로 동반자작가들이 각자의 창작 방향을 찾아 나서게 되었다.

③ 사회주의 리얼리즘 수용 찬반 논쟁

1930년대 들어 사회주의 리얼리즘론이 전개되기 시작하였다. 사회주의 리얼리즘

174 •

론은 원래 소련에서 1930년대 초에 개발해서 정책으로 결정한 창작방법론이었는데, 이것이 카프에 전해지자 카프 비평가들 사이에 그것을 받아들일 것인지 여부를 놓고 논쟁이 일어났다. 이른바 '사회주의 리얼리즘 수용 찬반 논쟁'이 그것으로, 카프 내의 비평가들 사이에서 전개되었는데, 안막·한효는 수용을 찬성했지만 김남천은 반대하였다.

📖 **안막安漠**

　　1910~1958년(?). 비평가. 본명 안필승安弼承. 안국선의 당질이며, 무용가 최승희의 남편이다. 경기도 안성 출생. 경성 제이고보를 중퇴하고 와세다대학早稻田大學 노문과에서 수학하였다 1920년대 말에 도쿄의 무산자사와 연관을 가지면서 계급문학운동에 가담하였고 1930년에 귀국하여 김남천·임화 등과 함께 카프의 제2차 방향전환을 주도하였다. 카프의 볼셰비키화 단계에서 발표된 「프로예술의 형식문제-프롤레타리아 리얼리즘의 길로」(1930)에서 프로문학의 창작방법론으로서 프롤레타리아 리얼리즘론을 내세웠다.

　　1933년 이후 추백萩白이란 필명으로 「창작방법문제의 재토의를 위하여」를 발표하여 새로운 창작방법론으로서 사회주의 리얼리즘을 소개하였다. 이 글은 유물변증법적 창작방법론과 이에 입각하여 이루어진 그간의 한국의 프로문학에 대한 비판의 내용을 담고 있는데, 결과적으로 1930년대 창작방법논쟁의 한 계기가 되었다는 점에서 의미 있는 글이다. 30년 후반 이후 한동안 문학활동을 중지했던 그는 광복 후 조선프롤레타리아예술동맹에 가담하였다가 월북하였다. 1950년대 중반에 문화선전성 부상을 지내는 등 북한 내각의 고위직에서 일했으나 소설가 한설야 제거에 대한 사전 작업으로 1958년 카프 계열 문학 인사에 대한 정리가 이루어질 때 서만일·윤두헌과 함께 부르주아 비평가로 몰려 숙청당해 곧 사망했다고 전해진다. 자세한 사망 경위나 사망 일자는 알려지지 않았다.

　　　　　　　　　　　　　　　　　　　　　　　　　　참고 : 『한국현대문학대사전』

📖 **한효韓曉**

　　1912~미상. 소설가, 비평가. 함남 함주 출생. 본명은 한재휘韓在暉. 1934년 카프 중앙위원을 역임했으며 프로문예비평에 주력하였다. 1930년대 중반에 벌어진 사회주의 리얼리즘 수용 논쟁에서 수용을 강력하게 주장하면서 비평가로서의 입지를 굳혔다.

　　광복 후에는 조선프롤레타리아문학동맹의 조직에 앞장섰다가 1946년 초 월북하였다. 해방기에 평론활동을 활발하게 전개하여, 「창작방법론의 전제」·「『고향』연구」·「고상한 리얼리즘의 체득」·「리얼리즘과 로맨티시즘과의 호상관계에 대하여」·「새영웅을 그리자」·「민족문학에 대하여」·「장편『땅』에 대하여」 등을 발표하였다. 또 휴전 후에는, 「생활과 신조를 같이하는 것은 작가들이 신성한 의무다」·「『고향』에 대한 약간의 고찰」·「문학의 옹호」·「일반적인 것과 개별적인 것-신경향파문학과 사회주의 사실주의 문학에 대하여」 등을 발표하여 초기 북한문단에 고상한 리얼리즘

　그런데 이 '수용찬반 논쟁'은 당시의 한국 평단의 특수한 상황에 비추어 이해해야 한다. 통상적으로 알려져 있듯이 사회주의 리얼리즘은 사회주의적 전망까지 제시한다는 점에서 자연주의적·비판적 리얼리즘에 비해 그 현실 비판의 강도가 강하고 나아가 현실 개혁에 대한 낭만적 전망을 제시한다는 점에서 리얼리즘론 중에서 가장 강렬한 창작방법론이다. 그러나 1920년대 말부터 카프 내부에서는 소위 '유물변증법적 리얼리즘', '프롤레타리아 리얼리즘' 등의 용어를 사용해가며 매우 강경한 방향으로 그 나름의 창작방법론을 개발해왔기 때문에 소련의 사회주의 리얼리즘을 수용하는 것은 카프의 창작 지도노선을 일정 정도 유연하게 하면서 신축적으로 적용하는 것이었다. 다시 말해 사회주의 혁명에 성공한 소련에서는 사회주의 리얼리즘의 '낭만적 전망'이 어울리지만, 당시 식민지 상태인 한국에서는 이런 '낭만성'이 어울리지 않는다는 것이 반대론자의 주장이었던 셈이다.

176 ●

　이런 논쟁에도 불구하고 결과적으로 사회주의 리얼리즘이 받아들여졌으므로 이 논쟁도 카프의 창작방법을 더욱 유연화하는 방향으로 영향을 끼치게 되었다.

　④ 물 논쟁

　물 논쟁은 김남천金南天의 단편 소설 「물」(1933)을 두고, 김남천과 임화와 사이에 벌어진 논쟁이다. 김남천은 1931년 공산주의협의회 사건과 평양고무공장 노동자들의 총파업 사건에 연루되어 이태 간 옥살이를 하고 출옥 후 자신의 옥살이 체험을 바탕으로 「물」을 써서 발표하였는데, 이에 대해 임화가 경험주의적인 오류라는 비

📖 김남천金南天

1911~미상. 소설가·문학비평가. 평남 성천 출생, 본명은 효식孝植. 1929년 평양고보를 졸업하고 동경의 호세이대학法政大學 예과에 입학하였다. 그 해 카프 동경지회에 가입하였다. 1931년 임화 등과 귀국, 김기진의 '대중화론'을 비판하면서 카프 비평가로 나섰다. 1931년 평양 고무농장 파업 사건에 연루되어 2년 간 옥살이를 하였다. 1935년 카프가 해산될 때까지 조직에 충실하면서 사회주의적 리얼리즘을 추구하였다. 평양고무공장 총파업 참여한 경험을 바탕으로 희곡 「파업조정안」(1931)과 소설 「공장신문」(1931)·「공우회」(1932)를 발표하고, 이후 「물」(1933)·「생의 고민」(1933)·「문예구락부」(1934) 등의 단편을 발표하였다.

그는 이후 고발문학론으로 기울어져 「남매」(1937)·「처를 때리고」(1937)·「소년행」(1938)·「누나의 사건」(1938)·「미담」(1938)·「경영」(1940)·「맥」(1941) 등의 이 계열의 작품을 발표하였다. 1937년부터는 새로운 창작방법론으로 헤겔과 루카치의 이론을 수용한 로만개조론을 제시하여, 묘사하는 대상의 총체성과 풍속이 드러나야 한다는 이론을 폈다. 이러한 결과로 전작 장편소설 「대하大河」(1939)를 발표하였다. 일제 말기인 1943년에는 조선문인보국회의 평의원이 되어 『국민문학』 등에 황도문학을 선양하는 작품을 발표하기도 하였다.

1945년 8월 임화와 함께 '조선문학건설본부'를 설립한 후, 1946년 '조선문학가동맹'이 결성되자 이 단체의 중앙집행위원회 서기국 서기장이 되고, 8월 문학대중화운동위원회 위원으로 선출되었다. 이 무렵 발표한 평론 「민족문학 건설의 기본임무」(1946)과 『조선문학의 재건』(1946)은 당대 문단 상황을 객관적으로 통찰한 글로 평가할만하다. 1947년 월북한 뒤 1948년에는 북한 최고인민회의 1기 대의원을 지낸 다음 박헌영 직계로 외무성에서 일하던 이강국 밑에서 정보업무를 맡으면서 한때 문화전선사 책임자, 조선문학예술총동맹 서기장까지 올랐다. 6·25 전쟁 중에는 전선취재차 낙동강 가까운 곳까지 남하했다가 부상을 입고 인천상륙작전 직후 서울에 남아 있던 가족을 데리고 다시 월북하였다.

월북 후에 발표한 유일한 소설로는 단편 「꿀」(1951)이 있는데, 이는 후에 숙청의 빌미로 작용하였다. 1953년 박헌영 일파에 대한 숙청이 가해질 때 함께 거세된 것으로 알려졌다. 이 때 사형되었다고도 하고 1977년까지 생존하였다고 하나 그의 사망에 관해서는 아직 구체적으로 알려진 것이 없다.

참고 : 『한국민족문화대백과사전』, 『북한문학사전』

판적인 평가를 가하면서 촉발되었다. 김남천이 작품을 평가하는 기준으로 작가의 실천문제의 중요성을 앞세우면서 반론을 제기하자, 임화가 다시 비평의 객관성 문제를 주장하여 논쟁으로 비화되었다.

당시 이 논쟁은 카프 후반기를 대표하는 작가들의 논쟁이어서 문단의 주목을 끌기 시작하였는데, 종내는 카프 내의 실천과 이론 사이의 거리를 조정하는 방향으로 좁혀지면서 투명한 결론을 맺지 못하고 종결되었다. 그러나 결과적으로 이 논쟁은 카프의 창작 수위를 더욱 유연하게 조정하도록 하는데 큰 영향을 끼쳤다.

⑤ 카프 해소·비해소 논쟁

1934년 카프 맹원 2차 검거가 있은 후 카프는 명맥은 유지되지만 활동은 하지 못하는 식물 단체로 변하였다. 이미 카프는 전향문을 쓴 박영희와 백철 등이 조직에서 이탈하면서 극심한 혼란에 빠져 있었고 더구나 지도부인 임화와 김남천은 일제로부터 직접적으로 해산 압력을 받기 시작하였다. 이에 1935년 들어 카프 지도부는 프로문학을 카프의 지도 이념으로 유지할 것인지의 여부를 놓고 맹원들의 서면 동의를 구하는 절차를 진행하였는데, 이 과정에서 일부 맹원들이 반대의견을 제기하면서 '카프 해소 논쟁'이 일어났다. 해소파로는 김기진·임화·김남천 등이, 비해소파로는 이기영·**한설야**·안함광 등이 중심을 이루었다. 그러나 결과적으로는 프로문학의 이념을 포기하자는 해소파의 주장이 관철되었고, 이에 따라 당시 문학부장이었던 김기진이 1935년 5월 21일 경기도 경찰부에 해산계를 제출함으로써 마침내 카프는 공식적으로 해체되었다. 당시 서면 동의에 끝까지 불응한 맹원은 이기영과 한설야였다.

그로부터 10년 후 해방을 맞아 과거 카프에 속했던 좌익 작가들이 다시 좌익 문학단체를 만드는 과정에서 해소파와 비해소파는 다시 두 갈래로 나뉘어 해방기 좌익문단을 주도하기도 하였다.

📖 한설야韓雪野

1900~미상. 소설가 · 평론가. 본명은 병도秉道. 함남 함흥 출생. 1919년 함흥고보를 졸업하고, 1924년 니혼대학日本大學 사회학과를 졸업하였다. 귀국 후 북청사립중학교 강사로 지내다, 1925년 단편소설 「그날 밤」(1925)을 발표하면서 작가 활동을 시작하였다. 1927년 카프에 가담하였으며, 1934년 '전주사건'으로 투옥되었다가 집행유예로 석방되었다. 그 뒤 귀향하여 소설 창작에 전념하면서 많은 작품을 남겼다. 1940년 국민총력조선인연맹등 단체 활동을 하였다. 해방 전 작품으로는 「그릇된 동경瞳暻」(1927) · 「과도기過渡期」(1929)이 주목할 만하고, 그 뒤에 「홍수洪水」(1936) · 「황혼黃昏」(1939) · 「탑」(1940)으로 작가로서의 명성을 얻었다.

광복 후 1945년 9월 카프의 비해소파로서 조선프롤레타리아예술연맹 조직 결성을 주도하였고, 1946년 초 월북하여 3월 북조선문학예술총동맹 결성에 앞장섰다. 1948년 제1기 최고인민회의 대의원으로 피선되었고, 「개선」(1948) · 「승냥이」(1951) 등을 발표하여 북한 문단에서의 위치를 공고히 하였다. 또한 1951년 '조국해방전쟁'을 다룬 『대동강』, '적색농조'를 다룬 『설봉산』을 발표하였고. 같은 시기에 그는 김일성의 항일투쟁을 형상화한 장편 『력사』로 인민상을 수상하였다. 그의 작품 초기작 『황혼』이 이은직에 의해 일본어로 번역된 것은 1960년이었고, 그 뒤 주체사상이 강화되면서 사상 문제로 한설야는 1963년 전 직책을 박탈당하고 숙청되었는데 그 이후의 행적은 알려지지 않았다. 1980년대 중반 이후 북한문학에서 그에 대한 재평가가 이루어져 복원되는 경향을 보이고 있다.

기타 작품집으로 「청춘기靑春期」(1939) · 『귀향歸鄕』(1939) · 『한설야단편선』(1940) · 『초향草鄕』(1941) · 「탑塔」(1942) · 『이령泥濘』(1946) 등이 있다.

참고 : 『한국민족문화대백과사전』, 『북한문학사전』

⑥ 휴머니즘 논쟁

휴머니즘 논쟁은 카프에 있다가 전향한 사람들과 카프 해산 후에도 전향하지 않은 사람들 사이에 전개된 논쟁이다. 백철 · 김오성 · 윤규섭은 카프 해산을 전후로 전향한 사람들이고 임화 · 한설야 등은 카프 해산 후 1~2년이 지날 때까지 전향하지 않은 사람들이다. 백철을 중심으로 한 전향자들이 사회주의보다 더 중요한 이데올로기로 휴머니즘을 내세우자 아직 전향하지 않은 임화가 이에 즉각 반론을 제기하여 이 논쟁은 비화되었다.

이 논쟁은 당시 평단이 외적인 상황에 의해 어쩔 수 없이 사회주의 이념 대신 다른 이데올로기를 받아들이는 과정을 실제적으로 보여준 논쟁으로서 1930년대 후반의 문단의 흐름을 대표하는 논쟁이기도 하다.

📖 **윤규섭**尹圭涉

1909~미상. 비평가. 국문학자. 호 절산節山. 다른 이름으로 세평世平이 있다. 전북 남원 출생. 전주고등보통학교 졸업. 고보 재학 시절 동맹휴학을 주도한 것이 공산당 운동으로 확대되어 2년여 옥고를 치렀다. 1936년 『동아일보』에 「문학인과 생활의 식」을 발표하면서 평론활동을 시작하였다. 이 무렵 윤규섭 비평의 가장 핵심적인 개념은 계급성이었다. 1935년 카프가 해체되면서 프로 비평가들에게서도 멀어진 개념인데, 그는 30년대 후반기에도 여전히 이 개념을 개개의 작품을 평가하는 기본적인 잣대로 사용하였다.

해방 직후 그는 임화 중심의 문건 측과는 대립하는 입장을 취하였다. 일찍 월북하여 이기영·한설야와 더불어 1946년 3월 평양에서 결성된 '북조선예술총동맹'에 가담하였다. 그는 윤세평으로 개명하고 이 조직의 중앙집행위원으로서 활동하였다. 이 시기 그는 「신민족문화 수립을 위하여」를 발표하여 주목을 끌었다. 이 글에서 윤세평은 반제반봉건의 민족문화 수립을 주장하여 북로당 노선을 선명하게 제기하였다. 1947년 이후에 발표된 「신민족문화소론」, 「신조선문화의 성격과 그 기반」 등의 평문으로 자신의 논리를 더욱 발전시켜나갔다.

전쟁 이후 고전작품에 대한 특별한 관심을 가져 『리조문학의 사적 발전 과정과 제장르에 관한 고찰』(1954)·『임진록』(1955)·「18세기 실학파 사상과 박연암의 문학」·「우리 고전문학의 유산계승문제」·「정다산과 그의 시가」·「조선시가의 운율적 기초에 대한 약간의 고찰」 등을 발표하였다. 월북 전 전주의 고서점에서 완판본을 대거 입수하여 이를 북으로 가져갔기 때문에 이런 고전 연구가 가능했고, 이로써 북한 고전문학 연구의 초석을 닦은 그는 김일성대학에서 문학 강좌장을 맡기도 했다.

한편 사회주의 리얼리즘을 정립하는 문제에도 참여하였다. 이 시기 그는 자신의 평론선집인 『생활과 문학』(1961)과 「시문학에서 부르조아 사상잔재를 반대하여」라는 글을 통하여 부르조아 사상 잔재를 일소하고 사회주의 문학의 가치와 그 미학을 확립하는 문제를 강조하였다. 1960년대 초에 조선작가동맹출판사에서 발행한 『현대작가론』에 「리기영론」과 「최서해론」을 쓰기도 했다. 1960년대 이후 그의 행적에 관해서는 알려진 바가 없다.

참고 : 『한국현대문학대사전』, 『북한문학사전』

3. 시

1) '시문학파'의 형식 중심의 예술성

『시문학詩文學』이라는 잡지가 1930년 박용철 주도로 창간되었는데, 이 잡지는 반反이데올로기적 순수 지향의 최초의 시 전문지라는 문학사적 의의를 지닌다. 이 잡지가 순수문학을 표방하고 나온 것은 당시 카프의 프로시가 '뼈다귀시'로 기울어지는 등 이념지향적 문학의 문제점에 대한 반작용의 결과로도 간주할 수 있다. 또한 20년대 '국민문학파'의 소박한 민족문학 운동의 한계를 벗어나고자 문학의 순수성과 예술성에 더욱 관심을 치중하였던 것이다. 당시 『시문학』에는 박용철 외에 김영랑·정지용·신석정 등이 적극 참여하였는데, 이들을 모두 묶어 '시문학파'라 이름붙이기도 한다. '시문학파' 시인들은 언어에 지대한 관심을 보였다. 그러다보니 전체적으로 형식주의적 노선을 따르기도 했다. 여기에 속하는 주요 시인들과 그 작품을 개괄하면 다음과 같다.

● 181

① 김영랑 : 섬세한 언어조탁과 음악적 운율의 조화

김영랑金永郎은 여러모로 '시문학파'를 대표할만한 시인이다. 뚜렷한 유미주의唯美主義적 시 세계, 섬세한 언어 조탁彫琢, 절제된 서정과 우아한 음악적 운율이 서로 조화를 이루는 등 순수 서정시의 장점을 두루 갖춘 시를 많이 발표했다는 점에서 그러하다.

> 모란이 피기까지는
> 나는 아직 나의 봄을 기둘리고 있을 테요
> 모란이 뚝뚝 떨어져 버린 날
> 나는 비로소 봄을 여읜 설움에 잠길 테요
> 오월 어느날 그 하루 무덥던 날
> 떨어져 누운 꽃잎마저 시들어 버리고는

천지에 모란은 자취도 없어지고

뻗쳐 오르던 내 보람 서운케 무너졌느니

모란이 지고 말면 그뿐 내 한해는 다 가고 말아

삼백 예순 날 하냥 섭섭해 우옵네다

모란이 피기까지는

나는 아직 기둘리고 있을 테요 찬란한 슬픔의 봄을

「모란이 피기까지는」(1940) 전문

📖 김영랑金永郎

1903~1950년. 시인. 본명은 윤식允植. 영랑은 아호. 전남 강진 출신. 1917년 휘문의숙에 입학하여 홍사용·안석주·박종화·정지용·이태준 등의 선·후배들과 교유하면서 문학에 관심을 갖게 되었다.

휘문의숙 3학년 때 3·1운동이 일어나자 고향에서 거사하려다 일본경찰에 체포되어 6개월간 옥고를 치렀다. 1920년에 일본으로 건너가 아오야마학원靑山學院 중학부로 학적을 옮겼다. 이 시절 박용철을 만나 평생지기가 되었고, 이때 박용철의 권유로 시를 쓰기 시작했다. 1922년 아오야마학원 영문학과에 진학하였으나 1923년 관동대지진으로 귀국하였다. 그 후 향리에 머물다가 광복 후 은거생활에서 벗어나 사회에 적극 참여하여 강진에서 우익운동을 주도하였고, 1948년 제헌국회의원 선거에 출마하여 낙선하였으며, 1949년에는 공보처 출판국장을 지내기도 하였다. 9·28수복 당시 유탄에 맞아 사망하였다.

박용철·정지용·신석정 등과 『시문학』 동인을 결성하여 1930년 3월에 시 「동백잎에 빛나는 마음」·「언덕에 바로 누워」 등 6편과 「사행소곡칠수」를 발표하면서 본격적으로 시작활동을 전개하였다. 이후 80여 편의 시와 역시 및 수필·평문 등을 발표하였다. 이후 『문학』·『여성』·『문장』·『조광』·『인문평론』·『백민』·『조선일보』·『동아일보』 등에 창작시와 번역시 및 수필, 평문 등을 발표하였다.

주요저서로는 『영랑시집』 외에, 『영랑시선』(1949)이 있고, 그의 사후에 시와 산문을 모은 『모란이 피기까지는』(1981)이 나왔다.

참고 : 『한국민족문화대백과사전』

이 작품은 모란의 개화와 낙화에 '나'의 감각을 투영하여 거기에서 환기되는 삶의 환희와 슬픔을 노래하고 있고, 또 회화적 이미지와 율독에 어울리는 리듬을 조화롭게 배열하고 있어서 압축적인 시 세계를 보여준다. 그는 이밖에도 「동백잎에 빛나는 마음」(1930)에서 '빤질한', '도른도른' 등의 개성적인 시어를 다듬어 사용하였고, 「춘향」(1940)과 「북」(1946) 등의 동양적 우아미를 발휘한 작품을 남겼다.

② 정지용 : 이미지즘의 기법과 동양적 관조

정지용鄭芝溶은 1920년대에는 「카페 프란츠」(1926), 「향수鄕愁」(1927) 등 다분히 감상적인 세계를 이미지즘적 기법에 담아 형상화한 작품을 발표하였으나, '시문학파'에 가담하면서부터 다양한 기법과 시 세계를 보여주기 시작하여 「유리창琉璃窓」(1930), 「나무」(1934), 「장수산」(1939) 등 개성적인 작품을 남겼다.

> 벌목정정伐木丁丁 이랬거니 아람도리 큰 솔이 베혀짐즉도 하이 골이 울어 메아리 소리 쩌르렁 돌아옴즉도 하이 다람쥐도 좃지 않고 뫼ㅅ새도 울지 않어 깊은 산 고요가 차라리 뼈를 저리우는데 눈과 밤이 조히보담 희고녀! 달도 보름을 기달려 흰 뜻은 한밤 이골을 걸음이랸다? 웃절 중이 여섯 판에 여섯 번 지고 웃고 올라 간 뒤 조찰히 늙은 사나히의 남긴 내음새를 줏는다? 시름은 바람도 일지 않는 고요히 심히 흔들리우노니 오오 견디란다 차고 올연兀然히 슬픔도 꿈도 없이 장수산 속 겨울 한밤내-----

> 「장수산」(1939) 전문

다양한 감각적 이미지, 의문형 문장, 독백적 어투, 그리고 영탄적 어조를 사용하여 시적 화자의 감흥을 실감나게 드러내면서, 한편으로는 예스런 어법을 동원하여 산의 유장한 이미지를 부각하고 현실의 시름에서 벗어나 고요하고 청정한 세계에 안주하고자 하는 동양적 정신세계를 형상화한 작품이다.

그의 시 세계는 순수 서정시뿐만 아니라 기독교 신앙시, 이미지즘 계열의 시, 또 동양적인 관조觀照의 정신을 그려낸 시 등 다양한 면모를 보였다. 또한 그는 1930년대 말에는 이태준과 더불어 『문장文章』지의 고선考選위원으로 활동하면서 많은 후진을 양성해내기도 하였다.

1902~1950년. 시인. 충북 옥천沃川 출신. 아명은 태몽에서 유래된 지용池龍이다. 고향에서 초등 과정을 마치고 서울로 올라와 휘문고등보통학교를 졸업했다. 일본으로 건너가 쿄토에 있는 도지샤同志社대학에서 영문학을 전공했다. 귀국 후 곧바로 모교인 휘문고보 교사로 근무하다가 8・15광복과 함께 이화여자대학교 문학부 교수로 옮겨 문학 강의와 라틴어를 강의하는 한편, 경향신문사의 주간을 역임하기도 했다. 이 무렵 임화 중심의 조선문학가동맹의 중앙집행위원을 맡은 것은 색다른 이력이라 할 수 있다. 6・25 전쟁 직전, 이화여대 교수직과 경향신문사 주간직은 물론, 기타의 공직에서 물러나 녹번리(현재 은평구 녹번동)의 초당에서 은거하다가 6・25 때 납북되었다. 1993년 평양에서 발간된 「통일신보」는, 가족과 지인들의 증언을 인용해 정지용이 1950년 9월경 경기도 동두천 부근에서 폭격에 의해 사망했다고 보도하였다.

정지용의 문단 활동은 김영랑과 박용철을 만나 시문학 동인에 참여한 것이 계기가 되어 본격화된다. 그리고 그의 첫 시집 『정지용 시집』(1935)이 간행되자 문단의 반향은 대단했고, 그를 모방하는 신인들이 많아 '지용의 에피고넨(아류자)'이 형성되어 그것을 경계하기도 했다. 그의 이런 시적 재능과 활발한 시작 활동을 기반으로 상허尚虛 이태준과 함께 『문장』지의 시부문의 고선위원考選委員이 되어 많은 역량 있는 신인을 배출하기도 했다. 시집으로는 『정지용시집鄭芝溶詩集』(1935)・『백록담白鹿潭』(1941) 등 두 권이 있고, 『문학독본文學讀本』(1948)・『산문散文』(1949) 등 두 권의 산문집이 있다. 그는 한국 현대시사에서 언어에 대한 자각을 각별하게 드러낸 시인이라고 할 수 있다.

참고 : 『한국민족문화대백과사전』

③ 신석정 : 자연 너머를 지향하는 웅숭깊은 울림

한편, '시문학파'의 또 다른 일원인 신석정辛夕汀은 「선물」(1931)을 『시문학』에 발표하면서 등단한 후 그 후 「임께서 부르시면」, 「그 먼 나라를 알으십니까」, 「촛불」 등으로 명상적・전원적 시풍을 뚜렷이 드러내 보였고, 바로 초기시들을 묶어 첫시집 『촛불』(1939)을 내어 문단의 주목을 받았다. 이 시집에는 자연에의 귀의歸依로 경건한 경지를 추구하고자 하는 절실함이 표상되어 있는바, 여기에는 당시 어두운 현실을 웅숭깊게 인식하는 시적 자아의 시선이 함축되어 있다. 이런 내용 속에 그는 다분히 감각적 언어, 회화적繪畫的 이미지, 그리고 산문적 리듬을 공교로이 배열하고 거기에서 자연스럽게 깊은 울림을 울리게 하는 특유의 시풍을 선보였다. 그리고 타고르와 한용운의 영향인 듯이 보이는 경어체敬語體 어조를 즐겨한 것도 그의 또 하나의 기법상 특징이다.

📖 신석정辛夕汀

1907~1974년. 시인. 본명은 석정錫正, 아호는 석정夕汀, 필명은 소적蘇笛·서촌曙村 등이다. 부안보통학교를 졸업하고 고향에서 한문을 공부했다. 1930년 상경하여 중앙불교전문강원에서 1년 동안 불전佛典을 배웠으며, 6·25전쟁 뒤 태백신문사 고문을 지냈고, 1954년 전주고등학교 교사를 거쳐 1955년 전북대학교에서 시론을 가르쳤다. 1961년 김제고등학교 교사, 1963년부터 정년퇴직할 때까지 전주상업고등학교 교사로 근무했다. 교직에서 퇴임 후 1967년 전북예총 회장을 역임했다.

1924년 조선일보에 '소적'이라는 필명으로 시 「기우는 해」를 발표한 뒤, 1931년 김영랑·박용철·정지용·이하윤 등과 함께 『시문학』 동인으로 활동하면서 제3호에 시 「선물」을 발표함으로써 등단하였다. 이 무렵 그는 「나의 꿈을 엿보시겠습니까」(1932)·「봄의 유혹」(1932) 등 초기에는 목가적인 전원에 귀의하여 생의 경건한 기쁨과 순수함을 노래했다. 그 뒤 잡지 『시원』·『조광』 등에 시를 계속 발표하여 시인으로서의 위치를 다졌다. 1939년 첫 시집 『촛불』을 펴냈고, 1947년 두번째 시집 『슬픈 목가』를 펴냈다. 6·25전쟁 이후 현실 사회에 대한 관심을 보이기도 했다. 그 뒤에 시집으로 『빙하氷河』(1956)·『산의 서곡』(1967)·『대바람 소리』(1970) 등을 펴냈는데, 이중 『산의 서곡』은 이전의 시풍과 달리 강렬한 역사의식을 표출하고 현실과의 갈등을 노래한 시들로 꾸며졌다. 후기 시의 이런 특성으로 기존의 '목가시인'이라는 평가가 잘못되었다는 지적이 최근 학계에서 일어나고 있다.

그밖의 저서로 『중국시집』(1954)·『매창시집』(1958)과, 이병기李秉岐와 함께 펴낸 『명시조감상』(1958) 등이 있다. 1958년 전라북도문화상, 1968년 한국문학상을 받았다.

참고 : 『국어국문학자료사전』

2) 프로 시의 변모

1930년 카프의 2차 방향전환 후 산출된 '뼈다귀 시'에 대한 반성이 제기되고 또

1931년 제1차 카프 맹원 검거사건이 있은 후, 프로 시는 그 이념성이 둔화되면서 그 이전의 획일적인 창작방법을 벗어나, 시인에 따라 낭만주의적 성향을 띠기도 하고 당시 문단에 유행하였던 모더니즘의 영향을 받기도 하는 등, 차츰 다른 시적 경향을 보이기 시작하였다.

임화林和는 20년대의 '단편서사시' 시를 계승하면서도 이데올로기를 둔화시킨 대신 낭만주의적 정서를 도입한 시를 많이 쓰고 이를 한데 묶어 『현해탄』(1938)이란 시집을 내기도 하였다.

박세영朴世永은 당시 프로 시인 중 주목할 만한 작가이다.

남국에서 왔나,
북국에서 왔나,
산상山上에도 상상봉上上峰,
더 오를 수 없는 곳에 깃들인 제비.

너희야말로 자유의 화신 같구나,
너희 몸을 붙들 자者 누구냐,
너희 몸에 알은 체할 자 누구냐,
너희야말로 하늘이 네 것이요, 대지가 네 것 같구나.

녹두만한 눈알로 천하를 내려다보고,
주먹만한 네 몸으로 화살같이 하늘을 꿰어
마술사의 채찍같이 가로 세로 휘도는 산꼭대기 제비야
너희는 장하구나.
(…중략…)

멧돼지가 붉은 흙을 파헤칠 때
너희는 별에 날아볼 생각을 할 것이요,
갈범이 배를 채우려 약한 짐승을 노리며 어슬렁거릴 때,
너희는 인간의 서글픈 소식을 전하는,
이 나라에서 저 나라로 알려주는

천리조千里鳥일 것이다.

산제비야 날아라,
화살같이 날아라,
구름을 휘정거리고 안개를 헤쳐라.

땅이 거북등같이 갈라졌다.
날아라 너희들은 날아라,
그리하여 가난한 농민을 위하여
구름을 모아는 못 올까,
날아라 빙빙 가로 세로 솟치고 내닫고,
구름을 꼬리에 달고 오라.

산제비야 날아라,
화살같이 날아라,
구름을 헤치고 안개를 헤쳐라.

「산제비」(1936)에서

이 작품에는 초기 프로시의 이념성은 둔화되었을지라도 아직도 사상적 지향을 포기하지 않은 시적자아의 기개가 힘차다. 또한 산제비라는 구체적인 형상을 빌어 당대의 보편적인 열망과 이상을 상징화함으로써 리얼리즘 시로서의 일정한 시적 성취를 이루었다.

한편, 이찬李燦은 프로 시에 모더니즘을 접맥하여 「대망」(1937), 「분향」(1938) 등의 작품을 남겼고, 임학수(1911~1982)는 향토 정서에 민족적 비애를 섞어 '팔도풍물시'를 개척하였다. 그밖에 프로 시인으로 꼽을만한 사람은 박아지·박팔양·민병균·이북만 등이다.

3) 모더니즘 시의 주지성과 전위성

모더니즘은 당시 한반도에 유입된 서양의 문예사조 중 가장 현대적인 사조였다. 인간의 감정적 욕구와 개성적이며 독창적인 창조력을 강조하는 낭만주의의 약점을 보완한 것이 모더니즘이다. 모더니즘의 가장 중요한 특징은 주지성과 초현실성이다. 보통 서정시는 감성적인데 반해 모더니즘 시는 주지주의적 경향이 강했다. 모더니즘의 또 다른 특징인 초현실성은, 리얼리즘적 창작방법을 비판하고 현실 너머에서 예술성을 찾으려 한 것이다.

당시 한국의 모더니즘 시는 크게 두 갈래로 나눠지는데 하나는 주지주의 계열이고 다른 하나는 초현실주의 계열이다.

주지주의 계열의 대표적인 작가는 김기림金起林이다.

> 비늘
> 돋힌
> 海峽은
> 배암의 잔등
> 처럼 살아났고
> 아롱진 아라비아의 의상을 둘른 젊은 산맥들.
>
> 바람은 바닷가에 사라센의 비단폭처럼 미끄러웁고
> 傲慢한 풍경은 바로 오전 七時의 絶頂에 가로
> 누었다.
>
> 헐덕이는 들 우에
> 늙은 香水를 뿌리는
> 敎堂의 녹쓰른 鍾소리.
> 송아지들은 들로 돌아가렴으나.
> 아가씨는 바다에 밀려가는 輪船을 오늘도 바래 보냈다.

(…중략…)

傳書鳩들은

선실의 지붕에서

首都로 향하여 떠난다.

…… 스마트라의 동쪽. …… 5 킬로의 海上 …… 일행 感氣도 없다.

赤道 가까웁다. …… 20일 오전 열 시. ……

「기상도氣象圖」(1936)에서

📖 김기림金起林

1908~미상. 시인·문학평론가. 아명은 인손寅孫. 호는 편석촌片石村. 함북 학성 출생. 1921년 서울 보성고등보통학교 입학하였으나 중퇴하고, 도일하여 도쿄의 릿쿄중학立敎中學에 편입했고, 1930년 니혼대학日本大學 전문부 문학예술과를 졸업했다. 귀국 후 조선일보사 사회부 기자로 입사, 뒤에 신설된 학예부 기자로 옮겼으며, 1933년 김유정·이태준 등과 구인회 결성에 참가하였다. 1936년에 재차 도일, 센다이仙台의 도호쿠대학東北大學 영문과에 입학, 1939년에 졸업했다. 귀국 후(1939) 조선일보사 기자로 복직, 학예부장을 역임했다.

1940년 『조선일보』의 강제 폐간으로 한때 실직했으며, 1942년 낙향하여 고향 근처의 경성고보에 부임하여 영어·수학을 가르쳤다. 해방 직후 월남하여 중앙대학·연희대학 등에 강사로 출강하다가 서울대학교 조교수가 되고, 자신이 설립한 신문화연구소의 소장이 되었다. 1945년 임화가 주도한 조선문학가동맹에 참여하여 1946년 2월 제1회 조선문학자대회 때 '우리 시의 방향'에 대하여 연설하기도 하였으나, 1948년 정부수립 전후에 전향하였다. 한국전쟁 때 미처 피난하지 못하고 납북되어 북한에서 사망한 것으로 알려져 있으나, 그 시기는 알 수 없다.

첫 시집이며 장시인 『기상도』(1936) 외에 『태양의 풍속』(1939)·『바다와 나비』(1946)·『새노래』(1947) 등의 시집이 있다. 그밖에 평론 및 저서로서 『시론』(1947)과 『시의 이해』(1950) 등이 있다.

참고 : 『한국민족문화대백과사전』

그의 초기 시에는 매우 감각적인 이미지를 신선하게 배열함으로써 주지주의적 특성을 나타내었는데, 이런 이미지의 신선함으로써 20년대 낭만주의 시의 감상성을 극복한 것으로 평가할만하다. 그는 당시에 『기상도氣象圖』(1936), 『태양太陽의 풍속風俗』(1939) 등 두 권의 시집을 속간함으로써, 문단에 주지주의 계열를 대표하는 시인으로 자리매김 되었고, 한편으로 서양의 모더니즘을 소개하고 비평 활동도 활발하게 전개하는 등 모더니즘 운동에도 앞장섰다.

📖 **이상李箱**

1910~1937년. 시인·소설가. 본명은 김해경金海卿. 서울 출신. 3세 때부터 백부의 양자로 입적되었다. 1921년 신명학교를 거쳐 1926년 동광학교(뒤에 보성고등보통학교에 병합), 1929년 경성고등공업학교 건축과를 졸업하였다.

1933년 각혈로 기사의 직을 버리고 황해도 배천 온천에 요양 갔다가 문제의 여인 금홍이를 만나고, 그녀와 함께 귀경하여 그녀를 마담으로 내세운 다방 '제비', 카페 '쓰루鶴' 등을 경영하였으나 모두 실패하였다. 그러나 이 무렵 이곳에 이태준·박태원·김기림·윤태영·조용만 등이 출입하여 이상의 문단 교우가 시작되었다. 1934년에 구인회에 가입하였고 특히 박태원과 친밀하게 지냈다. 1936년 금홍이와 헤어지고 그해 여름 친구 동생이며 이화여전 문과 출신의 변동림卞東琳과 결혼하고 동부인하여 그해 가을 홀연히 동경으로 건너갔다. 결핵과 굶주림, 괴상한 몰골로 동경 바닥을 헤매던 그는 1937년 '불령선인不逞鮮人'으로 구속되어 경찰서에서 병고에 시달리다 겨우 석방되었으나 한 달 후인 그 해 4월 17일 동경대학 부속병원에서 사망하였다.

그의 작품 활동은 1930년 『조선』에 첫 장편소설 「12월 12일」을 연재하면서부터 본격적으로 시작되었다. 그 뒤 1931년 일문시 「이상한 가역반응」·「파편의 경치」·「▽의 유희」·「공복」·「삼차각설계도三次角設計圖」 등을 『조선과 건축』에 발표하였다. 이어 1933년 『가톨릭청년』에 국문시 「1933년 6월 1일」·「꽃나무」·「이런 詩」·「거울」 등을, 1934년 『월간매신』에 「보통기념」·「지팽이 역사轢死」를, 『조선중앙일보』에 「오감도」 등을 발표하였다.

특히, 「오감도」는 난해시로서 당시 문학계에 큰 충격을 일으켜 독자들의 강력한 항의로 연재를 중단하였던 그의 대표시이다. 시뿐만 아니라 「날개」(1936)·「지주회시蜘蛛會豕」(1936)·「동해童骸」(1937) 등의 소설도 발표하였다. 유저로 이상의 시·산문·소설을 총정리한 『이상전집』 3권이 1966년에 간행되었다.

참고 : 『한국민족문화대백과사전』

초현실주의 계열의 대표적인 작가는 이상李箱이다. 그의 초현실주의적 경향을 가장 농후하게 드러내는 작품은 「오감도烏瞰圖」(1934)인데, 여기에서 그는 시 형식의 전위적인 실험을 강행하였다. 또한 그는 수학 공식이나 기호·숫자 등을 시어로 채택하고 띄어쓰기를 무시하거나 큰 활자와 작은 활자를 섞어서 쓴다거나 도표를 쓰는 등 실험적인 시들을 많이 썼다.

또 다른 모더니즘 시인으로 김광균金光均(1913~1993)이 활동하였다. 그는 「와사등」(1939)에서 강렬한 회화적 이미지를 구사하였다.

4) 생명파의 인간주의적 편향

1930년대 또 하나의 시 유파로 '생명파'를 빠트릴 수 없다. 잡지 『시인부락詩人部落』(1936)을 중심으로 모인 서정주·유치환·오장환은 각기 다른 시 세계를 지녔으면서도 공히 '생명'의 문제에 심도있게 접근했다는 점에서, 이 시인들을 묶어 이렇게 지칭하게 되었다.

📖 서정주徐廷柱

1915~2000년. 호는 미당(未堂). 전북 고창 태생. 소년 시절에 한학을 배우다가 중앙고보와 고창고보에서 수학하였으나 퇴학·자퇴로 졸업하지는 못하였다. 한때 방랑하다 고승 박한영을 만나 불교에 입문하고 중앙불교전문학교에서 수업하였다.

1936년 『동아일보』 신춘문예에 시 「벽」이 당선되고, 김동리·함형수 등과 함께 시동인지 『시인부락』을 창간하면서 본격적인 문학활동을 시작하였다. 일제 말기 다쓰시로시즈오達城靜雄로 창씨개명을 하고 태평양 전쟁을 찬양해 당시, 조선인의 전쟁 참여를 독려하는 시를 썼다. 훗날 그는 자서전에서 그의 친일 행위에 대해여 "일본이 그렇게 쉽게 질 줄 몰랐다."라고 고백한 바 있다. 2002년 공개된 친일 문학인 42인 명단에도 들어 있으며, 당시 총 11편의 친일 작품명이 공개되었다. 해방 후에는 조선청년문학가협회 결성에 앞장섰으며, 1949년 한국문인협회 창립을 주도하고 1954년에는 예술원 종신회원으로 추대되었고, 줄곧 동국대학교에서 시문학을 강의하였다.

서정주의 초기 시는 『화사집』(1941)에서 잘 드러나듯이 보들레르의 영향을 받아 악마적이며 원색적인 시풍을 보여주었다. 해방 이후에는 시집 『귀촉도』(1948)에서처럼, 토착적인 정서와 고전적인 격조에의 지향을 강하게 드러내었다. 1956년에 간행된 『서정주시선』에서는 우리 민족의 전통적인 한과 자연과의 화해를 읊었고, 원숙한 자기 통찰과 달관을 보여주었다. 그의 시는 『신라초』(1961)에 이르면서 초월적인 비전의 신화적인 거점이자 인간과 자연이 완전히 하나가 된 상상의 고향으로서의 신라를 표상하였다. 1969년에 나온 시집 『동천』에서는 불교의 상징세계에 대한 관심을 표명하였고, 『질마재 신화』(1975)에서는 자신의 유년기 경험을 바탕으로 삼고 거기에 질마재에 얽힌 사연들을 교직하여 이야기하듯 풀어내었다.

1972년 일지사에서 『서정주 문학 전집』(전5권)을 간행하였으며, 1994년 민음사에서 『미당 시 전집』이 나왔다.

참고 : 『한국민족문화대백과사전』, 『한국현대문학대사전』

서정주徐廷柱는 60년이 넘는 시 창작 기간에 다양한 시 세계를 보여주었는데, 당시에는 그의 초기시를 대표하는 「화사花蛇」(1936), 「문둥이」(1936) 등을 통해 인간의 본원적인 본능이나 원죄의식을 형상화하였다.

📖 유치환柳致環

1908~1967년. 시인. 호는 청마靑馬. 경남 통영 출신. 극작가 치진致眞의 동생. 1922년 통영보통학교 4년을 마치고, 일본 도요야마중학교豊山中學校에 입학했으나 가세가 기울어 4학년 때 귀국, 1926년 동래고등보통학교에 편입하여 졸업했다. 1927년 연희전문학교 문과에 입학하였으나 1년 만에 중퇴하였다.

1931년 『문예월간』에 시 「정적靜寂」을 발표하여 문단에 등단하였다. 1939년 첫 시집 『청마시초』를 발간하였다. 1940년 가족을 거느리고 만주로 이주하여, 농장 관리인 등에 종사하면서 5년여에 걸쳐 온갖 고생을 맛보고, 광복 직전에 귀국하였다. 이때 만주의 황량한 광야를 배경으로 한 허무 의식과 가열한 생의 의지를 표상한 시 「절도絶島」・「수首」・「절명지絶命地」 등을 썼고, 이들은 제2시집 『생명의 서』에 수록되었다. 광복 후에는 청년문학가협회 회장 등을 역임하면서 우익 운동을 전개하였고, 6・25중에는 문총구국대의 일원으로 보병 3사단에 종군하기도 하였다. 『보병과 더불어』는 이 무렵의 시집이다. 1953년부터 다시 고향으로 돌아가 이 후에는 줄곧 교직으로 일관하였다. 안의중학교 교장을 시작으로 하여 경주고등학교 등 여러 학교를 거쳐 부산남여자상업고등학교 교장으로 재직 중 교통사고로 작고하였다.

시집으로는 『울릉도』・『청령일기蜻蛉日記』・『청마시집』・『제9시집』・『유치환선집』・『뜨거운 노래는 땅에 묻는다』・『미루나무와 남풍』・『파도야 어쩌란 말이냐』 등이 있다. 수상록으로는 『예루살렘의 닭』과 2권의 수필집, 자작시 해설집 『구름에 그린다』 등이 있다.

참고 : 『한국민족문화대백과사전』, 『한국현대문학대사전』

또한 유치환柳致環은 생의 강렬한 의지를 노래한 「깃발」(1936)로 '생명파'의 색채를 강하게 드러내었다.

이밖에 '생명파'에 속할만한 시인으로는 함형수咸亨洙(1914~46)가 있는데, 그는 모더니즘적 성향이 강한 시 형식 속에 인간 존재의 문제를 담아냈다.

'생명파'의 시는 이보다 조금 앞섰던 '시문학파'와 모더니즘 계열의 시가 지녔던 편향성을 어느 정도 극복하였다고 평가할만하다. '시문학파'는 너무 순수성을 강조하다보니 내용이 빈약하거나 가볍다는 지적이 있었고, 모더니즘은 너무 서구 지향적이어서 한국 문단과는 상당한 괴리가 있다는 지적이 가능한데, '생명파'의 시는 '시문학파'의 장점인 시의 운율과 이미지는 살리고 모더니즘에 동양적 취향을 더해 이런 편향성을 상당히 보완한 것으로 볼 수 있기 때문이다. 그러나 이들은 인간의 본능, 인간의 존재 등의 문제를 탈역사적인 보편적 차원으로 추상화시켰다는 점에서 식민지 현실에는 무관심하였다는 비판을 면키 어렵다.

5) 리얼리즘 시의 새로운 경지 개척

1930년대 활동한 시인으로 따로 주목할만한 사람은 오장환·이용악·백석이다. 이들은 당시 어느 계열에도 속하지 않고 나름대로의 독특한 시의 경지를 개척하였고, 또 일정한 시적 성취를 이루어 30년대 후반을 대표하는 '삼대 시인'이라고 할만하다.

① 오장환 : 식민지 현실 비판

오장환吳章煥은 초기에는 『시인부락』에 시를 많이 발표하여 서정주·유치환·함형수 등과 친분을 유지하였지만, 그의 시세계는 '생명파'와는 상당한 거리가 있었다. 초기에는 모더니즘에 가까운 시를 발표하기도 했지만, 이내 식민지적 절망과 비애를 담은 리얼리즘적 지향성을 함축한 작품을 발표하면서 여느 생명파 시인들과는 다른 시풍을 구축해나갔다.

📖 오장환吳章煥

1916~1951년(?). 충북 보은 출생. 휘문고보를 거쳐 일본 메이지대학明治大學 전문부를 중퇴하였다. 1933년 휘문고보 재학 중 『조선문학朝鮮文學』에 「목욕간」을 발표함으로써 등단하였고, 1936년 서정주·김동리·여상현·함형수 등과 『시인부락詩人部落』 동인으로 참여하면서 본격적인 시작 활동을 전개하였다.

그 뒤 월북하기까지 10년 남짓 동안에 『성벽城壁』(1937)·『헌사』(1939)·『병든 서울』(1946)·『나 사는 곳』(1947) 등 네 권의 시집과 번역시집 『에세닌 시집』(1946)을 남겼다. 광복 후 좌우 이념의 대립과 갈등이 심화되면서 그는 현실에 참여하여 당시 상황을 웅변적으로 토로하기도 하였다. 그의 월북 후 작품으로는 「모다 바치자」, 「김일성金日成 모스크바에 오시다」, 「씨비리달밤」 등의 시편과 시집으로 『붉은 깃발』 등이 있다. 한국 전쟁 중에 서울에 모습을 나타냈던 그는 이듬해인 1951년에 병사했다고 전해진다. 1987년에 창작과 비평사에서 『오장환 전집』전 2권을 간행하였다.

오장환의 시적 편력은 대체로 네 단계로 나눌 수 있다. 첫째는 초기 작품 「목욕간」·「캐메라 룸」·「전쟁」에서 보여주듯이, 새로운 세계를 동경한 나머지 전통과 낡은 인습을 부정하는 세계이며, 둘째는 시집 『성벽』·『헌사』의 시편과 같이 낡은 전통과 인습에서 벗어나 새로운 세계를 찾아가는 탈향지향脫鄕志向의 세계이다. 셋째는 시집 『헌사』의 시편 일부와 『나 사이 보여주는 곳』의 시편는 귀향의지의 세계이며, 넷째는 『병든 서울』의 시편들이 보여주듯이 광복 후에 좌익 단체에 가담하여 좌경적 이념과 사회주의를 노래한 프롤레타리아 지향의 세계이다. 이밖에 평론으로 「백석론」(1937)·「자아의 형벌」(1948) 등이 있다.

참고 : 『한국현대문학대사전』, 『북한문학사전』

荒蕪地에는 거츠른 풀입이 함부로 엉크러젓다.

빈지면 손꾸락도 베인다는 풀,

그러나 이 따에도

한때는 썩은 과일을 찾는 개미떼 같이

村民과 노라릿군이 북적어렷다.

끈허진 山 허리에

金돌이 나고

끝없는 노름에 밥벌이 해이고

논우멕이 도야지 數없는 도야지
人間들은 人間들은 우섯다

「황무지荒蕪地」(1939)에서

'황무지'로 상징된 일제강점기의 어수선한 상황 및 '노름'과 '밥벌이'에 '해이는' 인간들의 절망적인 웃음을 통해 식민지 현실에 대한 비판을 강하게 드러내고 있다. 오장환이 해방 후 서정주·유치환을 만나면 '친일파'라 외면하고, 또 좌익 단체인 조선문학가동맹에 가입하였다가 임화와 더불어 월북하였다는 사실은 이런 리얼리즘적 시풍과도 무관치 않을 것이다.

② 이용악 : 유랑민의 민중정서

한편, 이용악李庸岳은 함경도의 단순하고 우직하고 소박한 향토적인 정서들을 작품 속에 잘 담아냈다. 1930년대는 함경도를 거쳐 만주로 넘어가는 유·이민이 많았는데, 그의 시에는 이런 유랑민들의 민중정서를 잘 표상하고 있다.

📖 **이용악李庸岳**

1914~1971년. 시인. 함북 경성 출생. 1936년 일본 조치대학上智大學 신문학과에서 수학했다. 1935년 3월 「패배자의 소원」을 처음으로 『신인문학』에 발표하여 등단하였고, 같은 해 「애소유언哀訴遺言」·「너는 왜 울고 있느냐」·「임금원의 오후」·「북국의 가을」 등으로 문단의 주목을 받았다. 『인문평론』지의 기자로 근무하면서 1937년 첫번째 시집 『분수령』을 발간하였고, 이듬해 두번째 시집 『낡은 집』을 도쿄에서 간행하였다. 그는 소년 시절의 가혹한 체험·고학·노동 등 끊임없는 가난과 고달픈 생활인으로서의 고통 등을 뛰어난 서정시로 읊었다.

그는 1946년 '조선문학가동맹'에 가담·활약하는 한편 중앙신문 기자로 일하였다. 1947년 제3시집 『오랑캐꽃』을 펴냈다. 그는 1948년 대한민국 정부 수립 이후 사실상 전향성명을 발표하게 되지만, 1949년 1월 제4시집 『이용악집』을 펴낸 후, '조선문학가동맹'의 지령으로 불온비라를 제작·배포하는 데 중간 역할을 하다가 체포되

어, 1950년 2월 서울지법에서 징역 10월을 선고받고 서대문 형무소에 수감되었다. 복역 중 6
·25 전쟁이 터지자 출옥하여 당시 서울로 내려온 임화·김남천·안회남·오장환 등과 조우
하고, 「원쑤의 가슴팍에 땅크를 굴리자」와 같은 시를 발표하였다. 1950년 가을 후퇴하는 인
민군을 따라 박태원·설정식 등과 함께 월북하였다. 월북 이후 1951~52년 조선문학동맹 시
분과위원장으로 활동하였으나, 휴전 후 임화·이원조 등의 남로당계에 연루되어 1953년 8월
에 숙청되었다. 그러나 '월북한 문화인'으로 지목되어 비교적 가벼운 처벌을 받았고, 곧 복권
되어 1956년 11월부터 조선작가동맹출판사 단행본 편집부 부주필로 일하면서, 혁명성 고양
을 위한 문학적 부역에 동참, 「평남관개시초」(1956)·「우리 당의 행군로」(1961)·「붉은 충성
을 천백배 불태워」(1967) 등 북한의 체제 찬양 작품을 발표하였다.

　　1957년에 출판된 『리용악 시선집』에는 해방 전부터 이 시기까지 창작된 그의 우수한 시
작품들이 편집되어 있다. 이밖에도 시 「석탄」·「어선 민청호」·「격류한다 사회주의에로」·
「기발은 하나」·「꼰스딴짜의 새벽」 등을 발표하였다. 1963년에는 김상훈과 함께 『역대 악부시
가』를 번역 발간하기도 했다. 1971년 2월 15일 병으로 사망하였다.

참고 : 『한국현대문학대사전』, 『북한문학사전』

196 ●

날로 밤으로
왕거미 줄치기에 분주한 집
마을서 흉집이라고 꺼리는 낡은 집
이 집에 살았다는 백성들은
대대손손에 물려줄
은동곳도 산호관자도 갖지 못했니라

재를 넘어 무곡을 다니던 당나귀
항구로 가는 콩실이에 늙은 둥글소
모두 없어진 지 오랜
외양간엔 아직 초라한 내음새 그윽하다만
털보네 간 곳은 아무도 모른다

찻길이 놓이기 전
노루 멧돼지 쪽제비 이런 것들이
앞뒤 산을 마음놓고 뛰어다니던 시절
털보의 셋째아들은
나의 싸리말 동무는

이 집 안방 짓두광주리 옆에서
첫울음을 울었다고 한다
　"털보네는 또 아들을 봤다우
　송아지래두 붙었으면 팔아나 먹지"
마을 아낙네들은 무심코
차거운 이야기를 가을 냇물에 실어 보냈다는
그날 밤
저릎등이 시름시름 타들어가고
소주에 취한 털보의 눈도 일층 붉더란다

갓주지 이야기와
무서운 전설 가운데서 가난 속에서
나의 동무는 늘 마음 졸이며 자랐다
당나귀 몰고 간 애비 돌아오지 않는 밤
노랑고양이 울어 울어
종시 잠 이루지 못하는 밤이면
어미 분주히 일하는 방앗간 한구석에서
나의 동무는
도토리의 꿈을 키웠다

그가 아홉살 되던 해
사냥개 꿩을 쫓아다니는 겨울
이 집에 살던 일곱 식솔이
어디론지 사라지고 이튿날 아침
북쪽을 향한 발자욱만 눈 위에 떨고 있었다

더러는 오랑캐령 쪽으로 갔으리라고
더러는 아라사로 갔으리라고
이웃 늙은이들은
모두 무서운 곳을 짚었다

지금은 아무도 살지 않는 집

마을서 흉집이라고 꺼리는 낡은 집
제철마다 먹음직한 열매
탐스럽게 열던 살구
살구나무도 글거리만 남았길래
꽃피는 철이 와도 가도 뒤울 안에
꿀벌 하나 날아들지 않는다.

「낡은 집」(1938) 전문

이 시는 삶의 터전을 등질 수밖에 없는 비극적인 가족사를 담고 있다. 농사를 짓던 평범한 한 가족이 결국 삶의 터전을 버리고 떠돌이가 된 현실을, 폐허가 되어버린 그들의 집을 매개로 삼아 선명히 그려냄으로써 식민지적 비극을 절실하게 표상하고 있다. 또한 이런 가족사를 이야기하는 것과 같은 서술형식에 담아냄으로써 독자에게 쉽게 읽힐 수 있었고, 거기에 민담·설화적 소재를 가미하여 민중적 정서를 강하게 드러내기도 하였다. 이로써 그는 단형서사시短形敍事詩의 형식을 실험한 시인으로 평가되기도 하였다.

그 뒤에 나온 「오랑캐꽃」(1939), 「전라도 가시내」(1939) 같은 시편들도 이런 장점을 확보하고 있으면서, 아무런 전망도 확보할 수 없는 식민지적 비극을 더욱 강하게 반영하고 있어서, 그가 30년대를 대표하는 리얼리즘 시인으로 평가될 수 있는 단초를 제공하였다. 그러나 1940년 이후 그의 리얼리즘적 경향은 급격하게 약화되기 시작하고, 급기야는 친일의 압력을 받자 마지못해 일부 친일성향의 작품을 쓰다가 1942년 절필을 선언하고 낙향해 버린다.

③ 백석 : '이야기시' 속의 식민지 비애

백석白石은 여러모로 이용악과 대비할만하다. 우선 북방의 향토적인 정서와 토속성을 토대로 식민지의 황폐한 현실을 형상화했다는 점에서 이 두 사람의 시풍은 상당히 유사하다. 또한 민중들의 생활 정서를 담고 있다는 점에서도 공통성을 찾을 수 있다.

📖 백석白石

1912~1996년. 평북 정주 출신. 본명은 기행夔行. 아호는 '白石'과 '白奭'. 1929년 정주에 있는 오산고보를 마치고, 조선일보사 장학금으로 1934년 아오야마학원靑山學院 전문부 영어사범과를 졸업하였다. 그 뒤 광복 때까지 조선일보사·영생여자고보(함흥 소재)·여성사 등에 근무하면서 시작 활동을 하였다. 일제말기에는 만주 지역을 몇 년간 방랑하기도 하였다.

그는 1935년 시「정주성」을『조선일보』에 발표하면서 등단하여, 시·수필·야화 등을 발표하였다. 1930년대 후반 일제의 압박이 가중될 때 등단한 백석은, 실감나는 농촌의 정서를 특유의 평안도 사투리로 형상화했다. 1936년 간행한 시집『사슴』에 수록된「고방」·「가즈랑집」·「여우난곬족」·「여승」·「고야」 등의 시는 이런 그의 시 세계를 잘 드러내고 있다. 이후『인문평론』·『문장』에「팔원」(1939)·「두보와 이백같이」(1941) 등을 발표하였으며, 광복 후에는『신천지』와『학풍』에「적막강산」(1947)·「남신의주 유동 박시봉방」(1948)을 발표했다. 1987년 창작사에서『백석 시 전집』이 간행된 이후『가즈랑집 할머니』(1988)·『흰 바람벽이 있어』(1989)·『멧새 소리』(1991)가 시 선집으로 간행된 바 있다.

백석의 시 세계는, 당시의 문단적 경향이었던 모더니즘의 세례를 일정하게 받았으면서도, 향토적인 서정의 세계를 사투리로 형상화하는 특징을 띠고 있으며, 일제 강점 하에서 어렵게 살아가는 민중들의 애환과 삶을 전형적으로 그려내었다. 즉「나와 나타샤와 흰 당나귀」에는 모더니즘의 이미지가,「박각시 오는 저녁」이나「가즈랑집」 등에는 일반 독자가 알기 어려운 사투리로 표현된 민속적 세계가 나타나 있다. 이와는 달리「여승」에는 산골의 금광에서 옥수수를 팔던 여인이 여승이 된 슬픈 생애가,「팔원」에는 일본인 순사집에서 식모살이 하던 손등이 얼어터진 소녀의 모습이 사실적으로 형상화되어 있기도 하다.

광복 후 남한의 잡지에 일제 때 발표된 시들과 같은 경향의 시들이 다수 발표되기는 했으나, 1950년대 이후 북한에서는 주로 번역과 동시 창작 활동을 하였다. 1960년대 이후 북한 문단에서 그의 동시에 대한 비판(주체사상이 적다는)이 일었고, 이에 백석은 문단 주류에서 밀려났다. 이후 행적을 불확실하기는 하나, 양강도 삼수군 벽지에 내려가 농장에서 일하면서 말년을 보내다 향년 85세로 사망한 것으로 알려졌다.

1997년에 김재용이 편한『백석전집』에 이어 2007년에 고형진이 정리한『정본 백석시집』이 나왔고, 2014년에 시인 안도현에 의해『백석평전』이 간행된 바 있다.

참고 :『한국현대문학대사전』,『북한문학사전』,『백석평전』

五代나 나린다는 크나큰 집 다 찌그러진 들지고방 어득시근한 구석에서 쌀독과 말쿠지와 숫돌과 신뚝과 그리고 녯적과 또 열두 데석님과 친하니 살으면서
한해에 몇번 매연지난 먼 조상들의 최방등 제사에는 컴컴한 고방구석을 나와서 대멀머리에 외얏맹건을 질으터 맨 늙은 제관의 손에 정갈히 몸을 씻고 교의 우에 모

신 신주 앞에 환한 촛불 밑에 피나무 소담한 제상 위에 떡 보탕 식혜 산적 나물 지
짐 반봉 과일들을 공손하니 받들고 먼 후손들의 공경스러운 절과 잔을 굽어보고 또
애끓는 통곡과 축을 귀에하고 그리고 합문 뒤에는 흠향 오는 구신들과 호호히 접하
는 것

구신과 사람과 넋과 목숨과 있는 것과 없는 것과 한줌 흙과 한점 살과 먼 녯 조상
과 먼 훗자손의 거룩한 아득한 슬픔을 담는 것

내 손자의 손자와 손자와 나와 할아버지와 할아버지의 할아버지와 할아버지의 할
아버지의 할아버지와 ......水原白氏 定州白村의 힘세고 꿋꿋하나 어질고 정 많은 호랑
이 같은 곰 같은 소 같은 피의 비 같은 밤 같은 달 같은 슬픔을 담는 것 아 슬픔을
담는 것

「목구木具」(1940) 전문

백석은 자신의 어린 눈에 비쳐진 고향의 원초적인 풍속에서 오랜 혈족들의 역사
성을 환기해낸다. 또한, 민속이나 속신, 생활도구 같은 것을 재현시키면서도 자신의
감정이나 주관적으로 개입 없이 구술口述적으로 나열한다. 그런 구술적인 나열과 반
복은 매우 독특한 정서를 환기하는데 큰 몫을 하게 되고, 그래서 작품의 말미에서
매우 주관적인 감성인 '슬픔'과 '쓸쓸함'을 부각해내는데 일정한 작용을 한다. "몽
둥발이가 된 슬픈 역사"(「모닥불」), "익이지 못할 슬픔과 시름에 쫓겨"(「북방北方에서」),
"사랑하는 것들은 모두 가난하고 외롭고 높고 쓸쓸하니"(「흰 바람벽이 있어」) 등 그의
시편의 말미에 자주 등장하는 '슬픔'과 '쓸쓸함'은 이런 구술적 장치들과 서로 얽히
어 환기되어진 그의 독특한 감성들이라 할만하다.

그의 시를 일면 '이야기시'라고도 부르는 근거도 이런 구술적 나열이나 반복이라
는 장치에 기인한다. 그러나 이런 장치는 이용악의 시편에 자주 등장하는 민담적
소재와는 차이가 있다. 이런 차이로 해서 두 시인의 작품이 같은 '이야기시', 또는
'단형서사시'에 속하고 리얼리즘 시에 속하지만 정서적으로는 상당히 다른 효과가
나타난다고 할 수 있다.

그는 1940년대까지 「여우난곬」(1936), 「가즈랑집」(1936)에서 평북 방언과 토속성을
결합하여 지역적 정서를 탁월하게 형상화하였고, 또 「여승」(1936), 「팔원」(1939), 「흰

200 ●

바람벽이 있어」(1941) 등에서 식민지의 비극적 현실을 민중적 정서로 환기해내었으며, 또 「정주성」(1936), 「통영」(1938), 「북방에서」(1940) 등으로써 '기행시'의 가능성을 모색하기도 하였다. 해방 후에도 「남신의주 유동 박시봉방」(1948)을 발표하여 당시 많은 시인들이 정치적 성향으로 기울어진 것과는 달리 자신의 고유한 시 세계를 유지하였다.

6) 시조의 변신과 부흥

시조는 일제강점기 내내 조금씩 변모되는 과정에서도 그 전통의 맥락을 꾸준히 이어왔다. 1910년대에는 시조개작운동이 일어난 바 있고, 1920년대는 '국민문학파' 중심으로 시조부흥운동이 전개된 바 있으나, 시조의 정체성은 유지되었다. 30년대 들어서도 이런 연장선 위에서 시조는 발전적으로 변화되어 나갔다. 이런 일에 가장 앞장 선 사람은 가람 이병기이다. 그는 창唱으로서의 시조보다는 시詩로서의 시조로

발전시키지는 주장을 내세웠고, 그게 당시 학계와 문단에 적잖이 받아들여졌다. 이에 힘입어 시조가 폭넓게 창작되고 읽히게 되었다.

① 이병기 : '시조시' 주장과 시조 형식 다변화

가람 이병기李秉岐가 시조에 관심을 보이기 시작한 것은 시조부흥론이 일기 시작한 1924년 무렵부터였다. 그러나 그가 시조 혁신에 자각을 가지게 된 것은 1926년 무렵이었다. 「시조란 무엇인가」(동아일보, 1926.11.24.~12.13.), 「율격律格과 시조」(동아일보, 1928.11.28.~12.1.), 「시조원류론時調源流論」(新生, 1929.1.~5.), 「시조는 창唱이냐 작作이냐」(新民, 1930.1.) 등의 논문을 발표하여 시조 혁신의 논거를 마련한 그는 「시조는 혁신하자」(동아일보, 1932.1.23.~2.4.)에 와서 시조 형식의 변화를 주장하였다. 그의 주장의 요체는 시조의 행과 연을 자유시 형식으로 하자는 것과 연시조를 애용하여 시적 내용을 확대하자는 것, 그리고 창에 얽매어 감탄사나 감탄어미가 반드시 들어가는 제약을 벗어나자는 것 등이었다.

1891~1968년. 국문학자·시조시인. 호는 가람嘉藍. 전북 익산 출신. 고향의 사숙에서 한학을 공부하다가 1910년 전주공립보통학교를 거쳐, 1913년 관립한성사범학교를 졸업하였다. 1912년 조선어강습원에서 주시경으로부터 조선어문법을 배웠다. 1913년부터 공립보통학교에서 교편을 잡았다. 이때부터 고문헌을 수집하는 한편, 시가문학을 연구·창작하였다.

1921년 조선어문연구회의 간사의 일을 보았다. 1922년부터 동광고보·휘문고보에서 교편을 잡으면서 시조에 뜻을 두고, 1926년 '시조회'를 발기하였다. 1928년 이를 '가요연구회'로 개칭하여 조직을 확장하면서 시조 혁신을 제창하는 논문들을 발표하였다. 1930년 조선어철자법 제정 위원이 되었고, 연희전문학교·보성전문학교의 강사를 겸하다가 1942년 조선어학회사건으로 약 1년간 옥고를 치렀다. 출옥 후 한때 귀향하였다가 광복이 되자 상경하여 군정청 편수관을 지냈다. 1946년부터 서울대학교 교수로 재직하다 1951년부터 전북 전시연합대학을 거쳐 전북대학교 문리대학장을 지냈고 1956년 전북대에서 정년퇴임하였다. 1957년 학술원 추천회원을 거쳐 1960년 학술원 임명회원이 되었다.

1925년 『조선문단』 10월호에 「한강을 지나며」를 발표하여 문단에 나왔다. 그 후 여러 매체에 발표한 72편을 모아 1937년 『가람시조집』을 3백부 한정판으로 발간했다. 1948년 『의유당일기意幽堂日記』 등을 의역·간행했으며, 『국문학전사』를 백철과 공저로 발간하였다. 1966년 초기작품을 포함하여 시조 93편과 시조론, 고전연구, 일기 등을 수록한 『가람문선』을 발간했다. 『가람시조집』과 『가람문선』에 수록된 시조와 미발표 작품, 일기문 속에 들어 있는 작품을 모두 합치면 천여 수가 넘는 것으로 추측되고 있다. 특히 그의 일기는 1909년부터 작고한 전날까지 씌어졌는데, 문학사적·국어사적·사회사적인 귀중한 자료로서, 그 일부분만 『가람문선』에 소개되었다. 평생 수집한 방대한 서적을 말년에 서울대학교에 기증하여 '가람문고'가 설치되었다.

참고 : 『한국민족문화대백과사전』, 『한국현대문학대사전』

202 ●

바람이 서슬도 하여 뜰앞에 나섰더니
西山 머리에 하늘은 구름을 벗어나고
산뜻한 초사흘 달이 별과 함께 나오더라

달은 넘어가고 별만 서로 반짝인다
저 별은 뉘 별이며 내 별 또한 어느 게오
잠자코 호올로 서서 별을 헤어 보노라

이병기의 「별」(1939)

이 시조는 전아한 기품을 자랑하고 있지만, 기실은 단조로움에 빠져들기 쉬운 시적 진술에 특유의 감각성을 부여하고 있는 것이 두드러진 특징이다. 가람의 시조는 우리말의 음절량과 그 이음새에서 나타나는 말의 마디를 자연스럽게 변형시키면서 율격을 지켜나간다. 이것은 시조의 시적 형식이 어떤 틀로 고정되어 있는 것이 아니라, 그렇게 형성되는 것임을 말해주는 요건이 된다.

② 이은상과 조운 : 시조의 문학성 확대

📖 이은상李殷相

1903~1982년. 호는 노산鷺山. 1903년 10월 22일 경남 마산 출생. 1918년 마산창신학교 고등과 졸업, 1923년 연희전문 문과에서 3년 수료한 후 1925년 도일 와세다대학早稻田大學 문학부에서 수업하였다. 1928년 귀국하여 이화여자전문학교 교수, 동아일보사 기자, 『신가정新家庭』 편집인, 조선일보사 출판국 주간 등을 역임하였다. 1942년 조선어학회사건에 연루되어 구금되었다가 이듬해 기소유예로 석방되었다.

1924년 『조선문단』에 시·평론·수필을 발표하면서 문단에 나왔다. 1927년까지 서구의 자유시 쪽에 기울어 있었다. 그는 시조는 문학이 아니라고 낮추어 생각하였다가 1925~6년 시조 논의가 일어나자 비로소 시조를 문학으로 보게 되었다고 술회한 바 있다. 1920년대 말부터 자유시와 시조의 창작을 병행하다가 1930년대 후반에 이르러서는 시조시인으로서의 자리를 굳혔다. 그는 시조를 쓰는 한편, 당시唐詩를 시조형식으로 번역하기도 하고 시조에 관한 이론을 전개하기도 하였다. 1932년에 나온 그의 첫 개인 시조집인 『노산시조집鷺山時調集』은 향수·감상·무상·자연예찬 등의 특질로 집약된다. 광복 후 그의 시조는 국토예찬, 조국분단의 아픔, 통일에 대한 염원, 우국지사들에 대한 추모 등 개인적 정서보다는 사회성을 보다 강조하는 방향으로 기울어갔다. 이러한 작품 경향은 『노산시조선집』(1958), 『푸른 하늘의 뜻은』(1970), 그리고 마지막 작품집인 『기원祈願』에까지 이어졌다.

사학가이자 수필가이기도 한 그는 해박한 역사적 지식과 유려한 문장으로 국토순례기행문과 선열의 전기를 많이 써서 애국사상을 고취하는 데 힘썼다. 광복 후에 문학보다는 사회사업에 더 많이 진력하였다. 장례는 사회장으로 치러져 국립묘지에 안장되었다.

참고 : 『한국민족문화대백과사전』, 『한국현대문학대사전』

이은상은 1920년대까지 만해도 자유시와 평론에 치중하였으나 1930년대 들어 시조관련 평론과 시조창작에 힘을 경주하여 이병기와 쌍벽을 이루었다. 『동아일보』에 발표한 「시조 문제」(1927.4.30.~5.4.), 「시조 단형추의短型芻議」(1928.4.18.~ 25.), 「시조 창작 문제」(1932.3.30.~4.9.) 등의 논고를 통하여 자수로써가 아니라 음수율로써 시조의 정 형성을 구명하려 시도하였다. 1932년에 나온 그의 첫 개인 시조집인 『노산시조집鷺 山時調集』은 향수·감상·무상·자연예찬 등의 특질로 집약된다. 이 중 「고향생각」· 「가고파」·「성불사의 밤」 등은 시조의 평이하고 감미로운 서정성이 가곡에 걸맞아 노래로서 아직도 인구에 회자되고 있다.

📖 **조운曺雲**

1900~미상. 본명은 조주현曺柱鉉, 필명은 정주랑靜州郎. 자는 중빈重彬. 전남 영광 태생. 1917년에 영광보통학교, 1919년에 목포상업학교를 졸업하였다. 영광에서 3·1 운동을 주동하다 일경의 추적을 받았고, 이를 피해 만주로 망명, 시베리아 등지를 유랑했다. 1921년에 귀향하여 중등학교 과정인 사립영광학원의 조선어 교사로 일하였다. 1924년 『조선문단』에 「초승달이 재넘을 때」 등 자유시 3편을 발표하여 문단에 진출했다. 그리고 그무렵에 그는 만주여행 때부터 사귀어 온 서해曙海 최학송을 매부로 삼았다. 그 후 주로 고향에 머물며 동향의 문우인 조희관 등과 청년회·영농회·토우회 등을 이끌며 한글강습회, 시조강좌 개최 등으로 향토문화 진흥에 전념했다. 30년대 중엽에는 영광금융조합에 근무하면서 갑술독서회를 결성하여 반일운동을 펴가다 이른바 영광체육단 사건으로 일 년 반 남짓 옥고를 치렀다.

해방 직후에는 영광건국준비위원회 부위원장직을 맡았고, 문학가동맹에 가입하였다. 그리고 1947년에는 상경하여 동국대에서 시조론을 강의했다. 『조운시조집』을 간행한 것도 이 무렵의 일이다. 하지만 1948년 정부수립 직후에 가족과 더불어 월북하였다. 그리고 북한에서는 황해도 대표위원과 최고인민회의 상임위원을 지냈다. 또 고전으로 「춘향전」을 연구하였으며, 박태원과 함께 『조선구전민요집』·『조선창극집』을 출간했다. 그러다가 1956년 이태준 계열 숙청 이후 몰락했다가 구제된 것으로 전해진다. 「인민시인 신재효」(1957)·「아브로라의 포성」(1957)·「평양판관」(1958) 등을 발표하였으나, 그 뒤의 행적은 자세히 알려지지 않았다.

작품집으로 월북 전에 펴낸 『조운시조집』(1947)이 있고, 최근 고향의 유지들이 출간한 『조운曺雲문학전집』(1990)이 있다.

참고 : 『북한문학사전』

조운曹雲은 1920년대에는 자유시를 창작했었지만, 30년대 들어 시조 창작에 매진하였다. 그의 시작품들은 대체로 단아한 정조로서 전통적인 정한의 세계를 즐겨 다루고 있어 돋보인다. 남다른 언어의 조탁에다 섬세한 개성미를 지닌 채 공감을 얻고 있다. 그의 작품에는 전혀 이념적인 색채가 없어서 자연이나 인간의 평이한 서정을 읊은 순수문학성이 그 주조를 이루고 있었다.

> 투박한 나의 얼굴
> 두툼한 나의 입술
>
> 알알이 붉은 뜻을
> 내가 어이 이르리까
>
> 보소라 임아 보소라
> 빠개 젖힌
> 이 가슴.

「석류石榴」 전문

그는 고향인 전남 영광에서 교편을 잡으면서 동시에 시조동우회인 '추인회'를 결성하여 매월 시조 짓기 대회를 가졌으며 이병기를 초대하여 강연회 등을 열었던 것으로 알려졌는데, 이로 보아 그의 시조 형식은 가람의 영향을 받은 것으로 추정된다.

그밖에 이 무렵에 시조시인으로 일별할만한 작가는 조남령·김상옥·이호우 등이다. 이들은 모두 일제 말기 이병기의 추천으로 『문장文章』지로 등단한 신인들이었다.

7) 암흑기의 민족시

1937년 중일전쟁 발발 후 일제는 파시즘 체제를 강화하고 국내·외의 민족 저항운동을 철저히 탄압하였다. 문단에서는 '조선문인협회'에 이어 '조선문인보국회'가 조직되어 친일활동을 본격화하였다. 이런 상황에서 당시 시인들의 입장과 처신은 크게 다음 네 갈래로 나뉘어졌다.

　1) 본격적인 친일문학에 나서는 사람

　2) 모든 문학운동을 청산하고 침잠하면서 절필絶筆한 사람

　3) 친일에 나서지는 않았지만 일제가 허용하는 한도 내에서 문학 활동을 한 사람

　4) 작가적 양심을 버리지 않고 일제에 비판적인 사람

　1930년대 초 이전에 등단한 당시 기성 작가들은 대부분 1)이나 2)에 속하였다. 3) 은 30년대 말에 등단하여 일제의 큰 관심을 끌지 않았던 순수시를 발표한 사람으로 김상용·박목월·박두진·조지훈·황순원 등이 이에 해당한다. 4)에 넣을만한 시인 은 매우 귀하여 이육사·윤동주 외에는 찾기가 어려울 정도다.

　3)의 시인 중 박두진·박목월·조지훈은 훗날 『청록집靑鹿集』(1946)이라는 공동시 집을 내어 '청록파'로도 불리는데, 박목월의 「산그늘」(1939), 조지훈의 「승무僧舞」 (1939), 박두진의 「묘지송」(1939) 등은 『문장』지 등단 작품으로서 일정한 시적 성취를 보여주었다. 또한 김상용의 첫시집 『망향望鄕』(1939)과 노천명의 첫시집 『산호림珊瑚林 』(1939)은 당시 순수 예술시의 수준을 가늠할 수 있는 지표가 되기도 한다.

　그러나 30년대 말에서 해방에 이르는 기간의 한국시의 문학사적 의미는 이들 순 수시 계열보다는 이육사·윤동주의 저항시 계열에서 찾아야할 것이다.

　① 이육사 : 지사적 절조

　이육사李陸史는 1925년 '의열단'에 가입한 후 그 후에도 정의부正義府·군정부軍政府 등 여러 단체에 가담하여 독립운동을 벌였으며, 그리하여 일제강점기 동안 총 17회 나 투옥되는 등 그의 생애는 거의가 독립 투쟁의 연속이었다. 그러다보니 당시로서 는 다소 늦은 나이인 32세 때 『신조선』에 「황혼」(1935)을 발표하면서 등단하였다. 그

러나 등단 후 5~6년간의 시작활동은 한국시문학사상 매우 중요한 의미를 갖는다.

📖 이육사李陸史

1904~1944년. 시인·독립운동가. 경북 안동 출신. 본명은 원록源綠. 개명은 활活, 자는 태경台卿. 아호 육사陸史는 대구형무소 수감번호 '이육사二六四'에서 따왔다고 함. 퇴계 이황李滉의 14대 손이고 평론가 이원조의 형이다. 백학교와 보문의숙, 교남학교를 다니고 1926년 북경 조선군관학교에서 수학하였다. 한때 베이징대학北京大學 사회학과에 적을 둔 적이 있다 하나, 그 사실 여부는 불확실하다. 1925년에 형 원기源琪, 아우 원유源裕와 함께 대구에서 의열단에 가입하였다. 1927년에는 조선은 행 대구지점 폭파사건에 연루되어 대구형무소에 투옥되었고, 1929년 광주학생운동, 1930년 대구 격문사건 등에 연루되어 모두 17차에 걸쳐서 옥고를 치렀다. 중국을 자주 내왕하면서 독립운동을 하다가 1943년 가을 잠시 서울에 왔을 때 일본 관헌에게 붙잡혀, 북경으로 송치되어 1944년 1월 북경 감옥에서 사망하였다. 20대 이후 그의 생애는 부단한 옥고로 이어진 과정으로, 오직 조국의 독립과 광복만을 염원하고 지절志節로써 구국투쟁에 앞장서는 것으로 일관되었다.

문단 활동은 1930년 『조선일보』에 시 「말」을 발표하면서부터 시작되었다. 그 뒤 1935년 『신조선』에 「춘수삼제春愁三題」·「황혼黃昏」 등을 발표하면서 그의 시작 활동은 본격적으로 전개되었다. 그 뒤 30여 편의 시와 그밖에 소설·수필·문학평론·시평時評 등을 발표하였다. 광복 후 1946년 아우 원조에 의하여 서울출판사에서 『육사시집陸史詩集』이 간행되었다.

그의 시작 세계는 크게 「절정」에서 보인 저항적 주제, 「청포도」 등에 나타난 실향 의식失鄕意識과 비애, 그리고 「광야」나 「꽃」에서 보인 초인 의지超人意志와 조국 광복에 대한 염원 등으로 나누어 볼 수 있다.

참고 : 『한국민족문화대백과사전』

매운 계절의 채찍에 갈겨
마침내 北方으로 휩쓸려오다.

하늘도 그만 지쳐 끝난 高原
서릿발 칼날진 그 위에 서다.

어디다 무릎을 꿇어야 하나
한발 재겨 디딜 곳조차 없다.

이러매 눈 감아 생각해 볼밖에
겨울은 강철로 된 무지갠가 보다.

「절정絶頂」(1940) 전문

이 작품은 전체적으로 네 개의 연으로 배열된 구조 위에 6·5조 율격이라는 안정된 형식을 지니고 있다. 또 내용상으로는 제1연에서는 '매운 계절의 북방'이라는 엄혹한 상황이 제시되고, 제2연에서는 그런 엄혹한 상황의 정도가 더욱 구체적으로 제시되며, 제3연에 이르면 그런 엄혹한 상황에서 한 치도 벗어날 수 없는 시적 자아의 극도의 긴장이 최고도로 부각된다. 그러다가 제4연에 이르면 그런 긴장과 넉넉한 관조가 해조를 이루어 새로운 정서적 환기를 불러일으키면서도 시적자아의 강인함을 더욱 깊어지게 하는 여운을 담고 있다. 이런 기승전결의 구조로 해서 이 시는 안정된 구조를 확보하고 있고, 이런 안정감이 '지사志士적 절조絶調'라는 주제를 떠받치는 동력이 되기도 한다.

또한, 이육사는 「청포도」(1939)에서 원형적 본향에 대한 염원을 노래하기도 하고, 「광야曠野」에서는 대륙적 호방함과 유장한 역사성을 부각하기도 하였으며, 「자야곡子夜曲」(1941)에서는 망국의 회한을 읊기도 하는 등 다양한 시세계를 보여주어 독립운동가로서 뿐만 아니라 시인으로서도 매우 뚜렷한 족적을 남겼다.

208 ●

② 윤동주 : 절대 양심과 순결

윤동주尹東柱는 유고 시집 『하늘과 바람과 별과 시』(1948)로써 알려지게 되었지만, 그의 시작 활동은 모두 일제강점기에 이루어졌다. 해방 직전 옥중에서 사망한 사실이 알려지면서 시집 발간 후 세간의 관심 끌었고, 그의 시가 암흑기 절망적 상황 하에서 지식인의 순결한 영혼을 노래한 것으로 평가받으면서 더욱 주목을 받았다.

📖 윤동주尹東柱

1917~1945년. 시인. 아명은 해환海煥. 북간도 명동촌明東村 출생. 1931년 명동소학교를 졸업하고, 용정 은진중학교에 입학하였다. 1935년 평양 숭실중학교로 학교를 옮겼으나, 이듬해 신사참배 문제가 발생하여 문을 닫자 다시 용정으로 돌아가 광명학원 중학부에 편입·졸업하였다. 1941년 연희전문학교 문과를 마치고 이듬해 도일하여 릿쿄대학立教大學 영문과에 입학하였고, 같은 해 가을에 도지샤대학同志社大學 영문과로 전학하였다. 1943년 7월 귀향 직전에 항일운동의 혐의를 받고 일경에 검거되어 2년형을 선고받고 광복을 앞둔 1945년 2월 28세의 젊은 나이로 일본의 후쿠오카형무소에서 생을 마쳤다. 고향 친구로 송몽규, 후배로 문익환이 있고, 연희전문 교우로 정병욱·유령·장덕순이 있다. 유해는 고향 용정에 묻혔다.

처음 발표된 작품은 광명중학교 4학년 당시 연길延吉에서 나온『가톨릭 소년』에 동시「병아리」(1936)·「빗자루」(1936)·「오줌싸개지도」(1937)·「무얼먹구사나」(1937)·「거짓부리」(1937) 등이 있다. 연희전문 시절에는『조선일보』학생란에 발표한 산문「달을 쏘다」, 연희전문학교 교지『문우文友』에 게재된「자화상」·「새로운 길」, 그의 사후인 1946년『경향신문』에 발표된 시「쉽게 쓰여진 시」등이 있다. 그리고 연희전문학교를 졸업하던 해인 1941년에 자선 시집『하늘과 바람과 별과 시』를 발간하려 하였으나 실패하고, 자필로 3부를 남긴 것이 광복 후에 정병욱과 윤일주에 의하여 다른 유고와 함께『하늘과 바람과 별과 시』(1948)라는 제목으로 간행되었다.

20세를 전후하여 10여 년간 전개된 그의 시력여정은 청년기의 고독감과 정신적 방황, 조국을 잃음으로써 삶의 현장을 박탈당한 정체성의 상실이 그 원천을 이룬다. 그의 시가 민족 저항시 범주에 속할 수 있느냐에 대해서 논란이 있을 수 있으나, 이육사李陸史와 함께 일제 말기 민족문학의 부재 상태, 소위 암흑기를 훌륭히 극복한 민족 저항 시인으로 평가되는 것이 통설이다.

참고 :『한국민족문화대백과사전』,『한국현대문학대사전』

窓 밖에 밤비가 속살거려
六疊房은 남의 나라,

詩人이란 슬픈 天命인 줄 알면서도
한 줄 詩를 적어 볼까,

땀내와 사랑내 포근히 품긴
보내 주신 學費封套를 받어

大學 노—트를 끼고
늙은 敎授의 강의 들으려 간다.

생각해 보면 어린 때 동무들
하나, 둘, 죄다 잃어버리고

나는 무얼 바라
나는 다만, 홀로 沈澱하는 것일까?

人生은 살기 어렵다는데
詩가 이렇게 쉽게 씌어지는 것은
부끄러운 일이다.

六疊房은 남의 나라
窓 밖에 밤비가 속살거리는데,

등불을 밝혀 어둠을 조금 내몰고,
時代처럼 올 아침을 기다리는 最後의 나,

나는 나에게 작은 손을 내밀어
눈물과 慰安으로 잡는 最初의 握手.

「쉽게 씌어진 시詩」(1942) 전문

이 작품은 그의 또 다른 대표작 「십자가十字架」(1941)과 더불어 식민지 현실에 대한 무력한 지식인의 고뇌가 잘 형상화되어 있다. 또한 그는 「자화상自畵像」(1939), 「서시序詩」(1941)을 통해 절대 양심과 윤리적 순결성을 앞세워 순교자적인 자기 희생을 노래하기도 하였다.

4. 소설

1) 리얼리즘 장편소설의 성장

리얼리즘이라는 문예사조가 우리나라에 유입된 것은 1920년대이지만 그것이 작품 창작에 정착된 시기는 30년대이다. 물론 20년대에도 김동인·현진건 등에 의해 리얼리즘에 토대한 소설이 산출되기는 하였으나, 그것은 대부분 자연주의적 리얼리즘에 머무는 단편소설이었고, 최학송·이익상·이기영 등의 경향소설에서 비판적 리얼리즘에 근접한 작품도 눈에 띄지만, 거개가 작품의 수준이 충분치 않았던 데비해, 30년대 들어 비판적·사회주의적 리얼리즘 창작방법을 충족할만한 장편소설이 산출되어, 작단을 풍성하게 하였다.

① 염상섭 : 자본과 이념의 교직交織

염상섭의 『삼대三代』(1931)는 비판적 리얼리즘의 성공작으로 평가할 수 있다.

조덕기의 조부 조의관은 고루한 봉건 의식의 소유자이다. 어렵사리 모은 거액의 재산으로 집안의 크고 작은 제사를 받들고, 가문의 명예를 키워 나가는 것을 가장 큰 일로 삼는다. 칠순 노인이면서 부인과 사별 후 서른을 갓 넘긴 수원댁을 후취로 들여 네 살짜리 딸을 두고 있다. 조의관이 가장 못마땅하게 여기는 사람은 바로 아들 조상훈이다. 맏아들이면서 집안일은 안중에 없고 오로지 교회 사업에 골몰해 집안의 돈을 바깥으로 빼돌리는 데만 혈안이 된 것으로 여기는 것이다. 더구나 조의관이 가장 소중하게 여기는 봉제사를 기독교 교리에 어긋나는 우상 숭배라고 반대하고 전혀 돌보지 않는 것이다. 그는 아들보다도 손자인 덕기에서 더 큰 믿음을 가진다. 집안의 모든 일도 손자인 덕기와 의논해서 결정하고, 자신이 죽고 난 후 재산 관리도 덕기에게 일임하리라 생각하고 있다.
덕기의 부친인 조상훈은 위선자다. 미국 유학까지 마친 인텔리에다 신실한 기독교 신자요, 교회 장로인 그는 교회를 통한 사회 운동과 교육 사업에 큰 뜻을 품고 집안의 재산으로 그런 사업에 직접 투자하기도 하고 민족 운동가의 가족을 돌보기도 한다. 그러나 정작 그의 실생활은 구린내 나는 축첩과 노름, 그리고 술로 얼룩진

만신창이 난봉꾼의 모습이다. 그는 자신이 보살피던 운동가의 딸인 홍경애와 관계를 맺어 아이까지 낳고도 무책임하게 내동댕이치는가 하면, 당대의 오입쟁이들이 출입하는 '매당집'이란 곳엘 드나들면서 나이 어린 여자들과 불륜의 관계에 빠진다.

덕기는 조부祖父와는 다른 신세대의 인물이다. 그러나 그는 친구 김병화처럼 마르크스주의자는 아니다. 병화가 하는 일에 심정적으로 동조를 하기는 해도 그 자신은 법과를 마쳐 판사나 변호사가 되려는 꿈을 품고 있다. 자신의 그런 꿈이 가끔 운동가인 병화의 조소를 받아도 크게 개의하지 않는다. 병화는 목사인 아버지와 사상 대립으로 가출해서 이곳저곳 떠돌면서 기식하는 형편이지만 자신의 뜻은 절대 굽히지 않는 반면, 덕기는 할아버지나 아버지와 정면충돌하는 경우는 없다. 오히려 상황에 따라서는 세대를 달리하는 그들의 사고방식과 행동을 이해하고 동정하기도 한다.

잠재되어 있던 조씨 가문의 불화와 암투가 정면에 드러난 것은 조부의 임종을 앞두고 생긴 재산 분배 과정에서였다. 조의관의 후취인 수원집과 그를 조의관에게 소개해 준 최참봉 등은 재산을 가로챌 욕심으로 유서 변조를 계획하고 조의관을 독살한다. 의사들의 배설물 검사로 조부 조의관의 사인이 비소 중독임이 판명되자 상훈은 더 명확한 사인 규명을 위해 사체 부검을 해야 한다고 주장하지만 집안 어른들의 완강한 반대에 부딪혀 좌절되고 범인 찾기도 흐지부지되고 만다. 그러나 손자 덕기가 나타나 수원집 일당의 계획은 수포로 돌아가고 재산 관리권은 덕기의 수중에 들어오게 된다. 상훈은 법적 상속자인 자신을 건너뛰고 아들인 덕기에게 그 권리가 넘어가자 유서와 토지문서가 든 금고를 훔쳐 달아나다 경찰에 붙잡힌다.

한편, 상훈에게 농락당하고 아이까지 낳은 후 버림받던 홍경애는 비록 표면적으로는 술집 여급으로 나가면서 생계를 꾸려 가지만 해외의 독립 운동가인 이우삼과 연계를 가지면서 그를 뒤에서 돕는 역할을 한다. 경애는 과거에 묶이지 않고 자신의 운명을 개척하기 위해 애쓴다. 그는 병화와 자주 만나는 사이에 그에게 애정을 느끼게 된다. 그들은 조그마한 잡화상을 경영하며 경찰의 눈을 속이지만 그것이 다른 운동가인 장훈 일파들의 오해를 사게 되어 테러를 당하기도 한다.

한편, 이우삼이 국내를 다녀간 뒤 서울에서는 대대적인 검거 선풍이 불어 닥친다. 비밀 조직인 장훈 일파는 물론, 가게를 운영하며 경찰의 눈을 피해 있던 병화와 경애도 검거된다. 그리고 덕기도 병화에게 자금을 대주었다는 혐의로 연행되어 조사를 받는다. 조사가 진행되는 과정에서 장훈은 비밀 유지를 위해 코카인으로 음독자살을 한다. 장훈의 자살로 갑자기 조사가 미궁에 빠지자 연행되거나 검거되었던 사람들은 다 풀려 나오게 된다. 가짜 형사를 등장시켜 금고와 문서를 훔쳐냈던 상훈도 결국 훈방 조치로 풀려난다. 덕기는 할아버지의 죽음으로 인한 공백을 느끼면서 이제 자신의 어깨 위에 내려얹힌 조씨 가문의 유업을 어떻게 이끌어 나갈 것인가 망연해한다.

『삼대三代』(1931) 줄거리

이 소설의 핵심 소재는 '자본'과 '이데올로기'이다. 모든 인물들은 이 두 소재에 어떤 식으로든 관련되어 있다. 조의관 집안의 인물들은 주로 '자본'에, 그리고 홍경애 주변의 인물들은 주로 이데올로기에 얽혀 있어서, 이 작품의 방대한 스토리와 다양한 사건들이 이 두 문제에 수직적으로 또는 수평적으로 연결되어 전개된다. 먼저 자본 차원에서 본다면, 조씨 집안 인물들은 철저히 '돈'에 지배당한 사람들이어서, 이로써 당시 식민지적 자본주의 재편과정의 문제점이 비판적으로 부각되고 있다. 또한 이데올로기 차원에서 본다면, 홍경애·김병화·장훈 등의 사회주의자들의 활약과 이에 심정적으로 동조하는 조덕기를 병행시킴으로써 중도적인 작가의식을 간접적으로 표명하고 있다. 요컨대, 『삼대三代』는 조씨 삼대에 걸친 수직적인 인물들과 조덕기의 주변에 포진된 수평적인 인물들을 교직시키는 구성 방식을 통하여 당대의 가장 중요한 문제인 '자본'과 이데올로기의 상관관계를 비판적으로 형상화하였고, 이로써 비판적 리얼리즘의 성취를 이루었다.

② 채만식 : 풍자소설의 새 경지 개척

또다른 비판적 리얼리스트로서 채만식蔡萬植을 꼽을 수 있다. 채만식은 1931~1934년에 카프 비평가들과 주고받은 '동반자 작가 논쟁'을 거치는 동안 「화물자동차」(1931), 「농민의 회계보고」(1932) 등의 농촌의 피폐상을 다룬 작품을 발표하였다. 이 시기는 그의 창작 기간 중 초기에 해당되는데, 이 시기 소설은 그 후의 소설에 비해서 소설의 미학적 성취도가 높다고 할 수는 없지만, 그의 작가적 태도를 보다 분명하게 다져나가는 바탕을 마련한 시기로 판단된다. 즉, 동반자 계열의 소설을 비롯한 대부분의 작품에서 다루어지고 있는 지식인의 방황과 이중성, 농촌의 몰락과 공동체의 해체, 그리고 계급 모순이 야기하는 사회적 문제 등을 작가 정신으로 공고히 한 시기로 요약된다.

채만식은 1934년 「레디메이드 인생人生」을 발표하면서 창작 경향의 변화를 보이더니, 이어 「명일明日」(1936), 「어머니를 찾아서」(1937)를 거쳐 「치숙痴叔」(1938), 「소망少妄」(1938), 그리고 『태평천하太平天下』(1938), 『탁류濁流』(1939)를 선보여 일약 '풍자작가'로서 문명文名을 날린다. 그의 대표작이기도 한 이 작품들을 통하여 그의 작가적 특성인 풍자적 기법이 확립된 시기이기도 하다. 「레디메이드 인생」의 경우, 1930년대 초에 전개된 '농촌계몽운동'의 허구성과 인텔리 실업자 대량 배출 등의 모순된 '문화 정책'등을 부정하여, 미약하나마 반제국주의적이고 반자본주의적인 작가의식을 반어적 수법으로 표명하고 있다. 이런 작가의식과 창작 수법은 「명일」, 「어머니를 찾아서」, 「치숙」, 「소망」, 『태평천하』에서 더욱 심화되거나 세련되어 표현되었다. 예컨대, 「명일」에서 초점화자의 비판적 시각을 통하여 식민지 자본주의 경제 구조의 모순을 부정하고, 「치숙」에서 내포작가의 이중적 서술을 통하여 반민족적인 역사인식을 비판하고, 『태평천하』에서 서술자의 반어적 어법으로써 친제국주의적 부르주아의 왜곡된 역사의식과 봉건적인 생산양식에 따른 불평등한 사회구조 등을 고발한다. 이 시기는 작가로서는 황금기에 해당한다고 할 수 있다. 특히 『태평천하』는 이 작가의 풍자 정신을 가장 성공적으로 표현하고 있다는 점에서 한국근대 문학사상 비판적 리얼리즘의 수작으로 평가된다.

『태평천하』(1938)가 발표된 해 전후 몇 년은 일제강점기 중에도 일제의 엄혹한 식민지 통치가 가장 극심해지는 시기였다. 민족주의자들의 범국민적 단체였던 신간회가 강제 해산되고(1934) 30년대 초까지 사회주의 문학운동의 중심 역할을 하였던 카프(KAPF)도 35년에 강제 해체되어 어떠한 이념적 저항운동도 모두 정지되는 상태에 이른다. 1937년 중일전쟁 발발로 일제의 '대동아공영권'의 야욕이 본격화되고, 이에 따라 조선 식민지 통치는 일제 군국주의 체제로 급변해가고 있었다. 조선 민족성 말살정책이 구체화되고 식민지 수탈이 더욱 격심해졌다. 이에 따라 30년대 초까지 가능했던 부분적인 집회·결사의 자유도 엄격히 통제되고 출판물의 검열도 더욱 강화되어 갔다.

제2차 세계대전 당시 일제가 아시아의 여러 나라를 침략할 때 내세운 정치 슬로건. '대동아'란 동아시아에 동남아시아·호주·인도를 더한 지역을 가리키는 말로, 1940년 일제가 국책요강으로 '대동아 신질서 건설'이라는 것을 내세우면서 처음 사용한 말이다. 구체적으로는 1940년 7월 26일 제2차 고노에후미마로近衛文麿 내각의 국무회의 결정 '기본국책요강'에서 '대동아 신질서 건설'이 국책으로서 제시되었으며, 이어서 8월 1일에는 마쓰오카요스케(松岡洋右) 외무대신이 담화에서 '대동아공영권'이라는 말을 사용하였고, 이후에는 공식적인 슬로건으로서 채택되었다

그 요지는 아시아 민족이 서양 세력의 식민지배로부터 해방되려면 일제를 중심으로 대동아공영권을 결성하여 아시아에서 서양 세력을 몰아내야 한다는 것이다. 일제는 제2차 세계대전에 개입한 직후인 1941년 12월 10일에는 이 전쟁을 대동아전쟁으로 부르기로 결정하였으며, 같은 달 12일에는 전쟁 목적이 '대동아 신질서 건설'에 있다고 주장하였다.

그러나 이 시기 일제는 대동아공영권을 내세워 피점령국의 주요 자원과 노동력을 수탈하고, 식민지의 독립운동과 점령지의 저항운동을 이념적으로 탄압하기 이한 수단으로 이 슬로건을 이용하였다.

참고 : 『두산세계대백과99』, 『21세기정치학대사전』

● 215

　　이런 정치·사회적 배경 탓에 당시 문단은 이른바 '전형기'를 맞아 문학 환경도 급격하게 변화되어 갔다.(즉 어떠한 이념적인 문학운동이 정지되어 탈이념적 문학(순수문학)이 성행하거나, 그 부작용으로 대중문학이 급성장하고, 또는 이전에 민족주의자였거나 사회주의자였던 작가들이 다수 친일의 경로로 접어드는 때가 이 이 시기인데, 이런 문단적 변화를 한 마디로 일컬어 '전형기'라 한다.) 이 전형기 문학의 현상을 요약하면 ① 순수문학 융성, ② 대중문학 부각, ③ 전향작가(일제에 저항하던 작가가 순응하거나 친일로 돌아선 작가)가 늘어남으로써 친일 작품 대두, ④ 서구 자본주의에 추수한 모더니즘 문학 산출 등이다. 이런 와중에도 당시 현실에 비판적인 입장을 취한 경우로 일군의 리얼리즘 작품을 꼽을 수 있는데, 이마저도 일제의 탄압과 검열에 시달려 소수의 작가만이 산발적으로 작품을 산출하였다. 『태평천하』는 이런 상황에서 나온 1930년대 후반의 대표적인 비판적 리얼리즘 작품이다.

　　일꾼이나 하인은 상전을 섬기기만 하고 대가對價는 바라지 말아야 한다고 생각하

는 윤 직원 영감은 인력거를 타고 와서는 그 삯을 깎겠다고 한다.

또한, 그는 나이 어린 기생을 데리고 다니면서도 아무것도 주려 하지 않는다. 그러면서도 윤 직원 영감이 자기가 그들에게 은혜를 베푼다고 생각한다. 마찬가지로 소작인에게 땅을 붙여 먹고 살게 하는 것도 무슨 큰 자선 사업이나 되는 것처럼 여긴다. 그런 식으로 부富를 축적한 윤 직원 영감에게는 쓰라린 기억이 있다. 출처가 불확실한 돈을 모았던 그의 아버지가 구한말 시절에 화적들의 습격을 받아서 비명횡사한 것이 바로 그것이다.

그런데 일본인이 들어와 불한당을 막아 주고 '천하태평'을 보장해 주었기 때문에 윤 직원은 진심으로 일본인들을 고맙게 생각한다. 돈을 버는 데는 무엇보다도 권력과의 결탁이 중요하다는 사실을 깨닫게 된다. 그래서 윤 직원 영감은 경찰서 무도장을 짓는 데 아낌없이 큰 돈을 기부한다.

또, 윤 직원은 양반을 사고, 족보에 도금한 것으로도 모자라 손자 '종수'와 '종학'이 군수와 경찰서장이 되어 가문을 빛낼 것을 기대하고 있다. 그러나 아들과 손자는 윤 직원의 말을 잘 듣지 않는다. 그래서 집안의 분란은 끊이지 않는다. 아들 '창식'은 집을 돌보지 않고 노름으로 밤을 새며 가산만 탕진하고 있고, 군수를 시키려던 손자 '종수'는 아버지의 첩 '옥화'와 정을 통하는 불륜을 저지른다. 며느리나 손자며느리도 고분고분하지가 않고 딸마저 시댁에서 소박맞고 와서 함께 살고 있다. 그래도 윤 직원 영감은 고압적으로 집안 분위기를 억누르고 있던 차에, 마지막으로 기대를 걸고 있던 손자 '종학'이가 '사상 관계로 경시청에 피검' 되었다는 전보를 받고 충격을 받는다.

『태평천하太平天下』(1938) 줄거리

일제 치하를 태평천하로 인식하는 주인공 윤직원은 식민지 친일자본가의 전형이다. 본시 윤씨 가의 경제자본은 "출처가 모호"한 "난데없는" 2백 냥에서 출발하였다. '일확천금'을 불법적이고 비정상적인 방식으로 돈을 불려 벼락부자가 되었지만, 아들 윤창식과 손자 윤종수에 의해 쉽게 몰락할 것이 예견된다. 구한말과 일제강점기라는 변동사회에서 벼락부자로 성장한 윤씨 가의 경제자본의 허약성과 비정상성은 곧 당시 식민지 근대화 과정에 신흥 부르주아로 성장해가는 새로운 계층의 허약성과 비정상성을 표상한다고 하겠다. 그러나 그의 자본은 경제자본(동산, 부동산)에 치중되어 있어 상대적으로 사회자본과 문화자본은 매우 미약하다.[5] 그래서 그는 사회자본 확장을 위해 족보에 도금을 하고 양반 신분을 돈으로 사들이기도 하며, 양반 가문과 사돈을 맺는 등 다방면으로 노력하지만, 끝내 실패하고 만다. 윤두섭의 직계는 물론이고 그들의 처첩들도 별다른 사회자본을 지니고 있지 않다. 문화자본의 빈곤상도 역시 사회자본의 그것과 대동소이하다. 요컨대, 『태평천하』의 자본은 매우 불균형적인 양상을 띠고 있는 것으로 확인되는데, 이런 불균형의 원인은 식민지 근대자본의 허약성과 비정상성에서 기인한다. 그리고 이 점이 윤씨 집안 자본의 기형성를 드러내고 있으며, 그 기형성으로 해서 윤두섭의 희화戱畫화된 성격이 선명하게 부각된다.

채만식의 풍자를 통한 현실 비판은 1939년경부터 변화되기 시작한다. 채만식은 곧이어 『탁류濁流』(1939)에서 식민 자본주의의 폐해와 식민지 시대 풍속을 비판적으로 그리고 있으나, 주인공 정초봉의 파란만장한 인생유전의 내용이 다분히 통속적이어서 『태평천하』에 비해 비판의 강도가 상당히 약화되어 있다. 부정적인 현실을 허무주의적 시각으로 인식하는 태도가 강해진 것이다. 이런 허무주의적 경향은 「패배자의 무덤」(1939)에서는 주인공의 죽음을 통해 강화되고, 「모색」(1939)에서는 현실 타협으로 변화되며, 「상경반절기上京半折記」(1939)에 이르면 조선인의 '종족 근성'에 대한 신랄한 경멸로 이어진다. 「상경반절기」는, 그 주인공이 근 반년 만에 서울 나들이를 하면서 여러 가지 무질서한 장면을 목격하자 이를 '종족근성'의 탓으로 치부하고 이를 개탄하는 내용으로 짜여진 작품이다. 이 무렵의 허무주의적 경향은

---

5) 사회자본 : 프랑스 사회학자 부르디외(P. Bourdieu)는 사회자본을 '사회적 연결망으로 구성되고 신분과 학벌·문벌 등과 같은 형태로 제도화된 자본'으로 개념화한 바 있다. 그러나 사회자본이란 용어는 경제학자 글렌 라우리(Loury, Glen)가 1977년 처음 사용하였다. 그는 인종별 소득격차에 대한 신고전주의자들의 해명을 비판하는 과정에서 이 용어를 사용하였으나 본격적으로 개념화하지는 않았다. 1980년대 후반 부르디외와 미국의 사회학자 콜만(J. Colemann)에 의해 정교화되었고, 한국의 경우 2000년 전후 본격적으로 소개되어 사용되고 있다. 현대 사회에서 '자본'은 '사회자본'과 '경제자본'과 '문화자본'으로 삼분된다.

　문화자본 : 부르디외(P. Bourdieu)는 문화자본을 '상당 기간 동안 정신적·육체적 터득과 동화과정을 거쳐 취향과 교양으로 구축된 비물질적 자본, 미술작품·유적·악기 등 물질적 형태로 가치를 지니고 있는 자본, 그리고 박사학위나 고등고시처럼 일정한 교육과정·시험을 거쳐 제도적으로 승인하여 생겨나는 자본' 등으로 개념화하였다.

　Pierre Bourdieu, "The Forms of Capital", 정병은 역, 「자본의 형태」, 유석춘 외 3인 편역, 『사회자본』(도서출판 그린, 2003), 61~2쪽 참조.

1940년이 지나면 급기야 '민족패배주의'를 거쳐 이른바 '친일작가'의 길로 가는 경로라 할 수 있다.

채만식의 '친일'의 논리는 '서구의 자본주의·사회주의 체제의 모순'을 극복하기 위한 대안으로 일제의 '신체제론'을 받아들인다는 방식이다. 당시 신체제론의 핵심적인 모토는 ①자본주의와 사회주의의 동시적 지양, 즉 '서구적 근대의 초극', ②'서구적 근대'를 대치할 새로운 문명(동아문명)의 건설이었다.

이런 '신체제론'적 문학 태도는 중편 「혈전血戰」(1941)에서 보다 구체적으로 표현되고, 평론 「문학과 전체주의」(1941)와 「시대를 배경하는 문학」(1941)에서 직설적으로 주장되었으며, 이의 문학적 형상화에 가장 성공한 작품으로는 『여인전기女人戰紀』(1944~45)를 꼽을 수 있다. 이 소설은, 옥동댁 임진주의 파란 만장한 일생을 통하여 전통적 부덕婦德을 부각하고, 그 부덕이 그녀의 아버지 임 중위와 외아들 철로 이어지는 '황국신민의식'의 바탕이 된다는 것을 강조한 그의 대표적 친일 작품이다. 여기에서는 유교적 미덕 중 신체제론에 이용될 만한 것으로서 부덕과 충군(忠君)의식이 찬양되고, 개개인의 가족주의 역시 '국가' 전체의 가족주의에 종속된다는 전근대적 가치가 강조된다.

③ 이기영과 강경애 : 사회주의 리얼리즘 소설의 성과

사회주의 리얼리즘의 성과는 이기영의 『고향故鄕』(1934)과 강경애姜敬愛의 『인간문제人間問題』(1934)에서 나타났다. 『고향』은 농민소설이면서 또 프로소설이기도 한데, 이기영으로 하여금 프로작가로서 입지를 굳건히 하도록 한 작품이므로 이 작품에 관해서는 다음 '프로소설' 항에서 다루겠다.

한편, 강경애姜敬愛는 30년대 여류작가라는 점에서 주목할 만도 하지만, 그 작품 경향이 철저하게 리얼리즘에 입각하였다는 점에서 더욱 주목해야 할 작가이기도 하다. 그녀는 1930년대 초부터 십 수 편의 소설을 발표하였는 바, 「소금」(1934), 「번뇌」(1935) 등에서 만주 항일 빨치산 활동을 여실하게 그려내었고, 『어머니와 딸』(1932),

『인간문제』(1934)에서는 여성 해방과 계급투쟁 접맥하여 매우 선이 굵은 주제를 부각하기도 하였다. 특히 『인간문제』는 사회주의 리얼리즘의 성공작으로 평가되기도 하는 등 그녀의 대표작이기도 하다.

『인간문제』는 악랄한 지주이자 면장으로 농민을 착취하는 정덕호, 정덕호의 집

에서 몸종으로 지내다가 노동자로 변신하는 선비, 소작농의 아들로서 후에 부두 노동자로 일하는 첫째, 노동운동에 뛰어들어 첫째를 의식화시키고 자신은 전향하는 유신철 등을 중심으로 이야기가 전개된다. 소설의 전반부는 선비와 간난이, 첫째 등과 악덕지주 정덕호 일가로 대표되는 착취계급간의 갈등과 대립이 용연읍을 중심으로 펼쳐진다.

선비의 아버지는 용연 마을의 지주인 정덕호의 머슴인데, 소작인을 도와주었다가 정덕호가 던진 주판에 머리를 맞아 죽는다. 선비는 정덕호의 집에서 몸종으로 지내다가 친구인 간난이와 함께 그에게 성적 농락을 당한다. 그후 정덕호의 집에서 도망쳐 서울로 간 간난이를 찾아간다. 선비의 고향 청년 첫째는 정덕호에게 반항하다가 땅마저 빼앗기고 굶주림을 못이겨 고향을 떠난다. 서울 출신의 대학생 유신철은 정덕호의 딸 옥점에게 놀러왔다가 선비에게 반한다. 이를 트집잡아 옥점은 친구인 선비를 모욕하고 학대한다. 유신철은 이러한 옥점이 싫어져 부모끼리의 결혼 약속을 파기하고 가출해 인천부두에서 노동자 생활을 하다가 첫째를 만나고, 그를 각성된 노동자로 키우게 된다.

소설의 후반부는 주요 인물들의 활동공간이 인천으로 옮겨지면서 자연스럽게 노동자 계급과 노동쟁의에 관한 이야기가 전개된다. 서울에 올라온 선비는 간난이와 함께 인천의 방적공장에 취직해 공장 노동자로서의 삶을 시작한다. 이곳에서는 수많은 여공들이 노동력을 착취당한다. 유신철 등의 지원을 받아 비밀리에 공장 내의 의식화운동을 추진하던 간난이는 선비에게 이 일을 맡기고 공장을 탈출한다. 선비는 공장 감독의 유혹을 뿌리치며 자기 책임을 다하다가 폐결핵으로 세상을 떠난다. 한편, 인천에서 부두노동자로 일하던 첫째는 유신철을 만나 철저히 의식화되어 공장 내의 노동운동을 돕고 부두 노동자의 파업을 주도한다. 그러나 정신적 지주로 믿었던 유신철이 고문과 회유에 넘어가 전향했다는 소식이 전해지고, 어려서부터 사모하던 선비의 싸늘한 주검이 그의 앞에 놓인다. 첫째는 절망과 분노로 몸을 떨면서 결국 '인간문제'는 노동자 자신이 주체적으로 해결해야 한다는 뼈아픈 깨달음을 얻는다.

『인간문제人間問題』(1934) 줄거리

이 소설은 식민지시대였던 1930년대 당시의 참담한 노동현실을 가장 짜임새 있으며 객관적으로 작품화한 강경애의 대표적 작품으로 평가된다. 비록 소설의 전체

220 ●

구성이 평면적으로 양분되고 인물의 통일성이 결여된 점이 작품의 한계로 지적되기도 하나, 뚜렷한 주제의식과 이를 미학적으로 뒷받침하는 현대적 감각의 문체는 동시대의 리얼리스트인 이기영과도 견줄 만한 것으로 높이 평가된다.

📖 **김정한金廷漢**

1908~1996년. 소설가. 호는 요산樂山. 경남 동래 출생. 1923년 중앙고보 입학, 다음해 동래고보로 전학해서 1928년 졸업하고 교원으로 취직했다가 직장 내에서의 민족적 차별대우에 불만을 품고 조선인교원연맹을 조직하려다 피검되기도 하였다. 1930년 일본 와세다무稻田대학 제일고등학원 문과에 입학, 1931년 유학생회에서 발간하는 『학지광』의 편집에 참여하면서 사회주의 문학운동 단체인 동지사同志社에도 관여하였다. 1932년에 귀국, 양산 농민봉기사건에 관련되어 투옥되었다. 1933년 남해보통학교 교사로 있으면서 농민소설 창작에 투신하여 1936년에 단편 「사하촌寺下村」이 『조선일보』 신춘문예에 당선되었다. 이후 「옥심이」(1936)・「항진」(1937)・「기로」(1938)・「낙일홍」(1940) 등 리얼리즘적 경향이 강한 단편소설을 발표하였다. 1940년 일제의 강압에 의해 한국어교육이 금지되자, 교직에서 물러나 동아일보 동래지국장으로 활동하던 중 치안유지법 위반으로 피검되었고, 같은 해 8월 동아일보가 강제 폐간되자 절필하였다.

광복 직후 건국준비위원회에 가담하였고, 민주신보 논설위원, 1949년 부산대학교 조교수로 임용되었다. 1961년 5・16 군사정변 여파로 한때 부산대를 떠나 부산일보 상임논설위원으로 활동하다가, 1965년 부산대에 복직되었다. 그는 1966년 『문학』 6월호에 낙동강변에 사는 가난한 어촌민의 생활과 수난을 생생하게 그린 「모래톱이야기」를 발표하면서 문단에 다시 등장해 화제를 불러일으켰다. 이후 「제삼병동」・「뒷기미나루」・「축생도」・「인간단지」 등의 역작을 발표하였으며, 중편 「수라도」로 제6회 한국문학상을 수상하였다. 「수라도」는 한말부터 광복 직후에 이르는 한 여인의 일생을 통하여 한민족의 수난사를 사실적으로 재현하면서 민중의 항거정신을 뚜렷이 부각시킨 문제작의 하나로 평가받았다. 1971년 창작집 『인간단지』이 한얼문고에서 간행되었고, 창작과비평사에서 『김정한소설 선집』, 동화출판사에서 장편소설 『삼별초』 등이 간행되었다. 그 외 수상집으로 『낙동강의 파수군』이 있다.

참고 : 『한국민족문화대백과사전』, 『한국현대문학대사전』

---

④ 김정한과 현덕 : 농촌 참상 고발과 도시 빈민 애환 반영

김정한은 30년대에 단편소설로 리얼리즘의 특성을 강하게 드러낸 작가이다. 그는

데뷔작 「사하촌寺下村」(1936)과 그 후속작인 「옥심이」(1936)와 「기로岐路」(1938) 등에서
당시 농민들의 실상을 실감나게 고발하였다. 특히 「사하촌」은 사찰 소유의 전답을
빌어 살아가는 사하촌 소작농민들의 빈궁과 삶의 고통을 그려낸 작품으로 해방 전
그의 대표작으로 꼽을 만하다. 이 소설의 공간 구조는 사찰과 사찰 아래의 마을로
이원화되어 있다. 사찰은 가난한 농민들이 범접하기 어려운 곳이다. 중생을 제도하
는 정토가 아니라 가난한 농민들을 억압하고 착취하는 타락한 폭력집단이다. 이 공
간적 상하대립 양상이 작품 속에 등장하는 갈등 구조의 근거를 이룬다. 경제적인
불평등 구조만이 아니라 폭력적인 세력 집단으로 전락한 사찰의 종교적인 횡포까
지 겹침으로써, 갈등이 고조되고 있다. 이 소설의 결말은 입도차압의 횡포를 부리는
사찰에 대응하여 농민들이 집단적인 항거를 일으키는 것으로 되어 있다. 이러한 결
말은 계급적 투쟁이라기보다는 오히려 농민들의 생존을 위한 본능적인 저항에 해
당된다고 할 것이다.

📖 **현덕玄德**

1909~미상. 소설가. 본명은 현경윤玄敬允. 서울 출생. 1924년
대부보통학교를 수료하고, 중동학교 속성과 1년을 다녔다. 1925
년 제일고보에 입학하였으나 곧 중퇴하였다 1927년 『조선일보』
신춘문예 동화부문에 「달에서 떨어진 토끼」가 1등으로 당선되
었고, 1932년 동화 「고무신」이 『동아일보』에 가작 입선되었다.
이후 현덕은 다수의 동화 작품을 『소년조선일보』 등에 발표하
다가, 1938년 『조선일보』에 소설 「남생이」가 당선되면서, 소설
가로 정식 데뷔하였다. 그 뒤에 「경칩」(1938)·「두꺼비가 먹은
돈」(1938)·「골목」(1939)·「군맹群盲」(1940) 등을 발표하였다.

해방 이전에는 많은 소설을 남기지 않았으나, 어린아이의 천
진난만한 시선으로 농촌공동체의 와해과정을 선명하게 부각하거나, 무기력한 지식인을 주인
공으로 하여 도시의 타락상을 사실적으로 재현하여 주목을 받았다.

1946년 조선문학가동맹에 참여하였고, 1950년 월북하였다. 월북 이후 발표된 작품으로는
「하늘의 성벽」(1951)·「복수」(1951)·「첫 전투에서」(1951)·「부싱쿠동무」(1959)·「수확의 날」
(1960)·「싸우는 부두」(1961) 등이 있다. 1962년 한설야 일파로 분류되어 숙청당한 것으로 알
려져 있으며, 그 이후의 행적은 알 수 없다.

참고 : 『한국현대문학대사전』

한편, 현덕玄德은 「남생이」(1938)로 등단한 후 「경칩」(1938), 「군맹」(1940) 등 소작농과 도시빈민들의 애환을 담은 단편들을 발표하였다. 「남생이」와 「경칩」은 연작 형태를 취하면서 '노마'라는 어린 소년의 시선에 비친 소작농의 참상이 서정적인 문체로 그려져 있다. 그러면서 '노마'의 아버지가 겪는 농촌의 실상을 나름의 전형성을 띠도록 하고 있고, '노마'의 세상을 보는 시야의 확대를 부각함으로써 리얼리즘에 도달한다. 또한 「군맹」 역시 동대문 밖 무허가 판자촌에서 살아가는 빈민들의 삶을 적나라하게 반영하여 비판적 리얼리즘에 근접하였다.

2) 농민소설의 다양화

당시 전 국민의 90% 이상이 농민이었으므로, 농민은 계몽의 대상으로서도, 프롤레타리아의 동맹 계층으로서도, 또한 국가정책 수행의 대상으로서도 매우 중요하였다. 그러다보니 작가들의 관심은 자연스럽게 농민의 문제로 모아지게 되었고, 이에 따라 다양한 농민소설이 등장하였다.

① 이기영 : 프로문학의 동맹문학

당시 농민의 80%가 소작인이었으므로, 농민의 문제는 곧 프롤레타리아 계급의 문제에서 크게 벗어나지 않았다. 그래서 당시 프로 작가 중 상당수가 농민소설 작가로 활동하였고, 이로 말미암아 한때는 프로문학과 농민문학이 상호 '동맹문학'의 성격을 띠기도 하였다. 이런 경향에 가까운 작품으로는 권환의 「목화木花와 콩」과 이기영의 『고향故鄕』(1934)이 있다. 특히 이기영의 초기 작품은 이 시기 프로문학적 농민소설의 전범이라 할만하다.

이기영은 「서화鼠話」(1933) 이후 사회주의 리얼리즘 창작방법을 원용하기 시작하여 대표작 『고향』(1934)에 이르러 사회주의 리얼리즘에 입각한 농민소설을 산출하였다.[6]

동경 유학중이던 김희준이 학자금 난으로 학업을 중도에 포기하고 고향인 원터 마을로 돌아오는 데서부터 이 작품은 시작된다. 귀향한 희준은 소작인으로 농사를 짓는 한편, 대농민봉사·계몽활동을 통하여 서서히 농민지도자로서 위치를 굳힌다. 인동이·인순이·방개·막동이 등의 동네 젊은이들은 차츰 계급의식에 눈 뜨게 되고 마침내 희준을 중심으로 한 마을 농민운동에 앞장서게 된다. 이 운동은 차츰 소작재의 형태로 커지게 되고 급기야는 마을의 전체 소작인들은 동네 마름인 안승학과 대결해나간다. 소작권을 관리하는 안승학에게는 서울에서 여자고등보통학교에 다니는 갑숙이라는 딸이 있는데, 희준과 갑숙은 차츰 친하게 된다.

갑숙은 읍내의 상인 권상필의 아들 경호와 사랑하는 사이이고 마침내 깊은 관계가 된다. 안승학은 경호의 친아버지가 권상필이 아니라 구장집 머슴인 곽첨지임을 알아내고 이를 폭로하겠다고 위협하여 권상필로부터 돈을 뜯어내려다가, 갑숙과 경호의 관계를 알고 분노하여 갑숙에게 칼부림까지 하게 된다. 희준의 영향을 받고 있던 갑숙은 이를 계기로 가출하여 옥희라는 가명으로 제사공장의 직공이 된다.

경호도 가출, 생부를 찾고 제사공장 사무원으로 취직한다. 두레를 통하여 단결한 소작인들은 희준을 중심으로 소작쟁의를 벌여 안승학과 싸운다. 이때 제사공장에서도 옥희를 지도자로 한 노동쟁의가 벌어지며, 희준은 이를 지원한다. 노동쟁의에 성공한 옥희는 원터의 소작쟁의를 돕기 위하여 돈을 보내고, 또한 안승학을 굴복시킬 계책까지 제시한다. 즉, 자신과 경호의 관계를 소문내겠다고 위협하라는 것이다. 옥희의 말대로 함으로써 희준은 마침내 쟁의를 승리로 이끌게 된다.

『고향故鄕』(1934) 줄거리

224 ●

이 작품은 다른 농민소설과는 작가의식 차원에서 큰 차이가 있다. 대부분의 농민소설이 지식인의 관점에서 노동자·농민 문제를 접근한데 반해, 이 작품은 노동자·농민의 입장에서 그 문제에 다가가고 있다는 점에서 우선 차이가 있다. 이런 차이는 노동자·농민들의 빈궁화와 피폐상에 대한 서술에 활력을 불어넣는다. 나아가 지주와 소작인의 대립(또는 자본가와 노동자의 갈등)이 단순히 '원터' 마을에서만 일어나는 특수한 사건이 아니고, 당시 식민지 근대성이 야기한 구조적 문제라는 점을

6) 『고향』은 그 공간적 배경이 '원터'라는 농촌이고 또 그 인물들이 대부분 농민이라는 점에서, 여기에서는 '농민소설'의 범주에 넣어서 언급한다. 그러나 또 리얼리즘의 창작방법론에 잘 부합한다는 점에서는 '리얼리즘 소설'로 묶어도 손색이 없을 것이고, 카프의 중요한 창작방법론인 사회주의 리얼리즘을 훌륭하게 구현한 작품이라는 점에서 '프로 소설'에 넣어도 무방할 것이다.

강화해준다. 또한 이 작품은 여타 프로소설과도 상당한 차이가 있다. 즉 대부분의 프로소설이 도식적인 창작방법에 매몰되기 십상인데 반해, 이 작품은 다양한 인물들이 등장하여 각기 개성적인 성격을 유지하면서도 노동자·농민의 연대의식으로 합류한 이후에는 또 통일된 전형화를 성취해내었다는 점에서 기존 프로소설이 지닌 획일적인 구성 방식을 극복하였다고 할 수 있다. 원터 마을과 제사공장에서 벌어지는 수많은 사건들과 주인공 희준을 정점으로 한 많은 노동자·농민 인물들의 개성적인 성격들이 얽히고설키어서 자연스런 소설적 개연성을 확보해주고 있는 것이 그 '극복'의 가장 큰 동력이라 할 수 있다. 즉, 원터 마을 청년들의 각기 다른 개성들의 상호 충돌과 조정, 농촌의 원시적인 생명력과 근대 농촌의 피폐상의 대립적인 양상, 소작쟁의 과정에서 드러나는 계급 운동과 그를 방해하는 사건들의 배열 등등의 구성상의 다양성들이 이 작품의 문학성을 담보한다고 할 수 있다.

이기영은 이후 장편 『신개지新開地』(1938), 『인간수업人間受業』(1941), 『봄』(1942), 『처녀지處女地』(1944) 등을 발표하여 이 무렵 어느 작가보다도 왕성한 창작열을 보여주었다. 『신개지』는 봉건 양반의 몰락과 식민지 부르주아의 형성의 문제점을 부각하기는 하였으나 전체적으로 통속성을 극복하지 못하였다. 『봄』은 구한말 봉건사회의 붕괴와 자본주의 사회로의 재편 과정을 다루어 초기 식민지 근대성의 문제점을 본격적으로 제기하여, 이기영의 또다른 대표작으로 꼽을만하다.

② 이광수와 심훈 : 계몽의 한계와 실천

한편, 농민을 계몽의 대상으로 보고 계몽문학 관점에서 농민소설을 쓰기도 했다. 이광수의 『흙』(1933)과 심훈沈熏의 『상록수常綠樹』(1934)가 대표적이다. 『흙』은 이광수의 개량적 민족주의와 농민계몽운동을 잘 접맥시킨 작품이다.

허숭은 경성의 명문 부자인 삼청동 윤 참판 댁에 기식하며 보성전문 법과에 다니는 고학생이다. 그는 여름방학에 잠시 짬을 내어 고향 살여울에 내려와 야학을 열고 동민들을 가르친다. 여자반에 보통학교를 졸업한 유초시의 딸 유순이란 처녀가 열심히 공부하여 허숭의 관심을 끈다. 한편 윤 참판 댁 슬하에 정선이라는 미모의 규수가 있어 누가 그 배필이 될 것인가가 장안의 관심사다. 김갑진이 그녀에게 눈독을 들이는데, 그는 남작 작위를 받은 집의 아들로 경성제대 법과에 다니는 수재로 소문난 청년이다. 숭은 익선동에 사는 한민교 선생을 존경하여 그 가르침에 따른다. 숭이 졸업시험을 치르고 돌아온 날, 윤 참판은 동경 유학과 정선과의 혼인을 권유한다. 이것은 장차 변호사가 되어 '농민 속으로 가자'고 했던 결심과, 아련하게 유순을 그리워하는 마음에 갈등을 불러일으킨다. 다시 윤 참판의 독촉이 있자 허숭은 거절하지 못하고 혼인을 서두른다. 숭은 혼인 전날, 유순의 편지를 받고는 잠시 동요하지만 현실에 순응한다.

숭은 명문 대갓집의 사위이자 고문시험에 합격한 변호사이지만 고민 끝에 다시 농촌 계몽운동에 투신하기로 하고 살여울로 내려온다. 그는 우매한 동민들을 돕는 한편, 유순과는 사제의 관계를 유지한다. 허숭이 과로로 병석에 눕자 정선이 간호차 살여울로 내려온다. 그 기회에 숭은 정선에게 자신의 꿈을 얘기하며 낙향해 살자고 하고 정선은 잠시 맘이 흔들린다. 하지만 귀경한 뒤 그녀는 생각이 달라진다. 세련된 김갑진에게 마음이 쏠리고 급기야는 그와 불륜에 빠지고 만다. 허숭은 이건영으로부터 아내의 불륜 사연을 암시하는 편지를 받자 상경하고 두 사람의 부부생활은 더욱 더 큰 금이 가기 시작한다. 정선은 갑진의 위선과 간교함을 알면서도 교제를 끊지 못한다. 그러다 정선의 갑진의 밀회 장면이 숭에게 들키게 되고 정선은 구겨진 자존심과 면목 때문에 이혼·자살을 생각하게 된다.

허숭은 정선의 태도를 용서할 수 없어 집을 떠나 봉천행 기차에 오른다. 그런데 누군가 열차에 투신 자살을 시도하여 달리던 기차가 급정거하게 되는데 그 장본인은 바로 정선임이 밝혀진다. 중태에 빠진 정선은 치료 후 결국 다리 한쪽을 잘라내게 된다. 이 자살 소동이 부부의 끊어진 인연을 이어준다. 둘은 살여울로 돌아와 부부의 길을 되찾는다. 그러다 정선은 갑진의 아이를 낳게 되고 남편에게 용서를 구한다. 그 사이 유순은 맹한갑과 혼인하여 임신을 한다. 그런데 동네에선 허숭과 유순이 간음을 했으며 뱃속의 아이도 불륜의 씨라는 소문이 퍼진다. 한갑은 술에 취해 아내를 구타하여 목숨이 경각에 달하게 된다. 허숭이 피를 수혈한 보람도 없이 그녀는 숨을 거둔다. 이 사건이 빌미가 되어 허숭·백선희·맹한갑 등이 체포되어 본서로 이송된다. 순의 죽음은 숭이 한갑을 사주한 결과라는 게 경찰의 주장이다. 그러나 실제로는 숭의 협동조합과 야학, 선희의 유치원 경영이 일제 당국의 눈에 불온하게 비쳐진 탓이다. 허숭은 형무소에 갇히는 처지가 되었으나 살여울은 다시금 희망을 되찾는다. 개과천선한 정근이 거금을 희사한 후 숭의 사업을 계승한 것이다. 숭은 면회온 정근에게 한 선생을 살여울로 모셔오라고 당부한다. 경성에서는 공회당에 음악회가 열리고 순례가 성악곡을 발표한다. 이 때 한 선생 앞에 나타난 갑진은 그 동안의 잘못을 반성하고 농촌운동에 투신하기 위해 북쪽 오지로 떠난다.

『흙』(1933) 줄거리

이상의 줄거리에서도 드러나듯이 이 작품은 당시 조선일보와 동아일보 중심으로 전개되고 있었던 '브 나로드 운동'을 소재로 하고 있다. 또한 당시 춘원春園의 복고주의적 취향을 함께 드러내 보이면서 허숭·윤정선·김갑진 사이와 허숭·윤정선·유순 사이의 삼각관계를 주된 스토리텔링으로 삼고 있어서 춘원이 이전부터 자주 사용했던 구성방식을 그대로 이어받고 있다.

▎브 나로드 운동

러시아어로 '민중 속으로'를 뜻하는 말로, 1870년대에 러시아에서 전개된 농민계몽운동이다. 당시 진보적인 러시아 지식인들은 러시아의 낙후성을 극복하고 이상사회를 건설하기 위해서는 부패하고 억압된 차르(Tsar) 절대왕정을 타파하고 자본주의 체제에 오염되지 않는 순박한 농민들을 깨우쳐야 한다고 생각하고 사회개혁을 목적으로 농민 계몽운동에 나서게 되었다. 이 운동에 직접 나선 이들을 나로드니키(narodniki)라 불렀고, 이 운동은 1873~4년 경 절정에 달했으나 정부의 강력한 탄압과 실제 농민들과의 괴리로 인한 한계에 부딪쳐 큰 반응을 얻지 못한 채 나로드니키 대부분이 당국에 체포됨으로써 결국 실패하고 말았다.

한편 이 운동은 1930년대 들어 우리나라에 영향을 주면서 신학문을 배운 학생들에 의해 퍼져나갔다. 당시의 식민지모순을 극복하는 길은 무지몽매한 농민을 일깨우는 일이라 생각하고, 『조선일보』·『동아일보』를 중심으로 이 운동이 전개되었다. 일제는 처음에는 이 운동을 단순한 문화운동으로 인식하여 별다른 제재를 가하지 않다가 이후 민족운동으로 전개되는 것에 위기를 느끼고 1935년부터는 완전히 금지시켰다.

참고 : 『시사상식사전』

그러나 이 작품의 주인공은 서울에서 신교육을 받은 허숭·윤정선·김갑진이어서 살여울의 농민들은 주변인물로 밀려나게 되는데, 이는 이기영의 『고향』과는 매우 대조적이다. 또한 이 작품에 반영된 작가의식은 한민교 선생의 성격으로 대변되고 있는데, 이런 작가의식이 작품 곳곳에서 노골적으로 부각되어 이 작품의 계몽성을 강화하고 있다. 그리하여 이 작품은 그 소재의 시의성에도 불구하고 당시 농민들의 실상과는 거리가 먼 지식인의 계몽적인 설교에 머물고 말았다.

📖 심훈沈熏

1901~1936년. 소설가·시인·영화인. 본명은 대섭大燮. 호는 해풍海風. 서울 출생. 1915년 경성제일고등보통학교에 입학하여 재학 중 1917년 왕족인 이해영李海暎과 혼인하였고, 3·1운동에 가담하여 투옥·퇴학당하였다. 1920년 중국으로 망명하여 1921년 항저우杭州 치장대학之江大學에 입학하였다.

1923년 귀국하여 염군사에 가담하여 사회주의 운동을 하면서 고한승·김영보·이경손·최승일·김영팔·안석주 등과 함께 극문회劇文會를 조직하였다. 1924년 이해영과 이혼하고 동아일보사에 입사하였으나, 이듬해 철필구락부 사건으로 해직되었다. 1925년 「장한몽」이 영화화될 때 이수일 역으로 출연하였고, 1926년 우리나라 최초의 영화소설 「탈춤」을 『동아일보』에 연재하기도 하였다. 1927년 영화 「먼동이 틀 때」를 원작·각색·감독으로 제작하였으며 이를 단성사에서 개봉하여 큰 성공을 거두었다. 이 영화는 애초에 「어둠에서 어둠으로」라는 제목으로 식민지 현실을 간접적으로 비판한 것으로 말썽을 빚자 제목을 바꾸어 상영하였고, 그의 영화제작은 이것이 마지막이었다. 그 뒤 1928년 조선일보사에 다시 입사하였고, 1930년 안정옥安貞玉과 재혼하였다. 1931년 경성방송국으로 옮겼으나 사상 문제로 곧 퇴직하였다. 1932년 부모의 고향 충남 당진으로 낙향하여 창작에 전념하면서 시집 『그날이 오면』을 출간하려 했으나, 검열을 통과하지 못했다. 그러나 이 무렵 창작열을 불살라 「영원의 미소」(1933~1934)·「직녀성」(1934)·「상록수」(1935~1936) 등을 발표했다. 특히 『동아일보』 창간 15주년 현상소설 당선작인 「상록수」는 농촌계몽운동에 투신한 남녀의 사랑과 브나로드의 이념을 형상화한 소설로 그의 대표작으로 평가받았다. 1936년 손기정이 베를린올림픽 마라톤을 제패하였다는 소식을 전하는 호외 뒷면에 「오오 조선의 남아여!」라는 즉흥시를 발표하기도 하였다. 같은 해 9월 16일 장티푸스로 사망하였다.

광복 후 시가·수필집 『그날이 오면』(1949)이 발간되었으며, 1966년 탐구당에서 『심훈전집』이 발간되었다.

참고:『한국민족문화대백과사전』,『한국현대문학대사전』

심훈沈熏의 『상록수』(1934)는 그 주제와 소재는 『흙』과 별반 다르지 않다. 도시 지식인 박동혁·채영신이 농촌 계몽운동을 벌이는 것, 또 그 농민들의 궁핍상에 대한 구조적인 접근이 이루어지지 않았다는 점 등이 그러하다. 그러나 이 작품은 『흙』에 비해 주인공의 시혜적인 성격이 대폭 줄었다는 것과 또 내포작가의 설교적인 계몽성이 적다는 것 등은 『흙』과 대조적이다.

③ 박영준·이무영·이근영 : 자연주의적 농민소설

또다른 부류의 농민소설로 농촌풍경의 실상을 담담하게 보여주는 자연주의 계열 작품들이 이에 속한다. 박영준朴榮濬의 「모범경작생模範耕作生」(1934), 「목화 씨 뿌릴 때」(1936)와 이무영李無影의 「제1과 제1장」(1939), 「흙의 노예奴隷」(1940), 그리고 이근영의 『고향故鄕 사람들』(1939) 등을 여기에 넣을 수 있다.

📖 이근영李根榮

1909~1992(?)년. 소설가·국어학자. 전북 옥구 출생. 1934년 보성전문학교를 졸업한 후에 동아일보 사회부에서 근무하였다. 1935년 『신가정』 10월호에 단편 「금송아지」를 발표함으로써 등단하였다. 이어서 「농우農牛」(1936) 등 농촌을 배경으로 하는 단편을 꾸준히 발표하였다. 그런데 그의 농촌소설 대부분은 농민의 실생활과 농촌 현실을 객관적으로 그려내는 차원에 머물고 있어서 계급적인 시각으로 그려진 '농민소설'과는 일정한 거리를 두고 있다. 1943년 그 동안 발표했던 작품들을 모아 첫 창작집 『고향사람들』을 발간하였다.

광복 후 조선문학가동맹에 가담하여 활동하면 사회주의적 경향을 나타내기 시작하였다. 「탁류 속을 가는 박교수」(1948)는 그런 경향을 잘 대변하는 작품이다. 미군정에 의해 사회주의가 불법화되는 시기인 1947년 말에서 1948년 초 사이에 월북하였다. 이후 1970년대 중반까지 장편 『청천강』(1953)·『첫수확』(1956)·『별이 빛나는 곳』(1966)외 10편의 중·단편소설, 5편의 오체르크, 그리고 10여 편의 수필·평론을 발표하는 등 왕성하게 활동하였다. 한편 1956~1991년 약 50여 편에 이르는 국어학 관련 논문을 발표하여 국어학자로서의 활동도 눈여겨볼만하다. 1991년 이후 작품·논문이 발표되지 않은 것으로 보아 1992년 이후 사망한 것으로 추정된다.

참고 : 『북한문학사전』

• <u>229</u>

박영준의 작품들은 당시 문단의 기류인 계몽성을 표방하지 않고 농민의 삶의 실상에 치중하고자 했다는 점에서 주목할 만하고, 이무영과 이근영의 작품은 30년대 말 이후 매우 엄혹한 상황에서 농민의 삶을 다루었다는 점에서 그 나름의 시대성을 확보하고 있다.

📖 안수길安壽吉

1911~1977년. 소설가. 함남 함흥 출생. 1927년 함흥고보 2학년 재학 중 맹휴사건 주동으로 자퇴하고, 이듬해 경신학교 3년에 편입하여 다니던 중 광주학생의거가 일어나자 이에 참여하여 퇴학당했다 1930년 일본에 건너가 도요중학東洋中學에 입학하여 이듬해 졸업과 함께 와세다대학早稲田大學 고등사범부 영어과에 입학했으나 학업을 마치지 못하고 귀국하였다. 1936년 간도일보사 기자로 근무하다가 1937년부터 『만선일보』에서 일을 했다. 해방 후 함흥으로 돌아왔다가, 1948년 월남하여 경도신문 문화부 차장으로 활동하였다. 전쟁 후 서라벌예대 교수, 한양대 교수, 국제 펜클럽 한국본부 중앙위원, 한국문협이사를 역임하였다. 그는 1935년 단편 「적십자병원장」이 『조선문단』에 당선되어 본격적인 문학활동을 했다. 그리고 박영준·김진국 등과 함께 문예동인지 『북향』을 간행하기도 하였으며 1940년 재만조선인 작품집인 『싹트는 대지』에 「새벽」을 발표하였다. 1940년부터 꾸준히 중·단편을 발표하였고, 1944년에는 처녀장편 『북향보』를 『만선일보』에 5개월 동안 연재하였다.

해방공간에 「여수」(1949)·「밀회」(1949)·「상매기」(1949) 등을 발표하였고, 한국전쟁 이후 「나루터 탈주」(1951)·「제비」(1952)·「역의 처세철학」(1953)·「제삼인간형」(1953) 등 지식인의 무력감과 자의식적 반성을 다룬 일련의 작품들을 발표하였다. 그는 60년 이후 대하소설 『북간도』(1967)에서 만주의 조선인 개척사를 작가의 체험과 사실적 묘사로 형상화하였고, 이 작품은 그의 대표작으로 평가받는다.

참고 : 『한국현대문학대사전』

---

④ 안수길 : 만주 이민 농민의 실상

1931년 만주사변 이후 많은 농민들이 만주로 이주해갔고, 이런 시대상을 소설화한 작품으로 안수길安壽吉의 「벼」(1940), 「싹트는 대지」(1941), 「목축기牧畜記」(1941), 『북향보北鄕譜』(1944)와 박계주의 「처녀지」(1941) 등이 여기에 속한다. 안수길과 박계주는 1930년대 이후 해방 이전까지 만주 지역에 거주하면서 그곳에 정착해가는 조선농민들의 삶을 소설화하는데 주력하였고, 그 결과로 일제강점기 농민소설의 한 유형을 이루었다. 이 가운데 『북향보』는 이 유형의 대표작으로서 주목의 가치가 있다. 이 작품은 그 이전의 단편에 비해 만주에 이주한 농민들의 실상을 비교적 밝게 형상화하고 있어 일제 말 둔화된 작가의식을 엿볼 수 있으나, 만주에 진출한 조선인은 물론이요 일본인과 현지 만주인을 등장시켜 세 민족간의 대응·갈등·길항의 관계를 조명하고 있어, 당시 만주에서의 조선인의 민족적 위상을 가늠할 수 있는 단서를 제공하기도 한다.

3) 프로소설의 변모

1931년부터 카프에 속해있던 작가들의 활동이 둔화되면서 카프의 창작노선이 카프의 창작방법론을 그대로 따르기보다는 자연주의적 경향으로 변모되었다. 프롤레타리아 문학의 가장 초보적인 단계가 자연주의적 리얼리즘이다. 자연주의적 경향에서 비판적 리얼리즘으로, 사회주의 리얼리즘으로 비판의 강도가 높아지는 게 프로문학의 일반적 흐름이고 20년대 중반 이후 30년대 초까지는 대체로 이런 흐름으로 전개되어 왔던 것인데, 두 번의 카프 맹원 검거 사건이 있은 후 다시 자연주의적 리얼리즘으로 되돌아간 것이다.

그러나 이런 변화는 양면성을 띤다. 프로문학의 창작방법론 차원에서는 '둔화'가 되지만, 보편적인 시각에서는 내용과 형식의 다양화를 통해 소설의 문학성이 강화되어 간 것으로 해석할 수 있기 때문이다. 이런 후자의 해석이 가능하도록 한 소설작품이 이기영·한설야·김남천·이북명·엄흥섭·이근영 등에 의해 산출되었다.

① 한설야 : 이념의 둔화

한설야韓雪野는 「과도기」(1929) 이전까지만 해도 카프의 창작방법에 비교적 충실한 작품을 산출하였으나, 1934년 카프 제2차 검거사건으로 투옥되었다가 출감한 후, 함흥으로 귀향하여 인쇄소를 경영하면서 그 이념성은 크게 둔화되었다. 그러나 그는 무력해진 프로문학의 전통을 살려보려는 의욕이 담긴 장편소설 『황혼黃昏』(1936)을 발표하였다. 이 소설은 지식인의 시대적 불안을 바탕으로 하면서도 성장하는 노동계급의 삶의 현장을 취급한 작품으로 전향자의 좌절과 현실타협의 논리가 드러남으로써 그의 현실 변혁 의식이 조금 퇴색하였음을 보여준다.

② 김남천 : 풍속의 관찰과 모랄의 구현

김남천金南天은 1930년에 평론으로 등단하였으나 볼세비키 운동의 성공작 「공장신문」(1931) 이후 카프의 대표적인 소설가 중의 한 사람으로 그 위상을 굳혔다. 이 작품은, 당시 카프 온건파인 김기진의 대중화론을 반박하였던 김남천의 문학적 입장을 대변하면서 한편으로는 그가 임화와 더불어 카프의 강경 소장파로 입지를 굳히도록 해주었다. 그러나 그는 공산주의협의회 사건과 평양고무공장 파업 사건에 연루되어 2년의 형기를 마치는 동안 아내가 병사하자 출옥 후 「물」(1933)을 발표하면서 강경노선을 포기하였다. 이 작품은 그가 감옥생활의 체험을 토대로 쓴 단편인데, 임화가 이 소설을 보고 '경험주의적 오류'라고 비판하자 이에 김남천이 소설은 작가의 실천문제에 귀착된다고 반박하여 이른바 '물논쟁'의 도화선이 되기도 하였다. 그후 김남천은 창작과 비평 활동을 병행하면서 자신이 주장하는 창작방법론을 소설 창작에 실제로 적용하는 문제에 몰두하였고, 그 결과로 『대하大河』(1939)에서 풍속의 관찰과 인물의 모랄을 구현하고자 노력하였다.

③ 이북명 : 노동 체험의 실감 형상

이북명은 유일한 노동자 출신 카프 작가였다. 그래서 그는 자신의 노동 체험을 자연스럽게 소설화할 수 있었고 그만큼 그의 소설은 여느 작가보다는 현장감이 컸다. 「질소비료공장」(1932)으로 등단한 후 「암모니아탱크」, 「출근정지」(1932), 「여공女工」(1933), 「공장가」, 「오전3시」(1935) 등의 사회주의 리얼리즘 창작방법론에 충실한 단편을 발표하였다. 특히 「질소비료공장」은 1932년 5월 『조선일보』에 연재된 작품으로,

일제 치하에서 조선 노동자들이 겪어야 하는 비참한 삶과 이에 대한 저항을 다루어 이북명의 처녀작이면서도 출세작으로 평가받는다.

📖 **이북명李北鳴**

　　1910~미상. 소설가. 본명은 순익淳翼. 함남 함흥 출생. 함흥고보를 졸업했다. 1927년 흥남 질소비료공장의 현장 노동자로 취직한 후 공장 친목회사건으로 검거되기까지 3년간의 공장 체험을 바탕으로 「질소비료공장」(1932) 등의 작품을 창작한다. 1930년 이후 장진강 수전공사장에 근무하였다. 1945년에 조선프롤레타리아예술동맹에 가담하였고, 47년 월북하였다.

　　그는 출세작인 「질소비료공장」 외에 「기초공사장」(1932)·「암모니아 탕크」(1932)·「출근정지」(1932)·「여공」(1933)·「정반正反」(1934)·「공장가」(1935)·「민보의 생활표」(1935) 등으로 일제 치하에서 노동자들이 겪어야 하는 비참한 삶과 이에 대한 저항을 다룬 작품으로 계급 의식을 부각하였다. 그의 노동소설의 가장 중요한 특징은 현장 체험에 근거한 노동 환경과 노동 조건의 구체적인 문제성을 여실하게 제시하여 작단의 주목을 받았다. 카프 해체 이후 계급문학운동이 퇴조하는 동안 이북명은 인정과 세태의 인간적인 측면을 그리면서도 여전히 자신이 관심을 두어온 노동자들이 삶을 중시하여, 광복 직전까지 「아들」(1937)·「칠성암七星岩」(1939)·「야회野會」(1939)·「화전민」(1940)·「빙원氷原」(1942) 등을 발표하였다.

　　1948년 월북 후 북로당 중앙위원, 1956년에 노동당 중앙위 후보위원, 조선작가동맹 부위원장 겸 상무위원을 지냈다. 다시 1961년에는 조국평통위 위원을 거쳐 1967년에는 조선작가동맹 중앙위 부위원장직을 맡은 바 있다. 북한에서는 이른바 평화적 건설시기의 노동소설로 꼽히는 「로동일가」(1957)를 발표하였다. 그리고 중편『당의 아들』(1961), 장편『등대』 등을 발표하여 매우 활발하게 작품 활동을 한 것으로 알려졌다. 1960년대 이후 행적에 관해서는 알려진 바가 없다.

참고 : 『한국민족문화대백과사전』, 『한국현대문학대사전』

• 233

　　이 작품의 주인공 문길은 황소처럼 건강하고 희망에 차 있었으며, "노동은 신성하다. 부지런히 일하는 자에게는 신이 복을 내려준다"는 『희망希望』이라는 종교 잡지의 명구를 철석같이 믿고 열심히 일한다. 그러나 유안의 질소비료공장에서 만 3년을 근무한 뒤 극도로 건강이 나빠진 채 직장에서 해고된다. 홀로 버려진 그는 동료들의 손길을 기다리면서 일개 노동자의 힘이 얼마나 보잘 것 없는 것인가를 절감한다. 즉, 문길이라는 노동자를 주인공으로 하여 팔이 잘리고 가스에 중독되는 열악한 작업환경과 낮은 보수, 그리고 언제 쫓겨날지 모르는 해고의 위협 등을 생생하게 보여주고 있다. 그는 동료들과 힘을 합해 조직적인 투쟁을 벌여 나가기 시작한다. 그러나 몇몇 동료들과 더불어 경찰서에 끌려가 극심한 고문을 받은 그는 각혈을 하면서 죽어간다. 동료들은 그의 죽음을 하나의 시발점으로 해서 그의 장례식 날 대규모의 '메이데이' 시위를 벌인다. 문길의 상여는 동료 노동자들의 시위와 노래 속에 묘지를 향해 간다.

이 작품 속에서 문길은 구체적인 삶의 체험을 통해서 계급의식을 각성해나간다. 이러한 구체성은 작가의 직접적인 체험이 있었기에 실감있게 표현될 수 있었을 것이다. 노동의 열악함에서 오는 고통과 비참함을 생생히 묘사하고 거기에서 발생하는 필연적인 투쟁의욕을 서술함으로써 그 이전의 노동소설이 보여주었던 추상성과 도식성을 극복한 작품으로 평가받는다.

④ 기타 : 엄흥섭·이근영

그밖에 30년대 프로 작가로 빠트릴 수 없는 사람으로는 엄흥섭과 이근영이 있다. 엄흥섭은 초기에 농민소설을 거쳐 식민지 노예 교육의 문제점 관찰한 「정열기」(1938)를 발표하였다.

234 •

한편, 이근영은 『신가정』에 「금송아지」(1935)를 발표함으로써 창작을 시작하여 「과자상자」(1936), 「이발사」(1939), 「일요일」(1940), 「소년」(1941) 등 도시 소시민의 삶을 소재로 한 작품을 상당수 창작하기는 했지만, 그가 작가로서의 역량을 발휘한 것은 「당산제」(1939), 「고향 사람들」(1941) 등 농민 생활을 취재한 작품에서였다. 이들 작품에서 그는 도둑질·도박·인신매매 등의 막다른 길을 택하지 않을 수 없는 소작농들의 모습을 통해 곤궁이 극에 달한 일제 말기의 농촌을 실감 있게 그려내었다.

📖 엄흥섭嚴興燮

1906~미상. 소설가. 충남 논산에서 출생했으나, 일찍 부친을
여의고 숙부가 있는 경남 진주로 가서 성장함. 1926년 경남 도
립사범학교 졸업. 1930년 소설 「흘러간 마을」이 『조선지광』에
발표되어 문단의 주목을 받으면서 본격적인 작품 활동을 전개
하였다. 1929년 카프에 가입했지만 개성지부에서 발간하던 '군
기'사건으로 1931년 카프에서 탈퇴하였다. 일제말기에는 총독부
기관지 매일신보사에 근무하면서 친일적 성향을 나타내기도 하
고, 또 통속적인 소설을 쓰기도 하였으나, 광복 후 바로 좌익 운
동에 가담하여 조선프롤레타리아예술동맹과 조선문학가동맹 소
설부 위원, 인천지부 위원장 등으로 활동하였다.

그러다 1948년 가을에 일어난 필화사건으로 인해 입건되어 일 년 남짓 옥고를 치렀다. 당
시 그가 편집국장으로 있던 제일신문에 북한 정권 수립 찬양 기사 때문이었다. 그가 1949년
말 출옥했다가, 한국전쟁 때 인민군에 합류하여 월북하였다.

1930년대 초기에는 당대 사회 상황의 변화에 민감하게 반응하면서 계급문학 계열에 속하
는 작품을 발표하였고, 이후 사회주의 리얼리즘이 소개되고 카프가 해산되는 1930년대 중반
에는 왕성한 창작활동을 통해 카프 작가의 공백을 메웠다. 1930년대 말에도 「정열기」(1936~
37)·「길」(1937)·「아버지 소식」(1938)·「명암보明暗譜」(1938)·「패배 아닌 패배」(1938)·「여명」
(1939) 등에서 볼 수 있듯이 부정적 현실에 굴복하지 않는 주인공을 형상화한 작품들을 발표
하였다. 해방 후 「새로운 아침」·「귀환일기」·「산에 사는 사람들」 등의 좌익 성향이 농후한
소설을 발표하였고, 그는 월북 후에도 단편 「다시 넘는 고개」(1953)·「복숭아나무」(1957), 장
편 『동틀 무렵』(1957) 등을 발표하였다. 특히 『동틀 무렵』은 평양신문에 연재됐는데, 주인공
홍찬수와 손영옥을 통해서 남한 사회를 비판한 내용으로 독자들의 관심을 끌었다. 그리고 한
때 작가동맹 평양지부의 위원장도 맡은 바 있다. 1960년대 이후 행적에 관해서는 자세히 알
려진 바가 없다.

참고 : 『한국민족문화대백과사전』, 『북한문학사전』

4) 역사소설의 성행

1930년대 이후 작단作壇의 뚜렷한 하나의 경향으로 역사소설의 유행을 들 수 있
다. 이 시기에 역사소설이 많이 나온 까닭은 정치·사회적 환경에서 찾을 수 있다.
절망적인 현실로부터 도피하는 하나의 방편이 역사로의 회귀이고, 또 직접적으로
현실을 비판하기는 어려우므로 과거의 역사적 사실을 통해서 현실을 간접적·우회

적으로 비판하려는 필요에 의해서 역사소설이 성행했다. 이때 많은 역사소설이 산출되었지만 당시 현실문제를 간접적이고 우회적으로 비판하기 위해서 나온 작품은 흔치 않았고, 대다수 역사소설은 현실도피적 차원에서 과거로 되돌아가거나 통속에 흐른 경우가 많았다.

① 이광수·김동인·박종화 : 현실도피적 복고주의 경향

이광수는 1920년대에도 『마의태자麻衣太子』(1927), 『단종애사端宗哀史』(1928) 등의 역사소설을 써서 자신의 복고주의적 성향을 드러냈는데, 1930년대 이후에도 『이순신李舜臣』(1932), 『이차돈異次頓의 사死』(1936), 그리고 『원효대사元曉大師』(1942)를 산출하여 그런 성향을 이어갔다. 춘원은 『이순신』에서는 주인공 이순신 장군의 영웅적 풍모는 크게 부각하였으나, 조정의 관원들은 대부분 협잡꾼과 모리배로 그려내었고, 왜병의 잔혹상을 거의 기술하지 않은 대신 용맹한 감투정신을 강조하였으며, 상대적으로 조선 관군의 무력함과 명나라 군대의 횡포를 부각함으로써, 반사대주의 사상은 물론이요 민족 패배주의적 성향을 드러내었다. 그 뒤에 나온 불교적 소재를 담은 역사소설들은, 1930년대 이후 이광수의 종교적 관심이 불교로 기울어져가고 있었던 점과도 밀접하게 연관되면서 그의 복고주의적 민족 정신과도 직결되는 작품들이다. 그러나 이 작품들은 역사적 인물들의 위인적 풍모를 그려내기는 하였으나, 그 스토리텔링의 대부분이 인물들의 심리적 방황이나 애정 행각 등으로 채워져 있어서 전체적으로 독자 대중의 흥미 유발에 초점이 맞춰져 있다.

김동인의 『젊은 그들』(1931)은 조선 말기 간신배에게 부모를 잃은 아이가 스승을 만나 무술을 익힌 다음 어려서 정혼한 여자와 함께 나라의 전쟁에 나서서 군주의 복위를 위해 분투한다는 내용을 담고 있어, 엄밀하게 보면 역사소설이라 하기 어렵지만, 거기에 대원군의 쇄국정책과 임오군란이라는 역사적 사건이 연결되어 있어서 상당부분 역사소설에 근접한 작품이다. 이어 발표한 『운현궁의 봄』(1934)과 『대수양』(1941)은 실존 인물을 주인공으로 내세우고 역사적 사건을 크게 다룬 점에서 본격적인 역사소설이라 할 수 있으나, 그 인물을 기존의 해석과 크게 다르도록 성격화한 것은 김동인 나름의 역사소설적 방식의 결과라 할만하다. 특히『대수양』의 경우, 십여 년 전에 나온 이광수의『단종애사』에서 수양을 부정적 인물로 그린 것과는 상반되는 방식이어서, 이 두 작가의 작가의식과 가치관을 대비하는 데에도 참고할만하다. 그는 이어『백마강白馬江』(1942)에서 백제 의자왕의 횡포와 음욕을 부각시킨 역사소설을 써냈는데, 이로써 당시 그의 전반적인 성향이라 할 수 있는 통속적이고 민족패배적인 경향을 더욱 노골적으로 드러내었다.

한편, 박종화朴鍾和는 단편「목 매는 여자」(1923)를『백조』에 발표해서 역사소설에 대한 관심을 일찍이 표명하였고, 1930년 이후 본격적으로『금삼錦衫의 피』(1936),『대춘부待春賦』(1937~1938), 그리고『다정불심多情佛心』(1941) 등을 발표하였다.『금삼의 피』는 당시『매일신보』에 약 1년 가깝게 연재되면서 많은 독자를 끌어들였는데, 거기에는 연산군의 생모가 성종의 사약을 받아 죽게 되면서 남긴 핏물 묻은 저고리자락을 연산군이 전해 받고 포악한 복수극을 전개한다는 줄거리 속에 궁중의 애욕·질투·음모·관능 등을 매끄러운 필치로 얽어내는 작가의 솜씨가 크게 작용하였다. 이어 그는『대춘부』에서는 조선 효종 시대 북벌론을 큰 줄기로 삼아 비교적 역사적 사실에 충실한 사건들을 다루고, 또『다정불심』에서는 고려 말 공민왕의 사랑과 원나라와의 외교적 갈등, 궁중 내의 권력 다툼 등을 실감나게 그려내는 등 역사소설의 경지를 구축해 나갔다.

② 현진건 : 우회적 인식의 한 방법

현진건은 1920년대까지는 대표적인 단편작가로 활동하였지만, 30년대 들어 장편 창작에도 착수하여『무영탑無影塔』(1939),『흑치상지黑齒常之』(1940) 같은 장편역사소설을 남겼다.『무영탑』은 불국사 창건 당시 부여 출신 석수인 아사달과 그의 아내 아사녀, 그리고 신라 귀족의 딸 주만 사이의 삼각 애정을 큰 줄기로 삼은 작품으로, 낭만적 허구성이 강하고 당시 시대상의 반영 양상이 다소 성글기는 하여도 석공이라는 평민 계층의 애환을 다루었다는 점에서 역사소설의 새로운 지평을 보여주었다. 또한『흑치상지』는 백제 유민으로 당나라에 끌려간 '흑치상지'가 당의 장수가 되어 당의 변방에서 전공을 세웠다는 역사적 소재를 토대로 한 작품으로, 당시 조선의 민족혼이 가물거리는 상황에서 주체적인 민족정신을 부각하여 주목받았다. 그러나 이 작품은 검열에 걸리고 또 이 작품을 연재했던『동아일보』가 폐간됨에 따라 완성을 보지 못하였다. 하지만 현진건의 역사소설은 당시 다른 역사소설에 비해 역사인식이 비교적 선명하게 드러난 작품이어서 소설사적으로 상당한 의의를 지닌다.

📖 조광朝光

1935년 11월 1일 발행인 방응모方應謨, 편집인 함대훈·김내성으로『조선일보』출판부에서 발행하였다. 창간호는 국판 408쪽. 창간호에는 신석정·백석·유치환·김기림·김동환·임화 등의 시와 주요섭·이태준·박화성·함대훈 등의 소설, 그리고 함상훈·신태악·홍종인·유치진·이헌구 등의 논문이 실려 있다. 국제문제, 경제, 국학, 생활, 소설 등을 많이 발표했다. 종합 잡지의 하나로 통권 50호 정도까지는 300~400면 정도로 풍성하게 출간되어『신동아』와 쌍벽을 이루었으나, 차츰 부피가 줄어들어 1940년 이후에는 100~200면 내외로 발행되었다. 1940년 8월『조선일보』가 폐간되면서 주식회사 조광사로 독립했다. 일제의 압력으로 1942년 1월호부터 일문이 섞이기 시작했고, 1945년 봄에 전시 사정으로 통권 110호로 폐간했다. 1946년 3월 25에 속간을 냈으나, 1948년 12월 15일 통권 3호로 종간되었다.

참고 :『한국현대문학대사전』

③ 홍명희 : 강렬한 역사인식과 계층 문제 부각

홍명희洪命熹는 한국근대사에서 매우 주목할만한 인물이다. 그의 가까운 선조들은 과거시험에 합격해서 벼슬길에 올랐고, 그의 아버지 홍범식 역시 과거를 거쳐 구한말에 금산 군수 직까지 수행하였다. 홍명희는 어린 시절 한학을 수학하다가 1900년대에 일본에 유학하여 중학 과정을 마쳤는데, 당시 일본 유학생들 사이에서 '조선

1888~1968년. 소설가·언론인·사회운동가·정치가. 호는 가인可人·벽초碧初. 충북 괴산 출생. 어린 시절에 한학을 수학하다가 일본에 유학하여 다이세이중학大成中學을 졸업하였다. 경술국치 직후 부친 홍범식이 자결하자 귀국하여 장례를 치르고 몇 년간 아시아 여러 나라를 방랑하였다. 1910년 대 후반 귀국하여 오산학교·휘문학교 등에서 교편을 잡았고, 1920년대 초반에는 한때 동아일보 편집국장을 지냈다. 시대일보사 사장으로 재직 중인 1927년에 민족 단일 조직인 신간회의 창립에 참여하여 그 부회장으로 선임되면서 사회운동에 적극 투신하였다. 1930년 신간회 주최 제1차 민중대회 사건의 주모자로 잡혀 옥고를 치렀다. 1945년 광복 직후에는 좌익운동에 가담하고, 조선문학가동맹 중앙집행위원장을 맡기도 하였다.

그는 일제강점기 최대의 대하역사소설로 손꼽히는 「림꺽정林巨正」을 발표함으로써 문단의 주목을 받았다. 이 작품은 1928년 『조선일보』에 첫 연재를 시작한 뒤 세 차례에 걸쳐 중단되었다가, 광복 직후 미완의 상태로 전 10권이 간행되었다. 조선 중기에 황해 지방의 도적으로 실록에 그 행적이 단편적으로 기술되기도 한 임꺽정의 이야기를 방대하게 그려내었다.

이 작품은, 작가 자신이 밝힌 바 있듯이, 반봉건적인 천민 계층의 인물을 내세워 조선시대 서민들의 생활양식을 총체적으로 형상화하고 있는 것이 특징이다. 이 작품 속에서 귀족 계층의 계급적 우월성이 배격되고 오히려 천민의 활약을 당위론적인 측면에서 그려 보이고 있는 것은 작가가 지니고 있는 계급적 의식과 세계관을 암시하는 것으로 볼 수 있다. 더구나, 이 작품은 다양한 삽화를 처리하는 서사적 기법과 풍부한 토속어의 구사력은 조선시대 사회상과 풍속을 재현한 것으로 평가되고 있다.

그의 문학적 태도를 확인해볼 수 있는 글로는 「신흥문예의 운동」(1926)이 대표적인데, 이 글에서 계급문학운동의 의미와 그 가능성을 강조하였다. 이 밖에도 「조선문학원류약론」(1931)·「이조문학논의」(1938) 등의 고전문학 관련 논문이 있다. 또 「대 톨스토이의 인물과 작품」(1935)·「문학청년들의 갈 길」(1937)·「학창산화學窓散話」(1938.) 등의 글이 있다.

1947년 당시 창당된 민주독립당의 위원장으로서 남북연석회의 참가 차 방북하여 그대로 머물렀다. 북한에서 그는 제1기 최고인민회의 대의원, 제1차 내각 3인의 부수상 중 일인(1948), 조국평화통일위원회 위원장(1961) 등에 추대되었고, 그 후 작품 활동은 않고 지내다가 이후 1968년 노환으로 사망한 것으로 알려져 있다. 그는 국어학자로서 김일성 대학교수로 지낸 홍기문의 부친인 동시에 현재 북한의 작가인 홍석중의 할아버지이기도 하다.

참고 : 『한국민족문학대백과사전』, 『북한문학사전』

삼재(三才)'7) 중 한 명으로 불릴 만큼 일찍이 이름을 내었다. 부친이 금산 군수 재직 중 경술국치의 소식을 듣고 자결하자, 홍명희는 곧 귀국해서 장례를 치른 후 몇 년

동안 동남아 등 외국을 방랑하였다. 10년대 후반 고향에 돌아왔고, 3.1운동이 일어

나자 충북 최초로 만세운동을 주도하기도 하였다. 20년대 초 상해로 건너가 임시정

부 사업에도 관여했지만, 국내 저항을 목표로 곧 귀국하여 신간회의 창립 멤버로

활동하였다. 그리고 국내에서 신간회를 중심으로 꾸준히 독립운동을 하였고 그러다

보니 감옥을 자주 들락거렸다. 그런 와중에 『림꺽정林巨正』(1928~40)이라는 역사소설

을 『조선일보』에 연재하여 당시 독자들의 큰 호응을 받았다. 1940년 이후 절필하다

해방을 맞고 그는 곧 남북을 오가며 좌우 합작운동에 헌신하였지만 끝내 그게 무산

되자 솔가하여 월북을 단행하였다. 그 후 북한 정권 내에서 부수상 직책을 맡을 정

도로 요직을 두루 거친 다음 81세의 고령으로 사망하였다. 그의 아들 홍기문이 김

일성종합대학 국어학 교수로 이름을 날렸고, 손자 홍석중은 현재 북한 최고의 작가

로 활동하고 있다. 이런 이력으로 말미암아 그는 독립운동가로도, 소설가로도, 또

정치인으로 불리기도 하지만, 이 모든 이력은 모두 조선/한국의 자주와 독립과 통

일에 수렴된다고 할 수 있다.

이러한 홍명희의 이력은 그의 역사소설 『림꺽정』을 이해하는 데에도 주효하다.

이 작품은 1928년 11월 21일부터 『조선일보』에 연재하기 시작하여 몇 차례나 투옥

과 검열로 중단을 거듭하다가 1939년 3월 11일 마지막으로 연재를 하였고, 그 후 『조

선일보』의 폐간으로 『조광朝光』지로 발표지면을 옮겨 1940년 10월호에 한 번 실리

고 결국은 완결되지 못하였다. 그렇기는 해도 이왕 발표된 것만도 원고지 13,000매

이상 되는 방대한 양이며 미완성 부분은 전체의 10분의 1정도라 추측되므로 이를

제외하고도 충분히 그 전체적인 윤곽을 파악할 수 있다. 이 작품은 연재 당시의

순서에 의하면 '봉단편', '피장편', '양반편', '의형제편', '화적편'의 다섯 편으로 구

성되어 있고 그 줄거리는 다음과 같다.

봉단편 : 임꺽정이 태어나기 이전, 연산조 때 유배당한 홍문관 교리 이장곤은 배

---

7) 당시 일본 유학생 사이에서 조선의 뛰어난 수재(秀才)로 벽초 홍명희, 육당 최남선, 춘원 이광수
  가 꼽혔고, 이른 '조선 삼재'로 지칭하였다고 함.

소를 탈출한 후, 신분을 숨긴 채 함흥 고리백정의 사위가 되어, 아내 봉단과 금슬 좋은 부부생활을 하게 된다. 그러던 중 중종반정이 일어나자 상경하여 동부승지로 승진하고 곧 왕의 특지로 숙부인의 봉함을 받은 봉단을 정실로 맞아들인다. 본래 학식 있는 백정인 양주팔(봉단의 숙부)은 묘향산 구경을 갔다가 그곳에서 도인 이천년을 만나 천문지리와 음양술수를 전수 받고 돌아온 뒤, 이장곤의 주선으로 재취하여 서울에서 가정을 이루고 소일 삼아 갖바치 일을 하게 된다. 뒤이어 상경한 봉단의 외사촌 임돌이도 양주팔의 주선으로 양주 소백정의 데릴사위가 되어 그곳에 눌러 살게 된다.

피장편 : 이장곤의 연줄로 대사헌 조광조 등과 교우하게 된 갖바치는 정변을 예견하고 조광조에게 낙향할 것을 권유하나, 망설이고 있던 조광조는 기묘사화를 당해 사사되고 만다. 임돌이의 딸이 갖바치의 아들과 혼인하게 되자, 누이를 따라 상경한 소년 장사 임꺽정은 한 동네에 사는 이봉학·박유복과 함께 갖바치에게서 글을 배우면서 이들과 의형제를 맺는다. 그러던 중 이봉학은 활쏘기에 비상한 재능을 발휘하게 되고, 박유복은 창던지기의 명수가 되며 임꺽정은 검술을 배워 뛰어난 검객이 된다. 그 뒤 임꺽정은 입산하여 병해대사가 된 갖바치를 따라 각처를 유람하다가 백두산에 사는 운총과 혼인을 맺고 양주로 돌아오며, 병해대사는 죽산 칠장사에게 생불로 추앙을 받으며 지내게 된다.

양반편 : 중종의 말년에서 명종대에 이르는 양반 사회의 정쟁이 주 내용이다. 중종의 승하 후 즉위한 인종이 일 년이 못 되어 의문의 죽음을 맞이한 뒤 이복동생 경원대군 명종이 즉위하고 대왕대비인 문정왕후가 수렴청정을 하게 되자, 실권을 장악한 외척 윤형원 일파는 을사사화를 일으키는 등 계속 정계에 파란을 초래한다. 한편 중 보우는 불교를 신봉하는 대왕대비의 신임을 빙자하여 불사를 크게 일으키는데, 양주 회임사에서 재를 올리던 그의 앞에 홀연 병해대사가 임꺽정을 거느리고 나타나 꾸짖고 사라진다. 그 사이 장년의 가장이 된 임꺽정은 이봉학으로부터 을묘왜변의 소식을 듣고 함께 출전하고자 하나 백정이라는 신분 때문에 군총으로 뽑히지 못하여 홀로 전장으로 향한 뒤 뛰어난 활솜씨로 군중에서 두각을 나타낸 이봉학이 상관을 구하려다 위기에 빠진 순간, 이들을 구출해주고 사라진다.

의형제편 : 단행본으로 3권 분량에 해당하는 방대한 내용으로서 '박유복이', '곽오주', '길막봉이', '황천둥이', '배돌석이', '이봉학이', '서림', '결의'의 8장으로 이루어져 있다. 여기에서는 임꺽정의 휘하에서 두령이 된 주요 인물들의 내력과 화적패에의 가담 경위를 다루고 있다.

제1장에서는 박유복의 이야기를 다루고 있다. 장년이 된 박유복이는 부친을 무고

하게 죽게 한 노 첨지를 살해하여 원수를 갚고 관가에 쫓기던 중, 덕적산 최영 장군 사당의 장군 마누라로 뽑힌 최씨 처녀를 만나 인연을 맺고 함께 도주하다가 도둑 오가의 수양딸 내외가 되어 청석골에 눌러 산다.

제2장에서는 곽오주의 이야기를 다루고 있다. 청석골 인근 마을의 머슴인 총각 곽오주는 장꾼들을 털던 오가를 때려눕힌 뒤, 보복하러 나온 박유복과 힘자랑을 하다가 화해하고 의형제를 맺게 된다. 그 후 주인집의 주선으로 이웃마을의 젊은 과부에게 장가들었다가 아내가 해산 끝에 죽고 말자 동냥젖으로 아기를 키운다. 그러던 중 배고파 밤새 보채는 아기를 달래다 못해 순간적으로 자신의 성질을 못 이기어 태질을 쳐 죽이고 청석골 화적패에 합류하게 된다.

제3장에서는 길막봉이의 이야기를 다루고 있다. 소금장수인 천하장사 길막봉은 자형을 불구로 만든 청석골 도둑 곽오주를 때려잡아 관가에 넘기려 하나 평소 길막봉과 안면이 있는 임꺽정이 청석골로 와서 이들을 화해시킨다. 다시 소금장수의 길을 나선 길막봉은 안성 처녀 귀련과 정을 통하여 그 집안의 데릴사위가 되나, 장모의 구박으로 처가를 떠나 청석골에 들어오게 된다.

제4장에서는 황천왕동이의 이야기를 다루고 있다. 백두산 태생으로 나는 듯이 걸음이 빠른 황천왕동은 매부인 임꺽정의 집에서 장기로 소일하던 중, 장기의 명수 봉산 백 이방을 찾아 나섰다가 천하일색인 딸의 배필을 구하려는 백 이방의 까다로운 취재를 통과하여 장가를 들고 그 덕분에 봉산에서 장교가 된다.

제5장에서는 배돌석이의 이야기를 다루고 있다. 김해 역졸의 아들로 태어나 비참한 생활을 전전하던 배돌석은 뛰어난 솜씨의 돌팔매로 호랑이를 잡은 덕분에 경천역 역졸이 되고, 호환으로 과부가 된 여자를 재취로 맞은 데다가 황천왕동이와 친해져 자주 내왕을 하게 된다. 그러던 중 부정한 아내를 살해하고 도망하다 체포되었으나, 때마침 황천왕동이에게 와 있던 박유복이 구해주어 청석골로 도피하고, 황천왕동은 이에 연루되어 제주도로 귀양을 가게 된다.

제6장에서는 이봉학의 이야기를 다루고 있다. 왜변 후 전라감사로 부임한 이윤경의 휘하에서 비장이 된 이봉학은 왜선을 퇴치하는 등의 공로로 제주의 정의현감으로 승진한 위, 전주에서 사랑을 맺은 기생 계향을 부실로 맞아들여 행복한 나날을 보낸다. 그 후 한성우윤이 된 이윤경의 주선으로 상경하여 오위부장이 되었다가, 우여곡절 끝에 결국은 임진별장으로 좌천된다.

제7장은 서림의 이야기를 다루고 있다. 아전 출신인 서림은 평양 감영 수지국 장사로서 진상품을 관장하였으나 본래 교활하여 자주 포흠을 내다가 들키자 도주하던 끝에 청석골 화적패를 만나게 된다. 그들에게 평양 진상 봉물의 내막을 알리고 계책

을 내어 이를 탈취하게 하는 데 성공한 서림은 그 공로로 청석골의 두령이 된다.

제8장 '결의'에서는 양주 임꺽정의 집에 평양 진상 봉물이 있다는 것이 탄로나 가족들이 투옥되자, 임꺽정이 앞장서 가족을 구하는 내용이 담겨 있다. 임꺽정은 청석골 두령들과 함께 가족들을 구해낸 뒤 화적패에 입당하고 뒤이어 사건에 연루된 임진별장 이봉학과 귀양에서 풀려난 황천왕동이도 이에 가담하게 된다. 청석골에 모인 일당은 아내를 데리러 간 길막봉이 투옥되자, 그를 구해낸 뒤, 칠장사에 들러 세상을 떠난 병해대사의 불상 앞에서 의형제를 맺는다.

화적편 : 4권 분량으로 간행될 예정이었으나, 결국 마지막 권이 완성되지 못하여 그중 제 3권까지만 출간되었다. 이는 '청석골', '송악산', '소굴', '피리', '평산쌈', '구월산성'의 6장으로 구성되어 있다. 화적편은 임꺽정을 중심으로 한 화적패가 본격적으로 결성된 이후의 활동을 그린 것으로서, 작품 내에서 가장 핵심적인 위치를 차지하는 부분이다.

제1장 '청석골'에서 임꺽정은 청석골 화적패의 대장으로 추대된다. 그 후 상경하여 서울 와주 한온의 집에 머물면서 기생 소홍과 정을 맺고 빚에 몰린 양반의 딸 박씨를 구해내어 첩으로 삼는다. 게다가 원판서의 딸을 훔쳐내어 둘째 첩으로 삼고, 이웃의 사나운 과부 김씨와 싸운 끝에 그녀 역시 첩으로 삼고 지내다가 처자의 성화에 못 이겨 귀가하게 된다.

제2장은 송악산에서 일어난 사건을 그리고 있다. 송악산에서 송도 송악산에 단오굿 구경을 간 청석골 두령들은 그곳에서 납치당한 황천왕동의 아내를 구해낸 끝에 살인을 저질러 관군의 쫓김을 받게 된다. 드러나 서림의 계책으로 치성으로 와 있는 상궁을 인질로 삼고 시간을 끌다가 부하들을 거느리고 기세당당하게 진군한 임꺽정의 구원을 받아 위기를 모면한다.

제3장 '소굴'에서는 임꺽정 일행의 활약상을 그리고 있다. 임꺽정 일당은 가짜 금부도사 행세를 하며 봉산군수를 체포하고, 신임군수의 도임 행차를 습격하며, 황해감사의 사촌을 자처하고 각 읍을 돌며 사기 행각을 벌이는 등으로 지방 관원들을 괴롭힌다. 그 후 상경한 임꺽정은 기생 소홍의 집으로 습격해 온 포교들을 물리치고 무사히 서울을 탈출하나, 그의 첩들은 체포되어 관비로 박히고 임꺽정을 따르려는 소홍은 그의 첩이 되어 청석골에서 지내게 된다.

제4장 '피리'에서는 단천령의 피리 솜씨를 주를 이룬다. 청석골을 지나다가 화적패에게 붙들린 종실 서자 단천령이 신기에 가까운 솜씨로 피리를 불러 그들을 감동시키자, 임꺽정은 그 보답으로 단천령에게 자신의 신표를 주어 다른 화적패의 습격을 받지 않도록 보호해준다.

제5장 '평산쌈'에서는 서림의 배반을 다룬다. 청석골 두령들은 신임 봉산군수를 살해하고자 평산 이춘동의 집에 머물면서 기회를 엿보던 중 서울에서 체포된 서림이 목숨을 보전하고자 그 계획을 자백하는 바람에 군읍 군사 오백여 명의 습격을 받게 되나 접전 끝에 이를 물리치고 무사히 청석골로 돌아오게 된다.

제6장 '구월산성'은 미완의 마지막 장이다. 청석골 화적패를 소탕하기 위해 조정에서 관군을 파견한다는 첩보를 듣고 임꺽정 일당은 오가와 일부 졸개들만을 남겨놓은채 해주 재령으로 도피했으나, 거처가 옹색하여 다시 자모산성에 모여 근거를 마련하고 지내게 된다. 한편 고집을 피워 청석골에 남은 오가가 죽은 아내만을 생각하며 적막하게 지내는 가운데 임꺽정에게서 버림을 받은 데다가 관군의 습격 소식에 동요된 졸개들은 하나씩 청석골을 떠나간다.

『림꺽정林巨正』 줄거리

일제강점기에 제작된 가장 방대한 규모의 대하소설로, 봉단편·피장편·양반편에서는 임꺽정이 화적패로 활동할 수밖에 없는 당시의 혼란상을 폭넓게 조망하고 있고, 의형제편은 여러 지역에 흩어져 살던 이봉학·박유복·배돌석·황천왕동이·곽오주·길막동이·서림 등 여러 인물들이 특정한 계기를 통해 마침내 의형제가 되어 청석골에서 조직을 이루기까지의 과정을 담고 있다. 화적편은 그 후 이 집단이 양반들의 패악상을 징치하는 사건들 중심의 일련의 활동상이 꼬리에 꼬리를 물듯이 서술되어 있다.

이 작품은 여타의 역사소설과는 몇 가지 차원에서 다르다. 우선 천민을 주인공으로 내세워 계급의 문제를 본격적으로 다루었다는 점이다. 기존 역사소설이 역사전개의 중심인물로 영웅과 위인들을 내세운데 반해 여기에서는 백정 출신의 천민이 양반 계급과 대립하는 양상을 다룸으로써 기존 작품에서 찾기 어려운 민중 중심의 역사관을 피력한 것이다. 다음으로 이 작품은 '살아 있는 최고의 우리말사전'이라 일컬어질 정도로 토속어 구사가 뛰어나며, 근대 서구소설의 문체가 아닌 이야기 구술식의 문체를 통해 한국 서사문학의 전통을 이어받았다는 점이다.

나는 이 소설을 처음 쓰기 시작할 때에 한 가지 결심한 것이 있지요. 그것은 조선문학이라 하면 예전 것은 거지반 支那文學의 영향을 만히 밧어서 사건이나 담기어진 정조들이 우리와 유리된 점이 만헛고, 그리고 최근의 문학은 또 구미문학의 영향을 만히 밧어서 洋臭가 있는 터인데 林巨正만은 사건이나 인물이나 묘사로나 정조로나 모다 남에게서는 옷 한벌 빌어입지 안코 순조선거로 만들려고 하엿습니다. '朝鮮情調에 일관된 작품' 이것이 나의 목표엿습니다.[8]

그 작품(『林巨正』 : 인용자 주)에 대해서 나대로 생각이 잇섯다면 그건 막연하게 朝鮮情調나 그려볼까 한 것이지요. 하여간 한말로 한다면 조선의 자랑거리라는 것은 땅 속에 잇다고박게 말할 수 업습니다.[9]

나는 임꺽정을 쓸 때 될 수 있는 대로 조선적인 정조를 잃지 않으려고 노력했오. 그래서 경치 같은 것 한 대목 쓰는 데도 조선정취를 나타내려고 로맨틱하게 그리려고 했오.[10]

이상의 인용문에서 불투명하게나마 작가의 창작의도를 간추리면, 이 작품의 목표는 '조선정조'를 표현하는 것인데, 이는 외국문학의 영향이 없는 조선식의 형식과 내용을 갖춘 작품을 제작하여 그 속에 순조선식의 정조를 담는 것이라고 하겠다. 여기에 박람강기博覽强記한 작가가 판소리를 공연하듯 한 판의 길고긴 이야기를 구연하는 방식으로 그 구성이 짜여져 있다. 이 덕분에 18~19세기에 융성했던 야담野談과 민간 풍속, 전래 설화, 민간 속담 등을 풍부하게 살려낸 것 또한 이 작품의 미덕이라 할 수 있다.

이런 '조선정조'의 구현은 곧 당시의 식민지 근대성에 대한 저항적인 글쓰기로 해석된다. 이 작품에 도처에 산포된 유학적 교양, 활달한 민족적 기개, 조선어의 특성 구현, 조선식 이야기 방식의 실현, 그리고 계층갈등의 형상화 등은 당대 식민지적 근대성에 대한 비판의식을 담고 있기 때문이다. 이로써 이 작품은 당대에도 역사소설 중 독보적으로 역사인식에 투철한 작품으로 평가되기도 하였다.

8) 홍명희, 「林巨正傳을 쓰면서」, 『삼천리』, 1933.09, 665쪽.
9) 홍명희·유진오 대담, 「'朝鮮文學의 傳統과 古典」, 『조선일보』, 1937.07.18.
10) 홍명희·리태준·리원조·김남천, 「碧初 洪命憙 先生을 둘러싼 文學談議」, 『大潮』(1946.01), 70쪽.

5) 순수 · 본격소설의 다양한 면모

1930년대 들어 정치성향을 띤 문학운동이 차츰 탄압받기 시작하고 이에 따라 이념성 강한 작품의 창작이 어렵게 되자 자연스럽게 순수문학의 흐름이 형성되기 시작하였다. 1933년에 '구인회'가 조직되면서 그런 움직임은 더욱 선명해졌다. '구인회'(1933~38)는 애초에는 이무영 · 이효석 · 이태준 · 김기림 · 정지용 · 조용만 · 유치진 · 이종명 · 김유영을 동인으로 하여 예술지상주의를 표방한 순수문학 동아리로서 문예창작에 있어 기교를 중시 여기었다. 1935년 전후 이효석 · 김유영 · 이종명 · 조용만 · 유치진 대신에 박태원 · 이상 · 박팔양 · 김유정 · 김환태가 가담하면서 더욱 그 색채를 강화해 나갔다. 구인회에 속한 작가 중 순수 · 본격소설을 주로 산출한 작가의 작품세계를 간추리면 다음과 같다.

① 이효석 : 시적 문체와 자연적인 성

이효석李孝石은 구인회의 특성을 가장 선명하게 구사한 작가라 할 수 있다. 그는 「메밀꽃 필 무렵」(1936)에서는 소설의 문체를 시적 경지로 끌어 올려 자신의 독특한 개성을 드러내었고, 「돈豚」(1933)과 「들」(1936)과 「山」(1936) 등에서는 성性을 다루어 한국소설의 주제를 넓혀나갔다. 특히 후자의 경우 한국문학사상 본격적으로 성을 주제로 삼은 최초의 작품들이어서 주목할 만하다.

그러나 이 작품들은 성을 사회 · 문화적인 성(gender)이나 성애(sexuality) 차원에서 접근하지 않고 생물학적 · 자연적인 성(sex)으로 국한하였다. 또한 그는 「장미薔薇 병들다」(1938), 『화분花粉』(1939) 등에서 서구적 이국 취향과 개방적 성의식을 부각하여 자신의 소설세계를 넓혀나갔다. 그러나 그의 소설 전반은 당대의 사회 문제와는 아무런 관계를 맺지 못하고 개인의 정서 표현에 국한되었다.

246 •

📖 이효석李孝石

1907~1942년. 소설가. 호는 가산可山. 강원도 평창 출생. 1920년 경성제일고보에 입학하여 톨스토이, 투르게네프, 체홉 등의 러시아 소설을 탐독하면서 문학에 뜻을 두었다. 1930년 경성제국대학 법문학부 영문과를 졸업했다 1934년부터 평양 숭실전문학교 교수로 재직하면서 작품활동을 펼치다가 1940년 에 처자를 잃은 뒤 극심한 실의에 빠져 만주 등지를 돌아다니 다가 돌아왔다. 이때부터 건강을 해치고, 따라서 작품 활동도 활발하지 못하였다. 1942년 뇌막염으로 병석에 눕게 되고, 20 여일 후 36세로 요절하였다

경성제대 재학중이던 1928년『조선지광』에「도시와 유령」을 발표하면서 문단에 등단하였 다. 등단 직후 한동안 동반자작가 로 활동하면서,「기우」(1929)·「깨뜨려지는 홍등」(1930)·「노 령근해」(1930)·「북국사신」(1930)·「마작철학」(1930) 등의 작품을 발표하였다. 이 작품들은 이 른바 동반자작가의 성격을 띠었으나, 1931~3년 사이 동반자작가 논쟁을 지켜보고나서 순수 문학으로 경향을 바꾸었다. 1933년 이무영·유치진·정지용·이상·김기림·이태준 등과 구인 회를 결성한 것을 계기로 새로운 작품세계를 추구하고,「돈豚」(1933)을 분수령으로 하여 자연 을 배경으로 한 에로티시즘의 세계로 몰입하였다. 그 후 이런 연장선에서「분녀」(1936)·「산」 (1936)·「들」(1936)·「메밀꽃 필 무렵」(1936)·「석류」(1936)·「화분」(1939) 등을 발표하였다.

그의 작품은 대체로 동반자적 경향, 에로티시즘, 이국취향의 세 가지로 분류된다. 그 중에 서도 그의 문학적 본령은 에로티시즘에 있는데, 성과 자연의 자연스런 대비와 융합이 시적인 문체와 세련된 언어, 서정적인 분위기의 형성으로 작품화되어 나타난다.

참고 :『한국현대문학대사전』

② 김유정 : 해학적이고 위악적인 문체

김유정金裕貞은 구인회 동인 중 가장 굴곡이 큰 삶을 살았고, 또 가난과 실연과 병마에 시달리면서도 개성적인 작품세계를 유지한 작가이다. 그는 39세의 짧은 생 애를 풍운아적 삶으로 일관하면서도 1935년 등단한 후 불과 2년 남짓한 작가 생활 동안 30편 내외의 단편과 1편의 미완성 장편, 그리고 1편의 번역소설을 남길 만큼 왕성한 창작의욕을 보였다. 특히「산골나그네」,「만무방」,「금따는 콩밭」,「봄 봄」, 「동백꽃」 등은 강원도 산골의 전원적인 향토를 배경으로 하고 거기에 해학적이고 위악적인 문체와 역설의 기법을 가미하여 본격소설의 품격을 높인 수작으로 평가

받는다. 그러나 강원도의 사투리가 잘 구사되어 있고 산촌 마을의 가난하고 비참한 참상이 잘 나타나 있지만, 그를 리얼리스트라고 말하기엔 애매한 부분이 있다. 그것은 그가 그런 현실을 사회구조적인 문제로 인식하기보다는 숙명적·운명적인 요소로 파악하고 있기 때문이다.

📖 김유정金裕貞

1908~1937년. 소설가. 강원도 춘천 출신. 일찍이 부모를 여의고 고향을 떠나 12세 때 서울 재동공립보통학교에 입학, 1929년에 휘문고보를 마치고 이듬해 연희전문학교 문과에 진학했으나 중퇴하였다. 1932년에는 고향 실레마을에 금병의숙을 세워 계몽운동을 벌이기도 하고, 또 한때는 금광에 손을 대기도 하였다. 1935년 단편소설 「소낙비」가 『조선일보』에, 「노다지」가 『중앙일보』 신춘문예에 당선되어 문단에 올랐다. 그 뒤 후기 구인회의 일원으로 김문집·이상 등과 교분을 가지면서 창작활동을 하였다. 그는 등단하던 해에 「금 따는 콩밭」·「떡」·「산골」·「만무방」·「봄봄」 등을 발표하였고, 그 이듬해인 1936년에 「산골 나그네」·「봄과 따라지」·「동백꽃」 등을 발표하였으며, 1937년에는 「땡볕」·「따라지」 등을 발표하였다. 그는 불과 2년 남짓한 작가생활을 통해서 30편 내외의 단편과 1편의 미완성 장편, 그리고 1편의 번역소설을 남길 만큼 왕성한 창작의욕을 보였으나, 30세에 폐결핵으로 요절하였다. 작품집으로는 1938년에 나온 『동백꽃』이 있고, 1968년에 『김유정전집』이 출간되었다. 사후에 발표된 단편 「형兄」과 「두꺼비」(文學思想, 73)가 있으며, 특히 「두꺼비」는 작가 생존 시에 연모했던 국창國唱 박녹주朴綠珠에 대한 짝사랑을 그 내용으로 하고 있다.

그의 소설의 특징은 해학성이라 할 수 있는데, 이는 비참한 현실에서 자유로워지고자 하는 작가정신의 발로라 할 수 있고, 그래서 그의 소설에 등장하는 해학적인 인물의 성격도 가혹한 환경에 무기력하게 굴복당하지 않는 민중들의 탄력적인 생명력으로 해석할 수 있다.

참고 : 『한국현대문학대사전』

248 •

③ 이태준 : 단편소설의 미학 추구

이태준李泰俊은 1925년에 등단하였지만, 1930년대 들어 정제된 단편들을 발표하면서 문명을 얻고, 단편집 『달밤』(1934), 『까마귀』(1937), 『돌다리』(1943) 등을 연이어 발

1904~미상. 소설가. 호는 상허尙盧. 강원도 철원 출생. 어린 시절 아버지를 따라 블라디보스토크에 갔다가 아버지 사망 후 고향에 돌아와 철원 봉명학교를 졸업하고, 1921년 휘문고보에 입학했으나 1924년 동맹휴교 주모자로 퇴학당했다. 1927년 도쿄 조치대학上智大學 예과에 입학했다가 1928년 중퇴했다. 1933년 구인회 동인으로 활동했으며, 1939년에는 『문장』을 주관하기도 했다. 1941년 제2회 조선예술상을 수상했다. 1945년 문화건설중앙협의회 조직에 참여하였고, 1946년 조선문학가동맹 부위원장으로 활동하면서 「해방전후」로 조선문학가동맹이 제정한 제1회 해방기념 조선문학상을 수상했다. 1946년 여름 월북한 것으로 알려져 있으며 월북 직후인 1946년 10월경 조선문화사절단의 일원으로 소련을 여행하고 돌아왔다. 한국전쟁이 발발하자 종군작가로 낙동강 전선까지 내려온 것으로 전해진다. 북한에서의 행적은 자세히 알려지지는 않았지만, 2000년 경 한 탈북자에 따르면, 이태준은 1956년 숙청되어 함흥으로 추방, 노동자신문 교정원으로 배치되었으며, 1964년 복권되어 조선노동당 중앙당 문화부 창작실 전속작가로 복귀하였으나 김일성 주체화에 반대하여 몇 년 후 강원도 장동탄광 노동자 지구로 추방, 그 곳에서 여생을 보내다 사망한 것으로 전해진다.

1925년 『조선문단』에 「오몽녀」가 입선되어 등단하였지만, 1928년 귀국할 때까지 작품 활동이 거의 없었다. 1933년 '구인회'에 참여하면서 서정성이 농후한 작품 경향을 정착시켰다. 1934년 첫 단편집 『달밤』 발간을 시작으로 『까마귀』(1937)·『이태준 단편선』(1939)·『이태준 단편집』(1941)·『해방전후』(1947) 등 단편집 7권과 『구원의 여상』(1937)·『화관』(1938)·『청춘무성』(1940)·『사상의 월야』(1946) 등 장편 13권을 발간하는 한편, 기행문 『소련기행』(1947)도 발간했다. 광복 이전의 그의 작품은 대체로 시대적 상황에 적극적으로 대응하는 경향을 띄기보다는 구인회의 성격에 맞는 현실에 초연한 예술지상적 색채를 농후하게 나타낸다. 인간 세정의 섬세한 묘사나 동정적 시선으로 대상과 사건을 바라보는 자세 때문에 단편소설의 서정성을 높여 예술적 완성도와 깊이를 세워 나갔다는 점에서 우리나라의 대표적 단편소설 작가로 평가받을 수 있었다. 그밖에 수필집 『무서록無序錄』(1944)과 문장론 『문장강화』(1946) 등도 그의 탁월한 문학적 저서로서 크게 공헌한 책들이다. 해방기 때 사회주의자로 전신한 이후 작품에도 사회주의적 색채를 담으려고 노력하였다. 해방 직후 북한의 농지 개혁 문제를 다룬 「농토農土」(1946)는 이런 점에서 상당한 성공을 거두었으나, 그 후 종군기자로 전선에 참여하면서 쓴 「고향길」(1950)·「백배천배로」·「누가 굴복하는가 보자」·「미국대사관」·「네거리에 선 전신주」·「고귀한 사람들」(이상 1951) 등은 생경한 이데올로기를 여과 없이 드러냄으로써 그 이전의 작품에 비해 예술적 완성도가 부족한 것으로 평가된다.

참고 : 『한국현대문학대사전』

행하면서 1930년대 최고의 단편작가의 이름을 얻었다. 그의 단편에는 식민지 현실에 적응하지 못하는 소시민이 자주 등장한다. 그 예로, 일본인 지주의 착취에 견디지 못해 농사일을 접고 상경하였지만 아무런 생활의 대책이 없어 아내는 유곽에 팔리고 자식은 굶어죽게 되고 자신은 노숙을 일삼는 방서방(「꽃나무는 심어놓고」), 복덕방을 전전하며 세월을 보내다가 토지 투기에 손을 대지만 사기를 당하고 실의에 빠져 자살로 생을 마감하는 안초시(「복덕방」), 성실하기는 하나 근대적 시간 개념을 익히지 못해 학교 급사·신문 배달부에서 쫓겨나는 황수건(「달밤」), 그리고 합방 전 영월 군수까지 지냈으나 일제시대 들어 사업에 실패하고 종국에는 광산사고로 죽어가는 영월영감(「패냉강」) 등을 들 수 있다.

이태준은 초기에는 이런 소시민의 불우한 처지를 연민의 시선으로 어루만지는 작가적 태도를 취했으나, 30년대 후반을 지나면서 암울한 현실에 대한 냉철한 관찰의 자세를 견지하여 후반으로 갈수록 리얼리즘적 경향을 강화해 나갔다. 그가 해방 후 사회주의자로 변신한 것도 이런 작가적 경향의 변화의 연장선으로 이해할만하다.

④ 기타 : 김동리·황순원 등

김동리는 등단작 「화랑의 후예後裔」(1935)에서 몰락한 전통에 대한 회한과 상고 취미를 보여 주었고, 이어 「바위」·「무녀도巫女圖」·「황토기黃土記」(이상 1939)에서 신비적 무속 세계와 탐미주의를 부각하여 그 나름의 개성적 작품세계를 구축하였다.

황순원은 30년대 초에는 모더니즘적 취향의 시를 쓰고 또 그 결과로 35년 전후에 두 권의 시집을 내기도 하였으나 「별」(1941), 「그늘」(1941), 「독짓는 늙은이」(1942) 등의 소설을 발표하면서 소설가로 자리를 잡기 시작하였다. 이 초기작들은 서정적 문장과 치밀한 구성으로 단편소설의 특장을 잘 발휘한 것으로 평가할 만하고, 특히 「별」은 죽은 어머니에 대한 소년의 그리움을 별이라는 대상을 통해 서정적인 문체 속에 시적인 분위기를 담았다.

1909~1987년. 필명은 박태원泊太苑·몽보夢甫·구보仇甫·구보丘甫. 서울 태생. 경성사범부속보통학교를 거쳐 1929년 경성제일고보를 졸업하였다. 1930년 일본 호세이대학法政大學 예과에 입학하였으나 도중에 중퇴하였다. 1926년 『조선문단』에 시「누님」이 가작으로 당선되어 한때 주로 시를 썼으나, 1930년에 단편 「적멸寂滅」·「수염」·「꿈」 등을 발표하면서 소설 창작에 주력하였다. 1933년 구인회에 가입하고 「소설가 구보씨의 일일」(1934)·「골목안」(1939), 장편 「천변풍경」(1937) 등을 발표하여 문단의 주목을 받았다. 특히 「천변풍경」은 도시 세태를 세밀하게 묘사하여 리얼리즘의 관련된 논쟁을 야기한 바 있다. 1939년 이후로는 주로 자신의 체험에 토대를 둔 신변소설을 창작하는 한편 중국의 역사소설을 여러 편 번역하기도 하였다.

광복 직후 조선문학가동맹의 중앙집행위원으로 피선되었으나, 적극적으로 활동하지는 않았다. 이 시기에 단편 「춘보」(1946), 장편 「임진왜란」(1949)·「군상」(1950) 등을 발표하였다. 한국전쟁 중에 월북하였다. 그는 정전 후 1955년까지 평양문학대학'에서 교수로 재직하면서 중편 『조국의 품』·『리순신장군』·『조국의 기발』 등을 써내는 한편 시조인인 조운曺雲과 공동으로 『조선창극집』을 발간하였다. 그러나 1956년 초 남로당 계열에 대한 숙청이 박태원에게도 닥쳤고, 그 결과로 약 4년간 평남 강서지방의 집단농장에서 강제노동을 하였다.

1960년에 다시금 작가로 복귀했을 때 그는 이미 시력을 많이 잃은 상태였고, 그러다 1965년 완전 실명에 이르렀다. 그는 이러한 상태에서 『갑오농민전쟁』이라는 방대한 분량의 역사소설을 써나갔다. 이 소설의 도입부의 성격을 띤 『계명산천은 밝아 오느냐』가 1964년에 발표되어 '1860년대의 역사적 현실을 사실주의적으로 재현하면서 부패한 봉건제도의 종말과 인민들의 반봉건적 투쟁의 필연성을 보여준 것'으로 평가 받자 이에 힘입어 그는 곧장 『갑오농민전쟁』에로 나아가는데, 건강은 더욱 악화되어서 1975년에는 전신불수의 처지가 되었다. 결국 이 소설은 그가 구술한 것을 그의 아내 권명희가 받아적는 형식으로 시작하여 1984년 말에 완성되었다. 이 소설은 북한 최고의 역사소설로 평가받았고 그가 1987년 사망했을 때 북조선작가동맹 중앙위원회는 "우리 인민들의 사랑을 받던 재능있는 작가 박태원 동지가 서거한 데 대하여 심심한 애도의 뜻을 표시한다."는 추모의 말을 남기었다고 전해진다.

참고 : 『한국현대문학대사전』, 『북한문학사전』

6) 세태·풍속소설의 대두

1930년대 작단의 한 경향으로 세태·풍속소설을 들 수 있다. 이는 당시 리얼리즘의 자리가 좁아지고 있는 상황에서 그나마 현실의 문제를 언급하는 방법이 세태와 풍속에 대한 관찰이었기 때문이다. 박태원·안회남·채만식 등에 의해 이 방면의 작품이 산출되었고, 이 또한 당시 평단에서 김남천을 중심으로 '관찰문학'을 통한 장편소설의 개조가 필요하다는 주장이 피력되었던 바, 이런 전형기 비평계의 흐름과도 상응한다고 할 수 있다.

① 박태원의 『천변풍경』: 식민지 근대성에 대한 관찰

박태원朴泰遠은 초기에는 「낙조」(1933)를 통해 근대화 과정에서 몰락한 근대지식인의 자조를 실감나게 형상화하고, 「소설가 구보씨의 일일」(1934)에서는 무력한 지식인의 내면풍경을 치밀하게 묘사해 내는 등 일면 모더니즘에 가까운 작품을 산출하였다. 그러나 장편 『천변풍경天邊風景』(1936)을 발표하면서 도시민의 일상과 세태를 객관적으로 그려냄으로써 세태소설가로 자리를 굳혀나갔다.

> 청계천변에는 부청의 허가를 받은 빨래터가 여럿이다. 그중 광교에서 가까운 빨래터에는 연일 빨래하는 아낙네들의 수다가 끊일 새가 없다. 점룡 어머니, 귀돌 어멈, 칠성이네, 이쁜이 어머니가 빨래 방망이질과 일변 헹군 빨래를 너는 사이 동네 일들을 두고 찧고 까분다. 이발소에서 장차 이발사가 꿈인 사환 재봉이가 바깥을 내다보며 기묘하고 흥미로운 세상살이를 두루 살핀다. 민 주사는 이발소에서 거울 속의 자신을 이모저모 뜯어보며 늙었다고 한탄하지만 그래도 돈이 있지 않느냐며 자위한다. 그는 경성부의원 선거에 출마하려는 마당에 여전히 첩살이와 마작놀음에 정신이 팔려 있다.
>
> 재봉이는 눈을 굴리다가 '평화 까페'를 바라보는데 거기에는 여급으로 나오는 하나코란 조선 처녀가 있다. 그때, 하나코의 어미가 심란한 표정으로 걸음을 되돌리는 게 눈에 잡힌다. 그뿐만 아니라 어지간한 구두쇠로 한약국만 지키는 영감의 아들 내외가 다정스럽게 외출하는 모습도 보였다. 한약국 집에는 시골에서 올라온 창수가 사환으로 있다. 그는 꾀 많은 소년인데 자기 아버지가 사내는 서울로 가야 출세를 한다는 믿음에 따라 이 집에 머물게 된 것이다. 그댁 행랑채에는 만돌네가 드난살이를 살고 있다. 만돌 어멈은 행실이 나쁜 아범을 피해 서울로 도망 왔던 것이나 결국 덜미가 잡혀 지금은 몸을 붙이고 살아간다. 재력이 있는 사법서사 민 주사는 염염한 티를 내비치는 첩 안성댁에게 질질 끌려 다닌다. 안성댁이 거짓 아양을 떨며 재물을 취하는 한편으로, 건장한 전문대학생과 불륜을 맺고 있는 낌새를 알아차리지만 뾰족

한 수가 없어 낭패다.

　한편, 배다리 골목 안 최장님의 건넌방에 세 들어 사는 이쁜이의 혼례식이 살갑게 거행된다. 신랑은 건달기가 몸에 밴 전매국 직공 강씨인데 꼬락서니는 핸섬하다. 점룡 어멈은 자식이 이쁜이를 좋아하는 걸 아는 터라 마음속이 여간 불편한 게 아니다. 하지만 이쁜이같이 참한 색시도 변변찮은 친정 가세 때문에 시댁에서 모진 구박을 받는다. 나중에는 남편한테까지 배신을 당하는데, 이쁜이 어머니의 노심초사하는 정경은 이루 말할 수가 없다. 마작놀음으로 거금을 날린 민 주사는 우거지상을 짓는다. 돈이라면 있다가도 없어지는 것이지만, 부회의원 선거에 출마한 상대 후보 운동원들이 이 일을 갖고 비방할 것 같아 걱정이 크다. 종로에 점포를 가진 포목집 주인은 중산모를 쓰고 의젓한 걸음새로 배다리를 오간다. 자기 매부가 선거에 출마를 했으니 그냥 모른 체할 수가 없기 때문이다.

　이 청계천변 동네에서 스무 해를 살아온 신선집이 가운이 다했는지 가족 몽땅 야반도주하더니, 이번에는 한약국 집에 행랑살이를 하던 만돌 어멈도 남편의 술추렴으로 말미암아 그 댁에서 쫓겨난 뒤 종적을 감춘다. 못 가진 설움을 함께 나누었던 처지라 동네 아낙네들은 혀를 차며 동정을 보낸다. 민 주사는 선거 결과를 장담할 수 없어 자신이 당치도 않은 일에 매달리는가 하여 회의하기도 한다. 그럼에도 돈을 풍덩풍덩하게 쓴 탓인지 선거사무소는 잘 돌아가는 듯했는데, 결과는 낙선이었다. 그는 병석에 누웠지만 안성집의 탈선이 눈에 어른거려 자리보전을 하고 있을 수가 없다. 어떻든 담판을 지어야겠다고 그녀 집으로 걸음을 놓는다.

　한약국 집의 심부름꾼 창수는 노랭이 영감 밑에서 죽도록 일해봤자 희망이 없다는 걸 점차 깨닫는다. 이발소에서 기술을 배우는 재봉이는 미래의 기약이 있을 게고, 아이스케키 장수를 하는 점룡이는 우선의 이익이라도 있을 것이라는 생각에 마음이 심란해진다. 순박한 시골 처녀인 금순이는 가족과 헤어져 오갈 데 없는 처지인데, 카페 여급인 기미코와 하나코가 측은히 여겨 한 방에서 기거하게 된다. 그녀는 세 식솔의 부엌일과 재봉틀질, 세탁을 도맡는데, 바깥을 나도는 두 처녀는 식모보다 친구로 여긴다. 그런 생활이 이어지다가 얼굴이 예쁜 하나코가 반가의 홀아비인 양약국 최가와 결혼하게 되어 식구가 단출해졌다. 이때 금순이는 동생 순동이를 찾았다. 이 소년은 '한양구락부'라는 당구장에서 게임돌이를 하고 있었다. 근면 성실해서 주인의 신임을 받는 성실었다. 금순이는 기미코의 양해를 얻어 동생을 그들 셋방에 합류시키고는 당구장 보이로 착실히 돈을 모아가게 한다.

　민 주사와 안성댁, 전문대학생 간의 삼각관계는 날이 갈수록 구린내를 더한다. 사특한 두 연놈은 짜고서 어떻든 민 주사로부터 한밑천 우려내려고 혈안이 되어간다.

그녀는 50대의 민 주사한테 관철동 집을 팔아서는 계동 쪽에다 새 집을 마련해 달
라고 떼를 쓴다. 게다가 이제는 홀몸이 아닌데 영감이 죽어버리면 자기네는 어떻게
살란 말이냐고 투정을 부린다. 민 주사는 이래저래 입맛이 쓰다. 그 사이에 이쁜이
는 남편 강석주로부터 버림을 받는다. 비록 아이스케키 상자나 울러 맸던 터수였기
는 하나 점룡이는 의기를 가진 사내다. 이쁜이를 못 살게 군 강가를 흠씬 두들겨 패
준다. 하나코의 입장도 이쁜이와 진배없었다. 양약국 최가 집안이 좋고 살림이 넉넉
하대서 전실 소생 둘을 둔 그의 청혼을 받아들여 재취로 들어가 얌전하게 새댁 살림
을 해왔던 터다. 그런데 시댁 사람들은 공연히 과거를 의심하며, 그녀의 여급 행적
이 집안에 통칠이나 한 듯 곱잖게 바라본다. 그것이 차츰 도가 심해져 구박을 드러
내놓고 하기에 이르고, 이에 남편까지 맞장구를 친다. 달포를 못 넘겨 그녀는 심신
이 내려앉았는데 하속배들의 멸시를 감당 못할 지경에 이른다.

하지만 바닥 인생의 젊은이들은 그래도 괜찮다. 용돌이는 웰터급 권투에서 패권
을 쥐려 연습에 몰두하고, 낙향했다가 재차 상경한 창수는 '종로구락부'에서 십 원
씩 월급을 타며 자족한다. 이발소의 젊은 조수 김서방은 이발사 시험에 합격할 희망
에 들떠 있으며, 그 밑의 재봉이도 낙망하지 않는다. 점룡 어머니는 곗돈이 자기 앞
으로 낙찰되지 않아 애가 타지만 포목집 주인은 여전히 천변을 느직이 걸어간다. 품
위의 상징처럼 멋지게 쓴 중산모가 바람에 날려 막 풀린 개천 물에 빠져버린 게 낭
패스럽긴 했지만…… 그래도 그는 모여든 구경꾼들과 눈이 마주치자 순간에 얼굴을
붉히고, 다음에 손상된 위신을 회복하려고 엄숙한 표정으로, 연래 애용하여오던 모
자를 개천 속에 남겨둔 채, 큰기침과 함께 그 자리를 떠나 자택으로 향한다.

『천변川邊(風景)』(1936) 줄거리

이 작품은 서울 청계천변의 소시민의 일상을 카메라의 눈이 돌아가면서 비추듯
이 세밀하게 그려내고 있다. 서술자는 인물들이 벌이는 사건과 언행을 객관적인 입
장에서 무심하게 서술하고 있다. 그러나 내포작가는 도시 소시민들의 삶이 자본주
의적 체제로 새로이 재편되어가는 모습을 예의 주시하고 있는 바, 이로써 당시 식
민지 근대성의 문제가 야기하는 세태 변화가 섬세하게 반영되어 있다.

박태원은 일제 말기 소설 창작이 여의치 않자 『역수한逆水漢』(1939)의 번역으로부
터 시작해서 『신역 삼국지』(1940), 『수호전』(1942~44), 『서유기』(1944) 등의 중국 고전
을 번역하는 것으로 문필 작업을 이어나갔고, 해방 후에는 사회주의 문학 단체에

254 •

가담하였다가 월북하였다. 월북한 후 1980년대까지 현역작가로 활동하였고, 특히 대하소설 『갑오농민전쟁』(1984)으로 북한문학사를 풍성하게 하였다.

② 채만식의 『탁류』: 부정적 세태의 통속화

채만식은 『태평천하』(1938)에서 풍자소설의 전범을 보였으나 차츰 세태와 풍속으로 기울어 1939년에 이르면 『탁류濁流』(1939)라는 세태소설을 산출한다. 이 작품은 『태평천하』와 더불어 채만식의 대표작의 하나로 꼽히지만, 그 성격은 상당히 다르다. 정초봉이라는 한 여인의 수난사를 줄거리로 하면서 1930년대 식민지 근대화 과정에서 드러난 부정적인 세태를 폭넓게 그리고 있다. 주인공 초봉은 청순한 처녀로서 군산 미두장 주변에서 기생하는 정주사의 딸이다. 남승재라는 청년이 자신을 좋아하는 것을 알면서도 아버지의 강압에 따라 타락한 은행원인 고태수에게 시집간다. 그러나 남편이 유부녀와 간통하다 타살 당하던 날 초봉은 꼽사인 장형보에게 강간당하고 군산을 떠난다. 상경하는 기차에서 아버지의 친구인 박제호를 만나는데, 결국 그의 유혹에 속아 그와 동거하게 되나, 장형보가 다시 찾아와서 박제호로부터 버림받는다. 장형보의 자식을 잉태한 데다 위협에 못 이겨 장형보와 동거하며 고통스럽게 살아가던 초봉은, 마침내 증오의 대상인 장형보를 죽이고 자수한다.

이렇듯 매우 통속적인 내용이지만, 여기에는 도시민의 세태가 여실하게 반영되어 있다. 또한 작자는 몰락하여가는 도시 하층민의 운명을 극명하게 보여줌으로써, 1930년대 식민지 근대성의 문제를 극히 부정적으로 부각하였다.

③ 김남천의 『대하』: 계몽기 풍속 관찰

김남천金南天의 장편소설 『대하大河』(1939)는 다른 각도에서 주목을 요한다. 이 소설은 봉건적인 사회체제가 붕괴되기 시작하는 근대계몽기를 배경으로, 성천 두무골이라는 작은 마을에 살고 있는 밀양 박씨 박성권의 가족들의 상호관계와 그 시대적 풍속의 변천 과정을 그리고 있다. 주인공은 박성권이지만, 스토리의 출발은 조부와 부친 박순일에서 시작한다. 1대인 할아버지와 2대인 박순일은 모두 갑오년 난리 이전에 살았는데, 아전으로서 돈을 모은 1대와 그 재산을 주색과 아편으로 탕진하고 객사하는 2대의 이야기는 소설의 제1장에서 모두 완결된다. 3대에 해당되는 박성권은 스무 살의 나이에 아버지 박순일의 죽음과 더불어 집안의 파산에 직면하게 된다. 그러나 박성권은 청일전쟁 때 군대를 상대로 장사도 하고 군수물자를 운반해주기도 하면서 재산을 모으고, 그 돈을 높은 이자로 늘려나감으로써 다시 부자가 되어 쇠퇴한 박씨 가문을 다시 일으킨다. 박성권은 본처인 최씨 사이에서 형준·형선·형식 세 아들을 두고, 빚 대신으로 얻은 쇠퇴한 파평 윤씨의 딸 탄실을 첩으로 들여 형걸을 얻는다. 그의 세 아들은 각기 다른 방향의 삶을 살아간다. 맏아들 형준은 그의 아버지 박성권의 절대적인 권위에 억눌려 무기력한 일면을 보이기도 하지만, 사업욕과 실리주의적 태도는 아버지를 닮아간다. 온건하고 착실한 보수적 기질을 지닌 형선은 선량한 소시민으로 살아간다. 이들에 비하여 서자인 형걸은 적극적이고 과단성 있는 아버지의 기질을 그대로 받아 시대에 앞서가는 사회적 인물로 부각된다. 그러나 형준과 형걸은 하녀인 쌍네를 가운데 두고 서로 반목·갈등한다. 그런 가운데 형걸이 자신의 울분과 격정을 풀기 위해 기생 부용을 찾아갔을 때 그 문전에서 아버지인 박성권을 발견하게 되고, 결국 형걸이 기생집을 뛰쳐나오는 것으로 이 작품은 끝난다.

격동의 시대를 살면서 사회적 변화에 편승하여 오로지 돈을 모으기에 온 정열을 바쳐온 박성권의 '포학하고도 아구통 센 성격'은 봉건적인 사회체제의 붕괴와 함께 나타나기 시작한 초기 상업주의의 실리적 측면을 전형적으로 표출하고 있다. 시대적 풍속에 대한 작가의 관심은 주로 청일전쟁 이후의 초기적인 상업자본주의의 성립 과정에 따른 직업의 변화와 신분적인 이동에 집중되고 있다. 그밖에도 신식교육기관의 등장과 취학문제, 기독교의 전파, 일본인들의 상업적 진출과 외래문물의 수용, 의식생활의 변화 등을 폭넓게 묘사하면서, 이러한 시대적 풍속을 가족사의 변천과 긴밀하게 연관 짓고 있다. 이로써 이 소설은 가족사의 변천과 사회 풍속의 변천 과정을 총체적으로 드러내어줌으로써, 개인과 사회의 역사적·사회적 변동의 실상을 면밀하게 포착하고 있다는 평을 받고 있다. 물론 지나친 풍속적 관심이 오히려 작품의 구성력을 약화시켰다든지, 사건의 설명적 진술이 많아 등장인물의 성격적인 차이를 극적으로 드러내지 못하였다는 점 등이 그 단점으로 지적될 수도 있지만, 당시 김남천 스스로 강조해마지 않았던 '로만개조론'을 풍속 관찰의 차원에서 실천해보인 작품이라는 점에서 그의 대표작으로 평가되어 왔다.

④ 기타 : 이기영의 『봄』, 한설야의 『탑』 등

그밖에 세태·풍속 소설로 범주화할만한 작품으로 이기영의 『봄』(1940)과 한설야의 『탑塔』(1941)을 들 수 있다. 『봄』은 구한말 양반 계급 출신인 유선달(유춘화) 일가가 몰락하는 과정을 통해 근대계몽기의 시대적 현안인 '반봉건주의'를 주창하였다. 그러나 반봉건 의식은 있으나 식민지 근대화에 대한 인식은 부족하여 당시 사회적 모순에 대한 비판은 찾기 어렵다.

『탑塔』 역시 근대계몽기 전체상을 다룬 중량감 있는 작품임에도 불구하고, 시대정신의 형상화에 미흡하다는 지적을 면키는 어렵다. 그러나 이 작품들은 구한말 식민 자본주의 진출의 폐해와 개화 풍속을 객관적인 관찰의 시선으로 반영해냄으로써 『대하』(1939)와 더불어 '일제말기 가족사·연대기 소설 3편'이라고 불리기도 한다.

7) 모더니즘 소설의 등장

1930년대 모더니즘 운동은 예술 전반에서 일어난 사조적인 흐름이었다. 문학 분야에서는 시 장르에서 더욱 활발하게 전개되었으나 소설에서도 무시할 수 없을 정도로 그 흐름은 상당하였다. 구인회 동인들 중 김기림과 이상이 이 운동에 전면적으로 나섰는데, 시 장르에서는 김기림이, 소설 장르에서는 이상이 가장 왕성하게 활동하였다.

① 이상 : 유폐된 자의식과 암울한 절망

이상李箱은 「날개」(1936)와 「지주회시」(1936)에서 지식인의 유폐된 자의식을 부각하여 모더니즘 중 초현실주의적 특성을 표명하였다. 또한 「봉별기」(1936)와 「종생기」(1937) 같은 단편에서는 지식인의 암울한 절망·소외의식을 형상화하여 독특한 문학세계를 구축하였다. 내용상으로는 절망적이고 유폐적인 도시 지식인의 내면심리를 집요하게 파고들면서, 형식적으로는 수필·시·일기문 같은 타 장르를 소설 속에 삽입한다든지 난삽한 수식이나 논문식 문체 등을 가미한다든지 하여 당시로서는 매우 실험적이고 전위적인 글쓰기를 감행한 작가라 할 수 있다.

이런 특성에 대해 그간 양면적인 평가가 있어왔다. 즉, 당시 식민지 현실과는 오불관언한 작가의 자폐적인 글쓰기라는 비판적 평가와 1930년대 말 엄혹한 상황에서 역설적인 방식으로 시도한 저항적 글쓰기라는 우호적인 평가가 그것이다. 그러나 당시 일본에서 귀국한 비평가 김문집이 이상과 같은 모더니즘적 글쓰기가 일본에서는 "여름의 맥고모자처럼 흔한" 일이라고 지적한 점을 감안하면, 후자의 평가는 재고되어야 할 것이다.

② 기타 : 최명익, 『단층斷層』 동인

최명익崔明翊은 이상 만큼 정도가 심하지는 않지만, 일제강점기 지식인의 내면 풍경을 형상화한 점에서는 모더니즘 계열 작가에 가깝다고 할 수 있다. 그는 「심문心紋」(1939)에서 사회주의였다가 전향한 후 낙심하여 아편중독자가 되어버린 인물의 내면심리를 설득력 있게 그려내었고, 대표작 「장삼이사張三李四」(1941)에서는 열차간의 풍경을 통하여 피식민자의 분열된 심리 세계를 담담하지만 예리하게 묘파해내어 그 나름의 문학 세계를 구축하였다.

그밖에 이 무렵 모더니즘 운동에 끼워넣을 수 있는 것으로 평양에서 나온 동인지 『단층』(1937)이 있고, 여기에는 김이석·김화청·김규조·유항림·최정익 등이 있다.

한편, 1930년대 등단하여 작단에서 일정하게 활동한 작가로 박계주·정비석·김래성·박화성·장덕조·백신애·임옥인 등을 더 꼽을 수 있다.

8) 총정리

　　첫째, 작단作壇의 경향이 다양화되었다. 1920년대에 비해서 소설의 소재가 풍부해지고 이에 따라 다양한 주제의 작품이 산출되었다. 즉 1920년대는 프로문학 계열, 국민문학 계열에 그쳤는데, 30년대 들어 세태소설·농민소설·장편소설·역사소설·순수소설·본격소설 등 많은 성격의 소설들이 다양하게 나왔다. 여기에는 이미 소개된 상징주의·사실주의·낭만주의 등이 사조에 새로 들어온 유미주의와 모더니즘 등이 섞이거나 길항관계를 맺은 점이 크게 작용하였다.

　　둘째, 장편소설이 크게 성장하였다. 물론 단편소설이 없었던 것은 아니지만 문학사적으로 걸출한 작품들은 거의 장편소설이었다. 게다가 『림꺽정林巨正』 같은 우리나라 최초의 대하소설이 산출되어 이런 추세를 더욱 선명하게 하였다.

　　셋째, 후기로 갈수록 리얼리즘 소설이 위축되었다. 일제 탄압이 강화되면서 현실문제를 다루는 것은 계속 검열에 걸리고 출판되지 못하거나 삭제되었다. 그 대안으로 역사소설·세태소설·풍자소설이 나왔지만, 예 순수·본격소설과 모더니즘 계열의 작품이 다량으로 산출되어 위축된 리얼리즘의 자리를 메우었다.

넷째, 소설 창작과 관련한 창작방법론이 구체적으로 제시되었고 그것이 창작과
정에서 실천되었으며 상당한 성과를 이루었다. 평단에서 뜨겁게 전개된 다양한 창
작방법론이 그 자체에 머물지 않고 작단에 영향을 끼치게 되었고, 그러다보니 비평
과 창작이 서로 긴밀하게 짝을 맞추게 되었다. 비평가이면서 창작을 겸한 문사가
많이 나온 까닭도 여기에 있을 것이다.

5. 희곡

1) 신파적인 대중극 잔존

1930년대에 이르러서도 신파극적 요소가 완전히 불식되지는 않았다. 그 예로
이서구의 「어머니의 힘」, 임선규의 「사랑에 속고 돈에 울고」, 그리고 김춘광의 「검
사와 여선생」 등은 멜로드라마로서 통속적인 오락성을 앞세워 감상과 좌절, 현실도
피적 성향을 드러내었다. 이들 작품에 농후하게 습윤되어 있는 오락성은 당대 대중
의 비판의식은 마비시키고, 또 넘쳐나는 감상성은 도전의식보다는 좌절감을 안겨줘
결과적으로 식민지 무의식을 깊게 내면화해 나갔다.

이런 신파적 연극은 1930년대 말 이후 일본 군국주의의 압력에 못 이겨 '국민연
극'의 이름으로 친일어용극으로 변질되어갔다.

2) 리얼리즘 극의 발전

신파극과는 다른 방향으로 리얼리즘 극을 앞세워 30년대 시대상을 반영한 일군
의 희곡 작품이 여러 극작가에 의해 선보이기 시작하였다. 그 중에서 소설가로서
극작에서도 일가를 이룬 사람으로 채만식과 이무영을 꼽을 수 있다. 특히 채만식은

260 •

당시 26편에 이르는 희곡 작품을 발표하여 비판적 리얼리즘이라는 자신의 창작방법을 극작에서도 성공적으로 실천해나갔다. 그는 「간도행間島行」에서는 식민지민의 가난을 폭로하였고, 「인텔리와 빈대떡」에서는 인텔리의 나약함을 여실하게 반영하였으며, 그리고 「당랑螳螂의 전설傳說」, 「심봉사」 등에서는 고전을 극작을 통해 패로디하는 수법을 선보이기도 하였다. 또한 「제향날」에서는 동학혁명이라는 역사적 소재를 끌어들여 그 나름의 역사인식을 부각하기도 하였다. 그러나 그의 희곡 작품은 읽히는 작품으로서는 상당한 흡인력을 발휘하여 레제드라마의 가능성을 열기도 하였지만 극작술劇作術은 미약하다는 지적을 받기도 하였다.

📖 유치진柳致眞

1905~1974년. 극작가. 경남 거제 출생. 아호는 동랑東郎. 서당에서 한문 수업 후 통영보통학교 졸업. 3·1운동 직후 도일하여 일본 도요야마중학豊山中學을 거쳐 1931년 릿교대학立教大學 영문학과를 졸업하였다. 시인 유치환의 형이다.

1931년 서항석·이헌구·이하윤·장기제·정인섭·김진섭·함대훈 등과 함께 극예술연구회를 창립하여 본격적인 희곡 창작과 연극 운동을 시작하였다. 이 무렵 발표한 희곡으로는 「토막」(1932)·「버드나무 선 동리 풍경」(1933)·「빈민가」(1935)·「소」(1935)·「춘향전」(1936)·「마의태자」(1937)·「자매(1)」(1938) 등으로 리얼리즘 수법을 보여주는 작품들이다. .

1941년 극단 현대극장을 창립하고, 「흑룡강」(1941)·「북진대」(1942)·「대추나무」(1942) 등의 희곡을 발표하면서 친일극을 직접 쓰기도 하면서 총독부의 지시에 따른 연극 운동을 주도하였다. 광복 후에는 연극인 이해랑을 앞세워 극예술협회(1946)를 창립하고, 한국무대예술원장(1947)과 한국연극학회장(1948), 초대 국립극장장(1950) 등에 차례로 취임하였다.

광복기의 대표적인 희곡으로는 「조국」(1946)·「자명고」(1946)·「별」(1948)·「흔들리는 지축」(1949) 등이 꼽히는데, 이 작품들에는 좌익 측에 대한 그의 비판의식을 담고 있다. 1950년대 그의 반공의식을 담은 작품으로는 「조국은 부른다」(1951)·「푸른 성인」(1952) 등이 있다.

1960년대부터는 희곡 창작에서 거의 손을 놓고 드라마센터 건립 등 연극 교육에 힘쓰다가 1974년 69세의 나이로 사망하였다.

참고 : 『한국민족문화대백과사전』, 『한국현대문학대사전』

한편 유치진柳致眞은 1930년대 극단劇壇에서 가장 활발하게 활동한 사람으로 한국 연극과 희곡이 현대성을 확보하는데 적잖게 기여하기도 하였다. 그는 「극예술연구회」(1931)를 조직하여 근대 연극과 극작이 본격적인 예술로서 자리 잡도록 하는데 중대한 역할을 하였다. 그의 작품 중 1930년대 초에 산출된 「토막土幕」, 「빈민가」, 「소」, 「버드나무 선 동리의 풍경」 등은 피폐한 농촌의 실상을 그려내어 리얼리즘 극의 기초를 확실하게 다져나갔다. 특히 그의 작품은 무대에 올리는데 배우 적합하게 씌어져서 이른바 드라마투르기 발전에도 크게 기여한 것으로 평가할 수 있다. 그러나 일제 말기에 「흑룡강」, 「북진대」 등의 친일어용극을 씀으로써 앞선 리얼리즘극의 성취가 퇴색되기도 하였다.

📖 **함세덕咸世德**

1915~1950년. 극작가. 인천 강화 출생. 인천상업학교 졸업. 일찍부터 극작가의 꿈을 가지고 유치진에게 개인적으로 극작 수업을 받았다. 1936년 단막희곡인 「산허구리」로 등단하였고, 「동승童僧」으로 극연좌상劇座賞을 받았으며 「해연海燕」으로 조선일보 신춘문예에 입선하였다.

농촌문제를 주로 다룬 유치진과는 달리 어촌·바다·섬 등을 배경으로 한 서정이 짙은 희곡을 많이 썼다. 그는 일제 말엽 「에밀레종」과 같은 친일 희곡을 썼으나, 광복과 함께 좌익에 가담하면서 사회주의 성향의 희곡을 쓰기 시작하였다. 그는 광복 직후에 발족된 연극건설본부에 참여하면서 「산적」·「기미년 3월 1일」·「태백산맥」 등 대작을 발표하였는데, 모두가 사회주의 이념의 관점에서 독립운동을 묘사한 희곡들이다. 그는 이어서 계급투쟁의 관점에서 「고목」이라는 장막 희곡을 쓰고 월북하였다. 그는 박영호가 주도한 평양의 북조선연극동맹에 가담하여 남한 사회를 부정적으로 묘사한 사회주의 리얼리즘 극을 몇 편 쓴 바 있는데, 그 대표작이 4·3 항쟁을 다룬 「山사람들」과 이승만을 비판한 「대통령」이다. 한국전쟁 초 남하하던 도중 1950년 6월 29일 신촌 부근에서 폭탄을 맞아 적십자 병원에서 수술 도중 사망하였다.

그는 시대상황에 따라 주제 상으로는 항일·친일·좌익 등 발 빠른 변화를 보였지만, 시종일관 그 기조에는 서정적 정서에 기반을 둔 사실주의적 기법이 자리잡고 있었다.

참고 : 『한국민족문화대백과사전』, 『한국현대문학대사전』, 『북한문학사전』

함세덕은 창작의 기조를 여러 번 변화시킨 극작가이다. 그는 1936년 「산허구리」로 데뷔하여 「추석」, 「감자와 쪽제비와 여교원」을 발표할 때만 해도 서정적 분위기의 낭만극 속에 리얼리즘적 요소를 삽입하여 독특한 작풍을 선보였다. 그러나 일제 말에 친일극을 썼고, 해방 후에는 좌익으로 돌아 프로극을 쓰기도 하였다.

📖 **송영宋影**

1903~1978년. 소설가·극작가. 본명은 송무현宋武鉉. 서울 출생. 1917년 배재고보에 입학하였으나 1919년 중퇴하고 1922년 도일하여 반년 간 노동 현장의 체험을 쌓았다. 1922년 말 결성된 염군사의 구성원으로서 극단 '염군'을 조직하고 활동하다가, 1925년에 결성된 카프의 맹원으로 가담하였고 그 이후 카프의 대표적인 소설가·극작가로 활동하였다. 1934년 신건설사 사건으로 검거되어 1년 이상의 옥고를 치렀다. 그러나 일제 말기에는 조선총독부가 후원하고 조선연극문화협회가 주최한 연극경연대회에 참가하는 등 친일연극운동에 참여하기도 하였다.

해방 후 윤기정·이기영·한설야 등과 함께 조선프롤레타리아예술동맹 결성에 가담했다가 1946년 10월 경에 월북하였다. 그 후 작가동맹상무위원을 시작으로 조선연극인동맹위원장, 제2~4기 최고인민회의 대의원, 영화촬영소장, 대외문화연락위원회 위원장, '조통' 중앙위원 등의 요직을 역임했다. 또 1959년에는 문인 최초로 '인민상'을 받은 바 있다. 1960년대 사상검토 대상에 올랐으나 재기하였고 그후 중국·몽고친선협회 중앙위원도 지내는 등 북한 문단과 극계를 주도하다, 1978년 정신병으로 76세의 생애를 마감했다고 전한다. 그의 묘는 평양 교외에 소재한 애국열사릉에 소재한 것으로 확인되었다.

1925년 『개벽』지 현상공모에 소설 「느러가는 무리」가 당선되어 등단한 이후 초기에는 「석공조합대표」(1927)와 같은 프로소설을 발표하였다. 한편, 카프의 직속 극단인 신건설사에서 극작가로 활약하였다. 「정의와 칸바스」(1929)·「호신술」(1932)·「일체 면회를 사절하라」(1933)·「신임 이사장」(1934)과 같은 풍자희극들은 그의 특징이 잘 드러난 작품들이다.

자본계급의 위선과 무지를 폭로하고 부정적 인물들의 성격과 행동을 희화화하는 이러한 풍자희극은 당시 프로극단의 고정적인 공연목록이 되었으며 많은 대중의 호응을 받았다. 신건설사 사건 이후 그는 극심한 생활고와 전반적인 정세의 악화 속에서 동양극장의 전속 극작가로 통속적인 대중오락물을 제작하기도 하였다. 1941년에는 「삼대」·「역사」 등 일제정책에 동조하는 '국민연극'을 쓰기도 하였다.

북한에서 발표한 작품으로는 희곡집 『불사조』(1959)·『애국자』 등이 있고, 특히 북한에서 자랑하는 가극 『밀림의 력사』 원작도 썼다. 이밖에 희곡 「백두산은 어디서나 보인다」를 비롯하여 「해는 뜨다」·「인민은 조국을 지킨다」·「연암 박지원」·「강화도」·「그가 사랑하는 노래」·「나란히 선 두집」 등이 있다.

참고 : 『한국민족문화대백과사전』, 『북한문학사전』

프로 계열 극작가로서 가장 주목할만한 사람은 송영宋影이다. 그는 1920년대에 단편소설 「느러가는 무리」(1923)로 문단에 데뷔하였으나, 「산상민山上民」 발표 이후 전문적인 희곡작가로서 「아편쟁이」, 「호신술護身術」 등을 발표하면서 프로극을 지향하였다. 이들 작품에서 농민의 몰락상과 가난 문제가 실감있게 표현되었다. 또한 1930년 후반 전형기에는 여러 가지 제약에도 불구하고 「황금산黃金山」, 「가사장假社長」, 「윤씨 일가」 등을 통해 세태를 희화하고 풍자해내기도 하였다. 이 작품들은 자본계급의 위선과 무지를 폭로하고 부정적 인물들의 성격과 행동을 희화화하는 이러한 풍자희극은 당시 프로극단의 고정적인 공연목록이 되었으며 많은 대중의 호응을 받았다. 신건설사 사건 이후 그는 극심한 생활고와 전반적인 정세의 악화 속에서 동양극장의 전속 극작가로 통속적인 대중오락물을 제작하기도 하였다. 1941년에는 「삼대」・「역사」 등 일제정책에 동조하는 '국민연극'을 쓰기도 하였다.

그밖에 30년대에 등단하여 활동하기 시작한 프로 극작가로 김진수・최독견・신불출 등을 들 수 있다.

264 •

V 민족문학 건설의 모색과 좌절
─해방기(1945~1950년)의 문학사

1. 배경

1) 국내외 정치 · 사회적 배경

① 38선 구획과 '건준'의 위축

제2차 세계대전 중 미·영·중 연합국 수뇌들은 카이로 회담(1943.11)에서 처음으로 한국의 독립을 보장하였다. 그리고 얄타회담(1945.2)에서 미·영·소의 연합국은 한국의 신탁통치를 거론하기 시작하였다. 그리고 종전 직전 미·소 양국은 포츠담 회담(1945.7)의 밀약에서 북위 38도선을 경계로 설정, 한반도를 남북으로 분할 점령하여 일본군의 무장을 해제하고 군정軍政을 실시하기로 합의하였다. 이에 따라 소련 군대가 8월 25일 평양에 진주하였으며, 맥아더 미극동사령부가 9월 2일 38도선 분할점령을 발표하고 미군이 9월 8일 인천에 상륙하여, 실질적으로 미·소의 분할 점령에 이은 군정이 시행되었다. 이것이 남북분단의 결정적인 계기라 할 수 있다. 군정 초기 미·소 양국은 얄타회담에 따라 한국에 신탁통치를 실행하려 했으나 한국인의 거센 반발에 부딪쳤다. 이에 이 문제를 모스크바 삼상회의(1945.12)에서 논의했으나 결론 없이 미소 공동위원회에 위임하였다. 그러나 연이은 미소공동위의 결렬로 신탁통치문제는 해결되지 못한 채 군정체제가 굳어져 갔다.

📖 여운형呂運亨

1886~1947년. 정치가. 독립운동가. 경기도 양평 출신. 호는 몽양夢陽. 1900년 배재학당에 입학하였다가 중도에 그만두고, 흥화학교와 관립 우무학당郵務學堂에서 수학하였다. 1911년 평양의 장로교연합신학교에 입학하여 2년을 수학하고, 1914년 중국 난징南京의 진링대학金陵大學에서 영문학을 전공하였다.

1907년 경기도 양평에서 국채보상운동의 지회를 설립하여 활동하였으며, 이 무렵 개신교에 입교하였다. 1908년 기호학회에 참여하여 평의원으로 활동하였다. 1911년 강원도 강릉에서 초당의숙의 교사가 되어 청년교육에 힘썼다.

1914~17년 중국 난징 소재 진링대학 수학 후 1917년 상하이로 옮겨와 독립운동에 나서기 시작했다. 1919년 상해임시정부의 수립에 힘썼으며 임시의정원 의원과 외무부 차장으로 활동하였다. 같은 해 일본을 방문하여 일제 고위관리들과 여러 차례 회담하면서 일제의 자치제 제안을 반박하고 즉시 독립을 주장하였다.

1920년 상해파 고려공산당과 이르쿠츠크 고려공산당에 가입하였으며, 1922년 모스크바에서 열린 극동피압박민족대회에 참석하였다. 같은 해 김구·손정도 등과 함께 한인노병회韓人勞兵會를 조직하여 노농병 양성과 군비 조달에 힘썼다. 1925년 쑨원孫文의 권유로 중국국민당에 가입하고 중국혁명운동에 참여하였다. 1929년 상하이에서 일제 경찰에 체포되어 3년간 옥고를 치렀다. 1933년 조선중앙일보사 사장에 취임하였으며, 1934년 조선체육회 회장직을 맡았다. 1936년 손기정 선수의 일장기 말소사건을 강행하여 사장직에서 물러났다. 1942년 치안유지법으로 구속, 징역 1년 집행유예 3년을 선고받았다. 1944년 8월 일제의 패전을 예상하고 새 국가건설을 위하여 조선건국동맹朝鮮建國同盟을 조직하고 위원장으로 활동하였다. 이 조직을 전국적으로 확대하였으며, 옌안延安의 독립동맹과 제휴하여 연합작전을 모색하였다.

1945년 해방되자 조선건국동맹을 조선건국준비위원회(약칭 '건준')로 확대하고 위원장으로 활동하였다. '건준'을 토대로 수립된 조선인민공화국의 부주석이 되었으나, 우익 진영의 반대와 미군정의 인정을 받지 못하였다. 11월에 조선인민당을 창당하여 당수직을 맡았으며, 미군정 장관의 고문을 맡기도 하였다. 1946년 2월 북한을 방문하여 조만식과 김일성을 만나 미소공동위원회의 대처문제 등을 논의하였으나 의견 통일을 이루지 못하였다. 좌파 세력의 연합단체인 민주주의민족전선의 공동의장에 선출되었으나 파벌간의 노선 차이가 크고, 특히 극좌 세력의 반발로 탈퇴하였다. 5월 미소공동위원회가 결렬된 후 김규식 등과 함께 민족통일을 목표로 좌우합작운동을 전개하였다. 1946년 8월 조선인민당 당수직을 사임하였으며, 9월 정국 현안을 타개하기 위해 방북하였으나 별다른 성과 없이 돌아왔다. 1948년 3월 신당 결성을 위한 준비 활동에 착수하여 5월에 근로인민당을 창당하고 위원장을 맡았다. 김규식·김창숙과 함께 통일 임시정부 수립의 필요성을 역설하며 민족통일전선운동을 펼치는 등 통일정부 수립을 위해 노력하다 1947년 7월 19일 혜화동 로터리에서 극우파 한지근에 의해 피살당하였다.

2005년 3·1절에 건국훈장 대통령장이 추서된 데 이어 2008년 2월 21일 건국훈장 대한민국장이 추서되었다.

참고 : 『한국민족문화대백과사전』, 『두산세계대백과99』

266 •

한편 1944년 국내에서는 '건국동맹'이 조직되었다. 여운형은 이미 일본의 패망을 예견하고, 해방 후 한국을 통치하는 기구가 필요함을 판단하여 이 단체를 만든 것이다. 해방 당일 건국동맹은 '건국준비위원회'(이하 '건준')로 이름을 바꾸고 본격적인 활동에 돌입하였다. 해방 직후 조선총독부는 통치권을 이양하기 위해서 '건준'과 교섭하였다. '건준'은 치안 확보를 하고, 전국에 145개의 지부를 만들고, 교통·통신·금융·식량·적산 대책을 강구하였다. '건준'은 좌익 성향의 여운형이 위원장을 맡고, 부위원장에는 우익 성향의 안재홍과 좌익 성향의 허헌이 안배되었다. 그러나 우익을 대표하는 안재홍이 이내 사퇴함으로써 '건준'의 색채는 좌익으로 기울어져 갔다. 그럼에도 불구하고 '건준'은 '조선인민공화국'이라 나라 이름을 선포하였다. 주석에 이승만, 부주석에 여운형, 국무총리에 허헌·김구·김규식·무정·이승엽·김성수의 이름이 올라 전체적으로 좌·우익이 고루 안배되어 있지만, 사실 '건준'의 실권은 여운형·허헌 등 좌익 성향인 사람들에게 있었다. 그래선지 미군정은 '건준'과 '조선인민공화국'을 인정하지 않았고, 이에 따라 '건준'의 활동은 크게 둔화되기 시작하였다. 북쪽에서는 조만식을 중심으로 '건준' 활동이 전개되었으나 역시 소련군정이 이를 인정하지 않아 남북에서 동시에 그 세력이 급격히 소멸되었다.

② 좌우 합작운동의 실패와 남·북한 단독 정부 수립

신탁통치와 통일 임시정부 수립 등에 대한 대립으로 제1차 미소공동위원회(1946.4)가 결렬되자 미군정 주도 아래 좌우합작운동이 시작되었다. 46년 6월 김규식·원세훈·여운형·허헌 등 좌우온건파 대표들이 좌우합작회담을 개시했고 다음 달 좌우합작위원회를 결성하였다. 우익 측에는 김규식·안재홍·원세훈 등이 있었고 좌익에는 여운형·정노식·이강국 등이 주축이 되어 가담하였다. 그러나 여기에 극우의 이승만과 극좌의 김일성은 참여하지 않았다. 그래도 국민들의 지지가 확산되어서 남북합작운동이 이어졌다. 좌우합작회담은 각 파벌의 협박과 반대 등 숱한 진통에도 1946년 10월 「좌우합작위원회 구성 7개 원칙」을 합의·발표했다. 그럼에도 불구하고 좌우 극단파들의 대립 격화, 이승만의 '정읍발언'(1946.6) 이후 남한만의 단독정부 추진, 제2차 미소공동위의 결렬, 그리고 좌익 측 합작운동의 중심이었던 여운형의 암살(1947.7) 등으로 급격히 그 힘을 잃고 말았다. 47년 이후 미군정은 이승만을 노골적으로 지원하였고, 결국 한국 문제는 미·소의 냉전 대립 속에 유엔에 이관되었다.

📖 **김구金九**

1876~1949년. 독립운동가·정치가. 본명은 창수昌洙. 호는 백범白凡. 황해도 해주에서 7대 독자로 출생. 15세에 정문재의 서당에서 한학수업에 정진하였다. 18세에 동학에 입도하였으며, 19세에 팔봉접주가 되어 동학군의 선봉장으로 해주성을 공략하였는데, 이 사건으로 1895년 신천 안태훈의 집에 은거하며, 당시 그의 아들 안중근安重根과 조우하였다. 그 해 여름 남만주 김이언의 의병부대에 몸담아 일본군 토벌에 나섰다가, 을미사변 소식에 충격을 받고 귀향을 결심, 귀향 도중 1896년 2월 안악에서 일군 장교 쓰치다를 맨손으로 처단하였다. 그 해 5월 집에서 은신 중 체포되어 해주감옥에 수감되었고 사형이 확정되었다. 고종황제의 특사로 집행이 중지되었으나, 석방이 되지 않아 이듬해 봄 탈옥하였다.

삼남 일대를 떠돌다가 공주 마곡사에 입산하여 승려가 되었고, 1899년 서울 봉원사를 거쳐 평양 근교 영천암의 주지가 되었다가 몇 달 만에 환속하였다. 수사망을 피해 다니면서도 교단 일선에서 계몽·교화사업을 전개하였으며, 20대 후반에 기독교에 입교하였다. 1905년 상경하여 이동녕·이준·전덕기 등과 을사늑약의 철회를 주장하는 상소를 결의하고 대한문 앞에서 읍소하였다. 1906년 안악에 양산학교를 설립하고, 1909년 재령 보강학교 교장을 맡는 등 청소년 교육과 국민 계몽에 앞장서면서, 비밀단체 신민회의 회원으로 구국운동에도 가담하였다. 1909년 가을 안중근의 거사에 연좌되어 해주감옥에 투옥되었다가 석방되었다. 1911년 1월 데라우치 총독 암살모의 혐의로 안명근安明根사건의 관련자로 체포되어 17년형을 선고받았다. 1914년 7월 감형으로 형기 2년을 남기고 인천으로 이감되었다가 가출옥하였다.

1919년 3·1운동 직후에 상해로 망명하여 대한민국 임시정부의 초대 경무국장이 되었고, 1923년 내무총장, 1924년 국무총리 대리, 1926년 12월 국무령, 다음해 국무위원이 되었다. 1928년 이동녕·이시영 등과 한국독립당을 창당하였고, 1929년 재중국 거류민단 단장도 겸임하였다. 1931년 한인애국단을 조직, 의혈청년들을 직접 지도하였고, 이에 1932년 윤봉길尹奉吉의 상해의거를 기획하여 성공시켰다. 1933년 장계스蔣介石을 만나 뤄양군관학교를 광복군 무관양성소로 사용할 수 있도록 협약하였다. 1934년 국무령에 재임되었고, 1939년 주석에 취임하였다. 1940년 충칭重慶에서 한국광복군을 조직하고 총사령관에 지청천, 참모장에 이범석을 임명하여 항일무장부대를 편성하고, 1941년 12월 대한민국 임시정부의 이름으로 대일선전포고를 하였다. 1942년 7월 임시정부와 중국정부 간에 광복군 지원에 대한 정식협정을 체결하여, 이로써 광복군은 중국 각 처에서 연합군과 항일공동작전에 나서게 되었다. 1944년 4월 임시정부 주석에 재선되었다. 산시성과 안후이성에 한국광복군 특별훈련반을 설치하고, 미육군 전략처와의 제휴로 비밀특수공작훈련을 실시하는 등, 한반도 수복의 군사훈련을 적극 추진하고 지휘하던 중 광복을 맞이하였다.

1945년 11월 임시정부 국무위원들과 함께 환국하였다. 그 해 12월 반탁운동에 앞장서면서 오직 자주독립의 통일정부 수립을 목표로 광복정계를 이끌어 나갔다. 1946년 2월 비상국민회의의 부총재에 취임하였고, 1947년 국민회의의 부주석이 되었다. 1947년 11월 유엔 감시하 남북총선거에 의한 정부수립결의안을 지지하였고, 논설 「나의 소원」에서 "완전자주독립 노선만이 통일정부 수립을 가능하게 한다."고 역설하였다. 그러나 1948년 초 북한이 유엔 임시위원단의 입북을 거절하고 남한에서 단독정부를 세우려는 움직임이 일어나자, 남한만의 선거에 의한 단독정부 수립을 절대 반대한다고 역설하였다. 그 해 2월 10일 「3천만동포에게 읍고泣告함」이라는 성명서를 통하여 "마음속의 38선을 무너뜨리고 자주독립의 통일정부를 세우자"고 강력히 호소하였다. 남쪽만의 5·10제헌국회의원선거를 거부하고, 그 해 4월 19일 남북 동시선거를 위한 남북협상 차 평양으로 향하였다. 김구·김규식·김일성·김두봉 등이 남북협상 4자회담에 임하였으나, 회담은 결렬되고 그 해 5월 5일 서울로 돌아왔다. 그 뒤 한국독립당의 정비와 건국실천원양성소의 일에 주력하며 구국통일의 역군 양성에 힘썼다. 그 해 8월과 9월에 남·북한의 단독정부가 각각 세워진 뒤에도 민족통일운동을 재야에서 전개하던 가운데, 이듬해 6월 26일 서울 서대문구에 있던 자택 경교장에서 육군소위 안두희에게 피살당하였다. 1949년 7월 5일 국민장으로 효창공원에 안장되었다.

1962년 건국공로훈장 중장重章이 추서되었으며, 4·19혁명 뒤 서울 남산공원에 동상이 세워졌다. 저서로는 『백범일지白凡逸志』를 남겼다.

참고 : 『한국민족문화대백과사전』

유엔의 남북한 총선 결의에 따라 유엔 한국위원단이 한국에 도착했으나(1948.1) 소련이 이들의 입북을 거부하는 바람에 유엔 위원단은 남한만이라도 선거를 실시하도록 다시 결의했다.(1948.2) 사태가 남한 단독정부 수립과 남북분단으로 치닫자 김구金九·김규식金奎植은 유엔 한국위원회에 남북협상을 제안하는(1948.2.6) 한편, 북쪽의 김일성金日成과 김두봉金枓奉에게 남북요인회담을 제안했다.(1948.3) 이에 대하여 북한 측은 남한 단독선거를 반대하는 남북한의 모든 사회단체 대표들이 평양에서 연석회의와 요인회담을 하자고 수정 제의하였다. 김구와 김규식은 북한의 제의를 받아들여 북행을 감행했다.(1948.4) 4월19일부터 26일까지는 평양에서 '남북 제정당·사회단체 대표자 연석회의'가 개최됐고, 27일부터 30일까지 「남북요인 15인 회담」과 「4김(金) 회담」 등이 연달아 추진되었다. 이들 일련의 회담을 통해 남북정치 지도자들은 '외국군대 즉시 철수, 전조선정치회의 소집, 남한 단독선거 반대, 민주주의 임시정부 수립' 등의 4개항을 합의했다. 그러나 남측 정치권에서 이 합의안을 받아들이지 않았으며, 또 유엔 결의에 따라 남한에서 총선에 이어 대한민국 정부가 수립되고(1948.8), 곧 이어 북한에서도 '조선민주주의인민공화국'이 세워져(1948.9), 남북 협상의 결과는 아무런 효력을 발휘하지 못하였다. 이후 좌우 합작운동의 중심에 있었던 우익 세력의 김구가 저격당함으로써(1949.6) 이 운동은 더 이상 진척되지 않았다.

③ 잘못된 일제 잔재 청산

비록 통일정부 수립은 좌절되었지만, 초대 이승만 정부에 대한 국민의 열망은 높았다. 그 열망은 새나라 건설의 희망과 친일행위자에 대한 처벌 요구로 나타났다. 이에 제헌 국회에서 '반민족행위특별법'을 통과시켜(1948.9) 국회에 '반민족행위특별조사위원회'(이하 '반민특위')을 설치하고(1948.10), 그 산하에 '특별경찰대'(이하 '특경')를 두어 친일분자를 검거하여 조사하기에 이르렀다. 그러나 과거 친일 경력이 있는 현역 경찰의 조직적인 반격과 이에 대한 이승만 정부의 노골적인 비호로 이 활동은 급격하게 무력해졌고, 49년 6월 '특경'이 강제 해산되고, 이른바 '국회 프락치 사건'이[1] 불거져 '반민특위'를 해체하자는 주장이 커지고, 이로써 1949년 10월 법의 개정으로 '반민특위'는 해체되었다.

'반민특위'는 1949년 1월부터 본격적인 활동에 들어가 그해 6월까지 친일행위자 7천여 명을 파악하였고, 검거활동에 나서 취급한 조사건수는 682건이었으며, 검찰 송치 559건에 이르렀다. 또 일제강점기 기업가였던 박흥식, 일제를 옹호하여 조국

---

1) 국회프락치사건은 1949년 '반민특위'에서 친일행위자를 적발하고 체포하는데 앞장서서 활동했던 국회의원을 남로당과 접촉하고 공산당에 협조했다고 하여 구속한 사건이다. 이 때문에 '반민특위'를 해체하자는 명분이 커졌다.

의 젊은이들을 전쟁터로 내몰았던 최남선·이광수 등을 검거하여 재판에 회부하기도 하였다. 그러나 검거된 사람들 대부분이 그해 여름 보석으로 풀려나면서 실질적인 처벌이 이루어지지 않았다. 이로써 친일행위자 처벌을 통해 민족정기를 세우고 일제잔재를 청산하고자 한 국민의 열망은 채 일 년도 안 되어 꺾이고 말았다.

④ 정치·사회적 혼란과 한국전쟁 발발

이승만 정부의 노골적인 '반민특위' 활동 탄압은 곧바로 민심 이반을 초래하였다. 또 1948년 한 해 동안에 '제주 4·3 사건'(4.3), '여순사건'(10.20), '대구 폭동'(11.2)이 연달아 일어나 사회적 불안이 점차 가중되었다. 한편 공업 생산성은 해방 이전의 20%로 추락하여 경제적 기반이 취약하였고, 이에 따라 두 해만에 물가가 두 배로 폭등하여 경제 불안도 증대되었다. 이런 분위기 속에서 50년 봄 치른 총선에서 집권당인 자유당의 의석은 전체의 1/7에 불과하여 정치적 불안도 가중되었다. 그런 와중에 1949년 미 전투병이 한반도에서 철수함에 따라 전쟁 발발의 위기는 고조되었다.

1950년 6월 한국전쟁이 발발하여 3년 1개월 동안 한반도 전역에서 전투가 치열하게 벌어졌다. 이 기간 동안 한반도에 투하된 폭탄의 수는 1차 세계대전 때와 비슷한 정도였고, 이로써 한반도의 70%가 폐허화되었으며, 사망자 207만 명, 부상자 450만 명, 전쟁고아 100만 명, 공공·산업시설 70% 파괴, 그리고 민간 가옥 50% 파괴라는 참상을 낳았다. 더구나 이 전쟁은 2차 대전 후 미·소 양강 체제의 대리전 성격을 띠면서 국제질서는 급격하게 냉각되어 갔다. 휴전 후 한국인에게는 심각한 전쟁 후유증이 남았고, 이후 한국 사회 전반에 분단모순이 고착화되기에 이르렀다.

2) 경제적 배경

① 토지 개혁 실시

경제 차원에서 일제잔재 청산 문제는 일본인의 적산처리에 집중되었다. 광복 직후 '건준'은 일본인이 남기고 간 재산을 국가에서 몰수하여 국민들에게 무상으로 분배한다고 발표하여 많은 국민들의 지지를 받았다. 그러나 '건준'을 불인정하고 실권을 잡은 미군정은 모든 적산을 미군정 소유로 접수하고 이를 한국인에게 유상분배한다는 원칙을 세웠다. 이에 따라 '동양척식주식회사' 소유나 일본인 지주가 남기고 간 토지는 생산고의 3배를 지가地價로 결정하여 농민에게 되팔거나, 소작인들로부터 소출의 1/3을 소작료를 받는 '3·1 소작제'를 시행하겠다고 하였다. 또한 적산의 연고권을 존중하여 한국인의 실제 사용권이 인정되거나 일본인의 증여 의사가 확인되면 그 소유권을 인정하겠다고 하였다. 이런 미군정의 정책은 당시 대다수의 한국인들의 반발을 불러일으켰고, 이로써 이 정책은 적극적으로 추진되지 못하였다. 그러나 적산이 친일 행위자의 소유로 넘어가는 통로가 열려있었던 게 사실이었고, 실제로 그런 일도 상당히 일어났다.

해방 후 토지 개혁은 미군정 시절에는 불확실하게 진행되다가 이승만 정부에 이르러 본격적으로 추진되었다. 개인 소유 3정보 이상의 토지는 정부에서 유상으로 몰수하고 남아 있는 일본 적산은 국유화하여 국민들에게 생산고의 1.5배를 지가로 결정하여 3년에 걸쳐 토지 값을 분납하는 정책을 채택하였다. 이 정책은 미군정의 그것보다는 상당히 완화된 것이어서 빈농들이 적으나마 토지를 소유할 수 있는 길이 열리게 되었다. 그러나 문중門中·재단의 토지는 예외로 함으로써 당시 많은 지주들이 자신의 토지를 몰수당하지 않기 위해 이런 예외를 편법으로 이용하기도 하였다.

한편 북한에서는 46년 초부터 토지 개혁을 강하게 추진하였다. 어떠한 경우에도 5정보 이상의 토지는 단위별 인민위원회에서 무상몰수하여 그 위원회에 속한 농민들이 공동 소유한다는 게 그 골자였다.

　요컨대 북한에서는 광복 직후 토지 개혁의 원칙이 신속하게 수립되고 그 시행도 즉각적이고 적극적이고 이루어졌지만, 남한에서는 미군정과 이승만 정부의 두 번에 걸친 다른 원칙이 적용되고 그 추진과정에서도 예외가 많고 추진 동력이 약해, 다수의 지주들과 친일행위자들이 그 재산을 유지하는 경우가 많았다.

② 미군정기 미 원조 경제

　미군정기 한국의 경제상황은 극도로 악화되어갔다. 광복 후 3년 만에 물가가 15배로 치솟아 올라 인플레가 급등하였고 노동자의 실질임금도 1/5로 감소되기에 이르렀다. 그 이유는 공업 생산시설이나 전력 생산 등 그 인프라의 절대 다수가 북한에 편중되어 있어서 남한의 경제구조가 매우 기형적이었기 때문이다. 이에 따라 미군정기 한국경제는 미국의 경제원조에 크게 의존할 수밖에 없었다. 당시 한국의 식료품 41.6%, 농업용품의 17%, 그리고 피복류 10% 정도가 미국 잉여농산물 원조로 충당되었다.

3) 문화적 배경

① 좌·우익 문단의 형성

　광복 직후 곧바로 조선문학건설본부(이하 '문건')가 발족되었다.(1945.8.16) 이 단체는 임화·김남천·이태준·이원조 등이 주축을 이룸으로써 좌익의 색채를 띠었다. 그리고 연달아 좌익 예술인들에 의해 조선음악건설본부, 조선미술건설본부, 조선영화건설본부가 생겨나고, 조선문학건설본부와 이들 단체가 연합하여 8월 18일 '조선문화건설중앙협의회'(이하 '문건협')가 발족되었고, 임화가 '문건협'의 서기장에 취임하였다. 이에 우익에서는 변영로·오상순·박종화·김영랑·이하윤·김광섭·김진섭·이헌구 중심으로 '중앙문화협회'를 결성하고(1945.9.8), '문건'과 '문건협'에 대응하였다.

📖 이원조李源朝

1909~1955년. 호는 여천黎泉. 경북 안동 출생. 이황李滉의 14대 손이며 이육사의 동생이다. 어려서는 조부로부터 한학을 공부하였고, 대구 교남학교를 거쳐, 1935년 일본 동경 호세이대학法政大學 불문학과를 졸업하였다.

1935년부터 1939년까지 조선일보 학예부 기자로 활동하였고, 그 후 대동출판사 주간, 조광사 촉탁을 지냈다. 광복 후 임화·김남천 등과 함께 조선문학건설본부를 결성하고, 1946년 조선문학가동맹에 가담하여 초대 서기장으로 활동하면서, 당시 조선공산당 기관지인 『해방일보』와 좌익계 일간지 『현대일보』 발간에 관여하였다. 1947년 말에 월북, 북에서 중앙본부선전선동부 부부장직에 있었으며, 6·25 직후 1953년 8월 남로당 계열 숙청 때 '미제간첩'이라는 죄목으로 투옥, 1955년에 옥사한 것으로 알려지고 있다.

1928년 『조선일보』 신춘문에 시 부문에 「전영사餞迎辭」가 입선되고, 1929년 소설 부문에서 「탈가脫家」가 선외가작으로 뽑혔지만 시인이나 소설가로서는 더 이상 활동하지 않았다. 1932년 『조선중앙일보』에 「신춘당선문예개평」과 1933년 『조선일보』에 「시에 나타난 로맨티시즘에 대하여」를 발표하면서 본격적인 평론 활동을 시작하였다. 1942년에서 광복에 이르는 기간 동안은 집필을 중단하였으며, 광복 후 1945년과 1946년에는 다시 왕성한 평론 활동을 보였다. 월북하기까지 그가 남긴 전체 평문은 100편이 넘는다.

성장 환경에서 형성된 이념 지향성, 서구 문학 전공(앙드레 지이드 연구가 졸업 논문이었음.)을 통해 획득한 교양과 균형성, 신문기자 생활에서 체득한 저널리즘적인 감각과 순발력 등은 그의 비평 세계를 구축하는 원동력이었다. 그의 비평은 시대상황의 변화에 따라 논리의 전환을 드러내기도 했지만, 리얼리즘 정신의 고양과 문학의 이념성 회복이라는 일관된 방향 위에서 전개되었다.

참고 : 『한국민족문화대백과사전』, 『한국현대문학대사전』

그러나 약 한 달 후 좌익 측에서 조선프롤레타리아예술동맹(이하 '예맹')이 따로 조직되었고, 여기에는 이기영·한설야·한효·송영·윤정기 등이 참여하였다. '예맹'이 '문건'보다 좌익적 색채가 강하기는 했으나 그 활동의 동력은 '문건' 측이 훨씬 강하였다. 1935년 카프 해산 논쟁에서 '해소파'였던 사람들은 주로 '문건'으로, '비해소파'였던 사람들은 주로 '예맹'으로 다시 모인 셈이었는데, 그래선지 이 두 단체는 은근한 경쟁의 양상을 띠기도 하였다. 이에 당시 남로당의 통합 지시에 따라 1945년 12월 '조선문학동맹'으로 통합하였다. 이 단체는 겉으로는 당시 좌·우익을 망라하는 형식을 취하여 비교적 좌익 색채가 적은 홍명희를 위원장으로 추대하고, 중도적인 정지용·김기림·이병기·신석정 등을 구성원에 포함시켰지만, 부위원장에 이기영·한설야·이태준을 선임하고 서기장에 권환을 임명하는 등, 주요 활동에는 임화·김남천·이원조·권환·한효·이태준·안회남 등이 앞장섬으로써 차츰 좌익의 색채를 강화해 나갔다.

📖 안회남安懷南

1910~미상. 소설가·평론가. 본명은 필승必承. 서울 출생. 신소설 작가 안국선安國善의 아들이다. 1924년 휘문고보에 입학, 3학년 때 아버지의 사망으로 불우한 청년기를 보냈다. 『개벽』지의 사원으로 입사 후, 약 10년간 창작 생활에 전념하였다. 1931년 『조선일보』 신춘문예에 단편소설 「발髮」이 3등으로 입선되어 작가 생활을 시작하였다. 1940년대 초반 충남 연기군으로 내려가 살다가 징용을 당해 1944년 9월 일본 기타큐슈(北九州) 탄광으로 끌려갔으며, 해방과 함께 귀국하였다. 1946년 조선문학가동맹 중앙집행위원회 소설부 위원장직을 맡아 활동하다가 월북하였다. 이 무렵 발표한 작품은 「폭풍의 역사」(1947)와 「농민의 비애」(1948) 등으로, 이를 통하여 새로운 변신을 시도하였다. 한국전쟁 중에 서울에 나타났다고 하며 임화·이원조와 매우 가까운 관계로 임화 숙청 때 곤욕을 치르다가 결국에는 1966년 '사상검토회' 때 숙청된 것으로 알려졌다.

그는 전기에는 신변·가정사를 제재로 한 심리 추구가 주조를 이룬 「연기」(1933)·「명상」(1937) 등을 발표하고, 후기에는 거의 개인적인 주변의 일을 다룬 작품 「소년과 기생」(1937)·「온실」(1939) 등을 발표했지만, 전체적으로는 순수문학에 속한다. 작품집으로는 『안회남 단편집』(1939)·『탁류를 헤치고』(1942)·『대지는 부른다』(1944)·『전원』(1946)·『불』(1947)·『봄이 오면』(1948) 등이 있다.

참고 : 『한국민족문화대백과사전』, 『한국현대문학대사전』

조선문학동맹은 출범하자마자 좌·우익을 망라한 범문단의 '제1회 전국문학자대회' 개최를 위해 1945년 12월 말 그 준비 모임을 가졌다. 그 때 이미 월북해 있던 이기영 등과 서울의 중도적 문인들이 이 모임에 참석하여 이 대회가 순탄하게 진행될 것으로 예상했으나, 정작 1946년 2월초 본 대회에는 1차 월북한 문인들이 참석

275

하지 않아 이 대회는 기대했던 성과를 내지 못하였다. 그러나 여운형의 축사로 시작된 이 대회에서 '조선문학동맹'은 '조선문학가동맹'(이하 '문맹')으로 개명하고, 당시 이남의 좌익 문인은 물론이고 중도 문인들도 상당수 참여함으로써 문단에 끼치는 파장은 컸다. 이 파장은 크게 두 가지 방향으로 전개되었다. 남한의 우익 문인들은 '문맹'에 대항하는 단체를 조직하기에 나서고, 이북의 문사들은 따로 북한문단을 꾸리는 방향을 모색하기 시작하였다.

전자의 움직임은 기존의 '중앙문화협회'를 확대 개편하여 전 우익 문인들을 망라하는 형식으로 전조선문필가협회(이하 '문협')라는 단체를 조직하는 것으로 실현되었다.(1946.3) '문협'에는 정인보·이병도·윤백남·김동인·이희승·조윤제·장덕조·김진섭 등 우익 및 중도적 인사들이 망라되어 있었는데, 그러다보니 '문맹'과 '문협'에 중복으로 가입되는 사람들도 있었다. 그러나 이 단체는 조직은 되었지만 그 활동은 미약하여 '문맹'에 대하여 길항적인 역할을 제대로 하지 못하였다. 이에 김동리가 중심이 되어 조선청년문학가협회(이하 '청문협')를 조직하여(1946.4) 우익 단체의 성격을 강화해나갔다. '청문협'은 김동리를 회장으로 하여, 유치진·조연현·서정주·곽종원·김달진·곽하신·최태응 등을 중심으로 활발한 활동을 하여 우익 문단의 구심적 역할을 해나갔다.

② 작가들의 월북과 월남

남·북한에 각기 다른 군정체제가 들어서고 또 사회 전반이 좌·우익으로 분열되어가는 상황에서 문단도 전술한 것처럼 각기 다른 이념을 내세운 단체들로 나뉘게 되면서, 분열의 조짐을 보이기 시작하였다. 이에 '문맹'은 1946년 2월 '제1회 전국문학자대회'를 열고 중도와 좌익을 포함한 범문단적 통합을 시도하였다. 그러나 이 행사는 친일 문인들과 우익 작가들이 초대에서 배제되고 이미 월북한 이기영이 불참하고 일부 중도인사들이 참석하지 않음으로써 이틀간의 성황에도 불구하고 문단 통합보다는 좌익 문단의 세력 확장의 결과를 낳았다.

그러나 1946년 봄부터 남한의 정치 상황은 점차 좌익에게 불리하게 되었다. 그해 여름부터 미군정 당국은 '문맹'의 실질적인 후원 기관인 남로당에 강경한 태도를 취하기 시작하였다. 이에 그 동안 국제민주주의 전선에 입각하여 미군을 해방군으로 인정하고 합법적인 운동을 표방해왔던 남로당은 '미제타도'를 내걸고 폭력투쟁을 전개하였다. 1946년 9월 남로당은 철도 파업을 주도하였고, '문맹'은 그 선동임무에 앞장섰다. 이에 1946년 9월 7일 미군정이 서울 시내에 경찰의 비상경계령을 발표하고 남로당 당수인 박헌영에 대한 지명수배를 지시하였기 때문에, 공산당의 공작은 점차 지하로 스며들 수밖에 없었다. '문맹'의 실질적인 책임을 맡고 있던 임화가 박헌영의 뒤를 따라 38선을 넘어 월북한 것은 1947년 연말이었다. 이 때부터 남한에서 좌익 문단은 급속하게 와해되기 시작하고, 우익 일변도의 문단으로 재편되어가기 시작하였다. 결국은 작가·문인들은 자신의 이념에 따라 각기 남북의 정치체제 선택을 강요받기에 이르렀다. 이에 북쪽에 있던 작가들 중 우익 문인들은 해방 직후 또는 한국 전쟁 중에 월남하게 되고, 그 반대로 사회주의 이념을 가진 작가들은 1945년부터 향후 5년간 세 차례에 걸쳐 월북하게 되었다.

월남 문인으로는 1945~1946년 사이에 먼저 내려온 사람으로 김동명·안수길·김진수·임옥인·최상덕·최태응·황순원·오영진·구상 등이 있고, 한국 전쟁 중 월남한 문인들로서는 한정동·김이석·강소천·함윤수·박남수 등이 있다. 문인들의 월북은 총 세 차례에 걸쳐 있었는데, 1945~1946년 초에 일찍 북한을 자발적으로 선택한 이기영·한설야·송영·신고송·이동규·박세영·안막 등이 1차 월북에 속하고, 1946년 가을 이후 미군정이 공산주의자 탄압과 색출을 시작하자 북을 선택한 경우로 홍명희·임화·이태준·김남천·이원조·오장환·한효·윤기정·박아지·이근영·안회남·허준·김동석·김학수·김영석·박찬모·조영출·조남영·김오성·윤규섭·이서향·박팔양·이갑기·조벽암·박영호·윤세중·엄흥섭·김상훈·조운·김상민 등의 2차 월북이 이에 해당한다. 그리고 한국 전쟁 중 마지막으로 3차 월북한 작가로는 김동석·설정식·임학수·조남령·함세덕·박태원·엄흥섭·김기림·이용악·현덕 등이 있다.

이로써 1949년 이후 이남에서 '문맹'의 조직은 와해되고, 우익 측에서는 '문협'을 확대하여 '한국문학가협회'를 결성하여(1949.12.7), 우익 일변도의 문단이 자리 잡았다.

📖 **신고송**申鼓頌

1907~ 미상. 평론가, 희곡작가, 아동문학가. 본명은 신말찬申末贊. 고송孤松, 鼓頌은 호. 경남 언양彦陽 태생. 1928년 대구사범학교를 졸업하고 보통학교의 교사가 되었지만, 1930년 봄 사상 불온으로 해임되었다. 이후 그는 본격적인 프로문예운동에 뛰어들어, 1932년 잡지『연극운동』을 발간하는 한편, 극단 메가폰과 신건설을 조직하는 등 프로문예운동을 주도하였다. 그러나 일제에 사상범으로 구속되어 만 3년의 옥고를 치렀다. 이때부터 1945년 광복이 되기까지는 오케이 그랜드쇼(나중에 '조선악극단'으로 개칭)라는 악극단에서 생계 유지를 위해 활동하였으며 일제 말에는 국책연극에도 가담하였다.

광복 후 조선프롤레테리아예술동맹의 연극부문 중앙집행위원에 선임되는 등 프로연극운동의 핵심 역할을 담당하였다. 1946년 월북한 신고송은 1946년 가을에는 북조선연극동맹 부위원장, 북한문학예술 총동맹의 중앙상임위원 등을 맡았다. 이어 1959년 조선작가동맹 중앙위원, 1961년 국립민속예술극장 총장, 1962년 아시아 아프리카 단결위원장, 최고인민회의 3기 대의원 등을 역임했다. 그리고 1980년대 말 평양연극영화대학 교수로 재직한 것으로 알려졌지만, 그 후 행적과 생사는 미상이다.

그의 주요 작품으로는 「결실」(1945) · 「철쇄는 끊어졌다」(1945) · 「서울 갔든 아버지」(1946) · 「3 · 1전후」(1947) · 「최후의 날」(1948) · 「불길」(1950) · 「선구자」(1953) 등의 희곡과, 「조선의 신극운동」(1932) · 「연극운동과 그 조직」(1945) · 「조선연극의 진로」(1945) · 「민주연극의 체제 수립을 위하여」(1946) 등 연극 평론이 있다. 이 밖에도『소인극 하는 법』(1946) · 『연극이란 무엇인가』(1956) 등의 연극이론서와『선구자』(1958)라는 희곡집이 있다.

보통학교 교사시절인 1920년대에 「골목대장」 · 「귀속임」 · 「가을의 저녁」 · 「가을날의 시내」 등의 동요도 남겼다.

참고 : 『한국현대문학대사전』

③ 북한 문단의 형성

한편, 북한의 문단은 재북 작가들 중 월남하지 않은 안함광 · 최명익 · 이북명 · 이찬 등과 1946년 초 1차 월북한 이기영 · 한설야 · 송영 · 박세영 · 윤기정 · 이동

278 ●

규·안막·신고송 등이 합세하여 1946년 3월 조직한 북조선예술총동맹(이하 '북예맹')
을 모태로 형성되기 시작하였다. 이 단체의 위원장에는 이기영이 선임되었고, 부위
원장에는 안막, 서기장에는 이찬을 지명하였으며, 한설야·최명익·정률·안함광·
이동규 등을 중앙상임위원에 안배하였다. '북예맹'의 활동은 중앙예술공작단(1946.5)
의 결성과 제1차 방소 문화사절단(1946.8) 조직을 거치고 10월에 전체대회 이후 더욱
공산당의 정책에 접근하면서 북한 문단의 정통 노선을 확보해나갔다. 한편, 소련 군
정의 후원 하에 조기천·임하·정률·김일 등으로 '조쏘문화협회'가 조직되어(1946.2)
김사량·민병균 등의 재북 작가와 연대하였으나 그 세력은 미미하였다.

📖 조기천趙基天

1913~1951년. 시인. 러시아 연해주 출생. 연해주 스파스크
촌의 보통학교를 졸업하고, 1930년 연해주 우수리스크 시 조선
사범전문학교에 입학해 1933년에 졸업했으며, 1938년 7월 시베
리아 옴스크 고리키사범대학 러시아 문학부를 졸업했다. 그해 9
월부터 2년간 카자흐스탄 크슬오르따 시 조선사범대학 문학부
에서 세계문학사를 강의했으며, 1939년 8월 모스크바 종합대학
대학원에 파견되었으나 일본 간첩의 혐의로 경찰에 구속된 후
크슬오르따 시로 되돌아왔다. 이후 대학의 교편 생활을 접고
1940~1945년 중앙아시아 고려인 신문인 『레닌기치』에서 기자,
문화부장으로 활동하다가 1945년 소련군에 지원 입대해 소련군
장교로 북한에 들어왔으며, 소련군정 기관지인 『조선신문』에서 문예부장으로 활동하다가
1947년부터 문예총 작가 동맹으로 자리를 옮겨 일하였다.

1946년 「두만강」을 필두로 북한에서의 작품 활동을 시작했으며, 북한의 토지개혁을 소재
로 한 「땅의 노래」(1946), 항일 무장 투쟁을 다룬 정편 서사시집 『백두산』(1947)을 발표하면
서 북한 문단에서 입지를 굳히게 된다. 이 밖에도 「생의 노래」(1947)·「휘파람」(1947)·「네거
리에서」(1947)·「우리의 길」(1947)·「항쟁의 려수」(1948)·「조선은 싸운다」(1951) 등의 시를
발표했다. 1951년 이기영·이태준·임화·한설야 등 당시 북한 문단의 최고 핵심 작가들과
함께 북한 최고의 훈장인 국기훈장 제2급을 수상했으며 1951년 조선문학예술총동맹 부위원
장으로 선출되었다. 1951년 7월 31일 밤 12시경 미군 항공기의 폭격으로 사망했다.

장편 서사시 『백두산』은 김일성의 항일 빨치산 투쟁을 미화한 정편서사시이다. 그래서 북
한에서는 거대하고 실재적인 형상에 용감히 접근했을 뿐만 아니라 프롤레타리아 국제주의
정신으로써 일관해서 고상한 애국주의 사상을 표현하였다고 높이 평가하였다.

참고 : 『한국현대문학대사전』, 『북한문학사전』

이 무렵 북한에서 벌어진 '응향 사건'은 초창기 북한문단 형성의 흐름을 결정하는 매우 중요한 전기가 되었다. 1946년 12월 '북예맹' 원산지부의 위원장을 맡은 박경수가 구상·강홍운·서창훈 등과 함께 『응향凝香』이란 합동 시집을 발간하였는데, '북예맹'의 중앙상임위원회에서 이 시집이 "조선 현실에 대한 회의적·공상적·퇴폐적·현실도피적, 심하게는 절망적인 경향을 가졌음을 지적하면서 이에 대한 비판"을 가하고,[2] 그 후속 조치로 『응향』의 발매 금지 및 편집·발행의 경위 조사, 작가의 자기 비판, 원산 예맹의 간부 경질, 그리고 본 시집의 원고 검열 과정 조사 등의 조치를 내렸다. 이 조치로 북한에서는 예술지상주의나 모더니즘 계열의 작품은 '반동적 경향'으로 간주되고, 모든 문학 단체는 "이론적·사상적·조직적 투쟁 사업을 전개할 것"[3]을 요청받기에 이르렀다. 이로써 북한의 창작방법은 이른바 도식주의적 리얼리즘으로 경색화되어 갔다.

④ 국어 되찾기 운동

해방 직후 조선에는 일제강점기 때 생활화되어 있던 일본어, 미군정에 의해 공용어로 선포된 영어, 그리고 한국어가 공존하였고, 또 이 세 언어가 굴절과 착종을 일으켜 일본식 영어와 한국화된 일본어 등이 혼재되어 있었다. 또한 일제강점기 후기에 초·중등 교육을 받은 학생들은 한국어보다 일본어가 더 익숙한 지경이었다.

解放 다음다음 해 文學을 하겠다고 越南 上京하여 우선 圖書館을 찾았다. 紛失되었는지 없는 冊이 많아 결국 나에게 차려진 것이 『錦衫의 피』라는 歷史小說이었다. 한 줄을 몇 十分씩 걸려가면서 서너 장 읽다가 종내 책장을 덮고 나와버렸다. 무슨 말을 썼는지 알 수 없었다. (…중략…) 그 때의 나의 落膽 傷心…… 나는 다시 힘을 내어 이백원인가 주고 조그만 朝鮮語辭典을 사가지고 집에 돌아왔다. 그로부터 친척집 이층에서 無爲徒食하면서 낱말 공부를 시작했다. 중학생이 英語 單語 외우듯이 책장을 뜯어가면서 낱말 공부를 하였다.[4]

2) 북조선문학예술총동맹 중앙상임위원회, 「시집 『응향』에 대한 북조선문학예술총동맹 중앙상임위원회 결정서」, 『문학』 제3호(조선문학가동맹), 1947.04.05. 71쪽.
3) 같은 글, 73쪽.

1894~1970년. 국어학자, 국어운동가, 교육자. 호는 외솔. 울산 출신. 서당에서 한문을 배운 뒤 고향의 일신학교를 마치고 1915년 한성고등보통학교 졸업하였다. 이때 3년간 주시경周時經의 조선어강습원에서 한글과 문법을 배웠다. 1915년 히로시마고등사범학교廣島高等師範學校 문과에 입학하여 1919년 졸업하고, 1922년 4월에 일본 교토제국대학京都帝國大學 문학부 철학과에 입학, 교육학을 전공하였다.

1926년 연희전문학교 교수가 되었으나, 38년 흥업구락부사건으로 강제 사직당했다. 조선어학회 창립에 참여, 29년 조선어사전편찬위원회 준비위원이 되고, 33년 한글 맞춤법 통일안 제정에 참여했다. 42년 조선어학회사건으로 피검되어 복역 중 해방을 맞았다. 해방 후에는 미군정청 편수국장에 취임, 교과서 행정을 담당했으며, 1951년 문교부 편수국장, 1954년 학술원회원, 1958년 학술원 부원장을 지내고, 1961년 연세대 명예교수·이사에 취임했으며, 1964년 동아대 교수가 되었다. 1962년 건국훈장 국민장을 받았다.

주요 저서로『우리말본』·『한글갈』·『나라사랑의 길』·『글자의 혁명』등이 있다.

참고 : 『한국민족문화대백과사전』

해방 이전에 와세다대학 재학생이었던 장용학의 27세 때 한국어 수준이 이 정도였으니 그보다 나이가 더 어린 중학생의 경우는 더 심각했을 것으로 추정된다. 이런 문제를 인식하고 당시 선각적인 국어학자들 사이에서 국어정화운동이 일어났고, 그 실천적인 작업으로 국어문법의 정비, 표준어와 맞춤법의 정리 등의 작업이 활발하게 전개되었다. 그 결과로 **최현배**의『한글갈』과『우리 말본』, 정인승의『한글 독본』, 그리고 한글학회의『표준말 모음』등이 해방기에 출판되었고, 이 책들은 한국 전쟁 직후까지도 베스트셀러의 반열에 올라 있었다. 또한 1945년에 '한글맞춤법통일안'이 정비되고, 1948년 한글 전용에 관한 법률이 제정되면서 국어정화운동이 가파르게 전개되었다. 이렇듯 해방 직후부터 한국어는 국가 건설이라는 민족주의적 자의식과 더불어 끊임없이 재구성의 과정을 거치면서 국민언어로 자라잡기 시작하였다.

---

4) 장용학, 「나의 作家修業」,『現代文學』 2권 1호, 1956.01, 154~155쪽.

2. 비평

1) 민족문학 논쟁

① 좌파의 민족문학론

광복 직후 평단의 가장 중요한 관심사는 일제잔재 청산 못지않게 민족문학 건설에 모아졌고, 그 일에 먼저 착수한 측은 좌익이었다. 1945년 8월 16일 간판을 내건 '조선문학건설본부'(이하 '문건')는 곧바로 미술·음악·연극·영화 등의 좌익 조직을 끌어들여 '조선문화건설중앙협의회'(이하 '문건협'으로 표기)를 8월 18일에 발족시켰다. '문건협'은 기관지 『문화전선』을 통해 해방기 문화운동의 방향을 다음과 같이 표명하였다.

1. 일본제국주의에 의한 일체의 야만적이고 기만적인 문화정책의 잔재를 소탕하고 이에 침윤된 문화활동에 대하여 가책 없는 투쟁을 전개한다.
2. 문화에 있어서의 철저적인 인민적 기초를 완성하기 위하여 일체의 (1)봉건적 문화요소와 잔재, (2)특권계급적 문화의 요소와 잔재, (3)반민주적 지방주의적 문화의 요소와 잔재의 청산을 위하여 활발한 투쟁을 전개한다.
3. 세계문화의 일환으로서의 민족문화의 계발과 앙양을 위하여 필요한 모든 건설 사업을 설계한다.
4. 문화전선에 있어서의 인민적 협동의 완성을 기하여 강력한 문화의 통일전선을 조직한다.
5. 이상의 일반방책에 준한 각부 내의 구체적 활동을 위하여 활발한 우의적 논의를 전개한다.[5]

이와 같은 실천 강령은 식민지 문화잔재의 청산을 제1의 과제로 삼고 있다. 이어 문화의 인민적 기초 확립을 위해 강력한 문화의 통일전선 조직을 강조하고 있으며,

---

5) 조선문화건설중앙협의회, 『문화전선』, 1945.11.

궁극적으로는 세계문화의 일환으로서의 민족문화의 계발과 앙양에 그 목표를 두고 있다.

당시 '문건'과 '문건협'의 노선을 가장 정확하게 피력한 비평가는 임화이다. 그는 당시 좌파문단의 조직뿐만 아니라 그 이론적 논설을 주도적으로 담당했다. 그는 당대의 과제가 민주주의 민족문학의 건설에 있다는 사실을 먼저 역설하였다.

> 따라서 이 문화혁명의 담당자도 문화혁명에 있어서 가장 혁명적 계급인 노동자 계급을 위시한 농민과 중간층의 진보적 시민으로 형성된 통일전선에 속하게 된다.
> 그러므로 문화전선에는 일본 제국주의적 문화지배의 영향으로부터, 문화의 봉건적 잔재로부터 해방되기 위한 투쟁과 더불어 부패기 시민문화의 침탈에서 자유롭기 위하여 우리 문화의 기초를 인민 속에 확립해야 할 건설적 임무가 따르는 것이다. 왜 문화건설의 기초를 인민에 두어야 하느냐 하면 일본의 수중에서 성육한 일부 무력한 부르조아지나 반동적 지주가 일본 제국주의 문화지배의 영향과 봉건문화의 잔재에 대하여 투쟁적일 수 없을 뿐만 아니라, 부패기 시민문화의 침탈에 대하여 어떤 의미로서이고 특권적인 층은 그것과의 타협에서 오히려 쾌적을 느끼기 때문이다. 이러한 모든 요소의 철저한 정복자로서 운명을 타고난 노동자 계급을 중심으로 한 인민만이 차등(此等)의 요소에 대한 혁명적 투쟁자일 수가 있다.
>
> 임화, 「현하의 정세와 문화운동의 당면임무」(1945)

이 글에서 임화는 일본 제국주의적 문화지배의 영향과 봉건적 잔재로부터 해방되기 위한 투쟁을 강조하였다. 또 그 투쟁의 주체는 노동자 계급을 중심으로 한 인민이어야 한다는 점을 역설하였다. 곧 문화혁명의 담당자는 가장 혁명성이 강한 계급인 노동자 계급을 위시한 농민과 중간층의 진보적 시민임을 강조하였다.

또한 임화는 일본 제국주의 문화잔재의 청산과 봉건적 잔재의 청산이 이어 또 하나 문제로 제기한 것이 부패한 시민문화의 청산을 주장하였다. 그는 시민문화가 진보적이고 건강한 요소를 상실하여 불건강하고 퇴영적인 독소를 갖게 되어 부패한 시민문화로 변질되었음을 지적하였다.

> 문화의 여러 가지 영역에 나타나 있던 퇴폐적 경향이라든가 관능주의라든가 기타 제종의 경향은 모두 문화의 순수주의라는 그늘 밑에 자기의 반사회적인 본질을 숨겨두고 있었다. 순수주의라는 것은 중간층을 지배하던 정치적인 중립에 토대를 두었다느니보다 서구문화의 부르조아적 자족의식에 더 많이 근거를 가지고 있었다. 우리는 이 순수주의를 깨뜨리고 그 경향이 문화의 발전상이 아니라 몰락상임을 명시하고, 진보적 계급의 문화적 발전 위에서 자기의 새로운 내용을 발견하도록 노력해야 한다.
>
> 임화, 「현하의 정세와 문화운동의 당면임무」(1945)

그는 문화의 순수주의라는 것이 얼마나 허울 좋은 위선인가를 지적하면서, 심지어 순수주의라는 것은 '중간층을 지배하던 정치적인 중립에 토대를 두기보다는 서구문화의 부르주아적 자족의식에 더 많은 근거를' 가지고 있으며, '문화의 몰락상'이라고 비판하였다. 이러한 임화의 지적으로 볼 때 새로이 건설될 문학은 부르주아 계급이 아니라 노동자 계급을 위시한 농민과 중간층의 진보적 시민계급과의 통일전선에 있음을 다시 한 번 확인할 수 있다.

사실 임화가 강조하고 있는 인민은 국민·민족·민중이라는 보편적 범주의 개념으로 해석할 수도 있고 노동자·농민·기타 진보적인 중간층과 지식인을 지칭하는 것으로 간주할 수 있다. 그러나 전체적인 맥락으로 볼 때 후자로 범주화하는 것이 더욱 타당할 것이다. 이로 볼 때 그가 생각하는 '인민을 기초로 한 민족문학'에는 노동자를 위시로 하되 진보적인 중간층과 지식인을 포섭하는, 계급적인 뉘앙스가 함축되어 있었다.

그러나 이러한 임화의 중도 좌익적인 노선은 더욱 진보적인 좌익으로부터 "의식적으로 민족의식만 고양하려고 노력했기 때문에 이데올로기의 계급성까지 말살하려는 과오를 범하였다."[6]라는 비난을 받았고, 그 뒤에 '조선프롤레타리아 예술동맹'(이하 '예맹')이 조직되면서 더욱 계급적인 측면으로 기울어진 민족문학론이 피력된다. '예맹'은 1945년 9월 창립대회에서부터 '우리 민족의 절대 다수인 노동자 농

---

6) 윤기정, 「예술운동의 신전개」, 『예술운동』, 1945.12.

민의 완전한 해방을 목표로 한 과감한 투쟁'을 선언함으로써, 과거 일제강점기의 카프의 맥을 잇고 있음을 천명하고 나섰다.

그러나 1945년 말 남로당의 지령에 따라 '문건'과 '예맹'이 '조선문학가동맹'으로 통합되고, 1946년 2월 8일부터 9일까지 종로의 기독교청년문화회관에서 전국 규모의 조선문학자대회를 마련하여 통합을 공표하는 합동회의를 개최하면서, 이 대회 준비위원회는 '문맹'의 실천강령을 다음과 같이 제기하였다.

> 첫째, 일본 제국주의 잔재의 소탕
> 둘째, 봉건주의 잔재의 소탕
> 셋째, 국수주의의 배격
> 넷째, 진보적 민족문학의 건설
> 다섯째, 조선문학의 국제문학과의 제휴

이 다섯 가지 강령은 본회의에서 넷째 항의 '진보적'이란 수식어만을 삭제한 채 일괄 통과되었다. 이 실천 강령은 그 이전 '예맹'의 그것보다는 '문건'의 그것에 가깝다. 이 점은 다음 두 가지의 해석을 가능하게 한다. 첫째, 통합된 '문맹'은 '문건'과 '예맹' 두 단체의 성격을 절충했다기보다는 '문건' 중심의 맥을 이었다는 점이고, 둘째 '문맹'은 중도 통합을 위하여 가급적 좌익의 색채를 옅게 드러내기 위해 노력하였다는 점이다. 그럼에도 불구하고 이는 우익은 물론이고 더욱 급진적인 좌익으로부터도 지탄을 받기에 이르렀다.

그러나 당시 더욱 좌파로 기울어진 논객들은 이런 '문맹'의 노선을 중도로 이해하고 즉각 이견을 피력한다. 임화 중심의 문맹의 주장을 부분적으로 비판하면서 좌파의 논지를 더욱 선명하게 부각시킨 논객으로 이원조·한효 등을 꼽을 수 있다.

> 우리가 말하는 민족문학이란 민족주의 문학이 아니라는 것을 밝히는 동시에 민족문학으로서 신문학이 제 발전과정에서 당연히 져야 할 반일적 반봉건적 요소를 버리고 시민계급문학으로 진화하면서 민족수립의 영도권은 당연히 반일적이요 반봉건

적인 프롤레타리아 문학진영으로 넘어오는 것이지만, 시민계급문학은 반일적이요 반봉건적인 요소를 포기했을 뿐만 아니라 (…중략…) 봉건제도를 회상하고 과장하는 문학으로서 일제의 비호하에 서게 되니 프롤레타리아 문학은 이러한 비민족문학적인 일체 반동적 경향을 폭로하고 비판하고 공격하면서 반제국주의적이요, 반봉건적이요, 반국수적인 민족문학수립의 정통을 계승해서 오늘날 그 과업을 수행하려는 것이다.

이원조, 「민족문학 확립에」(1946)

민족문학으로서 당연히 짊어져야 할 반일적 · 반봉건적 요소를 시민계급문학은 포기했을 뿐만 아니라 오히려 비호하고 있으니, 민족수립의 영도권은 당연히 프롤레타리아 문학 진영이 계승하여 과업을 수행해야 한다는 것이다. 따라서 '이것은 결코 계급문학이 아니고 민족문학'이라는 점을 강조하고 있다.

이렇듯 당시 '문맹'은 중도 통합을 목적으로 온건한 민족문학론을 내세웠지만, 진보적인 좌파 논객들의 지적이 잇따르면서 차츰 좌익적 색채를 강화해가기 시작하였다.

② 우파의 순수 · 민족문학론

좌파의 민족문학론이 진보적인 리얼리즘으로 기울어져가자 우파 논객들은 이에 대항하는 평문을 발표하기 시작하였다. 이들의 논의들은 대체로 문학의 정치성이나 이념성을 강조하는 좌파문학론에 대한 비판에서 출발하였다.

김동리는 1946년 '청문협'을 조직하고 이 단체를 중심으로 문학의 자율성과 순수성, 그리고 민족문학과 세계문학과의 관계를 강조하였다.

> 순수문학이란 한마디로 말하면 문학정신의 본령정계本領正系의 문학이다. 문학정신의 본령이란 물론 인간성 옹호에 있으며, 인간성 옹호가 요청되는 것은 개성 향유를 전제한 인간성의 창조의식이 신장되는 때이니만큼 순수문학의 본질은 언제나 휴머니즘의 기조가 되는 것이다. (…중략…)
> 이것은 곧 데모크라시로서 표방되는 세계사적 휴머니즘의 연쇄적 필연성에서 나

오는 민족 단위의 휴머니즘으로 볼 때, 휴머니즘을 그 기본 내용으로 하는 순수문학과 민족정신이 기본되는 민족문학과의 관계란 벌써 본질적으로 별개의 것일 수 없다는 것을 알 수 있다. 우리가 목적하는 민족문학이 세계문학의 일환으로서의 민족문학인 것처럼 우리의 민족정신이라는 것도 세계사적 휴머니즘의 일환인 민족 단위의 휴머니즘으로 규정될 것이며, 이러한 민족단위의 휴머니즘을 세계적인 각도에서 내포하고 있는 것이 오늘날 순수문학의 문학정신인 것이다.

김동리, 「순수문학純粹文學의 진의眞意」(1946)

이렇듯 김동리는 휴머니즘을 근본으로 한 민족정신을 발휘하는 문학이 곧 순수문학이요, 그런 문학이 곧 민족문학이란 논지를 전개하였다. 그런데 여기서 주목되는 것은 우리의 민족정신을 세계사적 휴머니즘의 일환으로 파악하고, 그래서 우리의 민족문학도 세계문학의 일환으로 파악하고 있다는 점이다. 그래서 그의 순수문학론은 민족문학을 세계문학의 일환으로 간주하는 논리를 분명히 한다.

김동리는 순수문학으로서의 민족문학을 강조하는데 그치지 않고, 민족문학을 세계문학의 일환이라는 주장을 하기에 이른다. 그는 바로 "민족문학이 민족의 문학이란 것은 민족만의 문학이란 뜻은 아니다. 민족의 문학인 동시에 세계적인 문학이어야 하는 것이며, 이 세계적이란 말은 시간적 영구성을 포함한 공간적 보편성을 가리키는 것이다. 그러므로 민족의 문학인 동시에 세계의 문학이란 것은, 민족적 개성을 띤 세계의 문학으로서 온 인류가 영구히 향유할 수 있는 문학이란 뜻이다."[7]라고 하여 민족문학의 개념을 매우 보편적이고 추상적인 차원에서 범주화하였다.

이런 김동리의 민족문학론은 좌파의 계급적인 민족문학론에 대응하는 데에서 촉발되어 우파의 논지를 세우는 역할을 하기는 하였지만, 당시 미국의 영향 하에서 새로운 냉전체제로 재편되어가는 국제 질서를 문학론 차원에서 받아들이는 논리로 해석될 수도 있다. 이른바 2차 대전 후 새로이 대두되고 있는 '후기식민성'의 차원에서 본다면, 그의 민족문학론은 이런 시대적 변화에 따르는 문학론이라 지적하지 않을 수 없다.

7) 김동리, 「민족문학론」, 『대조』, 1948.08.

③ 좌우의 민족문학 논쟁

해방기 민족문학 논쟁의 시발점은 '순수논쟁'이었다. 먼저 김남천은 「순수문학의 제태」(『서울신문』, 1946.6.30)에서 해방 직후 우익 문인들의 순수문학 운동을 비판하고 나섰는데, 이에 김동리가 「순수문학의 진의」(『서울신문』, 1946.9.14)로 반박하는 주장을 펴면서 이른바 '순수논쟁'의 불씨가 당겨졌다. 김동리의 주장은 즉각 좌파 논객들의 비판에 부딪혔다. 김병규는 「순수 문제와 휴머니즘」(『신천지』 12호, 1947.1)과 「순수문학과 정치」(『신조선』, 1947.2)를 발표하여 김동리의 주장에 반박하였다. 이에 김동리가 「순수문학과 제3세계관―김병규씨에게 답함」(『대조』, 1947.8)을 발표하여 논쟁의 불씨를 키웠고, 그후 좌익에서는 김동석·김남천·박찬모·김영석 등이, 우익에서는 김동리·조연현·조지훈 등이 나서서 1948년 말까지 치열한 논쟁을 벌였다.[8]

이 논쟁은 애초에는 문학의 순수성을 쟁점으로 삼았지만, 차츰 민족문학 문제로 쟁점이 기울어지게 되었고, 그래서 1948년 이후부터는 민족문학논쟁으로 변화되어 전개되었다. 그러나 좌·우파의 주장은 갈수록 거리가 멀어지게 되면서 논쟁의 접점을 찾기는 더욱 어려워졌다. 즉 좌파의 주장을 갈수록 계급의식 쪽으로 기울고, 우파의 주장은 인간성을 내세우면서 추상성이 더욱 커지게 되었던 것이다.

참다운 문학의 사상적 주체는 시대와 사회를 초월하여 인간이 영원히 가지지 않을 수 없는 인간의 보편적이요 근본적(구경적)인 문제-다시 말하면 자연과 인생의 일반적 운명-에 대한 독자적 해석이나 비평에서만 가능한 것이며, '시대적 사회적 의의'니 공리성이니 하는 것들은 이 '주체적인 것'의 환경으로써 제이의적 부수적 의의를 가지는 데서 지나지 못하기 때문이다. 끝으로 이러한 참다운 문학적 사상의 주체는 작가 자신에서 출발한다는 것을 말하여 둔다. 왜 그러냐 하면 시대와 사회를 초월하여 인간이 영원히 가지지 않을 수 없는 인간의 보편적이요 근본적인 문제, 즉

---

8) 좌익 측의 평문으로는 김영석의 「민족문학론」(『문학평론』 3호, 1947.04), 김동석의 「순수의 정체 ―김동리론」(『신천지』, 1947.11), 박찬모의 「인민의 생활과 문학의 과제」(『문학평론』 3호, 1947. 04) 등이 있고; 우익 측의 평문으로는 김동리의 「생활과 문학의 핵심―김동석 군의 본질에 관하여」(『신천지』, 1948.01), 조연현의 무식의 폭로―김동석의 <김동리론>을 박함」(『구국』, 1948.01), 조지훈의 「순수시의 지향―민족시를 위하여」(『백민』, 1947.03) 등이 있다.

인간의 일반적인 운명은 작가 자신에게도 부하(負荷)되어 있기 때문이다.

김동리, 「문학적 사상의 주체와 그 환경─본격문학의 내용적 기반을 위하여」(1948)

📖 **김동리金東里**

1913~1995년. 소설가·평론가. 본명은 김시종金始鍾, 동리는 호. 1913년 경북 경주 태생. 경주 제일교회 부속 계남학교를 졸업한 후 1926년 대구 계성학교에 입학하였다가 1928년 서울 경신학교 3학년에 편입하였으나 이듬해 중퇴하였다.

1935년 『중앙일보』 신춘문예에 「화랑의 후예」가, 이듬해 『동아일보』 신춘문예에 「산화」가 거듭 당선되어 등단하였다. 그 후 「바위」(1936)·「무녀도」(1936)·「황토기」(1939) 등의 문제작들을 발표함으로써 주목받는 신진작가의 한 사람으로 부상하였으며, 유진오와 '순수논쟁'을 벌이기도 하였다. 일제말기에는 활동을 하지 않다가 광복과 더불어 집필 활동을 재개하여 「역마」(1948)·「등신불」(1961)·「늪」(1964)·「까치소리」(1966)·「저승새」(1977) 등과 장편 「사반의 십자가」(1955~1957)·「을화」(1978) 등을 발표하였다

광복 직후는 우파 진영을 대표하는 평론가로 활동하였으며, 한국청년문학가협회의 창설을 주도하였다. 1953년부터 서라벌예술대학 문예창작학과 교수로 취임하였고, 1970년대 이후 한국문인협회 이사장·예술원 회장·한국소설가협회 회장·한일문화교류협회장 등 주요 문예 단체의 대표를 맡기도 하였다. 1968년에 『月刊文學』을, 1973년에는 『韓國文學』을 창간하여 보수문단의 구심적 역할을 하였다. 김동리는 한국의 현대소설가들 가운데서 전통의 세계, 민속의 세계에 가장 깊이 관심을 기울인 작가로 평가되지만,. 철저한 보수주의자로서 그가 보여준 정치적 입장에 대해서는 상당한 논란이 따르기도 한다.

참고 : 『한국현대문학대사전』

이렇듯 김동리는 참다운 문학적 사상의 주체는 시대와 사회를 초월하여 인간이 영원히 가질 수밖에 없는 인간의 보편적이요 근본적인 문제라고 강조하고, 아울러 시대적 사회적 의의나 공리성 등은 이 주체적인 것의 환경으로서 부수적인 의의를 지닐 뿐이라는 점을 덧붙이고 있다.

결국 좌·우파의 민족문학 논쟁은 1947년 초부터 평단의 뜨거운 이슈로 등장했지만, 어떠한 타협의 접점을 찾지 못한 채 1948년 여름 전후하여 좌파 논객들이 거의 월북하게 됨으로써 유야무야 중단되고 말았다.

이런 와중에 중도적인 입장에서 절충적인 견해를 피력한 경우도 있었다. **홍효민**의 「신세대의 문학-조선문학의 나아갈 길」(『백민』, 1947.11)과 백철의 「신윤리 문학의 제창-건국과정의 문학정신」(『백민』, 1948.3) 등이 그것인데, 당시 좌우로 대립된 평단을 통합시키는 데까지 진척되지는 못하였다.

📖 **홍효민**洪曉民

1904~1975년. 평론가. 본명은 홍순준洪淳俊, 경기도 연천 출생. 1924년 동경 세이소쿠 영어학교를 졸업하고, 귀국 후 『동아일보』·『매일신보』 기자를 역임하면서 평론가로 활동하기 시작했다. 1927년 조중곤·김두용 등과 함께 『제3전선』에 참여하면서 사회주의문학운동에 나섰다. 한때는 창작에도 관심을 가져 역사소설 「인조반정」을 발표하기도 했다. 그는 카프 맹원은 아니었으나 문학의 사회적 기능을 강조하였으므로 동반자적 입장에서 활동했으며, 이에 따라 해외문학파 대 프로파의 논쟁에서 해외문학파를 공격하였고, 카프 해산 후 제기된 백철의 휴머니즘론에 대해서도 비판을 가했다. 일제 말기에 「미영사상의 본질」(1943) 등의 친일 논설을 발표하고 조선문인보국회 평론수필분회 간사를 맡았다.

광복 후 조선프롤레타리아예술동맹에 참가했으나 조선문학건설본부와 통합하는 과정에서 의견 차이로 탈퇴한 뒤로는 이른바 '조선적 리얼리즘'을 내세워 중간자적 입장을 내세웠다. 한국전쟁 후에는 「애국사상과 애국문학」 등에서 애국주의 문학론을 내세웠으며, 홍익대에서 후진을 양성하는 데 주력하였다. 평론집으로 『문학과 자유』(1939)·『문학개론』(1945)·『행동지성과 민족문학』(1980) 등이 있다.

참고 : 『한국현대문학대사전』

④ 이북의 민족문학론

서울에서 좌·우파 간에 민족문학논쟁이 서서히 달아오를 즈음, 평양에서는 안함광·이북명 등의 재북 작가들과 제1차 월북한 작가들이 **북조선예술총연맹**(이하 '북예맹')을 1946년 3월 조직하고, 그들 나름의 민족문학론을 피력하기 시작하였다. 이 작업에 적극적으로 나선 사람은 안함광과 윤세평尹世平(이전 윤규섭)과 안막이었다.

📖 북조선문학예술총동맹

　북조선문학예술총동맹의 모태는 1946년 1월 평양에서 결성된 평남지구 프롤레타리아예술동맹이다. 이 단체는 초기에는 세력이 미약했으나 당의 재정적인 지원 아래 그 세력이 커졌고, 지역별 조직을 강화하였다. 그 결과 평북의 이원우·김우철·안용만, 함북의 김북원, 함남의 한설야·한식·이북명·이찬, 강원의 이기영·최인준 등이 가세하면서 더욱 그 세력이 확대되어 이른바 '재북파'를 형성하였다.

　이 무렵 서울 문단의 좌파 통합 과정에서 주도권을 상실한 조선프롤레타리아문학동맹 계열의 송영·박세영·윤기정·이동규·안막·신고송 등이 월북하여 곧바로 한설야·이기영 등과 합세하여 당과 연계된 통합적인 문학예술단체를 조직하여 그 이름을 '북조선문학예술총동맹'(이하 '북예맹')이라 하였다. 이기영을 위원장으로, 부위원장에는 안막, 서기장에는 이찬을 지명하였으며, 이기영·한설야·안막·최명익·정률·안함광·이면상·선우담·주인규·박영호·이동규가 중앙상임위원을 맡았다. 이 단체가 내세운 강령은 ① 진보적 민주주의에 입각한 민족문화의 수립, ② 봉건적 반민족적 예술세력과 관념의 소탕, ③ 민족 문화 유산의 비판 계승 등이었다.

　북예맹의 활동은 중앙예술공작단(1946. 5)의 결성과 제1차 방소문화사절단(1946. 8)의 소련 여행 등으로 이어졌으며, 1946년 10월의 전체대회 이후 더욱 당의 정책에 접근하였다. 1947년 중반부터 2차 월북한 문인들 일부가 이 조직에 참여하면서 그 세력은 더욱 커졌다. 그러나 초기 세력 분포를 보면, 서울문단과 거리를 두고 북쪽에서 활약했던 이기영·한설야·이북명·이찬·안함광·남궁만 등과 1차 월북한 송영·박세영·이동규·윤기정·이갑기·신고송 등이 북예맹의 중요간부직을 차지하였다. 북예맹의 활동이 당의 문예정책에 의해 통제되기 시작한 것은 1946년 12월부터였다. 이 때 이른바 '건국사상동원운동'을 전개하는 과정에서 문화예술인에게 공산당의 사상체계를 인민들에게 계몽할 것과 나아가 그것을 창작의 기조로 삼을 것을 요구하였다. 1947년 1월 원산에서 일어난 '응향사건'을 수습하는 과정에서 북예맹은 당의 직접적인 통제를 받기 시작하였고, 기관지로 『문예전선』을 내면서 내부 조직을 강화하였다.

　한편 이른바 '소련파'로 일컬어지는 조기천·임하·전동혁·정률·김일 등이 조소문화협회(1945. 11)라는 문화단체를 결성하여, 일본·중국에서 귀국한 김사량·전재경·한태천 등을 합류시키고, 뒤에 월북한 임화·김남천·안회남·설정식·오장환 등의 '남로파'와 손잡으면서, 북예맹의 활동을 견제하였다. 이로써 북한문단은 '재북파' 중심의 북예맹계, '소련파', 그리고 2차월북자 중심의 '남로계'로 삼분되었다. 이 세 분파 세력은 서로 문단의 주도권을 갖기 위해 암투를 계속하였는데, 그 결과는 1960년대까지 크게 세 차례 문인 숙청으로 나타났다. 이 숙청의 성격은 다르기는 해도 대체로 북예맹계에 의해 '소련파'와 '남로계'가 거세되는 방향으로 진행되었다.

　북예맹은 6·25를 거치면서 더욱 그 이념적 지향성을 강화하였고, 1951년 3월 '조선문학예술총동맹'(약칭 '문예총')으로 명칭을 변경함으로써 명실공히 전국단위 단체의 위상을 확보해나갔다. 정전 직후 장르별 동맹으로 나뉘었다가 1961년 3월 다시 '조선문학예술동맹'으로 통합되었고 기관지 『조선문학』과 『문학예술』을 발행하면서 북한의 대표적인 문예단체로 정립되어 오늘에 이르고 있다.

참고 : 『한국민족문화대백과』, 『한국현대문학대사전』

조선 부르주아 문화의 대표자였던 민족주의 문화가 자기의 임무를 수행하지 못한 이 민족문화의 혁신과 수립이라는 문제는 급기야 그의 극단적인 사업까지를 프롤레타리아 문화의 어깨 위에 떠맡기게 된 것이며, 따라서 이 민족문화는 과거의 조선의 민족주의 문화를 계승하는 것이 아니라 프롤레타리아 문화 운동의 이념을 현단계적 특질 위에서 계승해야 할 것임에도 틀림이 없는 일입니다.

안함광, 「민족문화론」(1946)

안함광安含光의 「민족문화론」은 과거 카프의 노선을 분명하게 계승하는 것이 '민족문화'라 하여 서울 '문맹'의 '인민을 기초로 한 민족문학'에 비해 계급적 선명성을 더욱 부각하였다. 안함광의 이 평문을 기폭제로 하여 안막의 「조선문학과 예술의 기본 임무」(1946)과 윤세평의 「신민족문화 수립을 위하여」(1946)가 속속 발표됨으로써 평양 문단 자체로 민족문학론을 형성해가기 시작하였다. 특히 윤세평의 평문에서는 서울 '문맹'의 민족문학 노선을 비판하였다. 그는 '새로 건설될 신문화는 프롤레타리아 문화가 아니다'라는 '문맹'의 노선을 집중적으로 비판함으로써 '북예맹'의 민족문학 방향이 프로문학에 있음을 분명히 하였다.

다음 해에 발표된 안함광의 「민족문학 재론」은 당시 좌·우파, 서울·경성에서 발표된 민족문학론 가운데 가장 높은 정점에 이른다.9)

292 ●

우리의 민족문학에 있어 민족의식과 계급의식은 모순되지 않을 뿐 아니라 근로계급이 영도하는 민주주의적 민족의식을 갖게 되는 것이라는 것을 부인할 수 없게 된다. 그리고 이것은 객관적 조건에 뿌리를 박은 오늘의 현실적 상모이기도 하다. 그렇기 때문에 "민족 문화는 계급 문화가 되어서는 아니 된다"는 유의 견해라든가 또는 우리가 수립해야 할 민족문학은 "근대적인 의미의 민족문학"이어야 한다는 유의 견해 등은 단죄되어지지 않아서는 안 된다. 지금 우리 인민에게 부여된 최고의 임무가 결코 우리 조선을 근대적인 의미의 민주주의 사회로 만드는 데 있는 것이 아니라 진보적인 민주주의 국가 사회를 건립하려는 있는 거와 동양으로, 우리가 지금 수립하려고 하는 민족문학도 '근대적인 의미의 민족문학'인 것이 아니라 진보적인 민주주의 민족문학인 것이다.

---

9) 김재용, 『북한문학의 역사적 이해』, 문학과지성사, 1994, 63쪽.

(…중략…)

　근로 인민 대중의 진보적 민주 세력이 영도하는 반일제·반봉건의 문학이며 진보
적 민주주의 내용을 민족적 형식으로 표현하는 민족문학은 계급적 현실의 본질을 민
족 생활의 전적 발전 과정과의 연계 위에서 포착 형상함에 있어 아무런 주저도 가지
지 않는다는 점에 있어 계급 문학과 공통되어지면서, 다른 한편에 있어서는 그 당면
적인 방향과 묵적이 무산 계급 독재 정치의 실현에 있는 것이 아니라 진보적 민주주
의 국가 수립에 있다는 점에 있어 그것과 구별되어질 뿐이다.

안함광, 「민족문학 재론」(1946)

　안함광은, 우익적 민족주의에 경사된 우파의 민족문학론에도 엄중한 비판을 가
하면서 동시에 '문맹'의 논자들이 민족문학을 강조하면서도 계급의식과 일정한 거
리를 두고 있음도 준열하게 지적하였다. 또한 자신과 함께 '북예맹'에 속해 있으면
서 계급문학과 민족문학을 동일시하는 안막과 윤세평의 경색된 시각에 대해서도
일침을 가하였다. 게다가 그의 민족문학론의 핵심에는 당대의 역사적 책무인 자주
적인 민족국가 건설의 문제가 놓여 있고 그의 논지는 이 문제와 직결되어 있다는
점에서, 당시 백가쟁명 식으로 대두된 여러 논자들의 민족문학론 중에서 돋보인다
고 할 수 있다.

● 293

2) 이북 평단의 새로운 창작방법론 모색

① '고상한 사실주의' 채택

　해방기 이북 평단은 1947년 봄 새로운 전기를 맞는다. 해방 후 1946년 가을까지
는 남북의 문단이 유동적이나마 상당한 교류가 가능했지만, 1946년 9월 미군정이
남로당 당수 박헌영에 대한 지명수배를 내리고 '문맹'의 활동에 본격적인 제재를
가하자 많은 좌파 작가들이 월북을 감행하게 되었고, 이로써 남북의 문단의 교류는
절연되다시피 하였다. 이에 이북 문단 자체만의 독자적인 방향을 모색하기에 이르
렀고 이럴 즈음 1947년 3월 이른바 '고상한 사실주의'라는 새로운 창작방법론이 대

두되었다.

'고상한 사실주의'는 1947년 3월 28일 북조선 노동당 중앙위원회 상무위원회(이하 '상무위원회') 회의에서 채택된 창작방법론이다. 이는 사회주의적 전형성을 갖춘 긍정적 주인공이 혁명적 낭만주의에 입각하여 리얼리즘을 실천하는 것을 목표로 하였다. 원래 '고상한 사실주의'란 말은 위 '상무위원회'에서 북한의 문학예술 운동을 검토하고 새로운 대책을 결정하는 자리에서 "조선 사람의 영웅적 노력과 투쟁과 승리와 영광을 고상한 사실주의적 방법으로 그리"기를 강조한 데서 유래하였다. 이후 이는 북한문학의 중심 창작방법론으로 정착되었고, 1950년대 도식주의 논쟁을 거쳐 사회주의 사실주의라는 새로운 창작방법이 채택될 때까지 북한 작단에 지대한 영향력을 끼쳤다. 그 실례로 '응향 사건'의 뒤처리 과정에서 이 창작방법론이 '북예맹' 원산지부를 징계하는 지렛대로 활용되기도 하였다.

② 냉전체제로의 편입과 '프롤레타리아 국제주의'

1948년 남·북한의 단독정부가 수립된 후 한반도는 새로운 냉전체제의 각축장으로 변모해갔다. 남·북한은 정치적으로 뿐만 아니라 문화 예술정책 차원에서도 미·소의 지대한 영향 하에 놓이게 되었다. 북한 문단에서 프롤레타리아 국제주의가 대두된 것도 이와 무관하지 않다.

> 그리하여 조선문학은 사회주의 조국인 소련을 선두로 하는 제 인민민주주의 국가와 전 세계 근로자 인민과의 굳은 단결과 친선과 화목을 표시하는 국제주의 사상을 그 기본으로 하는 문학인 것이다. 그러므로 조선문학은 가장 진정한 인민의 문학으로 전인류적인 문화의 공동 보고에 들어갈 수 있는 문학으로 되는 것이다.
>
> 한식, 「조선문학에 나타난 국제주의 사상」(1950)

북한은 1948년 9월 정권 수립 이후 전 세계 사회주의 국가와의 교류에 큰 관심을 표명하기 시작하였고, 그 가운데에서도 소련과의 관계는 갈수록 더욱 긴밀해져 갔다. 조소 친선 관련 단체가 우후죽순으로 생겨나고, 소련의 문화를 적극적으로 수용하였다. 이 시기에 발표된 한설야의 「남매」(1949)와 이춘진의 「안나」(1949) 등은 이런 '국제주의'를 추수한 작품들이라 할만하다.

3. 시

1) 해방을 보는 좌·우익의 차이

갑자기 찾아온 해방이지만 이는 당시 시인들에게는 가장 큰 문학적 소재였다. 또한 그런 갑작스러움은 시인들의 창작욕을 자극하는 요인이 되기도 하였다. 그래서 다른 장르보다 해방을 직접적으로 다룬 작품이 시에서 많이 산출되었다. 그 중 박두진과 오장환 두 작품을 비교해 보자.

해야 솟아라, 해야 솟아라, 말갛게 씻은 얼굴 고운 해야 솟아라, 선 너머 산 너머서 어둠을 살라 먹고, 선 너머서 밤새도록 어둠을 살라 먹고, 이글이글 애띤 얼굴 고운 해야 솟아라.

달밤이 싫어, 달밤이 싫어, 눈물 같은 골짜기에 달밤이 싫여, 아무도 없는 뜰에 달밤이 나는 싫어....

해야, 고운 해야, 늬가 오면, 늬가사 오면, 나는 나는 청산이 좋아라. 훨훨훨 깃을 치는 청산이 좋아라. 청산이 있으면 홀로래도 좋아라.

사슴을 따라, 사슴을 따라 양지로 양지로 사슴을 따라, 사슴을 만나면 사슴과 놀고, 칡범을 따라, 칡범을 따라, 칡범을 만나면 칡범과 놀고....

해야, 고운 해야, 해야 솟아라, 꿈이 아나래도 너를 만나면, 꽃도 새도 짐승도 한 자리에 앉아, 워어이 워어이 모두 불러 한 자리에 앉아, 애띠고 고운 날을 누려보리라.

박두진, 「해」(1946)

📖 박두진朴斗鎭

1916~1998년. 호는 혜산兮山. 경기도 안성 출생. 1939년 정지용의 추천으로 『문장』에 시 「향현香峴」, 「묘지송墓地頌」 등을 발표하여 등단하였다. 이화여대·연세대 교수를 역임하였다.

『청록집』(1946)·『오도午禱』(1953)·『거미와 성좌』(1962)·『인간밀림』(1963)·『하얀 날개』(1967)·『고산식물』(1973)·『사도행전』(1973)·『수석열전』(1973)·『야생대』(1981)·『포옹무한』(1981) 등의 시집을 발간하였고, 1984년에는 범조사에서 『박두진 전집』을 간행하였다. 이외에도 수상집으로 『생각하는 갈대』(1970)·『언덕에 이는 바람』(1973)·『그래도 해는 뜬다』(1986)와 시론서 『한국현대시론』(1970)·『현대시의 이해와 체험』(1976) 등이 있다.

박두진의 초기시는 남성적인 기개를 웅건하게 표상하고 있다는 점이 특징이다. 또한 작품에 수용된 자연은 근원적으로는 순응과 화합의 지혜를 추구하면서도 창조적 결단성이나 생성의 의미를 내장하고 있다. 해방 후에 발표한 「해」는 새나라의 창조적 의지를 형상화한 대표적인 작품이다. 그러나 1960년대 이후 박두진은 시대의 부정적 가치를 비판하는 내용을 다루면서, 이념적으로는 절대적 가치의 추구하였다. 이러한 가치 추구의 정신을 바탕으로 그의 후기 시편들에서는 세속적 삶을 순화하며 혁신하는 자세가 더욱 심화되어 갔다. 1970년데 이후 나온 시작에서는 시적 자아의 의기와 함께 구도적 정신으로 향하는 시심의 심화를 보여주었다.

참고 : 『한국현대문학대사전』

8월 15일 밤에 나는 병원에서 울었다
너희들은 다 같은 기쁨에
내가 운 줄 알지만 그것은 새빨간 거짓말이다.
일본 천황의 방송도,
기쁨에 넘치는 소문도,
내게는 곧이가 들리지 않았다.
나는 그저 병든 탕아(蕩兒)로
홀어머니 앞에서 죽는 것이 부끄럽고 원통하였다.

그러나 하루 아침 자고 깨니
이것은 너무나 가슴을 터치는 사실이었다.
기쁘다는 말,
에이 소용도 없는 말이다.

그저 울면서 두 주먹을 부르쥐고
나는 병원을 뛰쳐나갔다.
그리고, 어째서 날마다 뛰쳐나간 것이냐.
큰 거리에는,
네거리에는, 누가 있느냐.
싱싱한 사람 굳건한 청년, 씩씩한 웃음이 있는 줄 알았다.

아, 저마다 손에 손에 깃발을 날리며
노래조차 없는 군중이 만세로 노래를 부르며
이것도 하루 아침의 가벼운 흥분이라면……
병든 서울아, 나는 보았다.
언제나 눈물 없이 지날 수 없는 너의 거리마다
오늘은 더욱 짐승보다 더러운 심사에
눈깔에 불을 켜들고 날뛰는 장사치와
나다니는 사람에게
호기 있이 먼지를 씌워 주는 무슨 본부, 무슨 본부,
무슨 당, 무슨 당의 자동차.

그렇다. 병든 서울아,
지난날에 네가, 이 잡놈 저 잡놈
모두 다 술취한 놈들과 밤늦도록 어깨동무를 하다시피
아 다정한 서울아
나도 밑천을 털고 보면 그런 놈 중의 하나이다.
나라 없는 원통함에
에이, 나라 없는 우리들 청춘의 반항은 이러한 것이었다.
반항이여! 반항이여! 이 얼마나 눈물나게 신명나는 일이냐

아름다운 서울, 사랑하는 그리고 정들은 나의 서울아
나는 조급히 병원 문에서 뛰어나온다
포장친 음식점, 다 썩은 구루마에 차려 놓은 술장수
사뭇 돼지 구융같이 늘어선
끝끝내 더러운 거릴지라도

아, 나의 뼈와 살은 이곳에서 굵어졌다.

(…중략…)

아름다운 서울, 사모치는, 그리고, 자랑스런 나의 서울아,
나라 없이 자라난 서른 해
나는 고향까지 없었다.
그리고, 내가 길거리에서 자빠져 죽는 날,
'그곳은 넓은 하늘과 푸른 솔밭이나 잔디 한 뼘도 없는'
너의 가장 번화한 거리
종로의 뒷골목 썩은 냄새 나는 선술집 문턱으로 알았다.

그러나 나는 이처럼 살았다.
그리고 나의 반항은 잠시 끝났다.

아 그 동안 슬픔에 울기만 하여 이냥 질척거리는 내 눈
아 그 동안 독한 술과 끝없는 비굴과 절망에 문드러진 내 쓸개
내 눈깔을 뽑아 버리랴, 내 쓸개를 잡아 떼어 길거리에 팽개치랴.

오장환, 「병든 서울」(1945)

오장환의 「병든 서울」은 1945년 9월에 발표되었고, 박두진의 「해」는 1946년에
나온 잡지 『상아탑』에 실려 있지만 그 내용으로 보아 해방 직후에 쓰인 것으로 추
정되니, 이 두 작품은 같은 소재를 다루었으되 비슷한 시대에 산출되었다고 할 수
있다. 그러나 두 시인이 해방을 바라보는 시선은 천양지차로 다르다. 박두진은 박진
감 있는 내재율의 리듬 안에 해방의 환희와 새로운 세상에 대한 희망을 뜨거운 용
암처럼 분출한 반면, 오장환은 해방을 자율적으로 맞이하지 못한 허탈과 해방 뒤의
어수선한 정국을 자조적인 감정으로 표현하였다. 기실 해방이 한민족의 자력에 의
한 것이 아니었고, 그래서 곧장 새로운 외세가 '후기 식민성'의 성격을 띠고 한반도
에 진입해 오고 있었던 상황을 감안하면 오장환의 '허탈'과 '자조'가 당시의 시대상
반영에 근접했다고 할 수 있다.

동 시대를 바라보는 이런 시선의 차이는 일제잔재 청산, 자주 국가 건설 등의 다른 시대적 과제에서도 여실히 나타나기 시작하였고, 이로써 시단은 차츰 좌·우익으로 양분되어 가기 시작하였다.

2) 좌익시의 계급성 강화

해방기 좌익 시단은 '문맹'의 시분과위원회에 속한 권환·김기림·김동석·김상오·민병균·박세영·박아지·박팔양·백인준·설정식·오장환·유진오·윤곤강·이용악·이찬·이흡·임화·조벽암·조운 등이 중심이 되어 형성되었다. 이들은 『횃불―해방기념시집』(1946)과 『연간조선시집』(1947)을 연달아 내면서 사회주의적인 정치 이념을 분명하게 표명하고 나섰다.

아베는 두더지 닮아
어느 때는 금전판
어느 때는 절간
어느 때는 일터로
어느 때는 감옥
두루두루 돌아다닌다는 소문

집안은 파뿌리같이 문드러져
일가붙이 하나 돌보지 않고
어메는 적수공권
어느 때는 바느질품
어느 때는 바비아치
어느 때는 박물장수
두루두루 천덕구니
소박득이라 비웃는 소리

조벽암, 「가사家史」(1946)의 일부

   1908~1985년. 시인. 소설가. 본명은 중흡重洽. 충북 진천 태생. 포석 조명희의 조카이다. 경성 제2고보를 거쳐 경성제대 법학부 졸업. 대학 졸업 후 화신연쇄점 직물부에 취직하기도 했으나, 문필 활동에도 많은 관심을 기울여 시·소설·평론 등을 발표하였다. 1931년 소설 「건식健植의 길」과 시 「구고를 사르며」 등을 『조선일보』에 발표하면서 작품 활동을 시작했으며, 소설 「구인몽蚯蚓夢」(1932)·「농군」(1933)·「처녀촌」(1933)·「파종」(1935)·「취직과 양」(1937) 등을 통해 사회 현실에 대한 비판을 다양한 시각으로 서사화했다. 1938년 이문당에서 첫 시집 『향수』를 간행했다.

   1945년 광복 후에는 조선문학가동맹 중앙집행위원을 역임하면서 1947년 고리키의 『문학론』을 번역 출간하였고, 시집 『지열』(1948)을 간행했다. 1948년 월북하여 6·25 전쟁이 끝날 무렵 평양문학대학의 초대 부학장, 1956년에는 작가동맹 편집부장과 『조선문학』 주필도 역임하는 등 활발한 활동을 하였다. 이 과정에 그는 조국해방전쟁의 승리를 경축하고 전후복구 건설에 앞장선 김일성의 행적을 노래한 「광장에서」(1953)를 비롯한 많은 서정시들과 시초 『삼각산이 보인다』(1956) 등을 발표하였으며, 1957년에는 해방 전후 창작한 시편들을 묶은 시집 『벽암시선』을 내놓았다. 그러나 1957년 초에 북한에서 행해졌던 이태준 계열의 숙청 때 과거 9인회 시절의 관계가 문제가 되어 집필 금지령을 받고 협동농장으로 추방됐다. 그러다 1959년에 재기하여 이후 문학가동맹의 부위원장을 지냈고, 1961년에는 북한 몽고 친선협회 부위원장과 평양문학대학장 등으로 활약했다.

참고 : 『한국현대문학대사전』, 『북한문학사전』

   이 시는 '문맹'의 시부위원들이 공편으로 발간한 『햇불―해방기념시집』(1946)에 실린 작품으로, '조국 해방을 위하여 싸운 혁명 투사에 바친다'는 발간 취지를 선명하게 드러내고 있다. 그밖에 이 시집에 실린 권환의 「고향」, 박세영의 「봉기」, 임화의 「학병 돌아가다」, 이용악의 「시굴 사람의 노래」, 오장환의 「붉은 산」 등도 이런 취지에 어울리는 내용을 담았다.

   당시 좌익 시단에서 활발하게 활동한 시인으로는 김기림·박아지·설정식·오장환·이용악·임학수 등을 꼽을 수 있다. 이 가운데 30년대 모더니즘 운동을 주도하고 주지주의적 순수시를 창작했던 김기림이 해방 직후 좌익으로 전향함으로써 당시 시단에 적잖은 파문을 일으켰다. 그는 '문맹'의 중앙집행위원과 시분과위원장을 겸하고 제1회 전국문학자대회에서 「우리 시의 방향」이라는 발제문을 발표하면서 좌익적 입장을 확실하게 표명하였다. "이러한 정치의 단계에 있어서는 시가 시의 왕국을 구름 속에 꾸미는 것보다는 한 새 나라의 건설이야말로 얼마나 시인의 창조의 의욕에 불을 질러놓는 것이랴. 우리는 우리의 암담한 날의 기억의 산 교훈으로서 정치의 보장이 없는 곳에 문화의 자유도 시의 자유도 없었던 것을 잘 알고 있다. 새나라는 시의 자유를 보장하는 나라여야 할 것이다."[10]라 하여 그는 시와 정치의 결합을 강조하였다. 그리고 그는 시인은 '새 나라의 건설에 복무하는 동맹군'이 되어야 할 것을 역설하였다.

> 서투른 내 노래 속에서
> 헐벗고 괄시받던 나이 이웃들
> 그대 울음을 울라 아낌없이 울라
> 분을 뿜으라
>
> 내 목소리 무디고 더듬어
> 그대 아픔 사연 이루 옮기지 못하거들랑
> 내 아둔을 채치라
> 목을 따리라
>
> 사치한 말과 멋진 말투
> 시의 귀족도 한량도 아니라
> 그대 그슨 얼골 흙에 튼 팔뚝이 사로워
> 그대 속에 자라는 새날 목놓아 부르리라

김기림, 「나의 노래」(1946)

이 시는 해방기에 나온 김기림의 시집 『새노래』(1948)에 수록된 작품으로, '시의 귀족과 한량'이었던 과거에 자신에 대한 회오를 넘어 새 날을 맞아 자신의 시가 '분을 뿜는' 목 놓아 부르는 노래가 되기를 바라는 희원을 담고 있다. 해방 이전 『기상도』(1936)에서 보여준 주지주의적인 모더니즘 시는 그의 표현대로라면 "피가 흐르

---

10) 김기림, 「우리 시의 방향」, 『건설기의 조선문학』, 1946, 63쪽.

지 않는 한낱 미이라"에 불과한 것으로 반성하고, 해방을 맞아 시는 "생활의 현실 속에서 우러나와야"[11] 할 것을 강조하였다. 그러나 그의 이런 변모가 계급문학을 주장한 단계까지 나아가지는 않았다. 그의 시가 리얼리즘적 기율로 기울어지는 했지만, '문맹'에 속한 다른 좌파 시인들만큼 계급성을 농후하게 드러내지는 않았기 때문이다. 보통의 좌파 시인들과의 이런 작은 차이는 곧 그가 남한의 정부 수립 후 우파로 다시 전향한 사실에서 더욱 분명하게 확인된다.

당시 좌파 계열로 또 다른 주목을 요하는 시인은 오장환과 이용악이다. 오장환은 해방 직후 『병든 서울』(1946)과 『나 사는 곳』(1947)이라는 두 권의 시집을 내어 자신의 시적 변모를 선명하게 부각하였지만, 여타 좌익 계열 시들에서 쉽게 발견되는 생경한 구호나 선전을 담지는 않았다. "눈발은 세차게 나리다가도/금시에 어지러히 허트러지고/ 내 겸연쩍은 마음이/공청(共靑)으로 가는 길//동무들은 벌써부터 기다릴 텐데/어두운 방에는 불이 꺼지고/굳은 열의에 불타는 동무들은/나 같은 친구조차/믿음으로 기다릴 텐데//아 무엇이 자꾸만 겸연쩍은가/지난 날의 부질없음/이 지금의 약한 마음/그래도 동무들은/너그러이 기다라는데(「공청(共靑)으로 가는 길」, 46)에는 공산주의자들의 모임에 참석하는 시적화자의 내면 풍경이 잘 그려져 있다. 지난 시절에 대한 감회뿐만 아니라 새로운 시대에 대한 기대가 교차하는 가운데, 이런 이중적인 감정 사이에서 시적화자는 '약한 마음'이라는 시대적 불안을 섬세하게 표상해내었다. 이렇듯 당시 그의 시에는 여느 좌익 계열 작품에서 자주 등장하는 경색된 구호나 신념 대신에 내면화된 자기성찰을 함축함으로써 계급시 안에서 그 나름의 독특한 시적 성취를 이루었다.

한편, 이용악은 해방 후 시집 『오랑캐꽃』(1947)과 『이용악집』(1949)을 내어 해방 후 좌익 계열에서는 가장 왕성하게 작품 발표를 하였다. 그의 시에는 해방 전의 향토적 정서가 다소 둔화되고 그 자리에 계급적 관념이 틈입하기는 하였으나, 산문시의 리듬과 리얼리즘적 기율을 조화시키는 그 특유의 시풍은 여전히 남아 있었다.

---

11) 김기림, 『새노래』(1948)의 후기.

이빨자욱 하얗게 흠간 빨뿌리와 담뱃재 소복한 왜접시와 인젠 불살라도 좋은 몇 권의 책이 놓여 있는 거울 속에 너는 있어라.

성미 어진 나의 친구는 고오고리를 좋아하는 소설가

몹시도 시장하고 눈은 내리던 밤 서로 웃으며 고오고리의 나라를 이야기하면서 소시민 소시민이라고 써놓은 얼룩진 벽에 벗어버린 검은 모자와 귀걸이가 걸려있는 거울 속에 너는 있어라

그리웠던 그리웠던 구름 속 푸른 하늘은 우리 것이라
그리웠던 그리웠던 메이데이의 노래는 우리 것이라

이용악의 「오월의 노래」(1945)

📖 **설정식薛貞植**

1912~1953년. 시인. 함남 단천 출생. 1929년 서울농업학교 재학 중 광주학생 사건에 연루되어 퇴학을 당하고 1930년에 만주 봉천으로 건너갔다. 1936년 연희전문학교를 졸업한 뒤 미국 오하이오주 마운트 유니언 대학에 입학하여 영문학을 전공하였다. 이후 콜롬비아 대학에서 2년간 더 연구를 하다가 1940년에 귀국하여 광산·농장·과수원 등을 경영하였다.

광복 직후 조선문학건설본부 건설에 참여하면서 미군정청 공보처 여론국장으로 재직하였다. 1946년 9월 조선공산당에 입당하였다. 1948년 11월에는 영문 일간지인 『서울타임즈(The Seoul Times)』의 주필로 활동하다가 이 신문이 폐간되고 체포령이 내리자 1949년 12월 보도연맹에 가입하여 체포를 면하였다. 1950년 6·25전쟁이 발발하자 인민군 사령부 문화훈련국에서 활동하였다. 1951년 정전회담의 통역을 담당하기도 하였으나, 종전 후 박헌영·이승엽 등 남로당계가 숙청당할 때 사형을 언도받고 처형되었다.

광복 직후 시집 『종』(1947)·『포도』(1948)·『제신의 분노』(1948) 등을 발간했고, 장편소설 『청춘』(1946)을 쓰기도 하였다.

참고 : 『한국민족문화대백과사전』

이밖에 당시 좌익 계열 시인들의 작품 경향을 요약하면 다음과 같다. 권환은 「고향」·「조학병帛學兵」·「어서 가거라」 등에서 친일잔재 청산을 강조하였고, 박세영은 「순아」·「봉기」·「위원회에 가는 길」 등에서 해방의 환희를 노래하면서 동시에 민중의 봉기를 부각하였으며, 임화는 「학병 도라가다」·「초혼」·「깃발을 내리자」 등

에서 사회주의적 정치 이념을 내세웠고, 설정식은 「우화」·「제신諸神의 분노」·「태양 없는 땅」 등에서 좌우 갈등의 무도함을 신랄하게 비판하였다.

📖 **박목월朴木月**

　　1916~1978년. 시인. 본명은 영종泳鍾. 경북 월성(경주) 출신. 1935년 대구계성중학교 졸업. 졸업 후 도일해서 영화인들과 어울리기는 하였으나 일제말기까지 특별한 이력은 없다. 1946년부터 교직에 종사하여 대구 계성중, 이화여고 교사를 거쳐 서울대학교·연세대학교·홍익대학교 등에서 교편을 잡았으며, 1962년부터 한양대학교 교수로 재임하였다.

　　1947년 한국문필가협회 상임위원으로 우익문학운동에 가담, 그후 70년대까지 '문총文總' 상임위원·'청문협' 중앙위원·한국문협 사무국장·문총구국대 총무·한국시인협회 간사와 회장 등을 역임했다. 또한, 잡지 『아동』(1946)·『동화』(1947)·『여학생』(1949)·『시문학』(1950~1951) 등을 편집, 간행하였으며, 1973년부터는 시 전문지 『심상』을 발행하였다.

　　1933년 『어린이』·『신가정』지에 동요 「제비맞이」가 당선된 이후 많은 동시를 쓰다가, 1939년 9월 『문장』지에서 정지용에 의하여 「길처럼」·「그것은 연륜이다」 등으로 추천을 받았고, 이어서 「산그늘」(1939.12.)·「가을 으스름」(1940.9.)·「연륜」(1940. 9.) 등을 발표함으로써 문단에 데뷔하였다. 1946년 조지훈·박두진 등과 3인시집 『청록집』을 발행하였다.

　　수필에서도 경지를 이루어, 『구름의 서정』(1956)·『토요일의 밤하늘』(1958)·『행복의 얼굴』(1964) 등의 수필집이 있으며, 자작시 해설집으로 『보랏빛 소묘』(1959)가 있다.

참고 : 『한국민족문화대백과사전』

---

3) 우익시의 순수성 강조

　　해방기 우익에서 활발한 활동을 한 시인들은 소위 청록파에 속하는 박목월·박두진·조지훈이다. 이들은 공동시집 『청록집』(1946)을 내었는바, 박목월 편에 「청노루」·「나그네」 등 15편, 조지훈 편에 「고풍의상古風衣裳」·「승무僧舞」 등 12편, 박두진 편에 「묘지송墓地頌」·「도봉道峯」 등 12편으로 모두 39편이 수록되었다. 일제 말기에 『문장文章』지를 통해 정지용鄭芝溶의 추천으로 함께 문단에 데뷔한 이들 세 시인은 해방의 감격 속에서 그들의 초기의 시들을 모아 세상에 내놓음으로써 당시 좌익 시인들의 계급시에 대응하여 자연을 소재로 한 서정시의 한 경지를 이루었다. 이 세 사람은 각기 독특한 시풍을 보여주었다. 박목월은 향토적 서정을, 조지훈은 민족정서와 전통에의 향수를, 그리고 박두진은 불멸의 생명욕을 각기 노래하였다.

📖 조지훈趙芝薰

1920~1968년. 시인. 국문학자. 본명은 동탁東卓. 경북 영양 출신. 1941년 혜화전문학교 문과를 졸업하였다. 1941년 오대산 월정사에서 불교전문강원 강사를 지냈다. 1942년에 조선어학회 『큰사전』 편찬위원이 되었으며, 1946년에 전국문필가협회와 '청문협'에 가입하여 활동하였다. 1947년부터 고려대 교수로 재직하였다. 만년에는 시작보다는 고려대 민족문화연구소 초대 소장으로 『한국문화사대계』를 기획, 이 사업을 추진하였다.

1939~40년 『문장』지에 시 「고풍의상」·「승무」·「봉황수鳳凰愁」가 정지용에 의해 추천됨으로써 문단에 나왔다. 그 뒤 『청록집』(1946)·『풀잎단장』(1952)·『조지훈시선』(1956)·『역사 앞에서』(1957)를 간행하였다.

『청록집』의 시편들에서는 주로 민족의 역사적 맥락과 고전적인 전아한 미의 세계에 대한 찬양과 아울러 '선취禪趣'의 세계를 노래하였고, 『풀잎단장』·『조지훈시선』에서는 기존의 전통지향적 시세계를 심화시켰다. 그러나 『역사 앞에서』는 일대 시적 전환을 보여 광복후 사상적 분열 현상과 국토의 양분화 및 6·25라는 역사적 소용돌이 속에서의 울분을 표현한 작품들을 선보였다. 기타 저서로는 시집 『여운』(1964)과 수상록 『창에 기대어』(1956), 시론집 『시의 원리』(1959), 수필집 『시와 인생』(1959), 번역서 『채근담』(1959) 등이 있다.

참고 : 『한국민족문화대백과사전』

305

생명파에 속하는 서정주와 유치환의 시적 경향의 변화도 눈여겨 볼만하다. 일찍이 서정주는 첫시집 『화사집』(1941)에서 원초적 본능과 원죄의식을 선명한 이미지를 부각하여 강렬한 인상을 남긴 바 있으나, 해방 후 시풍을 변화시켜 나갔다.

> 눈물 아롱아롱
> 피리 불고 가신 님의 밟으신 길은
> 진달래 꽃비 오는 서역 삼만 리.
> 흰 옷깃 염여 염여 가옵신 님의
> 다시 오진 못하는 파촉巴蜀 삼만리.

신이나 삼어 줄걸 슬픈 사연의
올올이 아로색인 육날 메투리.
은장도銀粧刀 푸른 날로 이냥 베혀서
부즐없은 이 머리털 엮어 드릴걸

초롱에 불빛, 지친 밤하늘
구비구비 은핫물 목이 젖은 새,
참아 아니 솟는 가락 눈이 감겨서
제 피에 취한 새가 귀촉도 운다.
그대 하늘 끝 호올로 가신 님아.

서정주, 「귀촉도」(1948)

고려가요 「가시리」 이래 사별한 임을 향한 정한情恨과 슬픔은 한국시의 매우 오래된 주제가 되어왔다. '진달래', '육날 메투리', '은장도', '은핫물', '귀촉도' 등의 전통적인 소재로써 예스런 분위기를 자아내고, 이런 분위기에 7·5조의 율격과 '임의 부재'라는 한국 전통시가의 보편적인 주제를 내면화하여, 이 시는 상호텍스트성 차원에서도 적잖은 성공을 거두었다고 할만하다.

또한 유치환은 해방 후 『울릉도』(1948), 『청령일기』(1949) 두 시집을 연달아 내면서, 남성적 어조로 현실 문제에 근접하고자 하는 선이 굵은 작품을 남겼다.

그 밖에 우익 계열의 시 작품으로는 절대 순수의 가치를 추구한 김현승金顯承의 「눈물」, 시각적 이미지를 부각한 김광균의 「은수저」 등을 일별할 수 있다. 또한 일제말기나 이 시기에 등단하여 이 시기에 활동하기 시작한 신인으로 박남수·김상옥·이호우·정한모·김춘수·박인환·김수영·조병화 등을 꼽을만하다.

📖 김현승金顯承

1913~1975년. 시인. 호는 남풍南風, 다형茶兄. 평양 출생. 1937년 숭실전문학교 졸업. 그 후 중고교와 대학에서 교편을 잡으며 시작 활동을 하였다. 숭실전문 재학 시절 1934년 시 「쓸쓸한 겨울 저녁이 올 때 당신들」이 양주동의 천거로 『동아일보』에 발표됨으로써 등단하였다. 이후 식민지 현실을 강인한 의지로 대응하는 시 세계와 낭만주의적 경향을 보이는 시들을 발표하여 주목을 받았다. 일제 말기에 절필, 10여 년 동안 침묵을 지키다가 광복 후부터 다시 작품 활동을 시작했다. 한국문학가협회 중앙위원 및 상임위원을 지냈으며, 조선대·숭전대 교수를 역임하였다.

1957년 첫 시집 『김현승시초』가 발간된 이래 『옹호자의 노래』(1963)·『견고한 고독』(1968)·『절대 고독』(1970)·『김현승시전집』(1974) 등의 시집과 『한국현대시해설』(1972)·『세계문예사조사』(1974) 등의 문학이론서가 발간되었다. 사후에 시집 『마지막 지상에서』(1977)·『절대 고독』(1987)·『김현승의 명시』(1987)·『가을에는 기도하게 하소서』(1989) 등과 문학론집 『고독과 시』(1977)가 간행되었다.

참고 : 『한국현대문학대사전』

4) 백석과 신석정의 성취

해방기 때 좌우 어느 쪽으로도 휩쓸리지 않으면서도 당시 시대상을 시적 주제로 형상화하는데 성공한 시인으로는 신석정辛夕汀과 백석白石이 있다.

> 태양을 의논하는 거룩한 이야기는
> 항상 태양을 등진 곳에서만 비롯하였다.
>
> 달빛이 흡사 비 오듯 쏟아지는 밤에도
> 우리는 헐어진 성터를 헤매이면서
> 언제 참으로 그 언제 우리 하늘에
> 오롯한 태양을 모시겠느냐고
> 가슴을 쥐어뜯으며 이야기하며 이야기하며
> 가슴을 쥐어뜯지 않았느냐?

그러는 동안에 영영 잃어버린 벗도 있다.
그러는 동안에 영영 떠나 버린 벗도 있다.
그러는 동안에 몸을 팔아 버린 벗도 있다.
그러는 동안에 맘을 팔아 버린 벗도 있다.

그러는 동안에 드디어 서른여섯 해가 지나갔다.

다시 우러러보는 이 하늘에
겨울밤 달이 아직도 차거니
오는 봄엔 분수처럼 쏟아지는 태양을 안고
그 어느 언덕 꽃덤불에 아늑히 안겨 보리라.

신석정, 「꽃덤불」(1946) 전문

이 시는 1946년 간행된 『해방기념시집』에 수록된 축시 형식의 작품이다. 그래서 전체적으로 어조가 강건하고 설득적이기는 하지만, 단순히 광복의 기쁨을 노래하기보다는 당시의 혼란한 시대적 상황을 바라보며 새로운 민족국가 건설을 염원하는 간절한 마음을 '꽃덤불'의 이미지에 빗대어 표상하고 있다. 시적 긴장미와 서정성을 유지하면서도 당대 정치적 현실을 직시하고 민족사적 과제를 부각하여 시대상을 객관적으로 반영한 작품이라 할 것이다.

어느 사이에 나는 아내도 없고, 또,
아내와 같이 살던 집도 없어지고,
그리고 살뜰한 부모며 동생들과도 멀리 떨어져서,
그 어느 바람 세인 쓸쓸한 거리 끝에 헤메이었다.
바로 날도 저물어서,
바람은 더욱 세게 불고, 추위는 점점 더해 오는데,
나는 어느 목수木手네 집 헌 삿을 깐,
한 방에 들어서 쥔을 붙이었다.

이리하여 나는 이 습내 나는 춥고, 누굿한 방에서,

낮이나 밤이나 나는 나 혼자도 너무 많은 것같이 생각하며,

딜옹배기에 북덕불이라도 담겨 오면,

이것을 안고 손을 쬐며 재 위에 뜻없이 글자를 쓰기도 하며,

또 문 밖에 나가디두 않구 자리에 누어서,

머리에 손깍지벼개를 하고 굴기도 하면서,

나는 내 슬픔이며 어리석음이며를 소처럼 연하여 쌔김질하는 것이었다.

내 가슴이 꽉 메어 올 적이며,

내 눈에 뜨거운 것이 핑 괴일 적이며,

또 내 스스로 화끈 낯이 붉도록 부끄러울 적이며,

나는 내 슬픔과 어리석음에 눌리어 죽을 수밖에 없는 것을 느끼는 것이었다.

그러나 잠시 뒤에 나는 고개를 들어,

허연 문창을 바라보든가 또 눈을 떠서 높은 턴정을 쳐다보는 것인데,

이때 나는 내 뜻이며 힘으로, 나를 이끌어가는 것이 힘든 일인 것을 생각하고,

이것들보다 더 크고, 높은 것이 있어서, 나를 마음대로 굴려가는 것을 생각하는 것인데,

이렇게 하여 여러 날이 지나는 동안에,

내 어지러운 마음에는 슬픔이며, 한탄이며, 가라앉을 것은 차츰 앙금이 되어 가라 앉고,

외로운 생각만이 드는 때쯤 해서는,

더러 나줏손에 쌀랑쌀랑 싸락눈이 와서 문창을 치기도 하는 때도 있는데,

나는 이런 저녁에는 화로를 더욱 다가 끼며, 무릎을 꿀어보며,

어느 먼 산 뒷옆에 바우 섶에 따로 외로이 서서,

어두어 오는데 하이야니 눈을 맞을, 그 마른 잎새에는,

쌀랑쌀랑 소리도 나며 눈을 맞을,

그 드물다는 굳고 정한 갈매나무라는 나무를 생각하는 것이었다.

백석, 「남신의주 유동 박시봉방」(1948) 전문

이 작품은 1948년 10월 『학풍』에 실린 작품이지만, 그의 이력과 시의 내용으로 보아 해방되던 해 겨울에 창작된 것으로 추정된다. 백석은 1940년부터 해방될 때까지 만주 지역을 유랑하다, 해방을 맞자 귀국하여 얼마동안 신의주에 머물렀고 그러

다 고향 정주로 귀향하여 평남 '건준' 위원장인 조만식의 통역비서 역할을 하면서, 1947년 『신천지』에 「적막 강산」, 『신한민보』에 「산」을 발표하고, 1948년 『신세대』에 「마을은 맨천 구신이 돼서」, 『학풍』에 「남신의주 유동 박시봉방」 등을 발표하였다. 이 시기에 발표된 시편 중에서 이 작품은 해방을 맞은 백석의 심정을 이해하는 데 가장 큰 도움을 준다.

백석은 처녀 시집 『사슴』(1936)에 33편의 시를 수록하여, 이후 많은 연구자들로 하여금 3·1운동 33인의 민족대표를 표상함으로써 우회적으로 항일의지를 표현한 것으로 해석된 바 있다. 그런데 이 작품은 32행으로 되어 있는바 그가 일찍이 광복의 숫자로 표상한 33과 견주어 보면, 그가 의식적으로 33에서 하나가 모자란 32를 내세워 '모자란 광복'을 부각하려 한 것은 아닌가 하는 해석을 가능케 한다. 이런 각도에서 이 시를 살펴보면 백석은 "슬픔이며 어리석음이며를 소처럼 연하여 쌔김질하는 것"으로 '모자란 광복'을 비탄으로 맞이한 것으로 보인다. 그러나 "그 드물다는 굳고 정한 갈매나무라는 나무를 생각하"면서 마음을 다잡는 시적 화자의 자세에서 백석의 시인으로서의 고결한 자부심과 의지를 찾을 수 있다.

한편 이 작품은 "……하는 것인데", "라던가", "……하는 것" 등의 보통 시에서는 사용하지 않은 구문을 반복적으로 차용하여 독특한 분위기와 어조를 자아내는 효과를 얻고 있다.

4. 소설

해방 후 작단作壇의 가장 두드러진 현상은 짧은 기간에 많은 작품이 발표되었다는 점이다. 한 연구자의 조사에 따르면 해방 이후 1949년까지 약 4년 사이에 370여 편의 소설이 발표되었는데,[12] 이렇게 많은 작품이 산출된 이유는 그 이전 억눌렸던

---

12) 권영민, 『해방 직후의 민족문학운동 연구』, 서울대 출판부, 1986, 부록 참조

작가들의 창작욕이 해방 후 일시에 분출되었기 때문일 것이다. 그러나 그 많은 작품에도 불구하고 수준작은 적은 편이라는 게 일반적인 지적이다. 그 이유는, 김상태의 지적대로 해방 직후의 정치·사회상이 소설보다 더 극적으로 전개되었던 탓에 작가들이 소재에 대해 객관적 거리를 유지하기도 어려웠고 또 차분하게 작가의 가치관을 확립하기가 어려웠기 때문이라 할 수 있다.[13]

당시 발표된 소설들은 ①해방 전후의 현실을 객관적으로 반영한 작품, ②친일 행각 속죄와 일제 잔재 청산을 부각한 작품, ③ 해방 후 혼란상을 풍자한 작품, ④계급의식을 고취한 작품, ⑤ 예술성을 앞세워 순수소설로 나아간 작품, 그리고 ⑥이른바 '후기 식민성'의 문제를 짚은 비판적 리얼리즘 작품 등으로 분류할 수 있다.

1) 해방 현실에 대한 성찰

해방 전후의 현실을 리얼하게 반영한 작품으로는 이태준의 「해방解放전후前後」(1946), 염상섭의 「삼팔선三八線」(1946)과 『효풍曉風』(1948), 김영수의 「혈맥血脈」(1946), 그리고 김동리의 「혈거부족穴居部族」(1947) 등을 꼽을 수 있다.

이태준은 해방 이전에 순수문학을 주장했던 구인회의 핵심인물이었고, 1930년대 가장 정제된 단편소설로 평가받는 「달밤」을 쓴 작가였다. 그러나 그는 해방되자 바로 사회주의자로 변신하였다. 1946년 '문맹' 부위원장으로 활동하고, 「해방전후」로 '문맹'이 제정한 제1회 해방기념 조선문학상을 수상하면서 그런 변신은 더욱 분명해졌다. 이 작품은 1943~1945년 사이의 작가의 삶이 직접 노출되어 있다는 점에서 자전적 성격이 강한 작품이다. 비록 현이란 이름의 등장인물이 주인공으로 등장하지만, 작가가 광복 전 낙향했던 철원이 배경으로 설정되어 있고, 광복 후 전국문학자대회니, 신탁통치를 찬성하거나 반대하는 입장의 문학인들의 모임이 그대로 서술되고 있다는 점에서 자전적인 성격을 벗어날 수 없다. 소설 속에서는 김 직원으로

● 311

---

13) 김상태, 「해방공간의 소설」, 『한국현대문학사』, 현대문학, 2002, 271쪽.

대표되는 보수적 민족주의 경향과 사회주의 편에 서는 현의 입장이 화해를 이루지 못하는 구성을 통해 해방공간의 혼돈과 대립을 성공적으로 반영하였다고 할만하다.

염상섭은 「삼팔선」에서 해방 후 만주에서 서울로 돌아오는 과정 중 사리원에서 개성으로 들어오는 도로 연변의 풍경을 세밀하게 묘사하여 그 특유의 리얼리즘적 특장을 발휘하였다. 김영수의 「혈맥」은 해방 후 좌우익의 대립을 정당의 요직에 있는 아버지와 학생대표인 아들간의 이념 갈등을 통해 압축적으로 그려내었다. 부자간의 천륜이 이념 갈등으로 위협받는다는 내용의 스토리텔링을 통해 과거 몇 백 년 동안 유지되어왔던 유교적 가치관이 무너지고 있는 당시 상황을 반영하였다. 한편 김동리의 「혈거부족」에는 만주에서 귀국한 귀환동포의 비참상이 반영되어 있다.

이 계열 작품으로 가장 주목할 것은 염상섭의 장편 『효풍曉風』이다. 이 작품은 1948년 1월 1일부터 『자유신문』에 연재되기 시작하여 그 해 11월 30일에 200회로 마무리되었다. 작품의 시간적 배경은 1947년 겨울부터 1948년 봄까지로 되어 있어, 실제 시간과 서술적 시간이 매우 근접해 있다. 1947년 10월에 제2차 미소공동위원회가 결렬되면서 한반도 문제가 유엔으로 이관되고, 이에 38선 이남에서 단독선거를 통한 정부수립이 결정되는 등 분단이 가시화되기 시작한 시점부터 이 소설의 서사는 전개된다. 소설이 연재되는 동안 남북한의 단독정부가 공식적으로 출범하고, 미국과 소련 주도의 냉전체제가 굳어져갔다. 염상섭은 이런 시대적 배경을 매우 근접한 시선에서 관찰하여 반영하였다. 이 작품에 등장하는 주인공들은 당대의 사회적 모순(일제잔재 청산 및 남북 협상의 실패, 남한의 후기 식민성 형성 등)에 즉해 있는 부정적 인물(박종렬·이진석 등의 미국 협력자와 베커·브라운 등의 미국인)과 이런 새로운 사회적 모순에 대해 비판적 의문을 제기하고 내면적으로 갈등하는 긍정적 인물(박병직·김혜란)들이 애정의 삼각 갈등을 형성하고, 여기에 가족 단위의 성격들이 교차하면서 서사가 전개된다.

염상섭은 『효풍』을 통해서 1948년 한반도에 나타난 여러 가지 정치·사회적 양상들을 총체적으로 반영하였다. 친일파 처단 및 일제 잔재 청산의 실패, 냉전 이데올로기에서 배태된 반공주의의 배타적 매커니즘 형성, '무역'으로 매개되는 미국 자본주의의 진출, 새로운 권력으로 등장한 영어를 통한 언어의 위계화, 기회주의적 모리배 대두, 남북 협상의 어두운 전망 등이 비판적으로 부각되었다. 이 소재들은 그 하나하나가 각기 당시 매우 중요한 정치·사회적 현안이었는데, 이를 작품에 포괄적으로 함축해냄으로써 이 작품은 미군정 체제의 후기식민적 모순을 드러내고 이에 대한 비판적 전망을 확보하였다. 이런 측면에서 『효풍』은 해방기 혼란한 사회상을 잘 반영한 리얼리즘 소설의 한 전형을 이루었다고 할 수 있다.

2) 친일 행각의 변명과 속죄

일제 때 친일을 한 작가들 중 일부는 자신의 '친일' 문제를 다룬 작품(자서전, 수필 형식 포함)을 한두 편 산출하였다. 이광수의 「도산島山 안창호安昌浩」(1947)와 「나의 고백告白」(1948), 김동인의 「반역자叛逆者」(1946)와 「망국인기亡國人記」(1947), 그리고 채만식의 「민족民族의 죄인罪人」(1948) 등이 그 대표적인 작품들이다.

이광수는 해방 후 한동안 작품 활동을 중단한 채 은거하였으나 「도산 안창호」를 발표하면서 다시 문단에 나서기 시작하였다. 이 소설은 민족주의자인 안창호를 주인공으로 내세워 간접적으로 자신의 민족주의적 입장을 피력하였고, 그 후 자서전 형식의 「나의 고백」을 통해 자신의 친일행각을 변명하였다. 200자 원고지 약 700매에 이르는 「나의 고백」에서 이광수는 일제 때 자신의 행적이 궁극적으로는 민족의 안위와 관련되고 있음을 강조하고 자신의 친일이 불가피한 일이었음을 구구하게 설명하였다.

> 해방 직후 미국 국무성 파견원이라는 미국 장교 두 사람이 나를 찾아 왔다. 그들은 서너 장 되는 타이프로 친 글을 내게 보이고 비평을 구하였다. 그것은 조선의 친일파 문제에 관한 그들의 보고서로서 국무성으로 보내는 것이었다. 그 내용은 이러한 것이었다.
> 그들은 조선에 와서 일찍 한 친일파도 만나지 못하였다. 조선의 해방을 마다하고 일본의 신민으로 머물려는 조선인은 하나도 없었다. (…중략…) 사십 년 조직적인 일

본 통치 하에 있던 조선인으로서는 일본에 협력(cooperate)하는 것은 불가피한 일이었다. 그렇지 아니한 사람은 망명하였거나 죽었다. 일본에 협력하는 것은 조선인의 생명의 대가였다(price for life). 하여 조선에 생존하는 조선인은 다 일본에 협력한 자(cooperator)여니와, 일본을 친한 자(pro Japanese)는 하나도 없다고 하였더라.

그리고 그 글에는 諧謔적인 표현으로 만일 일본에 협력한 자를 제외한다면 죽은 자와 一 撮(a handful)의 망명객들로 신 국가를 조직하여야 할 것이라 하고, 끝으로 조선서 친일파 배제를 주장하는 자는 좌익과 안락의자 정치가(sofa politicians)라 하였다.

내가 그 글을 다 읽은 뒤에, 그들 중에 한 사람은 내게,

"어떠냐? 우리의 관찰이 옳으냐?"

하고 묻기로, 나는 옳다고 대답하였다. 다른 한 사람이,

"너희는 그러면 이 문제를 어떻게 해결할 것이냐?"

하기로 나는,

"우리나라에서도 필경은 로마와 너희 미국에서의 해결법을 본받아서 친일파 문제를 해결지을 것이다."

라고 대답하였다. 로마와 미국의 무엇을 본받느냐 하기로, 나는 옛날 로마에서 혁명이 있을 때마다 피차의 반대파를 숙청하여서 로마의 인재가 감손됨을 근심하여 원로원에서 忘却法(Act of Oblivion)을 반포하여 신질서 전일까지의 것은 불문하기로 한 것이요, 미국은 남북전쟁 후 남방 반란 가담자 처단 문제를 칠 년이나 끌다가 赦免法(Law of Amnesty)을 국회에서 결의하여 일체 이를 불문에 붙이기로 하고, 전후 최초의 총선거를 하였다는 것이라고 대답하였다.

이광수, 「나의 고백告白」(1948)

이 대목은 여러모로 시사하는 바가 많다. 우선 이광수는 자신의 '홍제원 목욕론'[14]의 타당성을 미군 장교의 문서 자료를 통하여 강화하여 자신의 친일의 변을 강조하고 있음을 알 수 있다. 그러나 이보다는 당시 '친일파의 논리'가 미국의 입장과 잘 맞아 떨어지고 있다는 것과, 친일파 처단을 좌익의 정치 이념으로 색칠하기

---

14) 「나의 고백告白」의 부록에 해당하는 '親日派의 辯'의 맨 앞에서 이광수가 피력한 친일변명의 논거를 가리킨다. 이광수는, 여기에서 조선 병자호란 때 한양 사대부 집 처녀들이 포로로 중국 심양에 끌려갔다 화친이 성립되어 돌아오게 되었을 때, 당시 인조대왕이 그 처녀들에게 한양 외곽 홍제원에서 목욕을 하고 입성하게 하였고, 차후 그녀들의 정조문제를 거론하지 말 것을 엄명하였다는 점을 말하고, 해방 후 친일문제도 경중이나 동기를 따질 것이 아니라 삼천만 민족 모두가 '홍제원 목욕'을 하고 일괄적으로 불문에 부치는 것이 바람직하고 주장하였다.

시작하였다는 것이 확인된다는 점이다.

친일파이기는 하지만 여전히 한국 지성의 한 사람인 이광수의 이런 자세는 크게 두 가지 면에서 문제적이다. 그 하나는 친일을 반성하고 속죄하기보다는 그에 대한 변명의 논리를 교묘하게 전개하여 당대 가장 중요한 일제 잔재 청산 문제를 논리적으로 부정하게 되었다는 것이요, 나머지 하나는 그가 논거로 든 로마나 미국의 경우가 당시 한국의 상황과는 정반대여서 정합하지 않는다는 점이다. 이른바 로마의 '망각법'이나 미국의 '사면법'은 정치적으로 우세한 측에서 열세한 측을 용서·포용하는 차원에서 시행된 데 비해, 당시 이광수의 주장은 이미 다수의 친일파가 친미파가 되어 정치적으로 우세한 입장을 확보해가고 있었다는 점에서 이는 이미 용서와 포용의 차원이 아니라 새로운 정치적 이념을 보강하는 논리에 가까워졌다는 것이다.

한편 김동인은 「반역자」에서 일제강점기를 살아온 지식인 주인공을 내세워 그가 민족을 앞세우면서도 교묘하게 친일을 일삼고 끝내는 인격적으로 몰락한다는 내용을 통하여 간접적으로 이광수를 비판한 것으로 해석되기도 한다. 그리고 그는 이어 「망국인기」에서 자전적인 내용을 담았는데, 여기에서 자신의 부끄러운 친일 행적을 소개하여 일제강점기를 회오의 시선으로 되돌아보기도 하여 일정 정도 비판적 반성을 담고 있다. 그러나 이 작품들은 친일 문제를 개인의 고백 차원으로 단순화시킴으로써 당대 사회적 담론에 근접시키지 못하였다.

친일 문제를 사회적 담론화하는 데 크게 기여한 작품은 채만식의 「민족民族의 죄인罪人」이다. 이 소설은 세 인물의 행각을 병렬적으로 대비시켜 담론적 특성을 강화하고 있다. 경제 사정으로 신문사를 사직하지 못하고 친일 논조의 기사를 작성했던 '김', 붓을 꺾고 낙향하였으나 시골까지 찾아와 집요하게 친일을 강요하는 일제의 회유를 끝내 뿌리치지 못하고 '문인보국회' 활동을 하였던 '나', 그리고 이들과는 달리 굳은 신념으로 절필하고 끝까지 은둔생활을 하다 해방을 맞은 '윤', 이 세 주인공이 해방 후에 함께 만나지만, '윤'이 '김'과 '나'를 신랄하게 비판하게 되고, 이에 '김'과 '나'는 심각한 자기 혐오에 빠져 민족의 죄인임을 실토한다는 내용을 담았다. 여기에서 채만식은 '나'의 자기비판을 죄의식 차원으로 부각함으로써 친일의 문제를 단순히 비판이나 반성이 아니라 '죄'의 차원으로 끌어올렸고, 또 가장 자전적 성격이 강한 '나'의 죄의식을 통하여 자신의 친일을 간접적으로 속죄하고자 하였다.

3) 해방 후 혼란상 풍자

해방기는 다양한 가치들이 뒤섞이고 새로 유입된 미국문화가 기존의 문화와 혼종화되면서 매우 혼란한 상태에 빠져들었다. 이런 세태를 풍자적으로 표상한 일군의 작품들이 산출되었으니, 이무영의 「꿩장소전宏壯小傳」(1946)과 염상섭의 「양과자갑洋菓子匣」(1946), 그리고 채만식의 「맹순사孟巡査)」(1946), 「미스터 방方」(1946) 등이 이에 해당한다.

이무영의 「꿩장소전」은 항상 꿩장한 것을 뻐기고 싶어하는 '꿩장댁'이 일제 때 꿩장한 집을 지어 자신의 부를 뽐내고, 또 일본 관리와 친해지고 싶어 꿩장한 돈을 쓰지만 곧 해방이 되어 물거품이 되었는데, 그럼에도 발 빠르게 만세를 꿩장하게 부르고 또 이왕 전하의 환국을 위해서 꿩장한 기부금을 내고, 임시정부 요인과 인민위원회 간부와도 친해지려 한다는 내용을 통해 시속에 편승하는 인물을 희화적으로 풍자하였다. 또한 염상섭의 「양과자갑」에는 새로 유입된 미국문화와 기존 가치관과의 충돌이 다루어져 있다. 이 작품은 미군 장교의 환심을 사고자 하는 주인집 여자와 이집에 세 들어 사는 영문학자이면서 시간강사인 주인공 영수와의 사이에서 벌어지는 갈등을 통해 미군정 시기 영어와 관련된 권력관계의 부정성을 풍자하였다.

채만식은 「맹순사」에서는 해방 이전 폭력배나 살인강도 혐의로 체포된 인물들이 해방 직후 경찰로 채용되는 스토리를 통해 해방 정국의 혼란상을 희화적으로 포착해내었고, 「미스터 방」을 통해서는 해방 후 새로이 재편되는 미국 주도의 자본주의 체제를 비판적으로 풍자하였다.

316 •

짚신장수의 아들 방삼복이는 삼십을 바라보도록 남의 집 머슴살이로 전전하던 사람으로 코삐뚤이라는 별명을 지니고 있었다. 그는 십여 년간 집을 떠나 일본·중국 등지를 떠돌아다니기도 하다가 처자식 데리고 서울로 올라왔다. 서울에 와서는 남의 집 행랑방을 얻어 살면서, 처음 일 년은 용산에 있는 연합군 포로수용소엘 다니며 입에 풀칠을 하였고, 다시 일 년은 구둣방에서 신기료 장수를 하다 해방을 맞게 된다. 해방 직후의 혼란을 틈타 귀동냥으로 배운 토막 영어를 밑천 삼아 미군 장교의 신임을 얻어 통역을 맡게 된 뒤로 방삼복은 벼락출세를 하게 되고, 각종 이권에 개입하여 큰 돈도 챙기게 된다. 한편 같은 고향에서 백 주사는 일제 때 경찰서 경제계 주임인 백 부장의 아버지로서 떵떵거리고 살았는데, 해방을 맞아 성난 군중들의 습격을 당해 집과 세간을 모두 빼앗기고 가족들은 서울로 피신 와 목숨만 우선 보존하였다. 분풀이를 계획하던 백 주사는 거리에서 우연히 방삼복을 만나 그의 집을 방문한다. 백 주사는 그 사이에 놀랍게 출세하여 거들먹거리는 방삼복을 보고는 아니꼽기는 하였지만 꾹 참고 머리를 숙이며, 자신의 사정을 얘기하면서 자기 재산을 되찾게 해달라고 당부하고 복수를 결심한다.

채만식, 「미스터 방方」(1946) 줄거리

4) 계급의식의 고취

좌익 계열의 작품으로는 지하련의 「도정道程」(1946), 이근영의 「탁류濁流 속을 가는 박 교수敎授」(1948), 김학철의 「균열龜裂」(1947), 그리고 이태준의 『농토農土』(1947)가 주목할만하다.

「도정」에서는 금력을 이용하여 공산당의 고위 간부가 되어 이념을 개인적 권력욕의 수단으로 간주하는 인물과 오랜 동안 신념을 갖고 꾸준하게 사상 운동을 해온 인물 사이의 갈등을 그려냈고, 「탁류 속을 가는 박 교수」에서는 다양한 이념들이 충돌하는 대학 내에서 좌익 운동의 정당성을 부각하였다.

『농토』는 여러 각도에서 관심을 끄는 작품이다. 이데올로기 문제만을 제외하고 본다면 일제말기부터 해방기까지 한국 농촌 실정이 잘 반영된 사실주의적 농촌소설에 불과하겠지만, 이태준의 사회주의자로의 변신을 확실하게 드러내는 최초로 작품이라는 점, 또 당시 이북의 토지개혁 문제를 본격적으로 다루었다는 점에서 그러하다. 시대적 배경은 1938년 겨울부터 광복 이듬해인 1946년 봄까지 약 9년간이며, 공간적 배경은 황해도 배천의 가재울이라는 한 농촌이다. 노비의 아들로 태어나 어렸을 때 약 한 첩 써보지 못하고 어머니를 잃은 주인공 천억쇠가 노비의 신분에서 벗어나 소작농이 되고, 다시 광복 후에는 토지개혁에 앞장서 농민 지도자로 성장하는 과정을 그려내었다. 전체 17장으로 구성된 이 작품에서 12장까지가 광복 이전을, 나머지 5장이 광복 이후를 다루었고, 더욱이 토지개혁이 시작되는 부분에서 작품이 끝나고 있어 식민지 시대의 연장선에 있는 작품으로 평가되기도 한다.

📖 지하련池河連

1912~1960(?)년. 본명 이현욱李現郁, 필명은 지하련池河蓮 池河連. 경남 거창 태생. 일본 쇼와여고를 졸업했다. 1935년 당대 카프의 지도자였던 임화와 결혼하여 주목을 끌었다. 1940년 소설 「결별」이 백철의 추천으로 『문장』에 발표되면서 문단에 등단했다. 이 작품은 백철이 추천사에서 「결별」한 작품으로도 능히 당대 문단수준을 육박하고 넘칠 것이라고 칭찬할 정도로, 젊은 부부의 심리적 갈등을 섬세하게 표현한 것으로 평가되었다. 광복 직후 조선문학가동맹에 가담하여 1947년 임화와 함께 월북할 때까지 여류 작가로서 비중이 있었다. 월북 후 그녀의 행적은 자세히 알려져 있지 않다. 다만 1953년 임화가 처형당할 때 그녀는 피난지 만주에 머물고 있었는데, 이 소식을 듣고 평양으로 달려왔지만 남편의 시체도 찾을 길이 없었던 지하련은 광인처럼 평양 시내를 헤매고 다녔다고 한다. 그 뒤 그녀는 평안북도 희천 근처에 있는 교화소에 수용되어 있다가 1960년 경 병으로 사망한 것으로 알려져 있다.

1946년 발표한 「도정」은 해방 후 문인들의 자기비판과 삶의 자세를 다룬 수작으로 평가받아 조선문학가동맹의 제1회 조선문학상을 수상했다. 그밖의 주요 작품으로는 소설 「결별」(1940)・「체향초」(1941)・「가을」(1941)・「산길」(1942)・「도정」(1946)・「광나루」(1947) 등과 시 「어느 야속한 동포가 있어」(1946) 등을 꼽을 수 있으며 소설집 『도정』(1948)이 있다.

지하련이 작가로서 활동한 기간은 매우 짧은 것이었지만 자신의 개성을 드러내는 몇 편의 작품을 내놓았다. 그 작품 세계가 갖는 특징은 여성작가의 의식을 잘 부각시키는 섬세한 문체와 심리묘사라고 할 수 있다.

참고 : 『한국현대문학대사전』, 『북한문학사전』

일제 말기부터 해방공간의 북한 시골 농민의 삶의 현장성이 사실적으로 묘사되고 있지만, 해방공간에서의 작가 이태준의 정치적 태도를 표명한다는 점에서, 또 월북을 담보한 작품이란 점에서 중요한 위치에 놓인다. 주인공 천억쇠의 의식 변화를 간단히 도식화해 보면 이를 쉽게 알 수 있다. 윤판서댁 하인 → 주인의 신뢰를 받아 마름행세를 함 → 윤판서가 망하고 면천하여 소작인이 됨 → 지주와 일제 동척의 수탈을 소작인으로서 직접 체험함 → 농민은 지주와 일제에 대항해 싸워야 함을 자각함 → 광복 후 북한 토지개혁의 정당성을 인식하고 이에 적극 참여 실천함. 이처럼 이 소설은 일종의 성장소설적 구조를 가지고 있지만, 중심은 사회주의자 최성필의 매개에 의해서 천억쇠가 '긍정적 인물'로 발전해 가는 데 있다.

> 리태준의 중편소설 『농토』는 이른바 '평화적 민주건설기'에 처한 북한 사회를 배경삼아 사회주의로 가는 현실개혁을 다룬 작품으로서, 일제하 농민의 비참한 생활과 이를 배경으로 진행되어가는 토지개혁의 문제를 형상화하고 있다. (…중략…)
>
> 이 작품은 나름대로 북한에서 행한 토지개혁의 도덕적 우월성을 형상화하여, 미군정의 지배하에 있는 남한의 부정상을 폭로하고, 사회주의의 필연적인 승리를 보여주고자 한 소설이다. '토지개혁'을 주제로 하여 북한 현실을 토대로 북에서 쓰여졌지만 1947년 6월 남한에서 먼저 발표한 점, 남한의 현실과 비교가능한 지역으로서 그의 고향 철원과 인접지역인 해주를 택하고 있다는 점에서 이러한 의도를 엿볼 수 있다.
>
> 이 작품은 「해방전후」와 함께 해방 전후에 걸친 체험 속에서 봉건적 인습에 눌린 인물들이 어떻게 새로운 세계의 주인으로 변화해 나아가는가를 다루고 있다는 점에서 해방 후 그의 문제의식의 연속성을 드러내는 작품이다. 이 소설은 인물이 겪어온 삶이 당시대 역사적 모순을 그대로 담지한 전형성을 지닌 계급이라는 점, 또 사회주의적 혁명의 조선적 선결과제였던 토지개혁을 소재로 했다는 점에서 카프로부터 이어지는 사회주의 리얼리즘 소설사에 하나의 획기적인 의미를 지니는 작품이다.
>
> 안함광의 「8·15 해방 이후 소설문학의 발전과정」(『문학의 전진』, 1950.7)에서

안함광의 이런 평가는 다소 좌편향이기는 해도 이 작품의 소설사적 가치를 나름대로 짚었다고 할만하다. 그러나 한국 전쟁 후 이태준의 숙청 근거로 이 작품이 거

론되었다는 점을 고려하면 이데올로기적 냉전체제의 가혹성과 아이러니를 절감케 하는 작품이기도 하다.

　김학철의 소설은 대부분 자신의 체험을 바탕으로 한 자전적 요소가 강하고, 「균열龜裂」도 예외가 아니다. 이 작품은, 중국의 항일전쟁에 조선의용군으로 참전한 소대장 학천과 시광이 군법을 어긴 대원의 처벌을 놓고 의견차로 대립하지만, 치열한 항일 전투를 겪으면서 전우애를 발휘하여 전투를 승리로 이끈다는 내용을 담고 있다. 그가 실제로 중국 중앙육군군관학교를 졸업하고 조선의용군 장교로 복무한 점을 감안하면 이 작품은 이런 자신의 체험을 바탕으로 씌어진 것임을 금방 알 수 있다..

📖 김학철金學鐵

　　　　1916~2001년. 소설가. 원산 출생. 1930년 원산공립소학교를 마치고 1935년에 서울의 보성고보普成高普에서 수학하다 1936년 봄 상해로 망명하여 조선의용군에 몸담고 항일전에 참가하였다. 1937년에는 남경에서 조선민족혁명당에 가담하고 중국의 황포군관학교(중앙육군군관학교)를 졸업하였다. 태항산에서 팔로군八路軍으로 참전하여 1941년에 하북성의 호가장 전투에서 왼쪽 다리를 관통당하는 총상을 입었다. 일본군에 포로가 되어 장기長崎 형무소에서 4년 간 복역하다가 불구가 된 채로 해방 직후 귀국하여 서울에서 작품활동을 시작했다. 서울에서 여운형·이태준·이원조·한효·임화·지하련 등과 함께 조선문학가동맹에서 활동하다가 좌익운동이 미군정에 의해 탄압을 받자 1946년 11월 월북하였다.

320 ●

　월북 이전 일제 말기 학병 체험을 담은 자전적 단편소설 「밤에 잡은 부로俘虜」·「담뱃국」 등을 발표하였고, 또한 조선의용군의 투쟁생활을 반영한 단편 「남강의 나루터」·「이렇게 싸웠다」·「지네」·「균열」·「달걀」 등을 발표하였다. 월북 후 1947년 평양에서 『노동신문』·『인민군신문』 등에서 일하다가 한국전쟁 후인 1952년부터는 조선족 자치주 수도인 연길시에 정착하면서 여러 편의 중·장편들을 발표하였다. 그러나 '문화대혁명' 기간에 반혁명분자로 몰려 10년간 옥고를 치렀으며, 1985년에 중국 국적을 취득한 후 정식으로 중국작가협회 연변분회에 가입하여 작품활동을 하다가 2001년 9월에 연변에서 사망하였다.

　김학철의 문학활동은 1980년대 후반부터 한국문단에 소개되었는데, 특유의 강건한 사상성이 전면에 드러나면서도 인간의 삶의 진정성을 포착해내어 평단의 주목을 받았다. 장편소설 「해란강아 말하라」(1954)는 만주 지역의 지주와 소작인 관계에 대한 사회주의적 시각을 드러내면서 동시에 삶의 기본적인 조건의 문제를 아울러 제시한 작품으로 널리 알려져 있다.

이밖에 좌익 계열 소설로 일별할만한 작품으로는 이기영의「개벽」(1946)과 안회남의「폭풍의 역사」(1947) 등이 있다.

5) 순수성과 예술성 추구

'청문협'을 중심으로 순수성과 예술성을 추구하는 작품들이 나왔다. 당대 현실보다는 문학의 보편성을 앞세운 작가들인 김동리·황순원·허윤석·최태응 등의 소작들을 대체로 이에 속한다.

김동리는「윤회설輪回說」(1946)·「개를 위하여」(1947)·「달」(1947)·「역마驛馬」(1948) 등을 발표하여 이 계열의 중심 역할을 하였다. 특히「역마」는 역마살을 가진 한 인물의 운명적인 삶을 그린 작품으로, 주인공 성기의 방랑 기질도, 그와 계연과의 사랑도, 그리고 그들의 이별도 모두 운명의 굴레를 벗어날 수 없다는 내용을 담고 있어 김동리의 작풍을 대변할만하다. 이 작품은 한국의 오랜 기층문화의 하나인 무속 신앙을 부각하고 운명과 인륜의 충돌 문제를 다루어 짧은 단편임에도 불구하고 엄청난 주제를 담고 있기는 하지만, 그런 문제를 구체적인 삶의 조건에서 찾기보다는 관념적인 추상으로 덮어버림으로써 구체적인 실감을 확보하지는 못하였다. 즉 성기의 방랑기질을 그의 심리적 배경이나 가족 관계나 당대 사회·문화적 환경에서 찾기보다는 단순히 그의 사주에 역마살이 있어서 어쩔 수 없다는 플롯 설정이 그 예라 할만하다. 그의 순수문학론이 역사의 진보와 현실 문제에 무관심한 점을 감안하면 이런 운명적 구성은 오히려 당연한 결과일 것이나, 그렇다면 당시 자주국가 건설이나 민족 통일 등의 거창한 역사적 과제마저도 그저 '운명'의 차원으로 간주해도 되는가 하는 의문점을 던져주고 있다.

황순원은 「술 이야기」(1946)에서 적산의 처리와 그 과정에서 야기하는 비리와 모순을 지적하여 한때 해방 후 현실문제에 접근하는 작가적 태도를 보여주었고, 이내 「목넘이 마을의 개」(1947)를 통해 자신의 작풍인 순수소설로의 입지를 분명하게 하면서 여전히 당대 현실에 대한 천착은 늦추지 않았다. 목넘이 마을은 월남인과 월북자가 통과하는 길목에 있는 마을인데, 이 마을에 어느 날 유랑민이 남기고 간 떠돌이 개 흰둥이가 흘러들어온다. 흰둥이는 살아남으려 마을을 배회하고 개들은 개들대로 사람은 사람들대로 동요한다. 얼마 후 개들끼리는 잘 어울리는데 동네 유지들은 흰둥이가 '미친개'라면서 먼저 미친병이 옮았다는 동네 개들부터 때려잡아 먹고 흰둥이를 사냥하러 몰려다닌다. 동네 사람들은 모두 부화뇌동하지만 간난이 할아버지는 흰둥이가 보통의 아무렇지도 않은 평범한 시골 개라면서 어떻게든 보호하려고 한다. 결국 흰둥이는 동민들의 살해 협박을 피해 살아남고 종국에는 새끼까지 낳아 동네에 퍼트린다는 내용의 단편이다.

📖 **황순원黃順元**

1915~2000년. 평남 대동 출생. 숭실중학교, 와세다 제2고등학원을 거쳐 1939년 와세다대학早稻田大學 영문과를 졸업했다. 1931년에 시 「나의 꿈」을 『동광』에 발표한 후 시 창작을 계속하여 『방가放歌』(1934) · 『골동품』(1936) 등의 시집을 출간했다. 1937년부터 소설 창작을 시작하여 1940년에 『황순원 단편집』(후에 『늪』으로 개제)을 출간하고, 그 후 소설 창작에 주력하여 『목넘이 마을의 개』(1948) · 『기러기』(1951) · 『곡예사』(1952) · 『학』(1956) · 『잃어버린 사람들』(1958) · 『너와 나만의 시간』(1964) · 『탈』(1976) 등의 단편집과 『별과 같이 살다』(1950) · 『카인의 후예』(1954) · 『인간접목』(1957) · 『나무들 비탈에 서다』(1960) · 『일월』(1964) · 『움직이는 성』(1973) · 『신들의 주사위』(1982) 등의 장편소설을 발표했다. 1957년 예술원 회원이 되었다. 1980년부터 문학과지성사에서 『황순원전집』이 간행되었다.

그의 소설의 특징으로는 간결하고 세련된 문체, 소설 미학에 입각한 다양한 기법적 장치들, 소박하면서도 치열한 휴머니즘의 정신, 한국인의 전통적인 삶에 대한 애정 등을 고루 갖추고 있다고 평가받는다.

참고 : 『한국현대문학대사전』

이 작품은 발표 당시와 달리 그 후에 개작을 통하여 결말 부분에서 간난이 할아버지의 입을 통하여 해방이 되었어도 민초들의 삶은 나아진 것이 없다는 표현들이 삭제되기도 했다. 그럼에도 이 작품은 가난과 굶주림에서 벗어나지 못한 양민들의 삶과 빨갱이(미친 개)라는 막연한 죄목으로 살상이 자행되는 이남의 현실을 알레고리의 수법으로 드러내어 순수소설의 품격을 유지한 작품이다.

이 밖에 이 항목에 속할만한 작품으로는 허윤석의 「수국水菊의 생리生理」(1948)와 최태응의 「사과」(1947), 「산山의 여인女人」(1947) 등이 있다.

6) 탈식민적 시각의 확대

해방기에 산출된 소설로 탈식민적 시각을 크게 확대한 작품으로는 채만식의 「논 이야기」(1946)과 염상섭의 『효풍曉風』(1948)이다.

「논 이야기」는 1948년 종로서원에서 간행한 『해방 문학 선집』에 수록된 단편소설로 탈고 일자는 1946년 4월 18일로 되어있다. 이 작품은 8·15 해방 직후의 과도기적 사회상을 비판한 전지적 작가 시점의 풍자소설이다.

해방과 함께 일본인이 쫓겨나게 되었다는 소식을 들은 주인공 한덕문은 자신의 땅을 찾을 수 있다는 기대감을 갖게 된다. 하지만 그 와중에서도 한덕문은 자신의 아버지인 한태수가 합방 이전에 동학에 가담했다는 혐의를 받아 옥에 갇혔을 적에 석방되는 조건으로 고을 원님에게 열세 마지기의 논을 빼앗겼던 일을 생각해 낸다. 따라서 한덕문에게 나라를 도로 찾는다는 것은 "구한국 시절"로 돌아가는 것과 다를 바 없어 보이며, 일본인들이 물러간 자리도 곧 "권세있는 양반들"이 다시 생겨나 차지하게 될 것이라는 것에 생각이 미친다. 그래도 한덕문은 동학 때 빼앗긴 열세 마지기는 아니더라도 일정 때 일본인 길천에게 팔았던 일곱 마지기는 되찾을 거라는 생각으로 희망을 놓지 않는다. 즉 해방이 되어 일본인이 물러가면 그 땅의 옛 주인인 자신의 차지가 될 거라는 생각을 해왔기 때문이다. 그러나 일인들이 버린 다른 땅들을 잇속에 눈이 밝은 이들이 이미 차지해버리고 난 것을 알게 되고, 또

막상 자기가 생각했던 일곱 마지기 논을 나라(미군정)가 관리하게 되어 다시 찾을 수 없음을 알고 한탄한다.

> "일없네. 난 오늘버틈 도루 나라 없는 백성이네. 제에길 삼십 육년두 나라 없이 살아 왔을려드냐. 아아니 글쎄, 나라가 있으면 백성한테 무얼 좀 고마운 노릇을 해주어야 백성두 나라를 믿구, 나라에다 마음을 붙이고 살지. 독립이 됐다면서 고작 그래 백성이 차지할 땅을 뺏어서 팔아먹는 게 나라 명색야?"
> 그러고는 털고 일어서면서 혼잣말로
> "독립이 됐다구 했을 제, 내, 만세 안 부르길 잘 했지."
>
> 채만식, 「논 이야기」(1946)의 결말

이 작품은 겉으로 보기에는 술과 노름으로 인한 빚으로 일본인 지주에게 팔아버린 땅을 해방이 되면 찾을 수 있다고 큰소리치며 다니는 한덕문의 행태를 풍자하고 있다. 그러나 조금만 더 깊게 보면 한덕문의 입을 통해 '합방' 이전과 '합방' 이후, 해방 이후에 이르는 한국 근·현대사의 격변기에 평범한 한국 농민이 겪어온 농지 수탈의 문제를 비판하고 있음을 알 수 있다. 즉 작가는 한덕문과 같은 한국 농민에게 식민지 모순이 심각하게 작용해온 것과, 해방 후에도 그런 모순이 조금도 해소되지 않는 현실을 풍자의 표적으로 삼고 있다. 이런 풍자 속에는, 당시 식민지 모순을 청산하고 새로운 자주 국가를 건설해야 하는 역사적 과제에 견주어보면, 새로이 싹트는 '후기 식민성'에 대한 작가의 예민한 통찰이 함축되어 있다고 할 수 있다.

『효풍曉風』은 장편에다가 전술한 대로 이 시기에 산출된 리얼리즘 소설의 전범이라 할 수 있거니와, 또한 많은 주제를 내포하고 있어서 다양한 해석과 평가를 할만한 작품이다. 그 가운데 놓질 수 없는 부분은 이 작품의 말미에 부각된 탈식민적 전망이다.

이 작품의 주인공은 딱히 누구라고 단정하기 어렵지만 굳이 압축한다면 김혜란과 박병직이다. 이 두 사람이 직면하게 되는 현실과 인간관계에 대한 대응 방식이 『효풍』의 서사를 이끄는 주된 동력이 되고 있기 때문이다. 그렇다면 김혜란은 어떤 인물인가? 혜란은 일제 시대 여자전문학교의 영문과를 졸업했으며, 해방 후에 모교의 교사로 근무하다 빨갱이로 모함을 받자 사직하고 나와 경요각에 취직하여 미국인과 한국 자본가들을 상대하는 매우 능력있는 골드미스이다. 그러면서도 전통적인 가치관을 내면화한 인물이기도 하다. 혜란은 부도덕한 부르주아로부터 자신을 구별지어 도덕적인 민족주의적 부르주아로서의 입장을 지켜나가고, 또 미국이 남한을 점령함에 따라 나타나게 되는 국가 존립의 정당성을 확보해나가는 인물이다. 박병직은 도덕적인 민족 부르주아의 전형적 인물이라고 할 만하다. 그는 좌파적 성향이 있는 A신문사에서 근무한 이력이 있고, 좌파적 사상을 지닌 최화순에게 이끌려 월북행을 위해 잠적하기도 한다. 그러나 그를 사회주의자로 단정할 수는 없다. 베커와의 스왈로 회담에서 '우리는 무산독재도 부인하지마는 민족자본의 기반도 부실한 부르주아 독재나 부르주아의 아류를 긁어모은 일당독재를 거부한다는 것이 본심'이라고 밝힘으로써 좌익 사상과 친미적 매판 부르주아 양자에 일정한 거리를 두고 있음을 알 수 있다. 그의 이념적 위치는 김혜란에게 '난 결국 삼팔선 위에 암자나 하나 짓고 거기 우리 둘이 들어 가 책이나 보고 있는게 소원인데…'라고 말하는 데서 확인할 수 있다. 박병직이 민족적 부르주아의 주체로서 극적으로 '보이게 되는' 순간은, 잠적 이후 월북행이 실패하고 다시 소설의 전면에 나타나는 마지막 '백년손' 장이다. 여기에서 나타나는 박병직과 김관식의 대화는 염상섭의 이념적 지향을 직접적으로 표출하고 있는 부분이어서 주목된다.

> "자네 모스크바 갔다더니 언제 왔나?"
> 하고 딴전을 붙인다. (…중략…)
> "모스크바까지는 아니고 이북에 가다가 왔습니다."
> "다시 가게! 내 딸은 워싱턴으로 보내기로 됐네."
> "워싱턴이고 모스크바고 갈 것 없지요."
> 병직이는 넙죽넙죽 대답을 한다.
> "왜?……"
> 말이 잠깐 끊겼다.

"조선서 할 일두 이루 많은데 그 먼데까지 가서 무얼합니까. 공부를 하재두 과학 방면은 그렇지 않지마는 저희는 기껏하려면 조선서두 넉넉하죠. 조선학만 가지고도 일생이 모자랄 것 아닙니까."

"자네 언제부터 국수주의자가 되었나?"

"아니올시다. 천만에요! 애국주의자일 따름입니다. 모스크바에도 워싱턴에도 아니 가고 조선에서 살자는 주의입니다."

(…중략…)

"그래 인젠 무얼 할 턴가?"

영감은 '백년손'의 취재를 보려는 모양 같다.

"공부를 하렵니다."

이 영감이 젊은 놈이 공부는 안 하고 돌아다닌다고 야단을 치는 것을 들은 듯싶어 이런 대답을 한다. 첫 멘헬테스트에 합격이 되었는지 영감은,

"흠…… 무슨 공부를?"

하고 노려본다.

"우선 삼팔선이 어떻게 하면 소리 없이 터질까 그것부터 공부를 해야 하겠습니다."

"소리라니? 대포 소리 말인가?"

"그렇죠―."

"그리고?"

"그 다음에는 두 세계가 한데 살 방도가 필시 있고야 말 것이니까 그 점을 연구 하렵니다."

"허허허 어서 가서 공부하고 오게."

염상섭, 『효풍曉風』(1948) 말미

박병직은 본국에서 조선학 공부를 주장하며 외국 유학을 거부한다. 이에 앞서 혜란 역시 약혼자 병직이 월북행을 위해 잠적했을 때 베커의 유학 제안에 잠시 심한 마음의 동요를 겪지만 병직의 귀환 이후 그와의 결합을 확고히 하면서 해외 유학을 포기한다. 여기에는 탈식민의 학문으로서의 조선학의 필요성을 절실하게 확인한 후의 신념이 자리잡고 있다. 또한 병직은 민족 자력으로 좌우합작의 가능성을 모색하면서 '삼팔선이 어떻게 하면 소리 없이 터질까'를 공부하겠다고 한다. 이런 생각은 당시에는 다소 추상적인 관념이라 치부될 수 있었을지라도, 그 이태 후 '대포 소리'로 삼팔선이 터진 것을 상기하면 당시 리얼리스트 염상섭의 예리한 안목이

드러난 대목이라 아니 할 수 없다.

이 소설이 발표된 지 60년이 넘게 지났지만 아직도 '조선학'이 제 자리를 잡지 못하고 있고, 또 남·북한으로 나뉜 '두 세계가 한 데 살 방도'를 찾지 못하고 있는 실정을 감안하면, 이 작품에서 해방 후 탈식민의 방향으로 제기한 ①조선학의 자주적인 정립과 ②좌우 이데올로기 청산과 민족 공존은 아직도 유효한 역사적 화두라할 수 있다.

한편, 앞에서 언급한 작가 외에 이 시기에 활동하기 시작한 소설가로는 계용묵·최인욱·손소희·강신재·정한숙·장용학·오영수 등이 있다.

5. 희곡과 연극

해방을 맞아 극문학과 연극계도 변혁의 바람이 불었고, 그 바람은 먼저 좌익 계열에서 진보적인 단체를 조직하면서 일기 시작하였다. 1945년 8월 16일 '문건'이 조직된데 힘입어 바로 다음 날 송영宋影을 위원장, 안영일을 서기장으로 하여 나웅·김태진·이서향·박영호·김승구 등이 중심이 되어 조선연극건설본부(이하 '연본')를 결성하였다. '조선연극의 해방', '조선연극의 건설', '연극전선의 통일'을 강령으로 좌·우익 연극인을 망라하여 결성하였으며, '문건협'에 소속되어 박헌영의 정치 이념에 입각한 '부르주아민주주의혁명론'을 그 토대로 삼았다. 그러나 이 단체는 일제 때 친일단체였던 조선연극문화협회의 이사들이 참여하면서 좌익 계열의 비판에 직면하게 되고, 이에 나웅·강호·송영·신고송·김승구·김욱 등이 조직을 탈퇴하여 같은 해 9월 말 조선프롤레타리아연극동맹을 따로 건설하여 '예맹'의 산하단체로 가입하였다. 이로써 연극계는 이 단체와 '연본'으로 양분되었으나 남조선노동당의 지령에 따라 1945년 12월 조선연극동맹(이하 '연맹')으로 통합되었다.

한편 우익 계열에서는 뒤늦게 1947년 10월 29일에야 유치진·이서구·이해랑·김동원 등이 '연맹'에 대응하고자 조선연극예술협회(이하 '연협')을 조직하였다. 이 단체의 발족으로 좌우익 연극진영의 대립구도는 더욱 선명해지게 되었다. 이사장은 유치진으로, 협회의 구성은 12개 극단의 가입으로 이루어졌다. 이 단체는 다시 악극·무용·국악극장 등 다른 자매협회를 기간으로 삼아 한국무대예술원(초대원장, 유치진)의 발족을 보게 되었다. 이 단체에 가입된 12개 극단은 수적으로는 적지 않은 것이었으나, 극예술협회와 신청년 정도를 제외하면 거의 대부분이 신파극단이거나 지방 흥행극단에 불과한 것이었다는 점에서 당시 우익 연극 진영의 형편을 알 수 있다. 게다가 1947년 경 대부분의 '연맹' 맹원들이 월북함에 따라 그 이후부터는 우익 일변도로 연극 운동이 전개되었다.

이런 상황 때문에 해방기 연극과 극문학은 1947년을 기점으로 그 이전은 좌익이, 그 이후는 우익이 주도하였는데, 이런 시기적 변별성은 다른 장르에 비하여 더욱 선명하였다. 이는 이 분야에 좌우 합작을 추동하는 중도적 인물이 없었고, 또 타 장르에 비해 정치적 영향을 상대적으로 많이 받은 탓도 있다.

1) 좌익 연극의 시대 반영과 혁신성

좌익 연극운동을 주도한 극작가로는 송영·신고송·함세덕·박영호 등이다. 이들은 작품의 예술성보다는 이념성을 앞세운 목적극 산출과 상연에 주력하였다.

1920년대부터 프로연극운동에 앞장섰던 송영은 해방 되자 좌익 연극운동을 주도하면서 「고향故鄕」(1945), 「황혼黃昏」(1945) 등의 희곡 작품을 생산하였다. 「황혼」에서는 부녀父女간의 이념갈등이 첨예하게 부각되었다. 일제 때 친일하여 큰 사업으로 성공한 아버지가 해방을 맞아 반성은커녕 우익 정치판에 뛰어 들어 권력을 탐내는 것에 대해 실망한 크게 실망한 딸이 집을 나와 혁명적인 투사로 변신한다는 내용을 담았다.

함세덕은 해방 이전에는 서정적이고 환상적인 분위기의 희곡을 창작하기도 하였으니 해방 후에 스승인 유치진과 결별하고 좌익으로 돌아 「고목枯木」(1946)을 발표하였다. 이 작품은 악덕지주의 뒤뜰에 있는 고목나무가 홍수 피해 복구용으로 강제로 베어진다는 구성을 통하여 악덕지주의 부도덕과 몰락상을 강조하였다.

이밖에 이 시기에 산출된 좌익 계열의 희곡작품으로는 신고송의 「결실結實」, 「서울 가신 아버지」, 「눈 날리는 밤」과 박영호의 「겨레」 등이 산출되었다.

2) 우익 연극의 탈역사성

유치진은 일제 말 친일 활동으로 해방 후 한동안 침묵을 지켰으나 1947년 1월 극예술협회를 조직하면서 재기하였고, 그후 「자명고自鳴鼓」(1947)·「조국祖國」(1948)·「원술랑元述郎」(1950) 등의 희곡으로 우익적 성향을 분명히 하여 우익 극단劇壇의 중심 자리를 확보하였다. 「자명고」와 「원술랑」은 공히 설화적 소재를 통해 사극적 흥미를 끄는 데는 성공하였지만 현실에 대한 우회적인 접근이라는 역사의식을 부각해 내지는 못하였다. 「조국」은 3·1운동 때 가장을 잃은 아낙네와 아들이 끝까지 항일 투쟁의 의지를 불태운다는 내용을 담았다. 극적 구성이 약하지만 친일의 전력이 강한 작가의 과거를 감안하면 일제 말기 자신의 과오를 간접적으로 반성하고 청산하고자 한 의욕의 표현으로 해석할 수 있다.

오영진은 원래 시나리오 작가 지망생이었으나 자신의 시나리오가 극작으로 각색되어 극단劇壇의 호평을 받으면서 일약 극작가로 이름을 날렸다. 아직도 그의 대표작으로 꼽히는 「맹진사댁孟進士宅 경사慶事」는 원래 1943년 시나리오로 발표되었으나, 1946년 희곡으로 각색하여 무대에 올리면서 크게 각광을 받았다. 그후 그는 「살아있는 이중생 각하」(1948), 「정직한 사기한詐欺漢」(1949) 등의 창작 희곡을 창작하여 희곡작가로 입지를 굳혀갔다. 그는 해학과 풍자라는 그 나름의 독자적 수법을 통하여 그 나름의 특성을 모색해 나갔다.

그 밖에 이 계열 작품으로는 김진수의 「코스모스」와 「유원지」를, 이광래는 「백일홍 피는 집」과 「정열의 사랑」 등을 찾을 수 있으나, 모두 당대 역사적 현실과는 거리가 멀었다.

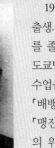

1916~1974년. 극작가. 사나리오 작가. 호는 우천又川. 평양 출생. 평양고등보통학교를 거쳐 1938년 경성제대 조선어문학과를 졸업하고 일본에 건너가 영화연구에 전념하였다. 그 해 9월 도쿄발성영화제작소에 입사하여 조감독으로서 본격적인 영화 수업을 받았다. 귀국한 후 1942년 『국민문학』에 창작 시나리오 「배뱅이굿」을 발표함으로써 등단하였고, 이어 1943년 시나리오 「맹진사댁 경사」를 역시 『국민문학』에 발표함으로써 작가로서의 위치를 확고하게 하였다.

광복 직후에는 평양에서 조만식의 측근 비서역으로 정치운동에 뛰어들어 건국준비위원회에 관여하면서 반공반탁 투쟁을 벌이다가 1947년 월남하였다. 1949년 한국연극학회와 한국문화연구소를 창설하였으며, 한국전쟁이 일어나자 부산 피난 중에 전시연합대학에서 강의하기도 하였다. 한편, 『문학예술』 대표 및 주간으로 예술에 전념하며, 많은 영화평론과 시나리오를 쓰고, 오리온 영화사를 설립·운영하는 등 영화운동에 앞장 섰다. 4·19혁명 후 장면 정권 때에는 국무총리 문화담당 특별고문을 담당하였는가 하면, 5·16군사정변 직후에는 최고회의 자문위원으로 일하였고, 이후 조선민주당 창당준비위원회 위원장으로 피선됐다가 당수를 역임하기도ㄴ 하였다.

대표적인 작품으로는 고전과 민속을 현대화한 「배뱅이굿」(1942)·「맹진사댁 경사」(1943)·「허생전」(1970)·「나의 당신」(1971)·「한네의 승천」(1972), 현대문명과 정치를 비판한 「살아 있는 이중생 각하」(1949)·「정직한 사기한」(1949)·「해녀 뭍에 오르다」(1967)·「아빠를 업었어요」(1970)·「모자이크 게임」(1970)·「동천홍」(1973)·「무희」(1974) 등이 있다.

40여 년간 20여 편의 희곡과 시나리오를 집필하는 과정에서 정치에 대한 그의 관심과 좌절은 그의 작품 속에 허무주의와 이상주의, 또는 쇼비니즘으로 굴절되어 나타났다. 1989년 전 5권의 『오영진 전집』(이근삼·서연호 편)이 간행되었다.

참고 : 『한국민족문화대백과사전』, 『한국현대문학대사전』

3) 대중극의 문제점

이 시기 극단劇壇에서 그 나름의 활동을 한 극작가로 김춘광과 김영수를 빠트릴 수 없다.

일제 때부터 신파극을 대표하는 김춘광은 이 시기에도 여전히 왕성한 활동을 하였다. 그는 주변으로부터 신파는 저질이라고 비난을 받고 특히 좌익 계열로부터 신파극은 반동적 문화라고 지탄을 받으면서도, 「대원군大院君」, 「사랑과 인생人生」(이상

1946), 「미륵왕자彌勒王子」, 「그 여자를 누가 죽였나」, 「인생춘추人生春秋」, 「눈물의 진주탑珍珠塔」, 「평양平壤 공주와 버들애기」(이상 1947), 「왕자王子 탄생誕生」, 「사명당四溟堂」, 「사랑은 눈물인가」, 「임 그려」(이상 1948) 등의 신파극을 무대에 올렸고, 일정하게 관객의 호응을 얻었다.

또한 김영수는 해방 후 「규중전」, 「불」, 「황야」, 「꽃 피는 언덕」, 「사랑의 가족」, 「사육신」 등의 작품에서 멜로드라마적인 흥미와 능숙한 극작술劇作術을 선보였고 이로써 극작가로서 입지를 더욱 굳혀 나갔다.

이들의 작품은 당시 시대상과는 무관한 통속적이거나 멜로드라마적인 흥미로 치중되어 당대 대중문화의 중심 역할을 하였다. 그러나 표피적인 감상感傷과 흥미로 대중의 역사인식을 희석시키거나 마비시키는 역할도 그 뒤에 부수되었다는 지적을 면할 수는 없을 것이다.

참고문헌

〈사전류〉

강준만 편저, 『선샤인 논술사전』, 인물과사상사, 2007.

권영민 편, 『한국현대문학대사전』, 서울대출판부, 2004.

두산백과사전연구소 편, 『두산세계대백과99』, 두산출판사, 1999.

문화콘텐츠닷컴 편, 『문화원형백과』, 한국콘텐츠진흥원, 2009.

박문각지식엔진연구소 편, 『시사상식사전』, 박문각, 2009.

이명재 편, 『북한문학사전』, 국학자료원, 1995.

이응백 외 편, 『국어국문학자료사전』, 한국사전연구사, 1998.

정치학대사전편찬위원회 편, 『21세기정치학대사전』, 아카데미리서치, 2002.

한국문학평론가협회 편, 『문학비평용어사전』, 국학자료원, 2006.

한국민족문화대백과사전편찬부 편, 『한국민족문화대백과사전』, 한국정신문화연구원, 1997.

한국사사전편찬회 편, 『한국근현대사사전』, 가람기획, 2005.

〈일반 논저〉

강만길, 『朝鮮後期 商業資本의 發達』, 고려대출판부, 1973.

_____, 『韓國現代史』, 창작과비평사, 1984.

고부응 외, 『탈식민주의 : 이론과 쟁점』, 문학과지성사, 2003.

공종구, 『한국현대소설론』, 국학자료원, 1994.

권보드래, 『한국 근대소설의 기원』, 소명출판사, 2000.

권영민, 『한국 민족문학론 연구』, 민음사, 1988.

_____, 『한국현대문학사 1896 - 2000』, 민음사, 2002.

구인환, 『李光洙小說研究』, 삼영사, 1983.

근대문학100년 연구총서 편찬위원회 편, 『약전으로 읽는 문학사 1·2』, 소명출판사, 2008.

_____ 편, 『연표로 읽는 문학사』, 소명출판사, 2008.

김동근, 『서정시의 기호 담론』, 국학자료원, 2001.

김만수, 『희곡 읽기의 방법론』, 태학사, 1996.

김병선, 『창가와 신시의 형성 연구』, 소명출판사, 2007.

김병철, 『韓國近代飜譯文學史 研究』, 을유문화사, 1975.

김상태, 『한국 현대문학의 문체론적 성찰』, 푸른사상, 2012.

김승종, 『한국현대소설론』, 신아출판사, 1998.

김승환, 『해방공간의 현실주의문학 연구』, 일지사, 1991.

김열규, 『韓國文學史』, 탐구당, 1983

김영민, 『한국문학비평논쟁사』, 한길사, 1992.

_____, 『한국근대소설사』, 솔출판사, 1997.

_____, 『한국 근대소설의 형성 과정』, 소명출판사, 2005.

김용재, 『한국소설의 서사론적 탐구』, 평민사, 1993.

김용직, 『韓國近代詩史 상·하』, 학연사, 1986.

김우종, 『韓國現代小說史』, 성문각, 1978.

김윤식, 『近代 韓國文學 硏究』, 일지사, 1973.

_____, 『韓國近代文藝批評史研究』, 일지사, 1976.

김윤식·김우종 외 34인, 『한국현대문학사』, 현대문학, 2005.

김윤식·김현, 『韓國文學史』, 민음사, 1973.

김익두, 『한국희곡론』, 도서출판신아, 1991.

김재용, 『북한문학의 역사적 이해』, 문학과지성사, 1994.

김재용·이상경·오성호·하정일, 『한국근대민족문학사』, 한길사, 1993.

김종균 편, 『염상섭 소설 연구』, 국학자료원, 1999.

김주현, 『신채호문학 연구초』, 소명출판사, 2012.

김태준, 『朝鮮小說史』, 학예사, 1935.

나병철, 『근대서사와 탈식민주의』, 문예출판사, 2001.

남기택, 『한국현대문학의 다층성』, 북스힐, 2013.

류보선, 『한국 근대문학의 정치적 (무)의식』, 소명출판사, 2005.

문성숙, 『한국 개화기소설 연구』, 제주대출판부, 2007.

민족문학연구소 편, 『한국근대문학의 형성과 문학 장의 발견』, 소명출판사, 2005.

_____ 편, 『탈식민의 역학』, 소명출판사, 2006.

박태일, 『한국 근대시의 공간과 장소』, 소명출판사, 1999.

박헌호, 『식민지 근대성과 소설의 양식』, 소명출판사, 2004.

방민호, 『채만식과 조선적 근대문학의 구상』, 소명출판사, 2001.

백 철, 『朝鮮新文學思潮史』, 수선사, 1948.

사재동 편, 『韓國敍事文學史의 硏究 5』, 중앙문화사, 1995.

사회과학원 문학연구소, 『조선문학사』, 과학백과사전출판사, 1977.

서연호, 『한국근대희곡사』, 고려대출판부, 1994.

서준섭, 『한국근대문학과 사회』, 월인, 2000.

송기섭, 『근대적 서사의 조건들』, 충남대출판부, 2012.

송명희, 『타자의 서사학』, 푸른사상, 2004.

송민호, 『韓國開化期小說의 史的 硏究』, 일지사, 1975

송현호, 『韓國近代小說論 硏究』, 국학자료원, 1990.

신동욱, 『韓國現代批評史』, 한국일보사, 1975.

신익호, 『현대시의 구조와 정신』, 박문사, 2010.

신기욱 외, 『한국의 식민지 근대성』, 삼인, 2006.

신철하, 『한국 근대문학의 이상과 현실』, 한양대출판부, 2000.

신형기·오성호, 『북한문학사』, 평민사, 2000.

안도현, 『白石評傳』, 다산책방, 2014.

안확, 『朝鮮文學史』, 한일서점, 1922.

안함광, 『조선문학사』, 연변교육출판사, 1956.

양병호, 『한국 현대시의 인지시학적 연구』, 태학사, 2005.

역사문제연구소 편, 『한국의 '근대'와 '근대성' 비판』, 역사비평사, 1996.

　　　　　　　　 편, 『전통과 서구의 충돌』, 역사비평사, 2001.

오성호, 『한국근대시문학 연구』, 태학사, 1994.

우한용, 『韓國現代小說 談論 硏究』, 삼지원, 1996.

유민영, 『韓國現代戲曲史』, 홍성사, 1982.

윤병로, 『한국 근·현대문학사』, 명문당, 1991.

윤여탁, 『리얼리즘의 시정신과 시교육』, 소명출판사, 2003.

윤영옥, 『현대소설의 문학교육적 해석』, 역락, 2007.

이경원, 『검은 역사 하얀 이론』, 한길사, 2011.

이기우 편역, 『문화 연구』, 한국문화사, 1998.

이명재, 『한국현대민족문학사론』, 한국문화사, 2003.

이상갑, 『민족문학론과 근대성』, 역락, 2006.

이선영, 『한국문학의 사회학』, 태학사, 1993.

이병기·백철, 『國文學全史』, 신구문화사, 1982.

이보영, 『난세의 문학』, 예지각, 1991.

　　　, 『植民地時代 文學論』, 필그림, 1984.

이영배, 『우리문화 연구의 새 지평』, 민속원, 2011.

이영희, 『轉換時代의 論理』, 창비, 1974.

이우용, 『미군정기 민족문학의 논리』, 태학사, 1992.

이재선, 『韓國現代小說史』, 홍성사, 1979.

　　　, 『韓國短篇小說研究』, 일조각, 1982.

이형권, 『한국 현대시의 현대성과 탈식민성』, 푸른사상, 2009.

이희중, 『한국 현대시의 방법 연구』, 월인, 2001.

임명진, 『한국근대소설과 서사전통』, 문예출판사, 2008.

임명진 외, 『한국 현대문학과 탈식민성』, 역락, 2012.

임　화, 『朝鮮新文學史』, 조선중앙일보, 1935-1940.

임환모, 『한국 현대소설의 사사성과 근대성』, 태학사, 2008.

전정구, 『김정식 작품 연구』, 소명출판사, 2007.

전흥남, 『해방기 소설의 시대정신』, 국학자료원, 1999.

정노식, 『朝鮮唱劇史』, 조선일보사, 1940.

정한모, 『韓國近代詩文學史』, 일지사, 1974.

정한모·김재홍, 『韓國近代詩 評說』, 문학세계사, 1983.

정현숙, 『박태원 문학 연구』, 국학자료원, 1993.

정호웅, 『한국현대소설사론』, 새미, 1996.

조동길, 『한국 현대장편소설 연구』, 국학자료원, 1992.

조동일, 『한국문학통사 1·4·5』, 지식산업사, 1994.

조성일·권철 외, 『중국 조선족문학통사』, 이회출판사, 1997.

조연현, 『韓國現代文學史』, 성문각, 1975.

채만묵, 『1930년대 한국 시문학 연구』, 한국문화사, 2000.

최동현, 『판소리 명창과 고수 연구』, 신아출판사, 1997.

최시한, 『소설의 해석과 교육』, 문학과지성사, 2005.

최병우, 『한국 현대소설의 미적 구조』, 민지사, 1997.

최유찬, 『채만식의 항일문학』, 서정시학, 2013.

＿＿＿, 『현대소설의 상황』, 푸른사상, 2014.

천이두, 『한의 구조 연구』, 문학과지성사, 1993.

하정일, 『20세기 한국문학과 근대성의 변증법』, 소명출판사, 2000.

＿＿＿, 『탈근대주의를 넘어서』, 역락, 2012.

한점돌, 『한국 근대소설의 정신사적 이해』, 국학자료원, 1993.

홍성민, 『지식과 국제 정치』, 한울, 2008.

황호덕, 『근대　네이션과 그 표상들』, 소명출판사, 2005.

강상중 저, 이경덕·임성모 역, 『오리엔탈리즘을 넘어서』, 이산, 1997.

고준석 저, 박기철 역, 『韓國經濟史』, 동녘, 1989.

신기욱·미이클 로빈슨 편, 도면희 역, 『한국의 식민지 근대성』, 삼인, 2006.

Bhabha, H. K., 나병철 역, 『문화의 위치』, 소명출판사, 2002.

Bourdieu, Pierre, 최종철 역, 『구별짓기 상·하』, 새물결, 2006.

Carr, Edward H., 김택현 역, 『歷史란 무엇인가』, 까치글방, 1997.

Croce, Benedetio, 이상신 역, 『歷史의 理論과 歷史』삼영사, 1978.

Fanon, Franz, 이석호 역, 『검은 피부, 하얀 가면』, 인간사랑, 1998.

Gandhi, Leela, 이영옥 역, 『포스트식민주의란 무엇인가』, 현실문화연구, 1999.

Martini, Fritz, 황현수 역, 『獨逸文學史』, 을유문화사, 1989.

Moore-Gilbert, B., *Postcolonial Theory : Contexts Practices, Politics*, Verso, 1977.

Polanyi, Karl, 박현수 옮김, 『거대한 변환』, 민음사. 1991.

Robinson, D., 정혜욱 역, 『번역과 제국 : 포스트식민주의 이론 해설』, 동문선, 2002.

Said, Edward W., 박홍규 역, 『오리엔탈리즘』, 교보문고, 1991.

ㄱ

「가고파」 204

가부키歌舞伎 151

가족사·연대기 소설 257

『가즈랑집』 200

감상비평 170

『갑오농민전쟁』 251

강경애姜敬愛 165, 218~9

강소천 277

강신재 327

강위 43

개량적 민족주의 40, 72, 85, 108, 133, 167

『개벽開闢』 87

개신유학改新儒學 39, 52, 55

개화가사 52

건국동맹 267

건국준비위원회 267

'건준' 267

계용묵 327

「고목枯木」 328

고발문학론 177

고상한 사실주의 293, 294

「고풍의상古風衣裳」 304

「고향故鄕」(현진건) 138~9

「고향故鄕」(염상섭) 165, 169, 218, 223~4, 227

『고향故鄕 사람들』 229, 234

「공장신문工場新聞」 232

곽종원 276

곽하신 276

관도론貫道論 43

관찰문학 169, 252

「광야曠野」 207~8

「굉장소전」 316

구상 277, 280, 306

구인회 171, 190, 246, 311

구조론 101

『국경의 밤』 124

국문풍월 61

「국민문학國民文學」 164, 166

국민문학론 44, 106

국민문학파 106, 129, 181, 201

권환權煥 125, 160, 167~9, 223, 275, 299~300, 303

「귀촉도」 306

「균열龜裂」 317, 320

「극예술연구회」 173, 262

극예술협회 328~9

『금삼錦衫의 피』 237

『금성金星』 87

「금수회의록禽獸會議錄」 64, 66~7

「기상도氣象圖」 189, 190

「기아와 살육」 143

김개남 38

김경린 306

김광균金光均 191, 306

김광섭 273

김구金九 267, 269

김규식金奎植 266~7, 269

김기림金起林 188~9, 246, 257, 275, 277, 299~301

김기진金基鎭 89~90, 103, 105, 116, 130, 148, 168, 174, 177~8

김남천金南天 90, 162, 169, 175~8, 231~2,

337

255, 273, 275, 277, 288

김달진 276

김도현 167

김동리金東里 191, 250, 276, 288~9, 311~2, 321

김동명 277

김동석 277, 288, 299

김동인金東仁 96~7, 99~101, 129, 136, 211, 236, 276, 313, 315

김동환 123, 129~30

김래성 259

김문집金文輯 172, 258

김사량 279

김상민 277

김상오 299

김상옥 205, 306

김상용 171, 206

김상훈 277

김성수 267

김세종 75

김소월金素月 93, 116, 129~30

김수영 306

김승구 327

김억金億 93, 113, 116, 130

김영랑金永郎 181~2, 273

김영석 277, 288

김영수 311~2, 330~1

김영팔 148

김오성 179, 277

김우진金祐鎭 154~5

김유방金惟邦 100~1

김유영 246

김유정金裕貞 189, 24~8

김윤식金允植 43, 95

김이석 277

김일성 266~7

김정근 75

김정한金廷漢 221

김종길 306

김진섭 173, 273, 276

김진수 264, 277, 329

김창룡 75

김창술 125, 160

김창환 75

김춘광 260, 330

김춘수 306

김태진 327

김택영 43

김학수 277

김학철金學鐵 317, 320

김해강 148

김현승金顯承 306~7

김형원 125

김환태金煥泰 170~1, 246

「깃발」 193

「꽃덤불」 308

_____ㄴ

「나그네」 304

나도향羅稻香 103, 140

나웅 327

「나의 고백」 313~4

「나의 노래」 301

나혜석羅蕙錫 134~5

「낙동강」 145, 147

「날개」 166, 190, 258

「낡은 집」 198

남로당 274, 277, 285

「남생이」 223

338 •

「남신의주 유동 박시봉방」 309~10

내선일체內鮮一體 159

내용·형식 논쟁 90, 103, 105

내재적 발전론 27

노천명 206

「논 이야기」 323~4

농민문학론 167

『농토農土』 317~9

「눈물」 306

「님의 침묵沈默」 120

___ㄷ

『단층』 258

단편서사시 129, 186

단형서사시短形敍事詩 198, 200

단형서사양식短形敍事樣式 67

『달밤』 248

「당랑螳螂의 전설傳說」 261

대구 폭동 271

대동아공영권 158, 214

대중화론 105, 168

「대하大河」 177, 232, 255

대한광복군 159

『대한매일신보大韓每日申報』 41, 52~5, 69

『대한흥학보大韓興學報』 41, 87

대화체 소설 67

『뎨국신문』 41, 55~6, 88

「도봉道峯」 304

「도정道程」 317

『독립신문』 41, 55

동반자 작가 147~50, 174

동반자 작가 논쟁 150, 174, 213

「동백꽃」 247

동학농민운동 38

___ㄹ

랑케(L. von Ranke) 21

량치챠오梁啓超 48

「레디메이드 인생人生」 214

로만개조론 177, 257

『림꺽정林巨正』 239~40, 244, 259

___ㅁ

「만무방」 247

만선사관滿鮮史觀 163

『만세보萬歲報』 69

「만세전」 98, 136

만주사변滿洲事變 25, 158

「망국인기」 315

『매일신보每日新報』 87

「맹순사」 316

「맹진사댁 경사」 329

「메밀꽃 필 무렵」 246~7

「모란이 피기까지는」 182

「모범경작생模範耕作生」 229

「목구木具」 200

「목넘이 마을의 개」 322

목적의식론 105, 125, 129

「목화와 콩」 223

몽유록계 소설 63

「묘지송墓地頌」 206, 304

「무녀도巫女圖」 250

『무산자無產者』 16, 161

『무영탑無影塔』 237

『무정無情』 131, 267

문학건설본부 273~4, 283, 285

　'문건' 273

문건협 282, 283

문학가동맹 276~8, 285~6, 300
　'문맹' 276
『문예공론文藝公論』 87
『문장文章』 164, 205, 304
「문학文學의 가치價値」 47
문협 278
문화자본 216, 217
문화정치 83
「물」 176
물논쟁 232
「미스터 방」 316~7
민병균 187, 279, 299
민속극 79
민요시 129~30
「민족문학 재론」 292~3
민족문학논쟁 288
민족문학론 284, 286~7, 293
「민족民族의 죄인罪人」 313, 315
「민촌民村」 145

___ㅂ

바바(H. K. Bhabha) 32
박경수 280
박계주 230, 259
박남수 277, 306
박두진朴斗鎭 206, 295~6, 304
박만순 75
박목월朴木月 206, 304~5
박세영朴世永 126~7, 186, 277~8, 299~300,
　303
박아지 277, 299~300
박영준朴榮濬 229
박영호 277, 327~9
박영희朴英熙 89, 90, 103, 105, 113, 148, 162,

178
박용철 181~2
박은식朴殷植 45, 48~9, 53
박인환 306
박종화 237, 273
박찬모 277, 288
박태원朴泰遠 166, 204, 246, 251~2, 277
박팔양朴八陽 126, 128, 187, 246, 277, 299
박헌영 277, 293, 303, 327
박화성 174, 259
반민족행위특별법 270
반민족행위특별조사위원회 270
'반민특위' 270~1
「반역자」 313, 315
백관수 84
백대진白大鎭 93~4
『백두산』 279
백석白石 199, 307, 309
백인준 299
『백조白潮』 87
백철白鐵 29, 148, 160~2, 168~70, 178~9,
　290, 318
『백팔번뇌百八煩惱』 131
번역·전기소설 68
변사론 98
변영로 273
「별」 202, 250
『병든 서울』 194, 298, 302
본격소설 247
「봄노리」 113
「봄 봄」 247
『봄』 257
『북간도』 230
북예맹 279, 290, 292, 294
북조선예술총동맹 279, 290

『북향보北鄉譜』 230
분단모순 34, 36, 271
분단문학 35, 36
「불노리」 111
브 나로드 운동 227
비판적 리얼리즘 211, 213, 215, 311
「빈처」 138, 139
「빼앗긴 들에도 봄은 오는가」 123
뼈다귀시 125~6, 128, 161, 181, 185

───ㅅ

사당패놀이 80
『사슴』 199, 310
「사하촌寺下村」 222
사회등가사 52
사회자본 216, 217
사회주의 85
사회주의 리얼리즘 33, 165, 175~7, 211, 219, 223, 232
사회주의 사실주의 294
「산돼지」 154
「산유화」 116
「산제비」 187
「산허구리」 263
『삼대三代』 213
『삼천리문학三千里文學』 87, 124
「삼팔선」 312
「상록수常綠樹」 167, 225, 228
생명파 191, 193
「서시序詩」 210
서재필 41, 46
서정주徐廷柱 191, 195, 276, 305~6
「서화鼠火」 169
「석류石榴」 205

설정식薛貞植 277, 299, 300, 303~4
성애(sexuality) 246
세태소설 169
「소금」 218
『소년少年』 41, 87
「소망少妄」 214
「소설가 구보씨의 일일」 252
속내용주의 20
속독자主讀者주의 20, 31
속문主文주의 18~9, 31
속인主人주의 18, 31
속지主地주의 18~9, 31
손화중 38
손소희 327
송만갑 75
송영宋影 160, 162, 173, 263~4, 274, 277~8, 327~8
송우룡 75
「술 권하는 사회」 138
「쉽게 씌어진 시詩」 210
「승무僧舞」 206, 304
『시문학詩文學』 181, 184
시문학파 181, 193, 193
시사토론체 67
『시인부락詩人部落』 191, 193~4
시조개작운동 201
시조부흥운동 131
시조시 201
식민자 158
식민지 근대성 40, 58, 62, 75, 224, 245, 254~5
식민지 근대화론 27
식민지 모순 36, 324
식민지 무의식 260
신간회新幹會 84, 88, 158, 239, 240

• **341**

신경향 문학 125, 140

신경향파 소설 143

신고송申鼓頌 150, 174, 277~8, 327~9

신불출 264

신석정辛夕汀 181, 184~5, 275, 307~8

신재효申在孝 75, 76

신채호申采浩 39, 44, 49, 53, 68, 81, 84~5, 96, 99~100

신체제론 157

신파극新派劇 151, 153, 260, 330

「심문」 258

심훈沈熏 167, 225, 228

「십자가十字架」 210

_____ㅇ

아나키즘 85, 100

「아편쟁이」 264

안국선安國善 63~4, 66~7, 275

안덕근 148

안막安漠 175, 277, 279, 290, 292~3

안수길安壽吉 230, 277

안자산安自山 26, 29

안재홍 84, 267

안함광安含光 148, 168, 178, 278, 290, 292~3, 319

안회남安懷南 275, 277, 321

「애국가」 55

애국가 유형 55, 57

양건식 88, 134~6

「양과자갑」 316

양주동梁柱東 106, 129

『어머니와 딸』 218

언문풍월 61

엄흥섭嚴興燮 148, 174, 231, 234~5, 277

여순사건 271

「여승」 200

「여우난곬」 200

여운형呂運亨 266~7, 276, 320

「역마驛馬」 321

역사・전기 소설 68

역力의 예술론 116

연설체 소설 67

『열여춘향슈절가』 76

염군사 89

염상섭廉想涉 97~8, 106~7, 129, 136, 211, 311~2, 316, 323, 326~7

『영대靈臺』 87

영일동맹 38

예맹 274, 284~5

예술감염론 99

「오감도烏瞰圖」 191

『오뇌의 무도』 113

오리엔탈리즘 30

오상순 273

오영수 327

오영진吳泳鎭 277, 329~30

오장환吳章煥 191, 193~4, 277, 295, 298~300, 302

완판 방각본 76

『용담유사龍潭遺詞』 44, 51

「운수좋은 날」 138~9

『울릉도』 306

원세훈 267

「원술랑」 329

위정척사衛正斥邪론 43

유길준 46

유적구 125

유진오 148, 174, 299

유치진柳致眞 148, 246, 261~2, 276, 327~9

342 ●

유치환柳致環 191, 193, 195, 306

유행민요 77

윤곤강 299

윤규섭尹圭涉 179~80, 277, 290

윤기정 162, 277~8

윤동주尹東柱 206, 208~9

윤백남尹白南 151~2, 154, 276

윤상현 44, 46

윤세중 277

윤세평 290, 292~3

윤치호 41

응향 사건 280, 294

『응향凝香』 280

의열단 84

이갑기 150, 174, 277

이강국 267

이건창 43

이광래 329

이광수李光洙 29, 47, 91, 93, 96, 99, 106, 108, 123, 129, 131~3, 154, 164, 167, 225, 236, 240, 270, 313, 315

이근영李根榮 229, 231, 234, 277, 317

이기세 151

이기영李箕永 144~5, 162, 165, 169, 178, 211, 218, 223, 225, 227, 231, 257, 274, 275~8, 321

이날치 75

이동규 277~9

이동백 75

이무영 148, 174, 229, 246, 260, 316

이병기李秉岐 131, 185, 201~2, 204~5, 275

이병도 276

이봉운 46

이북명李北鳴 160, 231~3, 278, 290

이상李箱 145, 166, 190, 246, 257~8

이상재 84

이상화李相和 89, 114, 121

이서구 260, 327

이서향 277, 327

이성환 167

이승만李承晩 45, 56, 267, 270

이승엽 267, 303

이식移植문화론 29, 92

이야기 시 200

이용악李庸岳 195, 277, 299~300, 302

이원조李源朝 273~5, 277, 285, 320

이육사李陸史 206~7

이은상李殷相 203

이익상李益相 89, 144, 211

이인직李人稙 56, 69~70, 72

이적구 160

이종명 246

이찬李燦 187, 278, 299

이태준李泰俊 184, 189, 246, 248~9, 273, 275, 277, 311, 317, 320

이하윤 173, 273

이해랑 327

이해조李海朝 50, 56, 67, 72

이헌구 173, 273

이호우 205, 306

이효석李孝石 148, 174, 246~7

이흡 148, 299

이희승 276

『인간문제人間問題』 165, 218~20

『인문평론』 164

인상비평론 170

인형조종설人形操縱說 95

임선규 260

임성구 151

임옥인 259, 277

임학수 187, 277, 300

임화林和 15~6, 29, 90, 105, 129, 160, 169, 173, 175~9, 186, 195, 273, 275, 277, 283~5, 299~300, 303, 318, 320

____ㅈ

자강적 민족주의 40

「자명고」 329

자연주의적 리얼리즘 211

「자유종自由鍾」 67, 72

「자화상自畵像」 210

장덕조 259, 276

『장미촌薔薇村』 87

「장삼이사張三李四」 258

「장수산」 183

장자백 75

장용학 327

장지연張志淵 39, 44~5

장혁주 148

재도론載道論 43

재영토화(reterritorialization) 19

전봉건 306

전봉준 38

전유專有(appropriation) 29

전조선문필가협회 276

전주사건 162

전통연계론 29

전통계승론 92

전통단절론 91

전형기轉形期 165, 171, 215

「절정絶頂」 207, 208

절충론 106

『젊은 그들』 236

「접동새」 118

정노식 267

정률 279

정비석 259

정인보 45, 131, 276

정인섭 173

정인승 163, 281

정정렬 75

정지용鄭芝溶 171, 181~4, 246, 275, 304

정창업 75

정춘풍 75

정한모 306

정한숙 327

「제1과 제1장」 229

제1차 방향전환 105

제1회 전국문학자대회 275~6

제2차 방향전환 161

제주 4·3 사건 271

「제향날」 261

『조광』 240

「조국」 329

조기천趙基天 168, 279

조남령 205, 277

조남영 277

조만식 266

조명희趙明熙 125, 145, 154

조벽암趙碧巖 148, 277, 299~300

조병화 306

조선건국동맹朝鮮建國同盟 266

조선건국준비위원회 266

『조선문단朝鮮文壇』 87

조선문인보국회 164, 205

조선문인협회 164, 166, 172, 205

조선문학가동맹 276, 285

조선문학건설본부 273, 282

조선문학동맹 274~6

조선문화건설중앙협의회　273, 282

조선어학회　162

조선연극건설본부　327

조선연극동맹　327

조선연극예술협회　327

조선의용대　159

조선정조　245

조선청년문학가협회　276

조선프롤레타리아 예술동맹　274, 284

조소앙　45

조연현　29, 276, 288

조영출　277

조용만　148, 246

조운曹雲　131, 204, 251, 277, 299

조윤제　276

조중환趙重桓　151～3

조지훈　206, 288, 304～5

주시경周時經　41, 46, 281

주요한朱耀翰　111～2, 123, 129～130

중앙문화협회　273, 276

지석영　46

「지주회시」　258

지하련池河連　317～8, 320

「진달래꽃」　116, 129, 130

「질소비료공장」　232

___ㅊ

창극唱劇　80

창조비평론　172

『창조創造』　87, 96, 97, 101

채만식蔡萬植　148～9, 174, 213, 255, 260, 313,
　　　315～7, 323～4

「처녀지」　230

『천변풍경天邊風景』　166, 252, 254

『청록집』　206

청록파　206

청문협　276, 286

『청춘靑春』　41, 87

「청포도」　207, 208

「초혼招魂」　116, 118

촌철비평　172

『촛불』　184

최남선崔南善　29, 57～8, 60, 93, 95, 106, 108,
　　　129, 131, 164, 240, 270

최독견　264

최명익崔明翊　258～9, 278～9

최상덕　277

최승구崔承九　63, 108, 109～10

최영년　43

최인욱　327

최재서崔載瑞　166

최재학　46

최정희　148

최찬식崔瓚植　73

최태응　276, 277, 323

최학송崔鶴松　141, 143, 204, 211

최현배　281

「추월색」　73

「치숙痴叔」　149, 214

친일어용극　260

___ㅋ

카(E. H. Carr)　21

카이로 회담　265

카프　89, 125

카프 제2차 방향전환기　160, 177, 185

캉유웨이康有爲　48

콜링우드(R. G. Collingwood)　21

크로체(B. Croce) 21

클라르테(Clarté) 운동 89

____ㅌ

『탁류濁流』 149, 214, 255

「탁류濁流 속을 가는 박 교수」 229, 317

탈식민 327

탈식민적 전망 324

탈식민주의(post-colonialism) 29~30

탈영토화(deterritorialization) 19, 28, 34~5, 162~3, 215, 227

「탈출기」 142, 143

탈춤 79

『탑塔』 257

『태서문예신보泰西文藝新報』 41, 87

『태평천하太平天下』 149, 214~6, 255

테프트-가쓰라 밀약 38, 78, 85

터너(V. Turner) 32

「토막土幕」 262

통속소설 169

통일문학사 33

____ㅍ

「파사婆裟」 144, 154

파스큘라 89, 103

판사론 98

판소리 75, 79

판소리계 소설 77

『폐허廢墟』 87

포츠담 회담 265

「표본실의 청개구리」 136

풍자소설 213

피식민자 158

____ㅎ

『하늘과 바람과 별과 시』 208~9

하이쿠 56

『학지광學之光』 41, 87

한국문학가협회 278

한글맞춤법통일안 281

한말우국경시가韓末憂國警時歌 52

한설야韓雪野 162, 178~9, 231, 257, 274~5, 277~8

한식 294

한용운韓龍雲 118~20

한인택 148

한정동 277

한효韓曉 175, 274~5, 277, 285, 320

함대훈 148

함세덕咸世德 262, 268, 277, 328

함윤수 277

함형수咸亨洙 191, 193

「해」 295, 298

「해방전후」 311

「해에게서 소년에게」 58~9

『해외문학海外文學』 87, 173

「향수」 183

허윤석 323

허준 277

허헌 267

현덕玄德 222~3, 277

현상윤玄相允 63, 93~4, 108~9, 134

현진건玄鎭健 138~9, 211, 237

현철玄哲 102

『현해탄』 186

「혈거부족」 311~2

「혈맥」 311, 312

「혈血의 루淚」 69, 72

형식주의 95

호미 바바(H. Bhabha) 30

혼성混成(hybridity) 29, 31

홍기문 239

홍명희洪命憙 91, 238~40, 275, 277

홍사용 113, 130, 130

홍석중 239

「홍수洪水」 145

「홍염」 143

홍효민洪曉民 148, 290~1

「화랑의 후예後裔」 250

『화사집』 305

「화사花蛇」 192

「황무지荒蕪地」 195

황석우 95

『황성신문皇城新聞』 39, 41~2, 45, 48, 55~6

황순원黃順元 250, 277, 322

황현 39, 43

● <u>347</u>　　『황혼黃昏』 232

『효풍曉風』 311~3

후기 식민성 287, 298, 312, 324

휴머니즘 논쟁 179

『흑치상지黑齒常之』 237

「흙」 167, 225, 227

ㄱ

가부키 151

강경애姜敬愛 219

개벽開闢 88

교환창과 선후창 78

권환權煥 167

김구金九 268

김기림金起林 189

김기진金基鎭 89

김남천金南天 177

김동리金東里 289

김동인金東仁 96

김동환金東煥 124

김문집金文輯 172

김소월金素月 116

김억金億 93

김영랑金永郎 182

김우진金祐鎭 155

김유방金惟邦 101

김유정金裕貞 248

김정한金廷漢 221

김창술金昌述 126

김춘광金春光 331

김학철金學鐵 320

김현승金顯承 307

김환태金煥泰 171

ㄴ

나도향羅稻香 140

나혜석羅蕙錫 134

ㄷ

대동아공영권大東亞共榮圈 215

대한매일신보大韓每日申報 53

뎨국신문 56

독립신문 41

ㅂ

박두진朴斗鎭 296

박목월朴木月 304

박세영朴世永 127

박영희朴英熙 103

박은식朴殷植 48

박종화朴鍾和 115

박태원朴泰遠 251

박팔양朴八陽 128

백대진白大鎭 94

백석白石 199

백철白鐵 161

북조선문학예술총동맹 291

분단 모순 35

분단 문학 35

브 나로드 운동 227

ㅅ

사회주의 리얼리즘 34

서정주徐廷柱 191

설정식薛貞植 303

송영宋影 263

식민지 근대화론 28

신간회新幹會 84

신고송申鼓頌 278

신석정辛夕汀 185

신재효申在孝 76

신채호申采浩 45

심훈沈熏 228

＿＿ㅇ

안국선安國善 64

안막安漠 175

안수길安壽吉 230

안함광安含光 168

안확安廓 27

안회남安懷南 275

액자소설 66

양건식梁建植 135

양주동梁柱東 107

엄흥섭嚴興燮 235

여운형呂運亨 266

염상섭廉想涉 98

오영진吳泳鎭 330

오장환吳章煥 194

완판 방각본 76

위정척사론 43

유치진柳致眞 261

유치환柳致環 192

유행민요와 고정민요 78

윤규섭尹圭涉 180

윤동주尹東柱 209

윤백남尹白南 152

이광수李光洙 91

이근영李根榮 229

이기영李箕永 144

이병기李秉岐 202

이북명李北鳴 233

이상李箱 190

이상화李相和 121

이용악李庸岳 195

이원조李源朝 274

이육사李陸史 207

이은상李殷相 203

이익상李益相 143

이인직李人稙 70

이태준李泰俊 249

이해조李海朝 72

이효석李孝石 247

임화林和 16

＿＿ㅈ

장지연張志淵 39

전유專有(appropriation)와

　　재전유再專有(re-appropriation) 30

전주 사건 162

정지용鄭芝溶 184

조광朝光 238

조기천趙基天 279

조명희趙明熙 145

조벽암趙碧巖 300

조선공산당 85

조선문단朝鮮文壇 88

조선문인협회 164

조선어학회朝鮮語學會 163

조운曹雲 204

조중환趙重桓 152

조지훈趙芝薰 305

주시경周時經 46

주요한朱耀翰 112

주체문예론 33

• <u>349</u>

지하련池河連 318

_____ㅊ

채만식蔡萬植 149

최남선崔南善 60

최명익崔明翊 259

최승구崔承九 110

최재서崔載瑞 166

최찬식崔瓚植 73

최학송崔鶴松 141

최현배崔鉉培 281

_____ㅌ

탈영토화(deterritorialization)와
　　재영토화(reterritorialization) 19

테프트－가쓰라 밀약 38

_____ㅎ

하이쿠 56

한설야韓雪野 179

한용운韓龍雲 119

한효韓曉 175

함세덕咸世德 262

현덕玄德 222

현상윤玄相允 109

현진건玄鎭健 139

현철玄哲 102

혼성混成 또는 혼종화混種化(Hybridization) 30

홍명희洪命憙 239

홍효민洪曉民 290

황성신문皇城新聞 42

황순원黃順元 322

❏ **임명진**林明鎭

　1952년 전북 장수에서 출생했다. 전북대학교와 동 대학원에서 한국문학을 공부했다. 1985년 경향신문 신춘문예에 문학평론이 당선되었다. 1991년 이후 전북대 국어국문학과 교수로 재직 중이다. 한때 현대문학이론학회장, 북경한글학교장, 전북작가회의 회장, 한국언어문학회장, 민족문학작가회의 이사, 전북민예총 회장 등을 역임하였다.

　저서로『문학의 비평적 대화와 해석』(1997),『한국 근대소설과 서사 전통』(2008),『탈경계의 문학과 비평』(2008)이 있고, 역서로『문학의 의미』(1988)와『구술문화와 문자문화』(1995)가 있다. 또한, 공저로『제3세대 비평문학』(1987),『판소리의 공연예술적 특성』(2003),『한국현대문학과 탈식민성』(2012) 등이 있고, 편서로『호남좌도 풍물굿』(1994),『판소리 단가』(2004) 등이 있다.

탈식민의 시각으로 보는
한국현대문학사

초판 1쇄 인쇄 2015년 2월 2일
초판 1쇄 발행 2015년 2월 9일
편저자 임명진
펴낸이 이대현
책임편집 박선주 ｜ **편집** 권분옥 이소희
디자인 이홍주
펴낸곳 도서출판 역락 ｜ **등록** 제303-2002-000014호(등록일 1999년 4월 19일)
주　소 서울시 서초구 동광로 46길 6-6(문창빌딩 2F)
전　화 02-3409-2058, 2060
팩　스 02-3409-2059
이메일 youkrack@hanmail.net
ISBN 979-11-5686-079-2 93810

정가 20,000원
● 잘못된 책은 구입처에서 교환해 드립니다.
● 이 도서의 국립중앙도서관 출판예정도서목록(CIP)은 서지정보유통지원시스템 홈페이지(http://seoji.nl.go.kr)와 국가자료공동목록시스템(http://www.nl.go.kr/kolisnet)에서 이용하실 수 있습니다.(CIP제어번호: CIP2014024434)